张炜文存

插图珍藏版 10 散文

穿行于夜色的松林

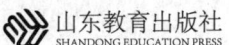
山东教育出版社

前言

从二十世纪七十年代尝试写作到今天，张炜创作发表了大约一千五百万字的作品，这还不包括他亲手毁掉的约四百万字的少作。就体量而言，现当代的严肃作家几乎无人可出其右者。这些文字至广大而尽精微，有宏阔的视野和抱负，也有对人性与存在最幽微处的洞察和发掘。张炜不但代表齐鲁文学的高度，也一直屹立在中国文学的高原。鉴于此，我们请张炜先生编选了这套颇能代表其个人创作实绩的文丛，也希望它能成为引领读者深入张炜丰茂的文学世界的一个精要读本。

阅读张炜，并不是一件轻松的事情。

四十余年来，张炜切实参与了新时期文学的进程，且在每个时段均留下具有范本意义的作品，如《古船》《九月寓言》《你在高原》《融入野地》等代表作无一不被允为中国当代文学的经典。有意味的是，除了在二十世纪九十年代前期以忧愤的态度参与过人文主义精神的讨论，在更多的时间里，他与所谓的文学热点和流行话题自觉保持着距离，他的创作也很难被妥帖地归类到某一文学思潮和概念之下。比如，在一些文学史中，《古船》是反思文学的集大成之作，在另一些文学史中，它是改革文学的扛鼎之作，还有一些文学史则将其放入寻根文学的专章中讨论。事实上，张炜对庞大之物近乎偏执的关怀，他那些让人战栗的道德诘问，他交织着时代的迫力、灵魂创伤与人类苦难的文字所彰显出来的写作的德性和思想性都决定了他不会是一个文坛的"弄潮儿",恰恰相反,他常常是潮流化写作的反动者。可是,当我们以文学史的眼光回头打量他所置身的文学时代,又会讶异地发现,原来有那么多重要的文学话题,张炜在它们成为热点之前便已做出实践或洞见。比如,批评界一度称许新历史主义写作,尤其推重以个人史、家族史取代阶级史和革命史的写作范式,在批评家们罗列出一通九十年代的重要文本之后,蓦地发现发表于一九八六年的《古船》已经几乎包孕了这个写作范式所有可能的向度,并且以家族史和阶级史并举的方式避免了新历史主义容易滋生的意义偏失。又如,近年来批评界强调发掘中国本土的叙事资源,激活汉语传统美学的意义,而多年来张炜持续与古老而灵性不散的齐文化和更古老的神话传统对话,他在演讲中说过:"怪力乱神基本上是文学的巨资。"他在《〈楚辞〉笔记》《也说李白与杜甫》等诠解古代经典的散文中所表现出与前贤思接千载的会心以及借此获得的启悟,在《外省书》中对史传记人方式的创造性化用,也显见他对本土文学传统的倚重。再如,新世纪的底层文学蔚为壮观,欲迷人眼,当批评界顺着"底层"的概念前溯时,即会注意到张炜很早之前即有这样的提醒:"一个作家心灵的指针要永远指向生活在最底层的人们。"甚至有时,张炜会因创作上的前瞻意识让他的作品陈义过高而逾越出时代的理解和逻辑框架,导致外界严重的错位式的误读,如对其"道德理想主义"的标签化概括,以及连带的反现代性的保守立场的质疑等,在我看来,即属此例。

  关注张炜的人都知道,《九月寓言》发表后,他一直承受着来自标榜启蒙现代性立场人士的非议,认为他的作品存在着一个善恶、正邪、大地伦理与现代文明的二元结构，并以对后者的弃绝将自己变成一个与潮流逆势的具有强烈乌托邦气质的不合时宜者。张炜对此决不妥协，他把道德力量视作一个写作者才华和人格构建的关键部分，依旧以近于独战的姿态横对失范的科技理性和物质欲望。阅读张炜的这些文字，常常让人想到二十世纪思想史和文学史上被划归到文化保守主义阵营的那些名字，学衡派、新儒家、杜亚泉、梁漱溟、梁实秋……他们在历史潮汐的进退中也一度被时人视为逆流而生的卫道士，是螳臂当车的文化反动势力，但当后来的人们跳出时代的烟云却发现，他们的探求和思索与西方近现代以来尤其是启蒙迷思被世界大战轰毁之后兴起的新人文主义思潮遥相呼应，他们代表的是对人类中心主义和工具理性万能论进行自我反省与批判的另一现代性路径，是参与现代性对话的建设性思维，也是与主导性的历史行为和历史观念相对峙的必不可少的制衡力量。当代西方最重要的伦理学家麦金太尔在他的《德性之后》中曾提出一个重要的问题：谁来为失去形而上学品质的现代人的精神立法，或者说，在德性被放逐的时代还有没有对个人而言的至善的目标？他如此质问道："道德行为者从传统道德的外在权威中解放出来的代价是，新的自律行为者可以不受外在神的律法、自然目的论或等级制度的权威的约束来表达自己的主张，但问题在于，其他人为什么应该听从他的意见呢？"他认为当代人深陷一种"情感主义"的道德迷思中，走出这种迷思的根本在于为当代人重建德性，而"德性必定被理解为这样的品质：将不仅维持使我们获得实践的内在利益，而且也将使我们能够克服我们所遭遇的伤害、危险、诱惑和涣散，从而在对相关类型的善的追求上支撑我们，并且还将把不断增长的自我认识和对善的认识充实我们。"

我们以为，张炜的"道德理想主义"也应在此意义上理解。他捍卫君子固穷的价值观、严守义利有别的守成文化立场其实是对上述现代人文主义思路的自觉传承，其间固然有接续"斯文"、承袭道统的传统天命意识，亦有在终极关怀的层面重建现代人的意义世界的激进实践意图。他坚守民间的姿态也绝非像某些批判者说的那样是蹈入了老旧道德的泥淖，这些批判者被时代困陷的局限让他们忽略或者说失察了张炜站在全人类立场的超越意识和存在意识。而且，张炜这一信念几乎在他写作之初就建立起来，它当然经过一个不断磨砺和成熟的过程，但并不像一些批评者描述的那样存在着一个从八十年代张炜到九十年代张炜的急遽转型。我们分明可以在老得、隋抱朴和宁伽之间看到一条贯通的精神的丝缕。我们也不应忘记，《你在高原》的写作所经历了漫长的二十二年，没有持之以恒的心力和不为世移的信念，这样一部描写五十年代生人意志、情感和命运的百科全书式的大书不会完成。

明乎此，我们也就不难理解为什么张炜的写作不能被简约地归类了，他的写作对应的并非时代，而是时间。他不存在趋时的问题，自然也就无法被时代利诱或者绑架；他能预知文学的热点，只是因为他内心有对文学恒常价值笃定的判断。也因此，我们以为，出于表达的权宜，人们可以用一些约定俗成的语汇来评价张炜其人其文，但必须警惕这些语汇对其文学世界丰富性的缩减。比如我们一再提到的"民间"。因为参照物的不同，"民间"至少有两重意涵，它既可以指与庙堂相对的知识分子的价值寄居地，亦可指与精英文化相对的大众化的文化生成空间。张炜的民间立场中和了这两种意义的理解，同时又对二者抱有清醒的审视。四十余年中，他像一个真正的地质工作者一样不断漫游在以其故地为中心辐射开的莽野林间，并反复倾诉这种"在民间"的行旅之于写作的滋养，因为这种跋涉不但是对民间的亲历和发掘，还构成与庙堂那种案牍之劳的有效区隔，是逃逸体制化和职业化写作伤害的最有效的方式，漫游让他的写作与那些想象民间的写作之间划开了一道鸿沟。与此同时，他赞美民间的苍茫与混沌，颂扬民间热辣活泼的不驯顺的生命热力，但并不以为这是可以豁免民间藏污纳垢的理由，事实上他也从未搁置对民间之恶的揭示和批判——把张炜的民间简略成浪漫的乡愁或野地的生趣显然是失当的。

同样，我们也应当小心在时下生态写作的浪潮里，对张炜写作呈现出的生态伦理观念的简单追认。的确，他二十年前在《寻找野地》等作品中对大地之灵踪的追觅放之今日依旧是不可掩其光彩的，而他笔下还有那么多多姿多彩、栩栩如生的动物形象，有那么多对自然魅性的倾心书写，但仅以生态立场来解读他的这些作品是远远不够的。他写有情的生灵万物，写悲悯的山河大地，会让人想起《猎人笔记》《鱼王》《白鲸》《草原》《白轮船》，也会让人想起楚辞和诗经里那些精魂不散的草木花树，他以对自然的敬畏尝试建立连接"宇宙的神性"的可能。而且他并没有像很多生态写作者习惯的那样，因为要质疑人类中心主义的僭妄，便把人排除在自然万有之外，在他笔下，我们总能找到一个辽远的人，一个因为自然而获得性灵延展的人，用里尔克的话说，这是一个"沉潜在万物的伟大的静息中"的人，他"不再是在他的同类中保持平衡的伙伴，也不再是那样的人，为了他而有晨昏和远近。他有如一个物置身于万物之中，无限地单独，一切物与人的结合都退至共同的深处，那里浸润着一切生长者的根"。某种意义上说,张炜文学世界的开阔和深邃来源于他对自然理解的开阔和深邃,来自于他作为野地之子深扎在大地中的根须。

阅读张炜的难度即在于习惯妥协和随顺的我们与一颗灼热的、忧虑的、高远的心灵对话的难度。"伟大的心魂有如崇山峻岭,风雨吹荡它,云翳包围它,但人们在那里呼吸时,比别处更自由更有力。……我不说普通的人类都能在高峰上生存。但一年一度他们应上去顶礼。在那里,他们可以变换一下肺中的呼吸,与脉管中的血流。在那里,他们将感到更迫近永恒。以后,他们再回到人生的广原,心中充满了日常战斗的勇气。"这是罗曼·罗兰在《米开朗琪罗传》的结尾部分谈到的,阅读张炜,我们会有庶几近似的感受。

本卷导读

本卷收入张炜散文佳作多篇，包括《忧愤的归途》《筑万松浦记》《它们》等。

一九七〇年代迄今的四十年来，散文在张炜的创作版图中一直占据重要地位，这种重要性不止是因为他留下诸多脍炙人口的佳篇，更在于他可以凭恃散文文体的自由，切直深沉又坦荡洒脱地进入受限于小说和诗歌文体美学的严饬而不得或不便深入的领地。为此，他一方面充分实践散文文体的弹性，比如他有为数不少的散文并非是"规范"的散文，而是整理自各种演讲、发言、采访、座谈和讨论，它们体制任意，一改他美文写作的"自语"姿态，保留口语的习惯和对谈的亲切，有鲜活的现场感，别具一番见情见性的感召力。另一方面，他又注重思想力对散文文体的统摄，给散文自由的形式强度筑起精神的堤坝，在他最即兴而就的文字里，精神含蕴的浓度也并不逊色于那些流传广泛的名作，也同样具备"建设人的思想"的骨力。因此，在张炜那里，散文既是其小说最好的声援和阐释，也是比小说更直接更朴素地肉搏时代的利刃。

与辑题同题的《穿行于夜色的松林》是一篇短文，在质地上更接近散文诗。在作家的冥想中，"乌云是松林的魂魄"，而雨是"为地上转世的生命洒下乳汁"，这样华美的比喻不但寄托遥深，更是对万物诗性的洞见和把握。对照早年的《融入野地》，那个在大地莽野里行走的抒情主体化身为"在夜色里行走"的乌云,并在凌晨悄然降落,变成一片茂密的松林。这里,乌云代替肉身向树的转化,精警诡奇又察心谙道,分明昭示出大地与苍穹混沌难分的联系,而抒情主体、乌云和树的三位一体则呈现出作家阔大的生命体悟、充满敬畏之心的神性意识和一种与"宇宙的精神关系"。值得深思的是,乌云的神游并不逍遥,反而时有跋涉的艰难,尤其当乌云俯视到"千疮百孔的平原",那上苍的静默里隐含的哀恸让这篇有着很强的形式强度的小文弥散出绵远苍凉的况味。

目 录

1	前 言	49	犄角,人事与地理
7	本卷导读	102	想象的贫乏与个性的泯灭
			——对世纪末文学潮流的忧思
		113	焦虑的马拉松
			——对当代文学的一种描述
1	批评与灵性	123	校园忆
3	但愿文学能够	128	中年的阅读
4	缺少自省精神	132	文学的现代性
7	缺少稳定的情感	145	谈简朴生活
11	缺少说教	153	筑万松浦记
14	缺少不宽容	171	精神的背景
17	缺少行动		——消费时代的写作和出版
20	缺少保守主义	185	书院的思与在
23	插图艺术	197	美丽的万松浦
26	生命的刻记	200	穿行于夜色的松林
29	忧愤的归途	203	万松浦纪事
31	有书的长旅	235	它们
34	回眸三叶		——万松浦的动物们
46	心灵之果	274	山水情结
		303	理想的阅读
		307	茂长的大陆
			——对美国文学的遥感

311	纵情言说的野心	376	夜间写作的人
316	坚信强大的人道力量	378	点滴藏在心头
326	未能终结的人文之辩	379	养成朴实的骄傲
		380	一丝丝演进和勒紧
	万松浦讲稿	382	放弃承诺的人
333	疏离的神情	384	一条路走到黑的家伙
335	前言	386	学习是一种引诱
337	**第一讲**	388	**第二讲**
337	万松浦地理	388	语言的速度及其他
343	灿烂的星空	392	语言的角度
346	覆盖、蕴藏和孕育	393	语言的光色和节奏
350	不知所云	394	诗和词语
353	黄狸鼠	396	什么是诗
355	纯理论的敌人	398	亵渎和媚众
357	心智未开的人	400	闷死或急死
358	与乡野密切交融	403	厘清
363	抓住这种神秘性	405	对诗耿耿于怀
365	诗螺丝	408	轻率必有后果
366	进入那个瞬间	410	爱读书会
368	与神性接通	411	假设有个对比组
370	疏离的神情	414	解决心的问题
372	理性的剪刀	417	真正的语言

418	边缘古语	458	关注和不关注
419	抗挥发性	460	古怪可爱的刺猬
421	漫长的训练	461	我们和它们
422	座钟和帽筒	462	再说徐福
425	航海者	465	非异人不写
426	怎么学习	466	熟悉的异人
427	重要的一手	469	并非魔幻
429	呜呜地哭了，绝望了	472	非异人不读
432	文学中医	473	关于爱情
434	**第三讲**	474	场态
434	中原失礼	475	无趣的现代
436	东方的优良美物	477	文学的火鸡
437	敬畏食物	478	康德的鞋子
439	模仿和跟随	480	**第四讲**
440	个人的语调	480	诗笔记
444	乐观和悲观	483	一辆精神之车
447	不做"闻人"	485	清寂
448	阴郁的空间	486	"和蔼"与"安静"
451	阳性的一部分	487	在隔壁猛烈地敲打
452	成见	490	民族和个人的语调
454	通俗的品质	492	发现他的急遽和狂热
456	"产品"与"作品"	493	大劳动者

495	神秘的东西	536	人性的共同点
496	更凝重的深棕色	536	实用主义的文学叙述
498	文学蒙昧主义	538	形式
500	相当明显的保守倾向	539	关于"主义"
501	重新拣回沉重的理性	541	"父亲"的缺席
505	文学和未来	544	一切都是回忆
507	知道得太多	546	同性恋
510	档案	547	引我们飞升
511	贵人多忘事	549	创造的张力
515	所谓的小说做法	551	人心与物质国力
516	文学与化学	552	不需要质疑
518	文化馆气	554	心怀厌恶的恪守
519	泛爱主义	555	"副语调"与"副潮流"
520	诗的尺度	557	他乡的流行作家
521	蹚过绝望	557	灾难性力量
523	**第五讲**	559	羞愧
523	阴柔	560	卑微的策略
525	文化泡沫	562	**第六讲**
529	向上穿过平流层	562	写作课
530	少数人的历史	564	他往那儿一坐
531	不在话下	566	他们离开了
534	探究心和好奇心	569	君子潜伏

572	沾了污迹的纸	610	越来越走向诗境
574	流水线	611	文化理性
576	下贱和腐败	613	文化"熵值"
578	极浪漫的梦想	615	爱力
579	怎样持守	618	过度的解释
580	往前跑	621	写作期间的阅读
581	大不易	624	鲁迅和胡适
583	不是文学院	626	儒和道
586	个体的力量	628	情感的发源
587	一台机车	630	小手掏鸟
588	美男子	632	煎熬和放声嚎唱
590	热情	634	沙尘暴
593	文学的旋律	636	报告文学也能写狗
595	线性思维	637	可怕的绝症
597	巨大的虚拟	638	文学与影视
598	旁逸斜出	640	巨人
599	伤感		
600	年轻人与媒体		
603	危险		
605	**第七讲**		
605	朋友的纸袋		
607	文气		

一九八七年在德国

批评与灵性

当一篇批评文章放在面前,你的心弦是否被轻轻弹拨了一下?没有。你好像被什么给伤害了,你只感到了一点痛楚、一点冷漠。它的主人缺少什么?他是一位艺术家吗?如果不是,我们彼此就站在了两个世界里。我们无法对话。

我并非在自诩一个艺术家。可我在满腔挚爱地迎接和寻找。

他不是一个诗人,可是他在严厉地裁决诗章。千篇一律,怪腔怪调又严肃得可怕。没有感悟,也没有灵性。似乎只会做一点依附时尚的推论。这种时尚是多方面的,政治的,创作风气的,读者趣味的……在他们看来,诗人写下的一切都必须为更具体的东西服务,必须表现得勤快一些,因而就出现了一大批时髦的制作,与之应和。这些批评让你想起一条条挥赶羊群的鞭子,不仅仅浅薄,而且可恶。

诗人失去了自尊也就结束了艺术生涯。他所真正拥有的东西也许仅仅是那么一点点,这是他永远不愿放弃的。

只有一位真正的诗人才可以充任批评者的队伍。因为只有诗人才懂得字里行间那些无法表达的、难以名状的色彩、韵致、情思、意味……一首诗章也许将无限的柔情、深深的爱恋、长久的叹息、铭心刻骨的忧愤,全部融合在了一起。

一支笔拿在手中,心中响起了默祷。祈求灵性,寻找那些不可知的神圣的护佑。当一个人稍稍脱离了这种状态,就开始踏入俗界。

请不要打扰诗人,不要惊醒他的冥想。请收起你的得意和武断,还有莽撞,还有寻到了主子的那种快活。你多么鄙俗浅陋。你该退到你自己的地方歇息去了。时光不早了。

一九八四年一月三日

但愿文学能够

我认为让人变得更加完美，生活得更加幸福，是一切善良人的愿望，也应该是作家写作的目的。

但愿文学能够有助于人们认识苦难并且摆脱苦难。它作用于人的心灵。它不仅应该使人热爱生活，还应该使人热爱文学本身——那些对艺术始终保持浓厚兴趣的人，往往是那么可爱和容易理解。文学作品应该依靠它独有的魅力去吸引人，应该漂亮。

一个作家心灵的指针要永远指向生活在最底层的人们。他要密切关注时代风云，反映人的疾苦和呼唤。他应该是一个勇敢坚毅的人。为了批判和揭露罪恶，维护美好的东西，可以奋不顾身。

我讨厌那些挂着诗人的名号，实际上却对艺术本身毫无感情的人。他们既不热爱艺术，也不热爱真理，像一切最平庸的人一样，更不敢显露个性。鼠目寸光、人云亦云的人在作家当中可不少见，我时刻叮咛自己不要演变成那种人。

文学的大千世界中千奇百怪，我都乐于去理解。但我常常认为，一切好的作家在艺术形式上的所有努力，最终都为了让它变得更加可以亲近。我喜欢、我追求一种自然和谐的境界。我认为朴实无华首先是文章的一大优点。

一九八六年三月十八日

缺少自省精神

自省精神应该成为文学创作永不枯竭的源头之一。然而再也没有比这一个时期更缺少这种精神的了。当我察觉到这一点时,我深深地惊讶了。我想可能因为我是一个山东作家,所以更为缺乏自省能力。作为一个作家,还有比这方面的缺憾更为可怕的吗?

这意味着所有作品都不可能达到应有的人性深度,意味着创造力的衰退、没有尽头的编造和应付。环顾四周,自信太多,自省太少。人类最伟大的一个特性也许正在消失。世界上只有人才会谴责和追究他自己——这是多么冷峻和庄严的行动。没有自省和自我批判,世界就无法建立信任感和安全感。生活中常常散发出阵阵馨香和温柔,其原因就是有人在自我愧疚和忏悔中升华了,不断把崭新的东西贡献给生活。去掉了对自身弱点的考查和剖析,那么整个世界都带出了三分虚伪、减少了应有的意义。人们的创造性必然削弱,结果更多地是机械的重复和无谓的堆积。在艺术这个行当中,也许只有自省精神才能使人从根本上避免沾沾自喜,才能一扫骄横之气。他不可能一厢情愿地当着大作家。

我想每个人的自省,必然会直逼人类共同的弱点——它是难以克服的,但毕竟处于被认识被追踪的境地。对于自身的挖掘,会造就多少惊心动魄的、朴实无华的真正的艺术品。这些艺术是饱和着血肉和体温、无比生动无比真切的。也许作家除了通过自省而趋向完美之外，别无他途。批判的锋芒永远向外，是我们习惯已久的痛快方法。这表明了我们的胆怯和弱小——特别表明了生命力不够强盛。一个把自己的全部献给了艺术的人不怕失去什么——他好像本来就一无所有。

那些大艺术家总是一再地表现了他们的无畏和他们作为一个人的独有的真实。

真正的自省需要非同一般的勇气。那将不仅仅是怀疑自己的力量、智慧、误解、犹豫、软弱之类；不能仅仅是这样。我们要求的首先是回到道德上来——我们一开始也许就要追究自身的道德问题。

这不是很痛苦吗？

然而一定要先回到道德上来。

先让自己变得赤裸无遮，接下来剖示就容易了。那是复杂到极点的工作，层次很多，障碍很多，但那时已经无法躲闪和回避了。

一个作家在漫长的创造生涯中，除了自省之外，好像余下的工作已经不多了。我想，我会把这种工作化为各种形式，并以此，仅仅以此确保我创作的生气勃勃，难道这是不可能的吗？我深深地知道，一个作家的自省精神像血脉一样贯穿于他的全部创作之中，而不是针对一时一事的自我批判。如果这样做了，那将是远为辛辣沉重的反思；那么含泪的笑声、长长的沉默——一切都有了。

我想起一个奇怪的现象，这可能是普遍的。那就是人们在他的童年更容易承认自己的弱点。这种可贵的勇气原来与烂漫的童心紧紧相连。人长大了，本来更有力量、更自信了，可偏偏害怕起批判自身。艺术家永远需要那样的一颗童心,需要那样的纯洁,那样的天真无邪。当心灵蒙上尘埃的时候,首先是自己动手去清扫。

深深的、常人无法理解的疼痛,在心底泛开来。为了轻松一些,让我们互相诉说吧。

一九八六年十二月十七日

缺少稳定的情感

在如此热烈、如此昂扬的气氛之下，我总觉得缺少了一种什么东西。眼前的一切随时都可能消失——这种担心也与缺少那种东西有关。作家们更多的冲动、激昂和愤慨，显得越来越难以持久。在这个眼花缭乱的世界上，刺激人们生发议论、表示好恶的方面太多了。这是个耗费激情的特殊年头。

正因为如此，我觉得我们缺少的，恰恰是更为稳定的情感。即兴的、煞有介事的、不负责任的、排泄式的发挥太多，情感在此成为最廉价的了。好像他们有的是激情，像水一样取之不绝。实际上在最需要的时候，却总是一次次枯竭。

情感是神圣的。

因为它是漫长的生活培植出来的，是生命之树的叶子，生命对于每个人只有一次。这种特别的支付必须是慎之又慎、永不反悔的。它的支付权永远只存在于每个人自己，它甚至不可以借贷。

可是我们看到的情况恰恰相反。在一种无形的力量之下，我们真是慷慨极了，连一点伪装的矜持也没有。那简直是心悦诚服的、由衷的。问题的关键越来越显露出来了，即不在于它是否是自然而然、是否是出于自身意愿，而在于它是否是有价值。这才是值得讨论的。

由于一次次的轻率，这种本来是弥足珍贵的东西变得像通货膨胀时的

一九九八年与王安忆在台湾

纸币一样。它无非是频频出现的某种现象，犹如变化无常的节令中人们经常感冒一样。这就严重危害了创作界千百年来建立起来的信誉。因为人们长期以来最重视的不是作家的主义，而是他们的情感倾向。不难想象这种损害是多么巨大和多么可怕，简直是难以修复的。

显然，历史会嘲笑这一类轻浮。也许浅薄的天性是不可挽回的，生活提供了无数例证。最流行的观念对他们的影响总是最大，最时髦的词汇也总是最早被他们掌握。他们对于时鲜的东西，从来不问青红皂白。他们的所谓深思熟虑总是停留在早就规定好了的层次和方向上，结果只能是更花哨一些的迎合。他们的好恶仿佛不是从艰辛的生活中洗磨出来的，而是从前不久的书报上、喇叭中和席间的神聊得来的。

情感的价值与人的价值是等同的。一种情感的形成是十分复杂的，它联结了诸多方面。最重要的是体验了什么生活、接受了什么文化，以及在其间沉浸的深度。它是一个长久的烦琐的考查研究、等待判断和猜测的总过程，是渐渐清晰的流露和进一步的确定。这其中需要借鉴的部分很多，纵横参照；最有力的依据从来都是事实本身，是真实发生着或发生过的事件。这种考查是耗尽心血的、不能中断的：一旦中断，也就中断了有价值的情感。

一些不负责任的付出造成了难以弥补的损失，它首先是扰乱了正常气氛，打破了治学心理，这种心理对于一个优秀作家是不可或缺的。重视资料价值、深入民间访问、研究一个时期的经济等等。严谨的选择都无形中荒废了。虚拟的故事不可怕，虚拟的情感是很可怕的。还有对于自身全部条件的再认识，都是极其严肃的。这会发现一些规律性的东西、造成一次又一次自身质询，对自己变得苛刻。这是对情感历程的宏观审视，是维持治学心理最有力的举动。

如此下去，个人情感将变得非常有力量，并且产生越来越多有意义的争执。对于文学，它简直就是生命，是根。

一九八八年二月十六日

缺少说教

一般而言，我们是讨厌说教的。那些年说教太多了，我们就闭上眼睛堵上耳朵。孔子是个教育家，他的思想进入了人民的血液，于是大家都忙着说教。

我们理所当然地排斥说教，终于一年年坚持下来，该是长长地吐一口气的时候了，偏偏此刻又惊讶地发现了自己的偏狭和肤浅。因为文学有着各种各样的品格，为什么就要存在一个绝对排斥的东西呢？

再说那些非文学的年代，其致命伤真是说教造成的吗？我永远不会相信。在本质上，决不会是这样，而一定是有着更为令人悲伤的原因的。我宁可认为那是一个愚蠢时期的特别现象，它用奇怪的卑劣的管束方式使人们的创造能力严重萎缩。很多细胞是那个时期死亡的。那时候的说教也不够格，是最苍白无力的。

具有嘲讽意味的是，很多大作家可以说是真正的大说教家。那才是真正的说教啊。他们在忘情地、双手颤抖地说教。我可不敢轻视他们的声音。我觉得他们此刻是伟大的人，其次才是伟大的作家。

看来要害问题不在于是否说教。

我们回忆往事，会发现胸无点墨的人也在忙于说教。这不妨视作幽默和荒诞。当时代翻开了新的一页，你会惊讶地发现我们真的缺少了自己的说教家。这倒是始料未及的。

"让其在情节中自然而然地流露"——当然是这样，一般讲来是这样——不过假如我们处在非同一般的时刻呢？当激愤推动我们必须直呼其名、伸出你的食指的时刻，你还能若无其事地"自然而然地流露"吗？那种压抑而超然的艺术真的是永恒的吗？它究竟值多少钱？于是我们亲眼见到伟大的托尔斯泰、陀斯妥耶夫斯基……以及更多的豪情万丈的作家们把这些信条撕得粉碎。

有人可能说他们并没有"说教"——那是什么？！

有人可能说他们也正失于此——恰恰相反！

他们的激烈真切的声音与整个生命结为一体，掰也掰不开。那是用心血用灵魂结织和灌溉的，是诗中之诗。他们在说什么？他们在说人类亘古而然的东西，在说宗教，在说永恒的人道，在说不灭的上帝，在说自己的善恶观，在说怎样感受星辰的寒光——这一切能和我们那几十年的声音等同混淆吗？

事实上我们难以听到真正独特的声音。大家都在传递着大致相似的话语，没有什么内容。生活忙得很，内心的感触反而越来越少。可以教给别人的东西太少了，属于自己的发现简直就没有。那些故作深奥有时也的确深奥的东西都是从书上抄来的，为了伪装，就搅进大量充填剂。他们当然不敢有话直说，因为那将很容易暴露出是抄自何书。所以那些昏暗晦涩的文章也有自己的苦衷。他们倒一定会反对说教的，做遵守文学规律的典范。他们充当哲人的方式不是侃侃而谈，而是王顾左右而言他，基本上是从巫婆那儿吸取营养。这是一个衰落的文学时代的恶习。

说到底真正的说教是一种质朴，是大写的人的声音。没有这种声音，就没有辉煌的文学。也恰恰因为这样的朴实无华，毫无顾忌，这样的真诚坦荡和率直，让你感受到的是一个生命全部的复杂性和神秘性，是无限的空间。作家面对一个世界，神情冷峻，短兵相接，需要的是双倍于人的勇气和智慧。他的整个过程，总是深深地透出形而上的意味。

说教同时又是很危险的。从任何技巧的角度去猜度这一现象，都是荒谬的。它绝不属于技术范畴。它最终还是由一个人的心灵是否博大来决定的。那是一颗伟人的心灵尽情关切和拥抱世界的结果。对于说教的模仿将导致滑稽，导致另一个方向——我们早已熟悉的浅陋。一个作家绝不能轻易地站在他的人物左右呼叫。

看来说教可真是大人干的活儿，不得轻动。

一九八八年三月十九日

缺少不宽容

我想，虚假的宽容是非常可怕的。实际上我们很少宽容——我指真正的、并非伪装的宽容。当一些褊狭而丝毫容不得别种声音的人突然雍容大度起来，那肯定会有糟糕的事情。宽容是一个严肃的概念，它尤其不是一种策略。在学术和艺术界，必须具有宽容精神。然而我觉得眼下缺少的，倒恰恰是一种"不宽容"。

有人理解的宽容常常与真正的宽容毫无共同之处。它被严重地庸俗化，被羞辱和被利用了。没人将其上升到更高的意义上去理解。

它绝不是给予对方的一种恩赐，也不是苟且。它建立在忠于真理、绝对平等和绝对尊重的基础上。再也没有比坦率的批评和认真的争论更能表现宽容精神的了。离开了这些，就没有它的地位。我们再也不能允许滥用神圣。如果你发现有人在完全拒绝民主原则的前提下议论宽容，那么这宽容多少已变成了政治行为；你还可以发现有人借宽容排斥探讨，窒息一个活泼向上的艺术环境。

如果是一个艺术家，那么他必然是极度敏感的，要触动一根艺术神经是很容易的。他会有自己直率的发言。他的冲动也是可爱的。因为纯粹是艺术思维，也就没有了咄咄逼人，没有了胁迫意味。这是非常令人向往的。如果反过来，如果艺术家都收敛起自己的声音，各自沿着一条窄轨往前运行，尽量互不打扰，能算是宽容吗？那必然是藏匿起自己的惊惧和不快，好自为之。在这样的环境中，丑恶的东西可以不受遏制地生长，以至于泛滥。这就是虚假的宽容所造成的恶果。

伪善的心态一旦进入创作界，起码的公正也就没有了。在圣洁的艺术面前，我们去掉了淳朴，学会了狡猾。热血青年越来越少，心地善良同时又是一针见血的批评越来越少。对于文坛来说，那些忠贞的守护者都哪去了呢？怎么突然之间消逝了呢？不，他们仍然存在——世风扫下宽容的落叶，把他们覆盖在下面，他们觉得现在可不是有话直说的时候，特别是对于艺术问题。他们忘记了人类的文学史上最闪闪有光的那些年代里，从来都是充满了尖锐的、不留情面的批评，从来都是对于丑恶的现象进行着最严厉的审判。大师们面红耳赤，拐杖捣地笃笃有声。那种最为苛刻最为挑剔的表层之下，恰恰充满了科学与民主，充满了艺术家的宽容精神和彻底精神。这种激烈的气氛阻碍了艺术向前吗？这种战斗色彩很浓的境界里倒是茂长着最绚烂的花朵。

只有最没出息的年代才将狡猾当成宽容。如果悄悄咽下忧烦不快、甚至深深的嫉恨，使劲微笑着去维持一种宽容的话，那么我们将藐视它。

有些古怪现象都是我们特有的文化所决定的。它可以产生畸形的文学果实。总体上的生机盎然和恢宏大度没有了。作为一些个体，他们在幻想独处独省中可能存在的艺术超越——可惜这样的机会已经很少了，因为个人的力量是有限的，他在惯常的空气中已经消耗了生力。

没有真切有力的刺激，没有令人颤栗的针砭，肢体正在萎缩。越来越多的人足不出户，关上门说话，长久下去就是恶性循环。一方面没有胆量，一方面也的确没有见解。在这种局面下养成的脾气是怯懦无力的，气量很小，根本谈不上宽容。

或许还有另一种情形。当狡诈没有必要再遮掩下去的时候，当宽容不需要作为一种策略去继续维持的时候，有人也就一改儒雅，出言凌厉。这多么悲哀，又是多么可怕啊。其实那样毁掉的是共同的艺术土壤，是大家赖以生存的空气和水。一个好的艺术家不堪忍受倒下了，对于任何人、对于全部的生活，都是损失。"要问丧钟为谁鸣？为人亦是为你击。"（约翰·堂恩）——这是海明威在他的一部长篇卷首的引诗。这具有多么深刻的悲悼意味。至此，我们是那样地留恋坦荡真情，呼唤着直率的批评，呼唤着一种"不宽容"——它是我们赖以发展、依以生存的空气和水。

一九八八年四月

缺少行动

我们常常讨论产生大作家的必备条件，都指出他必须具有先天的优势。这是没有异议的。有异议的从来都是关于后天修养、经历之类。

我认为他必须经受苦难——非同一般的苦难；而这种苦难又必须包括显而易见的这一部分，即不是轻易可用什么精神折磨之类可以搪塞，可以取代的。当然精神会有痛苦，任何疼痛不回到感知上来等于没有。我是说他必须经历艰难曲折的生活，并不得不为此而奔波。这就排斥了一切假设的成分。一个人被病痛、贫困和险恶的自然环境所折磨，伤痕累累，心灵上会落下格外深刻的印记。他经受的是真正的悲痛，而不是一点点伤感。世上没有无缘无故的精神危机，对于知识分子也是一样。

只有在特殊时刻才显露出绚烂或狰狞的生活，你一辈子想起来都会心惊肉跳。你没有亲历，就不会更多地知道。如果博大的心胸也靠这些去形成，那么缺少了这些又意味着什么？

肉体的摧折是最重要的因素之一。因为灵魂存于肉体。有人试图将肉和灵分开，试图在最舒适最平静的地方去体验游思的功能——让精神经历困顿和忧伤，让自己痛不欲生。结果仅仅止于伤感；而伤感只能产生动人的艺术，却永远不会产生伟大的艺术。

一个时代涌现大作家，而另一个时代却不能。原因是多方面的。其中一个重要原因，是构成这两个时代的生活场景的差异。比如一个时代出现过开天辟地的巨人，出现过移山平川的雷霆，而另一个时代相对而言却比较庸常。作家失去了参与重大历史事件的机会，生不逢时。这不是一个天才靠自己的气概所能补救和超越的。一切都有定数。生活的差异很大，它在根本上决定着艺术的差异。艺术与艺术不可取代；但伟大的艺术虽然最富个性，但是最富个性的却不一定是伟大的艺术。

过去的经历不能重新开始，明天的生活倒可以选择。对一些重要事件重要关节漠不关心、对有可能影响或改变整整一段历史的东西缺乏热情，只图个干净轻松，尽量减少心理负担，学会了聪明，等等。这很容易。不过这只能属于为人的乖巧，艺术上是不会成功的。

说到这里我们就回到了一个清晰明快、准确无误的概念上了：行动的概念。

我总觉得我们缺少行动。好像总听到有人惊讶地问：还要"行动"吗？是的，过去的作家需要，今天的作家同样需要，永远需要。

缺少了行动的热情，就不会有旺盛的诗情和刚劲有力的创作。反过来看，行动也是奔腾不息的血流在推拥，是不得不去的豪迈，是人类最伟大最平凡的一种属性。行动有着时代的特征：有时整整一个时代缺少巨大的行动，作为个体的人活动幅度有限。很少能有人一往无前地跋涉，千难万险在所不辞。缺少了行动，就用大话来安慰自己，以此求得痛痒。这是自欺。

真诚地、忘掉一切地参与你认为重要的生活，是多么的珍贵。秋风冬雪打在身上，烈日烤焦了毛发，为真理所承担的可怕风险，由于缺少经验而造成的巨大失误，对深远幽暗的阴谋的洞视，朋友的背弃，寸土不让的争执，最有意义也是付出了最大代价的摆脱，对遥远陌生的土地的造访，为亲生母亲洒下的泪水，伤害和被伤害……这一切伴随你往前走。这就是积极向前的生活，是生命创造的主要部分，是真正的义务，是毫不牵强的事业，不可放弃不可回避。

  这儿可以用其他来补救的部分是极少的。什么也取代不了行动。从书本到书本的推导、久久的冥思，都是另一回事。但这里要警惕的是把行动作庸俗化的理解——他不可能弄清楚行动的含义。

  一个缺乏行动意识的民族是没有出息的，一个缺乏行动意识的作家也是渺小的。作家在执笔书写整整一个时代人类心灵的秘史啊。让我们尽量活得英勇些吧。

一九八八年七月三十日

缺少保守主义

在不断重复的、没完没了的争执和角逐中，我渐渐发现了我们缺少真正的保守主义。我之所以一再地使用"真正的"三个字，是因为任何事物中貌似的总是太多了。我们缺乏保守主义者，正像我们痛感缺乏真正意义上的激进派先锋派一样。

能够坚定地、一贯地固守一种精神——这种精神的确是陈旧的或至少看上去是陈旧的——这样的人实在是太少了。即便让我们看到，那我们也无法看到一种连带血肉的思想、一种生命的激愤，而更多的是肤浅的倾向，是简单的执拗，是盲目和昏聩。他们很少从哲学的层面上向我们展示什么。在这种似乎顽强的过程中，丝毫没有包含灵魂深处的悸动，也并没有从反面和正面提供出什么有益的东西。

真正的保守主义者因为极其纯洁而变得可爱。他是具有质朴精神的、有可靠感和稳定感的艺术家。他由于自己独有的深邃性而赢得了至少是学术意义上的尊重。任何投机心理，与他的这种精神都是格格不入的。他们之所以成为一个保守主义者，正像有人成为先锋派一样地自然而然，易于理解。世界上有各种各样的东西，而有些东西上帝必须让他们来看管才好。他们是充满矛盾的、疑虑重重的，想象的空间像其他天才同样阔大。真诚就是他们的生命，他们如果发现误解了什么，将尽快地、彻底地予以纠正。

他们成为保守主义者,那完全是生活的一种选择,他们自身似乎没有任何过错。他们所能做的也许只有一点,那就是与别人一道投入艰难的寻找。

一个保守主义者并不妨碍同时又是一个天才。他同样具有最优秀的艺术家的素质,具有非凡的洞察力。他与其他人不同的,也许是渗透在血液中的某种因素——就是它使他改变了对于事物的基本看法,使他在观察事物的时候采取完全与众不同的角度。这种难以移动和扭转的非常韧性的根,深深地扎在生命的底层里,使他坚强顽固。由于日复一日的探索和长久的感悟,他终于触摸到了他自己的哲学,让哲学的气脉将一切创造活动贯穿起来。这就是生活所能给予他的最高报偿,也是对他的最好安慰。当然恰恰是因为有了后者,他才得以成立。

从道德的意义上考察,他也是无懈可击的。因为排除了狭隘的功利主义的诱惑,他变得坦荡无私,勇于献身。创造和发现的激情像火焰一样生生不息。他在世俗的得失面前无动于衷。只有关于真理、关于观念的争执才可以使他气喘吁吁,不让分毫。他往往能够称得上传统意义上的好人,品行端正。

当我们分析一个保守主义者可能具有的特质的同时,我们也会深深地感到目前缺少的正是这种人物。这就多少造成了一个文学时代的极大欠缺甚至不幸。这犹如失去了车之一轮,急速飞奔的情形将不再来。我们的文学没有了深刻而严峻的刺激,麻木平庸;文坛上较少更激烈更高层次的交锋,也少一些大儒风范。一些前进方向不同、但却是同样巨大的背景好像在拂晓之前就已经消失了。

于是你不由得感到了两个方面的滑稽。到哪儿寻找我们需要的另一面？如果他出现了，那么这一面又在哪里呢？两方面都无法构成确有意义的挑战，特别是对于崭新的青年来说，他们手执长矛，倍感失望。

这简直像在呼唤一个保守主义者的出世了，好像他更加难得。不错，他从来都诞生在一个英雄辈出的时代；只在那时候，他才构成众星之间一点闪动异彩的光亮。失去了他，我们的文学就失去了必需的弥补，失去了可信的提示，也没有了必要的参照。

我们这里只从文学的意义上谈论保守主义者，当然，那也往往是令我们很不愉快的。

一九八八年九月九日

插图艺术

作家们对于插图艺术有一种矛盾心理。作为一门艺术，它当然同样招人喜爱；而且，古今中外的一些大手笔在这方面已做出了可贵的努力。但作家是搞文字艺术的，他让读者透过一行行文字，在脑海里幻化和创造出自己的形象。有一千个读者，就有一千个形象。再创造的空间和余地竟如此之大。如果一篇文字配上一幅插图呢？即便这是一幅很好的插图，其效果亦可想而知。它在不同程度上固定了一个形象，限制了读者的想象和创造。但是一幅栩栩如生的插图艺术又会唤起读者多少想象。不言而喻，由于它是一件好的艺术品，它已经多少获得了一种独立品格，闪射着自身的光辉。它与文字艺术一起，相互映照，相得益彰，取得了崭新的和谐。

那么，究竟怎样来看待插图艺术呢？如果一个人恰巧又是从事语言艺术的，他又会做出怎样的选择呢？

大概不少人都有过这样的记忆：呕心沥血写下数万言，把一个个形象灌注得生气勃勃；可发表后上面配了一幅插图，不仅看上去南辕北辙，而且苍白无力。

这样的插图作品自身不成其为艺术，更可怕的是毁坏了他人的艺术。我们可以不谈这门艺术天然的局限性，但可以指出一批插图作品的令人不能容忍的潦草。这是一个门类的艺术走向衰败的开始。从这些所谓的插图作品中，我们看不到一个人的艺术冲动、激情，看不到生命深层的强烈震颤，

一九九八年在台湾张大千艺术博物馆

甚至看不到一点点灵性。

有很长一段时间，我把插图艺术误解为商业时代留下的一种恶习。它也许仅仅出于世俗功利性的考虑，因此才有了滋生发展。虽然这是一种误解。虽然任何艺术品种的产生和发展都难以排除世俗功利因素，但它们的最终根据却不会是那些。纠正这种偏见的最好办法还是沉入到这类艺术之中去，去感受和鉴别，去追溯它的渊源和历史。我终于在一些完美无缺的插图作品面前被激动、被震撼，使我心悦诚服地承认它的自尊。

它作为这样的一门艺术，当然必须是文字作品的辅助；但它仍然可以有拓展、有延续，有独到的创见。它的再创造的空间仍然很大、很开阔。一个插图画家面对一篇文学作品，自然而然是一位高超的读者。他的理解应该是一个艺术家对另一个艺术家的理解；他的作品，应该是一件艺术品叠放在另一件艺术品之上。

我们需要天才的插图艺术家，不过我们首先还是需要那些严谨的、一丝不苟的插图艺术家。我们希望富有个性的创造，可我们更盼望一些精细的、潜心揣度和琢磨的作品。总之我们要求插图艺术和艺术家能更像那么一回事，能让这门艺术在这个时代里恢复它的端正和庄严。如此而已。

现在多么需要大家来关心插图艺术，比如更多地去谈论它们。一个画家在一个夜晚占用了自己纳凉的时间，挥笔草就了几幅插图，这似乎是天经地义的事。不，我们觉得恰恰是这种匆忙才落下了许多遗憾。我们议论这门艺术及从事它的方式和态度，只表明我们对它的关切和热望，传递着心中的呼唤。

一九九一年十二月一日

生命的刻记

我们常常写字，有时每天都要写字，文字对于我们是如此接近和熟悉。面对自己划下的这些表达意义的痕迹，倒往往很少考究它更深层的蕴涵、它的本质和精神。

人们总要羡慕那些写一手好字的人，这是很自然的。形式的美是有感召力的，形式美本身也可以感动人。

但是深深征服一个读者心灵的，却不会是单纯的形式美，而是它渗透流露的生命的激情。文字只是生命的刻记，从这个意义理解开去，大概也就是所说的书法艺术了。

所有艺术的本质都是诗。诗是灵魂的凸现。

可以从书法艺术即诗的角度去看待所有文字。于是读者也就能够从中发现一个人的隐秘：崇高与渺小，高贵与卑贱，洁美与污浊；浅薄的或深厚的、具有良好教养的和粗陋野蛮的——一切都难以从一双犀利的眼睛下逃过。

不言而喻，最终决定书法艺术高下的，仍然是生命的性质。一切与这个生命有关、对他发生了影响的因素，都掺进了一撇一捺之中。一个人先天的素质、后天的经历，他的学习和成长——特别是精神上的成长，必定会留下文字的印记。

正像一切艺术门类中的情形一样，在一个时期一个阶段中，总是混杂着一大批骗子、轻薄之徒和其他一些与艺术无关的人物。他们是艺术之树的蛀虫。较之其他艺术，书法作品在接受和鉴别上需要更大的悟力，它更深邃也更抽象，更加接近诗的本源，真是一切尽在不言之中。而只要是衡度的标尺回到心灵和道德上的创造，就必然会更多地忍受践踏、误解和篡改。

我们如果寻不到一些人格上挺拔洁净的人、一些寂寞安然的人，也就一定寻不到好的书法家了。现在最常见的是那些相貌俨然、身背一管大笔的人，他们每到一地先蘸饱墨汁书下一个"虎"字或"寿"字，糟蹋着很多宣纸。

有人以为做个艺术家是最方便最简易的事，于是到了万事无成之时就开始以书法家或诗人自居。爱诗、爱书法是好的，但要爱得真心实意，爱得充满敬重。

我的字写得不好，所以我持笔时往往陷入紧张。这紧张是来自一种爱和一种自觉。

一九九三年五月九日

一九九三年在苏州,左起:张炜、周介人、茹志娟。

忧愤的归途

一个人从事一种工作久了,就会怀疑起工作本身的分量,或多或少地去作职业上的比较。这种比较常常是加重而不是减少了怀疑。我倒是越来越觉得,干什么都差不多,都是活,关键问题是觉悟的高低,是对自己的理解。这就安于了本职,比如说挚爱了写作。

写作的长处是能把觉悟和理解活生生地举起来。人由母亲生下,慢慢长大,启步向前,一直走下去——旅途上会产生各种各样的感觉,但最后大致统一在两种大感觉里:一种是一直向前、走向很遥远的地方去,可以称为"出发感";一种是越走越近、正从远处返回来,可以叫作"归来感"。

"归来感"常常是老年人的,但又不仅仅属于老者。它是同时看穿了失望和希望的人才拥有的。由此我想,一个好作家应该是归来感很重的人。

走向一个注定不会变更的地方,走向"母亲"身边——我们走过了,别人还要走。人生有欢愉,也充满了苦难坎坷。所以说,给出发的人以祝福,给归来的人以安慰,是最必要也是最必需的;能始终坚持这样做的,就是通常所说的好人。有多少忧愤就有多少爱:爱人,爱生命,爱理想。人活得真难,我们正是因此而忧愤。

即便到了今天,即便人类心灵上的秩序如此混乱,高贵与卑贱之分还会依然存在。我们仍然这样认为，并以此抵挡着自己的堕落，也抵挡"前不见古人、后不见来者"的孤寂与哀伤……

一九九三年六月四日

有书的长旅

从很早的时候起,我就知道:人这一生没有书会是很苦的。在未来的日子里,谁如果不怕苦,那他就拒绝书好了。人的一生好比一次长长的旅行——这个比喻差不多人人都会。人的一生有多少欢乐,多少困苦,又从中获取了多少思想和感悟——有人把这一切写下来,就是所谓的书。读书,就是读许多许多的人生。每个人因为只有一生,他要在一生中解决那么多的困惑,迎接那么多的挑战,进行那么多的尝试,时间不够了。于是只有读书。

我有幸比较早地得到了许多书,而且被强烈吸引。从过去到现在,世界上的事物,比书更能够吸引我的,好像不太多了;比书具有更长久的魅力的,好像就更没有了。书真的是人,是人的历史和灵魂,既然如此,那么世界上还有什么比人更有魅力呢?我十几岁即开始一个人生活,在这样孤寂的时光中,幸亏有了书。我把所有珍爱的书都放在了背囊中,它们数量不多,但一本本都是层层包裹了的。那些书不同于后来的书,它们都是我最贴近的亲人和朋友。由于走远路不能带许多东西,所以随身携带的书都是非常喜爱的、一遍又一遍读过的、差不多已能逐句背诵的。后来我年纪渐大,居有定所,书也越来越多。但我最为珍视的,还是原来背囊中的那几本。

一九九七年访问日本

过去读书的时候,只是读那满页的文字;因为还没有能力透过文字的栅栏,看到作者的身影。而现在重新去读小时候读过的那些书,结果就看到了一个个不同的、可爱可敬的身影。原来是他们陪伴了我的童年,我会一生念想他们,感谢他们。

我现在存了很多书,家里越来越像个书店。不过只要遇到喜欢的书,还是一定要买下来。我的手见了书总是发痒。我从来认为,书是世界上最美的(当然,也有一些极坏的东西要扮成最美的模样,比如说扮成书)。

我不太看电视,因为书远远比电视吸引人。书更能让人去思想。书所给予人的深层的欢乐,电视总是极少给予。一般而言,电视是对于书的简单的图解,那么要理解更复杂的问题,更深广的问题,就非看书不可。电视自有它可爱的方面,比如从它那儿寻找一般性的娱乐。有人预言在这个声像化了的现代世界上,终有一天书籍会被完全地取代。我不相信。如果真有那么一天,我们人类一定是进入了最为可悲的一个时期;到了那个时候,我们人类所热爱了千万年的这个世界,还会存在吗?我真的不知道了。

一九九七年三月十日

回眸三叶

林与海与狗

想起过去,心中往往出现并列一起的三部分:林子,大海,狗。它们纠集于我的童年。也许"狗"做了一切动物的代表,但它还仍然是具体的狗。它不仅给我友谊,帮助我理解,而且让我透视了许多生命的奥秘。林子在海滩平原上,狗和各种动物在林子中,我则徘徊在它们之间。

上学后童年就被约束了。但走出校门的时间总多于规规矩矩做学生的时间。我们撒腿在林子里奔跑,欢乐享用不尽,留做滋养一生。我们从小就认识了数不清的植物。大树灌木花草各长在什么地方,什么模样,都了然于心。它们后来只需我们以植物学上规定的名称重叫一次而已。

海滩上林密人稀,只有很少几个村庄散在林中。猎人、采药人、渔人,是他们在林中活动。关于林子的传说很多,这些传说的主题从许久以前就形成了,主要是劝人不要伤害动植物。它贯彻了人与物平等的观念。比如说口口相传的故事中,人往往不如一只动物善良和聪明,也不如一棵老树更值得敬重,等等。

国营林场里有一位老人,一些年轻工人。他们对我和朋友们都很重要,反过来也是一样。他们给我们故事和吃的东西,让我们看他们的狗;我们则使他们不寂寞，高兴；有时也让他们解解恨。因为人有时候总要发火，骂人，要追赶，这都是经常发生的。林场的人常为一些不微不足道的事情翻脸，如临大敌地追捕我们。我们就在林子中蹿与藏。他们大了，心眼多，可是跑得慢，手脚笨。其实我们不过是摘了他们几条黄瓜、爬树折断了枝丫之类。他们动此干戈多不值得。现在想一想，可能是他们太孤单无趣了，就半真半假地纠缠我们。

还有果园工人。这些人与我们好的时候特别可亲。好的季节是冬天和春天。那时他们修土埂、浇水和剪枝，在鲜花中劳动，人也和蔼。他们开我们的玩笑，互赠吃物，与各位家长来往时笑脸相迎。但果子大了熟了就不行了。那时他们声气变粗。因为我们要想法弄一些果子。现在回想，人在小时候对樱桃、李子和苹果的思念真是不可思议。一定要偷，要摘。吃果子的欲望盖过一切。人的生命在那个阶段可以概括为"果子时代"。

也就是那种欲望使我们与果园工人关系紧张。他们提防我们，用对付敌人的办法来整治我们。比如埋伏、设绊子，一旦抓到就不依不饶。我们顺着紫穗槐灌木往前爬，爬到果园来一次偷袭。而他们也常常趴在紫穗槐下守株待兔。那是恐怖难忘的季节。

许多人在我们长大之后，在庄重的场合相互见面了，一想起往昔的对峙，个个不无尴尬。

穿过林子和草地去海上。海的春冬秋夏各有不同，很难说哪个最好。有人特别歌颂夏天的海，一提到海就是"畅游"。这是不能深入了解海的缘故。真正的吸引分在四季。冬海的颜色，浪涌推上的螺与鱼、一些木板小瓶杂物，就远非其他季节可比。还有，冬海里没有多少船，海边最静，只有看渔铺的三五个老人。他们脾气怪,有新鲜大鱼,还教我们抽烟喝酒。如果要了解大人的故事,就得去找看渔铺的老人。他们健谈,乱说,没有禁忌。冬天的大鱼有逼人的鲜气,一锅鱼汤的美味从此不忘。冬鱼油旺,白水煮鱼只放一点姜和醋,有时还洒几滴酒。老人让我们回家偷酒,我们偷了。记得我们当中就有四个是他们教会了抽烟的,家里人发现了也并不严厉制止,只说:"抽吗?早了些。"

夏天进海游泳的欢乐说了又说,是因为我们见到和经历的非他人可比。有一个叫"老黑"的人,能手擎裤子游到深海,来去自由。有一次他与人打赌,说要游到水雾蒙蒙的一个岛子上。他真的游去又游回。而今这一段水路通客船了,船跑一个单程要半个小时。

海上不穿裤子的人多,他们自然地来往,劳动中的裸体好看。我们从小习惯了这样的裸体,懂得了人体美。我们同时注意到:买鱼的或来海边游玩的女人并不憎恶和好奇。她们安详平静的目光在裸男身上划过,让人觉得成熟和从容。这一点经历,能够让我们在后来的社会风俗变异中安然处之,让我们较为坚强和正常地面对各种思潮,包括社会体制的变革。

我们还亲眼看到一个人赤身裸体在海里逮一个大海蜇。它的彩色飘带缠到了他身上,使其疾喊无声,最后遍体烙伤。人疼得死去活来,躺在沙滩上滚动。

海上老大嗓门最豪,他是我一生中所见到的最能粗吼的人。这人后脖子上有一块厚肉墩,一在沙地上跑和喊,那肉就不停地颤。我们无论是在光亮逼人的白昼,还是在一排排火把下,都过分留意了他那个大肉墩。我们甚至觉得它是海上老大的必然徽章。他长得粗眉大眼,五十多岁;据说二十年前浪迹天涯，并为许多女人所宝爱。

受人护佑和珍惜的大狗在人群中伫立、游走。它们有人一样的神情，挺胸昂首去看汹涌的海。它们见了打招呼的人就点点头，活动一下双脚，重新观察大海。不少人提到了欢蹦的狗和顽皮的狗，当然，那是它们幼小的时候。投入成人生活的大狗神气很像人，并且不苟言笑。

我们养了几次狗，为它们自豪和痛苦。它们一生的主要事迹可以写成一本大书。它们个个温情和机智，见义勇为。它们的结局都与动荡的社会有关。在急剧躁动的岁月，人都变得疯狂了，所以它们就成为牺牲品。这样的悲剧是人类社会悲剧的缩影。这使我们在后来的悲剧——发生的和必将发生的悲剧中，能够有所提防、有所预感和有所认识。

大黄狗，棕色和栗色的狗，大花狗，都是品质优异的狗。它们在进入人类生活之前仿佛先自选择了一次，因为我不记得特别坏和特别让人厌恶的狗。它们陪伴了童年，并让人长思不绝。

雪路

当我自认为可以独立生活也必须独立生活的时候，就告别了海边，一个人去了南部山区。在大山里过了几年，又缘山地向更南、向东和西游走。我看到了过去不曾见过的山脉和都市，水陆码头，各色人等。它们和他们与我相逢，想起来真像是一闪而过，仅为一瞬。可是细细剖开，这里有多少难忘的旧事。这些故事堆积出一段生命。

我不能说那是一段风雨苦程，而只想说欢悦多于愁苦。山川人事都保护了我支持了我，让我健步前行。山乡大婶、林野姊妹、码头老哥，包括身上有许多缺憾的人，都留给我珍贵难舍的礼物。我在他们灶前喝下了米粥，至今却未能偿还一把小米。他们赠给我最好的烟叶，我今天却要小心翼翼地戒烟。辛辣的烟味能勾起昨天：火炕，纳鞋底的哧哧声，船上人扑扑啦啦的胶雨衣。

在走走停停的间隙，我曾入过一个工厂。厂房建在山坡上，坡地只有两亩大小，傍河。河水一年四季流动，哗哗不息。我上夜班每晚要涉水而过，登上一级级梯路。一抬头就是皓月，是山的剪影，空中繁星。工厂里传来一个人的歌声，那是用当地土语唱出的，又闷又粗，有时又出奇地尖亮。唱歌的青年奇瘦，长了水蛇腰，斜眼，人却无比善良。工厂中有许多女孩，他个个都爱。她们都不爱他。于是，他在特异的心情下，在月夜，总是唱歌。

我有许久都与他同做一个夜班。在我后来离开时，他号啕大哭了一场。为分别而大哭，真哭，我到现在仅仅有此一遇。他当时总是把最苦的活儿抢在手上，固执地让我讲故事。不过我还是有了两手老茧。有一次在工作中不小心把硫酸溅到了衣服上，他就大喊："快往河里跑！"跑到河里，把衣服扔进水流。结果这件衣服还是给烧出了洞眼。

在最艰难的日子里，厂领导想方设法开拓生产。原料供应成了问题。附近小村里有一个不幸的人，他过去曾在一个大城市当过局长，只因生活作风问题严重而削职为民。厂领导想利用他原来的关系，请他替工厂出一次差。要有人和他一起结伴。因为全厂工人中只有我一个人戴了手表，于是就和那个人一起上路了。

这是多好的事儿，只可惜旅伴欠佳。

一个大雪天，我们俩提着一个黑包在山乡车站等车。削职局长已有五十多岁，瘦小非常，很矮，面色灰白。他对我用力地笑，背着手，围了一个大围巾。我极力想从他身上找出昨日痕迹。不过他的确落魄了，手粗鞋破，胡子黑浓。由于没有一把好一点的剃须刀，胡子总也刮不净。他说："我是有关系的，能把我留在厂里就好了。"我明白，但我想这是不可能的。

厂领导行前对我说："路上注意些，'江山易改，禀性难移'啊！"人们都知道这个人在战争年代立过功，也就做了大官；又因为他的生活作风特别坏，也就变成了农民。我们只带了很小的路费，所以一路上只能住最差的旅社，吃很粗的饭。除了到外面接洽工作，剩下的时间就在大街上遛，在房间里待着。他非常能喝酒，每顿饭都要喝一碗，当然都是极便宜的散装酒。一喝了酒他就慨叹不息，说："我当时怎么能有那样的'爱好'啊！我怎么能'爱好'这个啊！在这方面，你们年轻一代可千万不要学我啊……落到了这步田地，真倒霉啊！不过话又说回来了，'路线是个纲'啊！是吧？是吧？！"

他讲战争，讲到悲壮处就流泪。他说解放这个大城市时，他左臂受了重伤，还是活捉了一个敌军少尉。"武松单臂擒方腊啊！"他的嘴张成了一个黑色巨洞，对我缓缓摇动；后来复又慨叹："我怎么能有那样的'爱好'啊！这个'爱好'……"我惊异于他把那种事叫成了"爱好"。但我只是看看手表，并未反驳。

我发现这座城市的人真有认识他的，而且仍叫他"局长"。我们身上没有钱,为了节省路费,从乙地到甲地都是步行。北风呼啸中,他走在前边。一幅大围巾包着很小的头颅,让我感动。在大风中说话是吃力的,但由于他一路上兴致很高,所以总是说个不停。说到我们厂,他把它说成了天下最好的地方:"那里有一个多么通情达理的领导;他的工作方法多少有点像我!"还说工厂里有那么多好姑娘,"个个都……"说着歪头看看我,"小伙子好好干吧,多有前途啊!"

一连半个月的跋涉,要做的事情多半做成了。可是实在太累了,我们一直在风雪中辗转,最后总算要踏上归途了。可是直到上车时才发现:买车票的钱不足了。他只好出面到以前的"下属"那儿借了一点,可能因为羞涩吧,借来的钱只够一半路程。"另一半怎么办?"他一对小眼睛盯了我一会儿,咂咂嘴:"走吧。"

在大雪中走一二百里?而且这一路我们俩的脚早就磨起了泡。看看这个瘦小到不能再瘦小的人,我恨死了他。我想:走吧,你累不死,我就累不死。

结果我们下车后的一百六十华里风雪旅程,硬是一步步走下来的。快回到出发地了,一看到山影河流、工厂的烟囱,泪水一下出来了。我一步都迈不动了,坐在河边雪地再不起来。"局长"拉我,说这已经是"胜利了"!我真想骂他一句。一路上我没有搭理他。可是他说回去后,要我在领导面前多多"美言",又一次重复那个美梦:"我要能留在厂里就好了……"

我们这一次长旅给危急中的工厂打了一针强心剂。所有人都赞扬我和"局长"。领导问起这人一路的表现,我说:"很好!""怎么好?""能吃苦!"

真是多灾多难。就在这一年春天,刚刚转醒的工厂突然失了一把火。记得那天我正转早班,半夜被火光和呐喊惊醒。不知是怎么跑到了烟气腾腾的河边,那儿早聚集了全部工人和附近小村的人。当一半厂房快要塌了时,里面的东西还没有抢出来。厂长绝望了,他阻止人们进去。可只有一个人不顾一切往里闯,一次又一次拖出烧焦的东西。厂长大喊大叫,他就是不听。有人说:"天哪,他干野了,什么也听不见了。"正说着屋顶塌下一块炭火,那人一下子被扑倒在地。人们嚎着把他扒出,往身上泼水……他探出烧伤的头颅说了一句:"多可惜啊!"说完又垂下了头。

　　我这才发现,他就是那个小村的"局长"……

　　大火烧过第二年我离开了那个工厂。沿着山脉往东,去寻找新的生活。

　　离开前想起了一个人。我去看他,门锁着。最后在一块山地上看到了他:正拖着烧残的一条腿做活。他见了我,立刻昂起特别小的头颅笑了……

　　那些日子里,我一个人踏遍多少山路。常常想起的旅伴就是那个落魄"局长"。一个人走风雪之路,没有人在旁边,真是太苦了。这一年春节,我突然想起海边的家、那儿的母亲。可是到处被大雪覆盖,山岭和沟谷一片朦胧。我恨不得立刻奔到海边,心上阵阵急切。从南到北没有交通车,而且即便绕路,大雪已经迫使客车停止了运营。正在这时,我又想起了那次旅行,想起了那个人的话:"走吧。"

　　我踏着大雪,深一脚浅一脚向北,去翻一座座山。我一定要回去,一定。我知道只要一步一步走下去,就会抵达。

小城风雨

近十余年来我大部分时间生活在东部小城。这里，世纪末的喧嚣一点也不少。我在这里度过自己的白昼和夜晚。散散的小城，远远的小城，郊外有荒草的小城，追赶都市的小城。我抚摸它，如同抚摸我的血肉之躯。

世界太大了，我只能注视这座小城。十年间有多少变化，我一直在目睹一座城市的"蝉蜕"。"风雨十年路，小城可吟诗。"这里的朋友个个爱笑，用笑声送走忧愁。我们去葡萄园，去海边，去一切让人追忆往昔的地方。昨天的林海已萎缩成一条防风林带，热闹的海岸已没有了渔人，代之以泳场和水上乐园；更大的海域则被黄色排污水浸漫。在这儿悼念消亡，同时也企盼新生。

来自几所大学的毕业生回到小城，兴致勃勃又难免沮丧。我们结成挚友。工作之余去郊外，一口气走上十几华里，天天如此。即便是大雨雪也不例外。有好几次在阴天走出，半路又被突降的暴雨赶回，浑身透湿，风雨掩去了呼叫。那个时刻，灰暗的水雾，起着水泡的田野，打得歪斜的稼禾，还有凄唱的树木，都让人心动。这是何地？呼啸的世界为何如此寂寥？神秘的力量左右了四周，在它面前，世俗退让得无影无踪了……

一次，四个人一起去郊外。因为出门时天色不好，但料定不会在短时间降雨，所以只象征性地带了一把小雨伞。其中的一个朋友怀中还有一本书，有顺路捎来的几盘音乐带。想不到走出十华里左右，大风突起，雷鸣电闪，四野马上飞起了急急躲藏的鸟雀。大家相互看看，说一声"来了"，弓腰寻找避雨之地。其实一片原野只有蜿蜒的土路，连个草铺土屋都没有。

大步往回跑，只跑了几步就明白来不及了。雷鸣就在头顶，大风愈加猛烈。雨来了，不是雨鞭，而是成吨倾下，击在身上。我们喊叫着蹲下，四个人挤抱一起，把唯一的小伞扯紧。最中间的人藏好他的宝贝，我们再紧紧围裹。大水在伞上"蓬蓬"响，"隆隆"响，水流马上成河，从膝下涌过。四个人用大笑回应这突来的、罕见的暴雨……

漆黑一片的田野，我们倾听叩击大地的脚步。不知度过了多少这样的夜晚。一起在渠畔树林驻足，遥望远城。无声无息的夜，感受和谛听的夜，如此美好……

在秋夏农忙季节，我们中的大多数要去郊外农村流汗。一身汗湿的衣服来不及换洗，白色的盐碱干成一圈圈图案。每个人的头发都扑满了灰尘，乱成一团，双目却灼灼发亮。鞋中是土，没法穿袜子。手磨糙了，五指不能持笔。从这个季节出来，人全变了，变得陌生可爱，直爽通达。说到文事，说到城里掌故，让人觉得是很遥远的、另一个世界的事了。

去海岛打鱼。只有海岛才有真正的渔民，近处的海不行了。岛上朋友用酒和鱼招待我们，我们一起干活。坐船、种"水地"、撒网，晕船就呕吐，一口气吐出几十年的淤积。一个月下来，回城时带走了十几盘拉鱼号子录音，还有海上传奇，都是原汁原味。

据考证，小城历史上出了一个古怪人物，叫"徐福（市）"。他以为秦始皇采长生不老药为名，带三千童男童女东渡日本。关于他的传说遍布城乡，《史记》上也有明确记载。搜集这些资料，考察古人行迹，成了我和朋友的大事，以致于兴味盎然十余年。我们想找一个徐福出生地，找了个叫"徐家庄"的小村；想找一套完整的徐氏家谱，结果发现一卷又一卷。徐福传说、研究文论，搞起了几百万字。我们终于领悟，与徐福相关的是整整一个时代：秦王统一中国的时代，焚书坑儒的时代，大变迁的时代，各种力量交织一起的时代……徐福故事可不单纯。我们走近了徐福，就是从粗枝大叶的历史观中走出。我们真的受益不浅。什么时候接近过如此多的隐秘？什么时候抓起了这么多的"民俗"？什么时候又沉浸于这般深的史海？我们在小城荒郊挖掘、考古、鹦鹉学舌，直到皱纹爬上脸颊。

后来我们参与盖了一座徐福祠，塑了一尊高大的徐福石像。动手的艺术家都是海内一流人物，而且个个敬仰徐福。

正史记载的徐福与道家一脉，称为"方士"。可是我们都知道这是徐福的骗人之方。他是个心气高远的人物，大隐隐于市而已。远渡重洋，远抵日本，建国立城者，岂止于一介"方士"？"平原广泽，止王不来"，我去日本时脑际一直回响着《史记》上的这句话。在狭窄的日本国土上寻找美丽不难，"平原广泽"呢？我看到了徐福传说最盛、遗迹处处的佐贺，双眼立刻一亮。这就是一片"平原广泽"。

日本的文化，无论如何与中国文化，与我所置身的小城如出一辙。一切的风俗之中，相似相通何止十之七八。食生鱼、炕上盘腿吃饭、古服饰……更不用说文字与建筑。小城的徐福，我们就这样相逢于这个世纪末了。

我的一个朋友从遥遥西部来到小城定居，极善诗文。他写了许多"徐福诗"。深夜郊外听他吟诗不息，必有激动生出。而且我耳听弦外，听到了另一种鸣响。

朋友中有个诗人，这在物欲大盛之年当是幸事。多少次不记得了，在风雨之中,在乐观赶走悲观的时刻,我的朋友高声吟哦。我们则一声不吭。大家都知道:他在用大声压抑风雨之声……

一九九八年三月四日

心灵之果

　　以后，人们回顾今天的文学，也许会发现这个时期有一部分人的努力很感人。他们在倾尽全力，使长篇小说避免成为一种有害的文体。自我苛刻，节俭，还有静心守意。压缩，以使其坚硬，使精神有硬度。今天，读者的浮躁和作者的浮躁是一回事。可庆幸者，是有人还在想办法，在缄默抵御。情感无节制，心中无立场，油滑当幽默，电脑代笔耕。这样的情形一旦普及就可能产生危机。"微机"时代特有的危机。

　　尽可能不让无聊的读者培养无聊。任何时代的杰作仅仅面向有道德有操守的阅读，即使剩下最后一角。写作者与体力劳动者不同，写作者一旦失去了尊严就什么也不是。诗，散文，短篇作者，他们有时会失去尊严。可是长篇作者最容易失去尊严。稍具历史眼光就不难发觉：长篇作者的傻，摇尾乞怜，追富，粗疏，庸俗，一经时间之河涮洗即全部裸露。于是一个操持长篇的人会时常感到恐惧。

　　像写一个精制的短篇或一首诗那样写出长篇的每一个字，人和作品才有可能变好。敢于写内心，敢于最朴素地写，有一点点矜持，在这个喧嚣嚎叫遍涂油彩的世界上则需要几分勇气。

　　迷于长卷的，该试着写出一个完整的短篇；一直镂刻短章的，就开始第一部长篇。

总之,好的作者会在嗡嗡轰响的时代冷静下来,修葺自己的内心,等待,等待一枚或两枚心灵之果。

一九九八年五月

龙口海边松林　田恩华摄

犄角，人事与地理

我多次讲过，这儿从地图上看就像一个犄角，小得可怜。可是当你走进来，当你面对它的时候，又会觉得自己十分渺小了。它像我们经验里的任何土地一样丰腴、复杂、烦琐；你像一条鱼跃入了海洋，一天天与它耳鬓厮磨。当你想到有一天会离开它，疏远它，记忆它，那么你就想在手边划下一点什么。

匆忙的生活常常让我们张皇紊乱，可我们还是有对付生活的一套完整的办法。所以我们才活下来，痛苦下来也欢笑下来。我们过得可真不容易啊。

我们又是谁呢？是大家，是这个犄角吗？

黑松林

有人总愿把这片林子说成是什么防风林，还有人说成是国防林；而通海的宽一点的路也被叫成了国防路。这提醒我们是来到了大陆边缘。

黑松沿着海岸生长，密匝匝黑乌乌，没有尽头。也许从空中往下看，它是一条长长的带子；可是当我们走进了它的内部，却感不到纵向和横向的区别，总是一片浑浑苍苍：浓绿、苍黑、幽暗。动物咕嘎大叫，里面有兔子，鹰，各种鸟儿。鸟窝就搁在头顶的枝杈上。这里几乎看不到人。当然最多的是松树。

在松林的某个局部，冒出一片槐树或杨树柳树——像是一个完整的民族版块中得以繁衍和生存开拓的少数民族。但这儿几乎所有的北方植物都能找到：灌木、小草，甚至是一部分浆果和百合科植物。洁白的沙子上散落着一颗颗野兔粪便，说明它们人丁兴旺。有一些植物的茎杆被兔子们啃去了皮。一个刺猬死掉了；一个兔子显然是遭了鹰鹫。

这里最多的是一种钢蓝色的鹰。它们远远看去很像温顺的鸽子，体积也大不了多少，只是飞起来，一展两翅就显出它的野性和勇捷。这里很少能看到苍鹰，但那种钢蓝色的鹰是否就是袭击野兔的鹰，还不能让人肯定。

我自己，或约上一两个朋友，每星期至少要到这片松林里来一次。

小时候，我在松林南部的一所小学上学时，常被老师带领来海边参加林场劳动。那时就在沙滩灌木的空隙里插种小小的松苗。浇水、掘坑，许久之后再回来补种那些没有成活的松苗。这样一直到毕业上中学。

当时记得灌木丛中就有一棵棵茂盛多杈的长成的松树，推算起来，现在它们应该是很大了。可这会儿就是找不到它们。

我和朋友讨论了一下，他说当年我们栽的那片松林或许在更西边一点，离这儿还要有十几公里。

记得当年主要不是松树，整个荒滩上更多的是杨树和槐树。它们有时密得不能下脚，要穿过就得耐心地寻一条小径。这儿纵横交织的小路都是由打鱼人踩出来的。那真是细如羊肠。

冬天，厚厚的大雪覆盖，你要寻找这样的小路，摸到通向大海的渠岸，真得小心翼翼，试探着往前走。那些寒冷的、一生都不会忘记的、呼出一团团白气的早晨和傍晚，我常常在此地流连——只有我一个人，现在也想不起是来寻找什么，在这片荒原上徘徊。我一次次纵向穿过整个海滩，走到白雪皑皑的高耸沙岸上，望着没有一只帆船、没有一点人影的海面，看着海浪在沙岸上的拍击、伸缩不停的水……

南风吹起，林子发出了呜呜的声音，这就是松涛。仰头看微微摇晃的松枝上刚结出不久的松塔，心里涌起一股爱怜。往前走，红色的尖顶别墅出现了，会享受的当代人并没有放过这片松林。一路上不断发现被砍伐的松树——那一刻的巨大疼痛使它渗出了泪滴。这黏稠的泪滴就是所谓的松脂——或者也可以理解为精髓和血液……还有随处可见的一个个偷沙者掏出的沙洞——这些沙洞坍塌的时候，四周的松树都要遭殃。这显然是那些建别墅者留下的痕迹。

我们还遇到一只死于难产的母兔。当时她伏在那儿，刚死去不久，笨重的身子还是一副正在用力的姿势，胸部是变大的准备哺育的乳头。我们双手托着她，找一个沙坑掩埋了。

我们的鞋子上落满一层黄绿色的花粉，鼻孔里全是各种野花的香甜气味。

我觉得这是整个海滩平原上最让人留恋的地方，它代表了我的过去，甚至是未来。比起这儿，一切都显得微不足道了。得失荣辱，一切都不那么重要了。在这儿回想过去，设想自己的老年，在这儿劳动和追忆。这简直是了不起的奢望。想得太多了并不好。我为这儿付出了什么？将要付出什么？一切也都要好好去想。

书院原址上保留至今的黑松　田恩华摄

由于没收了枪支,打猎的人没有了,所以各种动物,特别是野兔,能在这儿纵横驰骋,扑棱棱飞动;但由于没有收起一些人的铁锹、锯子和斧子,松林于是还在死亡和伤痛。

我总是把它看成自己的松林。追溯到许久以前,从老人的口中我们得知,原来的这片荒原上林子比现在高大茂密一百倍。那才是无边的森林,很可能是原始林。经历了几场战争:民族战争、国内战争,一次又一次的政权更迭……各种各样的政权尽管差异很大,可都没有保住浓密的林子。结果它们还是没有了。许多神秘的故事,伟大的人物,不可思议的向往,都随着这片林子一起消失了 —— 甚至没有多少人去记载这一切 —— 它的历史。

最美好的事物,就这样湮没了。

夜哭

告诉这神奇故事的,是几个神情沮丧的男人。其中的两个二十多年前我就认识。他们显然不会说谎,不会骗我。

果然,在后来的另一个场合,我又听到其他人讲了相同的故事。

几个中年人因为要为一个养殖海产品的老板打工,大多数时间住在海边的一座茅屋里。他们在那儿养了鸡鸭,陪伴他们的还有一只大狗。这当中有个十八九岁的男孩,皮肤黝黑,细细高高,头发黄而柔软,大眼睛。那只大狗是他最好的朋友,只要有这个柔软纤细的男孩在,那么它就一直偎在他的身边，仿佛压根就想不起还有另外的人。

小伙子水性特别好，他离不开水，从初夏到深秋，劳动之余有一多半时间是泡在水里——人们一抬头就能在长长的沙岸上看到一个穿着短裤的细细溜溜的小伙子，他在水中出没、在岸上走动，那条大狗就在身后追逐跳跃。到了播种和收获养殖品的时候，这儿的人要比往日多上几十倍。大多是女人，是姑娘和媳妇。她们一个个围着头巾，戴着胶皮手套，在海边舢板上不停地劳作。

她们其中的一个或两个姑娘，最愿和那个细细溜溜的小伙子说笑打闹。

特殊的季节过去了，女人们又回到沿海村庄去了。从那时起，茅屋里的中年人都发现细细溜溜的小伙子常常走开，要在深夜才回到茅屋。那只大狗总要焦急地等待，发出一声声低吠，长长的鼻梁指着月亮。

大约一年之后，他们都听说村里的一个姑娘死去了。她长得太美，太特别，神情举止，衣着，还有性格，几乎每个地方都招人议论……有一次老板在酒后长时间地盯视她，那目光啊，他们不敢想。

那只大狗环绕小伙子跳跃，他再也不理它了。大狗只得沉默下来，坐在那儿一声不吭。

还是日复一日的劳动，是一次次摇着小船到近海巡视，料理那些养殖品。

一个很平常的中午，几个人正在茅屋里午睡，忽然听到那只大狗猛烈扑打门板，凄凄狂吠。他们惊坐起来，一开门，那只大狗就往身上扑，吼叫，有好几次还把前爪搭到他们肩上。

它领他们冲出屋子。

他们很快明白了。茅屋西边，一百多米远的地方有个蜷曲的黑点——这时候他们记起那个小伙子已经好久没有回来了……他们跑过去。不出所料，正是他。

海边阳光强烈，盐水在他的头发和黑色皮肤上已结出白色颗粒，嘴唇焦裂——那曾经是一双怎样招人疼爱的嘴唇啊。他眼睛紧闭，长长的睫毛根根直立；蜷在那儿，身体仍然是那么柔软。

几个人把他抱起来，好像第一次发现这个伙伴的体重这么轻。

几天之后，他就待在离海岸几公里远的一片灌木丛中，那个崭新的坟头下面了。他们故意把他埋得远一点儿，他们都知道他该离茅屋远一点儿。

大约过了半年。有一天晚上他们正在睡觉，半夜，其中的一个被一阵哭声惊醒。这是女人的声音，好像就在茅屋旁。其他三个人也都惊惧坐起。那只大狗当时正睡在屋内，它一声不吭，竖起两耳，像他们一样坐着。

他们带上手电筒，特意给那只大狗带上链子，牵着它一块儿走出。茅屋旁没人，哭声仍然在响，可是前边也看不到人影。他们循着哭声往前。记得当时明月高悬，海浪平静，沙滩上什么也没有。他们先是往西，然后又往南，走过浅浅的一层树林，就忘记了方位，忘记了要往哪里走。只是这哭声吸引着他们，走进一片浅浅的草地。

茅草被月光照得煞白，四个人心上猛地一动：是那片灌木丛。他们把手电揿亮——其实根本用不着，月光亮着呢。那只狗瑟瑟抖抖，毛发直立，后来干脆一动不动了。

都止住了脚步。手电筒掉在地上。

前面就是那个坟头，坟前有一个女人，穿着洁白的衣服，长长的头发从肩部披洒到后背。是她在恸哭，一耸一耸地哭。她像丝毫没有察觉走近的四个人和一条狗。

那狗仍旧一声不吭。

他们离那个女人仅有十几米远，都看得清清楚楚。就这样站着，忘记了时间，全身僵直。不知过了多久，哭声戛然而止。

再往前看，只有一个坟头——女人没有了，什么都没有了。

他们仰头看看月亮，再看看那只跳起的狗，拣起手电筒。

这就是整个事件的经过。他们忘不了那月亮，那哭声……

两个岛屿

它们是在这个犄角行政区划内的两个岛屿：一大一小，大的实际上也小得可怜，大约只有两平方公里左右；那个比它更小的岛就在半里之遥，是它的卫星岛。这两个岛与犄角离得很近，大约只有一刻钟水路。大晴天里，站在海边看去，那两个岛屿近在咫尺。

岛上的人要到大陆来，大陆的人要到岛上去，结果在水上交通很差的年代里，就发生了很多悲惨故事。午夜接送病人，新婚夫妇往来……总之围绕这一类的事情常常发生一些可怕的灾难。也正因为这样，那么美丽的两个岛，直到现在还有人惧怕去那里居住。出于自卫和自守的心理，岛上的姑娘也不轻易嫁到岛外去。而这个犄角上的姑娘没有极特殊的原因，也是不会嫁到岛上去的。

岛上百分之九十都是渔民。男人出海打鱼，生来就是这样的命运。女人在家里补缀渔网，料理家务，或者种一点小得可怜的菜园。男人的性格个个强悍粗放，而女人却出奇地绵软贤惠，几乎个个如此——起码在我所遇到的人中，是个个如此。

读高中时候，有一次为了完成一个写作任务，我和另一个同学在海岛上住了半月。我们同班的一个女同学恰恰在这个阶段因事返岛。她很高兴我们能来岛上，特意为我们逮了不少螃蟹，采来海贝和各种海菜——记得她当时提着一个瓦罐，瓦罐的系子是草绳做成的，就这样把煮熟的海鲜提给我们。

彤红的螃蟹，以前从未见过的大海贝，冒着热气的瓦罐，一起摆在桌上，鲜气逼人。她在旁边微笑，很少说话。偶尔说一句，声音软得像南方人，可又比南方人更低更细。

她那双美丽的眼睛看着我们。我们把她的礼物打扫一空。

后来我们大约两三次跟她到海岛的最东部去玩。那儿退潮时有一片青色的石头，搬动那些大石头就能找到螃蟹，甚至是海参。海参是这一带最珍贵的海产品，它不同于南海和东海、以及其他各地的海参。在人们的印象中它是最名贵、滋补性最强的一种海珍。记得那一次我捉到了一只海参，握在手里不舍得丢弃。可只过了一会儿，张开手掌一看，它差不多全化掉了。

后来，高中还没有毕业，我就去了南部山地。我成了一个山里人。

再后来我又去更远的地方读书，反正是离这个犄角越来越远了——当有一天我归来的时候，站在海边，看着海雾蒙蒙中的那两个岛屿，突然想起了当年那位女同学。

我发现自己今天还在怀念她。我记得以前从山里回来时也曾想起过她。

人的一生最大的幸福也许就是争取和真正温柔的人生活在一起。生活的风雨总是太猛烈了，在这种猛烈中，应该有那样的一个人在身边。

我多次去那个岛。过去的一切痕迹大约都在：岩石，稀疏的麦苗，还有靠在海湾里的大船，铁青色的大船，一闪一闪的灯塔，忙碌的头上包着纱巾的女人——此地唯独没有她的影子。

她离开了，她到海岛以外的地方去了，到很远很远的地方去了，带着她呵气似的声音，带着她绵软的性格和那一双特异的美目。

我为什么没有及时返回？坎坷的生活啊，人要挣扎，一挣扎就要耽误重要的事情……

那个卫星岛听说至今没有一户人家，是个荒岛。人们为了救助海难，曾在岛上盖了一座茅屋。后来茅屋也塌掉了。有一段时间听说岛上有很多野猫，又过了一段听说猫也没有了。

我要到那个卫星岛上去，渔民说不行：两岛之间有一股激流，除非绕过这股激流，绕很远才能到那儿去，很麻烦。

岛上只有一口淡水井，却是一口最甜的井：犄角上所有的井都比不上这口井甜。

蓝眼老人

我第一眼见到他实在是吃了一惊。如果他在蛮荒里出现，那我准会把他当成一个外星人。老人个子很矮，不会超过一米六五，而且真正是瘦骨嶙峋，衰老不堪。实际上他只有六七十岁。他走起路来蹑手蹑脚，像踩在云朵上一样颤颤悠悠。我注意到他露在黑色袖管外面的一双手和一截胳膊，其皮肤皱得厉害，近乎透明，青青脉管清晰可辨。整个的人都说明营养极差，手无缚鸡之力。他的体重大约还不足四十公斤。他身上最显著的部位是头颅，从整个身体的比例上看它显得有些大，圆圆的。

他戴着一顶破旧的鸭舌帽，非常爱干净。一副眼镜属于古老的样式。最使我感到异样的是那双眼睛：竟是蓝色的，或者是灰蓝色的，很大很圆。可能给我外星人那种感觉的，首先就是这双眼睛。他看着我，神情非常专注亲近，但带着一丝警觉。他伸出手，用力握住我的手——手力很大，就像整个人一样令我吃惊。

我见到他的时候，他正经人介绍，受雇于某个部门作史志编撰工作。这使我们有机会相识。

很长时间以来他都是独身一人。好像他在这个犄角上来来往往，干什么都可以，干什么都可以活下去。难以想象的粗活，以至于眼前这种需要文心纤细的工作，对他来讲差不多都是一样。我常看见他手里拿着一个阔口搪瓷缸，在长廊上旁若无人地走着。如果我们偶尔打个照面，他就赶紧扶一下眼镜，伸出那双瘦削有力的手。

他曾经是一位教师，教过小学和中学，后来又不知什么原因失业了。在混乱的年代，原因总是很多的。有很长时间他不得不流浪打工，甚至靠讨要度日。他在教书的时候结识过一个女人，但她不久就离开了——同时还让他失去了住所，所以当年有一多半时间要在牲口棚、打工者的通铺或田野的草垛中、在庄稼地和泥沟里过夜。秋天的泥沟往往铺满了落叶，那真是流浪汉的好去处。

  人们说最奇怪的是，当这个人从一些肮脏不堪的地方钻出来时，身上总是非常洁净。他全身上下未沾一丁点草屑和泥土。他常常几个月的时间弄不到一分钱，但即便这样，也没人发现他从果园和庄稼地里偷过一点食物。他的食物都来自劳动，或直接的乞讨。在他眼里，乞讨同样是一种体面的、讲得过去的职业。

  也就是在这样颠沛流离的岁月中，他遇到了又一个女人，一个命运和他差不多的女人。他们一起游荡、找事情做。这时候他才觉得应该有一个固定的居所。于是他就立志要盖一座房子。这对于他简直是个太大的奢望。可是他执拗得很，每天有一点儿时间，就在收获过的庄稼地里忙碌。原来他在寻找遗落的砖块石头。他不停地收集，大约用了一年多的时间，就攒起了足够的砖石。接着就开始垒屋。有那个女人做帮手，但大多数时间还是他自己。自己设计，自己打基，一点一点砌墙。他还去海边，以惊人的耐性等候潮起潮落，寻觅海浪推拥上来的一些木杆，作为梁木和檩条。

  墙砌得很高了，要开始上梁了。这倒是件难事。他琢磨着，琢磨出一种最原始的办法：堆起一些沙土，堆得像梁头一样高，然后再把木杆费力地滚移上去。

  当所有的工作完成之后，再把围在四周的沙土一筐一筐移开。就这样，三间屋子盖起来了，他没花一分钱，却耗去了两年多的时间。

  新房落成的同一个月份里，他们有了自己的孩子。女人没有奶水，他就到海河沟汊里寻一些富含蛋白质的动物。那个饥肠辘辘的年头，他为养活自己的孩子真是费尽了心思。而他自己吃的多是菜叶,是一些食物屑末。有一次他发现了一只中弹死去的野兔,就把它腌制起来,每天割一小块给哺乳期的女人做汤。一年之后,他的女人还是死去了。他把女人亲手埋葬在离新房子不远的地方。孩子由他一手抚养,也成了他的全部心愿。

孩子好不容易跟他长到了三岁,最后却因为一次严重的食物中毒,抢救未成死亡。孩子也埋在了母亲旁边。

像刚开始一样,剩下他一个人在大地上徘徊。

在贫困到极点的生活中,他仍然想为别人做点什么,一直想。因为他觉得自己不能这样白白度过宝贵时光。做点什么?他简直是挖空心思。他认为最难的,是做任何有意义的事情都需要花钱,而自己却一贫如洗——那么在没有钱或钱很少的情况下又能做什么?他想了很久。

有一次,他在一个村镇夜晚的场院上看到了放幻灯片,似乎从中受到了启发。

然而放幻灯需要一台机器,需要电,这些他都没有。想来想去,他用拣来的木头做了一辆地排车,又像琢磨盖屋那样动用巧思,在车子上做成一个暗箱,两端再挖上方孔:当这车子支起时,两个方孔就与太阳形成了一道直线——光源有了。他又把自己收集的一些碎玻璃片切割成大小统一的一叠,细细绘上故事,一一插到暗箱的方孔上——这就可以在遮光的一面墙壁上放出幻灯。

这奇特的装置被他拉着走遍了大街小巷,吸引了一批又一批孩子,当然还有许多老人、成年人。他在幻灯片上绘制的都是一些科学常识、模范人物。

他这个工作做了很久，人到哪里车到哪里，一场接一场放幻灯片——这样一直延续到被聘去做史志编撰。

于是他有了一点儿工资。微薄，却令他极为珍视。他从食堂打饭，从来都是一块咸菜一个窝头，几乎把所有的钱都省下来。一年多的时间里，他竟买来了成套的外语教学录音带和课本，以及其他书籍。他把这一切都小心地包好，放在柜子里，说将来有一天要把它们送给一所学校。

因为机关减员，到处人满为患，这个老人的去职只是个时间问题。可他自己并没想到这些。因为他在走廊上步履依旧，神情依旧。他根本就没有失业的忧虑。

到时候他又要回到野地里去了，回到那个空荡荡的屋子，像过去一样：身上没有一分钱。

这是肯定的。但同样肯定的还有，他仍然会活下去；而且只要活着，他就会想方设法去做一些对别人有用的事。

到现在为止，我走过了多少地方，遇到了多少人，各种各样的人；但仔细想了一下，还是第一次遇到了这样一个人：在努力活下来的同时，只想做一些对别人有用的事，只为不能更好地帮助他人而忧虑。

大写家

许多人都向我介绍：河边的某个村子里出了一个会写书的人，他写了很久，很多，看样子还要一直写下去。这当然引起了我的好奇。结果我就认识了这样一个人。

他有五十多岁，长得出奇地健壮，头颅很大，几乎呈四方形；脚大手大；说起话来声震屋梁；目光尖利，生气勃勃。他留了板寸头，几乎没有一根白发。他走起路来，脚板跺地咚咚有声，别人要一溜小跑才跟得上。

说到写作，他几乎对一切写作者都持怀疑态度：在他看来那些人不过是写写玩玩，没有多少意思的；而只有他所进行的工作——不停地写作——才无比神圣。

他写的书从未出版过，好像也没有这样的打算。他只是写。据他最亲近的朋友讲，只有他们这些身边的人才能一饱眼福。

他写得到底怎样呢？我问他的朋友，他们都毫无保留地点头，流露出无比的钦佩。都说："那才是个大写家呀！你去看看就知道了，那是大写家！"

我们结识后，直过了很长一段时间，才可以和他讨论一些具体问题，可以从容地交谈，彼此再没有多少防范。

他的家紧靠河边，在桥与河相交的直角位置上建了一座小土屋。这是土坯垒成的一个地堡式建筑，从外面看主要是一个长方形的大窗子。墙很厚，做了大窗台，上面摆着各种各样的小商品。从窗口那儿望进去，里面黑漆漆深不见底。最奇怪的是根本就没有门，你要进入他的家，还要从这个地堡式的四方窗洞爬进去。

他有老婆，一个孩子，孩子像他一样留着板寸头，头很大，身体却非常细弱；也像他一样，长了一对尖利利的大眼睛。大写家一多半时间就在这个四方窗洞前坐着，招呼过往行人，卖一些零碎商品。他起身招呼我的时候，就让孩子顶替自己的位置。在他的帮助下我才爬过了四方窗洞。我往里看去，努力调整自己的视力，这才看清里面还有很远很大的一个空间。我不明白的是，他为什么不多开几个窗子。

原来这个地堡模样的屋子内，一角有一个很大的土炕，这是用来过夜，看护地堡里的商品的。再往里才连接着这个平原上最常见的那种小房子——可能是一个南北向的厢房；穿过厢房东拐，这才到了一个稍微高大一点儿的正房。这是他真正的居所。

从地堡到厢房，再到正房，这其间没有一点露天的地方，全由过道、门和窗串连起来。所以很像走进了一座迷宫。

他的爱人长得也像他的孩子一样单薄，齐耳短发，圆脸，笑嘻嘻的，露出一对豁牙。她总是怀着无比敬慕的心情看着自己的男人。从她说话的口音上可以判断出，她是从南部山区来的，那儿是极为贫困之地。当她的男人与我讲话的时候，她就自觉地退到黑暗里去了。

我们每次总要先在厢房里坐一会儿。这里摆了大大小小的木箱，仍然有一个地堡里的那种大土炕，炕上是油黑发亮的被子。我们一起上炕，盘腿而坐，中间就是那床被子。他挥动着手掌给我谈写书的事情，谈到高兴处把那些木箱一一拉开——真正的奇迹出现了。

原来所有的木箱里都装满了他写的东西。一叠叠纸用黑线白线仔细订好，积了一摞又一摞。看那字迹有大有小，但一律工整。有的写在糊窗纸上，有的写在信笺上，但更多的是写在一些包装纸上，甚至是写在水泥袋上撕下来的皱牛皮纸上。从写作时间上看，越往后他的用纸越趋于讲究。但总的看还是五颜六色。我发现染成红色或绿色的标语纸用得最多。这些文字可以看成小说，也可以看成散文，更多的是各种文体混用。这么大的文字量，我想任何读者都要望而生畏的。我暗自把几个木箱简单估量了一下，认为这儿至少要装了上千万字。

我问他平时做些什么——除了坐在窗前？他说写呀，白天和晚上都是写呀。

从屋内的情形来看，他的生活简单到了极点。这使我又一次想到，人的生活有时候是可以极其简单的，人为存活而需要的物质，有时候是极其简单的——而这时人的劳动量却常常是真正令人惊讶的。

我们很少讨论这些文字的用途和动机，因为这似乎都不重要了。

时间久了，当我们更熟悉一些的时候，他才较多地把我领到他的正屋——那儿稍微明亮一些，使我可以更清楚地看着他那张又生动又严厉的脸。我发现这张脸至今还没有多少皱纹，油亮，闪着光泽。近一些看，他的神情原来是这样地善良而诡秘。

正屋里还有几个花布包裹，他在把它们解开。

我吓了一跳：又是一些写满了字的厚厚的本子。

南山四月

在那个犄角上，我从小看到的南山就是蓝色的，像天空一样的颜色，或者更蓝。它是整个犄角的最南部，像最坚硬的一道镶边。南山对于童年是一个美丽的想象，而对于成年人却往往是一个贫困的象征。"山里人"、

龙口西郊小河边　田恩华摄

"到南山去过山里日子",这样的讲法让平原上的人都多少觉得有点可怕。我后来当然不止一次到过南山,为生存而去,为跋涉而去。当然我不得不和大多数成年人取得了一致的看法。

山地需要攀登,需要付出更多的力气。在这里收获食物要比平原上困难多了,这就使我们无暇顾及它的美,它的特别的美。

这一年四月有外地朋友来,有人提议到南山去看花。他们的热情使我不好意思拒绝,但一路上却想:这会是一次无聊的南行。那里又不是花园,有多少花可看?那里顶多会有几蓬野花、几株果树。

汽车往高处行驶,渐渐进入丘陵。公路爬上山的隘口,一瞬间让全车的人眼睛一亮,几乎一齐脱口喊了一声:"看!"

高高矮矮的山岭上到处一片雾霭——不,那是繁密的花海迷迷蒙蒙,它们正顺着山岭起伏,很像流动缠绕的雾气。只是它有灿烂的颜色,有芬芳的气味。洁白的梨花,红色的桃花,稠稠的李子花——主要是梨花,所以我模模糊糊想起这儿有"四月看梨花"的说法。

这种美是人工造成的,由山里人一手培植。可这需要时间,需要耐性。山里人花了多久的时间才在这贫瘠的山地上培植出这么大一片花园。这样的光色只有在图画里才有,而且我相信,任何一个高明的画家也画不出南山四月——它的大幅轴画这会儿呼啦一下展开在这个山地隘口上。

大家走下车来,一时目不转睛地看。我好像觉得自己内心深处一些特别的追索,一些不可企及的需求,都在这时候得到了某种印证和满足。它仿佛在给予提醒:有一些境界是存在的,有一种表达是可能的。

全是花。山岭上没有人,只有花,只有安静透明的阳光和流动的气味。

偶尔听到水声,细小的水在山涧,在石板的空隙中。有些石板像一张张巨床,不规则地罗列在那里,水就在这些巨床缝隙间流过。

只有四月才是这样。那么五月六月或金秋时节呢?那时候是浓绿,是果实,是成熟的负载,是绿色的屏障,是另一种美。

南山好像一种浪漫艺术,比如说一台浩瀚的歌剧:先是喧叙的冬季、合唱与重唱的初春,到了四月就有了长长的激越人心的咏叹。

它美的重心和力量放在这里了,让你激越,让你领略它的不安、颤抖和深邃。

它在让我想起小时候,还有,想起成年的印象和感觉。

无边的喧叙过去了,四月的咏叹来到了。我远远地跑来犄角,又跑到它的南部山区,原来就为了这场倾听……

水怪

这件事也发生在南山。所谓"南山"这个概念,在犄角平原上有一个固定的指向:南边那一溜深蓝色的镶边;它的后面差不多等于异国——一个特别偏僻和陌生之地、神秘之地。直到交通特别发达的现代,犄角平原上的人提到这两个字,还时不时地流露出一丝轻蔑。

我有时想,生活在山地的人要获得一种尊严可真难啊。因为在这儿,所有的尊严都被高耸出地表的坚硬岩石给领受了,在它脚下活动的一些生灵就难以享有了——他们在高地上摸爬、攀登,还有,为了维持自己的生命所投入的一代又一代的拼力挣扎，都成了某种低下和卑贱的证明。

大约是一九五七和一九五八年间的事情吧，那时候动员起千千万万的人，在南山一条纵向大谷里实施了一个惊天动地的工程：修建一个蜿蜒百里的大水库。

工程完成之后，即便是干旱季节，这里还是水汽缭绕。因为山落水，溪水，各种各样的水，都在这儿打住。一条水坝使四下的水在此储存起来，不到万不得已是不会被放掉的——现在放水的机会更是越来越少了，因为天越来越旱。雨雪的减少，在犄角之地是人人谈论的事情。上帝很神秘很缓慢地进行着这个过程：削减雨雪。

反正是离开了水，这个犄角就会失去丰饶；而丰饶，从来都是这个地方的自尊和自豪。但南山那片大水还在，我去看过。它走近了像一个湖，离远些像一条江。没人听说这片大水有干涸的时候，所以它的基底，深处，就足以掩藏了什么——这让人去想象，甚至不仅仅是想象——因为不止一次，居于大水两侧的山里人发现了从水中冒出的怪模怪样的东西。他们笼而统之喊它为"水怪"：巨头，粗颈，从未见过的五官和肤色。有的描述成狰狞，有的则说它憨态可掬。但致命的问题是，所有的目击者都只看到了它的一个头颅，顶多是一段颈部和浅露的一小块脊背。

冰山的雄伟是因为四分之三在水下，水怪也是一样。它巨大的躯体只好留给想象了。

这片大水由一个水管所管理，有一些国家正式工作人员为它服务。可这些人却没有一个见过水怪，但又没有一个没听过它的传说——看来一切都要依靠群众，不论是战争年代还是和平环境，就连对待自然现象的诠释也不能例外。群众见过水怪，而且言之凿凿。

我怀着朝圣般的心情看着这片大水，因为它凝聚的劳作，它的辽阔，还因为这个传说。我也询问了一些目击者——其实真正的目击者微乎其微，但总还算有。

夜晚我住在那儿，享受着从大水中漫过来的湿气，嗅着浩瀚的淡水所散发出的特殊气息，听着"唰唰"鱼跳，还有不知名的傍水而生的动物的"咕咕"叫声。环湖有多少奇怪的生物，它们在不停地奔走、窥探。像海边和湖边的渔民一样，它们也在打这片大水的主意。有一次我甚至在湖边上看到了一双蓝幽幽的眼睛，那是豹子？山狸？或其他？都不知道。它悄然消失在无边的黑影里。枭鸟孤单的鸣叫声让这里变得可怕。有一些甲鱼爬上岸来，一直逗留到清晨，让沿湖散步的人把它们赶到水里；而有一些贪婪的人就随手捉走了它们。据说甲鱼是有灵性的，犄角上的人，特别是老人，对其心存敬畏者不在少数；而那些新兴的现代青年，还有所谓的企业家和小官人，只是将其作为营养美味和增加力量的滋补品，大啖一通。

这个水怪如果真的存在，那么它让人发生疑问的至少有这样几点：一是它从何而来，是否在此繁衍？再就是它到底有多少？是否是河马、鳄鱼或类似的东西？

但即便是后者也足以让人称奇。因为从来没人听说过犄角上的任何一个地方出现过它们的踪迹。

高山水库

不同的时期总是产生不同的奇迹。奇迹无不打上时代的烙印。比如说这座高山水库——它在这样的一个时代也许不那么时髦了；可是正像许多不时髦的事物一样，它曾经是、至今也仍然是生活中必不可少的一种存在，而且随着时间的延续将越来越证明其强大和不可取代。

时髦的事物往往是新颖的，快速流变的，大多数时候也是缺少根柢的。比如说它就不像这座水库，像它高大的石坝——那是用最优质的青石一凿一凿凿下，由众多的人非常耐心非常齐整地在两山之间砌起来的，它的高度比北京的工人体育馆还要高上许多。让人难以置信的是，它就是由山脚下那个不大的村庄，或者再加上另一边那个小村庄——就是这两个村子的人亲手设计，亲手开凿石头将它垒起的。那是几个严冬和几个初春的故事，或许还包括了一个夏天的故事。

这些小村里有一两个坚韧不拔的人，他们有些特别，执拗得很，要改变山地。上帝说：还应该有水，于是水就有了。但上帝让水自由流淌，这就损害了山里人的利益，使他们更加贫瘠。于是他们想说：我们村子里要有水。

于是水就有了。

几个山峰之间形成一条沟谷，他们就在沟谷的一端垒起了这个高大石坝——走近了让人望而生畏，退远些它又像是垒在山中的一个巨大石碑。

它上面真的好像写满了密密麻麻的字，记载着什么；当然，那只是勾对严谨的石缝，是交错的纹路，是凿子的印痕。有多少印痕谁也数不清，不过每一道印痕都是一连串的击打，都能听到砰啪锤声，都能看到火花四溅。当年的男女老少就由那一两个特别顽强的人率领着，到大山上来了。

据说在冬天，这儿扎下一片营地，扛石块的人排成一队往上攀登……完工之后他们又垒起了长长的石阶，顺着这石阶可以走到大坝顶端，在坝上看这一片蓝幽幽的可爱之水。多么清的水，碧蓝碧蓝。只有大山的落水才会这般清澈，只有这一片秀美干净的山才会积蓄起这样多的好水。这是我在很长时间里所看到的最美的一片水。

看来，人世间有一些精神可以集中起来使用。精神集中起来，肉体再跟上去；肉体跟上去，力量就跟上去。就是统一的力量才修起了当年埃及的金字塔、不可思议的宫殿；还有长城，还有精巧而巍峨的石刻艺术。这些都不需要说明，因为最简单的例子就在眼前。现在的山区和平原再也难以出现这样的大坝了，因为人们把精神分散开来：有时候它们各自独守，有时候它们又合成一小股一小股，从事与其力量相匹配的那种创造，或是游戏。

有人讲，集中起来的精神会产生极为悲惨的故事。当然是这样。不过也可以不产生。比如说修筑这座水库的时候，那么多的人，那么多的欢歌，那么多的辛苦。这里包含着那么多的友爱，甚至是爱情。有些爱情是很美的，人们至今铭记。还有在营地里讲述的故事，人们也仍然记着。

有一次我和朋友从水库大坝上下来——我们扶着栏杆小心翼翼地走，踏着精心修筑的台阶。朋友吓得手足都抖，我也有点害怕，尽管这是多次攀登大坝了。从上面下来，走到下边的小村里。我们要找当年那个特别顽强的人，听听他的声音，和他坐一会儿。我们达到了目的。

在一个低矮的山区小砖房里，老人把我们让到了炕上。他身体不好，咳嗽，但仍然要吸烟。他盖着一床薄薄的小花被子，把花被子的一边搭到我们腿上，让我们也像他一样盘腿而坐。让烟，我们没有吸。很平常的一个老人，可就是他带领众人做出了朴实的大事情。可能他也有许多缺点，正像所有人一样。可是他做出了朴实的大事情。他很执拗，对事物有很难更改的固定看法。他的一些看法很少受到时风的影响。那些在风中流传、随着风气变异的东西，很难改变他，很难吹动他。我知道在这个世界上，他这样的人需要很多——需要多少，我讲不清。

离开村庄的时候我想：我们现在正是得益于这一类人，得益于他们留下来的创造，是他们当年在工地上修筑、打造，才有后来者的享用。就像水库，没有积蓄，就没有流淌。人们有时候只歌颂流淌、狂泄和放纵，而忘记了积蓄、忘记了怎样才能够积蓄。

收敛的时代是不让人愉快的，可是没有收敛，放纵也不会长久，放纵不等于创造。

沙

没有什么比它更常见，我从小到大，一睁开眼就看见沙。细如粉末的沙，粗沙，望不到边的沙原，高高堆起的沙岗。在白得像面粉似的细沙滩上，留下了多少记忆。那上边长出的一丛刺蓬，一株槐树，特别是春天里刚刚生出的小桃树苗，在暖融融的沙面上蠕动着的一个甲虫，都那么生动感人。

沙滩和潮棕壤与褐土壤所不同的，是它更适合嬉戏、躺卧，它真正是童年的无边的席子，是他们的大炕和被褥，是他们欢乐的温床。

这片犄角有很大的一部分是由沙子组成。在临近海洋的地方，在犄角北部、东部和西部的边缘，都是各种各样的沙子。还有，在滋生树林和灌木的地方，也往往有很多沙子。

一年冬天，我看到一支"深翻"的队伍在无边的沙原上开始了挖掘。他们挖出一排排的长沟——原来几米之下就是乌黑的泥土。他们把泥土翻上来，把沙子再翻下去，这就是所谓的"深翻"。一条一条深沟挖开来，后面的沙子正好倾进前面的沟底，这样轮番倒腾，就有了一片黑色的泥土——付出了多大的劳动，可是一片黑壤竟然造出来了。在这上面几经改造，不久的将来又会出现一片真正的良田。

如今已经很难寻找人们用手营造的那样的良田了，倒时常可以发现沙子的珍贵。原以为取之不尽的沙子，竟是一种奇珍异宝。有人花高价让人从海岸上偷沙，偷到海港，然后一船船运走。运到何方不知道。反正玻璃厂、建筑工地，到处都离不开它们。那些偷沙者有许多发了财，他们就像西部偷猎者那样面目可憎，躲闪着追捕。在夜深人静的时候，常常是下半夜，他们才把车开到海滩上去偷沙。天亮时分，那些巡视的看护人会看到一个又一个湿漉漉的沙洞。

有人曾觉得保护沙子十分无聊，认为沙子反正是海浪从大海深处推拥上来的，取之不尽。他们不知道沙子也是一种十分有限的资源。实际上，它是由千万年的河水从高山上一路冲刷到大海里的，大海再用左右旋流把它们推到岸上——这就形成了所谓的海岸沙坝。

据那些管理沙石的人讲,沙子的优劣差别很大。比如这个犄角北部的一些沙子,可以说是世界上最优质的沙子之一。这是指制造玻璃器皿和搞建筑而言。它们纯度高,含土少,随便抓起一把在水里一淘,即会发现每个颗粒都晶莹剔透,让人一下想起珍珠。从北往南,整个的沿海一带沙子越来越细,越来越白。这是由于细细的沙尘更容易被吹动,它们随着北风南移,渐渐覆盖了一片膏壤。这就是细沙的来源。它们是大自然的威力,是筛选和摆布而成的。这种粉细的白沙有着更特殊的用途,也仅仅为这个犄角的北部所独有。

我在许多地方都很少看到这样大面积的粉细的白沙。这样的白沙上所生出的每一株草,每一丛灌木,都显得格外绿,格外干净和清爽。我看到:就在这样细细的白沙地上,播出了一片又一片的红薯、花生,甚至种植了葡萄、西瓜和其他水果。这儿结出的任何一种水果都有超乎想象的甘甜和香气——因为沙子把阳光反射出来,把光和热分赠给水果;原来这儿的土地上所生出的植物,都可以获得阳光双倍的恩惠。

夏天的正午,人们不敢赤脚在沙地上走,到处滚烫烫的。还有,即便戴着斗笠,不长时间皮肤也会被沙土烤红。每个人都变成了烤红薯,回到阴凉下彼此看一眼,都觉得对方比过去可爱。

地有三分

这个犄角总的来说属于半岛的一个角落,一个边缘,只是它更加凸出在海里。然而要仔细划分起来，它的整个面积有三分之一属于山地，三分之一算作丘陵，三分之一则为平原；另外还有两个岛屿，有它自己的一个半岛。自然地貌的主要属类在这儿被悉数囊括，所以它是一个完整的、自给自足的世界，它有自己的丰富性和多样性。不仅是物产，而且还有文化和风习的互补。比如山里人和海边人，口音相异，举止做派与志趣都大为不同。山里人强悍保守，而海边人灵活多变，时髦，也多少有些傲慢率性。所以当地人流传着"山霸王海贼"的说法。而中间的丘陵地带，由于同样像山区一样，有一些凸起的岩石，人要爬上爬下，所以生活起来就更多地像个山里人，他们也自觉地把自己归于"山区一族"。犄角的边缘才是平原，而平原上的人格外富裕和强大。他们差不多自成一个世界，是犄角上名气最大、最具有代表性的族类。他们无论年长年幼，一概将南边山区的人叫作"山里老大哥"。由于过去交通不便，山里人很少吃到海鱼，沾不到腥气，这在海边人的眼里也就分外可怜、愚笨和不够开化。而沿海一带的人有鱼类的帮助，磷和蛋白、钙质吸收得多，就似乎有体力和智力上的优越感。他们往往是开放的先驱，是风气的制造者和率领者，往往最早享有一些洋玩意儿。

其实山里人也有自己令人羡慕的优势。比如说山里人更长寿，更老实也更本分，人事关系也远不像海边上那样混乱。山泉的甘甜，山果的鲜美，这都是平原人难以享用的。

土地生人，改造人，教导人，决定了人的一切。所以我大致可以说犄角上有三种人，他们分别是平原人、山里人和丘陵人。

作为土地过渡带（丘陵）的这一部分人，在最近几年变得越来越像平原人了。而真正的山里人却变得很慢。奇怪的是越来越多的从海边上到山里工作的人愿以山里人自居，动不动就说："俺是山里人"。可是族居的山里人却往往回避这个词儿。

近几年山里发现了金子，平原上的人就进山帮他们开采，连犄角之外的人也远远赶来了。金矿四周盖起了一片又一片别墅。也有很多人死在大山里。

而很早以前，山里人认为海边上才是最危险的，因为许多打鱼人死在了海里。现在他们才知道，大海和高山对人都是一样的危险。

丘陵地带的人在漫坡地上一辈又一辈耕种土地，悠闲而贫困。但他们今天越来越不安分。

他们过去是往北，现在是往南——去寻找那种危险。

月主

不知太阳神住在哪里。月亮神呢？查查典籍就可以知道，原来她住在莱山。莱山在哪里？原来就在这个犄角的南部山区。秦汉时期，莱山曾是天下驰名的几大名山之一，而如今却湮没在众多的名胜里了。比起其他名山，它不够高大，似乎也有些偏僻。天下是否有比它更早的、被月亮神选作居地的山峰，不得而知。

当时的千古一帝秦始皇在两次东巡（也有人认为是三次）当中，曾亲自登上莱山，拜了月主。当时的月主祠的基础，至今还留在莱山上。秦始皇东巡的壮举留于正史，所以没有一个历史学家提出过怀疑。

其他的都是传说。

比如说那个欺骗了秦始皇、率领三千童男童女和五谷百工、东渡瀛洲的徐福（市），就是在这儿拜见了秦始皇，领受了采长生不老药的命令，得计而去。还有，离莱山不远的那条黄水河，一直流向渤海湾，在海湾那儿形成了一个有名的古代军港；而那个港湾如今已是淹没了大半，成了沼泽——当年就在那里，徐福造船，集合船队，弄足了粮草和各种各样的重要人物、精巧器玩，然后扬帆起航。这一伟大事功的准备时间可能不会少于三四年。

今天看，这座莱山似乎已经不堪重负。加在它身上的那些重大的历史人文似乎太多。月主祠果然列入了重新修复的计划，这座草木葱茏的秀丽小山很快就要响起一片建筑的嘈杂了。

在整个南部山区，莱山是植被最好的一座山。山上有采不尽的各种药材和奇花异草，有人在这里甚至发现了成片的百合，发现了大得惊人的杜鹃树。莱山的秀丽，它的规模和姿容，的确让人感到了阴柔之美。它真的应该属于月亮神。在许多时间里，它在太阳光的强烈照射下，显得欣欣向荣。可是在黄昏，在清晨，在绿色笼罩的浓荫下，仍然能够感受到那种阴凉和幽暗的温柔，感受到这座山所特有的那种温煦可亲的气息。

攀登莱山有许多道路。除了其中的一条可以勉强开进汽车外，其他都是踏出的小径。登上这座山的主峰并不累，但一路上却可以饱览秀色。即便是冬月，仍然有绿色的松树。干枯的草藤附在岩石或山土上，显得那么朴素和安静。何首乌、地黄，还有蒲公英、拳参和枸杞，它们在这个季节里叶子枯黄,紧伏泥土,等待又一次苏醒和生长。

登上山巅北望,可以看到渤海湾。如果是一个晴朗的天气,还可以看到海湾里三三两两的岛屿和渔船——同时想到月亮为什么会选择这座山作为自己的栖身之地。这儿离月亮神的出生地实在是太近了,我们都知道"海上生明月"。不难设想,月亮神一定要寻找一个离大海很近的山,作为她陆上的居所。莱山的月主祠,实际上就是月亮神的别墅、驿站,或是行宫。依此推理,她当还有另一些类似的地方;但起码在古代,在很长一个时期里,莱山是最有名、最重要的一座月亮神驻地。

秦始皇当年登过泰山,拜过泰山神,进一步东巡。到达烟波浩渺的东海,其中最重要的事情之一就是登临莱山。拜过月主之后才去更东部,即荣城的"成山头"(所谓的"天尽头")。从"天尽头"往南,沿海略作徘徊,又往蓬莱、黄县一带海岸游走——即"过黄腄"。就在这里,他射杀了大鲛,留下了传说当中最具神采的一笔。

实际上,亲手射杀大鲛的更有可能是他的随从,比如说那些渔夫和武将,而并非帝王自己。但任何事情不附加到帝王身上,就难以流传。征服和剥夺的力量才让人津津乐道——历史上似乎从来如此。

而这一切都是在温柔的月亮神的注视下发生的。

尽管太阳是万物生长的依赖,是热力的来源,甚至是月亮光泽的来源,但月亮神比起太阳神,却让人更为向往、依恋和亲近。

这儿常常能够看到那些衣衫褴褛的农民攀登莱山——在一些固定的日子和节令,他们来这里许愿、叩拜,把信赖交付月主。

半岛

它从犄角上伸出来,像一把剑柄一样插入大海,结果构成了这个犄角上的半岛。我们字典中有一些字是专门为一些地方而造的。比如说"屺姆"两个字,就是为这个半岛命名。自己的"己",母亲的"母",各加一个"山"字,就构成了它的名字——"自己的母亲"。当地传说:自己的"己"本是寄托的"寄",是远征的将士把母亲寄托在这个半岛上的一户渔民家里,然后出征打仗——名字即缘此而来。我觉得并不可信。但岛上的现代人还是为这个出征的将军搞了一个石雕塑像,并且为他从典籍上查了一个名字,全不在乎是否牵强。

近来这个岛上又有了徐福的雕像,而且出自名手。雕像上徐福的气质的确不凡,是一种庄严、忧愤的神情,不像现代人所搞的一般历史人物的塑像,不似那般平俗和过分装饰。但在我看来,这个雕像也仍然有些毛病——作为秦人,他的裤腰似乎过长了些;这么长的裤腰簇在胸腹,起码是汉代以后的事。在我看来,他的裤腰去掉半尺也就完美了。

按照传说推算,那个将母亲寄托在当地渔村出征打仗的将军,他当时背着母亲寻找此地,也只能坐船——因为那时候这儿还不是一个半岛;这里成为半岛只是近一千多年的事情:海水旋流把海底的沙子不断推拥过来,在小山和陆地之间缓慢形成了一条沙坝。

如今这个连陆沙坝平展展的,海拔高度不足两米,连接着尽头那个岩石山包。整个沙坝上全是松树,一片可爱的绿色。在去屺姆山头的路上,尽可以领受一种特殊的感觉:两边都是海浪,中间则有微微的松涛与之呼应。

就在这个沙坝上，十几年前还可以看到一个小小的庙宇：它供奉的不是任何大神，却是蚂蚱。所以这座庙宇就被称作"蚂蚱庙"。传说历史上这儿蝗灾严重，一群蚂蚱像乌云一样卷来卷去，地上颗粒不收，所以当地人就像惊恐雨神雷神、水神和土地神那样，为蚂蚱盖起了一座庙宇。他们认为一定有一个主管蚂蚱的神。

不知道这在全国是不是唯一的一座供奉蚂蚱神的庙宇。但我由此知道，当恶的胁迫力的确形成并不断加强的时候，崇拜者也就相应地产生了。崇拜往往是超越道德的，崇拜在许多时候是和恐惧连在一起的。

为了开展旅游，当地人在半岛上搞了各种各样的塑像、建筑，而且还发掘和制造了一些传说。这儿既有海蚀洞，那就刻上"神仙洞"三个大字，再塑出各种各样的鬼神怪兽，塑上拙劣的牧羊女和群羊。他们急切地要给一个自然美丽的半岛附加文化和历史的重量，增加其曲折性和神秘性，制造一些幼稚而粗俗的思维迷宫。实际上，这一切不过是事倍功半的一些游戏而已。它所固有的一些自然的地理的魅力，历史形成的一些痕迹，比如说蚂蚱庙，比如说在国内战争时期，这儿作为一个港湾所发生的那些渡海军队的集结和牺牲的故事——一切原本是足够吸引人的了。

十余年来，不知多少次去这个半岛。有时候是陪客人，有时候是自己。现在那儿有部队，有一个很大的渔村，还有旅游机构，气象台，高高的灯塔。我从费力筑起的、沿石壁下到水边的台阶上，绕到陡直的海蚀崖下边。脚下是拍岸的水浪，往上看则是随时都会吹落的、看上去有些松动的石壁。实际上，即便在呼啸的大风天里也很少有石块脱落。石壁上有一个个海蚀洞，这些在千百年里形成的大大小小的洞穴，如今成了海鸥最好的栖身处。

有一次我从海蚀崖转弯的时候，有一群海鸥从洞里猛冲出来，其中的一只翅膀似乎还扫了一下我的脸颊。

记得我还在海蚀崖下拣到了一个不大的海蜇，捧着它往前走。可惜只是一会儿，这个海蜇就化掉了大半。大约在三四年的时间里，每年夏天半岛附近都涌上一片又一片的海蜇，数量之多，来势之猛，让海边的人目瞪口呆——过去捕获海蜇的船，常常在一天多的时间里也不过捕上几只，而现在它们却自告奋勇地送到了海边，前仆后继，挤得船都开不动，网都无法拖。人们不再用大扣眼的渔网到海里围堵，而只用铁爪勾往上捞。海蜇在海边堆成了山，还在源源不断地汇集。一连三年，或者四年，都是如此。一时间，整个犄角的公路上都挤满了运海蜇的车辆，到处充满了海蜇的腥气。

女人都扔下了手头的工作，到海边来炮制海蜇。

这种百年不遇的收获季节，让人喜悦的同时也悄悄埋下了一个恐惧。许多人都认为这是一个不祥之兆——跟在后面的也许会是某种灾难。他们的这种怯懦和担忧是有来由的。

四十多年前，也是一个夏天，也是一连两年的时间，海边上突然出现了源源不断的青鱼。它们一群一群，重重叠叠往岸上涌。当时的青鱼就堆得成山成岭，海边的女人同样也是涌到这儿炮制青鱼。那时候到处都是熏人的鱼腥味，是彻夜不息的灯火。而后来，大约是一两年之后，就发生了异族人入侵的悲惨事件。这场战争一直持续了六年，给这个半岛、给整个犄角地区留下了永久的创伤。那些异族人在这里留下的建筑，至今还能看到。

屈指算来，从海蜇不顾一切地涌到陆地到现在，已经五年过去了。好像还没有发生什么足以让人记取的灾变。人们暂时扔掉了恐惧。

有一天，我在半岛南面洁净美丽的沙岸上散步。黄昏时分，大概人们都回家吃饭了，海岸上没有一个人。正走着，日落的方向出现了一个小黑点，它在晃动，远远看去像一个刚刚上岸的海物。我迎着它走去。那黑点在逐渐扩大，在向我走来。

只有几百米远了，我看清那是一个人，准确点说是一个孩子。更近一些我才看清，那是一个扎了两条小辫的可爱女孩。她顶多有七八岁，稚气可爱，圆脸，鼻中沟很深，眼睛又大又圆，黑黑的。令人惊异的是，她怀里抱着一条大鱼：不是横着抱，而是头朝上，像搂抱一个婴儿那样。鱼太重了，她不得不用力地腆起肚子，紧紧地抱住它 —— 一条银鳞大鱼……这时我才注意到，不远的海湾里是一条条归来的铁青色大船。

这个可爱的小娃娃，肯定是在那儿流连的时候搞到了这条大鱼。

沿海岸往东，是村庄的边缘。这孩子大概要把鱼抱回自己家去。我一直看着她的背影，看着晚霞把她映成了红色。

大鱼和孩子都离我远去了，这真像一个美好的传说。

昔日花

记忆中的过去，这里给人印象最深的就是花：到处都是花，真正是花的海洋。我这里指的是春天来临的时候，是成片的洋槐花、海边果林一夜之间绽开的杏花，还有接踵而至的苹果花和桃花——这一切交汇而成的气味和色泽；是逗人的喜气，节日的嬉戏，是它所促成和焕发的那个年龄所特有的敏感与欣悦。

每年都开始盼望温暖的春天，盼望沙岭上的积雪融化。当雪水顺着高坡哗哗流下，把细细的沙末涂成美好的图案时，我们知道绿蓬蓬的季节就要来了，花的海洋就要来了；蜂子和蝴蝶纠缠一起，它们与我们一起玩耍、或是向我们发起挑战的季节就要来了。那时候我们的视野还没有现在这般开阔，不知道南部山区也有一片花的海洋；我们眼里只是这个犄角的北部，是这个平原。

随着季节的深入，各种各样的野花在灌木丛中盛开，它们取代了槐花和果花。这些花多得叫不上名字，但它们更奇特也更引人注目。后来又是每一家院落里长起的一丛丛蜀葵和美人蕉。这儿的蜀葵和美人蕉最多，我简直不记得在其他地区看到过这么多的蜀葵。那时这儿家家院落都很大，院内院外都长起成片的蜀葵，成了蜀葵林。我们就在蜀葵林里捉迷藏，吐露着过早来临的心事。一想起成片的蜀葵，我就想起了小时候的伙伴，想起在花丛中奔跑的男女同学。

他们常常把一大簇一大簇的蜀葵花带到学校，还有木槿花、菊芋。菊芋花连成一大片，望不到边，它们是繁衍得最快的一种花。在饥饿的年代，人们不是像现在一样把菊芋做成酱瓜，而是放在锅里，像蒸芋头一样蒸熟。实际上它是蒸不烂的，永远都是脆生生的。一大束菊芋花抱在怀里，然后再用一个水罐盛上，放在桌子上，那就是最美的一幅图画。

我所待过的那个小学种满了白菊花，它在果林间隙，到处都是。还有，在果林灌渠旁,总是野生了一大丛一大丛的金盏草,又名千层菊——它有一种奇怪的邪味;但我们都愿伏在它的上面深深吸上一口,然后抱怨;不断地吸,不断地抱怨,学大人说一些难以入耳的粗话。在水渠下面的低洼处,是成片的粉红色的小蓟花。小蓟花不起眼,可是连成一片多么美丽,简直令人神往。还有荒滩上的荼花,一眼望不到边,它们在微风中摆动起伏,真正是如火如荼,来势汹汹。这种花在开春的时候可以吃,它刚刚长成一个花苞的时候,我们都伏到刚刚泛青的草地上寻找这种花苞。揪花苞时要发出"咕咕"的声音,当地人就叫这种花为"咕咕老":因为这种花一老就不能食用了,只能吃它娇嫩嫩甜丝丝的花苞——可能是对"老"的厌弃吧,所以就在"咕咕"后面加一个"老"——"咕咕"是声音,"老"是担心。

不知多少次到昔日的荒原上,到记忆中那些小径上寻找。没有了,没有了小径,也没有了花。起码是没有那么多花了。只看到了洋槐花,它们偶尔有一丛在松树间闪烁。至于成片的果树,特别是记忆中的山岗、随山岗起伏的烂漫桃花,那一棵又一棵巨大的李子树——世上有什么花比李子花的香味更浓烈,更密集,更不吝啬,简直是疯狂一般的开放——再也看不到了。

没有了,这里只有一些丑陋的红砖建筑,有挤挤歪歪的烟囱、工厂,特别是薰人的化工厂。很明显,是时代的诱惑赶走了鲜花。丑恶的物欲总是鲜花的敌人。

农民诗人

我相信"农民诗人"是一些天生丽质的人。我们曾经宣传过很多"农民诗人",他们在底层,在艺术特别是诗歌艺术的罕至之地——是在这些地方出现的一些奇妙人物。但是后来,许久之后我们才发现,这些人中的一大部分往往很难被称为"诗人"。不是因为他们的作品表现形式上的粗疏,而是其他,是因为其中最致命的东西的丧失——缺少诗意,缺少生命和个性的魅力。作为一个诗人,这都是最迷人的部分。他们更多的倒是一些巧言趣话的制作者,一些滑稽人,一些善于说顺口溜的人。

在这里我们必须指出:要让一个自然而然地生长起来的农民诗人丝毫没有顺口溜的倾向是不可能的,也过于苛刻;但我们必须透过这一切屏障,望到那对在欢乐中燃烧的眼睛,感知其羞涩而激越地跳动着的一颗心脏。他们贴近泥土,颜色相近,可你只是凭感觉,而并不需要逻辑和学术方面的推导辨析,就能一下知道他们是否正是我们所要寻找的——诗人。你被他们打动,而这恰恰是因为可以称之为诗的那种东西的缘故,正是它的力量——是它们在出其不意地突袭过来,掀你一个趔趄,你站稳之后,定定神儿,就不得不在心里发出一个肯定的低语,说:我遇到了一个诗人。

到现在为止,四十多年来,我相信我的确是、也仅仅是遇到了一个农民诗人。当然这个地方不是别处,就是我一再提到的那个渤海湾畔的"犄角",是这片很小的土地。

当地人一直传说有这样一个"出口成章"的怪人:他记忆力特别好,荒诞,不正经,只是构成了一个村庄或是更大一片地方的欢乐的来源。人们对他钦佩，但绝谈不上尊重。当时这儿并没有"诗人"这个概念。他们把一些说快板的、能言善辩的、说数来宝的、所谓"死人也能说活"的一些人，统统称之为"嘴子客"。说某某人是一个"嘴子客"，一个"大嘴子客"，或者说："神了，嘴子客"。

在沿海的一个村庄里，我第一次见到这个"嘴子客"。这个村庄现在看人烟稠密，大约有四五百户；作为一个基层行政管理机构，它负责的范围还包括周围三四个更小一点的村庄。这个村庄的全名必须冠上两个字："灯影"，正式的村庄普查书里都有这两个字。可以想见很早以前，这里还是大片荒原，人烟稀少；想必是远方的人往大海方向走，走到黑夜，模模糊糊从丛林缝隙中看见一线灯影。很诗意。

一个诗人在灯影里，这本身就很诱人。

就在那个较大一点儿的村庄里，也就是灯影里，我遇到了那个人。那时候他很年轻，但由于我更年轻，所以看上去他是真正的大人。今天屈指算来，他当年也不过三十多岁，是一个成家立业的人，即所谓"拉家带口"的人。

那个年头仿佛人生孩子很容易、很快似的。记得他当时已经有了三个孩子，两男一女，一律淌着鼻涕。他的老婆是一个身材细小的人，心直口快。给我印象最深的是她那一双美丽的大眼睛和发紫的、显得不甚好看的两个高颧骨，以及同样是紫色的肥厚嘴唇。用今天的眼光看，她也许并不难看，有点像亚热带的女人。可是在当时，谁都知道"嘴子客"娶了一个丑老婆。

无论是当年还是现在，人们对于美都有一些固执的、特殊的规定。比如说在五六十年代，人们眼里的美女必须是圆圆的大脸盘，只要有了这样的大脸盘，眼睛和嘴巴，更不要说鼻子和其他了，倒不再重要。人们看到大脸盘的女人就说：瞧呀，美丽大姑娘！而且在犄角一带，从过去到现在都不时兴娇小的女人。他们希望她的身材相对高挑，粗一点不要紧，只要匀称、健壮就好——再配上那样的大圆脸，也就十全十美。

由于诗人的老婆完全不是那种类型，所以人们都认为她丑。要从今天的角度看，她的肤色、脸型更有个性；她的身材，用当代人的审美标准来看，那也是时髦的。可惜当年大家都不以为美，诗人也就不以为美了。

他们经常吵嘴，但关系总还过得去。生活艰难，吃地瓜干，不停地劳动，清晨和夜晚都要赶到田里。在那种枯燥、但有时也显得过分热闹的集体劳动中，无论是家庭生活还是其他，都容易处理得多。忠诚和团结来自相濡以沫的生活，富贵和金钱，物质享受，的确可以让人心涣散，让亲密无间的朋友、让异性之爱腐败变质。

当时我是被嬉皮笑脸的一圈人推到了前面，因为在那儿，就是这个所谓的"大嘴子客"在即兴表演。

他穿了一件藏青色的衣服，一条有点短的黑裤，裤脚很宽，腰上用布条紧紧系了几下。那种老式上衣穿在身上，真像某种拘束衣，看上去两个肩膀被绷得很紧，两条胳膊往一旁翻着。他在人们闪出的一小块空地上，仰头、眯眼，进入了沉思。这时候大家都一声不吭，有的还半张着嘴巴盯着。所有的人都在等待，等待那突如其来的、一连串古怪而有趣的、让人沉醉的话语。这个人真是貌不惊人，矮小，不，是粗胖：典型的五短身材。他的头有很长时间都在忘情地仰去、仰去，两眼迷蒙，嘴巴抖动——抖得越来越厉害；后来，他的两手突然拍开了肚子，一下一下拍打。就这样拍了一会儿，才渐渐睁开了眼睛。他在轻轻转动头颅，好像在寻找天上的星星—— 大白天什么也没有，只有一轮太阳在稀疏的云里。他开始数叨起来，一句一句，越数越快，越数越流畅。

我发现他说的都是一些合辙押韵的话。他在诉说一场战争。这场战争年代模糊，在他嘴里变得多少有点逻辑混乱。我听着，觉得一会儿像朝鲜战争，一会儿又像是跟日本人打仗，还有时候几乎就是一支部队在怎样巧妙地围追堵截一股可怕的土匪——这股土匪就在古代的这片平原上，在荒野里出没，伴着老虎、狼、猞猁等等凶恶的野兽。这场酷烈的战争中，战士手持矛枪、机枪、手榴弹，甚至是一种特异的、神奇的飞弹，坐着飞车……总之，战争中运用的不同手段在科技程度上相差悬殊，更说明了他的编排正处于混乱状态。可恰恰也就是这种混乱，使他获得了更大的自由。

他说得有趣极了，大家一会儿发出"喔！啊！""啊哟，他妈的！""混蛋，真是大混蛋！"之类的喊声。每个人都忘记了一切。高潮一次又一次来到。也就在这时候，我发现诗人做出了一个奇怪的动作：他扯住藏青色的衣襟，猛地一拉，发出了啪啦啦的响声，衣怀一下子敞开了。原来他的衣服钉了一排暗扣。随着这啪啦啦一声，胖胖的肚腹完全袒露出来，油光锃亮，像他的脸膛一样，都是黑红色。他两手拍打肚皮的时候就发出了乒乓声，伴着吟唱、数叨，真是显得格外来劲。

一会儿他的脸上满是汗珠，一首诗吟诵完了。

大家鼓掌、跺脚，看着他大口喘气。

只是一会儿，有人就喊着他的名字，让他再来一段，再来一家伙，快些，再来！

我也跟着喊起来,忘记了一切,忘记了对方刚刚经过了一场激动,十分疲劳——人们在索取快乐的时候总有点儿贪婪,我也一样。

他显然没法马上满足大家,他在喘息。后来他蹲下,坐在了半截土坯上。这时他又变得和大家一样了,笑眯眯的,懒洋洋的,显然不准备"再来一家伙"了……

就这样,我记住了这个人。

当时,我只知道他是一个说快板的,一个"嘴子客",一个头脑特别机敏而又多少有点儿失了正形的人,却没有想到他是一个诗人。要知道在平原上,一个男人的本分是田里的劳动,一个好男人要有劳动方面的超绝技能,因为他要忙生活,要顶着一个屋顶,率领一个家庭;他对于妻子和后代的责任,就是不仅能让他们在自己身边幸福,而且还要给他们打好未来生活的基础。像我遇到的这个诗人,他的嘴巴和头脑没有为他获得任何物质上的利益,所以人们在内心里并不看重这样的人——虽然要时时想起他,需要他。因为人们也可以忘记他,忘记他又不影响自己的生计——像那些村边的树木,某一棵因为长得特别高大或特别好看,他们有时候就会想起它,偶尔还会拿来夸耀。但这些植物,它们的命运,毕竟还不能与村民的命运联得更紧,二者之间也难以找到切近的因果关系。他们很容易就忘记自己在酷热的正午要在它的阴凉下获得宝贵的歇息,或在这儿思索,倚靠;他们更不去想:整个村庄都因为这些植物的生长而变得美丽,变得让人更加向往。这些树木与他们的村庄在平原上构成了非常和谐完美的存在。

当我长得更大一点儿,懂得了一些事情之后,开始用研究和探询的眼光来看待这位农民诗人了。我开始有了"诗"的概念,并且在正视这样的一个现象。我想了解他识多少字,他那些脱口而出的、像泉水一样奔流的妙语到底来自何方?是来自心灵,还是来自他的记忆和阅读?探询中我终于明白了,他一个字也不识,是真正的大老粗,连自己的名字都写不好。而他吟诵出的那些词句,一大节一大节从没有人记录过。有的他自己能记住,有的时间一长连自己也忘记了。而且其中的一部分,的确是他在参加晚会或到别的什么地方听来的,比如快板、数来宝之类。农民诗人当然没有什么版权意识,他并不认为由自己拼凑改装和转述会是一种抄袭。但可贵的是他在转述过程中总要做重大修改,大把大把掺进了自己的喜乐哀伤;他把它们串在一起,结果原作就给搅得混乱而有趣。比如说我小时候听到的那一场长长的吟唱,就是这样的产物。

  时至今日,我后悔的是没能够帮助他,帮他把那些复杂多变、令人眼花缭乱、其产量大得惊人的吟唱记录下来。晚了,一切都晚了。他随着年龄的增长,吟唱的数量越来越小,记忆力也自然而然地开始减弱,诗句变短,美好的段子也在遗忘。而这个村庄里最喜好听他吟诵的一些人,也在开始死去;剩下的一些人,他们只能记取一点点片断和个别的句子;因为那些吟唱毕竟不是来自他们的心灵,那是别人的,是他的,是那个五短身材的贫困的人。

  这里必须指出:诗人一般而言是必要贫困的,农民诗人更是如此,或者说农民诗人也不例外。在城市,甚至在国外,也并没有多少特别富裕的诗人。变质的诗人可以过得马马虎虎,纯粹的诗人好像就必要忍受贫困。像我所看到的这个诗人,就是这样。我进过他的院落、土坯房,亲眼看过他的生活。他的房子甚至没有砖石做的墙基，瓦顶刚刚换成，前不久还是草顶；土坯院落上，是没有上漆的一扇薄板门——而在不久以前这还是一扇柴门；泥院坑坑洼洼，上面满是鸡粪和草屑，一些灌木枝条……我不知这样的小泥坯屋，一旦来了大一点的雨水会不会坍塌。好像这儿近些年不曾出现过那样的雨水。

我曾在诗人热乎乎的土炕上攀谈过。当我郑重地请他把那些我印象当中最有趣的诗句复述一遍的时候，他显得作难了。他说得断断续续，远远不及在田边和村头那么精彩。我知道他需要激动，而我唤不起他的那种激动；他需要迎合，需要刺激，需要群情振奋，需要这种所谓的"场"来给予刺激和配合。

尽管如此，他还是吟出了很多。我问他那些听来的部分——如何记住？为什么能够听到一次，就几乎一字不差地转述？他的脸红了，好像我是第一个指出他是"听来的"，是转述。他说：那怎么会忘呢？那比自己编还不是容易得多！我当时听了觉得有道理，可后来一想还是费解——这需要多么好的记忆力，这简直有点神奇了。但我又想，这种超群的记忆力可能更多地来自他对一种艺术形式极度的、出于生命本能的挚爱——是巨大的挚爱才让他焕发出巨大的捕捉力和记忆力——他觉得听到的这一切是如此有趣，简直不可多得，也就紧紧揪住，使它再也不能失去……这个情形在一般人身上也同样可能发生。

我指出他是一个名副其实的农民诗人，是指我亲眼所见、亲耳所闻，特别是身临其境的那种感悟和判断——我知道他会沉浸，会感动，会深深地感动；他会追逐一种意境，用自己所习惯了的形式来加以表达。而这形式更为直接明了，更能达到他所神往的那个境界。有时候，他的吟唱还具有一种史诗意味：这正是生于民间、土生土长的一类艺术家的共同之处。他们编年史式的诉说和记忆，有时候会不知不觉地踏入史诗领域。

一个宗族，一个村落，一个地区，所发生的一些大事，险峻，怪异，值得被后代人所记起的一些事物关节，都在这种吟唱中被如数地穿起。他们在诗的丝线上娴熟自如地拨动那些彩色的珠子，一串又一串。有时候他们添上一两枚，有时候他们减去一两枚——一首长长的史诗就这样诞生了。而且他还在接续上去，没有头尾……这就是所谓的民间文学，所谓的诗和史的结合。

最后——现在——当我终于记起他来，终于让兴趣、好奇心以及工作上的闲暇凑合一起，催促我去认真探究和寻找的时候，才发现真正地晚了。农民诗人不在了。

他好像不是直接死于贫困，而是死于沮丧。因为后来电视机有了，通俗歌曲有了，牛仔裤有了，录像机影碟机有了，什么都有了，钱也有了——这是指周围的人——当他们一切都有了的时候，往昔那样的聚会也就没有了，村头和田边地垄的集体劳动也就没有了。诗人再不能把他的吟唱和冲动完整无损地交给身边的人，即便是他的妻子和三个孩子——他们也像别人一样忙，没空听自己父亲的"穷说"。他感到无处吟哦，就只能自言自语；偶尔一两次有几个听众，也不多。今天，他的吟唱更多换来的倒是嘲笑和怀疑的眼神。

这个时代，好像从城市到乡村，都无一例外地丧失了欣赏诗的能力。诗人寂寞了，沮丧了，后来也就死去了。

他死去很多年之后，人们好像才突然记起了什么，有人一打听，他们立刻一齐大声感叹：他呀，那个人，哎呀，不简单！

就这样一个不简单的人，当年却没有人帮过他，不论是物质还是精神，都没有给予他什么援助。真的，他是寂寞而死，忍受而死，特别是——沮丧而死。他对许多许多都感到沮丧。如果我能及时赶来倾听这吟哦，就一定会听到他吐出的沮丧的内容，沮丧的节奏……这同样是诗。没有了，来不及了，我赶不上他的吟哦了。

我去看了他的坟头，很小，在荒野里孤零零的。奇怪的是这个村子的坟头大致是垒在一处的，那是所谓的族坟地；而这个诗人明明属于他们一族，坟头却孤零零的。它这么矮小，上面的荒草长得稀稀疏疏——好像荒草也不愿到这儿来生长。我不知道，也不想问。生前给别人带来那么多享受和欢乐的人，到了晚年，特别是死后，却要如此孤寂。

看来，现在，即便是另一个世界的人，也不需要诗了。他们不需要一个人激动的吟唱，不需要倾听。

不知是后人的决定，还是他生前的遗嘱，让其做出了这样的身后选择：孤独。

盯着这个坟头，蓦然想起了他的音容笑貌：激动的样子，头颅向上仰去，眯着眼睛，嘴巴颤抖；他黄黄的脸色——还有，我仿佛在什么场合见过他头上捆过一条土黄色的粗布……这个平原上的人是没有这样的衣着习惯的，但我越来越认定，没有错，他头上的确系过那样的粗布：这使他看上去更像一个弄小杂耍的，愈发滑稽和无足轻重，不过也更加让人难忘。

我长久地看着他的坟。我在想：如果有人把他所有的吟唱都记录下来，那该是多么了不起的一个长卷。那种丰富、瑰丽斑驳，是足以让好多领受风骚的所谓大诗人感到脸红的。

真的，我见过这样的一个人，我跟他交谈过，他的家在一个叫"灯影"的地方。我现在不过是记下自己所看到的一个奇迹，如此而已。

失冬雪

记忆中那个犄角，那个平原，特别是近海平原上那漫天铺地的大雪，是非常令人害怕的。有时简直不敢回想。可是后来，越是接近现在，越是怀念那样的大雪。

好像那时候更像冬天，那才是真正的冬天。大风，大雪，雪的山岗，雪的茫野，雪的故事。这是欢乐的故事，也是悲惨的故事，不敢回想的故事。我很难划一条界限，指出从哪一年开始，我们失去了那样的大雪。不过真的会有一条界限，跨过这条界限，就进入了无雪或少雪的冬天——直到现在。

而界限的另一边，仍然是漫天大雪……雪把一切混淆了，弄成一个颜色，铺展到天边，而且融化得很慢。整整一个冬天都是雪的世界，洁白的世界。春天来得很慢，但春天真正有一场大融化，大复苏，有一场冷热大置换。在暖流扫荡了一片寒冷堆积之后，烂漫的鲜花开放了——那该是怎样振奋人心的一件事情。

就在那条界限之后，一切都截然不同了。整个犄角上漫成一片无边无际、像海洋一样的鲜花没有了，它们变得寥寥无几。雪花和鲜花之间好像有着某种默契，做着历史的配合似的。失去一起失去，稀薄一起稀薄，丰盛一起丰盛。在失冬雪的同时，我们也可以说失去了鲜花，失去了一个盛大的春天。现在的春天温温吞吞，不急不躁，不浓烈也不激昂，平平淡淡地开始了。是的，没有冬天的峻厉和残酷，就没有春天的浪漫和温暖。总之让人铭心刻骨的东西，正在渐渐丧失。

这或许是一个时光运转造化的神奇隐秘的规律。可叹人生短暂，我们无力做出这种大观照，只得在记忆上寻找一点对比，发出一点慨叹而已。星转斗移，光年计算，古代蛮荒与现代文明，石斧石镰与计算机软件——这当中经历了多少，转化了多少。这一切决非个体的生命所能够把握。

在这儿我只是回忆小时候的新鲜记忆，新鲜视野；是那个时候所摸到、感到、看到的一切，是这其中的一件，比如说再平凡不过的雪。

记得傍晚只要看到天气不好，家里人就赶紧把一张锹收到了屋子里。为什么？就因为一夜的大风雪会把屋子埋去半截，门窗堵塞，人出不了门。这时候如果没有一把锹，该是多么危险和费事。我记忆中常常就是雪满院落，窗户堵塞大半，怎么也打不开门。那时候就得费力抽开门闩，从门缝里伸出铁锹，一点一点铲，一点一点活动，渐渐门扇开了半个；再铲，直到铲出一条通洞，一条雪的隧道。这样钻出门去，呵一口气，又冷又热。

愉快是孩子们的愉快，蹦跳呼喊，在白雪地道里游走。慢慢，许久了，如果我们不是自己把这条隧道捣破，那么太阳就会在上面留一层融雪，夜间再变成一层冰的硬壳——雪的隧道要过很久之后才会被太阳搞上一个溶洞，开一个天窗。

在海边，除了密密的丛林，再就是风和水的通道，大雪的通道。雪随着飓风奔涌，它们攀上沙岭，或干脆形成另一座高岭。而雪岭白天被太阳融化，夜晚又被寒气封住，这样交替的结果就是形成一座硬壳雪山，让我们在上面攀登、打滑，从这一个上坡出溜到那一个下坡。就这样滑动，呵气抵御寒冷，最终耳朵、手背和脚全部冻坏。我们就在这种多趣和折磨中挨过了冬天的童年。

冬天的乡村和原野，大小城镇的交通中断是再正常不过的事情。仿佛在当年交通没有变得像现在这么急迫和必要，现在如果有两三天交通完全中断，会造成多大的损失，成为了不起的大事。而当年几乎没有听说过这方面的焦虑。封路了，人们就抄着手偎在家里烤火，读一点儿书，讲一点故事，到近一点的地方勉强走动走动。最后实在忍不住了，才有一些人呼喊几声，领人带着铁锹或其他家巴什走出屋子。疏通道路蛮有趣，那时像切大豆腐一样，一块一块把厚厚的雪切开，再一方一方运到田里。一条窄窄的路就这样开通了。刚刚通了路人们就急于行走，快速地行走，不停地走，到深夜再顺着这样的路回家。

大雪常常把路边的井、田野里的窟窿，如数封住，于是就常常发生一些跌进雪窟窿里的悲惨事故。那时候走路都要带一根长长的木杆探试，探到沟渠、窟窿、水井等虚位，就赶紧躲开。那时候的飞鸟和动物真是遭殃啊，它们很痛苦，要忍受寒冷和饥饿。这时候麻雀跑到院子里，我们就赶紧扬出高粱和玉米、饭菜渣屑，给予施舍。

因为很久没有看到那样的大雪，于是不再抱有希望。如今的情况是，常常整个冬天只落上薄薄一层，落上一两次三四次就已经蛮不错了。没有大雪的擦洗，天空，即便是原野海滨的天空，也要变得脏乱不堪。要知道今天的犄角平原已完全不是昨天，滚滚浓烟需要更多上帝的抹布。而大雪就是最好的抹布。没有了，上帝收走了。上帝也很吝啬。

记得有一年我在外地，犄角上来了一个客人，他一见我就马上瞪大眼睛，像报告一个重大事件，说：快回去看看吧，多少年没有的大雪了，完全像过去一样了！他伸手比画了一下。记得他是在腰部那儿画了一下。我也给震惊了，这么说一场深到腰部的大雪又开始降临那个平原了。

正好有事情，我就随他一起回到了故地。越往前走越是失望。齐腰深的大雪在哪？的确有一场不算太小的雪，但顶多也只小半尺。由于没有风，大雪很均匀地铺在地上。见不到过去那种高高耸起的雪岗，倒是平坦、安静地盖了一层。还好，几天过去之后，这雪并没有减去多少。要知道雪原的融化在冬季非常困难，只有到了春天才会加速消失。

一直往前，从犄角的东南部往东北走，然后到达从小生活过的那个海滨。

那里的雪也没有大上多少，仍然是不足半尺。我笑了，后来我谅解了。完全是出于对过去的记忆和某种企求和盼望，朋友做了夸张。这不过是一场中雪或大雪，很平常——在过去很平常。

尽管这样，我仍然在为这场雪庆幸，因为值得。要知道我们在失去冬雪的同时，也失去了夏雨和春雨。一般而言，我们这儿越来越干燥。失冬雪意味着什么？意味着失去丰饶，失去清洁，失去季节，失去一些带根本性的宝贵东西。

所以我很害怕。我常常害怕地想到这种失去。

祷告

因为浅薄无知,很早以前我对于祷告,对于那些忙于祷告、遇到某种场合就一定要祷告的人,总是抱以游戏和嘲笑的态度。他们的这种举止究竟包含了什么,意味着什么?它与生命的关系?我却很少思索。实际上我是没有能力去做这样的思索。

直到后来,直到前几年,我在这个犄角上遇到了一位可敬的老人,听到了她的祷告,才感到了什么。我觉得内心里有什么在摇颤。我想说,我有了一次非常重要的经历。这个经历甚至可作我的某种纪念。

长期以来,我们很难在宗教与迷惘之间做出判断,很难在有神和无神之间做出判断。实在讲,这种判断直到今天对我来说也是非常困难的。

老人七十多岁,十分健康。她的全部都是积极的、向上的。由于有了这一切,使她的人生在最困苦的时候也显得不那么困苦。她一生所经受的煎磨,是人类经验中所认定的那种最可怕的煎磨,不仅贫困,还有屈辱,有各种各样的挣扎。这些都难以细数,但有一点可以肯定,她从未屈服,也没有简单地忍受,而是在信仰的指引下,坦然向前,勇敢面对。就这样,她料理好了自己和身边人的生活,帮助了他们,同时也帮助了自己的灵魂。这漫长的人生经历,这种有神的岁月,使她的双眼放出明澈自信的光,那更是善良的光。

她顽强地向我做出规劝,引导我,但并没有强迫我。她是一个信徒,却并不妨碍自己与那些心中无神的人的正常交往,尤其是不妨碍她向他们施予的善良与恩惠。

她衣着简朴，为着一种使命，风尘仆仆地来往于城镇乡村。她蹬着一个三轮车，从城市的中心向海滨进发，一口气可以行驶二十多公里，到她要去的村子里去传播认识，去送达神的意旨。

当她的亲人病了，或者是谁遇到了艰难险阻——她的孙子，她周围的人，朋友，或者毫不相干的人，她都会在心里为他们祷告；为民族、为国家，她祷告；为天运时势，她也祷告。从巨大到细小——说起来也许没人相信，她都为之祷告。

有一次我的电脑出现了故障，那么急于排除却又不能。当时我身处偏僻之地，找不到一个专家。我一筹莫展，真是抓耳挠腮，焦头烂额。就在这时她知道了，立刻从很远的地方赶来——她一进门就充满深情看着我的电脑，然后开始了祷告。

她说："电脑啊，电脑啊，你呀……"她用这种口气开始。当然她仍然要说到她的神，而且重要的是说到了我——说我是一个善良的人，神对我的拣选和爱……她寻找一切理由诉说。

我被感动了，这感动变得越来越深长。

临走的时候，她让我相信，让我等待；她说一切都会好的，让我增强自信。最重要的是，她让我面对这一困难，在任何时候都不要颓丧和失望，让我多想办法，行动起来振作起来。

她说对了，几乎一点也没有错。

她走后，当然电脑故障仍在；不同的是由于她的祷告，我的颓丧没有了。我开始变得轻松，携上它迅速离开。

后来当然是找到了一个人，当然是他帮我排除了故障。

如果没有那个老人，我是不会这样做的，我只会弄得一团糟，会把身边搞成一团乱麻，会像过去一样用拳头去擂我的电脑——而因为她的缘故，我却能用慈祥的目光看着这个曾经给我很多欢乐和帮助的、辛辛苦苦的电脑。我看着它，知道它有生命，它仿佛正与我对视——它祈求我的帮助，它病了。我不能拳打脚踢一个病人，不能对它粗暴。就这样，我伴着它，坐着我们的"救护车"去找"医生"，找"医院"……这就是整个过程。

我现在进一步认定，对于时下、对于我们所处的这个完全陌生的"现代"，无论对于有神者还是无神者，祷告都是一件善事。祷告有时候是勇敢的——不，许多时候是勇敢的；祷告让人坦然、虔诚、善良。信仰本身是伟大的，我们如果陷入一个没有信仰的群体，那其实是很不幸的。

信仰是多种多样的，多种形式的。信仰是一种纯粹，有了纯粹也就有了信仰。在这里，纯粹可以带来各种各样的祷告：有声的无声的，有形的无形的。纯粹的人才可以创造，可以生育，可以硕果累累，更可以健康，可以享用和欢乐。因为纯粹的人知道这一切意味着什么，它的源泉在哪里。

正是这样，我会一直记着这个老人，记着她祷告的声音。她是我生活中的又一面镜子。

我的这个认识将使我走向深刻，而非其他。

一九九九年六月一日
一九九九年六月二十四日二稿

想象的贫乏与个性的泯灭 *
—— 对世纪末文学潮流的忧思

一、中国当代文学在脱离传统

我们很难在此简单地概括出中国文学的传统。但我们可以大致做个研究，以得出初步的结论。我们主要是寻找其精神的重心，虽然也必须涉及表达的形式。大约十年前作家提出的"寻根"，就包括了对传统的考查。

中国先秦文学的诗经，诸子散文，楚辞，至为绚丽，是后来难以超越的高峰。一般而言它们执拗地入世，追求理想，倔犟，具有低层性，对物质主义保持距离，并时常呈现出警觉和进攻姿态。

至秦汉，司马迁及王充等文学家基本承续了先秦之风。王充曾有过"劝善惩恶""匡济薄俗"的倡议。其间虽有驳杂和分流，但自先秦以来，基本上有一条清晰的精神脉络。

今天，我们为之目眩的文学之珠仿佛仍然触手可及：诗经，楚辞，论语，庄子，史记，唐诗宋词；我们久久仰望的璀璨之星依旧排列如仪：屈原，孔子，庄周，李白，杜甫，司马迁；可更为真实的情形是，这一切已显得十分遥远，正在无可挽回地淡去。文学的宇宙同样在膨胀，其他星系正在

---

* 本文为作者二〇〇〇年三月九日在法国国家图书馆的演讲。

脱离我们而去。对于过去，我们真的是既熟悉又陌生。

如果有谁愿意掀开帷幕一角，仍会惊讶这几千年来的伟大瞬间，凝视浑身披挂鲜花香草的屈原，在秋风中站立的杜甫，言说北冥的庄周，以及辩理说难的稷下先生——其中有一个叫田巴的人竟能"辩于稷下，日服千人"。是这样的一些人和情景。他们的全部行为只有一个主题，就是对应自己的时代和世界质疑驳难。这里是那种源于生命的悲悯和忧伤，是大欢欣和大热情。比起孔子一生的木车颠簸，永恒的《论语》也不过是一册微薄的纪念。

回视中国当代文学，发现她正在背离这条道路。作家想象萎缩，情感冷漠，却又能习惯性地嘲讽自己民族的文学传统，急于融进时下的世界潮流。好像一个第三世界国家的作家必然要作一个精神上的跟从者，好像也只有如此才好理解，才能够被谅解。

其实一个发展中国家的作家大可不必在强势面前表现出精神贫贱的媚顺。

冷静下来可以看到，文学领域很少有哪个时期出现这样的情形，即自觉地、不约而同地与一种潮流一种时尚，比如商品和技术时代的同调相应。作家引用自己的艺术，并且消除了道德与伦理的禁忌，对物益时势给予合作。他们开始觉得诗以言志为耻，认为嘲弄的时代来到了，彻底清算保守主义和道德家的时代来到了。可悲的是，其中的一部分还以为自己至少是在继承"五四"之风。"破字当头，立也就在其中了"，道理虽然依旧，但"破"的时代已经延续了太久。他们忘记了时代。

二、脱离传统的原因

中国当代文学对于传统的脱离，速度之快出人意料。其就近背景是经过几十年的文化与经济的禁锢封闭之后，艺术和思想领域急于冲出积蓄日久的愤懑，进而却在反拨中失去了冷静；更重要的还在于西方商业流行文化的全境压进，使中国作家丢掉了自己的思想和语言。

作家被技术和商业时代的规则、喧哗和繁荣剥夺了一切。在前所未有的快乐磨损中，没有了审美理想，没有了个性，当然也没有了想象力。以往那种散发着强烈原生气息的独自创作消失殆尽。

作为西方物质主义的消费文化，是现世与享受、发泄与纵欲的文化。飞速发展的科技与精神的萎缩，全面走向现代与彻底扬弃道德，二者之间造成了巨大的失衡。而中国当代文学在这种世纪末紊乱的文化版图中放弃了判断，盲从了时髦。

实际上禁锢和封闭下的无论是经济还是文化，最终的后果都会一样。欲望如水，满溢流泄就会冲决原来的河床；水息了，也并非要落定在原来的河床中。没有亲身经历长期封建和极左的精神扼制，必不会理解那种窒息的痛苦。冲毁迟早都要发生，这是一种必然；但水不仅要漫流，还要开掘自己的河道，灾难性的淹没不应该是水的归宿。

现在则是不问归宿的时代。放纵欲望和尽情享受既可以是现实生活，又可以包含未来的承诺。其实这不过是一场欺骗，是社会肌体走向空虚腐败的一个过程。

禁锢与纵泄是事物的两极。两种状态下都有自己生存的艺术和艺术的生存。我们不会忘记，即便在"文革"时期也有紧随时势的所谓"艺术"。那么现在呢？现在我们不过是处于了另一极，不过是有了现在的"艺术"而已。可惜我们没能及时追问，追随"政治"和追随"商品"的艺术，二者之间的本质差异到底在哪里？它们当然有差异，可它们的距离有我们想象的那么远吗？

至此，倒不如度量一下它们的共同点：比如都在迎合一个时期的主流话语，比如都在循着社会生活的同一流向，比如都在丧失独立的姿态。

西方流行文化，所谓的全球一体化，给予禁锢初开的中国文化界以致命的影响。中国作家几乎在全无意料的境况下面临了一个数字时代。对于相当一部分作家而言，他们无意或无力摆脱另一种窒息，挣脱数字与商品之网，而是直接去亲昵这张网。

于是我们走进了一个最现代最蛮荒的世界。诗意的蛮荒，技术的现代。悟想之树开始枯萎，我们不得不去操练另一种语言。

结果是，中国文学距离自己最辉煌的先秦文学的传统越来越远。它不再是自由和自为的，而且越来越虚脱，不再具有强大的孕育功能。

文学的自主和自为，表明的是一个民族的资质、体量、蕴含，她的精神和文化的厚度及其贮备。经济的一度贫瘠，并不一定要表现为精神的萎靡；相反，只有此刻，她的孕育功能才开始进一步显现。由于其本土性所决定的再生的倔犟，更由于其独立自守的个性品格，她必会在获取自身尊严的同时，引领一个更好的明天。

三、不让人愉快的儒学

这种对传统的脱离,首先是从对儒学长久的、持续不断的疏远和批判开始的。儒学给予中华民族的束缚,它所塑造的畸形,已经说得太多。这里必须挖掘它的精髓,发现它与整个现代潮流而不仅仅是西方思想的对应关系。我们可以领悟,儒学说到底是收敛的、克制的,它的中庸之道是讲文化辩证法的。

儒学本身不具有虚伪性,操作儒学的过程中可以产生虚伪。

如果我们把一个民族的孱弱衰败完全归咎于她的文化之核,那么同时也应该把她全盛和辉煌的历史部分加到一起检点。这样一来问题就没有那么简单。长期形成的对儒学的批判,其原因极为复杂。其中有针对一种学术的检讨,也有民众对正统的迁怒,甚至还有流派的偏见;但这当中最为主要的,是混淆了儒学和儒学操作的结果。儒学的庙堂化过程,也是走向符号化和简单化的过程。任何批判都应该包含梳理,但不幸的是这种持续了一百年的批判越来越走向了批判其操作结果,而不是批判儒学本身。滑稽的是,几十年来耳熟能详的一些儒学批判"话语",已经与真正的儒学没有了任何关系。

需要指出的是,任何理论与学术都需要面对历史的挑剔,都不能享有豁免的特权。但是对于儒学的不恭以至于深恶,并不完全是一种批判活动的大面积蔓延造成的。 这里面当有更为深层的人性动因。这就回到了享乐与节制、放纵与收敛的一个敏感性话题。

儒学从根本上反对抓住现世尽情享受,当然是极不让人愉快的。但它能够让我们的世界持续发展。

过度消耗，不计后果的竞争，对技术的膜拜，对商业规则的绝对服从，恰恰与儒学的要义相抵触。

今天，由于我们的作家们极其害怕沾带保守因子，急于加入世界性的对话，也就只能附在长长的物质主义啦啦队的末尾。

禁欲或纵欲，禁锢或开放，从一个极端到另一个极端，思维总在两极里碰撞。结果是，我们舍弃中庸学说，贬低不偏不倚和无过不及，完全不能进入它的辩证法的核心。子思解释中庸时强调：博学之，审问之，慎思之，明辨之，笃行之。这倒也的确是对付匆忙旋转的现代世界的良策。可怕的封建宗法势力对儒学的遮蔽和改造、嫁接与阉割，将与之对抗的知识体系纳入其中的全部过程，真像是一个可恶而高妙的故事。可悲的是至少在长达几百年的时间里，有那么多的知识分子欣然接受了这个故事。这才是真正的悲剧。

物质和技术主义者对这个世界丧失了诗性的理解。他们使用的数字逻辑生硬而冷酷地割裂了一个生气勃勃的、完整的世界。这里面没有了儒学所提倡的"诗书礼乐"，当然也不会尊诗为经。能够诗意地、真正积极地面向这个世界，正是儒学最深刻的方面。

西方文化中置"人"的利益为中心、唯一和首位，分离了人与自然万物的统一性，这种浮浅和极端化片面化的认识方法恰恰伤害了人类的根本利益，威胁了人类的明天。而儒学的"天人合一"突出的正是人与自然的共生。时下的物质主义者把一切能够稍稍进入事物的复杂性、辩证性的思维方法，一概斥之为陈词滥调。他们正是通过最为通俗和迫近的物欲享受的切口，去拆毁世纪末人类的理性思维。

四、竞争与发展的极限

现代竞争谋求和导致的发展是有极限的。这种极限往往会以两种方式表现出来：一是无止境的物欲引起自然环境与文化的双重崩溃；二是物质相对盈足之后的阶段性沮丧。极限状态的频繁出现，说到底只是精神颓败的结果。这就势必形成一种恶性循环。在这场循环中，文学与物欲世界甚至不是一种合谋关系，而是一种可耻的、不体面的跟从关系。

在现代，"发展"越来越成为"竞争"的同义语。所谓的"共同发展"只是一纸不能兑现的支票。还有，"现代化"这个概念本身也蕴含了许多问题。现代化不应有统一和固定的标准，现代化的内容只应成为一个民族心中的向往。实际上每个时代都有自己的现代化，关于它的一个至为重要的问题，应该是讨论它与平民的关系。现代化如果不能令大多数人受惠，那么它也只能是权力和财富借以转移的又一种口实。这在一个民族的内部是如此，在世界范围内的民族与国家间也是如此。强盛的民族往往不仅是现代化的率先倡行者，而且还会是这场运动的最大受益者。他们会让经济和文化都很弱小的民族自觉不自觉地接受自己的游戏规则：规则既定，胜负也就可想而知了。

能否在全球性的现代化浪潮中回避不测，极为重要的条件就是一个民族的文化自觉。一个民族巩固自我的道德伦理优势，培植和强化自己的个性，就会成为现代狂涛中不沉的岛屿。文化的繁生性曾经使一个民族丰腴起来，最终也就能够挽救和改写一个民族衰变的历史。现代化运动的盲目跟进，一旦失去了精神的支持，发展的极限化状态就会频仍发生，给整个社会造成巨大的懊丧。

对于时尚和潮流、物质主义，精神如果失去了对抗性也就不成其为精神。知识分子，尤其是作家，今天已不能与富人和某些特别阶层一起去做一场新的游戏了。在这场说到底是他人的"发展"运动中，我们只有回到质疑的立场。面对越来越多的灌输和许诺，比如用丰盈的物质来解决一切的思想与结论，必须予以揭露。丰盈是他们的丰盈，时间是他们的时间。他们需要的是赢得和保持一段宝贵时间的氛围：足够的昏乱与迷狂，足够的热度。

这种氛围的形成，需要作家和知识分子的参与：参与制造或至少是认可这种发泄和纵欲的文化。

这期间的现代传媒扮演了最不光彩的角色。它们基本上在追随西方主流话语，支持一场物质的狂欢，传达特权阶层的志趣，跟踪他们的兴奋点。平民在五颜六色的网与屏面前先是麻醉，然后是沮丧和绝望。它反复告诉大多数人的不过是：那枚永远吃不到的果子究竟有多么甜。

正是由于现代传媒的通俗性，它才可以无限止地扩张。通俗性常常是对理性最好的覆盖手段。通俗性具有模糊和笼罩的特征，这正是它与特权集团结合的重要条件。

五、不仅是文学的出路

当代文学的精神重心既已偏移，它的表达也就只能走向末路：追求粗鄙，裸露和发泄，绝望和无聊，千篇一律的油滑，失去善意的嘲讽，不一而足。也只有这样，才与它的世纪性内容相匹配。

它的从未存在的道德根据，就是有人一度言称的对于极左和禁锢主义的"解构"。但实际上"文革"时代以及与之相联的某种传统，骨子里就是一种粗鄙和裸露。至美至深的诗意被丑化，并简略成低劣的口号，结果只能是粗鄙直登庙堂。胸无点墨者手著雄文，信口雌黄者气势炎炎。那种毫无遮掩的势利与献媚，也真是足够裸露。这就是另一个时代的时髦。作为一种传统，它现在正以稍稍改变了的形态得到了延续，进入了世纪末的文化格局。

卑贱者既不一定高贵也不一定聪明。如果势与焰能够改变卑贱的本质，那么高贵也就毫不足惜了。高贵当然不必取决于一般意义上的血脉，但她的确要取决于一种精神上的血脉。

封建与极左专制对于思想的粗暴威锐外在，而商品经济之流的淹没却是一次从内到外的浸渍和涤荡。所以今天的艺术对于物质主义的唱和，对于放纵和发泄的推动，无节制地剔除自己的道德与伦理内容，必会走向一种更为可悲的时代性依附。

我们所说的个性，是对应时代和思潮、世界和民族而言；我们所说的想象，是指超越时尚和体制的能力。"全球一体化"最终意味和包含了什么？如果它越来越笼罩了审美、覆盖了想象，甚至取代了传统，肆无忌惮地溢出应有的疆界，摧毁和破坏不同的文明，那么结局就只能是一场灾难。在完美的未来世界（假若她真的存在的话）的综合之中，缺失了不同的文化基因，也只能塑造出一个畸形。

事实上文学之路与生存之路在今天变得如此地一致，这就是独立思考，全面激活生命的勇敢。我们已经不能失去这个机会，不能在无头无脑的竞相模仿中快意地死亡。

当代西方的经济和文化的发展之路不可一味效法。发达国家在追求现代化的过程中已经难以挽回地毁坏了环境，而它的文化正在刺激而不是扼制了消费主义。总之人类没有在西方主流意识的指引下变得更安全和更愉快。所以东方只能寻求和采纳西方最鲜活最有力、充满了生机的部分。这说到底不是个自尊问题，而是个生存问题。

不同文明的融合，即是首先让现实、进而让历史倾听不同的声音。面对滚滚的现代化西方化潮流，不妨稍稍回到中庸之道：先是博学，尔后审问，再是慎思，进而明辨，最后笃行——这样一来我们就会发现，诸多关于共同发展的许诺不对了。穷乡僻地和八亿农民，触目惊心的命运，无可回避的现实，这一切正无情地碰碎了一个神话。我们被逼进了一种怪圈，在发展与否的问题上陷入了两难的窘境。我们还完全没有过这样困难的选择，于是这种选择更加需要中庸的精神：介乎莽撞与胆怯之间的正是勇敢。原来世纪之交考验的是一个民族的勇气。

每一种文明都有自己的基础。我们现在强化一种声音，以备未来的综合。我们的文学和发展都离不开自己文明的基础，正像生命离不开自己的土地。如果在拙劣的复制和东施效颦之流中，有人能回到质朴的自己，这也的确需要一种至大的勇气。

　　作为对应一个时代的当代文学,她至少不能降至现代传媒的境地,那样将是一次自我取消。的确,古老而永恒的文学在这个世界上,无权像现代传媒那样,做一场毁灭性燃烧的助燃剂。因为文学与现代传媒的出身不同,她应该更有出息。

焦虑的马拉松 *
—— 对当代文学的一种描述

一

一个人的文学道路是漫长的，一个民族的文学道路也是漫长的。这儿仅仅在说的新时期以来的文学，也有二十五年的历史了。

我认识的一些外国的汉学家，他们都热情地谈论中国新时期文学，认为这个时期的文学是很有意义的。他们真是热情，真是感人。一九八七年夏末我认识了一位西欧的汉学家，他认为自己把最好的最有代表性的中国当代作家几乎全读了一遍，并将其中的一部分介绍到了西方。他在谈话中不止一次对我说：文学和文化的中心都在西方，这是谁也没有办法的一个事实，所以说必须把中国作家介绍过来。他固执地这样认为，我也没有办法，因为他是好意。他是热爱中国和东方的文学以及这些国家的人的，所以我也没有办法。

不同民族文学和文化交流的意义，怎么估计都不过分。如果说有的作家不爱这种交流，厌弃这种交流，那可能绝大部分是不真实的。但是由于中国近半个世纪的封闭，一旦开放，作家们对于这种交流很难一下就适应

---

* 本文为作者在日本九州博多西南学院大学的演讲。

一九八七年在德国学者顾彬寓所

起来，往往不够冷静，常常是过分地依赖这种交流，以至于不能正常地估计它的意义。

从新时期的开放到现在，中国的文学显然也在一步一步走向开放。外面的窗口打开得越大，对中国的文学越好，事情本来应该是这样。可是后来我发现不是，起码不完全是这样。一直对文学的开放欢呼雀跃的我，这时觉得有点不对劲了。因为什么？因为中国作家透过一个世界文学的大窗口，看到了商业社会中堆积如山的文学，看到了书籍的丛山峻岭。这种情境让其中的许多人产生了焦虑。我没有产生吗？我敢于理直气壮地说这么一句吗？好像难说。

东方的相当一部分作家已经自觉不自觉地认同了一个说法，这就是那位西欧的汉学家早就说过的：文学的中心在西方。把自己呕心沥血的创作界定在中心之外，这怎会不让人焦虑。向往中心，向着中心进发，日夜兼程，好像再也没有比这个更易于理解和无可厚非的事情了。

其实呢，冷静下来想一想，文学可从来不是这样的事业。文学是自己的事业，民族的事业，一种语言的事业，个人生存和自救的事业。如果说它有力量，那也是通过对心灵的慰籍产生的。它的中心在哪里？它会在遥远的西方吗？西方文学的中心为什么不在遥远的东方呢？难道这个地球是这样怪异，哪里有钱，文学和精神的中心就在哪里吗？

我现在四十多岁了，我可不愿意让自己对于文学的理解像一个高中生那样简单。

二

我这里不是说因为中国的汉语是一个大语种，中国作家就不需要那种焦虑了，完全不是。那怕是一个极少的民族，哪怕这个民族仅剩下一个人，他的文学与所谓的"中心"的关系也不会有另一种理解。这在我看来，其中的道理都是一样的。

诚然，文学需要受众，受众越多，创作的目的性和愉悦感似乎也就越强。这看起来好像是如此，实际上却未必。细究起来我们会发现：一个人在文学方面的强烈的责任，首先不是因为他对外部的强烈愿望而实现的。一个人与文学是这样地分不开，他热爱它，没有缘由地热爱，他的作品也就真正感人了。这时候，他的文学的中心只是他自己，是他的心。

推而论之，一个民族的文学的中心，也就在这个民族自身。再扩而大之，一种文化艺术的中心，也不会逃逸到这种文化的范畴之外。现在我在日本，就想谈点我对日本文学的感受。这里要说明的是我只是一个蹩脚的理解者，因为我不能直接读日本文学。但是我相信自己所读过的这些译作，相信我对它们的理解和喜爱是真实的。从《源氏物语》读下来，许多现当代作家的作品我都读了。我相信正是深深的日本文化的浸渍，才使这些作品无论在怎样巨大的差异下都显出了惊人的一致性。美丽的日本口吻，舒缓动人。日本的小说和散文与欧洲的区别如此地明显。这是东方写意艺术的伟大分枝。

如此的日本文学怎么向西方寻找中心？日本文学呼应的仅是自己的这片土地。它在这里发生发展，这里才是它的根，是它的原生地。

大概对于文学有了类似的理解,作家就可以轻松许多了。每个民族的文学的精华,都建立在这样的一种轻松之上,这点我深信不疑。而说到中国的或整个东方文学的伟大,那是另一个话题。现在我想说的,只是它近三十年来的不轻松的一面,是它的焦虑。焦虑就不好,因为路还长呢,这等于是一场焦虑的马拉松。很累很累的远途,想想看,这对于东方作家会有多么不利,诸位想想也就可以知道了。焦虑,就没有从容;而不从容,也就可以想见文字的呆板。

让我们回到新时期初期的中国文学,这样比较来谈方便多了。那时的文学有许多毛病,比如它的直露,它的过于强烈的目的性,它的局限。但是这个时期仍然让许多人至今留恋,觉得在许多方面好像比今天还要好——这个判断一直是留在心里的,一时又找不到理由。那只是一种真实的感觉,而不是一种理性的推论。现在好好想想,似乎能明白一点什么。新时期初期的中国文学有再大的缺陷,但有一个根本性的优点是明显的,这就是从民族文学的角度来讲,它的自主自为性。这个时期的文学响彻的基本上还是自己民族自发的声音,较为朴素,文化上的原生性比现在强得多。也就是说,从文学的本质意义上看,那个时期的文学还是有力量的,自信的。

一个民族的文学表达方式,它的愤怒和狂喜的方式,在主要的方面,都应该是这个民族自己的。如果连感情和感情的表达都要模仿所谓的"中心",那真是再糟也没有的事了。

三

说到"焦虑"这个倒霉的词儿,身为东方作家的一员,我本来是有许多体会要说一说的。可是我对自己的例举不会太多,因为我现在等于是拿了一把手电筒,只照外不照内。说得更好听一点,我现在应该有开阔的视野。我在这儿还是说说普遍的现象吧。

不知从什么时候开始,一些东方作家对于西方作家作品的惟妙惟肖的模仿就受到了推崇。后来,越是随着时间的延续,这种推崇就越是厉害。弄到最后,好像只有外国气味、特别是西方气味的作品才是比较高级的东西。这个过程糟就糟在直到现在还没有结束。没有可能结束,因为现在是什么时候?是正闹"全球一体化"的时候。听说日本许久以来就有一部分人有"脱亚入欧"的焦虑心情。这样的时候文学当然也要一体化了——英语化世界化,要有刺鼻的欧美气味。不知对当代文学的这种描述是否有点唐突?

现在有人要夸赞东方的好作家,往往先把他叫成一个外国作家的名字,前边只加该国的国名作为限制词。当然这仅是一部分人的理解方式,但也颇有些代表性。我们与西方的经济发展、文化的人种的区别、历史的现实的种种差异是多么大。可是我们有人就是自觉不自觉地寻找了与西方的文学对应。这真像是一场文学的对号入座。"垮掉派""嚎叫派""脱派""达达主义""波希米亚方式""文学达利"……以及其他各派,都有中国式东方式的翻版。这种斑驳陆离是一次进步吗?是不是有点乱成了一锅粥?

问题在于,这是一种焦虑的结果。

只要这种焦虑一天不能消除，东方的文学就一天没有大的希望。这是谁也没有办法的事情。今年早些时候我和几个朋友去欧洲参加一个文学会议，感触很深。许多汉学家，特别是定居在西方的东方学者，他们研究中国当代文学有些怪招，其主要题目之一，就是研究哪些作家像西方的谁和谁——越像，他们越高兴。谈到这些外国作家的中国翻版，他们立刻兴奋起来。可见，这已经不是在研究比较文学了，这简直是不健康的心态了。这种对于文学本质性的曲解，是热爱自己专业的人士所不能忍受的，更不要说其他方面的不能忍受了。

西方漫长的资本积累时期形成的独特的痛苦，特别是艺术家的波希米亚式的生活方式，现在一部分东方国家的写作者学得再像也没有了。起码是神似。而且他们自认为这才是真正的超越——超越了什么？什么险峻他们就自认为超越了什么。其实这种小孩子般的招数本来是不难识别的，可是却在一个奇特的时期受到了不适当的鼓励。

一种朴素然而是真实的精神生活，现在并不那么行市了。但是我们知道，如果一个人从他的年轻时代起就迷恋于精神的拙劣表演，迷恋于简单的直接的模仿，那将是毫无出息的。

四

语言实际上是水和土做成的。文学也是水和土做成的。由于自然进化等各种原因，水和土也要变。这从语言文字，特别是艺术的改变上就看得出来。我们中国的先秦文学，诸子散文，唐诗宋词，是很了不起的。那是我们的水土最早做成的文学，是我们的民族引以为傲的明珠。很可惜并且有些滑稽的是，当代的一大批中国（也包括许多东方的写作者）作家，今天对于西方翻译作品，要比对自己的古典熟悉得多。

有人是不止一次真实地表达过对于自己这方水土的厌恶了。但是厌恶又不能脱离，即便定居西方也难以脱离。他还是要用自己的水土来做自己的文学。这就矛盾重重了。这种矛盾有可能毁掉了他们的事业。比较起来，他们是最焦虑的一代，因为从文学马拉松的第一步开始，就有了如此的焦虑。而比他们更早的作家，如更早出现的那些"老一点"的作家，若有焦虑，还算是一步一步走向焦虑的呢。

我不论阅读中国还是日本印度文学，发现其中最优秀，最能从文化的意义上给我快感的，都是非常具有文化自信的作品。这样的作品无论是愤怒是激烈还是其他风格，都有一种文化上的自为性格。我所担心的那种焦虑，在这样的书中是绝对没有的。

中国的《红楼梦》，日本的《源氏物语》，其中有不得接近"中心"的焦虑吗？当然没有。不仅没有，而且这些书的创作者是民族长河里最优秀的畅游者，他们在一路搏浪而行。他们的不朽，就在于他们来自一方水土，最终又化入这方水土之中。

有人可能指出，说他们这些文学的老英雄，正处于一个不开放的时期，那时还没有全球一体化呢，他们哪知道世界上的事情，当然不会有那种焦虑了。可是仅仅这样说是不能成立的。因为现代化无法当成一个内涵固定的概念，每个时代都有自己的现代化。再说早在中国的唐代，中国就与西域广为往来。日本与中国交流密切。中国和日本当时对于世界并不陌生。说到这里有人必要指出：曹雪芹的中国可不是第三世界，他们不必也不可能向往所谓的"西方中心"。这就有了一个在文化上放松的可能。

如果由此来推断，一个民族只有在经济上强盛了之后才能免除文化焦虑吗？当然不是。这一来世界上的许多作家岂不是天生就要悲观。答案当然不应该是这样。因为经济与文化是两回事，文化的积累比经济的积累需要的时间不知要长上多少倍。作为一个作家，他如果没有历史感，没有文化上的超然眼光，也就不可能最终成长起来。

现在文学上的亦步亦趋，面向西方，起码是忽略了一个可怕的身份问题：他自己、他是谁、他在哪里。长此以往，东方作家大概就会不自觉地充当了西方文学的陪练员，而且还需要幸运才行。

我这样描述中国和东方的文学太悲观了吗？其实不是。因为这样一来，这个不算短暂的文学历史就有了其他的解释，有了又一种精神轮廓。它是这样的：先是开放之初单纯的自主自为，然后是随着对外开放的扩大走向了焦虑；这也正是现在的、自然的情形。这种焦虑在我看来是已经达到了顶点的，那么继续往前呢？如果再往前，它是必要走回来的。作家们仍然要用自己的水土做自己的文学，舍此将没有他途。对我们中国作家而言，屈原和杜甫李白他们走过的路，是必要延伸过来的。中国文学的前途也就在这里，必在这里。

我们这个国家的大多数文学写作者终有一天会在文化上放松下来。到了那时，一旦没有了我上面所说的焦虑，再加上放眼世界的气度，真正的希望也就来了。

当然，我这样讲并不一定是全面的道理，而只是我自己的一种描述方法。离开"焦虑"这两个字，也许对中国乃至东方的当代文学会有更好更准确的表达。不过这只能留待以后，留待别人了。

二〇〇〇年十一月

校园忆

一九五八年是一个奇怪的年代，对于后来人而言，它难以解释。比如它的荒唐与无畏，游戏与激情，残酷与悲悯，怯懦与勇气，一切复杂难言的东西都掺杂在一起。在那个大喧哗大动荡的时期，中国人的好奇心却全面焕发出来，做出许多了不起的事和幼稚可笑的事。不管对其怎样评价，有一件大好事是我们一直感激的，这就是当年的大办教育，它直接催生了我们的母校：烟台师专。

这所大学专科学校最初建在莱阳市，不久就迁到了烟台市南郊。一九七八年我们入校，是恢复高考的第二届学生。进了校园，马上看到的是一座座大屋顶红楼，一排排雪松。笔直的路旁除了雪松就是粗大的白杨。这里安静，深奥，美妙，似乎潜藏孕育了一种大气象。当时的校园也许不够宏大，但在我们这些四处跋涉而来的往届毕业生看来，一切已经足够好了。这所学校不久即更名烟台师范学院，校园也比原来扩大了几倍，甚至把附近的几个小山头也包了进去——现在的母校也许是国内最漂亮最体面的校园之一吧，记得有一年我陪一个四处游历的大诗人去了那里，他一进门就高声赞叹起来。

可是在我的心中，母校就是红楼与雪松，就是笔直的路和白杨树。还有，她就是那种安静、热烈、向上、质朴——这一切精神气质的综合。现

一九九三年在烟台师范学院

在我因为工作的关系，常常要到南南北北一些大学里去。可是我觉得她们多多少少都有些不像"大学"了。我觉得现在的大学很陌生。现在的大学乱腾腾的，喧声四起，让人受不了。当然，现在的大学有现在的优势与长处，可是我们这些五十年代出生的人受不了。我们只适合在老式校园里学习，在那里有一种更安全更真实的感觉。现在的大学校园里常传出各种各样的故事，都是我们不敢想象的——这大概就是时代的进步与时代的悲剧，可以用李叔同在最后时刻所说的那四个字来概括："悲欣交集"。

一九七八年是人心思变、努力向上的特殊年代。在大学校园里，每个人都想把失去的时间追回来，每个人都在心中崇拜公认的英雄：诗人，科学家，教授，学者，作家，艺术家，以及诸如此类的人物。人们的价值标准就是这样，它和人类千百年的历史形成的相对固定的标准大体一致。当时人们还如饥似渴地学习，追求自己的目标，并且对种种刻苦的追求深以为荣。不论是深夜还是黎明，只要走到校园里随便一个安静的角落，都会遇到那些埋头读书的人：背外语单词，背古文。阅览室里总是人满为患，图书馆永远是人们最向往的地方之一。

入校第一年，我们几个有志于文学的人便组成了文学社。因为当时全校有不止一个文学社，也不止一份油印文学刊物。我们的文学社比较壮大，组成的学生纵跨三个年级，出版有最漂亮的油印文学刊物《贝壳》。当时我们的刊物与省内外许多大学文学社团的刊物交换，活动频繁。文学社的各种文学讨论会、作品朗诵会不时召开。是对文学的虔诚无私，把我们这些不同年龄、来自不同地区的人凝聚一起。没有一个人开文学的玩笑，文学在当时是不容置疑的神圣之物。

中文系主任、作家肖平关心我们的文学活动，中文系的老师与我们一起讨论稿子。不仅是中文系，即便是化学系、英语系的学生也来参加我们的文学社。我们油印刊物的征稿启事吸引来大批稿件。当时一些国内公开刊物上发表的一些作品常常为我们所注意，有时围绕这些作品还发生激烈的争论。如果有好的作品，就迅速在同学们当中传阅。学校团委常常把影响较大的小说之类油印出来，如果有人手持一份这样的打印稿，那是很让人羡慕的。记得当年有一部长篇抒情诗在全国造成很大影响，我们学校的许多活动——如新生入校欢迎会、文艺晚会、班级文娱表演等场合，都有人朗诵这首长诗。那种群情激荡的场景至今还历历在目。

全系文艺汇演在当年是一件大事。每个班级都要认真准备，拿出自己最好的节目。这成了像春秋两季体育比赛一样的盛大赛事。学生会分管文艺的干部在汇演前要仔细考查审定节目，优中选优。一部作品——朗诵诗、话剧、歌曲，只要能够参加汇演，就是极大的荣誉。文艺干部往往是学校的风云人物，他们不是漂亮，就是伶俐过人，而且还是文学的半个权威。总之他们是学校一个时期的象征和代表。人们在回忆往昔的学生生活，就要连同他们一起回忆。他们成了那段历史的一个组成部分。

我们学校地处市郊，不远处有一座稍大点的山。我们常常爬山。在山顶，一些写诗的同学就不停地朗诵自己的作品。山下是大片的果园，在果园里，我们开了不少文学讨论会，会上总是争论得面红耳赤。我们当中有出色的辩才，有绘声绘色的讲叙者，有强闻博记的人，有冲动起来像个疯子的可爱人物。

今天看，那时的文学和艺术似乎多了一些。但在当时它们多而不腻，并且是永远清新，是灵魂深处的需要。在它的面前，人变得个性分明；有它的牵引，每个人都积极乐观。转眼二十余年过去，生活给人如此鉴定：当年所有挚爱文学和艺术的同学，今天都成为各个方面非常优秀的人才。他们都在自己的领域里做出了很大的成绩，都始终保持了积极向上的奋斗精神。这种精神正是文学和艺术的精神，是生命的创造特性。

在许多的风气变异之中，能够始终坚持追求人类一贯追求的崇高目标、不为时尚所动者，也就成了令人敬仰的人。在人类历史中，有些价值的确是永恒的，比如文学。文学正像一切伟大的事物一样，也需要有人去为它做出牺牲。当一个人做出了这种牺牲，就获得了一份光荣。

在学校时，我们都很年轻，我们或许并不太清楚坚持一种道路的艰难与险峻；但是要坚持就要付出一定的代价，这一点似乎是知道的。我们那时还没有一个人天真到把文学看成是一条铺满鲜花之路，一条攫取名利之径。我们只是需要，觉得它像光、像水、像食物。

每个人回忆自己的学生生活都会有所不同。我这儿深深记住的，是与她的绿树红楼连在一起的文学，是一排排书籍与黑白分明的眼睛，是青春的注视和无邪的期待，是攀登的无畏和相互羡慕……是一段永远不会变得遥远的岁月，是镶嵌了金子的年华。

二〇〇一年五月十一日

中年的阅读

我们以前不太知道年龄与阅读的关系。比如不到中年，就不知道中年人读什么。当然，有各种各样的中年，各种各样的兴趣。这里只是说了一种。

随着年龄的增长，书会像潮水一样涌来。不能随便歌颂书了，书往往是一些垃圾。清除垃圾很难，但起码可以绕开，绕得越远越好。当然有时候对于某些书的疏离，不只是书本身的问题，而主要是人的问题：作为一个读者，他的心情变了。

人们之间议论起读书，常常只关心读什么，而很少注意到不读什么。从来不读、连眼睛也不转过去的是哪一类书？这种阅读的边界可能更重要一点。

让青少年兴奋的书，中老年不一定看。人一到了中年，心情就多多少少变得苍凉了。中年人的情感既结实又朴素，这就影响到书的选择。有阅读能力和阅读习惯的中年人是很多的，而且他们因为知识和经验的积累，其判断力更加让人重视。他们有可能在深层上左右着阅读的方向和趣味。中年人更愿意看真实事件和场景的记录，比如一些重要人物的传记、一些游历笔记、回忆录和目击记、地理勘察录、探险记等等。在这种阅读中有一些特别的快感，那是因为整个过程始终伴随了这样的提醒：这些文字是真实的。

作伪的"实录"也有很多，但它们仍然是以标举真实为前提的。真实的，曾经发生过的，也就具有了极大的参考性，而且比较起来更能刺激联想。人一过中年就越发讨厌杜撰，十分警惕虚构的文字。所以，中年人一般来说对小说和诗之类，是非常挑剔的。如果一本书的前提是虚构，那么它在中年人的面前将接受非常严格的考验。虚构即编造，这很容易变得轻浮和廉价。一篇写得疙疙瘩瘩的实录文字，也远比一篇浮华的小说更能吸引人。中年人关心的是：在异地他乡，在另一个时空里，到底实实在在发生过什么？

比较起已经发生的事实，他们不太重视各种各样的假设，哪怕这种假设十分巧妙。

一个从事虚构文字的作者面对了一位中年人，往往是很尴尬的。这对创作者甚至显得残酷了一些。虚构一事，很容易变成低一等的工作——这往往也是已届中年的写作者迟来的觉悟。自古以来，文字最重要的价值即是：将发生的一切记下来，忠实，无欺。文字在诞生之初确是担负了忠实记录的职责的，而且毫不含糊。谁如果歪曲了事实，那就等于是对文字本身的侮辱。

对于中年人来说，读与写几乎是同一码事，有相似的意义。中年人对文字的心情比年轻人朴素多了，他们不再有过多的奢求。但是中年人的好奇心不是减少和蜕化了，而是变得更加深入了。从这个意义上说，有阅历的读者并不会一味排斥创作，不会一概拒绝虚构。问题是虚构作品怎样抵御其他文字坚实而强大的魅力，这才值得好好探究。

让虚构不那么拙劣，这对于写作者将是很难的一件事。因为想象往往比现实更窘迫，想象的园地比起真实的土壤总是显得过分仄逼了。在科技信息时代，人类某些机能的蜕化是很快的，比如想象力。现代的想象空间经过了一再压缩，却在这种羸顿局促之地拥挤和簇生了一种叫作"小说"的攀援植物。于是，相互投影，因袭，一而再再而三的复制，极为无聊的敷衍，也就成为常态。虚构作品要么足以吸引一个阅历深长的人，满足他们的好奇心，要么就甘心退出这些人的视野。他们所面对的文字，要营造出童话般的神奇，能够撩拨味蕾、牵引思维的触角。他们经验的世界要求射进炫目的灵光，而且还要足够锋利。

语言艺术的冶炼者要有超凡脱俗的趣味，银匠般的耐心，打造极其微妙的细部，以及拥有最为重要的——超人的想象力。他们具备自然而怪异的品质，刺目的个性，柔弱或激烈的情怀。总之要有一个独特的、陌生的、自给自足的精神世界，这个世界即便让心灰意冷的男人也驻足不前，流连忘返。这时，虚构作品就会成为纪实文字不能取代之物，它们将使人的灵魂欣悦。

现代的中年经过了五千年的文明沤制，再加上声光电子的风靫日晒，面部的突出特征是：冷漠。苍老积蓄在内部，难得真正一展笑颜。谁想向他们一示新鲜，那将是难而又难的一件事。一部书，一段文字，只要打上了"虚构"的印记，也就难逃严苛的质检。这大概是许多文字的玩弄者所始料不及的。

一个人在心理上脱离了童稚阶段，在精神追求方面就会转向一些更便捷更实在的方式。他们除了对"真实"产生兴趣，或许还会从文字本身索取快感。但这时的文字必须是真正令人陶醉的，必须确定无疑地升华为"语言艺术"。一种常人所没有的语感,一种被质朴稍稍遮罩了的精到与刻意,一种令人痛快击节的简洁,都能使一个老到的读者为之一振。

从阅读和接受的意义上谈论中年,当然主要是针对了一种心灵指标。毋庸讳言,有人常常要让浮浅和粗陋陪伴一生,他们或许永远也走不到"中年"这条线上。这就是另一种阅读了。谁也无法阻拦一个人去咀嚼破破烂烂的故事,或者紧盯着屏幕上摇摇晃晃的大头。这自然不在讨论之列。

简单一点概括,可以说匆忙的现代并没有排斥阅读,冷漠的心情也不可能完全摒弃文字;只不过读者进一步分化了,其中有一部分极为重要的读者正在作出这样的抉择:或者是真实的记载,或者是绝妙的虚构。对他们来说,时下那些如潮似涌的印刷品,那些一般意义上的文字,都将被搁置,或交给另一些人。

二〇〇二年二月二日

文学的现代性 *

一

我们现在讨论的"文学现代性",是一个非常时髦的话题。这么大的一个题目,我只能感性地谈一谈。

好像今天无论多么偏僻的角落,都一起走到了"全球一体化"时代;好像到处研讨的问题也就是那么一些,面临的问题似乎也差不多。总之每个时期,要关心起什么来往往是一窝蜂。从日本到欧洲,北美,一时所有的文学人士都在谈论"现代性"之类。十月份台湾的文学集会上有人谈;十二月的法国,刚刚在巴黎有一个文学现代性的讨论会,两天之后到了南方的里昂第三大学,讨论会的题目也是"文学的现代性"。

文学的"现代性"真的有那么紧迫吗?这些现象里面是否包含了一点讽刺的意味?

其实到底什么才是文学的"现代性",要谈明白可能非常困难。因为每个人都会有自己的理解。

自然而然的,每次讨论会还没有开始,首先蹦到脑子里的一个问号就是:什么是"现代性"?什么又是"文学的现代性"?关于这方面的书籍

---

* 本文为作者在山东大学的演讲。

很多，多得可能这个屋子都装不下。世界各地还在出很多这样的书，谈"现代主义"，"后现代"和"后殖民"——可能还有更新的什么，所以越谈越不明白，所以书就要一直出下去。于是大家都非常熟悉这些年介绍过来的一个个名字：德里达，罗兰·巴特，利奥塔……他们的理论开始武装和影响东方的一些人。可是这一来我们对于文学现代性的理解非但没有变得更容易，反而更难了；更复杂了。

专著是一回事，个人理解和个人经验又是一回事。比如我想象中的文学现代性，就没有一个固定的标准，也没有固定的指标，它所包含的内容很可能是难以量化的。看一部作品，它当中学习和运用了多少西方的东西，塞进了多少所谓的现代手法，其比例占了多少，并不会构成"现代性"的理由。在我看来它很难被固定化和模式化。事实上作为一种艺术思潮，它从来都处于生长发展和起伏变化之中。如果我们把"现代主义"仅仅作为一种标签，一种手法的应用，仅仅从作品的表达特征方面去考察，用以说明一个地区一个民族在艺术上落后了多少年，而另一个地区和民族又先进了多少年，都显得太简单太牵强了，也不免荒唐。

朴素一点理解，现代主义艺术应该是艺术家在他的时代里所能做出的最前卫的表达。

"他的时代"，即任何一个时代。

可是已知的现代主义理论却告诉我们，作为一种思潮，它是从十九世纪中期开始的，并且一路发展下来。那么这之前有没有现代主义？这以后的现代主义又将怎样？如果它仅仅是一个时期所独有的东西，那就简单多了。如果仅仅这样给现代主义命名，专家的饭就好吃了，因为这就成了一部艺术断代史，可以弄成一种专门的固定的学问；而且由于它的极为特殊的原因，可以很容易就弄成一门隐秘的显学。它们会有自己的隐语和密码，甚至可以成为家族内部传授的那一类东西。这样一来，创作者和艺术家都不太好谈现代主义了，读者谈起来就更加困难。因为这里所说的"现代主义"是成为限定在某一个时期的、独立而特别的怪异之物。

那些阐述现代主义的西方大师们可能是、也应该是朴素的，但是他们一经翻译就晦涩了。我们知道，任何语种的转化过程中都会遇到技术的难题、跨文化的难题，而关于现代主义的表述就尤其是这样。结果弄到最后，我们也不知道该相信谁了，因为这些用做传递交流之用的术语艰涩无比，我们最终也弄不明白这是大师的语言还是翻译者的语言，或者干脆就是二者相加的语言？

我们如果朴实一点理解，倒不如这样想：任何时期都有自己的"现代主义"。"现代主义"是一个相对的概念。"现代主义"尤其不会是一段历史时期的某种家族密宗。

我想"现代主义艺术"——艺术家们在他所置身的时代所能做出的最前卫的表达——起码应该包括了以下几个要素：地域和时间（时空），形式与个性，再就是伦理内容。当然，它包含的条件可能还有更多，但这三方面在我看来应该是最基本的，最重要的。说到时空，是因为生命有限，学也无涯，艺术家先得有土有根，而后才能创造。谁也没有看到一个艺术家生活在别人的时代里。所以压根就不存在脱离了时空的艺术，也不存在这样的现代艺术。这里的土和根，既是实指也是虚指：指族群精神，指文化土壤。挣脱了文化母体的现代艺术是不成立的。形式与个性则是指艺术家所独有的生命特质，就是说，他必须是他自己，而不是另外一些生命的复制品。他的表达方式必须烙有自我的深刻印记，而且磨擦不掉。于是，现代主义艺术就尤其不是对一种特殊工艺的相互仿制，无论这种工艺有多么完美。至于伦理内容，它极有可能是至关重要的，因为谁也无法将其从作品中抽空，使之成为悬浮于一切道德之上的艺术。艺术家对于他自己的时代当有许多把握的方式和角度，其中作为前提的，也许是自觉与不自觉间做出的伦理把握。无论一个优秀的艺术家以怎样的姿态出现，选择了怎样的形式，其伦理高度往往是、也必然是一个时期里的其他人——那些凡夫俗子所难以企及的。

从十九世纪中期到现在，也许绘画艺术可视为整个现代主义运动最好的图解。多少处心积虑的变革，多少令人瞩目的艺术家，他们差不多个个惊世骇俗。回头看一切都罗列在色彩之间，几乎不必赘言。从大卫的新古典主义到印象派，后印象派，走到现在已经不知该如何命名了。绘画既可以看成文字的图解，那么文字又是怎样一路变化的也就可想而知了。图画与文字从来都是并行不悖的。我们今天看到的经典作家在当年大多不能被容忍，原因不是别的，就因为他们总是率先冲击了自己的时代。文学方面，在巴黎发生了所谓的"自动写作""吸毒写作"，后来又开放了波德莱尔的"恶之花"。与之差不多的时期，画界出现的是毕加索、勃洛克和米罗之类怪杰。总之现代艺术的喧哗之声越来越近，后来即便在遥远的东方也听得一清二楚，最后是震耳欲聋了。

当年这些反叛的艺术家完全抽掉了作品的伦理内容吗？他们的颓废甚至亵渎，反艺术反道德的行为，就一定丧失了一个时期的伦理高度吗？

我们不能确定；或者我们会进一步说，一切并不那样简单——或许还恰好相反。我们只知道他们曾经是那个时代最敏感、最具有挑战意义的一部分，是茫茫人海里最不安分的一些灵魂。正是他们，而不是别人最早感受了绝望，于是他们才开始了一场打碎、拓展和发现；他们等于是在一间旷敞得像欧洲那么大的、温文尔雅的资产阶级客厅里大声吼叫和撞击。惊人的消极，自我放逐，放浪形骸，鬼见愁。可也就是这样的一些人，只有他们，才能对应一个僵死的、没落的、却又是秩序井然的那个世界——一个令人绝望的、仿佛是别人的世界。上层建筑——艺术、法律；经济与政治机器，整整一个腐败而顽固的社会板块。人，个体生命，艺术家，都成了弱小无力的存在，除了吼叫还是吼叫而已。终于，欧洲大客厅里的绅士们感到了难堪，最后是慌悚，他们的文化阵脚开始动摇和混乱了。

艺术家们的武器各有不同，但没有谁愿意将自己的创作嵌进原有的文化和精神的版图中去。相反，他们越来越乐于击碎和爆破，竞相比试，就像每人驾起了一艘破冰船一样。在长达百年的精神放荡中，让人始料不及的是，只有他们才成为整个西方世界最强烈的精神助力，对原来的世界产生一次强力的推动。伴随这些行动的，就是艺术从未有过的千姿百态和生气勃勃，是一次全面绽放，是一场痛快淋漓的表达。至此可见，整个西方的现代主义运动与它的时代是直接对应的，并始终散发出强烈的西方气息，其创造者也都个性分明——最重要的是，整个运动的精神指向越来越清晰，伦理依据越来越明显，其意义也就难以抹杀。它是一个解构的过程，但"破字当头，立也就在其中了"。

从所谓的"现代主义艺术"的源头和本质看，从最终的结果和意义看，我们不难领悟：它仍然是一种负责任的艺术。

那么今天，时下的"现代主义"究竟如何？有人说它走到了死胡同，走到了穷途末路。好像不仅如此。它给人的最起码的感受是不再让人满足，至少在二十世纪的后半期里没有成长。现代主义也需要在时间之树上攀援，很可惜，它没有提升，而是一路滑落。也许是盲目而过分地依靠了强大的自身惯性和冲力，那么快地走向了自己的反面。多少有些不幸的是，它仅仅依靠一种虚幻的理论支撑着，整个过程就像演一出过时的双簧。时代变了，"现代主义"的兴奋点却没有变，结果成为一场集体的"刻舟求剑"。

对于第三世界来说，"现代主义"除了遭际共同的艺术的诗意的尴尬之外，最不幸的是还多了一种"政治上正确"的味道。这更是一道经不起推敲和穿凿的光环。第三世界的人写了大量的所谓"现代主义"作品，移植了很多现代理论，让一些人好不痛快。一时著作里、文章中，所使用的语言必是舶来品，必是翻译腔。只有从他们那儿才能找到最新的词汇，因为他们的文学批评整个的就是一场词汇竞赛。

如此相反的现象是，许多生活在本土的东方"现代主义"艺术家和理论家到了国外、特别是到欧美去生活一段就发生了变化。他们开始稍微变得保守和中庸，变得多多少少有一些本土气了。因为他们只有到了"那儿"，才能切近而实在地理解"现代主义"是怎么一回事，可以就近考察它的今天与过去。他们开始正视一个简单的事实，即它的流程原来是非常漫长的，其发生发展是非常古老的一个事件：所谓的"现代主义"艺术在文学、绘画、音乐、摄影等等一切方面的鼎盛时期完全过去了。大家现在是赶了一个尾巴，或者还不如说，是赶在了一个在全世界范围内对所谓的"现代主义"的发生发展进入全面反思、梳理、整合的过程。这是他们始料不及的,也难免产生了一些失落的、生不逢时的痛苦。他们到异国他乡本来是去寻找和投入的,是迈入一个"中心"的,想不到却一失足走进了这样一个重新盘点的大格局中。

他们回来了,像一个初次洞悉奥秘的人那样,最初的表情就是沉默。

就这样,仍然是由于时髦的引领,第三世界有一批人最早进入关于"现代主义"的反思。他们不再偏激,不再简单。个别人尽管有点于心不甘,但总得迁时就势。不久前还是那么赞同,赞同从边缘走向中心,赞同对西方"现代主义"无条件的崇拜和复制,这会儿却来了个急刹车。他们发现今天的"现代主义"不太像昨天那场运动的持续了,虽然看上去有点差不多。当今的"现代主义"苦恼的是一时找不到合法的继承人。时代变了,形同质异,今天的"现代主义"弄潮儿多少走到了反面,他们已经丢弃了"现代主义"艺术的本质。

随着进一步开放,整个商品社会的推进和发展,必定要在精神领域进入新的反思。这儿有一场重新界定与甄别。但愿我们如下的分析没有重犯简单化的错误。

一开始,那些西方现代派的实践家和倡导者是艺术上的巨人,他们是那个时代里的高大身影,泼辣而不知疲倦的战士,功勋卓著,继往开来。但正像一切的思潮与艺术一样,现代主义也有一个由盛到衰的过程,也会迎来自己的衰败和死亡。大量的泡沫、小丑,了无内容的形式主义者、不求甚解者的模仿者接踵而至,是这一伙芜杂把一代人的苦苦开拓给践踏了。战士和巨人的身影在像潮水一样涌来的不问青红皂白、不辨真伪的"现代主义"狂士们中间给淹没了。真正的前卫已经倒地不起,他们或者已经窒息和死亡。我们今天面对的只是一片狼藉。当初在解构中同时苏醒的诗性,今天已是彻底丧失了。所以我们会看到如此的荒谬:即便是世界上最庄重、最富丽堂皇的艺术博物馆,里面也会摆上一块破铁片、旧轮胎,或者是一根根铁丝悬挂的石块、一只只破手套组成的"艺术品"。一截草绳,一摊脏物,都有可能因此而"神圣"起来。文字的垃圾一时变得身价倍增,狂妄无知的呓语让教授感叹不已。

今天,无论多么破烂的东西,只要标上"艺术"两个字,你对它也就没了主意。在这种情形之下,又由谁来扔掉艺术博物馆里的那片破铁和其他垃圾呢?

可怜而急躁的第三世界的年轻人被"现代主义"的狂潮逼得无奈以至于躁蹶,他们不得不跑到美术馆里用手枪射击自己的作品,用刀片去割自己刚刚挂上展厅的画;再不就搞"行为艺术展":赤身裸体在冰上滚动,杀羊杀牛等等。其实这完全是一种无辜而无望的、逼迫的结果,是"现代主义"在东方,特别是在第三世界谢幕时洒下的最辛酸的泪水。

"现代主义"运动经历的这种过程,它今天的现状就是这样。但是我们又不能因为它荒谬的结局而从根本上给予否定。我们说过,现代主义运动的代表人物曾经是那个时期最卓越的灵魂,他们对当时世界的伦理秩序做出了巨大的贡献;但是他们在漫长的过程中被大量的泡沫、被纵横交织的混浊的"现代主义"潮水给淹没了,死亡了。

终有一天,真正的前卫还会复活,还会重新站立起来。

二

在西方发达之地，我们或许在今天仍会看到现代文明的不薄的基础。那里仍然有着环境保护的责任感和紧迫感，整个社会看上去还有良好的秩序，人与人相处的健康关系；起码在表层上可以呈现出一种比较高尚的文明。虽然他们面临的一些大问题，如整个社会道德的堕落，现代化带来的难以逆转的各种困境，如连带而来的环境和伦理问题，同样非常严重。但他们与第三世界毕竟是不同的，这起码在表象上是差异明显的。

西方发达社会与第三世界的不同，很大程度上是因为民族的文化基础不同。他们的传统文明没有完全流失，至今葆有基督教文化中非常优秀的东西，许多人还有上帝，有神，有内心的敬畏和恐惧，愿意探索一个人活着的意义在哪里。欧洲人从小就进行基督教教育，有的学校里有教堂，有一种宗教环境。当然他们的文明资源也非常复杂，不能简单而论。像美国就稍有不同，美国的职责和行为主要是商业，商业扩张是它重要的文化构成，尽管他们中的许多人也是有神论者，也讲奉献。

我们中国当代人的文化基础不能不给予正视。从古希腊古罗马，西方的文化主脉当代中国人根本就不知道。我们所接受的就是清朝以来的"西学为用"，我们学他们的技术，这种学习停留在实用主义的层面，而未能吸纳西方思想的本质的核心的东西。五四之后，我们又丢掉了中国文化中最好的东西。所以我们这一代中国人出现了空前严重的文化空白，在教育与成长上失误巨大，在文化构成上薄弱不堪，是不伦不类的一代。

我们面临的全部问题，就是怎样找回自己民族中最好的东西，同时又要打开视野，有一个能够面对西方整体文化的能力，重新加以理解和梳理、接受与消化。我们离开了这两种文化资源，既不可能成长为经济巨人，也不会成长为精神巨人。在艺术上，中国的前卫要站起来，要复活，就必须从头补这两门课。

我们本来是一个文明古国，是儒学社会，最讲助人、忍让和怜悯，所谓的礼仪之邦。可是我们现在看到的情况是，无论走到哪个国家哪个角落，最不讲礼貌最拥挤最脏乱、黑社会活动最猖獗的，往往华人社区要算一个。只要飞机出了国境，随便往哪里一停，到超市和连锁店，最常看到的是中国人在挣挤。我们这个民族肯定出了什么毛病，这是不必讳言的。今天，我们每个人都面临着反思的重责。

从世界范围来看，今天的"现代主义"艺术理应有自己的伦理高度，有重新把握现实世界的能力。它的一切言论、形象和形式，都要体现自己的伦理内容，因为一旦离开了这些内容，它就只能是虚假的，甚至是垂死的、落后的和反现代的。如果今天的现代主义不能触动这个时期最敏锐的一些大问题，那么它就必然是没落和平庸的东西。比如它怎样看待商业扩张主义、技术主义，怎样理解"现代性"中的野蛮和粗暴，怎样应对消费主义，都是无法绕开的致命问题。

有一年我到日本，去广岛的原子弹爆炸纪念馆。当时正赶上日本中学生毕业前的必须一课：参观原爆地。那里原子弹爆炸留下的一切残痕让人目不忍睹，可是许多日本中学生却在那里嘻嘻哈哈，完全把这次惨烈的教育当成了一次郊游。我当时觉得这是世界上最可怕的笑声。现在的人变得多么可怕，你从这笑声里就会明白许多。这种笑声比那一天的爆炸还要可怕。我们生活在这样一拨没有怜悯的人中间，还有什么希望。未来显得非常可怕。有一些独生子女自私成性，一切以自我为中心，出奇地冷漠，简直让人不寒而栗。这是一种现实，它就赤裸裸地摆在我们面前。当年印度的甘地曾经说过一句话：我们印度如果被毁灭，有七个方面的原因，其中之一就是"没有是非的知识"。现在的中国和世界，谈到艺术与思想，在许多人那儿是既没有是非也没有标准的，简直怎么都行。现在有些大学的文学教师无能到了只会夸夸其谈，从书本到书本，正全力兜售一些翻译得乱七八糟的东西、他自己也未必明白的什么"能指""所指"一类，什么符号学一类，什么"文本""主体"一类。天天进行词汇竞赛，却未能进入文学，未能感动。

没有是非，没有感情，在艺术面前失去了感动的能力，失去了感悟的能力，在语言艺术面前失去了基本感受力。这样的教育又完全适合没有人生阅历、没有道德标准、没有伦理准则的自私的一拨，这一拨将来再去影响其他人，恶性循环，日积月累。这会造成一个非常可怕的精神环境，使得一个原本文化与道德素质就非常差的族群变得越来越盲目，越来越没有是非和情感，也不再追求真理。

今天那些没有出息的文学"高论"，文学家都听不懂，学生又怎么能听得懂。他们把文学讲成了物理。其实文学既复杂又简单，文学不过是一颗健康的心灵所能感知和领悟的东西。你有生活的经验，有是非有爱心，就会自然而然地被思想所打动，被人性所打动。

这个时代实际上在呼唤真正的"现代主义"，呼唤真正的"前卫"。他们的出现会整合一个时代的艺术，会牵动一个全局问题。

很多人在感叹我们的文学与诗正在死亡，也许这种忧虑并非没有道理。显而易见，很多人不是因为缺乏教养才疏离了文学，而是因为其他，因为一些文学本身的问题。有人说主要原因是各种娱乐的增多，文学的空间被大大挤压了。这个说法稍稍成立，但并不重要。因为任何时代的文学都会受到挤压，都有其他娱乐方式的竞争。我们现在有网络有电视，有很多的通俗演唱会，有戏曲，但是一百年前的文学却不得不面对皮影戏；后来又有了拉洋片，有广播和各种表演。任何时代里各种娱乐和艺术都是并行的，相互之间又竞争又依存的关系尽可理解。一般的通俗性娱乐性对文学的挤压、对读者的争夺，都是极为有限和短暂的，它们并非是致命的。所以用其他通俗娱乐门类对文学空间的挤压来解释文学的消亡，是文不对题的。

有一个从事哲学工作的教授问我一个问题：现在的报纸很多，还有其他网络读物，从这些当中看各种信息、看揭露的东西，更多更痛快，我为什么还要看文学作品？你能给我解答一下文学存在的必要吗？我告诉他：文学的功用主要不是为了告诉你一些消息和事件，不是为了让你在这些方面得到满足，它跟你的这些要求基本上不搭界。你所需要的信息刺激，如揭露和批判，新鲜的事件，文学中都可能有。但它的承载重心不在这里。文学是一种语言艺术，它给你语言艺术的快感与陶醉，让你在语言所能营造的境界和意味中领悟，给你其他艺术中所不能体会和替代的愉悦。你离开了文学作品，在任何艺术门类更包括新闻媒体中都得不到的一些东西，才是文学所独有的。而这种需要、鉴赏中的快乐，是每个正常的生命都要具备的，是人类与生俱来的要求。

文学的"前卫"应该是网络时代的语言艺术大师。他的语言所能达到的时代高度，他的别致，他的思维的偏僻和深远，都应该处于一个时代最为令人瞩目之地。目前一般化的、大量的作品，由于产生在一个高度发展的商业社会，语言气质上受现代媒体的感染非常严重，文学自身的质量已经接近消失。它在阅读中给我们的强烈感觉就是没有语言，没有文字，只是一些非常匆忙的符号在流动。这接近于电脑中的字符。而我们知道，语言是文字组成的，就是说首先要有文字，才会有真正意义上的语言。如果没有文字，就只会是一些符号和代码，也只能快速阅读。而文学作品不能这样阅读，文学阅读要从文字进入语言，这期间要有基本的沉浸，基本的时间要求。一些所谓的"现代主义"、文学"前卫"，实际上是从背离语言和文字开始背离文学的。它们的品质与网络小报广播及一般传媒是一样的。

　　作为文学的文字要有形象感，有辐射力，它与一般的、单纯的传递和表达功能是不同的。这里的文字要有表达的深度和特性：它们所连缀起来的音色与节奏才是文学的语言。在一个高度技术化了的数字时代，文学前卫的复活首先是语言的复活。这个时代是数字的输入和输出，是速度化和程序化。整个世界的数字化不可避免地影响和决定了艺术的数字化。数字代替和肢解了语言的生命质地。

　　所以今天的文学前卫们不得不从启步之地去维护文学的纯洁。

　　这是阻止文学死亡的唯一方法，也是来自前卫的希望。

二〇〇二年三月八日

谈简朴生活 *

简朴的观念

谈简朴生活、表达这方面的观念的书,已经出过不少,写得大多好读,有趣味。不过其中有一些,其实是讲衣食无忧之后,怎样过日子才更舒服、更雅致的。有人以为它正好和现在这种欲望的消费的社会是对立的——但作为对立的观念推广出来,却多少有些不对位。欧洲出过这种书,美国也有,而且很畅销。看来追求雅致的生活,已经超过了追求实用和简朴。

许多人认为中国人这段时期特别需要简朴地生活着,不要大手大脚,需要多灌输这种理念,需要讲讲它的道理。人们认为这种简朴生活能够挽救和赢得未来。怎样把简朴生活的好处讲足,并尽力讲得通俗易懂,讲得很身边化,市民化,也不容易。

中国人口这么多,不提倡简朴生活,不建设节约型的社会,对能源的消耗会不得了,对人类生活空间的争夺会不得了。当然倡导这种生活的理由很多,也很现实。至于精神层面的讨论,要深入下去就难了。

在一个以消费拉动生产的资本主义理论大框架下,要谈简朴生活不仅困难,而且容易变成一种奢谈。现在的主要潮流是千方百计地引导消费,

---

* 本文是作者二〇〇二年七月于万松浦"简朴生活座谈会"上的发言,小标题为整理时所加。

千方百计地让人把手中的钱花出去,这又怎么会简朴下来呢?

这样看,好像奢华生活的对立面,就是简朴生活。但也有人认为,过惯了奢华生活之后,上升到一个更高的层面,才有了简朴的理念。这里可以注意,他们的这种简朴,其实是一种更加讲究和雅致。于是,这种简朴需要极大的经济保障,需要有闲,需要具备比较精致的文化修养。

结果这样的简朴就有了许多的烦琐。有了大量的准备,大量的功课,而后才能进入简朴的境界。

简朴即便作为一种进步,在这里也被大大地复杂化了,概念化了。

不错,简朴谈的是人和物质的关系;但简朴就是简朴。

不被物质所累

一位海外朋友说,有一次一个政客在拉选票时,不停地谈今后要怎样为当地搞来更多的钱。当地的一位老太太听着听着就插话说,我们不再需要这么多钱了,我们的钱已经足够花了,我们现在最需要的,是要我们的孩子还能够继续到海边捡贝壳。

老太太的话让在场的人一愣,随即一片掌声。政客是蒙的,一时对不上口,因为他一辈子也搞不懂这是怎么一回事、怎么一种逻辑。

老太太的要求简单之极,而且这么具体:能够让孩子拣到贝壳。她的要求看起来极小,其实很大。因为海边的贝壳没有了,要解决这个问题看来不是个小问题。究竟是怎么将贝壳弄没了的,这可能是一个极复杂和极长的过程。这显然并非是一日之功过。所以老太太的要求看起来小，实际上大得不得了。

海水污染到怎样的程度，又经历了怎样的阶段，老人没有谈得太多。她只是要求拣到贝壳。类似的要求，有的地区还化为了行动。比如有的地方为了保卫自己的生存之地，民众能够一齐躺在海滩上，躺在隆隆前进的机器前面，宁可死了也不让开建有害的工厂。这样的民众一个会等于一万个，所以有没有这个力量大不一样。西方人说"牛奶不好，奶酪也不会好"，就是在说民众的普遍素质与管理者的素质，讲这二者之间的关系。

所以我们平时也需要从讨论"牛奶"开始。可是我们现在很多的时候，仅仅放在讨论"奶酪"上，却忘了奶酪是从哪里来的了。当然，后一种讨论也是必需的、紧迫的。

小资的生活理念很畅销，这可以理解，但不能不将其多少作以分析和区别，特别是不能将它混同于简朴生活的理念。在大资们看来，小资们已经很简朴了，这种生活简单而又不失体面，故可以谓之"简朴"。其实呢，简朴与否，这不仅是个物质葆有的程度问题，还有精神质地的问题。小资的简朴理念与真正的简朴生活理念，这之间的区别当然很大。

粗粗一看，小资们似乎涉及到简朴生活，大谈小城或郊外风光，还有旅游远足之类。这就是简朴吗？那么怎样的奢华才算是不简朴？如果仅仅是走向了这种所谓的"简朴"，离更大的奢华大概也就不远了。

自然环境回到原来的、好的生态时期，对自然环境来说就是一种简朴。人文环境回到诚实和有信，对人文环境来说就是一种简朴。简朴就是真实无欺，就是极为符合人性的一种简单。简朴当然不会是简陋，不会是穷棒子精神。

现在这个时期的中国，刚开放不久，向西方学习，很向往资产阶级、特别是小资产阶级的生活。因为大资产阶级学不了，台阶更高，所以先学学小资。将来有了条件，就肯定会学大资。欲望是没有止境的。现在不学小资，不是觉悟，而是财力所限。所以这时候围绕着小资话题，从这个角度，谈了那么多的简朴和简单，实际上也是不得已而为之，是退而求其次的做法。

简朴生活不是在对比中被确定的，小资生活也并不能因为大资的对比而变成了简朴生活。简朴是一种生活质地，是精神也是状态，这与第三世界初来乍到的小资生活毫无关系。

有人在商品经济中发了财，然后就卖力地推销一种生活方式，什么怎样抽雪茄，怎样吃巧克力、喝红酒，这方面的知识印成的图书一排排的。小资的欲望调动起来是很容易的，调动者完全不负责任。据说这可以让人变得高贵。他们闭口不谈这样也可以让人变得轻浮。要知道雪茄巧克力之类不是土生的国货。把洋化生活等同于高贵的生活，这是什么心态和逻辑？

有人引进欧美，特别是美国简朴生活的概念。我们觉得不是那么回事。讨论一下什么是简朴，简朴的必要性和可行性，简朴的理念，在这个时期十分必要。因为不同的理念会引导不同的生活。这些都得想透，不能人云亦云。关于整个欲望社会、消费社会，从能源消耗到伊拉克战争，不妨什么都想一想。因为这是一个立体的问题。有人不断地举例，说一些欧美头面人物所谓的日常"简朴"，我却深深怀疑。通常是，巨大的奢华和资本的拥有者才会去灭亡别人的国家。

谈简朴不是反对人类强烈的求知欲，不是反对科学，不是推广愚昧，不是清教徒，不是反对俗世。简朴正是回到真实的俗世，是不为物质所累。简朴会让人类社会生气勃勃，会保持和推进人类的文明成果，会让人类长存。不妨回头看看自己的历史，如春秋战国，如秦灭六国，最后灭亡了齐国。

齐国的科技和物质在当时是最进步最丰饶的，出土的车马文物何等华丽精巧。轿车上都铺着地毯，漂亮得不得了，到现在看也是极为舒适的，上面还有酒柜，有精美的酒具。在艺术上，像韶乐，令孔子听后三月不知肉味。但这样一个大富大贵的齐国，最终却被秦国灭亡。而同时期的秦国粗陋多了，他们只举着冷兵器从西部打过来了。

齐国被物质所累，上层人士一味追求奢华，哪里还谈得上简朴生活。齐的鼎盛时期是威王宣王阶段，那时的国都临淄如何了得。齐的昌盛与占领东莱古国有关，这个古国在胶东，可能以今天的蓬黄掖为核心。齐国从此大得渔盐之利，还据有了天下最大的铁矿、最先进的炼铁技术。它的边界最远的时候到了莱芜。从此齐国的纺织、大米天下无双，还有无数的战马和铁器。这就有了后来临淄国都的"举袂成云，挥汗成雨"。

它物质上这么发达，在当时是最不愿过简朴生活的一个国度，所谓的最繁荣、科技最进步、生产力最先进，但就是被最不发达、最粗蛮的秦国给灭亡了。物质和文明是伟大的创造物，但是它也能使一个民族很累很累。

看来一个民族真是需要简朴的生活理念，要活得清爽一些。

时间和生命

文明走向烦琐,物质走向奢靡,结果会是极可怕的。如今天,有的城市上班路上需要花掉四五个小时,这种情况已不罕见。私家车特别多,中国的交通状况不行,道路永远要车满为患。看来这部分挤车烦得要命的人,要忍受一辈子了。省会以上的城市,才刚刚开始这种厌烦的生活,他们厌烦这种无边的烦琐和无处不在的物质主义。

大概有智慧的人,以后要设法躲开省会以上的城市了。为什么?就因为耗不起,就因为时间是生命。生命不是无限的,它有长度。在城市长期煎熬,这太可怕了,而且每天如此、年复一年。

怎样搞物质,怎样搞小资这一套,有人可以到处做报告,推销他们的理念,还说是过简朴生活。其实这全是骗人的胡说。跟上他们跑,单是时间上就花不起。

在海外有位佛学大师,感动了很多人。她的钱多得不得了,发展了很大的医院和大学,在世界上的许多地方都做了一些慈善事业,影响极大。但大师并没有丢掉本色,每天还要体力劳作,起早诵经,种地制茶,做蜡烛卖,还开了个有名的蜡烛作坊。吃饭也非常简单。大师是弘法的,但她从简朴生活开始做起。

大师事业搞得很大,也就有了一些很漂亮的场所,有星级宾馆。但无论物质搞得多么好,多么丰足,都尽可能不被它所累,而是用来回报社会,比如说办教育、办医疗,还有一个很大的出版作坊,自己印刷,自己发行,把向善的精神传遍四方。世界各地,像非洲,都有大师援建的项目。

在有限的时间里做尽可能多的事业，将一切的耗费时间的无聊之事都尽力地压缩掉，这不是最大的简朴吗？其实人间最大的浪费和奢华就是把时间糊糊涂涂地打发掉，把时间供献给不值得的东西。前一段有个口号，叫作时间就是金钱，说得太小作了。时间哪里是什么金钱，时间是更要命的东西，是生命。不要时间，就是不要命。

清清爽爽的人生，就是只看重时间的人生。这种朴实的认识与简朴生活的理念当然是一体的。

简朴就是劳作

只想享受，不想劳动，哪里会有简朴。有人只想做一些简单的工作，用以调剂日常生活，这不是什么劳动。劳动是出力和流汗。所以有的谈简朴生活的书，说的都是怎样到室外活动，干一点无伤大雅的活儿，说这样对身体和精神有利。这是养生。这样的设计与收获无关，与精打细算的生活也无关。

如果一个城里人戴上斗笠扛着锄头，大兴劳动之风，大壮劳动之势，就是简朴了？这在老百姓看来不过是细粮吃腻，代以红薯，追求健康而已。这也没有什么不好，只是不要硬扯到简朴两个字上。

劳动反对烦琐的礼节，尤其反对虚荣。劳动是量力而行，户外户内一律平等。劳动要真实，不要花架子，不是给人看，闷声而做，做完回家。

一个劳动者想不简朴，其实是很难的。仨瓜俩枣收存起来的岁月和日子，在某些知识分子看来是很美的，在过惯了粗茶淡饭的劳动者看来却是平淡无奇的。

而在物质主义者简朴的家里，却会发现最大的奢华。物质主义者放松下来的时候，一切都无所谓了，他随意处置起物质来的那种洒脱劲儿，有时会让人目瞪口呆，这也容易和一般意义上的简朴混淆起来。

物质主义者通常是用更大的消耗，来换取所谓的简朴。

筑万松浦记

我一直想找一个很好的地方,在那里做一点极有意义的事情。是什么事情还不知道,但我想它要能足以引起自己的长久兴趣。当然,它对许多人来说都应该是极有意义的。它的整个过程还应该是朴素的、积极的。它要具有相当长的生命力,并且在未来让人高兴。它还需要由许多人以各种方式去参与,而不是被许多的人去索取一空。它从一开始就将拒绝那些只想到索取的人。

小岛对面

在龙口市的北部,渤海湾里有两个小岛,桑岛和依岛。桑岛上有八百多户,有松树和槐树林,有灯塔和礁石。这是个很美的岛,关于它的传说很多。其中有一个传说与它的命名有关,说的是秦代的智慧人物徐福(巿)被秦始皇遣去东瀛寻找长生不老药,行前曾在岛上种植桑树,养蚕织造。徐福后来带走了很多人,包括史书上记载的三千童男童女、五谷百工,当然也少不了各类智慧人物。他这一去发现了日本列岛,高高兴兴过起了独立王国的日子,再也不回来了。这就是所谓的"止王不归":整个的事件记录在中国的信史《史记》中,可见已不是传说了。

远眺桑岛　田恩华摄

桑岛之名的由来倒是个传说。不过如今岛上已没有大片桑树，也没有纺织业，只有其他林木，有发达的渔业。从南岸去岛上有十几分钟的水路，这是指现代客轮的速度。我在中学时坐了木制机动船去过一次海岛，大约花了二十分钟。那一次我在岛上待了一个多星期，住在同学家里，尽享岛上新奇。进岛前站在南岸看一片海雾中的葱绿，如同仙境；进了岛，则不停地往南边的大陆遥望了，望到的是一片无边的林木，林木前镶了一道金边，那就是海滩了。

　　当年桑岛上的房子都是一种黑色岛石垒起的，屋顶覆以海草。岛的四周永远有鸥鸟环绕，正像岛的四周永远有扑扑的水浪和细细的沙岸一样。它的西北方，仅仅二三华里远的地方就是那个依岛了。如果把我们脚踏这个岛比作地球，那么依岛就是月亮，不过它不会绕桑岛运行罢了。我们当年极想去依岛上看看，可是没有船。因为小小的依岛上面没有人烟，而且与桑岛之间隔着一道湍急的暗流，据说除非有第一流的驾船技术才能渡过。渔民介绍说，依岛上过去只有一幢小小的茅屋，那是为躲避风浪的渔人准备的。一旦来了大风不能及时赶回，捕鱼的人可以就近靠岸，并在小屋中歇息下来，里面总是有常备的水米。如今岛上空空荡荡，一派灌木白沙，风景秀丽。一大群野猫成了这里的实际主人，据见过的人说它们靠吃水浪涨上来的小鱼小虾之类，个个长得干净强壮。

　　今天，这两个岛对于城市人来说已是旅游观光的最好去处。但要在岛上长期生活下去，要做一点想做的事情，似乎还缺少点什么。我去了岛上，像过去那样向对岸的陆地遥望，再次惊讶地盯视那片无边的葱绿。我的心头涌起了一阵感动。正对着这个小岛的是绵长的沙滩，茂密的树林。

春天的港栾河　　田恩华摄
冬天的港栾河　　田恩华摄

那里与人口繁密的小城相距二十分钟的车程。

港栾河

有许多天,我一直在小岛对面的那片海滩上徘徊。这是一片真正迷人的沙岸,洁白到了无一丝粗粝和污迹;碧蓝的海水,退潮时露出五十多米的浅滩。这里没有鲨鱼出没,是天然的优良海水浴场。更为可贵的是它背靠了一大片松林,大得足可以藏禽隐兽,一眼望不到边,只听到鸟声不断,与近海翩飞的海鸥遥相呼应。与海岸交成直角的是一条古河道,叫港栾河。河的上游源自南部山区,很早以前与曲折密集的山下水网相连,接受丰富的山落水,水流量终年很大,这由古河道的宽大壮观可以看出。河的入海口有古港遗址,而今的小旅游码头就建在遗址右侧。

像许多古河道一样,如今的港栾河也在时间里萎缩了,充其量只能算是一条中小河流。但好在它还有辉煌的历史可以留恋。它的下游建有不止一个村庄,可以说它们都拥有得天独厚的地理条件。河中有鱼蟹,它有别于海鱼海蟹。入海口有洄游产卵的鱼类,所以每到了四月春阳照耀时,浅海里到处都是捕捞鲈鱼苗的男男女女,他们将把一个春季的收获卖给淡水养殖场。河道里有茂密的蒲苇,河堤上有高大的槐柳。由于古河道淤积土深厚肥沃,所以河两岸的树木比其他处茁壮得多,夏秋里看去真是冠盖相连,如雾如峦。槐柳与成片的松树相依衬,形成了另一种风韵。槐柳的碧嫩与松树的墨绿相间,层次错落;冬天和秋末松树浓绿依旧,槐柳则剩下

龙口海边松林　田恩华摄

了裸枝。槐的苍枝和柳的红条在绿色中闪烁，该是画家们的向往之地。

走在河岸上，就会把海浪的噗噗声遗忘，耳廓与视野全是淙淙水流。青蛙和鲫鱼在水中窥视，它们以漂亮的翻跃引人注目。有咕咕声响在密集的荻草中，不是水鸟就是穴中动物。这条河的珍贵在于它在许多时候为林中的鸟兽提供足够的淡水，如今堤岸下到处可见一溜溜小兽蹄印，可以分辨的有兔子、刺猬和獾之类。也仅仅是十几年前，河两岸还有狐狸出没。

人们的传统居住理想，就是尽可能在河边筑屋，做所谓的"河畔人家"。而眼前的情与境何等诱人：海岸林中河边，三位一体。更为难能可贵的是，这里离那个去海岛的小码头仅有一华里之遥，安静便利，却没有喧闹。除此之外这里还有历史掌故，有传奇，有静下来即可听到的古河的哗哗之声。

万亩松林

最为诱人的还是这片无边的松林。准确讲它有两万六千亩，主要是黑松。据说这种松不易见到一万亩以上的面积，所以说眼下的规模实在可叹。它的形成是漫长的，除了原生树木，再就是依靠了人工种植。大约四十年前有一场浩大的造林活动，出动了万人营造沿海防风林，是这样的日积月累才产生了如此伟大的造就。苍茫海滩上的原生树种有小量黑松，其余就是一些灌木；乔木类有白杨、槐树、榆树、小叶杨、橡树和柳树。当人工松林于四十年后蔚然壮观之时，原有的大树就显得苍老豪迈了。它们间杂在一片林海中，是树木的尊长，是自然的智星。

有了不同的树种，有了偌大的面积，也就有了丰富的大自然的内容。我们今天的人对于大自然的孕含越来越陌生了，简直是十分隔膜。关于一些动物的故事，我们仅仅是从书中、特别是从动画片上获得。我们还不习惯于发生在眼前的、身边的动物故事。我们知道动物的故事通常主要是发生在大面积的林子中，它们比起家里和动物园中的动物，会是完全不同的。

我走进这片松林，愈走愈深，竟有两次迷失了方向。从河的左岸向西向南，会走向它不测的纵深。林深处一片呜呜响起，这就是无时不在的松涛了。只要稍有一点风，就有这低沉浑厚的声音；但是如果有大风吹起，林中又是最好的避风之地。

随着往前，林中空地上出现了小动物的劫痕：散羽和断蹄，凌乱的兽毛。这里有隐下的猛禽，也有食肉四蹄动物。抬头寻觅，最常见的是红足隼和雀鹰。我们马上想到的是厮杀，是弱肉强食。在无声的嘶嚎中，在一时安静得出奇的林莽间，一低头就是零散的羽毛；再就是黄色的小花，是小蓟与荠菜，还有草丛树下探出的蘑菇圆顶。在林中行走随手采下蘑菇是一件快事，那是毫不费力的收获。这里最多的当然是松蘑，还有杨树蘑和柳树蘑，都是最受人们青睐的美味。如果在春天，林中的松脂气味正浓得化不开；更有槐花的清香、满林满地杂花野草的薰蒸，人走在里面真像一场特别的沐浴。我与朋友在林中仅仅走了半个小时，鞋子就被花粉全部染成了黄绿色。那时各种不知名的飞禽成群掠过，云雀在高空欢唱，野鸡在深处鸣叫。我们惊扰最多的是野兔，它们有许多次被我们同时惊跑了三两只。鸟窝遍藏在深草中、树丫上，有时一不小心就会惊起正在孵蛋的鸟儿。

无论是雨天雪天，进入这片林海常常都会有一种享受。林雨淅淅好，大雨怒吼也好——它别有一种气势，让你在稍稍惊异中领略许多。你会看到各种动物在雨中的姿态，树与草在洗涤中的欢快。脚下是刚刚润湿的沙土，是一簇簇顶着满身珍珠的绿叶。当然最好还是淅淅小雨，那时会有一种绵绵不绝的低语伴随着你的行走和深思。不过大雨滂沱是骤然而至的，这时我们就再也不会忘记闪电的颜色，记住在万木丛中急速穿行的风雨之声。在冬天，当踏着雪后的林地，会惊讶这里奇特的安静和干净。只要走动，脚下就响起无法形容的雪的声音；此时围拢在四周的全是清洌的脂香。林子在冬天变得幽深和优雅，树隙的天空闪烁新的瓦蓝。积雪在这里会存留一个冬天，或者再加上一个初春。雪后只需多半天，地上就是叠起的一个个小兽蹄印了，是它们留下的一些巧妙的图案。走在林中雪地辨认兽蹄是一种乐趣，有经验的林中老人能一口气认出二十多种。

走在林中，难免想象做一个林中人的幸福。可是这种打算太奢侈了。这种奢侈不可以留给自己，而应该留给更多的人。

人缘

一个情境在心中渐渐完成，这就是在栾河边、万亩松林的空地上盖一处书院。是"书院"而不是别的什么，是因为这两个字所包含的"内美"。

中国古代有著名的三大书院，如今除了岳麓，其余学术不兴。书院是高级形态的私学，起于宋，盛于唐，是中国大学的源头。现代书院该是怎样的姿容，倒也颇费猜想。静下思之，她起码应该是收敛了的热烈，是喧闹一侧的安谧和肃穆。热闹易，安稳难。在记忆里我们从来都是热闹的，不同的时期有不同的热闹。可是一些深邃的思想和悠远的情怀，自古以来都成就在有所回避之地。它的确需要退开一些，退回到一个角落里。

于是就想到找一处角落、一个地方。龙口地处半岛上的一个小小犄角，深入渤海，像是茫茫中的倾听或等待，更像是沉思。更好在它还是那个秦代大传奇的主角——徐福（巿）的原籍，是他传奇人生的启航之地。港栾河入海口处的古港也曾被认为是他远涉日本的船队泊地，当然更多的人认为是离它不远的黄河营古港：东去三华里，二者遥相呼应。一个更迷人的故事就发生在脚下：战国末期，强秦凌弱，只有最东方的齐国接收了海内最著名的流亡学士，创立了名噪天下的稷下学派。"百花齐放，百家争鸣"就源于稷下。随着暴秦东进，焚书坑儒和齐的最后灭亡，这批伟大的思想家就不得不继续向东跋涉，来到地处边陲的半岛犄角"徐乡县"。这里由是成为新的"百花齐放之城"。而今天的港栾河入海口离徐乡县古城遗址仅有十华里，正是她当年的出海口。

可以想见，秦代一统海内最初几年，徐乡城称得上天下的文心。

十余年来龙口人越来越多地迷于"徐福研究"，而且声动南北，呼应京津，大约几十位教授发起成立了"徐福国际文化交流协会"。不说它的学术，只说这种追忆和缅怀所蕴含的一种地方自豪感、也许还有他们未及领会的另一些东西的珍贵。思想需要一种连绵性，传统也可以在追溯中慢慢建立。这个艰苦的过程已经开始并且不能停止，于是就给了我许多启发。多少年来，当地有多少热衷于文事、具有文化眼光的境界高远之士，在此不再一一列举。那将是令人感动的一长串名字。没有他们的热烈倡议和实实在在的支持,书院择址海滨河畔的意念就不会生成,更不可能坚定。

在那些令人难忘的日子里,不止一位朋友与我一起实地勘察,迈步丈量穿林过河。往往是多半天过去,面无倦容手持野花而归,谈吐间全是书院遐想。朋友即便身负重任,日理万机,也未曾把一件浪漫的设想掷于脑后;那种于俗务操劳中顽强存留的超拔的精神,实在令人钦佩和铭记。好像从来如此,一种信念和决意必须在人缘里生成,没有帮衬就不可能成功。

后来又有远城友人、海外文士抵达这个犄角。我们仿佛一起倾听了当年的琅琅书声和稷下辩论,激动不已。至此,对我来说,书院还未破土心中先自有了梁木。它是众手举力搭建的。

读书处

十余年来我一直寻找和迷恋这样一个读书处:沉着安静、风清树绿;一片自然生机,会助长人的思维,增加心灵的蕴含;这里没有纠缠的纷争,没有轰轰市声,也没有热心于全球化的现代先生。在这里可以赏图阅画,可以清诵古典,也可以打开崭新的书简。可惜这在以前仅仅是耽于幻想,而在我徘徊林中河畔之时,这样的机会总算实现了。只要带上书,携一个水瓶来到林间空地,坐上干艾草或一段朽木,背倚大树即可有一日好读。来时天气晴好,心情自然。若风雨袭来时则可奔海边渔铺,太阳热烈时会有枝丫遮护。远近是鸟鸣兽语,海浪扑扑;仰向高空,或可见一只盘旋的苍鹰。

书院原址上的牧场　田恩华摄

我相信有一些好书必需自然的润释，不然字迹就会模糊不清。记得以前苦读中尚不能明了之处，一旦坐上林中空地则一概清明、进而着迷。特别是中国的典籍，那简直是由花草林木汇成的芬芳精华，除非远离现代装饰的房间而不能弥散。我与三两好友入林读书，一天下来不觉得疲累，也不感到漫长，而是于陶醉中享用了宝贵的时间，有一种最大的休憩和充实的快乐。

我不知道古代的稷下先生们踏上这里是怎样的情景，此地又做了什么用场。但我相信这里绝不会是林荒。因为它离一个繁荣的古港只有短短一华里，想必会有不薄的文明。时越两千余年，它的斯文不灭，仅仅是沉淀到土层而已，化为一片繁茂的绿色生长出来。我甚至想象那些稷下先生就站在此地辩理说难，手掌翻飞，一个个美目修眉，仙风道骨。总之沧桑巨变，隔海听音，丛林守护的大半是永恒的精神。

林中阅读的间隙少不了神飞天外，幻想起浪漫的远古。我想象那些远涉大洋的探访，琢磨《史记》上记载的那段惊心动魄的大迁徙，心中怦然。这段史实比哥伦布发现新大陆还要遥远和惊险。不知有多少次了，我与朋友在这里流连，时有讨论。有一次当我们安静下来，甚至发现了一只专注倾听的大鸟，它隐在枝叶间一动不动。这或许是两千年前的一个灵魂，是他们飞越时空的化身。我记得朋友先是一怔，接着响起喃喃诗声，连接了草木的一片窸窣。

在这样的时刻我们不能不又一次意识到，这种情与境在全球化的喧嚣中已近梦幻，它真的是太奢侈了。这种奢侈实在不可以独有。一种分享和转告的念头滋长起来，并在心底发出催促。我们知道，应该脚踏实地做点

建设中的书院　田恩华摄

鸟瞰万松浦书院学者楼、图书馆及第一研修部　田恩华摄

什么了。那种长期以来的理想和期盼正与此时心境暗合如一，让人把一个深长的激动悄悄隐藏下来。

多么静谧的林子，海浪都不忍打扰它了。

开筑了

修筑一座现代书院的心愿渐渐化为一张蓝图。书院不是研究所，也不是一般的学校。"书院"这两个字所包孕的精神和内容，或许只可意会。它在今天将是什么形象和气质，真得一个独自守持的人才能把握。当然，它不能奢华也不得张扬，只应安卧一角倾听天籁，与周边天色融为一体。静下时不由得问一句：自宋代风行的书院体制缘何由兴到衰，它宝贵的流脉直到今天不绝，其缘由又在哪里？

我知道，在一个角逐急遽同时又是极尽虚荣的时光，筹集巨资团结商贾筑起皇皇楼堂已不是难事。难的是始终敛住精神，收住心性。今天做事未必秘而不宣，却难得坦然自为。一切不仅是为了结自己的梦想，而是接续那个千年的梦想。一条栾河波浪不宽，如何载得起这么多沉重，可见须得一点一点经营，一抔一抔堆积。首先学会拒绝，然后才有接纳。砖石事小，人脉为大，有一些质朴的精神，有一点求实的作为，这样才能有一个起码的开端。

我让善绘者一遍遍描叙轮廓，让专门家细心制定结构，又经历三番改动五次争论，终于有了个主意。我甚至想象，它该是顺河而下的船夫登岸歇息处,是造访林莽的远足借宿地,是深处的幽藏和远方的消息,是沉寂无言者的一方居所。朴素是不必说了,但要坚固得像个堡垒。古代书院并不高大,今天的书院也不应太隆。它要隐在林中空地上,伏下来静听河水和海声;每天到了午夜,它会有一个深长的呼吸与林海河流相通。不言而喻,它的身边还应有古树老藤,就是说它连系着原野上的一草一木。我对施工的人说:在这儿人是第一宝贵,树是第二宝贵。

开筑了,最初的日子颇为顺利,但地基深挖下去就遇到了古河淤泥,这就需要清泥填沙,需要打进粗长的水泥桩。还有尽力躲避空地林木的问题,因为一不小心就会碰折一棵树木。事至半截有野夫纠集一起,有零零散散的阻拦,这些当不出预料。有人出面化解鼎力相助,更是感激在心。总之同志们未敢懈怠,只盼早日成就起来才好。整个过程都有赖地方,他们守土有责,爱惜文物,拳拳之心令人铭记。七月大雨,冬月霜冻,施工者辛苦劳作,操持者多有勉励。

一砖一瓦都取舍再三,权衡难定。最后采用了京西山地层石做了瓦顶,南国粗砖做了围墙。一时见仁见智,褒贬纷纷。

筑起了

不管怎么说石瓦砖墙在绿树下闪闪烁烁,再加上地场开阔,真是令人目光一亮。它绝不似拟古之物,又不像摩登馆所,只与林河海野两相厮守。砖石事毕,剩下的事就是把周边整饬一番,把内里稍加装修。这一切当然还是力求朴素，以功能为先，要让人既安居又心定，于是尽可能放弃眩目扰神的饰物。现代的时髦累赘务必去掉，一味仿古的不伦不类也当力戒。总而言之有适当之形式，有合理之心情，能居能为，可迎可送，如此这般也就可以了。它绝不该是声名远播的辉煌庙堂之类，也不会有高僧在这里日夜诵经。这只是当今的人和事，是现代的一处藏书访学和研修之地。

古书院素有三大要务：一是讲学，二是积书，三是接待游学。今天三大要务需一一承续，但又不可强为，不可一味拘泥；一切或可量力而行，所谓的随缘成事；既有所发挥，又能够坚守根本。现代书院既未有先例，也就多了许多尝试的功夫。这一点我和朋友认识同一，只想从头做起。凡事不求广大，不追虚名，不恋热闹，不借威焰。有三四同道即可，有远方讯息则安。爱书籍爱思想爱自然，勤奋劳动，不打扰乡邻不增添俗腻，始终如一地做下去就好。

我和朋友一起制订了个公约：书院选址在此，就要爱惜此地自然，绝不能损伤一点动物林草；所有在书院做事营生者，都要做个体力劳动与脑力劳动相结合者，不得终日室内攻读或消闲懒散，而要每天于野外做工，所有劳务凡能自己动手绝不找别人帮助；最好每人学一份手艺，农事，木工，园林，装裱，陶艺，所学必得应用，并在应用中日见精密；无论做学问做日常功夫，都不必受时尚驱使；要心安勿躁，勤勉认真，崇尚真理。

书院建于此，不仅因为自然之诱惑，还借助人事之祥和。所以要人人自珍。书院大门上左书"和蔼"，右书"安静"；进入大厅右折进入接待室，则可见内悬匾额："这里人人皆诗人"——由最初的平静温煦入门，待登堂入室，再感受一种热烈和浪漫。书院的最终、她的本质，仍还是一种执着求索的情怀。能够保护和持守这一情怀的,当然首先还是一种自主自为的精神环境,一种与喧嚣稍有隔离的自然环境。这也许是现代生活中最为宝贵的。

终于说到她的命名了:"万松浦书院"。其中的"万松"不难理解,因为地处两万亩松林;"浦",是河的入海口。

中国历史上有许多书院。其中成名并流传的有三大书院,至今仍然运行的仅余一二。书院废弃的原因各种各样,比如人们马上会想到的兵火战乱之类。但细究起来还是人们面对野蛮、特别是面对庸常时渐渐失去了坚持力。因为直接被大火烧掉或失于兵匪的,毕竟还是少数。而在绝望的岁月中慢慢坍塌冷落拆毁的,恐怕要占十之八九。

万松浦书院立起易,千百年后仍立则大不易。

二〇〇二年十二月

精神的背景 *
—— 消费时代的写作和出版

现在许多人也许会注意到，从四十年代末到现在，在长达六十年的时间里，中国的现实背景和精神背景都没有发生过如此巨大的变化。现在，作为集中体现和反映一个时期社会生活的思想和文化来说，好像其中最主要的部分发生了一些游离，即没有与整个的精神背景完全融汇到一起。这是非常奇怪的现象。因为它既然从属于精神，就应当与整个的社会生活浑然一体。然而现在不是，起码看上去不是。

实际上，这个时期最杰出的创作者和思想者，他们的作品，已经或正在从一种普遍的精神状态中脱离出来。这个时期的精神作为一种总体背景，对于这些人来说似乎正在逐渐地开始后退——一些最重要的思维成果，正在和整个社会的文化现象、精神状态、现实生活，这种种构成"背景"的东西慢慢剥离开来。这些作家作品与一个时期的精神流向，其二者之间的关系已不是越来越密切，越来越趋向一致，而是越来越分离，越来越呈现出一种疏离的关系。

纵观以往，似乎所有的作家与创作都融进了时代精神的内部，他们的具体存在只是构成了大的文化和精神背景的一个部分。这是在漫长的历史

---

* 本文为作者二〇〇三年八月在烟台出版咨询年会上的发言。

中得出的认识和结论。但如果从局部看，比如现在，这一切已经悄悄发生了变化：越是好的创作、好的作家，与这个时期最普遍的现实——特别是大的精神背景，越是发生了分离。时代的精神背景相对于一些个体，正在往后退去。于是，某些个体越来越孤单地呈现和裸露在历史的视野里。

这种奇怪的现象在过去是极为罕见的，起码在五十多年的时间里从未有过。

现在，最优秀的文学家和思想家，正在把这个时期思想和创作界的一切喧嚣作为腐殖，全面地营养自己，从中孕育和培植独立的生长。这与过去是极其不同的。因为中国的精神背景和现实背景从来没有呈现出今天这样的复杂感和纵深感。比如说"文革"时期，比如说新时期刚刚开始的一个阶段，那时候整个精神和现实非常单一，如果有复杂性，也远没有现在这么繁复和立体，没有如此深厚的纵深感，只是单薄的一层。作为一个群体，他们表达的动机和欲望以及结果，都是那么相似。那时的中国是计划经济，无论是现实层面还是文化层面，都不可能呈现出一种复杂的、纵横交织的、立体的状态。

任何时期的精神背景都大致由现实生活所决定，它是有厚度的。有什么样的背景，就有什么样的文学和思想。因此今天这种状态，正是出现真正优秀的个体的一个基础。但与以往不同的是，他们将逐一走出这个背景，与浑然的背景分离出来。

这种情况是怎么发生的？它所经历的过程和由来？

精神平均化时期

对于那个特殊的时期,可以有许多命名和比喻的方式,如"精神板结期"也未尝不可,反正都能明白是什么意思。极左,文化专制,都在说以往的精神贫瘠和苍白,还有荒芜和恐惧。从五十年代到七十年代末,在中国一直是试图建立新的文化精神和艺术标准的探索时期。五十年代初尽管在文学创作、在思想和精神领域过分简单化和幼稚化,但的确有新的要求,有创新的强大欲望,而且这种现象具有某种普遍性。

中国当时有几亿人口,它试图打破几千年来形成的传统文化,以及从清代开始传入的一些西方思想,以建立和创造出崭新的中国文明。在文学上,我们稍一回顾就会想起很多明朗而简单、却也清新天真的翻译和原创作品,这都是整个精神文化努力的一部分,而且这种努力渗透在社会生活的每一个方面。那个时期的绘画、音乐、小说和戏剧,都呈现出差不多的色彩,倾向与趣味、形式和内容,都差不多。

现在一般认为那个时期的精神现象,比如艺术创作非常平庸单调——但是冷静思之,一切也远没有那么简单,还不能用一句"平庸"就把整个时代给概括了。因为那个时期的创作,除了如上所说的幼稚单薄,尚有自己独特的道德伦理内容,有探索的生气,当时在全世界范围内运行了几百年的商业化秩序——还有与之相适应的意识形态,受到了一次巨大的冲击。这当然是从苏俄文学开始的。所以如果放到历史和世界的大框架中去考察的话,它的确是一次猛烈而沉重的冲击和大胆的创新。

所以,当时整个文学界的清新气息显而易见。但是继续下去,在相当漫长的时段里没有一个自由活泼的个性空间，仅止于开始，就让人厌烦了。再美好的东西一旦被过分分享、复制和因袭，就会造成一种"平均化"的态势。大家都这样表达和思想，就势必会变得单调无聊，整个精神的土壤板结了、僵化了，绝不可能再有强盛的生长。

那个时期的简单、荒诞、创新、粗暴，还有纯洁和热情，等等一团矛盾都集中在同一体里，一种崭新的概念过早地完成并草率地推行到民众中、特别是知识分子中，其结果就是精神领域里的专横性和封闭性，这对于一个民族是非常可怕的。

那时作为个人已经没有了思想，当然也没有了艺术。所以说思想和艺术的大锅饭、平均主义，比日常物质生活中的平均主义和大锅饭更可怕更有害。就在那个时候，我们在文学创作、艺术和思想方面，基本上失去了个人独立创造的天地，机会均沾，但不逾规范半步。

出版物更没有什么叛经离道，它一方面普遍遵守了被中国传统改造过的社会主义伦理，另一方面又表现出对于旧的精神秩序的强烈进攻性。它在恪守中有创新，保守中有激进，它的整体倾向的确是富有进攻性的。

从一个时期精神的局部看，从内部看，它也许是习以为常和比较平淡的；但是从体制的外部看，从世界范围看，从历史的角度看，它又是生长的，具有挑战性。比如说当时的美国和欧洲，中国的革命书籍戏剧电影甚至是街头秧歌，都给他们以新奇感、以冲击性。新中国的革命艺术与当年的苏俄艺术一样，都是在世界文化秩序中引起不安、引起巨大轰动的崭新的文化精神成果。为什么？就因为从外部看，那个时期这些民族的艺术和思想是生长的、具有挑战性的、具有真正个性的。

而我们现在回头来看那个时期的文学，是过分造作的阶级斗争内容、三突出的创作方式；如果这些出现在某一本书中，它仍不失为新颖奇特的创造，但是如果每一部都差不多，都如法炮制，那就不忍卒读、虚假以至于可怕了。

现在再看一下五六十年代中国的或苏俄的某几部代表性作品，仍然觉得它们有今天所不及的健康精神、生长的精神和创新的精神。可见只要是朴素向上的、真挚的，虽然简单，但却并非一定就浅薄。

这就是在精神平均化时期，我们的文学艺术的实绩。

"沙化"时期

近二十年来，随着世界的窗口日益打开，各种熏风长驱直入。成长在五四之后的几代人没有国学根柢，在激烈的吹摇下很容易连根拔脱。整整几代人进入了精神游移期，他们已没有方位感，没有立足点。如果说五四以后接受了一些西方文化，那也仅是只鳞片爪，更谈不上什么根基。我们知道西方的基督教文化是同样丰厚的、西方文明的资源也是同样复杂的。就是说，五四以后，在文化上我们两头都不着边际，无论是西方的还是中国传统的，整整一代或两代人都所知甚少。这里真正是割裂的一代、断开的一代。

我们既无力判断自己漫长的历史，也无力判断这短短的二十年。因为我们没有自己的文化标准，只能怀疑一切，否定一切，同时又向往一切。

盲从将是不可避免的。在这几十年里，精神的发展和演变缺乏一个循序渐进的过程，这是在其他民族其他时期很难找到的一个现象。特别是这二十年来，我们有过多少莽撞的否定、没有根据的怀疑，以及莫名其妙的向往。我们完全没有建立起自己的传统和标准，没有一个前进的轨迹，更没有一个过程。最起码有两代人，好像一下子就给推到荒漠里去了，精神的自我生存能力和更新能力都很差。

所以我们只能彷徨。既然没有基础、没有方位、没有立场，那么我们还能到哪里去？

由于在我们这儿仅仅是一二十年的商品经济的历史，处于转型期或者干脆说是简单的模仿期、混乱期，精神上必是一片混沌。我们不可能成长起一代以社会批判为己任的知识分子，没有生长出与商品经济时期的社会生态相对应的知识分子。知识分子的功能就是批判，但是我们这儿没有他们成长所需要的时间和环境。也就是说在所谓的"商品经济大潮"中，我们这儿还没有产生它的精神上的"抗体"。比如说"非典"，我们无法抵御，是因为我们体内还没有抗体。在商品经济运行中，精神的抗体还没有产生。所以在这种情况下，知识分子往往和商品社会采取一种简单的合作与协调姿态，无法也不可能发挥自己应有的作用。所以这个时期形成了很多社会问题。

由于对商品社会只是一种协调的依附的关系，市场就成为知识分子心目中的某种权威，以至于非常害怕这个权威。这不仅是荒唐的，也是可悲的。过去是阶级斗争社会，知识分子最怕阶级斗争，一上纲上线，他们就慌了。因为不慌也不可能，把你赶到农场去就得了。现在的商品经济市场中，知识分子同样是没有丝毫的抵抗力。仅仅以图书市场为例，本来他们对于书籍是最有发言权和判断力的，可是一拿到市场上就没了主意。本来是一本不忍卒读的书，平庸无聊，可只要是卖得好，有人立即就慌了，先是缄默，然后很快就跟上来，发出各种颂扬之辞。市场比起阶级斗争的威慑力，有过之而无不及。

市场的标志是什么？就是所谓的"大众"，但它是打引号的。"大众"一叫好，知识分子用来判断的脑筋、用来表达的声音，一概全无。

在商品经济时代就是这种精神状态。消费主义统领下的精神界必然呈现出"沙化"现象，即精神的沙漠化。所以在这个所谓的经济发展时期，物质主义没有、也不可能得到充分的揭露，人类最好的精神结晶，很容易就被纷纷抛弃。好像只有这个时期的中国人才重新发现了"欲望"。实际上这个欲望不用我们发现，它一直是存在那儿的，只要有人就有欲望。欲望的力量，欲望的规律，它在政治和经济生活中的作用，从来都是存在的，这很正常。

在沙化时期，有鹦鹉学舌式的全盘西化；还有产自本土的市井帮会气；有被极大地庸俗化和歪曲篡改了的儒学，即一般意义上的"孔孟之道"；也还有"公社文化"——我们现在不是残存而是有着很强的"公社文化"，这就是我们自五十年代末建立人民公社以来形成的特殊文化。这一切都空前复杂地糅合一起。所以我们不能单纯地想象现在是极左余毒或是其他，因为早已没有这么简单。在文化上，我们现在正呈现出芜杂和混乱，而且有着极大的投机性。

所以在这种情况下，真正的思想和创见偶然显现，就会像一滴水洒到沙漠上一样，迅速地被吸光了、消失了，无声无臭。什么都不可能存在，因为已经沙漠化了。所以在很长的一个阶段，嘲笑一切执着的探索和严整的思想，都会成为一种时髦。于是就可以看到，我们这个所谓的文学界和思想界，打着叛离的幌子、"解构"的幌子，公然把人类历史上几千年来形成的一些最基本的东西——有些仅仅是常识性的东西——肆意践踏。他们以污蔑和嘲弄为能事，并且在大范围内得到欢呼和肯定，且很快繁衍为一种时尚。

　　这个沙漠化呈现出永恒的销蚀力和吸纳力。因为这是一片真正的沙漠，只要稍有一点思想的汁水，就立刻给吸掉了，没有踪影了。这种情况在国外也发生过，在历史上也发生过——稍稍考察一下，这往往是有了失败感的民族才出现的一种自然消散的精神状态。它因为失败而迁怒，四处发泄，然后又陷入极度的无聊和自私；有时，又会成为文化上一只永不餍足的怪兽，暴饮暴食却不能消化，于是开始大肆呕吐。

　　一个民族长期探索、保留和学习的一点精粹，不仅被抛弃而且被恶狠狠地踩了几脚。文化和精神的风韵丧失了，飘流了，这个民族再也没有什么去凝聚它、围拢它。

　　剩下的事情就是末日情怀，是变本加厉地歌颂纵欲。五六十年代的"平均化""板结化"固然不好，但在今天作为一种反动，那种板结完全被搅碎了。它是被一根商品经济的棍子给搅碎的。这个棍子粗壮而强悍，它插进去稍稍一动就搅碎了。但它不是搅出更自由、更疏松的一片文化土壤，不是很利于生长的那种土壤，而是愈搅愈烈，最终搅成了一颗一颗的沙粒，搅成了一片文化和精神的沙漠。

卖掉一切的写作和出版

在一种沙化时期，写作和出版可想而知是一种什么状态。这个时期只能是卖，是大肆叫卖，直到"卖掉一切"。我们不可能有第二种结局。有什么样的写作就有什么样的出版，反过来也是一样。出版和写作都是被消费所决定的，被环境所决定的。整个世界的商品化，物质主义，只会导致精神和伦理上的无底线。这不光是中国，而是整个世界的趋向。美国走在前边，然后大家跟上。

所以一个真正的思想者或艺术家会惊讶地发现：他如此生存，简直是在与整个世界对立。这种感受很正常。问题是这个发现之后是否恐慌。人处于第三世界就会有格外的恐慌。他突然发现了这么冷酷的一个事实：真正的作家、艺术家和思想家，都有一点和整个世界发生对立的那种感觉。这仅仅是一种感觉，但这种感觉越来越强烈，越来越普遍，终于引起了他的警惕和惊怵。

如果简单地从商品流通的意义来讲，刚刚转型的第三世界如中国，商品化程度不是过分了，可能还远远不够，即遵循整个资本主义世界的那种商品游戏规则还远远不够，或许还没有进入它的内部，没有踏入堂奥呢。但是从精神和商品属性的混淆程度上看，从这种纠缠撕扯的混乱状态看，我们又实在是走得最远，几乎比任何一个所能了解的国家都走在前头：最混乱，最让人担忧。

现在的写作已不再是一些专门家的事情，而是越来越社会化、生活化，这当然很好。"作家"如今更多地被赋予职业的意义，它标明的仅仅是一个职业而已。只要是写了一点作品、或者有这个努力和爱好的，都被他视和自视为"作家"。与其他行当和职业不同，如从来没有把股长或科长厅长说成是政治家，也没有把一个在部队干的人叫成军事家。作家在职业的意义上被如此轻浮地界定，事出有因。所以现在，妓女、商人、政客、主持人、艺人、杀人犯、道德家，无论各行各业的人都可以因为自己的理由去写作，并产生卖点，成为"名作家"。从商品社会里看，这很正常。美国一个杀人犯，出来后把杀人的过程写出来，畅销并已致富。原来此刻一切都是为了卖，能卖即是成功。

所以，正因为如此，有一些人在成为艺术家之前，先要公然地宣称自己是美和善的敌人。比如美国的一个歌手，一登台就侮辱自己的母亲，诅咒自己的亲人，反而不可思议地博得了满堂彩。中国也有类似者——可想而知，现在只要美国有的我们迟早也会有。一些日思夜想走红的人，一上来就骂自己的母亲，不惜使用最下流的语言。不仅骂自己的母亲，还骂自己的兄妹、骂一切最美好的东西。而我们从生存伦理上本能地知道，人的最后底线就是——母亲。

诅咒爱情，诅咒道德，践踏一切维持我们人类生存下去的那些东西，以求得自己不光彩的生存。前面讲过的那个美国歌手，他到了哪里都博得满堂彩，好多年轻人跟着起哄，后来终于惹起了众怒，被一个强力人物制止了。可是在中国，竟然没有任何一个人、没有任何一个批评家公然站出或有力地指斥。没有怒不可遏，甚至没有了惊愕和愤怒。我们没有自己青筋暴跳的批评家，至少是没有一个这样的批评家得到大面积的响应。好像那种暴怒和批评才是多余的，可笑的，好像重大问题更不必发言，因为越来越专业化了，每个人只需经营自己那一亩三分地，只需要随时准备出卖即可。

但是有一个问题：一个人连这种最基本的第一反应都没有，还会有真正的希望吗？我们真的进入了末日的生存了吗？

的确，一部分时刻追赶时髦的所谓的先锋，已经先自背叛了。连中国的道德家也转向了。中国现在的文学界和知识界已经没有了道德家，没有了顽强的保守主义。然而作为一个道德的宣讲者，任何一个国家和民族都是不可缺少的，因为没有了这样的人，这个社会就将是一个不被信任的社会。没有他们，一个时期的精神背景就有问题，这个滋生思想和艺术的文化土壤就会有问题。我们现在呢？先锋们背叛了，道德家转向了，大家不约而同地陷入一种精神上的浑然状态。

从此理想主义者开始了自嘲。因为他不可能、也无力进行长期的坚持。与这些相对应的是流氓文人的自得，是充斥一切角落的性和暴力。伴随这些的，偶有故作斯文和矜持的叫好者，还有总不缺席的忘情吹捧者。流氓文人的自得，再加上吃精神垃圾长成的一拨轻浮浪子，他们纽合一起，竟使一些不道德的出版者大喜过望。他们从来没有禁忌，抓到篮子里就是菜。他们绝不怕下流，不怕惊愕，能卖就是一切。

所以，当精神和思想被出卖的时候，当它们在极力使自己成为卖方市场的时候，也就不能奢谈精神了。当中国作家像今天这样直言不讳地嘲笑理想和意义的时候，当那些不久前还在极力追求体面的所谓知识分子、艺术家，躲在"大众"这块幕布后面干尽了无耻下流的时候，真正的知识分子和写作者只好背离他们，远离再远离，以至于成为偶偶独行者。

不仅是出版,打开电视,看看所谓的生活娱乐频道,一些网站,所有最下流、最庸俗、最不堪入目的那些东西,收视率和点击率都非常高。那些稍微想干一点正事、想表达一点追求的,往往很快就被"末位淘汰"。人们一朝发现并大肆倡扬动物性,把商业运作和精神价值完全混淆。如今做得可真彻底,学术和艺术出版没有财政补贴,连海外自由经济地区都不如。追求名利者也只有下流一途。什么无耻、无底线,只不过为了无限止地满足商品流通的贪婪,畅销等于一切。我们看不到严厉的权威、看不到所谓的知识分子在那儿青筋毕露地呼喊。相反,一部分批评家和作家出版者,与这样的时代合作良好,完成了一次卑鄙的合谋。

从背景中显现的文学

既然走进了如此悲观消极的黄昏,就不可避免地期待起黎明的曙色。于是这里发现了一种从昏暗的背景中凸出的文学。整个混浊的部分是背景,垂在那儿像一道沉重的幕布。如果这个时期还有什么正在与这道幕布分离出来,那么就是一小部分文学——当然还有思想。

从某种意义上讲,文学是商品时代的敌人。但商品时代作为一个大背景,又是文学的母体和悲凉的恩师。正是因为它,一种物质和欲望筑成的不可穿凿的壁垒,才使精神和文学有了另一种可能性:一次彻底的决绝。

从文学和精神的历史上看,所有真正意义上的独行者,都是尽可能地把一个时期芜杂的精神现象作为背景意义来对待,而不是急欲化进这一背景、融进这一背景。中国世俗文化中有一个"藏"的智慧，是极易被等而下之地运用的。其实最大的"藏"是文化上的"藏"，即是化入这个非常芜杂的精神和现实的背景里，让自己构成这个背景的一部分。但今天的问题正好相反，是作为一个知识者，怎样鼓鼓勇气从这个背景里走出来，走得遥远，跟背景拉开一个尽可能长远的距离。

作家和思想者——这里指真正意义上的精神的个体，一定是站在背景前面的个人。

身后是空前的喧哗，跳跃和劲舞，翻滚折腾，嘶嚎，伴以整个时代的乐队。背景越大，舞台越开阔，越是预示着一个意味深长的结果。偌大的一个背景下，凸显出一种清晰的、不容置疑的存在，这就是个性的力量。因为他们一定不是思想和艺术的平均数，也不是一个时期的最大公约数，更不会是夹在芜杂里的和声，而仅仅是自由和执着的自己。

所以从某种意义上讲，有多么阔大的背景就有多么阔大的精神，有多么厚实的背景就有多么厚实的思想。我们在真正悲观的土壤上生长出真正的乐观，并为自己拥有如此斑驳丰富的背景而庆幸。

极度的浮躁，泥沙俱下，空前的媚俗，这一切都是激活思想和创造的条件。一旦失去了这种条件，苍白的季节就会到来。真正的创造也许需要互相刺激，包括彼此欣赏和厌恶、拒绝，甚至是极大的痛苦和藐视，还有众人皆醉我独醒的孤傲和精神的流放感——这些都不怕，这些都是催生的菌母。

然而，一个时期真正的精神危机却是心灵上的慌乱和庸俗的喜乐，那样的结果只能是正在发生的悲剧：太多的作家正以自己的努力融进那个"背景",唯恐被一个狂飙突进的时代所抛弃。

怎样综合和吸纳这个时期的所有经验和经历,在营养丰富的腐殖土中茁壮成长,这才是时代的课题。

商品大潮中的精神理性是怎样理解"大众"。九百年前苏轼说过一句话:"真人之心,如珠在渊;众人之心,如泡在水。"聪明的玩泡者其实也是最愚蠢的人。如果一本糟糕的书卖掉了一百万本,我们可以理解为:幸亏十几亿人口当中只有一百万个读者;反过来一本深刻的著作卖掉了一万本,那可以理解为:毕竟还有一万个读者能够阅读这样的书!这是一种思想方法,而不是掩耳盗铃。相信文明的薪火,文明的力量,正是一种商业时代的乐观主义。

书院的思与在*

有朋友从远方来是让人特别高兴的事。近处的朋友更是经常来,他们和我们一起工作。远远近近的热心人聚集到这里,还有不定期来此工作的"义工"。我想可能因为这儿是书院的缘故吧,所以才有了一些友谊的、精神的聚会。我以前谈到书院时,曾试着说明白她的一些特质,就借用了楚辞里的一个词,说"书院"这两个字当中有一种"内美"。我想现在不是别的,正是这种"内美"将一些朋友吸引过来。当然这种"内美"还需要今后我们一起去发现,看看这其中到底有些什么。

我以前想象的书院不是热闹地方,不是庙宇,不是旅游景点,不是一个机关或什么事业单位。她清寂单纯,就像一个粗手大脚的劳动者微笑着站在野外。说是这样说了,她美好的内容还需要许多人去一起挖掘。

但是我也知道,这种工作千万不能急躁,不能焦躁,也不能因为有人不理解,来参与她的事情,就不高兴。因为大家都会不同程度地存在着不理解的现象。相互启发,用美好的心情吸引对方,事情就会逐步干好。这个过程可以说是我们在寻找一座现代书院,一座现代书院也在寻找我们。这是一种双向选择式的、人与事物的一场美好遭遇吧。

有人说既然是继承古代书院,那就依样去做就行了,只要不走样就行

---

* 本文为作者二○○二年十月五日在万松浦书院讨论会上的发言,标题为整理时所加。

了。其实哪有这么简单。现在毕竟不是古代了，再说古代的书院也有各种主张，倾向也不一样。历史上一度书院很多，多到了泛滥的程度，但这并不等于学术和教育的繁荣。一些家族私学，一些简单的藏书之所，都冠以"书院"的大名。比如现在，连一些书法和画画的场所也叫什么"书院"，在概念上真是荒唐得可以。当然，关键问题还不是名称。

最美好的东西，一些人物，一些理念，在历史上由最优秀的书院传下来了。书院有一些伟大的主持人，当时叫"山长"。就因为他们的精神在那儿，书院也就在那儿了。关键是坚持和专一，头脑既清楚又执着。从古到今的道理都是一样的，生活在任何时代里的人都要有爱心，都要爱得深刻，然后做事情的目标也就有了，态度也就有了。如果一个所谓的知识分子不关心人，不忧患世事，没有文化上的坚定性和责任感，只想有点"说法"，就会成为一个酸腐文人，就没什么意思了。

一想到书院就想到诵经。经是经典，当然不会是一般的佛经。是需要诵经——读经。书院如果不守住中国文化之根，那就非常可疑了。近百年的中国历史中，中国文化之根并非是逐步强固的过程，这个毋庸讳言。可以想象，我们的现代化过程中如果出现了一批深入研习中国文化的年轻人，而且能蔚然成风，我们的民族就好了。这才是时代的觉悟。许久了，博大精深的文人或者无声，或者做些鸡毛蒜皮的事情，并且因此而得到了不适当的推崇。长期以来，我们不仅没有了钱穆这一类人，就连南怀瑾这样的先生也没有。所以我们今天的书院不得不再一次强调：从头读读四书五经吧。

现在有些文学人士，一开口就是杜拉、杜拉，昆德拉、昆德拉。总这样"拉"也不行,因为太简单了,太偏食了。谁还能指望这样的文学有什么深度呢。中国的文学必然是从自己的沃土上茁壮而生的,这个不必怀疑。

当然,就书院来讲也有个面向世界的问题。全球化时代不是我们的理想,却是一个潮流。我们在这个时代里将有自己的对应,所以还是要听到窗外的风雨之声。所以我们的书院没有建在山东腹地,没有在邹县和曲阜这种地方立足。但问题是这儿海风太强,摇摇欲坠,中国文化的砖石更要好好垒起来才行。也许我们根本就不能做成什么大事,既不能惊天也不能动地,但我们为一种文明的传承坚持了,做了,尽力了,这就很好吧?这也可以算是过去说的"大事"。书院存在下去,这真的是一件大事。

从历史上看,书院是高级形态的研究和教育机构,不是培训班之类的,也不是一般意义上的大学。她首先需要相当的能力,具体说来就是能够与一个时期最高层次的思想和文化对话。没有这种能力,也就成了遍地皆是的私学和官学,或者狭隘,或者办成平庸的庙堂。她屹立于天之一角、一隅,正好得之于偏僻。她有时也可以沉默,可以不发声,但是她要存在那儿。她任何时候都要有自己的磁力线,要辐射和切割,要生电。

惠特曼说:"我歌唱带电的肉体。"他其实是歌唱真正的生命力和创造力。在古代,那些著名的书院哪个不带电?不带电的肉体只会是淫荡的肉体,不带电的书院也必会是一个空有其名的俗物,变成一些好事之徒的俗腻场所。

学者来了,要住一段时间,每一次都会有特定的安排,比如和大学搞一些活动,制订较为完整的学术研究计划等。比如某个学者来书院,计划

冬天书院　田恩华摄

是半个月的时间,到哪些大学去、有哪些大学来,研究的题目是什么,等等。书院联合了五所大学一起推进学术,以后还会有更具体的目标。但这只是形式,重要的还是内容。学者把美好的心情和理想一起带来,彼此感染,这样天长日久必有好的收获。我们这儿有安静的自然,有大海和树林,它们也构成了强大的内容,也是力量。大自然有渗透力,有参与性。我们这儿的学问与闹市里的学问肯定不同,如果一样,我们为什么要在海滨丛林中建一座书院?

古代的书院都有独立的院产,大半建于山中大野,所以主持人不叫"院长"而叫"山长"。这种僻远开阔的环境有利于大思大悟,有利于生长真正的见识。在这里既是读书,更是读山林土地。纸上的东西与地上的东西相互交融,一些新的创见就会滋生出来。我们现在常见的毛病是从书本到书本,从文字到文字,写作也是从文本到文本的投射:每个人的语调都差不多,都是一个调门。好像他们在按一个曲谱唱出来一样。他们没有自己的语言,不会说自己的话。我们知道,在生活中,那些结巴越急越说不出来,这时候就得让他们按照一个曲调唱着说。现在,那些写作者当中,时代的"结巴"比比皆是。你只要打开一本书、翻开一篇文章,马上就会感受一种熟悉的语调。为什么?因为这些写作者只是读书,而且都在读一个时期最热闹的书,并不读山林大地。没接上地气的文字,没接上地气的学问,终归不会有什么惊人之笔,不会有什么大的价值。

书院与一般学校的区别会很大的。这里可能不那么授课。来的学者和老师也不会那么教。这里要尽最大努力自然起来,冲一冲现已形成的那种僵死的假学问以及传授方法。至于常常说到的"人气",这儿倒不太追求。我们说过,这儿首先是一个拒绝的地方,而不是一个接纳的地方;这儿是一个寂寞的地方,而不是一个热闹的地方。这一点我们不会怀疑。这看起来无非是人多人少的事情,其实是书院之根。书院这样的地方如果热闹了,人的头脑也就热了。所有的坏事、不得当的事都是头脑发热才办出来的。还是得冷静、安定,这些说说容易,做起来就难了。因为还是喜欢热闹的人多,有人想天天过节,而不是想天天学习和劳动。

这里一旦人来人往,车水马龙的,我们也就完了,书院的精神、整个的立足点就会七零八落,甚至会完全散掉。有人要在这个喧嚣世界的一角倾听、思悟、揣摸,还有遥望。我们不能慌张,就像这里的大自然一样,沉静如一地生存。大海和松林从来没什么慌张,只有风中的海涛和松涛。这是它们在激动,是它们在长年累月的沉默中养成的能量在释放。

最了不起、最有创建、最有见解的那些学者专家,包括艺术家,既然热爱自然,就会与我们的书院声气相通。心通了,来不来这里倒在其次。无论从遥远还是从近处,我们都能感受到他们。他们如果亲临其境当然也是书院的福,他们如果不来,我们也会从遥远的声音中听到他们。

钱穆先生当年在香港创办新亚书院很不简单,那时的艰辛不可想象。他那里名为书院,其实不太具备传统书院的一些要素。他大概是瞅准了"书院"这两个字的内美。他要把书院的精神保存下来,结果做了许多事情。一个生在乱世的人,做了文化传承的工作,做了保存读书种子的工作,这就是勇者之事。勇者,就是知其不可为而为之,逆流而上。这样的人稍有成就即是大得。他们才是民族的中坚。有人以为夺到一块地盘才是大业大勇,这是极其粗浅和庸俗的认识。实际上,有形的地盘要失去太容易了,而文化的根基一旦立起来,却会最终决定着一个民族的前途和命运。

在污浊的世风之下,精神是向下的,这时候正义不存,伦理不守,离一种文化崩溃的时间也就不远了。是不是到了文化崩溃之期,得看两种人,一是知识分子懂不懂廉耻,再就是要看看更年轻的人,比如青少年学不学好。青少年向不向善可是大指标。如果相当数量的青少年乐于表达丑恶、变得心怀恶意并且沾沾自喜,那么这个文化崩溃之期也就不远了。文化崩溃了,一切幸福都谈不上了,一切希望都谈不上了。我们所说的文化是中国文化,我们的根在这里,学习西方只为了更新和吸收,但不能连根拔脱。一个民族的衰败,最终都是因为他们自己的文化崩溃了。书院不过是文化之堤上的一些小小砖石,但能做小小砖石也是无上光荣的。

新亚书院当年在香港找了一所楼房,是几层楼中的一小部分,学生都睡在走廊里。那真是辛苦。可这些物质条件似乎并不特别重要,钱穆先生还是做了许多事。所以品格和力量这二者,品格才是第一重要的。有了品格,力量才会有。我们的书院如果讲生存,还是比新亚书院讲究多了,可以说好上几十倍。可是我们一定就能做成什么传之久远的事业吗?这就看我们的志向和心力如何,看我们是否具有持之以恒的品格了。

我们一开始要在两个方面坚持做下去。一个对外,一个对内。两个方面相互统一,互为表里,互为依存。对内即书院内部的人怎样、书院又建立了怎样的日常规范。现在看没有比内部的风气再重要的了。因为风气不是一日生成,风气是人在时间里养成的。书院的人对真理的爱,对世事的关切，在文化上深沉的使命感责任感，是最为重要的。不要以为书院看起来有这样好的设备，这么好的环境，这里的人就一定会爱惜。因为把一种美好的东西挚爱到底也并非一件易事。人最后背离了理想，走向了反面，变质了，这并不罕见。一起同甘共苦搞建设难，一起在初具规模和规范的环境里坚守下去更难。

我想这儿是渴望求知的地方，也是朴素向善的地方。这不是一个通常意义上的吃饭单位，尤其不是通常所说的一份职业。今天做书院的人，其职业感受越少越好。我们是在做一种时代的非常事业，这是自信的事业，献身的事业。这不是仅有一份职业的勤奋就能做好的。有人说在这里要修身养性啊，要读书啊，这是不言自明的。性是性情、个性、品性、命性吧；修身，古人说得再清楚没有了。"文革"当中有一句语言通俗易懂，就是"打铁先得自身硬"。我想所谓的"对内"就是这么一回事。书院里的人，应该有无形的徽章。比如说这些人很安静，很和蔼，有教养，有内力，有独立思想性。能这样就很好了。

对外当然要做些事情。比如办网站和与大学的合作，都是要求很高、起点很高的事情。一般的做并不难，做到了好处就难了。中国的专业网站已经不少了，书院的网站有什么过人之处？联合教学和研究也不少了，书院来做又会怎样特别？有人说书院做出来的更纯粹更纯洁，可仅仅这样也还不够。怎样贴着事物的真实往前走，这是最难的。不沾染任何时髦习气，踏实求真，这也很难。

就说现在的教学吧，千夫所指，因为它已经形成了许多非常荒唐的东西。我们书院介入教学，还要从头开始。我们首先是设法把人从一些放肆的胡说和可怕的教条中解脱出来。引导人去悟想、能理解，这并不是一件容易的事。不少人不断地问：书院究竟做什么？我看可以做的事太多了，多到了不知从哪儿下手才好。但我想凡事不要嫌小，只要有益就值得认真做下去。小事嫌小，大事又做不好，结果就是荒废，最终就会变得中空无聊。

刚才有朋友说到了美国的梭罗研究，说到了梭罗故居开展的事业。他们这一伙人就在林子里的几幢木屋中，那儿是梭罗生活过的地方，他复原的小木屋就在一旁。这是美国的康科德小城西郊，我以前也去过，去过这个研究中心。其实一个梭罗有什么可研究的？一个著作不多的作家，一个行为引起争议的独居主义者和自然主义者。但这对于商业繁荣和现代化的美国颇有吸引力，对于文学历史浅薄的美国也有很大的吸引力。我看过的梭罗研究中心，把梭罗所有的资料、照片什么的，包括他当年在林中或其他地方生活时用过的、积累起来的一些东西全部收集起来了。他们编书，接待热衷于梭罗的人，印一些研究资料。他们这种专注的行为可以把梭罗这一件事情办得更深入、更透彻，而且就在原来梭罗活动和生活的地方做，真是天时地利，没人能比，世界上其他的地方不可能做成这样，因而他们就是天下独一份的。想想看，在这个世界上仅仅做好梭罗的事情不也是挺好吗？他们这些人的工作是充实的、有意义的。

人们现在议论的最多的是中国的教育体制，开始进行反思了。从小学到中学到大学的应试教育是非常可怕的。那么书院在这种情形下能做些什么，选择一个切入点是非常重要的。现在教辅多得汗牛充栋，有的是出于忧虑，有的仅仅是一种商业行为。我们书院的责任感，也表现在这里，我们不能在这场教育的反思和变革中做一个袖手旁观者。我们也要有声音，我们也要做努力。

还有现在可怕的艺术批评风气。其实这与应试教育的性质是一样的：一个特殊时期，教育和出版的充分商业化，伴随着后工业时期的高度现代化的制造功能，真正的艺术欣赏能力已经丧失殆尽。无论是专业和业余的艺术批评，常常在不同程度上存在着漠视艺术本身、或者说根本读不懂艺术品的情形。欣赏和阅读的口味被彻底败坏了，而且愈演愈烈。就我们的目光所及，这种趋向可不是中国所独有，恰恰相反，这是从西方，从商业竞争的炽热之地传播过来的。这个时期整个社会的零件都差不多，它们在一块儿运转。这个时期人的头脑已经被充分系统化、格式化，所以基本上读不懂文学艺术作品了。流派越来越多，他们与艺术的关系却越来越少。各种批评流派搅成了一团，形成了一套独特的学院批评体系。文学作品放在这一架架高效率程式化的粉碎机里，其命运也就可想而知。

我们可以想一想中国传统的文学艺术批评，想一想"以诗论诗"的传统。批评的基础如果不是悟想和赏读，没有一场深入的纠缠和感动，不是参与阅读并一起创造和激动，批评也就变成最无价值最无聊的事物。我们这时候好好研究中国的文艺批评史是最有必要的，比如刘勰的《文心雕龙》，看看中国传统上是怎么搞艺术批评的。

我们刚才说过，热闹和虚荣是书院的毒药。我们所以非常警惕这个，知道这个时期任何的知识求索都会毁在这上边。还是强调一点，就是先要稳住，不能慌。不怕做的事情小，不怕没有影响，重要的是做的事情要有意义、要坚持下去。这个时刻头脑要清晰，不能混乱。因为只有这样书院自身才会产生自己的精神,才会感悟到什么,才能与远方那些思想的呼吸接通。书院与各种各样的思想者有所接触,有所来往,有所结合,有所建树,书院也就接近了自己的功能和使命。不在于书院一下吸引了多少人、是否与别人研究同一个题目:我们思考的事情要是自己的,要找到自己的点,形成自己的想法。不必有意地靠近别人和吸引别人。只要书院坚持不懈地做有意义的事情,自然就会产生魅力。而且过多的人集中在一起也不好,不如分别坚持,大学和小城,北京和山西,北方和南方:大家各有侧重,互相区别,本质相同。

目前形成的非常庸俗的商业潮流,它对学术和艺术的损害,一些随大流的思想和见解,包括业已形成的学术体制,让人强烈地不满。我们对这些问题的看法都能达成一致。古代书院的产生,首先是因为不满于当时那种教育体制。所以说它安静,却又非常不安分、非常具有创造性。它的意义不仅在于保存自己,而且具有很大的辐射性。只不过书院的这种性质,有时候会蕴涵在稍稍保守的形式之中。

我们想从学会阅读开始。刚才说,那些从僵死刻板的教育机器中形成和生产的一些后果,就是让人丧失了阅读能力。那么我们每个人现在是否都不同程度地存在这种倾向呢?因为不能高估自己。我们也是这个时代的产物,我们也应该有这样的忧虑。所以我们要从头寻找阅读的方法,形成自己的阅读习惯。不妨从一些最有魅力的、令人着迷的书开始读起,搞一个"万松浦阅读"的系列活动。我们就从这种基本的方面入手。这看起来很小,实际上是一件大事。我们在此地此刻感悟这本书,让它在心中重新激活。

按照规划,万松浦这个地方的人流会达到八万左右,到时候我们将建一个特别的书店。书店的美好是不用说了,一个高尚的书店,书院自己的书店,既务实又浪漫。如果没有特别的问题,这个书店必会发挥一般书店难以发挥的作用。卖书,阅读活动,朗诵会,作品推荐会和一些讲座,都可以在这里搞。里面有热腾腾的茶和咖啡。

还有流动讲坛。我们已经在大学建了几个点:烟台有两个点,上海有两个点,济南一个点。济南学校多,还可以更多些。我们会慢慢把它丰富起来。我们的院士和专家在书院研修一段,讲一段学,然后就去大学了。第一站走烟台,直到济南、上海再返回。以前陪专家去大学时,一个扇形阶梯大教室里挤得满满的,那是一种令人难忘的热烈气氛。这是书院的气息和大学的气息混合一起的情形,所有的人都感觉到了。

总之勤奋工作的日子已经到来了,我们书院将过一种简单朴素、同时又是很热烈的生活。这里很安静,这种安静将适合许多追求思想的人、爱学习的人。这里是林中、河畔、海边,是非常好的环境,然而我们要对得起这种环境。

美丽的万松浦

这个秋天我住在万松浦。这是我多年来第一次住在一个恍若梦境的地方。

书院有一个不大的院落,它约有一百余亩。说它不大,是指它坐落在两万余亩的松林里,在大海之滨,在一条长河的旁边。我的写作与读书处就在松林里,就面向了大海。一抬头就是松海之绿,就是波涛之上的各色船只。鸟儿们不停地在窗前嬉戏,探头向里观望,这使我愉快中反而不能专心。倒是远方的天际苍茫之色,引发我的邈远之思,让我想到此地此时的深意和情缘。我不能不一次次梳理心绪,沉浸和缅怀,于无尽的苍穹之间、极目之处,寻找自己的来踪与归路。

我心中是从未有过的清澈和安定,也是从未有过的多思和想念。许多事情想从头做起,又有许多事情想从头再做一遍。因为我有把握做得比以前更好。这时候没有过多的奢望,却有了更多的劳动的欲望。我和同伴们在读书写作之余一起盘算,想每人学一份手艺:有的学园艺,有的学陶工,有的学装裱;我则学木工。我想做一条很大的三桅帆船模型,还想做一些常用的器具。除此而外,依照原来的约定,我们还要每天到野外做一些工作,如除草、修剪、耙地、种植、莳弄茶园。这种活计每天不得少于五十分钟。与每天的苦读一样,这一切都是我们书院的工课。

很快,大家的皮肤比过去更黑了,举手投足间倒也少了许多呆气。思

二〇〇四年在万松浦书院参加工间劳动　　田恩华摄

维也较过去直率单纯，并且有力。有客人说这真是个"桃花源""乌托邦"啊。可是我们林中人却丝毫没有觉得有什么特别之处，倒是充实自然得前所未有。我们劳动，体力脑力并用，室内野外兼顾，乐而忘返，总是于太阳落山之际方记起收工用餐。

有一天，下午四点钟左右，我携锹具走向院子，不意间打扰了七只公野鸡：它们正在墙边草地上觅食，胖躯长尾缓缓挪动，见了我一齐飞起，掠起的风都是笨重的。那七彩长尾啊，只有童话中才有。如此看美丽的自然离我们原本不远，仅仅是稍加看护，它就呈现出这般奇异。我于感动中连问数个朋友：你们可曾有过这样的机遇，一次竟发现七只公野鸡？他们摇头。

有一天早晨，一个朋友在书院松林上空看到了四十多只盘旋的雄鹰。

有一个下午，另一个朋友在书院的水杉树上一口气数到了一百多只喜鹊。

这儿不是"桃花源"和"乌托邦"，这儿是北方自然中的一隅。它在围困之中，它在等待之中，它在保护之中，它更在希望之中。不远处即是嚣嚣之声，幸有徐徐海风将其吹散，有涛涛松音稍稍覆盖。有什么美妙的情愫在这里孵化，然后就是艰难和欢乐交织的养育。

松枝上，我不时会发现一处修筑得十分结实的鸟巢——风起时它们仍然完好无损。

我在心里为这些鸟巢祈祷和祝福。

二〇〇三年十一月十二日

穿行于夜色的松林

一

　　我听说松林是天上的乌云变成的,乌云是松林的魂魄。一片片松林死亡了,它们的魂魄就要升上高天,游来荡去,最终还要找个适当的时机落下来生长。我还听说红云落到地上生成了柿子树和紫叶李、枫树;常在西南方飘荡的灰云生成了大片的灌木;而白云则生成了白杨和桦树。

　　林木纷纷消逝的年代,也是云彩远远飘离的岁月。林之魂魄没有留恋之地,于是只得远去他乡,过西洋,越东瀛,最后找一些安生的地方降落下来。世上的事物有生就有灭,生生灭灭,浑成宇宙。有生灭就有喜乐哀愁,有呼号痛歌。我直到如今才算听懂了一点点林木之声,却不敢妄言转述。

二

　　许多时候云彩化而为雨,那是为地上转世的生命洒下乳汁。地上干枯无色的日子,是不必饲喂的日子,所以云彩徘徊不已,最后还是走开了。云彩降生的时刻是在深夜,在无声无响的一瞬。某个失眠者于乌黑的浑茫里探出头来,看到一片无边无际的雾气把大地笼罩个严严实实,一伸手十指皆湿,就在心里暗暗惊呼:天哪。他不知道这正是上天播种的时刻,大地上一片崭新的林木即将出世。

所以森林在地上诞生是最大的事情。有人隐隐感悟到什么,于是学习神灵所为,一到每年春天就搬锹动锨,谓之"造林"。

三

漫天的乌云在夜色里行走,发出若有若无的声音,深长而又隐晦。这声音让人想起大海深处的流涌。乌云留恋遥远的东方居地,从大洋彼岸赶来,俯视这一片千疮百孔的平原。一万两千多年前这里是茂密的松林:庄严,苍黑,高大英俊。就因为这片松林的关系,整个平原变得威风凛凛,接受四方礼遇。可是现在什么都没有了。关于它们消失的故事实在悲伤,所以这会儿上苍没有言说,只有默默注视。

乌云不能在一处长久地停留,它们于是继续游走。越过又一片大洋,往下看是茂密的白桦。乌云于凌晨三时,悄然落地,降生在桦林之侧。

不久这里将有一片茂密的黑松。

二〇〇四年五月二十六日

港栾河　田恩华摄

万松浦纪事

古河道

万松浦书院东临的港栾河,如今看只是一条波澜不兴的小河。早在建院之初就有专家来勘测地形,他们同时也要关心周边的风貌。我请其研究一下古河道,心里很想知道这里原来的情形,因为以前听过许多关于它的传说。勘测的结果大出所料:原以为古河道再宽也不逾五六十米,谁知它当年竟然宽达一百四十余米,而且还是最保守的估计。

据说它在古代是一条大河,宽阔到足以行船扬帆,入海口处还形成了一个大湾,偏右一侧就是一个大码头,往东不远约十华里,就是更有名的古代军港:黄河营港。它们当是姊妹港。今天的港栾河湾右侧仍然是一个码头,一个小渔港兼旅游码头。

现在的河床里只逢大雨天才有水头从上游下来,平时虽然河水充盈,也只是随着大海潮涨潮落。河里鱼蟹很多,主要是鲈鱼和海鲶。在春秋天里,钓鱼少年在阳光里携一条银白的大鱼,模样煞是好看。书院门卫是个逮海鲶的好手,他用一个柳条篮子蒙一面纱网,里面再放几块西瓜皮投进水里,一会儿就能捉一些海鲶。

这条河与龙口界内注于渤海湾的绛水河、泳汶河、黄水河差不多,都起源于素有胶东屋脊之称的黄县南部山区，属于境内四大河。今天看这四大河中最小的就是港栾河了。大自然往往在不知不觉间发生一些惊人的变故，这个过程尽管在人间显得十分漫长，但在自然神的眼里只是短短一瞬。

也仅仅是四十多年前，龙口海滨的雨雪还大得吓人——有人说更早的时候雨雪还要大上几倍。我印象中，四十多年前的雨是真正可怕的：在夏天和秋天常有水灾，只要遇上一连几天不能停歇的大雨，老人们就要祷告了。在老人的祈祷声里，大雨浇泼下来显得格外恐怖。大雨像是毫无来由地下着，下个不停，虽然早已经沟满壕平。

当年记忆中的平原，到了夏秋天常常出现一片片大湖，那是白亮亮无边无际的大水。虽然地处海滨，但因为排水系统不够顺畅或干脆就是雨水太大的缘故，积水总是一连数周不能消退。高杆庄稼露不出梢头，地瓜和花生一直泡在水底。猪和羊被主人牵到了沙岗上，用绳索一一系上。那时猪要像狗那样带上脖扣，模样显得十分可笑。

一开始下大雨是有趣的，因为一片大湖给人畅游的诱惑，给人新奇感。但是不久大人们的懊丧情绪就感染了我们。我们也开始忧心甚至是恐惧了。

最不能忘怀的是秋天收地瓜的情景：虽然好看，但性质是很悲惨的。年轻人划着门板到大水中央，然后一个猛子扎进去，冒出水面时手里擎着一个地瓜。这样的地瓜煮不烂，有一股难以下咽的苦味。那时候的收获真是可怜，不歇气干上一天，门板上才有一小堆地瓜。

只有捕鱼的事是令人欢快的。到处是水，也就到处是鱼。大人捕大鱼，小孩则捕小鱼。大人捕鱼为了生计，孩子们捕鱼是为了养在瓶里。那时候见过了各种各样的鱼：红的黑的，细细的宽宽的，还有长了绿色鳍翅的。那有着斑马一样花色条纹的鱼，在我们眼里简直就是不可思议的神奇生灵。

大水季节里发生什么奇怪的事情都不会让人吃惊。因为我们已经来到了一个怪异的日子。那时候我们常常听说一些闻所未闻的事情，有一次甚至听说海上出现了人鱼：它长得到处与人一样，只不过仍然还是一条鱼；它面对下网的人会流泪，会发出哇哇的叫声。它的眼睛据说像小姑娘一样妩媚。传说的事情虽然近在眼前，但可惜仅有极少数的人亲眼见过，而且问他们，他们总是一副遮遮掩掩的样子。

雪季同样让人心悸，让人难忘。那是铺天盖地之雪，是压在平原和沙岗上一冬一春不会消融的雪。厚得惊人的大雪使整个冬天都上演着悲剧：无数的鸟儿因为无处觅食而倒毙，一些身个不算小的动物也饿死在雪地里。还有不得不走上旅途的人，也时不时要掉在雪窟中。原野上再也无道路无标界，浑茫一片。在这样的日子里，只要变天了，乌云积得遮天蔽日，一家之主一定要在临睡前把铁锹收拾到门边，以防大雪封门时捣雪出门。

如今回想这些，竟然觉得像梦境一样不可信了。

这大概就是今天港栾河萎缩的原因。河里没有了帆影，没有了浩荡之气。时间的水流变得如此纤细，以至于难以承载自己的历史。在这条河的两岸，谁还能如数家珍地讲叙当年？比如这条河的今昔、关于它的故事，更有两岸人物，他们那些惊天动地的豪举？

可是我们不能忘记书院是建在一片古河道上，不能忘记它的昨日波澜。

码头

港栾码头每到了春天就热闹起来。我们书院沾尽了这个码头的光。只要有渔船来归,必是海物丰盛之期。渔人身穿胶布衣裤,浑身闪亮从船上下来,然后张罗卸鱼。小码头上的海物比城里鱼市上要便宜许多,而且鲜美无比。

码头西侧是一处绝好的泳场,沙岸洁净,滩底平坦,且没有激流,没有鲨鱼出没。东侧是最好的垂钓处,在这个地方可以毫不费力地钓到海鲶和小鲷鱼。有一年春天我们三两个朋友一起,只用了两个小时就钓到了一大桶。最愿上钩的是有毒的小河豚,它们模样可爱,不知好歹,贪吃成性。我们每次都把上钩的小河豚摘下来抛进海里,因此要费去不少时间。如果能到码头里面,在伸进大海那一面的人工礁上下钩,就会有更大的收获,比如钓到珍贵的红鲷。

从书院步行到小码头只需十几分钟;而从小码头坐船进岛,水路也不过才一刻钟。站在海岸这边遥望海里绿蓬蓬的岛,常有许多美好的想象。我们曾多次与客人一起进岛,并且带了车辆、备足了吃物,在岛上度过一天。

历史上,这个小码头远没有东边的黄河营港大。那里称之为"营",因为是一个军港,一个要塞。直到今天,那里还常常在周边挖出许多古物,如巨大的带辙印的铺路石、古军营兵器、大船锚碇等等。这个"黄河"不是通常所说的第一大河,而是胶东的一条大河。

《史记》中所载的方士徐福(市)骗过了秦始皇,三次去海中神山求长生不老之药的好戏,就在这里上演。其中的第三次带足了所需之物,并携走了三千童男童女和一些智慧人士、五谷百工等等，更有药品和其他种种。总之完全做好了一去不归的准备，然后就消失在茫茫大海之中，再无消息。

其实徐福这之前已经多次在海中寻访探究，起码前两次是勘踏路径。第三次即最后一次，也就有了这决定性的远航。这是中国历史上的一个大传奇，为中国的信史《史记》所载。《史记》上写到"齐人徐市"，写到他统领浩大船队抵达东瀛，看到了"平原广泽"，于是"止王不归"。许多人之所以把徐福的传奇当成彻头彻尾的传说故事，是因为他虽然骗的是千古一帝秦始皇，但毕竟是消失在渺海之中，于是只有开始，没有结果——整个故事没有了后半截。当时的航海技术对于西部蛮王秦始皇而言还多少算是陌生之物，但东部沿海的徐福们却运用娴熟。所以一队人马一旦入海也就如同泥牛，再无音信。

整个大传奇的后续故事在大陆上戛然而止，却没有完全消灭在深渊里，而是发生在东瀛列岛，即今天的日本。从考古上得到的越来越多的证明是，自徐福东渡以后，尚处于石器时代的日本一跃进入了弥生时代。而且关于徐福的故事和传说，已经遍及今天的日本列岛。

徐福东渡的摇篮就是这两个海港：黄河营港和港栾港。这已为众多徐福研究者所首肯。

这两个海港既是徐福庞大船队的集结地和出发地，也是他建造船队和训练水手的营盘。这一次伟大的探险和跋涉大大早于西方的哥伦布，其准备之周详，行动之隆重，意义之深远，也早已超出了哥伦布当年。

今天已在中国境内发现的有关徐福东渡遗址的，就有山东胶南的琅琊，青岛的沐官岛，河北的千童县，江苏的连云港。这说明一次划时代的壮举并非一蹴而成，而是经历了诸多筹划、百般计议、无数实施。这其中必有虚实相间，有尝试和失败，也有暗中的密谋和得计。

想一想当年的坎坎伐木之声，造船的浩大场景，再看看今天小港的微风撩波，尽可以留下万千感叹。

桑岛

这个椭圆形的岛与书院相对，二者隔开了十里水路。海岛横卧于碧波之中，绿色葱茏，房舍或隐藏于雾气或闪亮于艳阳，是对面一片不变的诱人美景。我想该有一个上等骚客为其写下一首"桑岛赋"才好，可是几千年过去，华文美章还是没有等来，殊为可惜。

岛上有九百户人家，可见也不是一个很小的岛了。名为桑岛，可是如今岛上并没有几株桑树。它的西部和北部都是一片槐林。传说是当年徐福在岛上植桑养蚕，并从这里将纺织丝绸的技术带往日本列岛。由徐福把桑蚕带往日本是可信的，但桑岛作为养蚕基地则有些牵强。因为龙口一直是富饶的古莱子国故地，其西北部一直为鱼米之乡，不可能唯有一个海岛才更宜于植桑纺绸。当年这个岛上很可能生长着可观的桑林，以至于成为一时的风景也未可知。

岛上几乎全是渔民，早在二十多年前就拥有出外海捕捞的大型渔轮。中学时期开门办学时，我们几个同学被遣来岛上，曾在这里度过了一段欢乐时光。那时我们常常作环岛游，在南部的滩涂上拣海菜，在东边的礁丛上捉螃蟹。记得有一次捉了一只海参，因为第一次面对这种活的海珍，一时竟不知该怎么办，只用手攥住，想不到走了一会儿松开手掌，它早已化成了一汪汁水。我们那时胆大妄为，合计着要写一个船队去远海捕鱼的剧本，还提出上大渔轮出海以"体验生活"。一个红脸船长听了哈哈大笑，说你们在风浪里折腾一天就会呼天号地。我们仍然坚持上船，但最终未被应允。

现在岛上有了城里人开发的旅馆房舍，而过去全是清一色的海草房子。岛中出产一种深黑色的岛石，坚硬致密，是最好的建筑用材。一般的岛上房屋都由岛石做基，配以海草屋顶和泥墙，望去别有一番韵致。全岛只有一个淡水井，井口的石板上已磨出深深的绳痕。几十年来曾多次勘查淡水井，结果都没有成功。可是这唯一的淡水井用了千百年，想不到近些年渐渐有了麻烦：开始渗出咸味，最后竟不能饮用。现在岛上不得不使用一套海水淡化装置。

有一个夏风轻拂之夜，我和一些朋友站在书院北边的海岸上，突然对面的岛上放起了焰火。海里映出彩练，星夜更为绚丽，一时照亮了几千年的荒芜。

一年多来，我一直与朋友筹划一个事情，就是为书院在桑岛置几间海草房子。因为每一次与来访学者去岛上，都会引起他们的一片钦羡之声。如果岛上有我们的居所，就可以让四方友人安心地住在岛上，让他们尽情地亲近这个岛。

现在虽然岛上也建了旅舍，但奢华并非适宜于我们的朋友。我们倒希望这始终是一个淳朴的岛。因为我们知道所谓的各色开发,各种现代变革,带给自然之子的往往是更大的不安,有时甚至是可怕的变故。如果桑岛一直能够拥有一片洁净的海水,能够世代捕捞丰富的海产,过上一份安定丰足的生活,就是最好的事情了。实际上几十年里岛民的生活一直优于对岸,他们并不羡慕岛外的人。

特别值得一提的是,桑岛出产的海参品质极优,售价也远高于国内其他海域,是一种效力奇特的滋补珍品。在龙口,甚至是整个胶东地区,人们最为信服的滋补品就是海参。说到什么营养和进补方式,他们首先想到的也是它,很快会睃着你问一句:"还能比得上海参吗?"

提起桑岛海参,当地人神情傲然。

依岛

依岛如果称为桑岛的卫星岛也不为过。因为它就在桑岛的西北侧,是一个没有人烟的荒岛。从桑岛去依岛并不是一件容易的事,虽然二者相距不远,但中间有一道难以逾越的激流。我曾请朋友摇一条小船送我去一次依岛,朋友伸伸舌头没敢应承。

依岛其实是一个极为有趣的岛,我早就听过许多关于它的传说故事,这些故事虚虚实实,难辨真假。有人说很早很早以前岛上曾过有一户人家,他们想必是胆大过人,敢于独居。想想看,在一座孤岛上,没有四邻,又因激流阻隔出岛极不方便,生活起来该是多么冒险。可是他们也会拥有另一种快乐，那大概是国王般的快乐吧。一个岛国，领地也就那么大，可是能够任由独一无二的主人自主自为。

这个小岛上没有淡水，所以那一户人家只能采集雨水。听说如果从那儿到桑岛上来，只有一条水路可以稍稍绕开那道激流。我们想象独居小岛的人家每一次回桑岛会是怎样的情形。桑岛对他们来说就是母亲岛。

即便是桑岛的人也很少有登上依岛的。问一句依岛，渔民们往往笑而不答。再问他们依岛平时派什么用场？他们就说：那是躲避风暴用的。这让人不明白，桑岛为什么就不可以躲避风暴？要知道海上起了大风，船驶回桑岛与依岛都差不多啊。

可能是过去的渔场在西部，那儿离依岛更近的缘故吧。但更有可能是从渔场回返时，依岛的水路更顺畅一些。我们知道，有经验的老渔人放眼去看大海，就像我们平常瞭望大地一样，哪里有沟坎河流，都一清二楚。

反正后来那唯一的一户渔民也从依岛上消失了，他们搬离的原因不明。现在依岛上还留有半坍的房屋二间，是否为原来的居民留下来不得而知。但据说里面锅碗瓢盆齐全，还有一点饮用水和吃的东西。这一切都源于渔民的一个规矩：时刻为遇险的渔人准备着。

传说岛中的小屋里还有两块叠放的大石头，石头下压住了一个小纸包，里面有一点神秘的药面：所有在海中被毒鱼所伤的人都可以被它挽救。

近几年来不断听说一些巨富打起了依岛的主意，想把它买下来开发经营。有的竟然放言，说要在岛上开设一个大赌场。他们大概要效法沙漠中的拉斯维加斯，想起了灯红酒绿和声色犬马。不言而喻，现在的一些人是极善于模仿的，特别是模仿西方。但可惜对于这块属于国家的、很小又很完整的水中方寸，许多主事者也没了章程，一时真不知该怎样处置。所以十分有幸的是，它至今还在那儿荒芜着。

只要留下一个岛屿，也就留下了一片诗情、一些故事，更有一些美好的想象。

屺姆论剑

屺姆岛是个伸进海中的半岛，距离书院只有十几华里。那里与两个海岛不同的是，它已经被尽情地开发了，上面已经有了胡编乱造的"名胜古迹"和一片花哨拙劣的建筑，以及必不可少的一个泳场。那里澄清碧蓝的水域倒是可爱无比。

岛上还有两大雕像：一是明代的名将胡大海，一是东渡日本的秦代方士徐福。徐福东渡时期少不了在这个天然的深水码头徘徊，这里与港栾码头及黄河营码头同属"东渡"的旧址范畴，当不算虚言。但胡大海的传说与"屺姆"的由来却有些可疑。它说的是这位名将在征战中不得不将老母寄托岛上，因而此岛才得名"寄母（屺姆）"，还以岛上有许多胡姓为证。此说牵强，显然经不住推敲。

胡大海的雕塑没有特色，属于泛泛之作，大概出于商业雕工。徐的雕像颇有内容，神色凝重，或许当初有过一些认真揣测。

前几年我陪一个诗人去岛上游泳，因为天色太晚，看一看岛景迷人，也就宿了下来。当时正逢酷夏，四处热得不可忍受，唯有屺姆凉爽宜人。

那一天直到深夜,我们面对明月,迎着徐徐海风,真有点不忍睡去。我们一会儿凭栏远眺,一会儿又端坐窗前,最后躺在床上还是聊天。陪我们的另一个朋友就在一旁,我们坐他也坐,我们躺他也躺,只是于黑影里不吱一声。

不记得那个美好的夜晚都说了些什么,只有一片愉快留在心里。可是那个陪同的朋友事后说起来却仍然兴奋,用力点一下头说:"你们那是——'屺姆论剑'啊!"

多么有意思啊。不过怎样论呢?

那个朋友说我们那一晚的话他还句句记得,并且觉得十分受用。我问谈了什么?我们不过是在闲扯啊。他摇摇头:"嗯。可不是闲扯。"但他什么也没有讲,不再复述。

一些美好的朋友来到一起,就像最好的自然景致一样,一旦经历也就会长久地记在心头。我今天回忆起来,有时候那些美好的相逢的确是难忘的,每每回想起来就在胸口那儿温暖一下。不过,像屺姆之夜一样,交谈的一些具体内容许多时候倒也记不清晰了。

那一次,有一个当地官员第二天赶到了屺姆。他是慕名而来,因为他年轻时就读过诗人的词句。官人前来索求一部诗集,诗人懒洋洋地看着对方,一直没说行还是不行。吃饭时官人请客,饭菜当然丰盛。可是其中有一盘腌辣椒,简直辣得可怕:诗人伸手捏起一枚填到嘴里,抿抿舌头就咽下去了,面色不改。官人于是满脸惊异地看着诗人,又看看大家。诗人目不斜视,又捏起一枚填到嘴里。

这一天分手时,官人又提到了诗集的事。我代诗人应了一句:他回去会寄的。

诗人走了。一年之后,那个官人找到我,有些沮丧说:"他还是没有寄。"我问:我也写诗,我送你一本不行吗?官人摇摇头:"两回事的。"

莽林的阴影

龙口在我的心中是这样一个形象:丛林茂密,一望无际,天气湿寒。可是现实并不如此,除了南部山区有些林木外,再就是书院附近的几万亩松林了。所有来书院的客人放眼四周,无不大赞一声:好一片松林。

其实这仅是我记忆中的十分之一。眼下的林子诚然可爱,但美中尚有不足。这遗憾留在心头不为人道,却不能说没有。也许本来就不是遗憾,而直接就是痛,是伤口。

龙口受伤的历史,其实就是整个人类受伤的一个缩影。这样讲毫不夸张。我们的大地如何变迁,我们的家园怎样受辱,只需看看龙口大地便可知晓。早在秦代这里就属于天下名郡黄县的属地,一直有"金黄县"之称,在海内最早拥有渔盐之利,是炼铁术和丝绸纺织业的发源地。古黄县统辖范围大约是今天的几十倍,她包括辽东半岛的一部分,更囊括今天胶东的主体,有山脉有平原,东与南北三面临海,且有兴旺的畜牧业,盛产稻米。黄县的大部分土地原来属于古莱子国,这个古国后来被齐所灭,齐于是获得了东部沿海最富庶的地区,一跃成为最强盛的大国。古莱子国的都城就在黄县境内,即今天的龙口市归城一带,那里至今还保留了古国的夯土城墙。齐国既是天下繁荣之邦，最后却被相对落后的西部秦国所灭。秦国强悍，齐国则强而不悍。在古代，先进地区被落后地区所战胜的例子屡见不鲜。物质极其丰富、文化极其繁荣的国家，尽管其科技水准相对先进，但由于普遍处于农耕时代，她对落后地区不见得就有什么军事优长，更多的却是被物质所累——面对异常强悍的民族进攻反而失去了抵御力。

当秦国一切都还处于粗糙原始的阶段，齐国已经拥有相当细腻的生活了，那些贵族阶层可以说出有豪车居有华屋；齐都临淄，商业极为发达，一片歌舞升平。几千年前的孔子在齐都听了韶乐，竟然兴奋激动得三月不知肉味。

当年天下所有的美酒丝绸骏马，先是悉数集中于莱子国，囤积于黄县归城，再后来就是——齐都临淄。

今天的黄县只是古黄县的缩影。就像上帝有意为之、格外偏爱似的，这里三分之一是平原，三分之一是丘陵，三分之一是山区；另外还有自己的两个岛屿、一个半岛。从上苍的眼里看下来，这里可能就是一个美丽的盆景。几百年来，在葱茏的胶东半岛上，黄县一直是富饶安逸的代名词。

不说遥远的古代，只说一百多年前，这里是怎样的自然风貌？根据记载，也还有老人的回忆，此地是一片茫茫无际的森林，到处流水潺潺，古树参天。

直到六十多年前，近海四十多华里的一片广袤还被自然林所覆盖，那时候的人轻易不敢单独深入林中，人人害怕迷路。四十多年前，沿海的林地虽然大大萎缩，但仍然拥有好几处林场，有一片片阔叶林和针叶林交混生长的十万亩苍茫，其中活跃有很多狐与獾、黄鼬之类；天上有苍鹰盘旋，草间有野兔飞驰。今天呢？苍鹰犹在，野兔尚存，可是林木只剩下了区区两万亩，而且以人工防风林为主。

如果人类的认识再深入到远古呢？那么这几十年来的地质勘探告诉我们，黄县龙口一带沿海并深入海中几十公里，当年全为茂密的丛林所簇拥。时光流逝，物非人亦非，无边无际的丛林被埋到了一百多米的地下，所以今天这里就诞生了中国第一座海滨煤田。

原来自从有了人类以来，我们就一直走在一条告别绿色的道路上。我们离曾经有过的那片莽林越来越远，越来越远，直到今天，已经快要走到了一片不毛之地。

雕塑

我们一个多才多艺的朋友在书院待了十几天，临到走时觉得来去空空，没有为书院留下点什么，遗憾得两手搓动。他在院子里来回走了一会儿，又站在高坡上看一看，最后长时间望着北部的大海。后来他说：让我为这儿搞一个雕塑吧？我们都吃了一惊，因为他虽然是半个画家，但从未听说他还是个雕塑家。有人将信将疑，问用什么材料？他说：铁。

接下来，一连几天他和书院的人出门找材料，在一些工厂的废铁场里转悠，回来时或沮丧或兴高采烈。他们找到了一些粗铁筒、角钢、铁球等等。这些废料装车时，场里工人十分困惑，问书院随行的人：弄这些能做什么？对方答：咱不知道。工人又指着铁球问雕塑家：这好做什么？回答：头发。

"头夫(发)？""头夫。"

雕塑家把一堆乱七八糟的铁料运到了离书院不远的小码头上，然后就干了起来。他找来的帮手是一个码头气割电焊工，两个人比比画画，极为认真投入。电焊工脸色黝黑，有时点头，有时目光呆滞地看着他。

他们工作了一个星期，小码头围看的人越来越多，有打鱼的，有渡轮上下来的游客。大家都产生了不能遏止的好奇心，在一边指指点点。他们猜测，还在一旁打赌，看谁估计得更对：有的说是要做几个放东西的大铁筒，带盖；有的说是某种器具的壳子；还有的干脆说就是在制造垃圾箱之类。但唯独没有人想到这是一件艺术品。

又过了一个星期，两个粗铁筒不仅连在了一起，而且上部出现了镂空的眼睛，有了嘴巴和角钢做成的鼻梁。围看的人终于明白了什么，看懂了这几天两个人一直在忙什么，于是一齐叫起来："是做了大胖孩儿！"喊过了，有人又细细端详，发现了新的问题，觉得实在受不了，面红耳赤走出人堆，指着镂空的地方问："眼珠呢？"对方回答："没有，这里不用了。""不用眼珠？嗯？"他愤怒地望向四周，希望得到支持。可是这时候围看的人都直盯盯看着这件奇怪的玩意儿，其中有一个嘻嘻笑着："一个胖孩儿没有嘴！"另有人指着圆筒上部、四周连在一起的那些铁球说："看吧，这就是头夫(发)！""真是头夫！"

两天之后，雕塑家和电焊工把他们的作品移到了书院广场上，使用了一台吊车。安放在哪里呢？雕塑家四下转了一圈，提议放在西南部槐林边的草地上。可是这件雕塑需要一个基座，哪里去弄呢？事前又没有计划。大家都围在一块儿议论，愁得要命，嘴里咕哝着："怎么办呢？想个什么法儿？"正这会儿过来一个黑黑的个子不高的人，原来是住在书院的另一位客人——他两手逐一分开围拢者，两只手掌分别向下轮换挥动，说："这么办！这么办！"

他领几个人走向海边。那里堆放了一些修砌海堤的巨石，他从中挑选了最大的一块，上面还有一个洞眼，他说正好用来固定雕塑作品。吊车转眼就把石头弄进院里，然后很快把雕塑安放妥帖了。接着就是喷漆，喷成了火红色，与一片碧绿的环境相互映衬。

这时候退开几步再看雕塑吧——原来这是几个神色凝重的人，他们高高矮矮并肩而立，正望向西北方，那里即是一片无边无际的苍茫大海。他们永远这样遥望着。

怎样命名？雕塑家咬着嘴唇，面有难色。围看的人相互瞥瞥，一时都说不出什么。正这会儿又听到了一旁有人大声说："这么办！这么办！"原来又是那个黑黑的个子不高的人，他伸手拨开众人，手掌往下一挥说："就叫'凝望'！"

是的，没有异议，就叫《凝望》罢。

惶恐

去年十月间，闻声来访书院的客人中有两个异人。一个是雕塑家，长得身高腰隆，巨腹吓人，宛如将军，单名一个"艟"字。另一个面如釜鼎，身个不高，浑壮有力，单名一个"犝"字。艟已年近五十，心性志趣却与儿童无异。这人确有奇才,敏而有悟,能把所见一切人与动物模仿得毕肖。他听了《二泉映月》,抓过二胡撸弄一会儿,竟然发出了与音乐磁带录音极其相似的演奏声,可惜只有第一句。他还善画唐马——即肥臀细腿的那种,这都是看了一个画家之后的模仿。来书院后他觉得应该有所贡献,每天端着大碗吃过之后,嘴里就念一句:"今日吃饱这顿饭,再为书院立新功。"

䑽找来了一些瓷盘,然后就画了起来。那都是一些绚丽的现代画,看上去真是独一无二。上面画了猫和狗、虎豹之类,但面容却酷似一些熟人。他画的一只小老虎,一眼看上去绝对像同住书院的那个㸁。有一天他正画着,看到了一位大家都熟悉的倩女在电视上哭,于是随手就把她画了出来。

傍晚走在书院松林中,他听着狗叫就说:"空气多么清新;还因为——有树;听听狗叫,亢、亢、亢,是一种金属声。"他对书院同时期来的客人,最喜欢的就是㸁。他说:谁有才能?㸁才是真正有才能的人。我们问他为什么?他说:"无论遇到了多么难的事,大家都愁眉不展了,不知该如何是好了,㸁一步闯过来就说'这么办这么办!'然后就迎刃而解了。"所以有许多时候他只和㸁在一起。

䑽善画会写,还做过陶艺和雕塑,每一样都在平常艺人之上,只是不能持久。他作画时问站立一旁的我:"咱画哪种?"我想了想说:"黄宾虹好不好?"他于是找来黄宾虹的画集研读几日,关门闭户。再次见了我时,他声音平静地说一句:"也就是黄宾虹了。"我一张张看了他积在桌上的画,真是酷似黄之画集。

有一段时间他在书架前站立良久,忽生写作之念,问我该学哪位作家?我顺手抽出了一本索尔·贝娄的书,他取走了。几天后他把写出的片断拿给我看，让我不由得一阵惊叹：其语气风貌，真的像索尔·贝娄！

稍稍可惜，他不能长期专心一事。我观察，他只有与动物和㸚相处时，才能保持永不疲惫永不厌倦的心情。他与㸚一起琢磨画瓷盘的事，两人可以在屋里闷一个上午不出门。他不止一次对我说："㸚真懂啊！㸚说得真对啊！"

艟住在书院西边林中的研修部里。这是一幢六百余平米的三层小楼，尚为安逸。艟本来住得颇为惬意，谁知有一天邀㸚同住，㸚突然就慌张起来，边退边连连摆手说："不，不不！""为什么？"㸚还是往后退，嗫嚅道："也就是艟，是你在这儿吧，我自己，大白天也不敢进这座小楼啊！"艟紧紧追问："怎么怎么？"㸚无能为力地摊开两手："不知道。我也不知道。一进来就害、害怕。这楼里有一股钢、钢硬的什么气。我顶不住它啦……"

㸚一个人大白天从小楼旁走过时，总是用眼角小心地瞥它一下，然后匆匆而去。

自从那次㸚说了害怕之后，艟就不安起来，非要让我与他同住这幢楼不可。他常常四下打量楼内，神色肃穆，不再专心于写和画了。有一天我因事离开了一次，半夜里突然接到了他的电话，语气里全是惶恐和恳求："你快些回来吧！你怎么能让我一个人抵挡这股钢、钢气！"

南方

在书院筹建之初，负责人老德与筹建处的小王要去一次南方：参观几处古书院。他说，做什么都要有些见识，要看看别人是怎么办的。这当然有理。一路上乘车坐船，好不辛苦，但总算是看过了许多地方，特别是看了岳麓书院和白鹿洞书院。

回来时，两人抱回了许多关于书院的书籍。老德说："照这样建就行。"我问起一些书院的事情，随口说了一句："那些古书院大概规模不会很大吧？"老德立刻瞪起眼睛说："哪对！大啊，好几千亩啊！"

一说起南方之行，同行的小王就觉得有意思，嘿嘿笑。小王说，老德一定能把书院建好，因为他善于学习，有好奇心，一路上遇到什么事情都问得很细。小王特别说到这样的事情：在江南路边，常有一些女子摆摊，她们那是为过路人有偿作诗——只要报上姓名，她就能把对方的名字嵌进诗中，而且十分和顺动听。老德见了，一定要在摆摊的女子跟前停下，把作诗的全过程看下来，以至于耽搁了赶路的时间。每一次从摊前走开，老德都满口感叹，自言自语道："原来南方遍地都是才女啊！"

我听了小王的叙说，觉得老德真有意思。有一次老德来访，我特意问起了南方之行，主要是路边女子作诗的事。老德马上叹一声："哎，原来南方遍地都是才女啊！怪不得他们那儿经济发达……"

沉默

书院里平时多么安静，因为大家都在室内做自己的工作，只有到了下午四点多钟，也就是课间操时才走出来——不是做操，而是到园中劳动。

因为对书院的挚爱和厚望,常有一些热心人从南南北北来到这儿,要为书院无偿地贡献自己,说是做个"义工",让人感动。时间一长,书院渐渐人气充盈,井然有序。工作人员中有一个叫"老佃"的朋友,常与我一起讨论自己工作的意义、书院的意义。他每到此刻就议论横生,嘴角生沫,真挚而又热情。看着书院里来来往往的一些学者和专家,老佃就说:"我多么喜欢他们啊!"

一些专家来书院里座谈、讨论问题,正好是书院工作人员精神聚餐的大好机会,大家都停下手头的工作去旁听。每一次听完,员工们都很满足,并把自己理解和受用的一部分记下来,有时还聚在一起讨论。

有一次从四面八方来了一些教授和学者,他们逗留一周,共进行了两场研讨。这是一些多么热烈的、高质量的讨论,书院的人自始至终都在旁听,认真做着笔记。老佃从来都是最专注的一个,他一边记一边无声地动着嘴唇,像是在重复和默念什么。一位我素来敬重的艺术家谈到令人厌恶的时风和世相,愤愤然道:"真诚等于自杀,理想等于毒药!"

那时,我看到老佃的笔不记了,嘴唇也不再活动,一下怔在了那儿。他手托腮部好久,欠欠身子像要站起,后来还是坐在原地。他这样一直到座谈会结束,只目不转睛地看着那个艺术家。

从座谈会上下来,他在走廊里一转身正好看到了我,就一把攥住了我的手。我发现这会儿老佃由于过于激动,右嘴角翘得很高,说:"他说得真对啊!真对啊!"我问什么真对?他就重复了那句话。我点点头。

他还要和我讨论下去,但因为我要去招呼客人,就走开了。

但老佃从那次座谈之后就发生了变化。他常常陷入沉思,不再像往常一样愿说愿笑,偶尔还要面壁出神,一双眼睛似乎有些歪斜。我担心发生什么不祥的事情,就想找时间和他好好交谈,想听听他正琢磨了一些什么。谁知错过了那天座谈刚结束时走廊上的机会,他已不再想说什么了,我们相对而坐,他只是沉默着。我一遍遍提到了那次研讨会,他仍不吱声。他的目光转向了窗外,像在捕捉学者们远逝的身影。这样呆了好久他才转过头来,对我深深地点了一下头。

我提议到院子里走一走,因为我怕他运思太累。我们一起走在鲜花盛开的甬道上,两耳全是鸟喧。他的目光或落上甬道,或望向重重叠叠的林木,一声不吭。这样走了许久,当来到一条岔道时,他站住了,像在犹豫走哪条路。当他往旁边跨出一步时,又一次对我用力地点了一下头。我抬头看他。这会儿他一字一字说道:

"他说得真对啊!他说得太对了!"

哭

到现在为止,我只遇到了三个善哭的人。

其中一个是老艺术家,今年快要八十岁了。只要一提到上级领导对艺术家的关怀——有时仅仅提到领导的名字,他就要哭起来。这是一种真诚的、毫无牵强的、朴素的泣哭。其可贵就在这里。而且我特别注意到,这种哭不是因为衰老的缘故,因为在我的记忆中,从很早以前这位老艺术家就这样。

老人提着拐杖走来，我赶紧上前搀扶他。我问老人的身体和近期创作，不小心提到了一次座谈会——我忘记了那次座谈有一位领导参加——于是老人马上说出了领导的名字，然后呜呜地哭起来，边哭边擦眼睛说："我们，我们怎样努力工作才能、才能对得起他、他的关怀啊！难道、我们……"我正想怎样劝慰老人，谁知老人从这次座谈会又联系到了前年的另一次什么会议，那次会议也曾有另一个领导人出席，而且——"领导从台上下来正好看到了我，就过来和我握手，问我的身体怎样！我……"他的泪水再也不能终止。

在老人泣哭时，我看着他在漫长的艺术生涯中，在不息的操劳间变得稀疏的、雪白的头发，还有所剩不多的牙齿，心里泛起阵阵不可遏止的怜悯。我多么想劝老人再也不要哭了，不要了，可他那时已经完全不能自已，什么话也听不见了。

另一位是一个五十多岁的朋友，我们不常见面。他是一位业余写作者，很少动笔——我较少看到比他更为多情的、更为珍惜情感的人。有一次我们一起散步，走到一个桥头他突然止步不前了，然后直盯盯看着桥边的一棵火炬松。当我们终于又往前走去时，他的眼窝开始发红——只不过我没有注意。因为他毫无铺垫地就说起了二十多年前的一位女同学，长叹："那身个啊！那眼睫毛啊——往上翘着啊！"说着说着就哭了起来。我看出他在用力压抑自己，尽量不哭出声音。就这样啜泣了一会儿，低着头。后来他抬起头看我时，我发现他正紧紧咬着牙关。

记忆中还有一次，我和邻居出门办事，刚走到了路边又遇到了那位朋友。他快步迎上来，于是六双手紧握，抖动，那位朋友眼中泪花闪闪。"我们多久没见了啊！我们……"他的声音最后低得不能再低。我马上说起一些愉快的事，于是他又破涕为笑了。可是这样刚说了没有一会儿，他的眼睛转到我邻居身上，目光立刻凝住了。邻居不知该说什么才好，正犹豫着，我的朋友咬咬嘴唇说起来："你父亲在世时对我多好啊，他晚年还对我说，让我读一些、一些书……那真是言传身教啊！你父亲……"朋友说到这儿已经泣不成声了。

这一次他哭得太厉害，一时我和邻居两人都不知该怎么办，真是手足无措。他哭着，同时也想极力忍住，这是我们都看得出的。他只是不能够立刻止息。大概他怀念和回想起的事情太多了，并且所有这一切对我们又一时难以尽言。

这位朋友给我印象更深的一次哭泣是在前一年的春天。那是我去参加一个音乐家的大型座谈会。中午吃饭时我们正巧坐在了一桌，于是高高兴兴又一次见面。菜上得很慢，大家边吃边聊。我的朋友看着桌子边上的人，看着看着眼圈又有些红。他转脸瞅瞅我，把手放在我的手上，拍打着说："你这么忙，还是赶过来开会了。大家在一起讨论多么好！我听说你也要来，他也要来，我一看大家真的都来了！"

他说到这里擦了一下眼睛。过了片刻，他渐渐哭出了声音。因为他哭得厉害起来，所以同桌的人都不再夹菜了，都怔怔地看着他。有的开始规劝，但没有用。朋友一直在哭，最后差不多号啕了。他流了那么多泪水，但不取餐巾擦一下，以至于满脸闪亮。"在今天，在今天……这样一个时代，大家！这是真的，我们……"他在哭泣中偶尔吐出的只言片语，虽然没有人能听得明白，但都知道他已陷入了深深的激动。

我感激所有热爱书院帮助书院的人。他们大多是无私的，表现出了极大的慷慨和热情。有一次在省城，我对一个朋友求助，请他为我们书院寻找几种北方少见的花卉，立刻得到了应允。接着朋友长时间地注视起来——他望过了四周，又把脸转向了我——这马上使我吃了一惊：他的眼眶里满含了泪水。他抽泣着说："你放心，你放心吧！"我说我放心。他又说："你就放心吧！你千万放心啊！"

有一天，我再次感谢他，并请他喝茶。可是他刚坐下一会儿就说到了花卉的事，又哭了，说："你就放心吧。你一定不要太费心啊。"

这就是我见过的最善哭的三个朋友，都是男人。一般而言，善哭的男人是让人不敢赞许的；可是我所遇到的这三个人却无一不是朴素动人的。他们的品格是无可挑剔的。他们的真诚和善良让人难忘。这个世界对于他们而言，总是有着太多的纠缠和触动，所以在许多时候，他们是无以表述的，他们心中的一切也只有化作泪水流出来。

逗人

我的厨房外面是一片望不透的林子。每天做饭吃饭时常有鸟鸣，这本正常。可是有一天有一只大鸟的叫声还是引起了我的不安。

它的模样我不认识，但它的声音怪异，叫起来花样很多。它的体积很大，像一只肥胖的喜鹊，只是颈部有红色环纹，头也较喜鹊更大，看上去有些笨模笨样。当我专心做事的时候，它就伏在窗的上方，把头探到窗檐下叫出几声。那声音是婉转有趣的，很像是一种打招呼的声音。当时它与我对视，并不害怕。它甚至在端量屋里的人，头颅一动一动，调整着自己的视角。我对它做了好几个手势，它才离开。

可是当我再次专心做什么时，它又探头叫起来：这一次的声音更怪了，不再那么流畅婉转，而是夹杂有几声或尖或糙的单音。如果不是我想得太多的话，那么它这次是在逗弄屋内的人。我拿出一点吃的东西递到窗外，它看了两眼，像是笑了一声，飞走了。

一连几天，这只奇怪的鸟都在窗前出没，探头往里望着，神情专注。当我注视它时，它就缩回了身子；当我做自己的事情时，它就出其不意地弄出一种怪声。

我找来一只鸟谱，想查一下它的名字，可是没有。可见它是一只极罕见的鸟。

但我相信它是懂一些事理、并有一些闲情的。很明显的，它是主动来观察林中人的生活，并且感到了一些好奇。它在向我询问吗？可是当它得不到回答时，也就逗起了乐子。我一直相信，大多数动物与人的语言虽然不同，可它们的情感模型与人却是大致相同的。它们也有自己的快与不快、厌恶和喜欢，甚至有沮丧之情。它们也会寂寞，而且一定能够好奇和愤怒。

谁来破译鸟儿、猫狗，还有羊和牛马们的语言？当然，这会是很难的事情。但是尽管如此，我们与它们之间仍然还有交流，有情感，有依赖，并且产生了许多有趣甚至是感人至深的故事。

人怎么能失去动物呢？

书院里有许多动物，我们与之和睦相处。大家都知道，由于动物在与人共处的经历中有了太多不幸的记忆和经验,所以我们必须以自己的实际行动、以自己长期的亲切和谨慎,才能让它们不再畏惧我们。

泳汶湾

从书院往西不到十五华里就是泳汶湾。那是一片开阔的水湾,与大海似连还断。这片海湾简直就是一片硕大的湖,湖上水鸟翩飞,苇荻成片,岸边微浪拍击。

这个湾大致是平浅的,所以一直被儿童们喜欢。记忆中海边大人不允许自己的孩子去海里冒险,却乐于看到他们在这个河湾里嬉水。印象中只有在三十年前的一次发大水中,这个河湾才滚动着滔滔巨流。平时它总是清湛蔚蓝,给人一种平安温馨的感觉。

在北方,我几乎没有看到比这个河湾更漂亮的入海口了。因为与之有诸多交往,所以更不知道还有哪里比它更为可亲和多趣。小时候记得大人一声呼喊"踩鱼去了",也就立刻欢呼雀跃。我们眼看着许多人手里只提一篮,再不带任何家什就往河湾里赶去,心里既好奇又兴奋。我们一群孩子尾随着,并像他们一样在不太深的水里抬高两脚往前走。这时候如果觉得脚下有什么软软的,且一动一动的,那就是踩住了鱼——快些弯腰取鱼吧。可是我们远不如大人们老练,往往踩得着鱼却取不到手——因为当脚下有什么一动时,我们的脚心就要发痒,于是脚板稍一活动,机灵的鱼儿就逃掉了。

我们都知道：要想踩住鱼，首先得练好脚心不发痒的功夫。

可是记忆中谁也没有练成。问了问大人们，他们的意思是说：一个人只有到了二十岁之后，一双脚才能持重耐搔，那时也就不怕鱼儿们了。说是这样说，谁有耐性等到二十多岁呢。

我只有十几岁就离开了泳汶湾，从那时起不再关心脚心痒不痒的问题了。

当年在河湾时，我们踩鱼不行，却是做其他事情的好手。比如我们可以一口气逮满大桶的螃蟹，可以在一片片的蒲苇中找出真正的小香蒲，既吃清香的蒲米，又烧烤如同芋头一样滋味的蒲根。河湾四周有多得数不过来的云雀，它们一天到晚不知疲倦地欢叫，只有我们知道——空中每一只欢叫不停的鸟儿，它正对着的下方草地上都有一个隐藏得很好的小窝，那里面有它的孩子或还没有变成孩子的蛋。我们如果耐心寻找，就会找到像一个精心编制的草篮一样的小窝，里面有三四枚蛋，或干脆就是几只长了绒毛的小雏。

关于捕捉小鸟的故事，大半有一个令人后悔的结尾。当年我们一帮人很快悟到了这是一种伤害云雀的勾当，所以到后来虽然依旧寻觅那些精制的鸟窝，但对触手可及的宝物只看一会儿、顶多是抚摸几下，然后就忍痛离去了。

今天，泳汶湾还在，可是一些迷人的情趣却只存于记忆之中了。它的姿容与昨日相比稍微逊色，比如水变得少了，似乎也不如过去清湛；还有就是，它周边的河柳与蒲苇也不如过去茂盛了。特别是河湾上空的云雀，它们都叫得懒洋洋的。

但无论如何，这个河湾仍旧是可爱的。在今天，没有什么比这样的小湖更加值得珍视的了。它离我们的书院尽管还有一段距离，可是我们一直把它看成是自己的宝物。

灼热

因为常常在林涛中入睡，所以有时半睡半醒时恍惚觉得身在他处。那是一个与生命之弦拧得更紧的地方，一块比邮票还要小的土地。思绪托起身下的床榻，让人觉得它像船一样浮起，在时间的绿色波浪上航行，最后无声地停靠在一片灼热的土地上。

我闭上双眼，就觉得它是我们书院的近邻；实际上它离此地也仅有七八华里。那是一片美丽的沙原，是我所知道的世界上的至美之地。那是我们从遥远的闹市开始寻找，最后才觅得的一片生存之地。在由无一丝灰污的白沙构成的原野上，有起伏的沙岭，有一望无际的丛林。白杨和柳树、枫树、合欢树，都长得油黑生旺。大橡树粗硕惊人，浓荫匝地——后来，我走遍大江南北也没有见过类似的大橡树林；只是在意大利的庞贝古城遗址，我四十年来才第一次见到可以和那片沙原媲美的大橡树林。除了蓊郁的大乔木林，再就是各种果林。一处林场和一处园艺场毗邻而居。这里的水果从来以甜美著称，就连丛林中的野果也硕大甘甜。

一切都由水土所决定。这是一片难得的土地，是神灵护佑之地。看一眼沙原上水旺的植物，再看一眼这里的人，都会觉得二者给人的感受是一样的，全都蓬蓬勃勃生机盎然。

那是我童年的居所。

我生命中的梦想总是与之连在一起。如果不是那片自然的荫护，我将更早更快地跌入无望的黑夜。

可是黑夜总要来临的，但这不是一个人的黑夜。这是整个沙原的黑夜。从三十多年前开始了一场开发的噩梦，恶采煤矿，乱掘金银，化工铝业，无所不包。从此丛林不再茂长，沙原不再飘香，令人难以置信的是，整个沙原上竟然再也找不到一棵当年的硕大树木。没有那样的白杨和老槐，没有合欢树和柳树，一棵都没有了。大橡树呢？既然如此，那么英俊的大橡树又怎么会有、怎么会让其生存下来！

那是一片让人心头灼烫的美丽沙原。连这样的美丽也要破坏的，会是人类所为吗？

不，许多人说，那只能是畜类的行为——还比不上畜类，因为畜类更多的还是温驯可爱。于是我们只能说：这是恶鬼的丑行。

我们的书院就是在这样的一隅和一角默默守持。我们在仰望和遥望，在祈祷。书院遍植绿色：对于一片大地而言她是太小了；可是作为荒原之心，她还在不停地搏动。

大东东小东东

没人不夸这里的两只美犬，它们是姊妹俩，女性，所谓的同年同月同日生：大东东和小东东。大东东的脸色偏黄，长得非常强壮；小东东微黑，比较柔弱。她们从小妩媚，那目光与动作，随处都透着少女的韵致。她们身上完全是两个小女孩才有的率气，狡慧而顽皮。当时由于书院居于远野，林木太茂，害怕她们被林中野物所伤，于是就寄养在市里大姐家中。那是她们无忧无虑的日子，两个小家伙整天嬉戏，追逐逗能，每天都能博得几个满堂彩。

这世上大概不会有多少人像大姐一样宠着她们——在未来，在她们的一生，大姐都要为她们担心。

小东东小时候生过病，不得不一次次送到诊所去打点滴。我曾经不解地问："她一刻不停地蹿跳，怎么有法静脉注射呢？"大姐说："这你就不懂了，别看她平时是那样，到了医生跟前可老实呢，十分听话。让她打点滴，她就侧侧身子躺倒了，然后把手伸出来。整个过程从不乱动。"我听得出了神。大姐又说："不光是她，诊所里有许多打点滴的狗都是这样，它们在床上躺成了一排呢，全都伸着小手。"

姊妹俩长大了，她们在阳光下浑身闪亮，真像披了锦缎。如此威风英俊，的确像战士。不过只有离近了端量，才会看出她们仍有一丝最终不能消褪的娇羞。没有办法，此刻她们只能告别城市，只能去林中服役了。

姊妹俩与大姐临别的场面要多动人有多动人。最初的日子里大姐每隔几天就要乘车去看一次——她们俩每一次都哭，眼里有泪光，嘴里有哭声。

书院地处野外林中，当然需要两只暴烈的卫士，她们至少看上去也像。所有到书院来的生人都会畏惧她们，于初来乍到的一刻躲闪着她们直射而来的眼神——人们暂时还分不清这威严之中夹带的女性的温柔，所以总是退避三舍。但她们出于好奇和友善，这时一定会蹦跳着赶过去——于是人们吓得大呼小叫起来——但还没等叫得太久，大东东小东东已经幸福地在他们脚边滚动起来。

这些情景书院人看在眼里，心中泛起的往往是复杂难言的心绪：一方面疼怜爱惜，另一方面是担忧——忧其不能很好地担负起警卫书院的任务。

书院小王不止一次说："该送她们上学去了。"

市东南郊真的有一处警犬学校。那里是非常严厉的生活。

然而，直到至今，大东东小东东还是没有入学。

雾锁大野

书院四周所有的林木，还有对面的大海与小岛，远远近近都笼罩在浓雾中。一连四天大雾没有消退，尽管时浓时淡，但最淡时也只能看清百米之遥的景物。记忆中很少这样的天气，竟然有如此漫长和严密的雾笼。所以白天没有晴空，夜晚没有星月。而北部海滨松林上空的蓝，白天与黑夜是怎样地令人心旷神怡，那绝非无亲临其境者所能想象。可是大雾之夜让一切都消失了，隐匿了，以至于万物不安，鸟儿们先是因为恐惧而一声不发、忍住，到后来惊呼四起，此起彼伏。那浓雾中的鸟啼啊，湿淋淋的，很像呜咽。

我觉得一连几天都像在被沾了水的丝线里缠裹，烦闷无言。走在林中，由于视觉的局促而变得小心翼翼，与林中的一切沉默对视。雾与冷结盟，与凝止的空气为伴。雾是海北的乌云滚滚南下的一个过程。

终于起风了,一丝丝增大的风把槐叶拨动了。松针一齐颤抖。莽野激动了。

一片蓝天闪烁出来。太阳发出了逼人的强光。原来雾海把一切笼在心中,让其长成了更为清新的明天。所有人都贪婪地望向四野,发出了舒心的长吁——当我欢乐的目光转向南方时,立刻就被折了一下。那里有几个大烟囱一如既往地矗立着,其中的一个正舒服地喷吐。我又把目光转向别处:西边的万亩丛林,北方的大海,东部葡萄园的氤氲。

这一刻,我突然那么怀念浓雾锁笼的日子。是的,那是浑茫一片的世界,那是梦想和幻念飞扬的日子,比起现在的懊丧,那时的郁闷已经完全不算什么了。

二〇〇四年六月八日

它们
—— 万松浦的动物们

因为有它们和我们在一起，我们才不寂寞。可是许多时候我们并不在意它们，甚至完全忘记了它们。于是我们现在有必要一笔笔记下来，虽然这也是挂一漏万的事情。有些很小的"它们"，这儿也只好忽略了。这一次像是林中点名，当我一个个呼唤它们时，苍莽之中真的有谁发出了声声应对，在回答我呢。

刺猬

在万松浦，一说起刺猬都会心情舒畅。因为这种动物憨态可掬，不仅对人友善，对周围的一切也都无害而有益。而且这里的刺猬非同一般地洁净，毛刺上简直没有一丝污痕。它们默默无声，待在自己的角落。如果接触多了会发现它们像人一样，是那样地有个性。有的毛手毛脚不稳重；有的十分沉着；有的自来熟，见了人一点都不陌生，一直走到跟前寻吃的；有的一见人就球起来，或者慌慌逃离。

有一天一只刺猬走过来，大家不由得围上去。都说它非常羞涩，而且面容姣好。我仔细看了看,发现它长得果然好看。最后,我们给它留了照片才放行。

小时候常听一些刺猬的故事。比如说别看它们笨手笨脚的,其实也有许多异能:会像老人一样咳嗽,还会唱歌——它们的歌声怪异,掺在风中,往往是一只领唱,其余的一齐跟随。那是使人幸福的歌,能听到它们歌唱的,就会有一些喜事发生,比如找一个上好的媳妇。于是许多少年和青年真的在林中寻觅刺猬的歌唱了,有时难免就把风吹林木的声音当成了它们的歌。

黄鼬

它的名声不好,但是面容美丽。一个被半岛人误解了的精灵,孤独而痛苦。我们很少有机会与之面对面地注视,因为它们机敏无比,见人就跑,个个心怀恐惧。可能在它们那儿,装在心中的不幸记忆太多;关于人类残暴无情的故事,大概整个黄鼬家族内部都一直在祖辈流传。

远远地见它们一跃而过的情形不少。但面对面地、极近地注视只有一次。那是小时候在林子里:我当时正走在一片藤蔓地里,忽然觉得脚下有什么在乱动:原来有只小动物被藤蔓罩住了,它竟然一时不能脱身。我想这大概是一只鸟,或者一只小猫之类,于是就按住乱动的藤蔓寻找起来。它在下面钻动不止,左蹿右跳,突然从藤蔓的空隙中探出一张圆圆的小脸庞:那双水灵灵的大眼睛直盯着我看,惊慌之极。我的手一抖,它飞快钻进了藤蔓深处。

后来我才知道它就是大名鼎鼎的黄鼬。

有人得知了那个经历就说：幸亏你放了它，不然的话，它的家里人会缠住你的。我虽于心不甘，但还是有些庆幸。真的，关于它们有神力的传说到处都是。比如，它们喜欢让一些女性模仿它们的动作，舞之蹈之并说出一些怪异的事情。由于这种事频频发生，所以几乎没有谁再怀疑它的能力。有一次在书院议论起这些事，一个人表示了不解，并认为是不可能的。另一个客人马上就说："这有什么不可能的？世界太大了，万事万物我们才知道多少？要知道对于任何问题，各种生命都是从自己理解的范围内做出推理的 —— 人从自己的角度看，总以为是自己管理和指挥了整个世界；而动物也会那样认为 —— 比如黄鼬，就不知深浅地调弄起人类来了。"

他的话一时没人反驳。

就在那次议论不久，一天黄昏，我看到一只黄鼬从不远处走来。当它走过离我不远的地方时，突然想起了什么似的，回过头伏下了，两手一抄就端详起我来。它那会儿看得非常专注，而且一脸的好奇。它分明是在研究对面的人，一点也不害怕。我与之对视，想让它自己厌烦。但最后还是我挥了挥手，它才走开。

可见这里的黄鼬还没有受到伤害的经历，它们对人只有好奇而没有惧怕。

鼹鼠

这种神奇的小动物让人叹为观止。它们是林间草地上为数众多的居民，却又轻易不露面容。看它们一眼多不容易啊。它们不像一般的鼠类那样令人讨厌，而像是超越了一般的"鼠"而多少变得可以观赏了。因为它们有特技，有上好的皮毛和十分滑稽的形体。看上去它们是何等的笨拙，浑身圆滚滚的，可一旦进入地下却又是何等的灵巧。一个掘进能手，一个真正的开拓型人士。我曾亲眼看过它在地下怎样突进：眼瞅着拱起一道凸起，这凸起层层推进，让地表开放着蘑菇出生前那样的花纹，竟然一直蜿蜒向前——如果这时跺跺脚做出一点声音，它会更加奋力开掘——一会儿凸起隐去了，可能地道在往下延伸。

我们无法想象一个小动物一边使用双手开掘，一边却又飞快向前是一种什么情形。因为这必是一种艰苦的劳动，这种劳动与飞速行走相结合简直有点不可思议。在万松浦一带，地上到处都可以看到这种花纹，它们弯弯曲曲，纵横交扯。你可以想象这儿的地下通道是多么发达，它的创造者会有多么自豪。我想真正高明的地道不是人类创造的，而是鼹鼠。

有一次一个人正持锨翻地，突然就有一只鼹鼠从不远处开掘而来。于是他不动声色地等候，待那凸起和绽放的花纹延伸到跟前时，就猛地从旁一锨掘下去——他想把它翻出来看一看。谁知这小物件远超过他的机灵，就在那铁锨刚插下去的一瞬，它竟然突然改道而去，并且在地下来了个大转折——就像空中战机做了一个特技表演似的，一系列高难度动作就在几秒钟之内全部完成。当然那个人是失败了。他当时不服气，下狠力挖了一个很大的坑,嘴里咕哝着:"我就不信,我就不信!"结果除了弄得浑身泥汗,其余一无所获。

我看到鼹鼠是因为碰巧。有一次一个孩子不知如何搞来一只,喜欢得不得了,装在一个带盖的小篮中提着,炫耀却不示人。我提出想看一下,他乜斜一眼,嘴动了动,并不开篮。这使我马上想起商品经济时代的普遍规律——这孩子如果提出"看一眼一块钱"的话,我是不会吃惊的。还好,最后他勉强同意了。

就这样,我有机会看到了它:一身最上等的皮衣,灰蓝闪亮,显然是一件最好的袍子。它的一对小翻爪就小心地蜷在身侧,像透明塑胶做成的一样。

红脚隼

这种鹰个头不大,可是胆子不小。我不止一次看到它俯冲下来,然后超低空飞行,甚至钻进窄窄的墙道里逮小鸡。不过这是在城郊,在万松浦它完全用不着那样,因为这儿的食物很多,它们可以安安逸逸肥肥胖胖。

一开始我在林子里把它们当成了野鸽子,因为初看颜色颇像鸽子。后来见它从高处直冲下来的英姿,终于知道这是一种猛禽。它的数量很多,从林中走一趟起码可以看到十几只。一般来说它的食物是昆虫,可是当野性发作起来时,就会毫不犹豫地攻击小鸟。

书院北部海上　田恩华摄

红脚隼也像鸽子一样成群，它们在一起时显得很顺从的样子。不过到底不是温和之辈，一转眼瞥见了人，立刻惊悚一振。它们是一些无所不在的狩猎者，每逢看到它们极为迅捷地扑在地上的样子，就会想起一个词儿：全力以赴。

野鸽子

它们的叫声让人回忆童年。那种咕咕噜噜的声音令人想起一片密不见人的丛林，想起远处像乌云一样茂密的乔木，想起一些关于迷途忘返和饥饿等等经历。咕咕咕，嘟嘟嘟，像儿童们猛力拉扯一种发音陀螺时的声响，还像从极近的地方听一个老汉大口吸水烟的声音。这种音色是极难形容的，以至于要想起那句老话：任何比喻都是蹩脚的。

我的印象中，只有旷野里，只有深密的林子才有像样的野鸽子在叫。或者也可以说，没有野鸽子啼叫的林子是不像样子的。在它此起彼伏的叫声里，会有一种返回大自然的得意萦绕心头。

它们的呼唤充满了某种野地的气味。这种气味有些刺鼻的辛辣，还有一些奇怪的诱惑力——它诱惑着林中人向深处走去，再走去，一直走到迷路。

海鸥

这里的鸥鸟当然是很多了。它们待在海边，可是近海松林也是它们的另一片玩耍之地，安歇之地和生产之地。这里主要有银鸥和燕鸥。从书院往西十华里左右的屺峬岛上有大量的风蚀崖洞，那里才是海鸥最好的栖息地。我们每次从风蚀崖下绕过，都会惊起许多海鸥。大概由于万松浦一带没有岩壁可以做巢的缘故，所以鸥鸟不得已也要光顾一下密林。这就难为了它带蹼的爪子。

在海边徘徊，没有什么比观看群鸥再好的事情了。望着它们搏浪嬉戏，健美的翱翔，倾听一声声难以模拟的、不无撒娇之气的鸣叫，你会觉得海边的生活真是神奇多趣。这里的生活就像这里的空气一样清新。海鸥双翅的形状以及它们的滑翔之态，可以让人认识到什么才是世界上最完美的飞行。

万松浦的鸥鸟数量极不稳定：有时多得如同白云落地，银片翩飞，它们在浪缘上踟蹰一会儿飞旋一会儿，起起落落令人惊叹。有时又三三两两，不知所向何方。这些海鸥有时可以让人离它们很近，于是就可以仔细地端量，看清它们真正的模样——你会惊叹其体积比原来想象的要大得多，而且竟然如此肥胖健硕：无一丝污气的白羽，高高挺立的胸脯，润滑流畅的双翅，一切都是那么完美。

如果一片海岸上没有了鸥鸟，那么这里的韵致大约就要损失许多。在这里，春天是银鸥最多的时候。

斑鸠

我们过去的课本上有这样一句:"大斑鸠,叫咕咕,我家来了个好姑姑。"从此它和姑姑温厚的形象连在了一起。可是那时我们并不知道斑鸠的样子。其实我们从很早就逮了斑鸠来养,只是不知道,一直叫它为"山鸡",以为是从南部山区飞来的一种小野鸡。春天和秋天是两个捕斑鸠的好季节,记得春天捕的是棕色的,而初秋捕的是带绿色条纹的,而且更肥。比起麻雀来,斑鸠显得大大咧咧多了,它们很容易就可以被我们逮到。

童年是与动物为伴、特别是与鸟儿为伴的时期。身边有一只大鸟并且能够听候调遣,那会是一种多么大的光荣。我亲眼见过有的人 —— 一般都是比我们大一些的人,养熟了一只麻雀甚至是一只喜鹊:一挥手它们就飞去,一招手它们就返回,而且从落在肩膀上手臂上的样子看,真是亲如一家。为了馋我们,拥有这些鸟的人故意与它们做出一些格外亲昵的样子,比如和它们贴贴脸、吻一下它们尖尖的小嘴等等。这是多么让人嫉妒的事情啊,这种嫉妒的感受是长久不能忘怀的。

可是不记得有人与斑鸠结成了那样的关系。斑鸠随和然而并不与人过分亲近。它们在笼子里时当然是一副被囚的样子。然而我们总是在最后时刻把它们放掉,还它们以自由 —— 就像我们对待其他可爱的鸟儿一样。有人会因为这个而夸我们善良,这才是最重要的。记忆中我们曾把自己心爱的鸟活活养死了,结果换来的是不可承受的痛苦。

万松浦的斑鸠太多了,但现在已经没人想到要逮来饲养了。它们是我们童年时期与之打交道最多的鸟儿之一。

书院的"宝物""旺旺""花虎"　田恩华摄

草兔

每次走进林中都要遇到草兔，一年四季莫不如此。看着它们的两只长耳摇动而去，疾飞如箭，觉得林子里真是生气勃勃。在万松浦所有奔驰的动物中，一般都认为数量最多的就是草兔。它是所有动物中胆子最小的，可能也是最善良的。如果就近看一下它可爱的模样，特别是它幼小时候的小脸，就会从心里疼爱起来。

有一天剪草机从书院的三棵大水杉树下惊出了六只拳头大小的野兔，于是给我们带来了诸多的喜悦和麻烦。没有办法，它们的双亲惊跑了，它们还在吃奶，也只能由我们收养起来。可是这六个小东西如此美丽又如此胆怯，在人的手掌中只是颤抖。我们为它们买了奶瓶，可是小而又小的三瓣小嘴根本塞不进胶皮奶头。

这在大家眼里已经是六个小艺术品，而不仅是幼小的动物。就在费力焦心地往它们嘴里塞奶头的同时，大家也正好仔细观察了一遍。原来过去只是粗略地知道它们是怎样的长相，而对细部并没有多少真正的了解：水汪汪的一对大眼睛上，眼睫处像纹上了一道金边；最绝的是小鼻子，鼓鼓的而且无比小巧，有点像猫的鼻子缩小了几号；整个面庞和神气让人想起一个稚气而甜美的少女——可爱是不用说了，但是怎么挽救其生命呢？

最后总算想出了一个办法：找一个注射器，再把针头换成气门芯。这样它的小嘴倒是能够含得住了，但如何让它们吃奶呢？总不能用注射器硬往里推吧？

艰难的两天过去了，第三天上总算有了转机：小家伙们熬不住了，饥饿战胜了恐惧，终于开始含住特制的奶嘴吮了起来。

一个月过去，如今它们已长到了二十公分，弃奶食草，以院为家，欢快健壮。

林子里常有被其他动物所伤的草兔，祸首未知。有人说是鹰，有人说是狐狸，还有人说是豹猫。我们同情无边然而能力有限，只有叹息：可爱的草兔，食的是草，命运也像草。

豹猫

这种凶物初一看像猫，其实却是猫的天敌，可称为动物中对立的一面、一极。因为一个极柔顺，一个极残暴；一个不离人侧，一个狂驰四野。万松浦一带是豹猫的广阔天地，它们在这里正可以大有作为。对它们来说，这儿真是吃物丰盛，衣食无忧，而且也没有太多的对手。

我对于豹猫原也喜欢，后来却十分恼恨，这都是因为听来的一个故事——据说这故事毫无夸张，完全是真实的。故事说的就是豹猫与猫的关系：猫只要遇到了豹猫，立刻会吓得浑身打战，一动也不敢动。因为它们原都属于猫的大家族，所以相互之间说话还听得懂。豹猫不断发出命令，猫都要一丝不差地照着去做。豹猫前头走，猫则紧跟后边。它们来到了水潭边，豹猫就让猫不停地饮水，直喝到肚子滚圆再吐。就这样饮了吐，吐了又饮，目的只为了让猫把肠肚洗得干干净净。洗过了，豹猫就把猫吃掉了。

多么残忍。而且还有"本是同根生，相煎何太急"之悲。

豹猫的凶和勇是有名的。过去有许多猎人谈到它，都瞪起眼睛说一句："啊呀！它呀！"因为它们看上去形体并不很大，再说面目像猫，往往不被提防。实际上这种动物真有豹之猛厉、猫之灵捷。它们不仅不怕人，而且还主动挑衅，常于冬夜蹿于民宅，搜吃物寻生灵，狂撕乱扯一通。那时候它真正是飞檐走壁，一纵无踪。

豹猫的来历有两种说法：一是走失的猫在野外久了，性情巨变，野性勃发。二是豹一类偶尔与猫一起，生出了这么一种物件。我看后一种说法有点滑稽，所以不信。倒是前一种说法容易理解，因为境迁情移，并且被孤苦所逼，猫本身就可以走向另一极的。这就像很好的人民，其中有个把做了土匪的，其凶残往往让人震惊。

喜鹊

这是一种惹人喜爱的美丽洁净的大鸟。它十分聪明，如果蓄养日久，就会发现它许多有意思的举止，知道它有趣而且善解人意。它依恋人，顽皮并且撒娇，给人的安慰有时多少接近于猫和狗。中国人喜欢喜鹊，这从取名上就可以看得出来。可是西方有些国家特别喜静，觉得它太聒噪，因而讨厌。让中国人不理解的是，如此美丽的大鸟，它的声音只会是对人间的祝福，是喜庆之声，怎么能厌烦呢？

书院里的喜鹊常常成群结队，这让我们引以为荣。我从未在其他地方见过这么多的喜鹊，因此也认为万松浦实在是一个吉祥之地。每天走在石板路上，总有一只只喜鹊在前后拥护叫闹，它们相互响应，声调不一，让人想到非同一般的欣悦和欢快。

在秋天日暮时分，喜鹊愿意安静地落在院子当中的几棵大水杉树上。它们这时沉默了，可能在思索忙碌的一天，稍稍总结；也可能正在欣赏落日和云霞。

啄木鸟

关于它们是林中医生的说法虽然广为人知，但真正给人以体味的却是在今天的林中。看到一只只啄木鸟伏在那儿敲击着，你会想到它们正在皱着眉头辛勤工作，比如正做一种号脉或手术一类的事情。这儿至少有两种啄木鸟：棕腹啄木鸟和灰头绿啄木鸟。前者是一种非常漂亮的鸟，彩色鲜明，真是技艺高超长得又好。以前曾有人把它们当成了观赏珍品，怎么也不相信这就是啄木鸟。在许多人的逻辑那儿，只要是极为好看的事物，就一定是中看不中用的。人们习惯于把观赏和实用分开。这也是实践中得来的，比如人，一旦长得太好看了，就往往不愿下大力气干活了。

如果一个人既像棕腹啄木鸟那样好看，又能像它一样始终辛勤地工作，那就一定是人世间的宝物了。人们会让他（她）的美名四下流传。

我们书院中刚刚移植来一棵大水杉，不久就给一只棕腹啄木鸟弄开一个洞。一棵大树上有了鸟洞，虽然多了一点诗意，但也少了一点完美。有人说：这棵树肯定是生了虫。

林子中的洋槐和钻杨常受虫子袭扰，因此也真是亏了啄木鸟们。看着它们垂直贴伏在树干上并且能够转来转去、歪头摆脑的模样，心中就会泛过一阵感激。许多动物都在默默地帮我们，以自己的特技，或至少以歌声来援助我们。啄木鸟的敲击声就是林中最清脆的梆子，特别是在浓雾天气，那时这是原野里唯一使人振作精神的声音了。在它的声音里可以安心读书，也可以想想天晴之后去采蘑菇之类的好事。

云雀

　　她仅仅以自己的歌声成为了万松浦的标志。有人回念在书院里居住的日子，竟然首先想到了云雀那不倦的歌唱。她在高空里凝成了一个小点，响亮的、不愿妥协的歌声就从那儿布洒下来。她仿佛一直在重复同一类歌词：乐乐乐乐、可乐可乐、真是欢乐、我们真是欢乐欢乐然而还是欢乐！
　　她的亮喉让最好的人间歌手嫉妒当是自然而然的事情。她不倦，不蔫，永远的乐观主义者，永恒的大自然的歌者。在一片草地或林木之上的高天中，她是自然神悬起的亮喉。有人说她在为自己幼小的生命而歌：就在与她垂直的地面上，有一个隐藏得很好的小草篮，那就是它的窝，里面正有她的几只精巧的卵，或者干脆就是几只娇嫩的小雏。她的目光大概比得上鹰，因为她可以在高空里用目光爱抚它们。她看着自己的孩子，心中爱意汹涌。她要把小雏们一口气唱大、唱醒。
　　也就在这样的歌声里，万松浦迎送着自己的生活。这儿四处都是云雀的窝。

树鹨

　　一片林子里因为有了树鹨就显得热闹一些，因为它是最不安分的一种鸟，飞起来一荡一荡的，像打秋千。当地人从来不叫它的学名，只喊它"痴大眼"。这可能是与麻雀相比较而得出的一个外号：不像麻雀那么警觉，有点大大咧咧的。它的眼睛并不大，说它"大眼"，是指它的马马虎虎。如果小心一点，可以凑得很近去观察它——它只顾忙自己的，不太在乎。树鹨不仅在树上忙，而且在水渠边，在红薯地里，到处都可以看到它的身影。

　　儿童们常常捉了树鹨，一心一意养活它。他们将其握在手里抚摸着："多么胖啊，这么多肉。"如果是一只麻雀，这个时候只会是一阵急急喘息，因为那是极度的紧张和气愤——谁都知道麻雀是气性最大的一种鸟，被捉后不吃不喝，会活活气死。树鹨却是一副随遇而安的样子，东张西望一阵，然后就开始啄人的手：轻轻地啄。不过几乎所有的树鹨都能成功地逃脱，这当然是因为孩子们的大意：他们真的以为它只会痴痴地瞪着一双眼睛呢。

　　在万松浦，每当半下午时分，这一只只"痴大眼"就开始激动起来了。它们的飞行很像大海浪涌上的小船，起起伏伏，真的有一种漂荡感。

杜鹃

　　万松浦有许多四声杜鹃和两声杜鹃。所以一进林子里首先听到的就是它们不倦的呼唤。比起野鸡和野鸽子此起彼伏的叫声来，它的声音显得更为亲近——简直就在我们身边。它的声音是透明的，清爽脆亮的。我们很难想象没有杜鹃的林子会有多么暗淡和寂寥。

客人住在书院里，常有的一个感叹就是：这种鸟可真能叫啊！是的，整个的春天和夏天，从白天到夜晚，整整一个长夜它都在呼叫。二声杜鹃和四声杜鹃都在叫。一刻也不能停歇的呼叫，这到底是歌唱还是呼唤？我们宁可相信是后者。就由于这不能停止的呼唤，所以才有"杜鹃啼血"之说。

要真的体会杜鹃这奇异的啼鸣，只有到林子里住上一夜才行。这彻夜不休的声音会让人半夜坐起来，一边倾听一边牵挂，发出阵阵猜测：为什么、为了什么？是悲伤吗？是孤独吗？是寻找吗？是渴望吗？它面对的是茫茫林海，是百鸟喧哗或者死寂的长夜——无论何时，无论何地，它总是这样呼叫，不能停止。

有人说：它正处于"发情期"。是的，发是暴发，情是爱情。一只美丽的鸟儿暴发了爱情，只能是这样。我们不知道比较其他的生命，这种鸣叫究竟意味着什么。在它并不太大的躯体内，竟然蕴藏了这么盛大的爱、这么多的情感和力量。这种巨大的消耗也只能为了爱情，它在为爱情啼血。这种啼叫甚至让人有一个不祥的猜测：或者是绝望和死亡，或者当千呼万唤之爱到来时，它会因为巨大的耗损而倒地不起。

獾

在这儿，许多人常把一个慌慌逃去的狗獾或猪獾当成了狐狸；再不就说：我刚刚看到了一只狼。如今，它和狐狸在平原上已经是最大的野生动物了，而且繁殖力强，踪迹不绝，泼泼辣辣地打出一些洞子，神出鬼没。人们一提到獾就会想到那个骇人的故事，因为小时候或许都听到过一些人对它的奇特描述：獾是不咬人的，它只是太好奇了，见到人就要与你玩耍，不停地胳肢你，让你笑、笑，不停地笑——你越笑它越是起劲地胳肢你，直到你笑得绝了气。它只有看到你一动不动了，这才灰心丧气地走开。所以家长常常这样告诫孩子：去林子的时候，特别是上学的路上，如果遇到了一只獾，千万不要和它靠近，更不要和它玩；如果它动手胳肢你，你可一定要咬着牙忍住啊。

獾的一张小脸十分生动，特别是狗獾，模样并不难看。十几年前我曾从不远处观察过獾：它正吃海棠树下的一只小香瓜，那咯吱咯吱的声音、抬起爪子舔食的样子特别可爱。就因为它乐于在土洞里钻来钻去，人们一直认为它是一种不洁的动物。人们不吃獾肉，但十分珍惜獾油，一直把它当成医治烫伤的首选良药。

记得有一年，林子里有一个酒鬼去会自己的亲家，由于酒喝得太多，回家的路上遇到了大雷雨，结果倒在花生田里淋了一夜。第二天人们找到了一个半死的人。他被抬回家去，一直医治了好久才能出门。事后谈起这个经历，他却一口咬定自己遇到了獾："它的小手啊，搭上你的胸口就开始了胳肢，再也不愿拿开了。还好，最后我就对着它的小嘴呵气，不停地呵气，直到用酒气把它呛跑了算完……你看，酒是好东西啊，酒救了我一条命。"

夜里，每当书院的狗突然急急地咬起来，有人就说："是獾来了，獾又进门了。"令人不解的是,獾每夜都要来,它到底要来这里干什么呢?

狐狸

狐狸的智慧和美貌都是招人嫉恨的,所以一直有人把它比做媚女,还要说:"像狐狸一样狡猾"。可见它压根就是一种不凡的生命。不必翻蒲松龄的书,万松浦一带的人都能讲出许多狐狸的故事。这些故事来自生活,而不是来自书本。因为听这些故事太多,并且讲述者总是言之凿凿,所以大多数人并不怀疑狐狸所具有的神奇能力。在这儿,最具有神力的动物就是狐狸,其次才是黄鼬。

我们这儿有赤狐,有人不止一次在河岸上看到缓缓离去的狐影。一年初冬,有人起早赶海,就在一条小路上看到了一条身上沾霜的狐狸。因为它蜷在那儿不打算让路,他也就停下脚步。他做一个威吓的手势,它也做一个。他用手里的镰刀当成枪向它瞄准,它这才懒洋洋地离开。赤狐肯定也是有神力的。因为过去的林子更大的缘故,关于狐狸的传说也就更多。它们可能实在太寂寞了,总是时不时地走出林子找人逗一点乐子。比如说它们最愿做的一件事就是扮作一个美丽的姑娘,因为它们特别知道这将多么招人喜欢。看着一个个男人在它们面前大献殷勤,心里一定乐开了花。再就是半夜里在林子深处哀伤地泣哭,直哭得肝肠寸断——有人到林子里寻找时,会发现这哭声永远在前边、在林子的更深处。

赤狐可能比一般的狐狸更为嗜酒。常常听说它因为醉酒露出尾巴的事情。海边上许多人都知道这样一个故事：在过去家家都酿私酒的年代，曾经有一只赤狐夸口，说它尝遍了村子里所有人家的酒——那是一个中午，当时它正幻化成一个人人都熟悉的教书先生的模样，走在街上，还戴着一只缺腿的眼镜。可惜它真的喝醉了，蹒跚着，一条尾巴拖得老长。

在河边上看果园的老人最愿讲的就是他亲眼目睹的一件真事：有一天中午很热，他正铺了一片席子在高粱地边歇着，突然听到有人咔哩咔嚓骑着一辆自行车过来了，他抬眼一看，倒吸了一口凉气——原来骑车的是一只狐狸，那车链子都锈了。他大喝一声，那狐狸扔下自行车就跑了。

在林子里，人们只要遇到了一些不可解的事情，总是说一句：大概是狐狸办的吧？这样问一句也就模糊过去，凡事不求甚解。所以狐狸对人来说也像其他事物一样，总是有利有弊：一方面它使生活增加了一些浪漫的想象、一些情趣，另一方面也使人遇事不再细究，减少了一些科学追问的精神。

蛇

我们这儿以前蛇是很多的，现在不知为什么变少了，许多天都见不到一条。人天生是怕蛇的，总是将其看成最可恶最令人恐惧的东西，为了表现自己的勇气，只要见到就要设法消灭它。这是多么大的误解。后来才知道它应该是人类的朋友，并且有权利与人一起生活在这片土地上。

据说蛇也是有神力的动物之一。万松浦一带最多的是蝮蛇和一种花花绿绿的水蛇，但很少听说它们伤害过谁。总是人在打它们，还编造出一些故事中伤它们。像白娘子那样美化蛇的故事是绝无仅有的。尽管如此，那个故事中与母蛇在一起的男子还是脸色可怕，因为蛇属阴，它太凉了。人蛇相恋，这多么可怕，这可真想得出来啊。有人问：蛇不过是细细的一条，怎么与之相恋？这不过是扯淡嘛。

蛇的神力在童年时期曾经有过一次实证。那是一个星期天，我们一伙学生在海滩上玩，其中有人一连打死了两条大蛇。结果回家的路上不断发现有蛇挡在小路上——惶恐中有人又打死了几条。于是更可怕的事情发生了：只要往前走就有蛇在挡路，它们太多了，多得就像乱草一样，一绺绺封住了所有的路径。

我至今记得小时候那片恐怖的槐林，它太大太密了，黑乌乌立在海滩一角。从来没有人敢去那儿，因为据说它属于蛇的领地——那里盘踞着无数的蛇，真是要多少有多少，其中有个蛇王，它是一条比手臂还粗的、头上长了鸡冠的大家伙。黑色槐林那儿常常传来一声声奇怪的鸣叫，有人说这就是蛇王的叫声。那片林子阴气森森，这完全是因为蛇的缘故：蛇是真正属阴的，它很凉。

直到十几年前，那片神秘的林子才最后消失。那当然是工业化带来的后果，因为厂房一直要往前推进。可是从来没有听说蛇王及其他的子民有过什么反抗、产生过什么故事。看来工业化是无坚不摧的，它呈现出与蛇的属性完全相反的另一极：阳性特别强。

我们书院有一天发现了一条小小的青蛇，大家不仅不怕，反而引为稀罕，围着观看。司机小镰被它小巧的、光滑的身躯吸引了，于是伸手抚摸

院内白鹅　田恩华摄

了一下。谁知小青蛇一阵恐惧中张开了嘴巴：小镰的食指上立刻留下了两个米粒大的印痕，还出了血。这时大家才想起蛇是有毒的，嚷叫起来。可是小镰笑笑说一点也不疼。他把小青蛇放到草地上，擦擦手。后来小镰果然无恙。

鹌鹑

"俺那闺女老实得啊，就像一只小鹌鹑。"这是一位老太太说过的话，让我一直不能忘记。我感到好奇的是，像小鹌鹑一样的姑娘会是怎样的啊？鹌鹑是一种最朴素的鸟，它常常因为自己的弱小而招人疼怜。我看过那些饲养鹌鹑的人家，它们一群群围在主人身边讨要食水的模样，真是可爱之极。

我第一次仔细地观看和抚摸鹌鹑是在几十年前的夏天。当时我们学校支农拔麦子，有人干到接近中午时分突然大呼小叫起来，于是大家都围了过去。原来他逮到了一只鹌鹑。他诉说着整个过程：这鹌鹑被发现后就一直沿着麦垄往前飞跑，他就追赶，"它跑得可真快，我好不容易才把它捉住。""它为什么不飞呢？"他回答："它忘了。"

鹌鹑因为善跑，有时真的忘记了自己的翅膀。鸭子和鸡，都是忘记了翅膀的飞鸟。翅膀是为天上准备的，而两条腿只能留给人间。

一个小姑娘刚逮了一只毛茸茸的小鹌鹑，用手捂住往前走，嘴里唱着："鹌鹑是小鸡，喂它一点米；下了两个蛋，变成小弟弟。"这次我好好看了一下她的小鹌鹑，发现它的眼睛有着难以消除的羞涩，栗色羽翼就像一件素花衣服，颤颤的小腿让人想起刚刚进城的山里娃娃。我想把它颔下芜乱的绒毛理好，每动一下，它都不安地看我一眼。

青蛙

好久没有这样的情形了：入夜后，躺在床上听阵阵蛙鼓。那是许久以前的记忆了。可是如今在万松浦，又可以找回这样奇妙的感觉了。蛙鼓就来自旁边的河，来自院中的小湾。

谁还记得这样的情景：河边紫穗槐棵子里有高高低低的鸣唱，你蹑手蹑脚走过去，伸手摇动一下灌木枝条，树棵里就噌噌蹿出无数的青蛙，那真是万箭齐发。

青蛙的模样千奇百怪，不可胜数。有的通体像翡翠一样碧绿，有的长了粉红色的花纹；有的个头胖大，有的小巧玲珑。有个南方人站在河边看了一会儿，咕哝说："这是一道菜啊，田鸡田鸡，这里不是太多了吗？"他后来真的找来一面小网，只一转眼就捕了一大桶。可是当他拎着桶不无炫耀地往回走时，却遭到了许多白眼。

半路上，南方人把那桶青蛙放掉了。

蟾蜍

它模样难看，令人不敢久视。一只老蛤蟆身上有无数疙瘩，眼睛的颜色都是红的。最老最大的蟾蜍像碗口那么大，步子极为缓慢，步态很像一只龟。它一动不动时模样威严，沉默、阴郁，想吃东西时就紧紧盯住树枝上的那只蛾子——只需几秒钟蛾子就一下掉进了它的嘴里。这就是它注视的功夫。它的目光里有一种阴沉可怖的特殊力量，这就是：眼力。

这一带的人没有不知道蟾蜍有这个功力的，所以从来没有人与之对视。今天看，也许它能够从眼睛里发射一种微波之类的东西。直到现在，只要一说到"眼力"这个词，我马上就会想到蟾蜍的眼睛。

现在的万松浦，像记忆中的那种大蟾蜍已经不见了。为什么？不知道。一群群的中小蟾蜍随处可见，它们入草丛进水湾，忙个不休。可是它们一般来说是没有什么眼力的。

沙锥

来这儿的朋友常有一种误解，以为在海岸上飞跑或翩飞的小沙锥就是等待长大的小海鸥。跟他们解释没有用，他们不信。而我们这儿的人从小就知道二者是不同的。海鸥走路笨拙，而沙锥有极好的跑功，它这一点很像戏曲舞台上的某些人物。沙锥虽小，但如果能从近处看一下，就会发现它们有一副老成持重的样子，并非是什么小雏。龙口当地人对这种小而老成的模样叫"小老样儿"。

沙锥比起海鸥来，就长了一副"小老样儿"，是可爱之极的一种鸟，平时在满是粗砂粒的海边飞跑，成群结队。在退潮线上的浅水里，它往往用怪异的目光注视着水流，颀长的双腿一瞬间凝止不动。有时候海边上食物不足，它们也要远远地飞向海滩深处。

小时候与沙锥的亲密接触不是在海边，而是在收获过的红薯地里。那里已变为初冬的一片沙子，不过比海边的沙子要细得多。我们用垫上了玉米秸秆的铁夹子捕捉沙锥，这样就可以不伤到它们。铁夹上的小玉米虫一动一动引诱着，它们一群群地往前疾走，从不生疑，遇到吃物一定要伸出嘴巴。所以捕它们是很容易的，远比捕麻雀要简单得多。那时我们曾经捕了多少沙锥啊，每一次都引起一阵欢呼雀跃。第一次凑近了看它时曾感到万分好奇：看上去形体紧凑的小鸟原来这么胖啊！于是我们就给它取了个外号：肥。

来此地的客人总是说：瞧这儿多么好啊，有一群群的大海鸥，还有一群群的小海鸥。还议论：大海鸥能飞到海的里边，小海鸥还不行，它不敢啊。

百灵

百灵和云雀让人分不清，如果离得近了，凤头百灵头顶那一小撮毛发倒是很好的标记。这儿的百灵一度和云雀一样多，后来不知为什么百灵就更多地飞往南部山区了。山区的人赞不绝口的只有百灵，他们从不言及云雀——或者他们以为二者是同一种东西，只不过像其他物品一样，仅仅是"牌子"不同罢了。

百灵的歌声就像云雀同样美妙，但节奏稍有不同，听起来更为浑厚和婉转悠扬。它在山区和平原上过着无忧无虑的生活，压根就不能体会城里人装在笼子里的百灵是怎样一种心情：据说一旦失去了笼子，那些城市百灵是很不习惯的。

有一个剧院门口贴了一张海报，上面夸某位歌手为"小百灵"。当然，这只能是在歌声方面谦虚地称"小"，而绝不是在形体方面。如果是一位杰出的女高音，是否可以称为"小云雀"呢？

百灵就像云雀一样，成为我们万松浦最引以为荣的绝妙歌喉。

麻雀

有人说这是真正的平民之鸟，它们无所不在，平凡无奇，然而异常顽强。它们也像平民一样为数众多，不被珍视。可是谁又能忘了麻雀呢？你一时会想不起天鹅，尽管它是那么高贵。麻雀像种子一样撒遍大江南北，无论城乡和远野，都是它的生存之地。它没有婉转的歌喉，绚丽的衣装，也没有雄健的体魄。它真的只是一种再普通不过的鸟儿。在许多时候它就是鸟儿的代名词——它可以代表它们，因为我们首先想到的是它，它就近在眼前，就在窗前和屋檐下，就在童年的手上。

一个地方如果连麻雀都没有了，很可能其他的鸟儿也很难见到。它与大多数人一起生活，甚至是一起悲欢。在寒冷的冬天，大雪铺地的日子，麻雀无处觅食的窘境多像断炊的贫民。那时候它们落在一家一户的院墙上，小声地议论着，瞅着屋内。北风吹起它们已经不再整齐的羽毛时，它们都顾不得像往常那样掉转一下身子。

连日大雪封地之后，总能看到有麻雀死去。这就是鸟儿当中的"路倒"。

我注意到城里的麻雀：它们差不多都是羽毛发黑，紊乱，可爱的肚腹也不再是白白的。有的麻雀甚至是乌黑的，那大半是在烟囱旁取暖时弄脏的。城市已经没有一片干净的地方可供它们栖息，落脚之地尽是垃圾，尽是汽车尾气和人流车辆搅起的暴土。可是它们已经无法离开，因为它们就像大地上的贫民一样，故土难离。它们不是游牧民族，不善于大幅度长距离地迁徙。

而万松浦一带的麻雀是洁净的，它们停留的是海风吹拂下的白沙绿树，是被雨水洗过的干净的屋檐。我每一次看到这儿的麻雀，就会想到城里的鸟儿，我在心里问：你们和人不一样啊，你们没有单位，没有户口，也没有各种家具的拖累；而且更重要的是，你们有翅膀啊！你们为什么不离开呢？你是会飞的生命啊。

可是我也知道，大多数生命还有一个属性，那就是依恋。对于一些更优秀的生命而言，在许多时候真的是很难一走了之的。

野鸡

"我在这里看见大野鸡了!"来万松浦的客人往往在第一二天就这样说,一脸的欣喜。这对他们来说很可能是第一次——以前都是在动物园里见识到它们的模样。可是动物园里的野鸡不太叫,它们那时候因为孤寂,总是沉默多于欢愉的。而这里的野鸡却是旁若无人地大叫,因为它们自在,也因为自豪。从记事的时候起它们就在林子里呼叫,那是这些野鸡的父辈吗?可见我们这儿的人与它们至少也有两代之谊了。

任何的一片林子,如果没有野鸡沙哑的大叫,就不会显得有多么深邃,也不会呈现出应有的野性。林莽之气的一多半是来自野鸡的叫声,其次还有野鸽子的声音。如果野鸡不太怕人,如果它公然能够在离人几公尺远的地方四下张望并迎着你放开喉咙,那会是多么有趣。

有一天下午,书院的人正在菜地里忙着,突然就有一只母野鸡领着一群小野鸡从林子里出来了。那一大群精致的小鸡至少有七八只,悄没声地跟在母亲身边,真像童话一样可爱。这时候公野鸡不在,那个做父亲的不知到哪里去了。

公野鸡常常入画,就因为它有一条彩色的长尾。孔雀开屏太有点南方的夸张了,于是北方的野鸡甩着长尾一飞,肥肥的身躯掠过林梢,更是呼啦啦生动逼人。

奇怪的是这里的人几乎没有找到过野鸡的窝,当然也没有看到它的蛋。但常有人饲养过小野鸡,并且把它巧妙地混在家养小鸡中,让老母鸡把它带大。野鸡的深色翅膀很快就在鸡群中凸显出来,并且最先为猫所注意:

它看看小野鸡，再看看主人。

燕子

这里的燕子主要为家燕和金腰燕。人们是多么珍惜这种鸟啊，简直不是把它当作鸟来看待的。它在鸟中的地位，多少有点像猫在四蹄动物中的地位，即与人的关系特别亲近。"那是燕子啊"，经常看到怀抱小孙子的老爷爷指着落下来的两个燕子说。小孙子刚刚十来个月大，望向燕子的眼神还有些恍惚，一副懵懵懂懂的样子。可是他从这么早就开始结识这种非同一般的鸟类了。

我常常想，燕子到底是怎样确立与人的这种特殊关系的？它们与人如此亲近，却并非像鹰一样喂熟后可以为人驱使，也不像鸽子那样围在人的身前身后。猫在人这儿获得了独一无二的特权，比如在人的词典里，猫可被称为"男猫""郎猫""女猫"等，其他动物则不行。无论是农村还是都市，它们习惯上都要与人同眠，可以随时随地跳上床头炕头。而即便是一只小狗，随意跳到炕上也是不被允许的。这大半是因为猫的娇媚和洁净，它们大多时候是一尘不染的。燕子却从不接近人的身体，但它把窝筑在一户人家的房檐下，这户人家就会觉得受到了奖赏一般，十分高兴。有的燕子甚至把窝筑到了屋内——这在今天的城里孩子看来可能是不会理解的——但这一户人家却真的会因此而更加高兴。

比较几种动物与人的关系：狗常常与人合作；猫特别让人亲昵；而燕

子更多地使人尊敬。

　　黑色的燕尾服，雪白的衬衣，燕子在打扮上是个西化的绅士。然而它却是中国乡土民众的挚友。连最贫穷地区的人都知道不可以打燕子，连最小的孩子都知道这是一种获得了豁免权的鸟儿。他们都小心翼翼和真情实意地对待来到自己家的燕子。燕子最喜欢成双成对地待在一起，并且能够像人一样夫妻双双地忙碌，饲喂自己的小孩，一点一点将其养育起来。

　　在我们万松浦，燕子同样是最高贵的鸟儿。

雀鹰

　　如果在阴冷的天色里呈现这样一幅图景：北风吹拂着野地里一团团的滚地龙草，一只雀鹰正从它们中间起飞，就会让人感到最严酷的冬天已经来到了。雀鹰那灰乎乎的身躯在万松浦的上空活动时，实在是显得触目。

　　有一天，这儿的天空翱翔着四十多只苍鹰——其实只是雀鹰。那是一个初冬的下午，其情其景让我印象深刻。

　　书院东河那儿就有雀鹰的窝。我们常常可以看到一只雀鹰抓住一只什么猎物从院子上空飞过，那模样让人想起一架飞机悬挂了炸弹在飞翔。

　　有人以为雀鹰是小个头的，而红脚隼却有可能是大的，这是一种误解。雀鹰其实还要大一些。雀鹰捕捉鸟儿的残酷场面我们没有看见，但我们书院松林里常常有鸟儿凌乱的羽毛。一场血腥的战争和杀戮总是从我们的眼皮底下滑过，看来雀鹰是善于速战速决的。也许正因为这里的鸟儿太多，所以才有这么多的食肉动物。可是同样是长了双翅的，却要以另一些飞翔的生命为食，这是多么残酷的事实。这是一种可怕的象征。

这里苍鹰很多，另外还有一种更大的鹰：鹭。如果有一只鹭飞向了高空，有人就会指点着喊："看哪，老鹞子！"它们比红脚隼和雀鹰更为猛厉，能够捕捉飞驰的草兔。

大雁

大雁路过万松浦时常要留下来玩几天。它们在稀疏的苇棵间慢慢挪步的样子很可笑。一些猎人很喜欢它们能在这儿逗留，还给它们取了个外号："老呆宝"。小时候曾看到一个矮个子老人挎一个篮子低头在青青的麦田里走，问他干什么？答一句："拣大雁粪。"我们争着去看他的收获：篮子里只有几块光滑的、白色的圆柱形东西，根本就不像粪便。问他干什么用？他答："做药材哩。"

往昔里，午夜有两种声音是最迷人、最难忘的。一种是天空过大雁时的鸣叫：像小儿低语，像婴儿在笑。这声音让我们在心中默念："一会儿排成'人'字，一会儿排成'一'字"。一种是马车在不远的路上通过时，马蹄发出的喀哒声：不脆也不艮，不响也不闷，配在夜色里真是好听。

现在这些声音都听不到了。不客气地讲，一些特别的、真正的幸福，我相信是随着它们的消失而永远地消失了。

灰鹤

在河湾处,在海滩上的一个个大水洼那儿,常常落下一些灰鹤。它们的长腿让当地人发出惊叹:嚯咦!灰鹤在浅浅的草丛中踌躇时,两眼痴呆呆地望向四周,有时猎人凑得很近了它还是毫无察觉,无动于衷。

前些年秋天一个猎人被早就想逮他的公安人员逮到了。候审期间他哭丧着脸说:"我什么坏事也没干,我不过是打了一只鸟。"公安人员认为只要是长腿的鸟就要保护,至于怎么处罚,那还要看鸟类图谱。那个猎人说:"我的命怎样,最后就看那张谱了。"

结果查出是一只灰鹤。罚款,没收猎枪。这结果使猎人还是有些高兴,说:"如果谱上让我蹲个三年两载的,我也没有法子。"

这个猎人来万松浦玩,路上正好看到了一只灰鹤翩翩落下,立刻下意识地闭了闭眼,说:"又是它,妈的。"

灰喜鹊

灰喜鹊是葡萄园里的顽皮鬼,不受欢迎,毛病屡教不改。它们爱吃葡萄,但从不讲究方法:每一个葡萄串穗用长嘴吮几下也就算了,结果整串的葡萄就要烂掉。种葡萄的人说起灰喜鹊,都是一副不以为然的样子。因为灰喜鹊属于受保护的鸟类,只能轰赶而不能捕杀。结果许多葡萄园不得不雇用专门的人到园子里按时喊两嗓子,叫作"赶鹊人"。

灰喜鹊看来十分满意自己的角色，它们一直待在树上，专等赶鸟人喊过了离开，然后一头扎进园子。种葡萄的人捧着被它们啄过的烂葡萄穗，说："你说这些狗东西气不气人啊！"它们不吃葡萄的时候，一群群在园子边上飞旋，叫出一阵阵不无滑稽的声音，很像是取笑葡萄园的人。

但即便是葡萄园的人也承认：灰喜鹊单从模样上看还是很好的。它们有海军军官才穿的那种灰呢子长大衣，还戴了黑色贝雷帽，真是足够神气。当它们安静地待在树上时，那种神情也是非常温文的。可是更熟悉它们一点脾性的，就会发出连连叹息，感到惋惜。因为它们既是清除松毛虫的能手，是使一大片林木免于毁坏的大功臣，又是海边一带十足的捣蛋鬼。它们不仅对葡萄园恣意妄为，而且还对其他的鸟类构成侵犯，甚至趁其他鸟儿外出不在时，动手拆毁人家的住所。

万松浦一带的灰喜鹊成群结队，它们喜欢这无边无际的松林，更喜欢成片的葡萄园。

牛背鹭

牛背鹭在当地极少见，可是这几年也来万松浦了，成为尊贵的客人。它长达半米的身躯，头和脖颈醒目的橙黄色，都给人眼前一亮的感觉。

但它们在这儿仅是两只、三只地出现，很少成帮成伙。它们光顾万松浦的样子，让人想起初来乍到的旅游者。它们如果长久地待下去，将会知道这里有多么丰富的食物、多么好客的主人。

三只牛背鹭于一个雨后的下午落在书院的水杉树下，像几位老翁一样持重地踱步；更多的时间它们只是候在原地，看看碧绿的草地、看看一旁翩飞的喜鹊，不动声色。

　　就在前不久，它们还曾经出现在离万松浦十几华里外的闹市区，但只停留了短短的二十分钟。

猫头鹰

　　面对它们圆圆的大脸、明亮异常的眼睛，你常常会觉得这是一种无所不知的生命。的确，猫头鹰是一种绝不平凡的鸟儿，它几乎在一切方面都引起了人们的好奇心。人们对它迷惑、敬畏，恐惧和喜爱，还有许多时候是厌弃和拒绝。它是捕鼠能手，是会飞的猫。可是在北方相当大的地区里，人们把它当成了死亡的预言家——老年人最不愿听到的就是它的叫声。我曾亲耳听到一位正在河边上蹲着的老人面向鸣叫的猫头鹰喊："不用说了，我走到哪你说到哪；我知道我快去了。"老人从心里认为这只不祥的鸟儿在向他发出死亡通知。

　　其实如果居住在万松浦，也就不会变得那么敏感了。因为这里的猫头鹰太多了，任何人都不可能回避它的叫声。长此以往，它的鸣叫只成为众生合唱中的一个音阶、一种乐器，比如是一支竹笛和箫而已。造物主真是奇怪啊，它不仅有猫一样的耳朵、眼睛和面庞，不仅善于捕鼠，而且也能发出猫一样的"喵喵"声。它与猫到底是一种什么关系，生物学家并没有详细地告诉我们。在一般情况下，我们人类不太习惯看到一种动物的脸庞圆圆的，也就是说，不太希望它们脸的形状太接近于人本身。如果有什么鱼类或鸟类长出了一张圆脸，就会引起我们长久的观测和想象，让我们不安。而猫头鹰就是在这一点上让人颇费猜度。

它们的种类非常之多。据说有二十多种。其中有的面庞实在是太怪了。比如长达半米、像头戴黑色呢帽的草鸮，谁在它的注视下会无动于衷呢？再比如更大个头的雪鸮，周身雪白，两眼通圆，有硕大的头顶，很像一个刚刚堆成的雪人——它一旦突然出现在面前，一定会使人目瞪口呆。还有长了一张猴脸的褐林鸮、面目悲伤的长尾林鸮，都拥有无法言喻的韵致和神情。

万松浦的林中大约有七八种猫头鹰。

有一次在南方的奉节城，我看到了一只小孩子大小的猫头鹰，它粗粗的腿上正系了一根铁链子，跟随自己的主人在街头小摊上喝酒，主人不时扔一块肉给它。它一活动，铁链子就哗啦啦响。主人喝过了酒，说一声："咱走啊，"它就跳上了主人的肩膀。

大多数的猫头鹰都留了人一样的背头发型。可见它们的确不是一般的鸟。

黄雀

它就是人们常常饲养的会唱歌的小鸟。这种鸟儿在林中不起眼，只有美妙的歌唱使人心情愉悦。一只能歌唱的小黄雀十分受人欢迎，它很容易饲喂，且鸣唱不倦，早已进入寻常百姓家。一些人甚至以捕捉黄雀为生，他们就来往于林中，到处悬起"翻笼"：笼里先放了一只雌鸟，笼上有一个机关，只要想谈情说爱的小黄雀一扎进笼里来，笼子上的翻盖就一下合上了。

黄雀是杰出的小歌手，是我们引以为荣的鸟儿之一。只要提起能唱歌的鸟类，万松浦的人就会说一句："俺这里黄雀最多了！"

黑枕黄鹂

夏天的中午走在林子里，常常被一种极为奇特的叫声惊呆：婉转之极，嗲声嗲气，有时真像一个婴孩在呼唤母亲。它的声音混在林子里的众声喧哗之中，显得非常突出。这就是黑枕黄鹂。它比黄雀肥大，口腔里一定有个不小的舌头，所以才会有如此独特的、简直是拟人化的鸣叫。

林子里的这种鹂鸟在数量上远远少于黄雀。但只要是有一只，它的声音就不会被埋没。那是一种娇痴之声。偶尔也会发出泼辣辣的呼叫，这时就有点像女人的声音了。你迎着这叫声走去，会看到它黄色的躯体一下展放开来，像荡秋千一样从一棵大树荡到另一棵大树——这时它的嘴里再也不是嗲声嗲气地乱叫了，而是发出一种更怪的声音："哼，哼"。它大概因为受惊而生气了。

松鼠

它的身影一闪而过。不过它那条蓬松的尾巴会让人过目不忘。这里的松鼠虽然不像南方和东北那么多，可是仍然时常现身。无边的黑松林里，球果肥硕，但因为是黑松，籽粒不像红松的那么大，所以它们在觅食时不免要劳苦一些。但林子里可吃之物绝不止松果一种吧，于是它们在这里长居也并非是置身于苦寒之地。

在万松浦西部的屺姆岛上，松鼠们胆子好像要大一些。它们可以在汽车声里探出可爱的头颅观望，手里还举着一个球果。有一次，有人看见一只松鼠从一棵高高的大李子树上下来，嘴里还咬着两个大大的并蒂李。没听说松鼠还能吃李子，所以说起来都不信。但我在国外曾见过一只松鼠口衔一只大核桃从树顶下来时的憨态：它只顾低头忙碌，直下到树桩底部才发现我站在跟前，于是慌促中又略有羞愧，只呆呆地仰脸看我，一时忘了该怎么办。那只青皮大核桃太沉了，它衔着离去时十分吃力。

松鼠是最可爱的小动物之一，这在万松浦也没有例外。只要一说到它的名字，大家都停下手中的事情，睁着眼静静地听。

乌鸦

乌鸦是很能抒情的一种鸟儿，它情深意笃的叹息早已为人们所熟悉："啊！啊啊——"可是仅此而已，并没有吟咏的下文。它们是起落的黑云，是海边上一片跳跃的墨色。曾几何时，这里的乌鸦多到了令人发愁的地步，老人们都说："怎么办啊，看看这些乌鸦！"我小时候常看着它们遮去一大片天空，喧闹飞旋一阵，又呼啦啦落在麦地上。当我为这一大片黑鸟而惊叹时，上年纪的人却说："现在的乌鸦可少多了！"

老人们讲，在过去，每天夜里乌鸦把林子全部占据了，简直没有其他鸟儿立足的地方。一棵棵大树上全蹲了过夜的乌鸦，就像结满的黑色硕果。到了早晨，乌鸦飞走了，地上就铺了厚厚的一层干树枝——这都是它们降落和起飞时扑打下来的。

时过境迁，如今再也没有那么多乌鸦了。偶尔听到一声"啊、啊"的抒情之声，觉得新奇得不得了。

二〇〇四年六月三十日

山水情结

我的无尽的烦恼,难以言喻的匆忙,这一切会纠缠终生吗?它们来自哪里?来自生活本身,来自生命,来自一个无法变更的命运或一个莫名的规定?我怀疑,故而不愿服从。可是我又无从摆脱。

北望立交桥

这是一段难忘的回忆,它仍然是关于居所,关于我与一座城市相依相存的故事。

那时我在这座都市里第一次拥有了一个两居室新居。一开始有些兴奋,因为这是我得以安顿自己的空间,它平凡而又神奇地出现了。在熙熙攘攘的都市里,这是无数楼房中的一居,隐于其中,活于其中,消失和生长在其中。它在苍苍茫茫中找到了我,或者说是我找到了它。我的幸福无以言表,尽管它在五层楼的最高处,据说冬冷夏热,但一切在我看来都好得不能再好。

我对于新居所还没有任何体会,而只有关门对视的喜悦。我在粉刷一新的房间内走动,从这一间到哪一间,嗅着相同的水泥和石灰的香味。

不知什么时候，我突然听到了轰隆隆的声音，它一阵阵爆发，中间还夹带了粗长的持续的震响。这声音可真是有力和持久啊，它不仅震动人的耳膜，还轰击着人的心脏。我四处寻找这声音的来源，一站到窗前立刻就明白了：北边不远处是一座立交桥，连绵不断的车流在桥上旋转，桥下边则是另一些车辆，还有一簇簇的人群。

我搬入新居的时间正是这座城市最好的季节：秋天。不冷不热的天气和崭新的居所合在一起，当有无法忽略的幸福。可恨的是我再也休息不好。当然是无处不在无时不在的轰鸣赶走了睡眠。怎么办？有人说任何事情都有一个适应期，也许很快会像过去一样，还给我一个新的安眠。后来的日子真的有过几个像样的睡眠，但我知道这不是适应与否的缘故，而实在是连续失眠造成的极度疲惫的结果。我开始想一些办法，比如用棉条塞封窗隙，再比如安装双层窗子。这些方法事倍功半，因为实在是声源宏巨，而且真正密封之后又带来了新的问题，即震动和共鸣的力量反而由此而增大。车辆在悬空的立交桥上加速时发出的轰响，它引起的楼体和窗子的共震，简直无可抵挡。

我走入了头涨目涩的日子。与此同时，我发现满屋都被黑色的细尘蒙住了，随时擦拭随时落下，源源不断。窗子已得到如此的封闭，黑尘还是钻挤进来，显然已经无法根治。由于这噪声和灰尘，门窗也就轻声易不可打开，于是室内空气愈加恶劣。

我只想尽可能地逃离这个居所，并且永远不再返回，可这又是我唯一的居所。

立交桥建得丑陋而庞大，是粗鲁的水泥裸体。它在我眼里成了狰狞的怪物。它是凸起的一截城市的肠道剖面,正露出内部的蠕动和循环。它散发出难闻的气味,还有巨响。可是我不仅避不开这声音这气味,还无法摆脱它刺目的形体,因为我不能对窗外的一切视而不见。渐渐我觉得它也在与我对视,并且时而狞笑。

仅仅一年多的时间里我就病了三次。

偶尔出一趟远门,让我暂得轻松;可每到了归来的日子,又开始恐惧那个日夜轰响的居所。回来了,无眠,脱发,绝望,一遍遍洗脸,抬头看发青的眼窝。

有谁愿意交换这个居所?你有一个安静的柴棚或者猪窝吗?那你愿意用它与我交换吗?是的,我将欣然前往,但你不准变卦。

帐篷

我从养蜂人那里得到了启示,觉得可以从他们身上学到许多东西。有一段时间,不管在哪里,只要遇到养蜂人,我就要停下来耽搁一会儿,了解我所感兴趣的一切。他们的职业在一般人看来是辛苦的,到处游转,远途运输和奔波,夜宿野外,等等。可是他们的生活听来又极具色彩,如追赶花期,如倚山背水而眠,如走遍大地。

有一段时间我甚至想以某种方式,真的尝试去做一个养蜂人。之所以说要以"某种方式",那是因为身有公职,有一种固定的工作,并非可以一走了之。今天生活中的人,有几个可以随心所欲地选择,凭自己的一时兴起和阶段性的好恶去寻找一种日月呢？所以说变换日常生活要有章法，有途径，不得不去遵循"法度"。

如果以挂职的方式去一个蜂场里工作，这就有机会随放蜂人在大江南北流转了。但兴起而行，困难重重，尽管奔波考察了一番，结果还是没能成功。不过这期间我买了许多养蜂的专业书籍，于是得知了神奇的蜜蜂有多少本领，它们独特的习性，以及养蜂人的日常工作。还有一些花的常识，各种可供采蜜的花，它们的开放周期等等知识。

实际上真正吸引我的不是其他，而是一顶顶帐篷下的生活。

它是流动的房屋，是随遇而安的家，是可以跟随肉身和灵魂一起移动的居所。它为我们遮风避雨，还与我们一起摆脱尘土、闹市、烦琐和嘈杂。人的一生都要恐惧上无片瓦、下无立锥之地的赤贫生活，需要安居之乐。可是居安即要思危，牵挂繁多，忧心不已。最主要的还有，人的移居成了大问题，就是说一个人不管愿意与否，必得长期在一个凝固的居所里呆守。

弄一顶帐篷，这一度成了我的理想。最好是大帆布帐篷，军用品，耐风雨且又宽畅。可是它太重了，非要几个人一起抬到一个地方扎盘不可。尽管如此我还是设法搞了一个。但由于种种原因，真正使用起来的机会并不是很多。首先是日常的屑琐缠住了我，使我不能安然离开，去入住可爱的居所。再就是这个居所一旦立起，就不能省却人的照料。想一想它在山上，在河畔，如果没人照管，会有怎样的麻烦。

后来我选了一个简易的轻便帐篷。这一下好了，它可以随意收取。可是它远远比不上以前的大帐篷，显得如此飘乎，仄逼，只是聊胜于无而已。在大风大雨之中，它根本就靠不住。更为烦恼的是，今天的野外生活，特别是一人独处，已经是令人惧怕的一件事了。我的极少的一点生活用具，如烧水的锅和杯子之类，不止一次丢失。

尽管如此，帐篷里的时光还是弥足珍贵。它生出了一种极为新鲜的、与四周丝丝相连的、又熟悉又陌生的东西，这与我们已经习惯的一切是那么不同。午夜，我遥视着一天星光时，恍若进入了某种梦境。是的，这是与生俱来的一个梦想，人一旦接通了这梦想，心底深处就会有一种难以言喻的激动和喜乐。干净利落的生活，被天籁围簇的生活，对于现代人来说可真是一种奢侈啊。这其实也是极为简单的生活，可就为了追求这简单，我们却要付出极大的代价。

一座城市留在了身后，那里有诸多所谓的责任，正等待我们去履行。现代人当然不可以一走了之。

可是梦中的帐篷呢？它真的最终不再属于我们，或者说已经没有了失而复得的那一天？

我无法回答。

山屋

我居住的这座都市，东西南三个方向都是<u>丛丛</u>高山，它们笼罩在雾气下的神秘诱惑我，甚至是招唤我。我每次走进大山深处时，心境都为之一变，有时甚至会为这样的情绪所惊喜，在心底自问一句：多么奇怪啊，仅仅是半天不到的时间就来到了这里，而此地完全是另一个世界啊。寂静的山谷，树的谛听和注视，还有鸟儿问答。山石裸露，云母，石英的闪光。黄昏时刻，一种低沉的山之咏叹开始了，它感动我们，我们却找不出它的源头。这是一种无所不在的、若有若无的声音。大山的早晨也有这种咏叹，但那又是另一种色调和意味。

山中绝少人烟，只偶尔看到几处遗下的小小山屋。它们如今完全被丢弃了，主人是谁又为何离去，这已经是个谜了。大若仅仅是几十年前，这些山屋还被人兴致勃勃地打造，而今打造者却弃它而去，再无踪影。人的兴致真是奇怪的东西，它总是忽东忽西没有确定，变化无常。但我可以想象其中的原因：山下的城市变得越来越热闹了，山上的人于是再也待不住了。

小屋里的人不是和尚，他们是守山人，林场工人，或其他什么人。他们下山寻找新的日子，于是把原来的工作连同心情一块儿丢下了。我稍稍有些不解的是，难道现在的山上就不需要那些工作了？比如说大山不需守、林木不需护，连同其他一些山里的营生，在现代都可以一并省略？

不管怎么说一个个挺好的小屋就这样被遗留山上，它们空空的，静静的，黑黝黝的。屋里有一种烟火气还隐约可闻，但这需要用心去嗅。我长时间在山中徘徊，寻访了许多山屋；也就在这样的时刻，我竟然私心大发。我在盘算一些事情。因为我发现这些小屋比最好的帐篷还要坚固，而且就扎在了帐篷应该扎的地方。这真是饕餮之徒眼中的美馐。我目不转睛看过了一个个山屋，心里正打谱在某一天搬进其中的一座。因为一个渐渐走近中年的男人有些惧怕了，他有时甚至觉得自己就是一只被尘嚣围追堵截的狼。逃离之心人皆有，有缘遁迹几人能？多么奢侈的思想和行为，多么繁华的简朴。

我和家人，又约上三两好友进山，挑选了一幢山屋认真打扫整理一番，又搬进一些吃物和用具。剩下的事情就是把手头的工作如数移来，就是享受另一种幸福。果然，这儿的山屋让我有了清新的思绪，活泼的想念，愉快的心情，更有了安定的志趣。奇怪的是深夜寂山并不使我害怕，听了猫头鹰的长号也安之若素。百鸟作歌，林兽和鸣，溪水在山侧回响。这样的时刻多么适合回忆，回忆青春年少时光，回忆无拘无束的日子。我正在开始的工作效率极高，仿佛不知疲倦，常常日夜劳作而不觉困顿，不愿停下。

偶尔有好友来访，他们总不忘捎来一些吃和用的东西。这样的白天或夜晚啊，是多么愉快的时刻，好像整个的友谊都变得簇新了。大家一块儿从拥挤中、从无边的烦琐中挣扎出来，这时大大地舒出一口。山下，凡是不好的消息都不愿提起，暂且让我们与他方隔绝。这里有树林山泉和鸟兽，有久违的一切，于是什么都不缺了。朋友当中的大多数没有长时间离城的条件，他们只好匆匆地来，恋恋不舍地去。我从他们的身影联想起自己，想这几十年的光阴，想那些消磨和耗损，想每一个人究竟会被什么拖累、拖累一生？这样直想到许久，想到头疼。

我有一个聪慧的朋友说过：人与物质的关系不是占有与被占有的关系，更不是役使和被役使的关系，而应该加以调整，调整为崭新的关系。究竟怎样调整？没有说。不过我深深理解这种渴望和想象。是的，人在物质世界中要获得一点点自由，大概离不开这种调整。人的烦恼在许多时候的确来自这种不正常的关系。可怕的、没有尽头的物质欲望把我们自己淹死了，可我们仍旧在一刻不停地往这浑浊的污潭中加水，一直弄到彻底的灭顶之灾。

我在山屋中愉快而真实地生活，高效率地劳动，日常生活用品却消耗甚少。我这会儿真的感受了美国梭罗的自得，也真的认为一个人并不需要那么多。同时我也进一步明白了，简朴的生活并不等于简陋的生活，更不等于难以为继的尴尬，不是无米之炊。简朴生活是一种自由，一种浪漫，一种心安理得和一种和谐自如。

两年的时间里，我前后换了两个山屋，但几乎没有在城里长时间生活过。一切正常，收获甚丰。没有那么多电话电传和呼叫的催逼，没有因为争夺生存空间而招致的可怕倾轧，没有呛鼻的煤烟和汽车尾气，没有一天二十四小时的马达轰鸣。

这里没有了时髦信息网络消息快报慢报，没有了铺天盖地的报刊杂志，更没有花男绿女和荧屏把戏。我宁可做一个背时的无知之人，一个当代懵懂。可是我并没有因此而真正缺失什么，没有耽搁任何要紧的事情。相反，我提高了工作效率，把握了劳动时间，还赢得了双倍的安宁和健康。

三线老屋

现在的年轻人已经没有多少知道什么是"三线"了。我也难以准确地解释，只知道这是三十年前那段特殊时期的产物，是修在山地或偏远地区的一些重要工程，它们可能会应付一些不时之需，也许关系到未来的国计民生。几十年过去，时局形势以及思想都松弛下来，这些工程也就没有了用场,再加上管理和维护费用巨大,所以如今大部放弃不用,呈现半废状态。

然而那是多少人的血汗,并且是智慧的结晶,力量和意志的结晶。有些工程极其完美,至今让人叹为观止。还由于当年的选址都是荒远僻静之地,所以今天看往往免不了山清水秀。我在城东的山隙里就找到了这样一处不小规模的建筑,它在一个山谷中开垦整理出一处大大的院落,盖了一大排宽敞结实的房子,院子里还有三个大水池,其中的一个有标准的游泳池那么大。如今这一切都被一扇大铁门给锁在里面,当然是荒废不用,所以空地上已是丛林茂密,一片蓊郁,合抱粗的梧桐和苦楝树槐树榆树不少于二十株。更壮观的是四周山坡上的大树,它们呈合围之势挤向这个山谷中的院落,看去就像齐心守护一个山里的珍奇一样。这里一片沉寂,只有几条铺得极为讲究的甬道在诉说当年的繁华。我一直搞不明白的是那几个奢侈的大水池,它们是真的泳池还是养鱼池、防火水池?都不像。

这是我在山里游荡时的发现。从此我不再忘记,并且时不时地就要转到那儿,从山坡,从大门,从不同的角度去看它。无论是择址还是建筑,它都是一个了不起的山中杰作。有一条弯曲的道路通向山外,现在大部都被葛藤覆盖,就像一场绿雪封了山路一样。这里可能已被遗忘,尽管它无论从哪个角度看都称得上是一笔了不起的财富。我当时就在心里想象,一个人如果得以在此安居,哪怕仅仅是短期的借住或一段时间的滞留,那都将是怎样的一份福气。当然,这又是一个现代人的梦想,它切近而又遥远,只是不近情理。

可是我开始把它挂在心上,常常为它的美丽惊叹,为它的闲置抱屈。是的,它这会儿只好在山中冷寂,因为它与灯红酒绿的现代城市显得太隔膜了。然而它毕竟近在咫尺，它真正安静的时间也许不会留下太多了，因为说不定什么时候有人就会把它记起，适时派上一个时髦的用场。我后来了解到它属于"三线"时期的一处工程，早在十几年前就放弃了，当年是一处特殊的电力设施，至今还归属电业系统。我多想躲到这个闲置的地方，如果如愿，将获得一段多么好的工作时间和工作环境。从此我的心里就有了一个放不下的念头。

我于是想努力争取一下。结果当然是颇费周折。令我大喜过望的是，半年之后真的成功入住了。

一番折腾开始了，劳累然而超出了一般的快乐。我与几位朋友动手整过了年久失修的屋顶，挖出了大小水池中的淤泥和腐殖，又把院内的甬道清理出来，再从荒地上开出两块菜园。从入住大院的第一天开始，我们就没有间断地迎接起林中的野物，它们是拖着长尾的大鸟，窜来窜去的野兔，还有站在一角注视的草獾。野鸽子的声音就在头顶的大榆树上响起，它们与远处山隙传来的啼鸣呼叫应答。

一切都收拾停当，有了被褥和炊具之类，有了越冬的火炉，有了书籍和笔墨纸张。这里旷敞得可以住得下一个连队，于是几乎每个星期天都有一些朋友来到这里，他们总是携来一些吃物。大家都说，如果能在这儿安安稳稳住上一年，那真是值得庆幸的事了。是的，对于一个来自闹市的人来说，这里真是过于奢侈了。

可当时怎么也想不到的是，我竟然能够在此一住两年多。于是即便在很久以后，我都为曾经拥有这样的一段幸运时光而心怀感激，并一直记住了这种赐予。

山中的夜晚对我来说是不陌生的。然而这里空旷清寂得出奇，半夜时分总会有一声凄然长啼，让人分不清这是何方何兆。勤劳的野物整夜都在院里忙碌，它们掘土，寻索，从东到西，又从西到东地翻开一溜溜湿土。有时我睡不着，就在凌晨起来工作，遥对窗外的星星，陪伴屋外那些不眠的生灵。

菜地的南瓜和芹菜萝卜都长势喜人，水池里的鱼也肥胖欢腾。鸡群待在院角的一片沙地上，它们总是在阳光下做着惬意的沙浴，并时不时把蛋下在粗沙粒上。我和朋友们点种的花脸豇豆大获丰收，芝麻和芋头也繁茂可期。春夏的布谷鸟一整夜深情长啼，勾起人的阵阵怀想再也不能止息。下半夜两三点钟动手煮一碗方便面即是美餐，它突然冒出的香味往往会让窗外的一些生灵屏息静气许久。

这就是难忘的两年，大山的恩惠默不作声。不止一次有人询问：这么久你到底去了哪里？出国了？我幸福无言。是的，凡是巨大的幸福，它的结果往往会带来长时间的沉默。

波斯地毯

因为要集中一段时间独自工作，所以需要找一个临时的安静地方。这实际上是很难的一件事。人总是被各种噪音团团围住，还有来自各个方向的呼叫催促，大概一个现代人最难最困窘的事情，就是没有一个办法躲藏喘息。就在我焦虑的时候，有人像及时雨宋江一样出现了。

他领我走啊走啊，直走到一个黑乎乎的地方。这里到处都是零乱破败的建筑，还有垃圾，我们得小心地下脚才行。来到了一处颓屋旁边，这儿有一幢陈旧的三层楼房，墙上的绛红色涂料已褪去一半。朋友指了一下，领我走进去。楼梯是木制的，上面的红漆已经脱落，每踩上去都要发出吱嘎声。原来这幢楼以及四周的房子原先是一处招待所，因为尚有一年左右就要拆迁，所以现在除了留下极少量的人照管外，基本上没有其他工作人员了。我们踏上的这一幢算是最好的房子了，据说其余的房间已经连拆带搬空荡荡的，不一定什么时候就会掉下一块砖一片瓦来。

有人过来与朋友说了几句话，互相点着头，然后就领我们进了二层的一间。打开厚厚的木门，屋里的脏乱吓了我们一跳。尘土约有二指厚，屋内仅有的一床一桌一橱全都给蒙起来，每迈一步，脚下都会留下一个清晰的鞋印。朋友用询问的眼神看看我，我说：很好。

就这样，我决定在这间屋子里住下来。经过了一阵清扫，总算看出了床和橱子的模样。桌子是老式的，四角还雕了花，铜色，老虎腿，抽屉上的拉手是很古的式样。我一下喜欢上了这个颇有来历的桌子。当进一步动手擦和扫时，脚下踩了什么软软的东西，一绊一绊的，但我并未在意。后来一切做得差不多了时，我开始动手整理地面。这儿像是积起了一百年的老灰，真难对付。我后悔没有让朋友留下来帮我。擦了一个多小时之后我才发现，一直绊脚的原来是一块小地毯。它在桌子一边，约有一平米多一点，不太厚，花纹已被灰垢弄得不甚清晰了。

接下来的时间我都在设法弄干净这一块小地毯。我把它搬到了屋外。在阳光下清扫扑打了半天，终于可以看清它那烦琐而美丽的图案了。原来这是一块波斯地毯。我像抱了一个新生的婴孩一样把它端上楼去，小心地放在原来的位置。不知为什么，就因为有了它，整个房间都变得庄重雅致多了，还显出了某种肃穆感。我的心情也有些改变了。

就为了这个不为人知的小小空间，我有许多天在高兴地忙碌。我用心打扮它，比如添置一个笔筒，一个插花瓶一束鲜花，等等。尽管房间外面还依旧尘封，这个属于我的小房间却已经是窗明几净了，还充溢着花香。一块色调沉着的、图案多少有些繁琐的小地毯铺在地上，不，是铺在红漆脱落的木地板上。

这里多么安静啊。我知道安静是万福之源，没有一个免受侵蚀的空间，一切都将失去。我在这里静默，感激渐渐滋生出来。四周由于是即将被彻底放弃的旧房赖舍，所以终日有一种黄昏的色调和气氛。窗外不见一人。香椿树叶蒙了厚尘。麻雀小心翼翼地飞动，毫不费力地寻觅自己的一切。目光收束到房间之内，立刻觉得这是一个富足之所，它甚至都有些奢华了。这种奢华感有时会令我稍稍不安，但这种不安很快又变为一种欣悦和舒畅。

努力工作的欲望强旺起来。我像在这个非同一般的居所里藏匿一些宝物一样，终日忙碌不息。这种工作的热情和精力，都是许久不曾出现过的。

原来讲好的借用时间是半年，大约半年之后这片废墟也将消除了，就是说我的这间安怡静默的居所从此将永远地消失。但我相信居所也是有生命的，它难道会不留一丝痕迹地从这个世界上蒸发？半年时间到了，它还存在，并且没有人督促我搬离。我于是继续待下去。原定的工作已经完成，我在这儿住下去，等于是一种默默的守护，是与之两相依偎。剩下的时间里我们在无声地对话。我们在诉说不久即将来临的事情，那个命中注定的日子；还有，我们时下还能做点什么？

只有等待了。

又是半年过去，这幢暗红色的楼房终于拆除了。可是直到今天，我只要一闭上眼睛就会看到房间内的一切：雕花木桌，瓶里的鲜花，特别是那一块波斯地毯。

老农舍

在大城市生活的痛苦积累到一定程度，其中的幸福也会忽略不计。我们人类文明的最大失算，就包括无节制地制造大城市。而且我们已经无法摆脱自己动手划出的这种魔圈。城市的膨胀无休无止，其实也是痛苦的积累和叠加。我的朋友到了一个更大的城市去工作，一年之后我问他环境上最大的变化是什么、感触是什么，他告诉我最大的变化是上班路上耗掉的时间太多：他需要两个半小时；爱人三个半小时；孩子两个小时。也就是说，以双程计，他们一家在路上白白消耗的时间就有十六小时。人生中每一天至少减去十六小时，这有多么可怕。在这十六个小时面前，所有的幸福大概都要所剩无几和大打折扣了。在这种消耗之下，一个人如果不是因为迫不得已的原因，那么即便每天吃到人参炖鸭、处处如花似玉，也必得速速逃匿才好。

逃向哪里？逃向疏朗开阔之地，走向山清水秀之所。话是这样说，真要做到其实是极难的。人生负有难言的、各种各样的责任，而有些责任也必得在闹市里才能完成。问题是闹市里自有化繁为简之方,远离时髦之法。闹市里也并非全是跟从和追逐,不全是非要勒紧腰带显阔的尴尬。闹市自有闹市的安然度日之方。但假使机会来了,也仍然需要抓住不放才行。

就是因为这样的思绪盘在心头,所以有一天,当去一个半岛小城居住的机会一来,我立刻就整装而行了。

小城之美在于开敞和安静。可是我知道小城在商业时代也没有太久的安静可以享受了。凡是小城,她的模仿能力绝不可低估,所以用不了多久这里也会是染成的彩发满街,汽车把巷子死死堵上。还有,就是寂静之地必有蛮人,他们管理城市的办法就是粗野开发,用不了多长时间就会把一座好端端的城市弄个喧声遍地,人仰马翻。这一切几乎没有个例外。一个曾经饱受其害的外地人眼睁睁看着一座可爱的小城怎样一天天毁掉,痛心疾首却毫无办法。

我当然正在走向这样的经历。可是我又将逃向何方?在小城徘徊的日子恰是我最悲伤的日子:忧己更是忧人,忧大地上所有的创造之物。难道我们的大小城市都难以逃脱那个可悲的命运?每想到这里我就有点心寒。我不像一些开明进步人士一样达观,因为他们一张口就是那句废话:我是乐观的!我对未来是充满信心的!是的,这样说不痛不痒,既使人愉快,又不必负任何责任。一个人的乖巧,从来都是从说吉祥话儿开始的。好好说有赏。

然而我后来即便在小城,也还是找了个郊外的农舍住下了。这是一个朋友留下来的,他空下来让我住。老式房子自有妙处,尽管看上去其貌不扬。土坯做的墙,大土炕,老门老窗,冬暖夏凉。这里春夏的风雨格外真实,因为没有过分高大的楼房阻挡，听声势就能想起童年的原野，想到那时的大自然怎样发威。冬天的雪在房子四周平展而遥远地铺开，连着农田，连着一行行的杨树。为了对付寒冬，小屋里生了小小的炉火，听着噜噜之声，竟然御寒有效。我在窗上贴了剪纸，坐在热乎乎的大炕上，清福自来。

这种感受是久违了。是的，只能又一次说如同梦境。

那些小城郊外的夜晚啊，同样是朋友，同样是一起吃吃饭喝喝茶，同样是论文谈艺风雅一番，也同样是偶尔迎来一些远客，可就因为是盘腿坐在大炕上，幸福竟然增加了数倍。这些场景至今难忘，历历在目。那些日子，那样的生活，多么平凡朴素，可它真是让人留恋，让人觉得这才是真正的人的生活。

东去的居所

我在接下来的年头里还是一路向东移动。因为东方湿润，四季分明。我越来越受不了自己居住了二十年的这座都市，它虽然给了我一座城市的庇护，可也留给我一些可怕的病症。我有时真不知道该诅咒还是该感激它，只知道这是一座与之厮守多年的城市。我如果对它出言不逊，必会招致一些后果。记得有一次我在一个场合随口说了几句这座城市的不足和遗憾，有一位平时羞涩的美女立刻大声说道：我看这是最好的一座城市！我去了许多城市，没有一个赶上这里！她这样一嚷，老天，我怎么说呢？反驳？系统地阐述自己的观点？当然大可不必。

但我还是要说，我们如果能稍稍聪明一点，爱惜一点，可能这座城市，也还有许多城市，一定会比现在更美更好；不，会美好得多。空气，树木，人行道，居住区，绿地；是的，还有公共图书馆和一些简单的体育设施；我们会想到许多早已忘记的人的需求。这是我们的基本生存条件。满目灰浑的破乱大城，你不嫌弃，那么你就在这里住上一辈子吧，你因此而患上的一切疾病，都需要你自己承受。那个时候，谁来听你的呻吟？

谁来听我的呻吟？没有。所以我才要一路向东，寻找我的绿地和白云蓝天。它在哪里？它真的就在东方吗？尽管怀疑，也还是在命运之手的引导下蜿蜒东行。就这样，我来到了半岛小城，在它的中间或周围一直住下来。这儿仅仅是人的喘息之城，心疼之城，希望之城，也是困惑之城。在这里，你有时间看到我们的城市是怎样一点点变大变坏，一点点失去光泽的。几乎所有的城市都在沿着类似的轨迹向前，鲜有例外。

一开始这里有多少柳树，一律的垂柳，像巨大的拂尘一样立在大街两旁。它们来自十多年前的一次聪明选择，不知当年哪个有决定权的人说一声"植柳"，于是柳就有了。我记得一个诗人从遥远的海外来到这座小城，当时正逢初夏，诗人一踏上街道就大呼小叫：天哪，这一城的垂柳啊，我全世界跑了个遍也没有见到，真是绝了！这就是诗人的评价，也是我长久的骄傲。可是诗人说过这话还没有两年，小城人就动手砍伐柳树了，直砍得一棵不剩，理由是：听说别的树更好！

现在的小城没有柳树了，而有了各种"别的树"：矮小，参差不齐，就像我们所看到的其他城市一样。

就在这个让人心疼的小城里，我找到了一个居所。它其貌不扬，夹在一片高高低低的楼房中间，在城区的一处高地上，据说许久以前这儿是老衙门所在地。不大的居所里有一炕一桌，一口大铁锅，一个小书架。当然没有暖气，这种东西当时只有城里的贵人才有。我在入冬前备好烧柴，一些碳，还有最好的引火草：松塔。这些松树球果多么完美，它们漂亮得简直让人不忍生火。冬天我把大炕的洞子里点了火，多半个屋子就热烘烘的了。而夏天的小城是不难过的，我的小屋里从来没有用过空调机。

小屋是老式木窗，虽然做工粗糙，密封不太好，但仍然适合贴上窗花。冬天，我每天早上看着窗上的冰凌花怎样小心地攀过了窗花，心里有一种奇特的愉悦。它们让人想起童年，想起那个时候的霜雪雨露。真是奇怪啊，今天的这一切仍然还在，可是其中的诗意却被我们现代人驱赶了个干干净净。我在这样的早上尽可能多地懒在炕上一会儿，一边听着渐渐大起来的街声。无论天多冷，小屋四周最早响起的声音就是叫卖粽子的，他们来去不息，一拨走了一拨又来。因为人们起床的时间是不同的，所以热腾腾的粽子总是能够找到买主。一位朋友从外地来看我，一连几个早晨都是被卖粽子者喊起来的，他于是就感叹说：嚯咦！这里大概是全国最能吃粽子的地方吧！

有了这个居所，就使我在后来的日子里忍不住赞美起整个小城。这也使我想到，任何一个地方原本总有一些极美好的东西，它们总是被我们自身的愚蠢给覆盖了、弄伤了。对于大自然本身，我们人类肯定是有罪的。

我出差去外地时，时常想起的地方就是我在小城的小屋。无论是多么华丽的居所也不能使我的情感移动。这是一个极淳朴的地方，它像人一样有性格有精神，我既然在其中安身，那么它就会不自觉地影响了我。我一共在这个小屋里住了五年多，而这五年多是我工作量最大、也是身心最健康的日子。我怎么能不感激这个居所？我每一次去外地游走，心中总是泛起一个形象，这就是我的小屋。它就像一个慈祥的老人那样站在路边，期待着游子，以至于每一次从远方归来，一走近它，我心里都有一种真实的感激，热乎乎的。

水啊

在水边筑屋可能是人生的又一梦想。大都市的罪过之一就是远远地阻隔了人与水的亲近。尽管比较聪明的筑城人总是想方设法把水引入城区，但他们所能做的仅仅如此而已，绝大多数的城里人还是与水无缘。那些以水著称的城市，如果实地考察起来，会让人觉得那一点点水简直算不了什么，微不足道。水啊，自然的心灵，大地的眼睛，可以洗涤万物的清澈之源，就这样不见了。而人离开了水会是不幸的。

可能由于我出生在大水之滨，所以一离开了水就有一种焦躁不安，总害怕生活变得过于干枯。许多年里几乎是一路逐水而行，水在不知不觉间牵引着人生轨迹。行走在城乡之路，只要是眼前出现了一片大水，立刻有一种愉悦和亲近感。无论在哪里，只要看到一片水被污染了，心头立刻会泛起一种绝望感，这绝望会压得人透不过气来。人类的恐惧不安和肮脏，这一切都等待水来洗涮，可是人类却先自动手把水弄脏了。人的视野里如果能有一泓清水，就成了人生中最质朴最诗意的追求。

在小城南部山区，一个小村向阳一面是深深的大水潭，而且绝无污染，常年清澈。一个朋友就在那个小村的南端居住，他们家有一个两层平台式楼房，长年闲置，于是热情地邀我去住。这时恰好是我不得不搬离小城居所的日子，内心十分惆怅，所以这邀请就让我分外高兴。那是一个小小的山村，几乎所有的房子都是老式的，一律黑瓦青砖，开着几个小窗，远看像一群可爱的刺猬伏在大山脚下。朋友的两层平台式小楼是全村最高的建筑，我们登上二层就可以鸟瞰全村。从这里再看南边的水潭，简直近在咫尺，蔚蓝蔚蓝，水波不惊，山的倒影就在其中。

我把简单的用具搬来，然后就在这里住下。水潭是我的心情，它一直是那么清澈平静。几天后，全村的人都一点点熟悉过来，他们把一层好奇抹去，开始了对外来人的帮助。山村里才有的黑咸菜是萝卜做成的，油亮油亮。还有一种山野菜做成的饼，泛出特别的香味。从水潭中钓的一种黄脊小鱼长约二寸，烤得酥香逼人，据说是一种长不大的特别美味。这些东西都是山里人一代代的强大滋补，是最让人信任的食物。

雨水过后，山里人约我一起去山坡上拣"香水牛"，就是长了两条长须的甲虫，肥肥胖胖，在锅里煎一下就是一顿佳肴，如果再有一盅白酒，那就是寒湿之日的清福了。除了它，山里还有豆蛹，多籽蚂蚱，知了猴，蘑菇，总之美味多多，不胜枚举。这些吃物与山民的欢乐知足，还有健康自信的日常生活连在一起，让城里人费解而生羡。所有的这些东西都依赖于水，是湿漉漉的天地里才有的。雨停之后就是美妙的收获之时，找天然吃物，同时再备下白酒。我在全村最高处的那栋水泥房子里可以看到户户炊烟，如果是北风，还能清晰地嗅到全村烹饪的香味。

水潭太深了，村里人在夏天也很少下水游泳。潭水洁净无污，鱼在深处都看得清楚。只有靠近山麓才有苔草伸进水里，那儿据说就是大鱼的窝。这儿的水鸟总是单独行动，它们的模样在我眼里简直很少重复，每一次都是新的面孔，有的洁白，有的碧绿，有的长长的喙，有的高高的腿。水鸟在潭边踟蹰的样子优雅之极，它们仿佛没有更多的急切心情，仅以漫步为主，狩猎倒在其次。我每一次来潭边都钦羡水鸟，先是盯视一会儿，然后就像它们一样悠闲地走起来。

水啊

在南部山区水潭边的幸福仅仅持续了一年，后来就因为具体工作的变更而不得不搬回小城。可是我仍旧迷恋那里。有时半夜醒来，恍惚觉得南风正从潭上吹来，带来了水波的气息，夹杂着黄脊小鱼的呓语。可是很快就能听到街上驰过的夜车，于是披衣坐起，满心凄怅。这里即便是凌晨两三点钟也不再安宁，这与四五年前的情形已经完全不同。这就是一座小城的变迁，它也没有例外地走向了喧嚣，总有一天与那些大都市相差无几。

一个偶然的机会，我发现了小城近郊有一座中小型水库，而它的一边就是一个院落，内有灰色的水泥楼和几间平房，这就是水库管理所了。管理所当是几十年前的产物，如今这几幢建筑已十分陈旧，并且空下了三分之二的房间。主人寂寞，他们见我如此留恋这湖清水，立刻高兴起来，变得非常好客，说：这里的鱼真肥。我笑了，因为这并不重要，重要的是这儿有一片开阔的大水，有长满了半个堤岸的柳树和青杨。多么不可思议，这儿离城区仅仅五六公里，眼下竟然没有一个游人。主人欢迎我来这里完成自己的部分工作，这使我满心感激。

春夏秋冬四个季节的水畔皆有迷人之处。除了狂风大作之时，每一种天气几乎都在彰显这里的美。冰凌，雪，飘飞的细雨，春天的柳絮，深秋里的玫瑰，都在妆扮这片大水。就因为它的抚慰，我又一次变得安定和满足，眼里的一切都变得簇新。这里就像南山的水潭一样，是又一处难得的安居之地。那么究竟是什么在妨碍我们的选择呢？

当然，眼前这美好的水畔只能让我留恋向往，而不能当成长久的居地。它吸引我，让我来来去去，乐此不疲，未能割舍。我向越来越多的朋友引见城郊这片亮水，介绍它奇迹般的沉寂。也就在这些日子里，我顺着水的流向一直向前，不止一次绕到了小城东郊的一条河边。我终于在河岸发现了一个小村，并在小村里找到了新的小屋。我在小屋安居下来。

我常常不无自豪地说：我是河畔人家啊。

这条长满了芦荻的河日夜不息地奔流，它赶路的声音直传到我的窗下枕边。这是那片大水对我的问候，是它捎来的讯息。我相信，即便是更远一些的那个水潭也与水库、与这条河相扯相连，它们是孪生兄弟。河水在大雨季节里咆哮，有时它会淹没河上的那座漫桥。我曾在夜晚长时间站立河边，看泛着白沫的水流冲荡而下，想象着远方的大海。

最大的水就是海，我终有一天会临海而居。这就是我在漆黑的夜晚想到的。苍茫无际的海，水天交接之处藏下了多少幻想，我会更多地停留岸边，去遥望邈远。

唯一的树

也算为生活所迫，后来我不得不在小城里一再变更住处。新的居所平淡无奇地处于一个新开发的居民小区里，即人们都熟悉的那种公寓。这个五层楼房共分五个单元，每个单元前的空地上都植有一株毛刺槐，它们在暮春开出紫红色的花，成为楼前弥足珍贵的点缀。这就是我们小区里的绿树红花。为了保护这五株小树，当初铺水泥空地时，泥瓦匠特意在树的四周用砖砌成一个方框形。可是当这座楼的人入住没有多久，五棵小树即被车撞倒了两棵。歪折的小花树不是被及时救护扶起，而是很快被某些主人从根上干掉了，问为什么？有人答：这些树碍事，来回倒车就得小心多了，太麻烦。

为了"方便"，一个月之后剩下的三棵又有两棵被车轮碾伐了。也就是说，我们楼前仅仅剩下了一棵树，然而它就在我居住的这个单元的前面。这立刻让我悲酸中有了一种说不出的幸运感，当然也还有难平的愤怒。我不信一个人这样对待一棵稚弱的小树会有好的心地，也担心他们的车轮会碾压许多同样美好的生命。我在唯一的槐树前站了一会儿，发现它只比拇指粗一点，可是开出的花一束束压弯了纤枝，这花不知疲倦地一束未凋一束又开。它正努力地吐出芬芳，以此向这幢楼房的主人求诉：我会不误花季地全力开放，我会用尽仅有的一点力气，以微不足道的美来妆扮这个小区，服务你们，只求你们饶恕我、放过我。

从此我多了一个心事，总是有意无意地向小树的方向观望，总要走到楼梯口去。只要看到唯一的树还在，就让我松一口气。它像是最后的一个象征和希望，它仍在滞留和坚持，倚在我们身旁。车声不绝，喇叭嘶叫，我看到小树浑身颤抖地躲闪。一天又一天过去了，它竟安然无恙。

一夜大风，早晨起来从楼梯口去看小树，发现它落了一地叶子；还有，它折了一根枝条。这是一根仅次于主干的粗枝，使整个树冠去掉了三分之一。我害怕这会造成一种可恶的提醒，就奔下楼去，在小树四周又加了几块护砖。

小区里没有一刻可以安静，从白天到入夜，再到凌晨。这里除了恼人的车辆，还有一拨连一拨的小贩进出叫卖，特别是南腔北调收购破烂者的高声大喊。让人奇怪的是物业管理部门根本不曾干涉这些嘶叫，更使人惊奇的是，一个还算簇新的小区里竟然有无穷无尽的破烂。说到入夜和凌晨的嘈杂，有时真算得上惊心动魄：一辆辆轿车都安装了防盗报警器，它们会突然在夜深人静时放肆长鸣，那是各种各样的嘶叫，警笛，救火车的号叫，不一而足。这猛然大吼的凄厉之声会让人从梦中惊醒，心脏一阵剧烈跳动，然后就是努力安静自己，设法入睡。可是只过了一瞬，又是再一次的突然嘶叫。不仅是这个小区，几乎所有的小区都有这种令人生惧的嘶叫。这不是人间的声音，这是地狱里才有的哀号。

据说半夜里响起的轿车警号、它的声声尖叫会使车主产生特别的愉悦，越是尖厉逼人越是令其自豪和兴奋。这种声音在提醒他那可怜巴巴的拥有。这就是第三世界的窃喜，是一种不可理喻的趣味。然而整个小区的人家百分之六十以上都有自己的小车，一辆辆车里铺了厚厚的地毯，有拉手纸巾，有空气清新剂，有垂挂起的一些小玩意儿，还有花花绿绿的软垫、儿童玩具，等等不一而足。仅仅从车内的物件看，还不知他们是多么高级的动物，拥有多么高级的趣味。其实就是这些人在偷着发狠，碾压楼前小小的花树。

我们楼前唯一的毛刺槐如今已经五岁了。它长成了胳膊粗，枝叶繁茂。我盼它快快长大，当它长到碗口粗的时候，那些轿车再要欺负它，必将付出惨重的代价。

又是暮春，毛刺槐开出了空前绚丽的一束束花朵。这花招来的蜂蝶可真多。天气热起来，由夏而秋，它在不停地开放。

岛主

小城北去十公里就是美丽的渤海湾。当我们穿越大片田野，看到了近海松林时，忍不住就要发出慨叹：多么好啊，多么漂亮的地方啊。同时心中也会生出阵阵困惑：当年筑城的人为什么不让城区更靠近大海一点？如果这样，那将是怎样漂亮的一座滨海城市啊。

这片无边的沙原，还有松林，都深深地吸引着我。

站在海岸眺望，可见远远近近的几个海岛。最近的一个似乎近在咫尺，简直伸手即可触摸。岛上林木葱茏，房屋鳞次栉比，西部是洁白的沙滩环绕，东部矗起黑色的礁岩。整个岛太美了，这样的地方大概只有神话中才有。一个小小的码头通向海岛，这里同时还是一个繁忙的渔港。

登岛之后会有另一番惊叹。这个岛早在几千年前已经有人居住，眼下已有居民三百余户，他们祖祖辈辈都是渔民。所有的岛屋都由青黑色的海岛石垒成，顶盖是棕色的海草，坡度很缓，看上去十分美观，远比岸上的民居要诗意得多。一条条巷子细窄，安静，偶尔出现的一条狗也不吠叫，只是看看生人，再抬头望望太阳，然后离开。一些海鸥在岸上飞舞，细嫩的叫声让人想起撒娇的孩子。岛上只有很少的一点可耕地，全部种上了蔬菜，被守岛的女人们莳弄得油旺旺的。

我一整天都在岛上走着，不愿停歇。因为这里的一切都让人感到新奇有趣，仿佛来到了某个仙境。这里首先是安静，是大海清新的气息。这个椭圆形的岛东西长南北窄，最东端有高耸的礁岩，上面还建了一座高高的灯塔。细白的沙岸差不多环绕了整个海岛的四分之三，沙子洁白，颗粒均匀，在阳光下散出阵阵温热。有几只归来检修的船停靠岸边，吸引了一大群海鸥。从船上下来几个穿了闪闪发亮的胶皮衣裤的男人，他们每迈出一步就发出嚯啦嚯啦的声音，走在岸上就像外星人一样令人好奇。

一个现代人能够来到这样的海岛而不产生眷恋？我真想懒在这里，一直躺在沙滩上，让太阳把周身的寒冷全驱个干净。这一天，我直等到最末的一班船才离开。可是我的心留在了岛上。我最后形成的一个主意就是，我一定要设法在此更久地待下去。

我知道岛上的生活会有另一种寂寞，这也是它魅力之一部分。这是一个似曾相识的世界，不过它只在幻想之中。

离开海岛之后，很长的日子里我有些沉默。小城的朋友得知了我的心事就说：这是很简单的事情啊。我不信他的话，因为人世间所有的美好事物无一不是千辛万苦方能接近。我说自己想倾其所有定居岛上，我只需一处最普通的海草房子，我会把它当成至宝。当我说出这句话时，心里早就打定了主意，那就是愿用下半生做一个岛民。

朋友于是去了海岛，想为我寻一座海草屋。回来时朋友笑吟吟的，说：你去住就是了，随便住，但你不能拥有那里的房子，因为岛上的屋子是不能买卖的。我问：租用吗？他又摇头：不，岛主说用不着。

"岛主"就是那里的头儿，朋友不知通过什么关系找到了他。

我在朋友的陪伴下再次登岛，这次只为了拜见岛主。在一座海草屋中，一张粗木桌前坐了一个矮矮的中年汉子，大眼睛，胡茬黑旺，挽着裤脚。这就是岛主。他的模样让人拘谨，但听他哈哈一笑就马上放松了。他的大手在我的背上拍了一下，第一句话就是：怎么办吧，你来说。

我说了。岛主依然大笑，然后领我转了离海岸很近的几幢房子，里面都空着。据他说这都是岛上的公有闲房，正愁没人住呢，你来了正好。我说那就让我来住吧，我会好好爱惜它们。岛主说不用爱惜，这样的破房子咱有的是，你只要住下去就是，每天晚上陪我一起喝喝酒就行了。

离开岛主时我有了另一种忧愁：我不会喝酒。我把心中的忧虑对朋友说了，问他怎么办？朋友说：那你就喝水。他说岛主是真正的好人，急公好义，是全岛衷心拥戴之人。

就这样，我住在了一个梦中的岛上，特别是有了一个岛主做朋友。岛主酒量很大，像传说中的武士那样用阔口大碗喝酒。但他从来没有强迫我喝一口酒。

向东方

从那座大都市到东部山区,再到小城,我的路线是一直向东。最东部是大海,我脚踏的这片大陆最东端像是插进大海深处的一个犄角。大概我走到犄角上的那一天,就会自然而然地说一声:停吧。现在还不行,我还在向东移动,一路上,我的身体留在一个个居所里,它们等于是我东行的驿站。我的心一刻未停地向着东方。

那里也并非是草木葱茏之地,但那毕竟是半岛之端,是海雾缭绕之地,是陆上人遥望之地。这是一种本能的移动和向往。以前的海岛之行,更有后来的岛上生活,都极大地润湿了我的身心,使我几乎不再犹豫地拒绝干燥的都市。什么是都市?是喧声,是不见头尾的车辆,是一连两个小时的街头堵塞,是城区上空永远有一层棕色或紫色镶边的气体包裹,是医院里的人满为患,是叠放的蝈蝈笼一样的居室,是小商贩占居的人行道,是蓊郁的深宅大院与遍地垃圾的居民区的强烈对比,是愈加稠密穿梭的各色势利人等。

离开挚友,想望心切,背向半岛,疼痛揪扯。人在两难中苍老和失去,失去岁月与青春。

我用了近二十年的时间寻找一个居所;不,我整整花掉了上半生来安顿自己。我深知身躯在大地,心灵在身躯,一个人实际上一直在寻找的,仅仅是心灵的居所。

从海岛上归来要穿越一片海滩和树林,这主要是松林和槐林。开阔的沙滩,无边的草地和灌木,扑腾翩飞的鸟雀和各种四蹄动物。这里至少看上去是一个吉祥之地，是较少被野蛮人围剿的自然发育之地。从地图上看，这里就接近那个"犄角"的顶尖了，是一片大陆的东方之东。我在此呼吸的是大海的气息，看到的是清新的露珠，抚摸的是刚刚绽放的铃兰，倾听的是四声杜鹃的鸣唱。多么好啊，不过要快：快来亲近快来看护，要告别也需赶快，因为它在这样一个时代，要消亡和丧失殆尽也许只在转眼之间。

这片让我不能遗忘的林地和沙原，是我长时间的想念和希望。我几乎不能把它放在离心灵稍稍远一点的地方。于是我把许多时间都花在它的身上了，尽管它离我居住的地方很远，我还是每周都去一次。它的一枝一叶都让我引为知己，认作亲朋。林子里的动物开始熟悉我了，不止一次有喜鹊在近处迎接呼叫，我相信这是它的一种问候。还有黄鼬和狐狸的款款脚步，其转脸顾盼的从容，都让人感受整片林子的友好之谊。

这使我不由得思考：人类在大自然中犯下的罪孽，主要就是因为长了一颗冰冷的心。这颗心所连接的手，一染了物欲就会变成铁爪，然后死死抓住不再放弃，最后一起沉入无底的深渊。

海风和林风交汇吹拂，让我的脸明朗，让我的眼清澈，让我的心舒缓。当然，我深知在今天，这种享用真是太过奢侈了。这种奢侈由一人独享不仅过分，而且必会在某一瞬间丢失。我现在想象的，是怎样让更多的人来这里，来东方，来一起做起人世间最有意义的事情。我凭借的不再是一己之力，找到的也不再是一己之安，而是一个可以指望的明天。这种实现，也不仅是纸上的文章，而应该是大地上的矗立。

我由期待到想象，渐渐走向了筹划。我将不再离开这片林与海。

二〇〇四年十一月二十三日

理想的阅读 *

在琳琅满目的书架前，我们有时候难免会想：这么多书，究竟如何选择？况且今天的印刷术极其发达，制作书籍简直成了一件非常简单的事情，印刷垃圾遍地皆是。由此带来的一个问题就是怎样提防被这种垃圾淹没和伤害，是阅读的苦恼。所以我们期望一些好的选本，借助它们来节省时间——特别是用以开阔自己的视野，强化自己的判断。

那么作为一个读者和作者，假如由我来编选一本小说选或散文选，我会作出怎样的抉择、收入哪些篇目？我为什么会收入这些而不是其他？我的取舍标准到底是什么？

看来极简单的一个问题，实际上却包含了许多内容。这其实也是对选者的一次鉴别：我是怎样一个读者。

我选取的过程会是这样——

首先将自己多年来的阅读从头回忆一遍。正常来说，一个写作者同时也必然是一个勤奋的阅读者。大量的阅读，不能停息的阅读，这是他们的共同特征。这是人类的"疾病"之一，无法医治。我当然是这样的一个"患者"。那么在这样的回想和总结中，总有一些书、一些篇目会是印象极为深刻的，它们的名字在这个时刻会倏然跳出。有的会暗淡一些，有的则会彻底遗忘。

如果是一个优秀的读者，他对作品的感动、对作品印象的深刻与否，

---

* 本文为《小说散文选》序。

往往不太受教科书的影响。众所周知，让他人强迫自己改变内心的感动是困难的，尽管这样的事情多多少少也会发生；对于一件事或一本书，我们总是因为感动而不能忘怀，这是大致的情形。

那些难以从记忆中搜寻的作品名字，此刻会被忽略，但这种忽略常常并不是一种遗漏。

在这种感动当中，单纯的理性判断是不存在的。文学的难言之美、迷人之魅，正是她的主要特征。我不会在烦琐的思想和艺术的分析之中、在这样的推敲之中，去选择一些优秀作品。艺术品的完整鲜活的肌体才会保证她是有生命的，而只有这生命本身才能将人打动。

真正的艺术始终具有直抵人性深处的力量，必会因独特而触目，并进而根植于人的心灵。从作品的规模上看，她不会因为篇幅的短小而显得单薄，也不会因为字数的累叠而变得冗长，而总是给人饱满丰腴的感觉。过分精巧的、卖弄类似于曲艺那样的噱头的，容易为某些读者所注意，在我这里，肯定不会将其当成优秀之作来选取。

无论是故事、语言、人物、场景、才趣，或是由这些综合一起而形成的美与诗意，无论是什么因素，只要是真正独特难忘的，就会让我记住并把我打动。我选择或喜欢的理由也许非常复杂，它有很多方面很多条件，一时难以尽言——是一次综合；但它往往又简洁到仅有一条：让人在新奇的称许或感叹中长久吟味，不再忘记。

作为一个写作者，他在阅读中会极为敏感地注意到一些领域，如作者在文字中展示的非凡个性、思想的能力、文笔的精湛，等等这一切。对我而言，总是在阅读中接受了艺术的感染、被隐在书中的神秘的生命射线击中，而非仅仅依赖概念化的分析——是这样决定了对一部或一篇作品的评价。

我于是选择了这些篇目，它们首先是给自己看的，是可以长期收在手边而不至于陈旧或引起厌烦的文字。"己所不欲，勿施于人"，这当然应该是自己喜欢的，而不须找那些只可装点门面、实际上却是难以卒读的东西。

那些在文学史中特别具有"史的意义"，被反复从"思想"上加以赞扬和强调的作品，往往是最经不住阅读之物。我们选择和接受的，是文学的魅力，而非从活的艺术肌体上割裂出来的一块"进步的排骨"。我们需要面对整个生命的感动。

我们当然要准备在阅读中接受教育，但这仍然不是正襟危坐的一次听取，不是简单的学习，而是与另一个生命的相互交流——在目光与声气的对接交换中，获得一次更大的愉悦。这里面有奢华的文字享受，有诱惑，有顽皮冲动的再创造，还有放肆的想象。

那些过分服从于商业化的写作，通俗的、未能进入诗性的写作，当然也不在选择之列。

如上既是我个人选择的依据，又是文学阅读的理想。完美永远被追求着、向往着，却难以抵达。但是我们要一次次向前。

作为一个选本，遇到的另一些遗憾可能是：由于版权的关系，有些绝妙的作品无法被选入。

二〇〇六年三月二十六日

二〇一〇年秋天在美国瓦尔登湖

茂长的大陆 *
—— 对美国文学的遥感

尽管现在是一个网络时代,大洋两岸的讯息和文字几乎近在咫尺,但美国文学对于我们来说,还是十分遥远的。这并不仅仅因为不能阅读原文的缘故,而更重要的还是因为文化上的巨大差异。一个是东方,一个是西方北美。我们阅读的是译者的文字,而不同的译者会有不同的风格,这会在一定程度上影响判断。中美作家作为个体,当然会有惊人的差别;但是透过翻译的这道栅栏,我们还是要努力感受他们的群体特征。对于作家,真正的决定力量还在土地。离开了土地的孕育,离开了当地风习和生活经验的基础,失去了一种不断生长着的本土语言的环境,要理解将是非常困难的。所以我们现在来谈美国文学,只能说是一种遥感、一种模糊的印象而已。

一、历久难消的新鲜和惊讶。我们这一代作家读了很多美国翻译作品,从很早的库柏、欧文他们,直到当代的一些作家。中国的英语翻译队伍太大了,作家得感谢他们。我从中学到了很多,是一个受惠者。在我看来,不要说内容,即便从文字和行文感受上看,美国文学极不同于欧洲文学,

---

* 本文为作者二〇〇八年十月十六日于北京师范大学国际研讨会上的演讲。

更不同于中国文学。当然这只是一种遥感，一种阅读中的揣摩。

读惠特曼、麦尔维尔，更有后来的海明威、福克纳、帕索斯，更晚一些的海勒梅勒，尽管他们风格迥异，可以说是千姿百态，但总的印象是从内容到行文都十分强悍，生鲜，相对粗粝，却有一种野性的美。他们是如此地自由和不修边幅，这对于中国作家，最初接触起来是会产生惊愕感的。

而以前读过的欧洲文学，歌德雨果托尔斯泰，包括它们现在的作家，像英国移民作家奈保尔，石黑一雄，比较起来都显得更细腻更"讲究"一些。这里没有谁更好的问题，我只是说它们的差异和不同。

而具体到中国文学，比如小说，如果是一般意义上的雅文学的话，那么中国小说继承的仍然是诸子散文和诗的传统。总的来说，这是一种十分讲求典雅和风度、讲究中庸和均衡的文字传统。从诸子散文到唐诗汉赋宋词，讲究的是精致和均衡，还有其写意性。

所以，面临美国式的粗粝和率性的生长，我不能不有一种新鲜感，还伴随着一种惊讶。

二、中国文学也在变化。中国白话文学一路走过来，到了今天，也有了许多变化，它可能受国外文学，也包括美国文学的影响，大致的文风也在演变。一个商业化的竞争剧烈的时代，不能不影响到中国，这是一个新的现世时代、物质主义时代的开始，当然也是一个文学的现世时代的开始。我们注意到，文学上的表达不再是遵循中国古代传统的那种雅致了，它的写意性、语言的规范、形式的均衡，正在被打破。一种美国式的表达上的粗粝和随意，开始出现。当然，形式永远不会是疏离于内容而存在的，内容已是斑驳陆离了，令人瞠目结舌，这里不谈。

我不知道这是不是一种好的方向。

东方的和欧洲的，就我的阅读经验来说，是精细雅致的风格，比如日本和印度，从芭蕉到川端再到泰戈尔。这就不仅是受中国儒家文化的影响，而更多是地域的力量所决定的。

中国代表性的文学作家讲究文字的隽永，这从秦汉一直延续下来。到了中国文学十分贫瘠的时期，即便在语言面貌本身来看，总的来看，也还是追求精准和细致。

但是中国的文学作品从形式上看，从品质上看，比较起来显得矜持和内向。这与美国文学那种丛丛茂长的气质是不同的。

只有近十年左右，中国文学写作变得具有了粗糙泼辣的倾向。这一方面是与美国文学一样的不修边幅，是新的生长，另一方面可能更多的还是浮躁。就后者来说，就完全不是什么好的现象了。网络的病菌会毁掉中国文字的传统美，这是肯定的。但这种病菌，一定是在物质主义盛行的时期才有了巨大传染力的。在内容上，中华民族赖以生存的思想哲学，美好的传统，正遭到了无情的嘲讽，拜金主义，欲望的一味宣泄，都走到了一个极端。

三、在固守中互补。中美文学写作的差别是自然而然的，在中国这样一个五千或七千年的文化传统的诗书之国里，完全不可能像美国文学那样，呈现出那样的生长面貌。

美国这片文学大陆相对新鲜，开拓的生气，开拓的痕迹，都留在了它的文学当中。它当中某些作家的隽永文风，也是在这个大前提下的。它往前走下去，会有自己的轨迹。

而中国文学仍然离不开自己的传统。它在网络时代，在商业时代，会变化，不过也大致会是传统的延伸。

如果没有各自的固守，互补就不存在。美国文学的生鲜蓬勃的新大陆气质，一直会洋溢下去；而中国的古典传统对当代文学的影响，也一定要存在下去。但是开放的时代，风气会相互吹拂的，这从一些新的创作中就可以看得出来。

对于任何国家来说，简单地跟从风气，模仿，不会是一个民族的文学的生长点。放肆的丑陋的展示，终会走到一个极限、一个拐点。

我想优秀的中国文学，仍然是追求传统的隽永，却又要保持新时代的生长力量。所以从这个意义上说，中国文学有进步也有退步，浮躁的现象可能是进步中的一个阶段，是打破诸多禁锢和僵化的一个必然的开端。总体上来说，中国当代文学是处于活跃丰富的一个时期，今后，只期待美国文学中最好的东西，与中国文学传统中最好的东西，相互补充；而不是相反，不是盲目鼓励粗粝率性猛烈再加上东方的阴暗和丑陋。这一点，任何一个冷静的、有良知的文学和思想者，都会正视，都不会推波助澜。

纵情言说的野心

读诗，一遍遍读着，奇怪的是总要走神，总要放下来，等待思绪从很早以前、从自己的那些诗歌梦想中飞回来。当年我还没有写出一行其他的文字，可是已经在读诗和写诗了，并在想象中描绘着自己的未来：一个诗人，写出了美妙或动人的句子，在一整页或更多页上排列出美妙的短句。诗对于我，是人世间最不可思议的绝妙之物，是凝聚了最多智慧最多思想能量的一种工作，是一些独特的人在尽情倾诉，是以内部通用的方式说话和歌唱。我读了许多中国现代诗和古诗、外国翻译诗等，认为每一句好诗都是使用了成吨的文学矿藏冶炼出来的精华，是人类不可言喻的声音和记忆，是收在个人口袋里的闪电，是压抑在胸廓里的滔天大浪，是连死亡都不能止息的歌哭叫喊。

这是我向往之极的一条道路。我一直往前走，朝着向往之地走去，却至今没能抵达。展读这些诗章，激越而后的迷茫里，竟会觉得这就是自己亲手写出来的，口吻之亲切意象之熟悉，仿佛就是我刚刚在纸上画圆了第一个句号。这种兴奋与欣喜引起的错乱忘却，移位和嫁接，并不是经常发生的。其他许多时候的日常阅读也许正好相反，那会因为极大的陌生感而泛起极大的排斥。所以我想，写作中有一句话叫"古今文章一大抄"，有时"抄"是必要发生的，那是喜爱和内心的吻合达到了一定程度，于是才

二〇〇〇年在巴黎蒙马特高地诗歌朗诵会上

会因共鸣而学唱,因学唱而忘情,因忘情而忘却,然后就将"他作"当成了"自出"。

就这样,我说出了自己对诗的喜爱。那些不易拆解的意象与辞章,晦涩和烂漫,都在我的悄然意会之中,我的隐隐诉求之中,我的言所不畅和跃跃欲试之中,我的梦幻孕育之中。诗的分析是一件不可强为之事。诗的言说是任何形式的文字都不能替代之物。如果一个人有办法用小说散文戏剧论文以及公文去表达这一切,也就不会使用诗句了,诗也就可以从人世间消亡了。所以诗的读者潜在了每一个生命之中,每一个生命都拥有无法言说的那一部分,故而在不知不觉之间,每一双世俗的脚步都会踏上无形的诗行。人活着,其实每天都在读写无形或有形之诗,都生活在莫名的诗意之中。而他们当中的一些人,正因为有了诗,才获得了真正的表述的自由。这个世界芜杂浑茫千头万绪,无以名之奇巧乖戾,就像我们无边无际的现代诗行一样。从某种意义上说,诗能够言说世界上的一切奥秘。

就怀着纵情言说的巨大野心,我们选择了诗。诗人是最机智的愚公,最聪慧的傻子,最无聊的执着,最寂寞的喧哗。读诗,不由得会想象诗人在那一刻那一瞬的生命形态,他的睿智与顿悟,惮性和机心,还有冶炼词语的痴迷匠气。正是由于诗意的锤炼,一个民族的语言才开始走入神奇的状态,它们似乎不可理喻又振振有词,四六不通却又沁人心脾。诗人既是操弄语言的大师,又是语言的奴隶,人成了诗奴,诗又被语言所绑架。当词语之链在诗人手里狂舞的那一刻,整个世界的固有秩序也就给打乱了。言说的秩序是一切条理的根源,而诗人就是破坏这种规范的无法无天的人。没有这种人,我们的世界就会凝固僵死,不再生长枝干和抽芽吐绿。而一个人只有进入了这种非常之态，才有可能发出感魂动魄的吟哦。诗人显然是完全自如地出入此境，并在语言和生活的两极之间自然地游走。

这就说到了具体的人。真正的诗人平和简朴，似乎在刻板平淡地生活着，一个年轮一个年轮地让生命成熟。也正是如此，他才没有阻断自己的朝圣之路。现实的人生和诗意的人生如果随意混淆起来，不仅没有了张力，而且极可能受到另一种虚假的折磨。银行职员艾略特在经办国际金融的那些年，同时也是大写《荒原》的日子。他白天填写着烦琐的账目往来报表，夜晚则演绎诗剧《大教堂谋杀案》。浮浅的艺术家会生活得特别像一个艺术家，浮浅的诗人非喊即叫。由此看来，诗人是典型的具有内在张力的、因质朴而变得更健康和更强大的人。二十世纪以来第三世界的文学人士，也包括部分公民的最大不幸之一，就是过于轻信和表面化地模仿了诗意的生活，从而失去了在现实中创造诗意的能力。脚踏实地的可靠感、为人的通达和近情入理，成为诗人蓬勃创造力的基础，成为其人格质地的一种外部呈现。

我在少年时代，曾经误以为诗人和艺术家都是长发飘飘的人，他们激动起来口吐白沫。后来随着阅历的增长，才知道所有艰苦的劳动者、真正的大劳动者，没有一个是华而不实的人。也有花里胡哨的艺术家，但那往往是三四流的。我刚开始学习写作时曾遇到一个双手狂舞的文学青年，几十年过去，他终于把手放了下来。他放了下来，写出了自己的诗章。诗人的手温暖朴实，与人谈话时，长时间放在自己腿上。然而就是这双手，却写出了这么热烈浪漫的诗章。

读诗是一次回忆和温习，当然也是学习。我会尝试着，找回一些丢在了昨天的东西。人一刻不停地往前走,美好的东西却会不断地遗落,那是很可惜的事情。我会更加依赖于诗,求助于诗。

二〇〇九年三月二十九日

坚信强大的人道力量 *

俄罗斯作家与人道力量

托尔斯泰一族在我们许多人眼里是高不可攀的,事实上也是如此。他们那一批俄罗斯作家直到如今仍然站在文学和精神的高巅上,让人仰望。如果去过俄罗斯,可能会有助于对那些作品和作家的理解。那是一片世界上最开阔的土地,横跨欧亚大陆,孕育出了一些伟大的文学人物、思想人物。他们作为一个作家,是精神的探求者,一生拥有、并始终坚信强大的人道力量。这是今天的文学写作中特别稀少的。比起他们存在的那个时期,我们二十一世纪的文学版图是非常可怜的。如今已经没有了那样的巨人,而只会无聊地嘲弄,包括嘲笑那样的巨人。

回顾那个世纪,比较一下,尽可以藐视今天的文学潮流。无论这样的潮流多么汹汹滔滔,都不必害怕更不必依从。个人应该有独立的见解,即便以一个人的单薄之躯,也仍然可以抵御和反抗这样的潮流,这并没有什么大不了的。其实当年的俄罗斯文学家也并非在适合自己生存的潮流里畅游,而是相反,他们一生都在反抗,在逆流搏击。

现在往往相反,写作变成了尽力适应:适应市场,也适应下流,最后

---

* 本文为答《语言教学与研究》而作。

让自己靠近了下流。这种跟随和妥协多起来，潮流就会形成，人们将不再相信人道的力量。那时候的生活里将交织着利益和盘算，攀附和追逐，人活得不会更加顺心，而只会格外痛苦。

时代的阅读／当代作家

阅读不一定要有什么严格周到的计划。阅读不过是一场寻找，是渴望与另一些人、一些灵魂的相遇。百年一遇的伟大艺术和思想保存在书页中，这就是我们活着的幸运。人生如果说还有比这个更幸运的事情，大概也不会太多了吧。不过，有人可能以为只要是有名的著作，就有那样的保存——现在看可大不一定。名著形成的原因也有很多，有时并不一定因为伟大和卓越。一种稀有的特色可以使一部书变得著名，尖叫也可以让它著名，但我们知道，这样的书可不一定卓越，更不一定伟大。当然，一个读者也不必非伟大而不读，他完全可以阅读趣味。这又是另一个问题了。

当代写作也是历史上的作家所不能取代的，因为我们活在同一个时期，遇到的是相似或相同的问题，看看他们是如何理解这些问题、并在多大程度上解决和面对这些问题，这绝不是一件小事。所以说阅读当代作家是必需的，无论这个当代有多么"渺小"、作家有多么令人失望。说到底任何时代都会拥有自己的杰出人物，关键要看我们能不能辨认他们。否定一个庞大的集体或一个时代中杰出的精神个体，都会是非常危险的。

平时所说的"小时代"，就是垃圾淹没和遮挡了巨人的时代。

我们的阅读,就是寻找,就是拨开一道道眼障,以便望到古代和当代的巨人。我们喜欢的就可以读,但我们喜欢的,也不一定全是巨人写的伟大作品。

文学的预言／一个假问题

许多人反复预言文学的死亡,这既不正常又很好理解,因为有许多人在好意地忧虑和担心,还有许多人是纯粹的外行——不熟悉文学,站在很远的界外,于是就会有一些不着边际的话说出来。雨果和左拉当年都回答过这类问题,看来几百年前就有人这样预言了。可见事实并非如此,这个问题从来都没有成立过,是一个假问题。文学就是人,人存在,文学怎么会死亡?

人的存在方式不同,文学存在的方式就不同。这都是正常的。英国文学老太太莱辛说了一段话:那些不停地宣告文学要死亡的人,都是一些不会写作的人,他们不会写,于是也就认为写作无用、写作活动早晚要结束。老太太这句话说得有趣而通俗,这里可以参考一下。

文学就是人。文学是一个很大很遥远的客观存在,就像山脉和空气,可以谈论它,而且它从绝对意义上看也有个寿命的问题,但它对比我们个体的生命,那种存在是不必天天讨论的,因为以个体之小与山脉之大是不成比例的。许多人一天到晚在讨论一些不成比例的事情,除了滑稽还有什么?

有的文学少年一开始学习写作，就不断地谈论文学死亡的问题，浪费了时间。文学是那么大的事，像日出日落一样大的事，大可不必天天谈论和忧虑。他所要做的，就是好好写作或不写作。

阅读是一次感动／坚持的自信

任何一个作家都有不足之处。但有的作家首先给予的是巨大的感动，这使我们根本来不及也不可能去谈什么"不足"。因为这毕竟不是一次冷静的作家研究，而只是文学阅读，是一个作家对另一个作家作出的感性评判。热爱和热情，钦敬和折服，这极有可能就是全部。阅读说到底是一次慨叹、一次被感动。

事实上世界上任何地方的人，无论他离我们多么遥远，人性都是极其接近的，只是外部的一些生活习惯与我们相差较大罢了。不同民族间那种深刻的文化联系，在阅读中每时每刻都发生着，但它们大多数时候是潜隐的，而不是明晰条理的。比如说阅读的欣悦，这种欣悦有时恰恰就来自文化冲突的结果——你好奇你才觉得有趣，你比较它们也才向往它们。

我们一些浅薄的时尚追逐者总以为自己是最解放最时髦的，总是为经济发达地区的一切去叫好，实际上正是老土的特征和表现。钱和享乐，物欲的极端例子，从来不是什么新东西。思想和艺术，这才是最为宝贵的。我们古代圣贤的一些表述和思维方式，经常在今天一些西方大师那儿找到对照和呼应。可见最本质的人性的力量和美，放到全世界、放到古今中外都会理解，它们甚至无须翻译——我们的思考和阅读建立在这样一个基点上，就会有吸收的自信和坚持的自信。

放电现象／冷峻的发现

文学创作中的一部分，比如小说这种形态，有时必要展现貌似平凡的日常生活细节。但只要是文学，骨子里仍然是诗，是极不通俗的生命的核心。生命在极为感动或感激的某些瞬间，的确会有一些特别的发现和表达，有激烈的非同凡响，有神奇的感悟——它相当于天空大气中的"放电现象"，所以才说文学是"生命中的闪电"。

一个作家杰出的文学表达，其赞美部分，不是对自己或他人（生命）的拔高，而是对人性的深入，是对人性突然的、冷峻的发现。反过来也是一样。人性也有令人惊愕的丑陋和肮脏。

不同的粗暴／物质的腐蚀力

我们并不认为现在的写作就一定是历史上最困难的时期，也不一定遇到了难以克服的问题。任何时代，不是有这样的困难，就是有那样的困难。孙悟空一路上遇到的妖怪也是各种各样的，它们都不好对付。问题是每遇到一个妖怪，就要解决了它再往前。总是认为眼前的妖怪才是最大最难以对付的，是夸张了，是不准确的。

文化专制主义是粗暴的，商业化市场化就不粗暴了？它同样粗暴甚至更加粗暴。认识不到这种粗暴并且还在享用它，走向可怜的快活和依从，自得其乐，也很可怕。有时候人是极怕物质优待的，物质对人的腐蚀力超强一等。"威武不能屈"是一回事，"富贵不能淫"又是一回事，二者大概不能相互取代。

对人的敬畏／历史的经验和依据

说到中国文学未来的希望，不能不说到人口众多这个事实。人多的地方当然比人少的地方更容易产生杰出的作品。十三亿人口是一个真实存在，而不是虚拟。这么大的一片土地，这么多的人在苦斗，在磨砺，精神和艺术上产生巨人的可能性比较起来当然还是最大。小国寡民也有机会，但不能说机会更大。

我们民族的历史上出了多少文学巨人。这就是历史的经验和依据。

有的省份就接近一亿或一亿多人口，这是多么庞大的人群。这么大的人群里又蕴藏了多大的秘密，有着多么巨大的挖掘力和表现力，都是难以预料的。

这种设想不是什么简单的民族自豪感，而是源于对人、对生命的敬畏。

主人公与作家／读者的自由

人有理由经常为自己的软弱而不安，不能对自身的魅力和力量太过自信。读者或其他方面会有所鼓励，但只可存个感谢。软弱，却不能随波逐流，还要尽可能朴素真实地思我所思、言我所言。可以没有崇高大纛，但基本的文学理想、生活理想还须具备。我们特别不能认为一切的崇高都是假的，特别不能认为一切的牺牲都是傻的。自己做不到的伟举，却要相信人世间是存在的，因为总会有人做到。

主人公不必是作者自己，或自己的经历和经验。但作者一定对其有过长期的、深入的体味，这是自然的。创作出的人物与作家的关系不能不说是神秘的。现在有将写作者与作品截然分开或紧紧相系的做法，这种两极的理解都不对。

作为一个写作者，比较苛刻地生活着，作品才能有一点点不同吧？这个问题从来都是很难回答的。

人如果想松弛无忌地生活，又能有独特的写作，这只会是一种奢望吧？

当然人是自由的。可是读者对作家的厌恶和轻视以至于藐视，也都是自由的。

对不平等耿耿于怀／不同的色彩

作家不是招摇得起来的那种所谓的"名人"。那是可怕的一种人。作家是沉默工作的人,就像农民一样劳作。农民的土地,别人走过来看到庄稼,就知道这儿有个耕种者。大概理想的作家和他的工作,就应该是这样吧。

好的作家不太在意自己的声音巨大或者微小,也不特别在乎效果,只是觉得应该发声了,就自然地说出来。这样的一生既是一种生活,也是一种成就。

我们关注生活,关心人的生存。我们只对人类的不平等耿耿于怀。这是无法掩饰的。我们写作,因为我们无法掩饰。我们爱着生活中的许多,所以我们的写作才会有不同的色彩。只有认真地生活着,才有写作的内容和技巧。

感性和理性／重复自己

评论家对作品的理解自有他们的道理,这会让作家琢磨着。但写作活动是自然朴素的,有更多的感性。理性一旦压迫了感性,这个作家就危险了。理性并没有压迫感性才是正常的,作家长时间沉浸在性情之中,并不说明这个作家是傻乎乎的。相反,过于精明熟透,倒有可能藏下了创作的危机。

好的作家变化再大,大致还是沿着一条自己的路径往前。这条路径是必然的,而不是刻意追求的。思想和艺术之路如果给人跳来跳去的感觉,那一定是不祥的。

那些非常自信的作家,才敢于写同一种人物和生活,并且一直写下去;他们敢于写同一片土地,一直地写下去。这也许需要更大的力气。这是通俗作家所不具备的一种力气。比如美国的索尔·贝娄，一生尽写犹太知识分子的困境与尴尬，离婚，司法困境，还有纠缠不休的思索，有人就说他重复自己。他可能觉得没法解释清楚吧，只好调侃说：我重复自己总比重复别人好吧。

贝娄的话要解释起来的确是非常复杂的。他的原创力太强大了，而不是相反。有人恰恰不理解这些。写作，这是并不通俗的心灵之业，有时候要说清一个道理，写上一本书都不够。

谁来阻挡垃圾／中学生的阅读

在学校中，有阅历的老师多了，对写作的认识才能深刻。前边说过，小的时代，就是用渺小的东西掩盖了巨大的东西。这个时代不是没有好的作品和作家，而是被垃圾淹掉了。教育者和评论者本来应该是阻挡垃圾的人，但有时也会发现：恰恰相反。

中学教育是个大机会。中学生手捧垃圾让人格外绝望。他们到了三十岁再懂事，再知道鉴别，再去看好的作品，靠近大心灵大艺术，是不是太晚了一点？中学教育让读者从小学会良好地阅读，引导他们，这个工作很困难，却是极有意义。那些极浮浅的、连话都写不通顺的所谓"文学作品"，不是有很大一部分让中学生买了去吗？阅读走到了如此境地，我们还有什么话可说？哪个国家才会这样呢？

知识分子／低级错误

一个时期，整个的文化气氛比什么都有力量。所以要有勇气说话。忍气吞声，一言不发，可能是畏惧气氛。写作、教学，都是发言。不敢发言，自私自利，就不必当教师也不必当作家。把作家和经营文化产品搏利的商人混同一起，这是庸人才会犯的低级错误。

告诉大家这个低级错误是怎么发生的，就是发言，也是阅读的第一步。

作家本来就是知识分子，作家如果只是讲故事的人，这并不算什么。哪有杰出的作家不是知识分子的？不是知识分子的作家，只会是比较平庸的人。

比较平庸的人写出的东西，会是杰出的和有趣的吗？这大可怀疑。

我们并不满意自己，也从来不是那种自我感觉良好的人，相反我们知道自己的危机和处境，所以我们仍然还有自己的敬重者，有榜样，如此而已。

二〇〇九年四月三十日

未能终结的人文之辩

是的，许多人还记得那场"人文精神大讨论"，一切仿佛就在眼前。可是屈指算来那已经是一九九三年的事情了，也就是说，过去了整整二十年。时间过得真快，网络时代的光阴一转眼就溜走了。

今天回看那场讨论，有人会觉得言不及义、浮光掠影甚至空泛喧嚣。可是我却觉得那是一个刚刚开启的话题，保持了感性的活鲜和切近现实的温暖。它也许不是学术的和理论的，而是现场的和直觉的，是当代生存的深忧化成的一片吁喊和渐渐深入人心的自省。它是摆在每一个人面前的询问和探究：如何应对汹涌而至的物质主义潮水？由于这涉及心灵和行为的双重检视，我们不得不一次次将自己逼到穷于应付的墙角，又会在即问即答的匆促间疾走。

文学写作成为一个标本和话题，被频繁地考察和质问。于是那一场讨论更加有了质感也更加疏于学术。谁来发问？谁来倾听？这永远都是一个问题。

二十年过去了，我们真的远远地告别了那场讨论，心安理得地忘却了吗？或者说一切早就不言自明，所有问题都在现实主义的隆隆行进中得到了解决、碾碎铺路了吗？恐怕绝非那么简单。当年的讨论自有其复杂的时代背景，而今这个背景却变得更为复杂了。人是有自省力的，所有联结着现世生存的隐忧和不安，都必然要时时泛起在心中，于午夜嗞嗞作响。然而今天我们重拾这个话题，就不得不对"人文精神"这个概念作一番简约的梳理。

人文精神产生和发展的过程是曲折多变的，不同时代当有不同的内涵，没有确切不变的定义，每个时代的人文主义者都根据所处的历史氛围和自己的认知，做出不尽相同的回答。它应该是一个时代无所不在的文化风尚，像空气一样吹拂，以至于无所不在。

人文主义强调理性。理性是人类所独有的，是与直觉的欲望和兽性相对立的，人类要通过正确方式合理地实现欲望，保证自己和他人的权利共同实现。缺乏理性的放纵和泛欲，个性的绝对自由和扩张，以及仅仅按照内心冲动去行动的不负责任，只能走向反文明。

人类拥有自己的伦理道德生活，激发出更好的人性，由同情心和悲悯所激励，由经验感受所预示，促进我们完完全全地生活。责任和义务是自由人性的基础，对价值观和理想之重要性的理解，会随着人们知识和理解力的增进而不断地发生变化。

强调个体的内在价值和尊严，以及人的潜能的自由发展，对自己的生活赋予意义，把人类所处环境、人类的利益和幸福当成基础，并认为这种价值、尊严和发展是与相应的责任相一致的。个体在参与社会的同时，须保持怀疑和批判精神，尤其要对与理想相关联的事物保持审慎和清晰的判断力。

健康与成熟的个体生命，要以充分和完全的计划、深刻的决心和意义来激励自己和他人的生命，在生存的快乐、美丽、挑战、悲剧甚至是死亡的必然定局中，发现奇迹和敬畏。人文主义是积极的、入世的，既不采纳实用主义方法论，也不做狭窄的学究，而是有着坚定渴求的信仰者。他们渴望一个彼此关爱的世界，以合作而不是暴力的方式去解决问题，使个体幸福最大化，使不公正和苦难最小化，把人从仅仅为了生存而奋斗的野蛮状态中解放出来。

进入网络数字时代，全方位的机器至上、技术主义以及由此导致的功利主义已经是愈演愈烈。现代人面临的一个巨大责任，就是怎样把自然科学从实用主义中解救出来。我们必须强调对完整的、具体的、鲜活的、实际经验的人类世界的理解，反对结构和解构。这时候经典文学作品更加显示了固有的审美强度和道德价值的深刻性，帮助我们在困乏的时代提供慰藉，在充裕的时代提供激励。

什么是经典文学作品？它应该指那些有力量逃脱时间的巨大湮没，从而得以幸存的作品，包含了被所有民族所有时代珍视的人性里的勇气、怜悯、牺牲、同情、忍耐和崇高，那些使人类得以存在下去的品质。这种阅读其实是人类进行的一种自我教育，它与社会现实和人的物质生存似乎无关，却关乎其内在的成长和完善，关乎每一个人如何在时间里独处和面对死亡，以及怎样理解这个世界的永恒性。

当年梁启超并非过高地预估了文学的作用，曾有"一国兴必先兴其小说"之言，与孔子的诗教观是一致的，即看到了文学对国民风俗和思想的润化作用。这种作用和后果是不可取代甚至短时间难以逆转的。纵观今日文事，或许已不可收拾，其精神沦丧与欲望满涨的物质贪婪互为表里。乌合之众围观声色犬马蔚然成风，众口铄金，君子潜行。

消费时代的媚俗，毫无底线地追求卖相已走入最下端，学术和艺术完全可以不要，良知完全可以不要。一种文化和文明必须保持的清贵、核心和高端品质，已经荡然无存。一个时代可能拥有的哪怕是极少数人的勇气、保守主义精神、怀念和巩固的力量，正在最后地涣散和消解。文明总要由一些人来解释，溶化坚硬的内核，让其渐渐消融到大众当中去。这个过程不可以逆向，不可能从下往上。物质欲望时代的犬儒主义将一切统统搞反：高的服从中的，中的服从低的，低的服从恶俗。只要乌合之众认可，就一定成为文化的胜者。

我们自己对堕落的快感并不陌生。在风中竞相吹拂欲望和诱惑的时刻，奢谈人文精神会令人侧目。我至今记得一次阅读：陆建德先生在为库切新书《凶年纪事》中文版序言中有过一段议论，说的是书中主人公在现世"凶年"的困厄中，不停地阅读托尔斯泰和陀斯妥耶夫斯基等（多么背时的阅读啊！），深感当下作为一个人，一个知识分子，其道德感已经变得可怕地低下了。这个人感到了深深的无奈和恐惧，不安和痛苦。陆先生就此说：我倒真期望这种痛苦来自我们中国的当代作家，那该是多么好啊。

我之所以不能忘记这议论，是因为它触动了某个敏感而痛楚的部位。我们处于什么时期？我们有过这种阅读和痛苦吗？我们为什么丧失了这种机会和可能？我们为什么不敢做出设问？我们甚至自觉地拒绝了这种阅读和稍稍接近的可能与意愿，因为这会伤害和妨碍自身堕落的快感——那种阅读中产生的自我苛刻哪怕有一丝丝现实的真实，也会让我们产生愧不为人的自卑感。这种感受真的难以招架。我们不仅不愿接近和仰望，而且至少还要向这种情形时不时地蹭一下（不是正面冲撞），来表达自己可怜的勇气，掩饰自己的绝望和自卑。

　　具体谈论一己的写作，那些顺从纵欲之潮的血腥、阴暗、肮脏与下流，仅用艺术的全部复杂性和曲折性、现代主义的说辞来辩解已经苍白，多元和宽容的套话也不再适用。因为这须在某一个大前提下才能成立。任何人都会诘问你的立场，都有反抗和拒绝这一切的权利——在恶与黑暗的总量中添加了你的一份，你间接地伤害了我，你参与制造了我此刻正在经历的苦难。

　　说到这里该问一句了：一九九三年的那场讨论终结了吗？当然没有。我们这里没有，其他地方也没有。只要是有人类有生活的地方，就必有这样的讨论，并将一直进行下去，或隐或显地进行下去，永远没有终结的一天。

二〇一三年九月六日

疏离的神情
万松浦讲稿

这是一部作家在万松浦书院春季讲坛的授课记录，已出版单行本。作为写作历史近四十年、出版著作千万言的当代最活跃的作家之一，本书可视为其重要的开拓性新著。书中话题极为广泛，语锋犀利且自由活泼，既十分朴素又妙趣横生，言他人所不能言，囊括并接通了写作学、艺术批评、文本分析、阅读欣赏等多个领域，表现出深沉悠远的个人思悟和强烈的人文情怀，视野特异而开阔，处处别有洞悉。本书在录入和整理时，尽可能地保留了原讲坛的语言特点及现场气氛。

前言

对我来说,这是一部有些特别的书。

自二〇〇二年至今,万松浦书院的讲学活动已有了十年时间,先后有几十位学者开坛,他们不辞辛劳地授业解惑,在这个偏僻的海角留下了自己的声音。

十年里我没有在固定的讲坛上授过课,只在开坛的时候随访问学者一起听讲,一起座谈,偶尔就某个专题发言。多年来大学的朋友总是催促书院设立一个定期的讲坛,于是从今年春天开始正式做起来。

我与大家对话,一起讨论。这样讲坛的气氛趋于活跃,常常是到了用餐的时候还没人想离去。话题广泛得很,不仅仅是文学,而是包含了很多。如此也可以接近传统的书院授课方式了。

只要是讨论就有各种声音融入。因为是这样的形式,所以各种话题更加分散开来,几乎不可能有什么集中的主题,因而也难以就某个问题一直深入下去。现在合到一本书里,看上去就有点像中国画风中的"散点透视"了。它虽然简单,却也记下了一些真实的思绪。

这些文字凝聚了别人的许多劳动:七讲先由参加讲坛的白云、高树伟、迟晓航、周琳、李婧屹、童唐、边静七位学员录入,而后又经陈沛和张洪浩二位先生仔细订正,去掉了其中的水分和闲篇,这才可以端到案头上。

现场效果是热烈和活泼,是不拘形式,深刻却远远谈不上了。现在展读这些文字,发现它们一旦离开了具体场景,或许还多了一点严肃的面貌。

作者

二〇一二年八月二十八日于万松浦书院

第一讲

万松浦地理

万松浦书院设立之初,曾经考察过很多地方落脚:两处海边、一处海岛,还有一处在鲁西平原。这些地方今天看来各有利弊。西部平原显然离传统文化根脉更近,民族文化的根基在那儿。但是海滩美丽,海湾漂亮。鲁东南的一处海湾也有很多松林,缺点是地势低洼,每隔一些年就会有风暴潮来袭。

找来找去,最后选址在龙口湾以东的这个地方。

现在的龙口市属于秦始皇时期郡县制的古黄县,那时的面积比现在要大得多。黄县是古代东夷时期莱子古国最重要的地区,有一个说法,认为这里就是齐国将莱子国逼迫东迁的国都。由此往东南二十多华里有一个重点文物保护地,叫"归城故城遗址",就是考古人士说的东莱古国的都城。一些最有名的春秋战国时代的出土文物,大量来自这一带。

可见这里的文化渊源很深。

今天的龙口从地图上看就像一支犄角的小小分叉,而这支犄角由渤海湾伸出,直向着更辽阔的海域——黄海伸去。而这支犄角的分叉是探向了相反的方向,好像格外留恋渤海的一次回望似的,这就形成了龙口湾。龙口全境由面积大致相当的三部分组成:山区、丘陵和平原。这三个部分自

二〇一二年在万松浦讲坛

南往北依次展开。最北边是胶东丘陵北部的一片冲洪积平原，离海岸大约七八华里的一片，是海冲积平原，也就是海浪海风海沙的合力，把冲洪积平原压在了下边，再次覆盖了一层厚厚的沙粒，当地人叫作"大沙滩"。

据书上记载，直到上世纪三十年代左右，这片大沙滩以及四面还是无边的树林。那是一片自然林，稀疏相间，从东西南三个方向一直绵延到很远。古代讲到蛮荒，说"人民不胜鸟兽虫蛇"，听着有趣好玩，实际上那时的日子是很难过的。由此也可以想见这个边缘地带的情形，显然是极端荒凉的。直到四十年代中期，这里还是人烟稀少，几乎没有太大的村落。比如离这里较近的一个村子算是很大的了，它的名字叫"灯影"，可能是当年有人往北部荒野走，远远看见有闪烁的一点灯火吧。那时林子里大概只有零星的居民，是渔人或猎人，后来才一点点繁衍成今天这样的自然村。

记忆中这个地方全是自然林，树木品种很杂，长得最大最多的有橡树和白杨，有洋槐和合欢树、柳树等。松树是五六十年代植起的人工林，为了防风，它的位置更靠近大海。自然林是最诱惑人的，树种杂，分布得没有规律，神秘极了。五十年代末这里还是一片蛮荒面貌，是典型的边地荒原。那时来往出没的不过是猎人，采药的人，打鱼的人，林子里一些弯曲小路就是他们踩下的。这些小路纵横交织，形成了迷宫。

如果一般的人进了林子，十有八九要迷路，说不定要出大问题。

记得离林子不远的一个村子就出过一个吓人的事情。那里有一个长不大的孩子，就是因为在林子里迷了路——他不知怎么一个人深入了林子内部，看到了一个动物，这个动物很怪，从背影上看很像一个人。他跟它打招呼，它也不理；他追上去拍了它的肩膀一下，它就猛地回头，露出了一

书院原址　田恩华摄

张野兽的毛脸。他立刻吓得倒在了地上,人事不省。从此以后他再也长不大了,据说是给"吓散了骨头"。于是医生要根据他的形体做一个石膏床,让他每天躺在上边好几个小时,以便将散开的骨架收拢起来,长出正常的骨骼——我们几个同学去看过,见他真的躺在一个石膏床上。我至今还记得他头上戴着针织小帽,正中还有彩色的三道条杠。

这不是传说,而是真事。他的石膏床大约每年都要重新做一个,一直到他的骨骼长好,长得强壮起来。

只要想到过去,首先想到的就是这片林子的神秘,它的一些无尽的故事。

到了上世纪六十年代初,林子开始缩小,但也只是相对而言,在一般人眼里它还是无边无际的大。这里先是成立了一个国营林场,再后来又有了一个国营园艺场。大约也就是这时候,在国营林场的经营下,开始了近海防风林的栽种,这就有了几万亩的黑松林——它与无边的自然林混到了一起,算是人们对原来那片缩小的林子的一种补偿吧。

有关材料上介绍书院,只说它四周原来的树林有两万六千亩,这是不对的,应该是几倍于这个数字。

有一部中篇小说,九万多字的《蘑菇七种》,就是写了那时候的林场记忆。书中的描述并没有多少夸张,真是那样怪异和神秘。它的故事发生在六十年代中期,也就是人工林刚开始栽培不久的时候,林场成立大概没有多少年。

丘陵北部的这片冲洪积平原上,自南向北有几条主要的河流,按大小排列为黄水河、绛水河、泳汶河与港栾河。

万松浦东边紧邻的就是港栾河，现在看它像一条大水渠一样狭窄，可是在七八年前还是一条中型河流的模样，经常可以看到渔人在上面撒网。而在古代它是很宽的，河床大约有一百五十米，里面有很多航船，河湾就是一个大码头。现在从这里往南不远的"港口栾家村"，通常简称为"港栾村"，就是以这个河头（的）码头取的名字。

从这个海港再往东，不远处有个村落叫"黄河营"，就是清代一个很有名的海军军营遗址，在黄水河入海口，是北方最重要的海军营地。现在那里时常还会挖出很多东西，当年铺路的石板，车辙磨进了很深，如今都运到市博物馆铺了巷子用。这个营地可能要早于威海的刘公岛，是半岛地区最早的一个海军营地。

因为各种各样的原因，这里的丛林与河流一起萎缩。现在，从书院往四下望去，会发现四周都是高楼。原来的林子没有了，不要说几万亩，连一万亩都找不到了。说起来没人相信，这片林子消失的速度不是几年，也不是几个月，而几乎是一夜之间——据当时住在书院里的人说，只听到一夜的呼呼隆隆声，第二天早晨起来一看，无边的林子就没有了。

城市化的速度真让我们惊讶：像变戏法一样变出这么多楼房，十层二十几层，工业区，大烟囱，星级宾馆，高尔夫球场，国际游艇码头，全是对西方的盲目跟进，是很蹩脚的模仿。这一切正以更快的速度往前推进，与其他地方一样，其实是走上了一条不归路。

这里更像是一个缩小了的、经济转型之后的东部地区面貌。单是围绕书院四周，一切也就可以看得很清楚。

可以想象一下六七年前，想象那片无边的林子，一条大河，河的入海口——那叫"浦";入夜后四周全是林子,漆黑一片,只有书院灯火闪烁,书声琅琅。

那时我们多么爱惜这片林子,当年建书院就因为害怕破坏树林,才特意找了河边这块荒地,因为这里树木稀疏。书院里面的小路,都是当年猎人和渔人踩出来的,我们不过是在原路上铺了碎石而已。小路中间如果有一棵树,我们也一定要保留下来。建房舍时,如果墙基线上有一棵松树,我们就会改变原来的图纸,让墙凹进去一块儿,只为了让这棵树像原来一样生长。

可是开发商在一夜之间就把几万亩林子打扫得一干二净了。

对比一下也就明白了许多。历史,现实,许多许多也就可以明白。这好像是一个象征——历史进程的象征,历史规律的象征。

所以,现在的书院就成了这个样子,它被包围在一片水泥丛林之间了。

二〇〇三年九月书院举行了开坛仪式,其实二〇〇二年就开始了运作,到现在整整走过了十年的路程。这十年里书院有过许多学术活动,境内外很多学者来都这里讲学游学,留下了他们的足迹。

灿烂的星空

自二〇〇二年到现在,许多文化人士来过书院游学讲学。有一位学者给书院题了四个字:"世外桃源"。

那时候他们可能很惊喜,有了这种感受。因为无论白天还是晚上,这

晚霞中的书院　田恩华摄

里一点嘈杂的市声都没有。风来了有林涛呼鸣，再就是各种动物的声音。如果住在一研部的三楼，从窗子往北看，就是无边无际的松林和海湾，再就是从渔港码头到桑岛——这之间有一艘白色的交通船来来往往，大约每个小时一趟。人每天处在这种环境里，真的恍恍惚惚会觉得来到了一个世外桃源。冬夜有几天海风稍大一点，海浪就像打在枕头边上，哗哗巨响。那种感觉给人很多想象，就像接受一种强大的脉冲、一种从大自然深处注入的力量。

在这种感觉中，人可以写下很多不同的文字，展开另一种构思和想象。因为受到了无法言说的推动力。的确是这样，人不仅是生理状态与置身的环境有很大关系，还有思索力及其他。

有些人心里从来不装大事，而有些人心里常怀大事。这在写作者思想者那里，就成为致命的区别了。灵魂是不同的，一些人天生心里就装了大事，而大多数人只是有时候才泛起大事，更多的时候被具体的琐屑充满了。造成这一切的原因很复杂，但肯定与身处何种环境有关，人在闹市拥挤中或孤身寂野里，当然心情和思维都要有所不同了，所以环境的改变将引起人的很大变化。

人的心里汇集着各种各样的思绪，但是有的会泛上来，有的会压到底部。我们优先处理的部分是什么，这很重要。从较大的城市坐车来到这里也就是三四个小时，这段距离的改变，这点时空的移动，却让人考虑问题的角度变得大大不一样了。尽管我们现在有网络和电视，有无线和有线等联络方式，似乎跑到哪里都跟整个世界联系着，那是由无数根看不见的线相连，就是它们让一个人无法独立生存——但是尽管这样，人的躯体置于何处，也就是说他站在了哪里，心灵状态也还是会有很大的不同。

可以想象，人在较少人工痕迹的地方，容易考虑一些悠远的问题。抬头就是大海星空，想不考虑永恒都不可能。反过来如果出门就是人流车辆，那就必须面对、必须处理这些眼前的问题。

当年这片海滩丛林没有什么现代污染，看星空会觉得很亮，星星很密很大，人会觉得离它们很近。所以在这里，大家仰起脸时会有一种讶异感——那是城市人久违了的一种感受。人们在这里受到了夜空的强烈提醒和强调，会不由得想起了康德那句话，就是他对两种东西的惊异——一是心中的道德律，二是头顶的这片星空。

在这里，星空让人讶异，心里产生敬畏。这种感受或许是思想者最基本也是最重要的，是大事的起点，或者还有终点。一些朴素的然而却是巨大的问题，会一点点走近我们——会回到原来，会追溯一些本源的问题。这就是人性与神性接通的时刻。

在商业主义物质主义时代，我们身陷其中，为了生存，也就不得不使用浅近的心机，结果变得精明而又庸俗。艺术品的创造离神性越来越远，诗意也就逐步萎缩以至于没有。一切越来越世俗化，实用化，人在物质欲望中沉迷下去，渐渐不能探出头来，再也看不到灿烂的星空。

覆盖、蕴藏和孕育

文学可以从专业的意义上谈，比如说文学研究和文学写作，还有文学教学等等，这是专业，是工作，没有什么好说的。从这个角度讲，我们今天有一个庞大的文学群落，因为有那么多专业作家和专业研究者、教育工作者，从省市县再到各大学，专业人员多到数不胜数。有人可能问：这种"无用之学"值得耗费这么多人力和物力吗？谁也不知道，没法回答。因为世上再也没有什么东西比文学的需求再难以度量的了。这些年一直有人在谈论文学的"死亡"，记得只要到大学去参加学术活动，往往就会有听众和学者提出类似的问题，让作家尴尬。有一次一位老作家回答得机智，又直截了当，他说："文学死亡？我看不会吧，因为有这么多的大学，这么多的中文系和文学院，光是这里的需要我看就足够了。"他的话里不知有没有玩笑的成分，但因为说得很实在，大家也就马上同意了。

是的，从工作和专业的意义上谈，文学赖以生存的根基和土壤还是很大的，这足以保证文学在形式上的存在。但这并不一定确保它的实际生存和生长，因为弄到最后空有形式而无内容，只剩下一个外壳，这种事情也不是没有可能。

可见仅仅是把文学作为一个专业和工作去谈论，还不一定能从根本上回答问题，就是说不一定能靠近文学的本质。

我们许多时候不得不在文学的理解上超越一下形式，就是说不仅仅是当成一门专业和工具来谈论，而是要当成心灵的需求、当成生命的元素去谈。因为文学既是一门专业，更是生命的一种冲动方式，是生命最基本的属性之一。人还有超越世俗物质的诗性欲望，有探求真理和追求艺术满足的欲望。

比如一个人的观赏力和想象力，对诗性的痴迷和追求——这都是与生

露台　田恩华摄

俱来的东西，每个人都有，差别是有的人强有的人弱而已；有的人在一定的阶段才可以焕发出来，比如在某个机缘的刺激下才表现出来——现实生活的庸碌可以把一些欲望压抑住，覆盖住，以至于有的人一生都常常忽略自己的生命内部还有一些熠熠闪光的东西；但诗意的存在和感知终究是不会彻底消失的。

源于这种生命的发现和冲动才是文学，它不是作为专业和工作而存在的东西。从这方面讲，我们也许可以更乐观一些，因为每个个体生命中都有它的存在，只要有一个合适的机会，它就可以被呼唤出来——既然如此，何愁没有文学没有读者？何愁没有生存的空间？

从另一方面说，也恰恰正是因为如此，才不会放眼望去全是文学，全是诗意盎然，所以也就令人沮丧了。其实我们永远不要指望一个诗人的嚎唱，就可以引来群声响应，那是不可能的。因为人总是满足了最基本的物质需要、世俗需要之后，才会开始展现精神方面的需求——尽管这是更高级的需求。所以我们抬眼望过去，目力所及，当然只能是满足世俗欲望的庸碌生活了——这种生活既对文学起到了一定的覆盖作用，又蕴藏和孕育了无限的诗意。

这种覆盖和蕴藏是自然而然的常态，并不仅仅是因为今天物质主义盛大、周边森林退化河流萎缩才发生的现象。只要有人类生活就有这样的覆盖，就有对文学的误解，就有文学的专门工作和本质表达方面的内在区别。

从某种意义上说，那种业余的文学，那种看不见的文学状态，才是最深刻的文学存在。有时候一个专业文学工作者倒有可能是离文学很远的，一个每天都在谈论文学的人，并不一定与文学关系紧密。因为文学大多数时候不是表现为按部就班、有条不紊、分门别类，不是携带着各种方法的一种固定的软件程序，而实在是源于生命内部的深刻感动。

不知所云

真正的文学研究者并不完全依赖一套现成的方法，而更多是将源于生命内部的感动和理解、将心想体悟作为工作的基础。只有一般化的研究才过分注重方法，虽然也算敬业，但还是过于看重仪式化和程序化的东西了——在现代，这种方法更多是来自西方，是西方的一种传统。这造成了今天的很多弊端。亚洲是比较典型的例子，因为"脱亚入欧"已经有一些年头了，这里日常的生活方式，包括趣味追求、思维方式，都在一步步向西方靠近。这一切表现在文学工作上就更明显。

现在我们较少发现一个做文学研究的人还在遵循东方的传统去工作。

学院内外，大致改用西方的思维和方法，即运用逻辑的、实证的、解剖的、理性的一整套来做文学研究。说到传统，像《文心雕龙》《诗品》，包括金圣叹张竹坡他们的点评，那种对语言艺术的进入方式与探究方向已经没有了。那是东方的研究，讲究气息、体悟、赏读，往往特别靠近了语言。他们的研究，一定是将对象（作品）的语言细部勒到紧得不能再紧，近得不能再近，有时会从一个词语的调度开始深味。他们注重作品的诗性，意味，境界——是从这些地方出发和抵达的。

文学研究上的脱亚入欧，并非一无是处，当然是有得有失。

谁也不能否定西方的研究方法，不能无视它的意义。这就是中国学者一直强调的文学研究的"现代化"。这有点像胡适当年讲的中国要"全盘西化"——当时有人攻击他，说我们中国有那么好的传统，你却说完全西化，全部西化，我们不能接受。胡适说：那我改一个说法可以吧？不叫"全盘西化"，叫"充分世界化"。他这样一说，一时让不少人无法回应，虽然也觉得有点问题。

"充分世界化"，就是"尽量"和"用全力"的意思，他反对文化上的本位主义和折中主义，接下来又做了进一步的解释："世界化"并不反对穿长袍、穿中国缎子鞋和用中国字，"世界化"并不是指望人人都吃西菜和改用刀叉。当然"世界化"究竟是什么，胡适在这里也没有尽说。不过一部分人一下子无法回答，另一部分人则安然地接受下来了。

西化和现代化显然不能完全对等。现代化运动自西方开始，伴同着工业革命进程。但这里的"现代化"只能作为一个中性词来使用，还不能完全当成一个"落后的""愚昧的"对立面去理解。尤其是在艺术这类微妙细致的东西方面，不能唯"现代化"是从。

今天的中国文学研究也面临着这样的思辨。有一部分人公开说，有一部分人只做不说，但实质上还是把全盘西化等同于现代化，这里面一定有很大的问题。中国的文学艺术传统与西方不一样，它是写意、白描、散点透视，长于感悟和感受，理性空间被进一步压缩。其实西方的优秀艺术家也不会用理性来压迫感性，它们应该是统一的。比如西方的现代绘画，往前发展的道路上首先接受了日本的影响，这种东方的写意艺术极大地启发了他们。现代主义绘画开始稍稍脱离解剖和实证，最后越走越远。这就是所谓的西方文学艺术的"现代化"，他们的方向是反的——东进。

我们现在的文学研究正好走向了他们的原来，即追求解剖、理性、透视，用这些仪器对付起自己的文学肌体，而且累得大汗淋漓。这种工作方法的引进当然很有必要，并且肯定有它的道理——那么高深的体系，产生了数不清的杰出人物，当然绝非浮浅无聊。

问题是如果我们东方的研究者吞食不化，只取皮毛，那么最后西方的高深没有学到，原来固有的武功也要全废了。这就是我们的危机。所以有时返回原路未必不是一条正路，比如脚踏实地从艺术感悟出发，从语言出发，倒是最平实最可靠的途径。文学研究文学批评还是得建立在对作品的感动和感受这个基础上，还需要先进入再把握，不然那些冰冷的技法就会阉割活着的文学机体，一切也就适得其反了。

如果一个人真的具有超越性，他就会从那些现代条条框框中走出来；如果没有超越性，他就会变成技法熟稔的机器人。

比如一个孩子识字以后，阅读感受能力很强，这时他说哪本书好大概是不会错的，因为他依赖了朴素的力量。这种力量来自土地，来自大自然，也来自纯洁的童真，所以是强大的和可靠的。没有经过人工强力改造的认知，大多数时候是健康的，非常准确的。而当他上了许多年学，读了许多教科书，跟着导师一直学下来，再谈文学可能就要出现偏差。因为一部分人的自然感受力受到了损害，肢解文学的方法开始作用于他了。这样继续下去，从研究生再到博士生，正常的敏感的文学感受力基本上也就消失殆尽了。

这种情况当然并不是百分之百。但就我们接触和已知的相当一部分教育后果看，也正是这样。如果受教育者有一种超越性，能把西方的理性深度、一些方法深入理解和融汇，再与个人的生活阅历及原初感悟力结合一体并保持下来，或许会更加成长起来。可惜这种机会一般来说是很少的，我们很少遇到。

以过去认识的一个孩子为例。这个孩子很聪明，很小时，与之讨论文学作品就很过瘾。大家可能也会有这种经历，就是遇到一个很聪慧的没有高学历的孩子，与之讨论文学是很透彻的。他并没有多少学术语汇，但我们知道他在说什么，知道某些重点被他抓住了，更深处的无以言说被他捕捉了。有时候他表述得不够完整，但却能让人理解。因为生命和生命是可以对接的，灵魂和灵魂是可以呼应的，所谓的气息相通，心有灵犀——古人今人，男人女人，老人少年，都是一样的。"性相近，习相远"，说的就是人性的接近。听了这个孩子的表述，再回忆起个别从国外回来、挂了诸如博士教授等等好多头衔的人，会觉得与之交谈其实很隔——对方只有方法没有内容，那些貌似高深的说辞已经脱离了生命质感。许多时候是让人不知所云的。

那样的研究就没有多少意义了。

黄狸鼠

专业意义上的文学工作，有时候正是当代文学写作赖以生存的基础之一；但是从另一方面看，它又离文学的核心意义有些遥远。我们常常看不到的，却是蕴藏在芸芸众生里的文学欲望，是那些无言的理解——那才是广大的，本质的部分。

对文学的追求需要靠近淳朴的、源发的事物，类似于土地，是这样的生长基础。生命诞生之后，对诗意的向往和诗意的表达欲求也就产生了。这是一个人生来就有的，差别是强度和浓度各有不同。这样说的同时也就回答了另一个问题：为什么文学在很大程度上是不可以传授的？因为这是生命里固有的一种能力，如果这种能力太弱太小，无论怎么诱发和引导，它都不会有效。对诗意和境界的感受力欣赏力一旦缺失，知识成倍地增多也无济于事。

比如西河岸一带有一种奇怪的鼠，当地人叫黄狸鼠。它们长着很短的金毛，机灵可爱，就在枯河堤上的一个个洞子里。那些洞子新新旧旧纵横交错，想逮它们很难。因为它的洞子有好多出口，人们使用围网和烟熏，结果还是不能奏效。黄狸鼠肉滚滚的，河边人都想养一只，只可惜捉不住它们。

有人就发明了一个方法：把牛筋用香油炸一下，缠在棍子上，从洞口往里伸探。黄狸鼠虽然狡猾无比，可就是经不住这种浓香的诱惑，最后总是一口咬住——结果牙齿给勒到了牛筋里，这时往外一拽棍子，就可以把它拉出来。

文学的先天能力就像黄狸鼠待在洞子里——看上去都是洞，只是不知道哪个洞里才有黄狸鼠。学习各种知识，无非等于往棍子上缠了牛筋炸了香油。这个过程就是阅读，就是上大学，就是读研究生和博士生，就是寻找导师。

但是如果洞子里没有那只黄狸鼠，棍子再长、牛筋再香都没有用处。

河堤上有许许多多洞子，但的确好多洞子里没有黄狸鼠，这是事实。不过有没有总要使用那个工具，总要伸进去拽上几拽才知道。所以一个人接受文学教育，只是想象洞里有那么一只"黄狸鼠"，无论这个洞子多么陈旧，长满了荒草，也还是要抱有希望。

我们是坚信这个洞子里是有黄狸鼠的，对自己和他人都不能过于悲观。认为所有的洞子全被商业主义和物质主义的潮水淹没了，里面连一只活的黄狸鼠都没有了，那不可能。黄狸鼠是一定有的，因为它的繁殖力非常强。

有一次听到一个人在学术场合大讲文学的边缘化，讲文学的死亡——头头是道，引经据典，什么科学的发展，世界的潮流，声像的传播，乍一听真是醍醐灌顶，大开眼界。

但是后来想一想，就觉得不对了。因为黄狸鼠总是有的。

放眼望去，浅俗的庸见就像秋天落叶覆盖了路面，需要经常打扫。文学是生命里固有的东西，它就潜在心灵的角落和底部，就像黄狸鼠住在洞里一样。

今天这个比喻太粗俗，但愿不要败坏了他人的胃口。

纯理论的敌人

写作者百分之八九十都害怕纯理论，只看上一会儿头就蒙了。难道他们会受到伤害吗？也许会的。但这只是阶段性的厌烦，最终可能并非如此。

那些足够强盛的文学生命，说到底还是不会拒绝理论，包括那些高深莫测的"纯理论"。有一位拉美大作家讲："我是一切纯理论的敌人。"我们理解他的意思，那是极而言之，是某种方式的讥讽。他可能是痛感于某些理论的不着边际吧，那些人没有进入微妙语境的能力，失去了进入的前提，还大言震耳，结果成了这位作家的"敌人"。

但只要心里明白了这些，再读那些高深的纯理论就不会有什么问题。虽然不是读得越多越好，起码也无大碍。对于一个写作者来说，如果胃口特别好，或许是来者不拒的，任何的理论、生活，都不必拒绝。健康的人总是有一付好胃口。

那种纯理性的思维，纯学术的世界，也是创作者需要了解和进入的。真正具有了超越力，一切也就好办了。文学研究和文学写作既有区别，但也有相同点，那就是对生活对人性的深刻理解。在这些方面没有了对立，其他也就好说了。好的作家能不能同时又是好的理论研究者？这当然是不言而喻的。

托尔斯泰谈莎士比亚，雨果谈莎士比亚，真是太好了，有实证举例，又有逻辑分析。写作者对语言细部的敏感，对整体结构意图的把握力，都是不同凡响的。他们当然有强大的理性分析能力，这与强大的感性经验并不冲突，而是交织在一起，构成了一个独特的、色彩斑斓的言说世界，与他们的作品一样丰富。

另一方面，一个好的研究者感性思维也是很发达的，他所有的理解都是建立在对作品深刻感悟的基础之上。举一个例子，美国马尔科姆·考利的《流放者的归来》真是一部好书。考利评说作家作品的口气是迷人的，那么有趣和生动。这其中形象化的描绘，感性的把握，理论的透彻深邃，可以说是水乳交融。整部书没有一点学究腔，也没有一点实验室里的标本和防腐剂的气味。大概这样才称得上好的文学研究吧。

心智未开的人

不知从什么时候起，人们愿意把儿童文学和畅销书放在一起谈论。其实这不是什么好的现象和兆头。如果一个作家的作品只有孩子喜欢，只有他们排着队去买，而成人一看就觉得清汤寡水，扔到了一边，这会是好的儿童文学吗？当然不可能。首先是文学，而后才会是儿童或其他的什么文学。

任何文学都是生命的体悟和人性的探究，沿着这个方向探测都是深不见底的。也许没有什么比这两种东西离文学的核心更近：一个是童心，一个是诗心。所谓的"儿童文学"写作者应该是保留童心最多的，这样的文字成人更愿意看，否则就不是什么文学。不能单单去满足那些心智未开的人，那样只会是无聊的写作。想方设法让许多人去买，并因此振振有词和沾沾自喜，认为这就是"成功"，这就叫"群众喜闻乐见"。其实这不过是商人之见，是卑微的写作心理。说心智未开，这里不仅指童稚化，而且还指凝固在心里的蒙昧——这就与年龄几乎没有什么关系了。要让那些心智开化、强闻博记，在文学上有深刻见解和广阔视野、文化构成丰富，且具有强大思索力的那部分人正视，引得他们心动和神往才行。

一个时期的阅读数量从来不是什么重要标准，专业人士的赞许也不是。因为不能单单靠世俗标准证明文学的价值，它的检验和鉴别需要更多的时间，需要经受光阴的淘洗。

也许我们会发现，某些研究者的文章只是停留在浅表，那些或乖巧或笨拙的阐述，几近于胡说八道。实际上关于诗意的理论阐述，那些条理分明的剖析，要远远离开胡说八道也是很难的。尽管如此，写作者也不要惧怕这些东西，要敢于接触，发现它们的好玩在哪里。

如果钻到他人设下的迷宫里一时转不出来——理论的迷宫，方法的迷宫——虽然耽误时间，但最后还算是到此一游，或许并没有太大的坏处。我们也会遇到一些长时间陷在迷宫里的人，他们走出来的时候年纪已经很大了，脸上留着羞涩的不好意思的微笑。他们对这个过程从来不愿做出更多的解释。

与乡野密切交融

人类从跌跌撞撞地进入城市化之后，写作者就开始分成了两拨：一是从小生长在闹市里的，二是出生在乡野间的。这两种作家的区别是蛮大也蛮有意思的。一直有人想探究他们谁能走得更远更有高度、拥有更强的创造力，可能既不容易又不好玩。因为这种区分很危险也很复杂。

来自乡野的作家如果要走得远，也许需要一个条件，就是自身经历一个类似于"城市化"的过程，经历那些看起来未免烦琐，但却是必不可少的现代烦恼，比如什么理论的大学教育的这烦琐的一沓子。他从这种厌烦中极力摆脱，不断地挣脱，最后会有与过去不同的一些经验，包括厌烦的经验。他会发现乡野经验与厌烦的经验一旦结合起来，就会产生极其特别的、强大的力量。

出生在城市里的作家因为离现代读者更近，一开始就会消除一些烦恼，得到很多宝贵的鼓励。他们渐渐会成为出生在乡野的作家的最好的朋友，相互汲取一些东西。为了走得更远，他们总是极力开拓自己的地理空间，因为越是上了年纪就越是发现：植物都很难在柏油路和水泥地上生长，人也一样，城里没有土壤，氧气稀薄。

现代空气测试已经可以量化，比如对空气中负离子数量的统计，在渤海和黄海交界的长山列岛这一带，包括万松浦以北的这个海域和岛屿，负离子读数最高可接近或达到两万。可是在一些城市如北京济南这种地方，读数很低——有人说大概仅有几千或一万吧？不，只有二三十；一二百那是好的，即使到了郊区的树林里，要超过一千也很难。在一个新鲜空气如此稀薄的闹市里生活，当然会折杀生命的生长力和创造力。

一个终生不愿迈出城区的作家，竟能走得那样远，该有多好的体力和才华。他们如果像出走修行的人士那样，再获得一些安静和旷野绿地，又会是怎样一种惊人的情形？不知道，或许一切还恰好相反，因为生命性质不同，人的机灵是不一样的，有人可能天生就对于闹市特别敏感。

比如说索尔·贝娄就是一个典型的城市动物，他一辈子没有离开城市，作品中不停地写知识分子和城市纠葛，但也实在伟大宏阔。确实是这样。但是如果研究索尔·贝娄的作品，就会发现他终生在做两种事情：一是在文字世界里畅游——大概比他读书更多的作家是很少的,简直什么都读;同时还是芝加哥大学的社会委员会主席。也就是说,他在文字海洋里面畅游的广度和深度远非一般人可比,而且是一个好的学者。他像南非的库切一样,是典型的学者型作家。他在文字的世界里陶醉畅游,并让这种生活成为虚构的重要基础。

二是他仍然极度地向往自然,对客观世界异常敏感。西方那些极度城市化的作家,和中国新兴城市的作家还是不一样——他们那个城市的一切早已化为日常生活的泥土了,拥有自己漫长悠久的历史,有各种各样的隐秘角落,整个的城市土壤已经淤积得很深很深了。即便如此,索尔·贝娄在写到芝加哥的雪融化之前,小孩子在路边探宝,一脚踢出瓶子盖或几分钱硬币的那种欣喜多么簇新动人。他多次写到芝加哥的湖,写田野上各种植物的细部……总之他会利用一切机会与大自然亲近,与大地的神经丝丝相接。

城市作家与乡野作家都不忘巩固原来的优势——前者在人造的景观世界里探索,在文字海洋畅游的深度和广度非同一般,这或者是另一个基础。乡野作家也不能一味撒野,这会有个限度——能否掌握这个限度和分寸,会造成云泥之别。比如托尔斯泰、陀思妥耶夫斯基、普希金、屠格涅夫,看起来都是生于贵族之家或城市街区的,但他们整个的生活历程中,与平民的来往是很频繁的。而且他们大量的时间是在俄罗斯大地上行走。普希金主要住在郊区;陀思妥耶夫斯基经历了流放地生活;托尔斯泰不离树木蓊郁的庄园;屠格涅夫迷恋俄罗斯大地。

贴近山川土地,似乎具有了强大的优势。这是上帝赐予的不可剥夺之物。但可怕的是自我放弃，固守一孔之见，或者因此而卑视文明修养。学习，广泛的见闻和游览，这一切都会一点点积累起来，成为终生受用的财富。

有人认为中国没有纯粹的城市作家。他们大概以现代作家们为例，却没有以今天的作家为例。因为中国是一个农业国，城市化程度很低，即便看起来是一座大城市，实际气质也还是一个大乡村。它的本质内容跟乡村的交接边缘不是特别清晰，有时候似乎是介于二者之间。所以中国作家更多地置身于城市和乡村之间。有些看起来已经相当繁华的大都市，从形式到内容仍然是处于对西方都会的模仿，外洋内土。这些城市还没有称得上自身的独特文化与历史，严格讲还算不上真正的现代都会。所以聪明的城市写作者一生都在省悟这个生活主题，尽一切机会与乡野密切交融。

到了当代，情况就有些稍稍改观了，这与中国的城市化进程有关。我们渐渐会发现比较纯粹的城市作家在出现。由于中国对西方城市的模仿，对其生活状态的模仿，时间日久，也会衍生出很特殊的、中国当下的一份城市生活。这种生活培植起来的写作自有优势，那就是在模仿中的忘我状态、一种与中国的过去和现在的西方都大为不同的特殊生活情状。他们的心理不同，描述也不同。他们在不难察觉的自卑中与世界对话，居然也能对得起来。这就是当今的乡野作家所不具备的生活内容和文化视野。这就呈现了表述身份和表述内容的极端复杂性，这种复杂性也许是只有第三世界的中国才具备的。但是他们和西方那些纯粹的城市化作家所面临的困境仍然是一样的，就是同样需要大地和乡野，需要去见识大风景——那些地方氧气充足。

这里的"氧气"当然不光是指化学分子式的意义了。

对文学研究者可能也是如此。一个完全不了解乡村与土地的人，也就处在了长期缺氧的环境之中。西方的个别研究者依赖于学府传统和流派，可以在那个研究的小圈子里名声日隆，因为他们掌握了一个体系，掌握了一种现代解剖方法，有学术家族的密码。这个密码和钥匙似乎攥在他们手里，有时候是近亲私授，靠血缘关系传递。这种游戏由于看上去过于认真，也就显得有些荒诞。

这一类高深晦涩的西方学院派，其实与文学的簇新感动和真正的诗意是对立的。但是他们可以在对立中快活地繁衍，正像塑料化纤布景与真实的自然风貌对立，却具有很大的市场一样。商业主义时代什么都可以成功，方式是多种多样的。但对于有一部分较真的人来说，他们却不会满足这些，一定还要吸收被世俗落叶所覆盖了的、广袤大地上的营养。这是另一类令人尊敬的学院派。

关于乡野与成长的话题，还可以再扩展开来说。在世界文学的版图上，俄罗斯是触目的，给人震撼最大。它横跨欧亚大陆，与欧洲其他国家的狭促地理环境很不一样，跟北美国家也不一样。它有西伯利亚，也有欧洲的部分，在它广阔的国土上有很苍凉的地区：冬天很冷，白雪无垠。可是春夏天的圣彼得堡鲜花遍地，又是浪漫之都。它的东部城市也非常浪漫，这是从它的西部蔓延过去的。但是它给人整个的感觉还是宽阔和苍凉。这样的民族很容易产生严肃的思想，他们生长在一片忧郁的土地上，像托尔斯泰、陀思妥耶夫斯基这一类作家，赫尔岑那样的思想者，普希金、莱蒙托夫那一类的歌手，他们的出现绝非偶然。推理起来，从一个民族到一些个体，道理全都一样：没有开阔苍凉的大野，生命的求索和想象就成了另一番景致。

所以在欧洲最早产生了自动写作、意识流后现代主义等形式上千奇百怪的试验。这是向内压缩和延伸的美学取向。

一直到五六十年代，俄罗斯文学的当代作家，如代表人物拉斯普京等人，还是延续了那种浓郁厚重的旷野之气。

需要指出的是，西方的一些都会，一方面是很现代化的城市，另一方面它的大自然保持得极好，比如湖水树林，比如近郊一望无际的大平原大农场，这使它的乡村乡野味仍然很浓。有的城市直接就拥有成千上万的野湖和广阔的大平原，城市里面以及城市很近的周边全是乡野风光：橡树、枫树、玉米田、豆田、苹果园、河流……城与乡是交融一体的。

至于高深晦涩的西方学院派，文学研究上的这种"技术主义"，今天已远没有我们这里更严重和泛滥成灾，他们发明了，但他们也批判了——西方人习惯于一边行动一边批判自己，发现偏差便去纠正，比如出现过白璧德那样了不起的人物。

抓住这种神秘性

文学的过度专业化对研究者和创作者都是一种伤害。我们会发现，当一个作者专业程度较弱的时候，反而能写出特别感人的东西，后来当其专业化程度提高了，作品却丧失了感人的力量。当然杰出的作品也并非只有感人一条路，问题是其他方面又怎样？他的思想比过去深刻了，读了好多的哲学书，也在勤奋地思考社会问题，一切的技能似乎都比过去完备了，可是非但感人的力量不行了，就连其他的生气和锐利也都蜕化了。这很值得深思。

文学不光是传递思想，还要通过文字符号还原和传递灵魂里面很神秘的一些东西——这些神秘的东西在逐步消失，才是最令人惋惜的。究竟是什么东西？生长的奥秘，创造的张力，诗境的仰望，生命的深层体味……类似这些一旦减弱，知识修养等各方面的弥补都无以疗救，无济于事。

所以当一个人审美力缺乏以至于丧失殆尽的时候，无论多少学问都补救不过来——原以为可以补救，实际上办不到。在作家这里，唯一不可以拿来和他做交换的，就是情感和阅历，更有天生的敏锐和诗性。再高的学历和渊博的知识，都不能稍稍取代它们。

但这样说绝不意味着原本有着足够强大审美能力的人，会被后天的知识学问给损害和毁掉。确实有因后天的学习而使审美力大打折扣的例子，那是因为这个人所携带的先天文学元素本来就不够强大；反之只依靠审美力而完全没有信仰也缺乏哲学背景的作家，或者不能持续自己旺盛的创造力，或者将变成一个批量生产的作坊式作家。

法国那个十九岁就写完了一辈子好作品的诗人兰波，受过什么高深的教育？他竟然神秘地获得了一种力量。十九岁以后就做别的事情去了，一辈子所有的成就在十九岁之前都完成了，这种怪异的天才真是不可分析。莱蒙托夫也是年纪轻轻就离开了人世，但是他的《当代英雄》写绝了。这种能力从哪里来？我们只好说这是非常神秘的。这种神秘存在于个体，也存在于群体，有时候它真的是存在的——哪怕我们能够稍稍地抓住这种神秘性去探究，而不是泛泛讨论，那将需要多么强大的悟性啊。

比如对一个作家来说，这种神秘性能够依赖多久？怎样才能维护这种神秘性？后天的学习与这种神秘性之间究竟是什么关系？

还有，这里所讲的"神秘性"，是否可以理解成创作过程中以语言、概念、逻辑和苦功都不能够表达和穷尽的那一部分，是不可规范的那一部分，是忘我的、无意识的那一部分——这一部分在清晰和光明时也许并不显著，相反在精微、混沌、黑暗和隐晦之中却往往更容易呈现？

诗螺丝

不少作者过去是写诗的，现在还在不停地写。因为爱诗，从小就写，结果怎么也停不下来了。怪不得某人曾经戏言说，到了六十多岁的时候，要成为一个大诗人——能成则成，不能成硬成。

"能成"是说整个的技艺、能力达到了，很自然地成长为一个大诗人，这好理解。但是"硬成"指了什么？不过是表明了对诗的深刻向往，一种急切到野蛮的追求。

诗是文学的核心部分，整个文学也许还有艺术就由此往外一点点扩大，到了最边缘的地带，就是比较通俗的东西了。这像是一个薄饼似的形状。诗是人们用来抵抗生命存在的荒谬和荒芜的一个最有力的武器，它在瞬间闪光，像电光一样，其强度可以照彻最幽深的黑暗。人的存在是短暂的，要经历苦难，挣扎和死亡，这中间是与生命诞生之初的全部希望和愿望大相冲突的部分。生命要逾越一些不可逾越的障碍，直走到巨大的黑暗之中。生命的存在真的是一次最大的谬误和虚妄。

人类进入了诗境，就以极大的通透和明晰，表达自己的藐视和反抗。那种瞬间的生命感悟如同闪电，藐视无所不在的可恶的规定力、一切的阴谋和捉弄。只有诗才具有这种韧性和顽强，有超然的英雄气概。以诗为核心建立的整个文学王国都具有这样的意义——越是靠近诗，越是靠近了这样的意义。

从这个核心开始，通过语言往外延伸，最后与无边的黑夜连接起来。

诗有一个了不起的作用，就是能够把词语的内涵给固定住，不让其消散和流失、不让其变形。它用魔法把一个个词语的边缘逐一拧上螺丝，不让其滑脱。文学正是如此，比如在某个特定的语境里，在某个词序中，如果出现了"感动"两个字，那一定是极其清晰准确的，这就与平常任何时候的"感动"都不一样。它在那个瞬间语境里的面貌被诗的强光照彻得一清二楚，不容篡改。真正的文学写作就是从具体的词语固定开始的。它会把一个词语牢牢地固定在局部和瞬间，并企图让这个瞬间变为永恒。

这正是诗最了不起的方面。

进入那个瞬间

可是我们的悲观在于，当词汇被固定住以后，它仍然会随着时间的延续而变质——被流放，在痛苦的旅行中丧失原来的意象和蕴含。因为它要经历的时间和空间太长太大了，它有点孤立无援。

比如说，我们与诗人并非生活在同一个时空，于是最担心的大麻烦也就来了——诗人在那个瞬间努力固定的词语，他使用的诗螺丝已经在时间和空间的河流中被腐蚀了，发生了松动。在这种情况下，阅读就是一场费力的追逐。我们要通过阅读进入那个瞬间，通过时光隧道回到它原来的经度和纬度中，回到局部的局部。我们要与彼时的诗人一块儿再次固定，厘清这个词语的边缘和性质。这个过程才是一次真正的阅读。

这里边的全部问题不仅是心灵世界的沟通，而且主要是时空的阻隔。离开了那个时代怎么办？几百年之后怎么办？读外国的作品，读古代的作品，会觉得这个人离我们很是遥远。这种遥远就是因为词语的流浪造成的，它漂流到了很远的地平线上，马上就要消失了。反复地阅读、寻找，就是为了追上那个漂流的词汇，要以当初写作者的速度追上去，"啪"地把它抓回来，按回到那个局部的局部——我们于是再次看清了它的本来面目，获得了一次失而复得的感动。

真正的阅读就是这样的一个过程。从这样的意义上去理解，一切的文学研究都只是一个阅读的工作。这种工作的规模常常不是大于而很可能是小于普通的阅读，因为普通的阅读天然具备了超越专业的淳朴性质。现在的悲剧是，粗率的文学研究总觉得这种工作大于普通的阅读，并没有回到对词语的固定、流失和速度这一层意义上。专业和学术的屏障破坏了速度。

文学研究和文学创作的不同，在于创作的瞬间是离开了阅读的，而研究一直在阅读。当面对一部作品的时候，无论是作家还是普通读者，还是文学评论者，就是首先要回到这两个字——阅读。离开了真正的阅读，一切的批评研究都无从谈起。

与神性接通

有时候需要退远，让视距拉长，以便对那种烦琐而具体的现实有一种遥感力。这种遥感力来自心灵深处的感受，是保持强大感觉力的一种方法。但这里不是指纯粹的物理距离，虽然许多时候与它有关。

比如夜晚走在郊区，走在麦地土埂上、原野上——没有灯光，近处模模糊糊，远处一片混沌，连接和化入了星空。这时候真的能触摸到荷尔德林所说的"在黑夜里我走遍大地"的那种感觉。与无边的大地交融和连接，有一种特异的感受。这种感受好像与神性接通了。仰头看是灿烂的星空，再远处，更北方，传来的是风声、海浪声、林涛的声音。就是这些永恒、广漠、苍凉的存在，它们远离了街市，视听世界里不是小商小贩，不是公务员，不是喊喊喳喳的讨论。这一切自然而然地改变和影响了人的心灵状态。

这样一种状态是重要的。不是企求所有的时刻都要这样，只是觉得有时对世俗生命、对生活细节，对烦琐的现实生活要能够荡开去，以获得心灵的遥感力。

在闹市里的人或者需要心的退出，要将眼前的一切化掉——市声如同雾霭，一切都融化在夜色里，成为一派混沌，一片天籁。但是这个很难，因为城市的灯光比乡村亮，越是城市化程度高的地方，就越是没有了神圣的黑夜。欧洲人北美人嘲笑在卫星里面拍的照片：日本亮，韩国亮，我们西部很暗,朝鲜很暗。他们嘲笑说这些地方没有进入现代。因为所有的现代城市都是很亮的,"亮"成了一个最重要的现代指标。这是他们看问题的一个角度,将一切都归结到社会层面,都说成了体制的缘故。这些可容另议。我们这里谈的是天籁,是诗,是星空。

作家和诗人正好相反,他许多时候要遥感这个世界,就要退到外面去,隐到黑暗里面去,让混沌围笼自己。灯光太亮了,就不能遥感这个世界。这个时候人的创造力、思索力,从某种程度上讲反而会降低。"现代性"是一个中性词语,"现代性"并不是完美的追求,更不是终点。无论怎样的"现代性"都不能超越神性,都不能超越与生俱来的一些不安、幻想,甚至是与生命伴随到底的那种沮丧。

没有对这些东西的关照,没有这些似乎过于遥远的牵挂和无事生非的忧虑,也就没有了诗意的理解。有的人感叹:我们的作家将大热闹都写尽了,什么改革开放,暴力,性,爱,只可惜字里行间没有一点神性。

神性是一直存在于日常生活之中、大自然背后甚至茫茫宇宙里的那种"具有灵魂"的超验的力量,它可以接通深藏在人类身体里的想象力,并且激发出对于永恒的渴望——宗教感即这样产生。一个作家在作品中写出这种"神性",就是使得自身突破了生物性的局限,进而与万物的呼吸、大自然的脉搏,与宇宙之心发生共振或同构。

神性不是让人更多地去写宗教,不是让人鹦鹉学舌地去模仿无尽的仪式,而只是唤回那颗朴实的敬畏心。商业主义时代人是很容易变得花哨起来的,就连信仰都成了色彩和点缀。这些毫无意义。重要的是心里留下这一块:敬畏。

疏离的神情

　　说到这里，会想到我们自己的写作，还包括我们读过的当代作品，更包括翻译过来的一些国外作品。我们常常感受的不足是什么？许多篇章很吸引人，形象生动，故事曲折，似乎也不乏深刻——不能说是浅薄——好像一切的文学指标都抵达了，真的是一部完美的作品了。但是仍然还觉得缺点什么，有些不满足，有些无法言说的遗憾。慢慢想下去，想找出这其中的症结到底在哪里。

　　类似的文字几乎有一个共通的特征，就是扑面而来的现实感——因为这些内容和气息过于熟悉和单一，总觉得作者被当下生活裹得太紧，埋得太深，像是陷在了日常生活的一个深洞里，像是埋在了八层、十二层的深处，在里面尽情地泣哭或欢乐。我们大家都挤在这里，在这样的地方纠缠，在这样的深处痛苦或欢乐。所以我们希望能稍稍离开一点，能透透气。我们想从这些文字中感受一点必要的空间和距离，比如对当代生活、对我们每一个人都十二分熟悉的生活的——一点点疏离。

　　比如走在大街上、广场上，可以看到所有人都在那儿活动，在专注地锻炼、跑和跳，走动，这些人的举止和眼神让人太熟悉了，所以并不能引起我们的特别注意。主要是他们脸上的神情是大致一样的。我们不知道这些人分别在想些什么，但是我们知道他们思想的方向和思维的习惯，就是说，他们跟我们大家都大同小异，烟火气是接近的。这时候如果走过来一个人，他特别地引起了我们的注意——不是他的穿着和其他方面有什么特殊，不是特异的形体五官造成的效果，而仅仅是他的神情与众不同，他的脸上有一种疏离的神情。

这种神情很难具体勾画，但这里只能用两个字来形容：疏离。因为这四周的事物照样进入了他的视界，他将一切看在眼里，又像是压根就没有看；走神，又像没有走神。他与面前的这个现实世界似乎有一种深长的距离感。这可能是心的距离，而不是物理的距离。于是这个人一下就从人群里分离出来了。脑子有病的人才经常走神儿，可是我们看到的这个人分明是正常的，却又有一种疏离的神情，那他很可能是非同一般的人。

他可能有无法消逝和遣散的、经过了强化的更遥远的思想，也可能心怀着某种大心事，只不过在表面上和大家一样度过日常生活而已。肯定是一种特别的心绪，把他的神情牵拉得离大家很远。

这里不过是一种比喻，用来说明我们的当代作家缺乏那种牵拉得很远的某一种思绪，某一种大心事，于是作品就没有一副跟当代生活产生自然而然的、疏离的神情。有时候很遥远、很终极、很本源的一些东西，在一部分人那里应该是时时泛醒着的，那样它就会把他的神情从世俗的烟火气中牵引开来——哪怕只是稍微地拉开一点，荡开一点，其笔下流泻而出的文字就完全不一样了。当然这需要是自然而然的一个过程，而丝毫不能是刻意的。

一个很敏感的人，也就难以不思考不牵挂，更不会遗忘那些离现在似乎很遥远的一些存在：我们最终要抵达的那个点有多么远，我们对神秘世界不可知的恐惧与好奇，大欣喜大苦恼，各种东西都装在心里，无论世俗生活如何逼迫，甚至吃了上顿没下顿等等现实的痛苦和窘迫，都不能让他放下这一切悠思。他又一次走神了。他留给我们的是一种稍稍陌生的、恍惚的眼神。

我们会捕捉这样的眼神，它是文学之中的文学，它是越摊越薄的文学之饼的核心。

当然，光有这个核心也不行，那样也就没有了文学的体量和内容。我们非但不排斥当下的具体，真切的社会情感，而且主张从这里出发。许多时候的"心不在焉"，恰恰是生命最本能的觉悟力在发生作用。我们埋在日常生活中太深，所以那种觉悟力往往给淹没了。我们平时不得不拿出全部的精力来处理人与人、人与社会的关系，因而就忘记了追问一些根本性的大问题。

另有一些特异的生命，虽然也和我们一起在当下潜泳，但他们的神思却会时不时地浮到日常生活的洋面之上。

理性的剪刀

许多人认为好作品是改出来的，而有人却觉得一而再再而三地修改作品简直是一个恶习。但事实上好作品真的需要反复修改，而另一些一蹴而就的作品也未必失败。可见这真的是一个复杂的问题。在经验中，在我们已知的写作现象中，那情形是各种各样的。

修改的幅度可能与篇幅长短有关系，当然更与写作那一刻的"临场状态"有关系。比如一个短篇，或者一气呵成，或者深思熟虑一笔一笔严谨地写下来，这样的作品往往就没有多少修改的余地了。

作家随着写作阅历的延长，创作的体裁一般都会有些变化，如果长篇写得多，中短篇就写得少了，有时甚至许多年里一个短篇都不再写了。有人会以为这是迁就市场的缘故，因为长篇比中短篇有更多的读者。其实这不见得是主要原因，作家的创作冲动才起决定作用，它具有最大的力量——一旦有了不可遏制的创作欲望，大概谁也不会在乎什么市场的。作家不再写短篇，或很少写短篇，真正的秘密只有他自己知道。

　　实际上更大的原因也许是中气不足，是心力正在走向涣散的缘故。这里的"中气"，就是中医常讲的那个"中气"。一个曾经非常热爱短篇的作者差不多总是越写越少，他笔下的文字渐渐要往长篇上过渡。有时这并不是由易而难的一个发展，不是因为写作经验的增多和生活的积累造成的表达需要，或者还有其他缘由。像短篇那样一直凝住心力坚持下来，真的需要特殊的韧性。

　　长篇当然也有它的难度，比起短篇的写作，长篇就是一场马拉松，而且要有大量的生活贮备消耗在其中，更有结构和篇幅掌控等方面的难处。但好的一点是，它留给作者修改的余地也更大一些，有周旋的空间。它可以放在很长的时段里改动，从琢磨构思的时候就反复地改动。鲁迅讲不要想到一点就写，那么想到多少才可以写？他的意思可能是要在心里多想一想，尽可能地想透之后再落笔——实际上已经在心里不知修改了多少遍了。

　　短篇落笔前后也有许多修改，但是比较起来它修改的余地就少得多了。因为作者必须在稍为集中的时间里完成它，这个时段拖得太长就会有问题。所以就要在写作的过程中保持充足的中气，让心力凝成一点，像激光一样投射出去，形成强烈的打击力和穿透力。

有人说短篇和长篇一样，写完了以后也可以多次修改。当然可以，不过效果可能是大为不同的。实际上短篇的改动有效，然而有限。这就是鲁迅说的"捣鬼有术也有效，然而有限"的那个"有限"。这好比瓦匠用水泥抹墙一样，一口气抹到底，那墙面是非常和谐匀称的——水泥墙面无论留下多少痕迹，也还是和谐的。但如果事后觉得某个地方抹得不好，要砸掉重抹，那么无论多么用功用力，看上去都不会自然——补过的地方总是触目，怎么处理都不行。

短篇需要光润通畅，不能疙疙瘩瘩。修改的高手也解决不了这样的问题。尽管高手补过的边缘会整饬得严丝合缝，尽可能浑然一体，但从物理的角度讲，还是没法解决这个问题的。

生命的创造真是奇妙极了，那一瞬间，那一分一秒，或者是一个小时的生命性质，真的是独一无二的，过了这个时段就完全不同了。看起来人的样子没有变，说话的口气没有变，思想水准也还是差不多，但作为一个生命已经移动了。他在那个原点上创造的东西，只属于那个原点，到后来无论如何补充，都是另一回事了。

那么对于长篇的道理是否一样？有一样的地方，但还是有些不同。因为长篇的包容性更强，是一种相当复杂的文体。短篇更讲纯粹、均匀和流畅，讲精力的凝聚，中气的充沛，所谓要一口气顶到底。短篇不是不可以改，而是改动更容易造成伤害，所以特别需要小心翼翼。它既然强调的是生命瞬间的捕捉和感悟，就要如实地把它当时的样貌留下来。由此看写短篇的时候对生命质量要求非常高，这多少有点像写诗，仿佛只在一扇门的开关闭合之间，一切都完成了。诗是一个关节、一个点，或是它们的连缀，而基本上不是一个过程——短篇既然是小说,就有故事的讲述,这与诗不同,仍然还是一个过程;但是比起长篇来,它更接近和偏向于诗,所以它的修补改动就要小心得多,因为空间和余地都少得多。

每一次改动业已完成的短篇,作者都要战战兢兢。需要反复考虑这个词汇当时出现的理由:肯定有那一刻的道理,这是与心境、与全局有联系的。出于这样的担心,更动它就会非常谨慎。

而长篇的改动大可不必这样犹豫,尽可以整段地加减,大幅度地调整。从修改的时间来说,可以在三四年、长达十年或者更长的时间里不停地去做。长篇全部的复杂性,除了整个构思过程中形成的之外,更多的还是来自于时间,生命在时间里变化、移动,对问题的看法也就不同,有时甚至会相互冲突。这就要不断地推翻原来的决定,推翻原来的思路,并且让各种矛盾重重叠叠地充斥在这几十万字、上百万字里边。

如果一口气把一部长篇写完,酣畅淋漓——这种创作感受是很好的,因为流畅和顺利,从来都是写作过程中求之不得的。但是放一段时间再看这些文字,往往又会有另一种不满足感:稍稍地单薄。

为什么会这样?就因为时间短暂而集中,还没有送给他更多更复杂的思路,他的心情太连贯统一,也太自信了。如果时间拖延下来,将必要的矛盾和困难压给他,让他不无痛苦地去加以解决——这样的结果就会大大不同了。长篇是时间的艺术,是阅历的艺术,是犹豫徘徊的艺术,更是繁复的艺术。

短篇在许多方面正好相反。

以前曾详细谈过修改的几个环节:落笔之前和写作过程中——如有人

每天工作都要从头把写好的部分看下来，一边看一边改，然后再接上写。这就能够与原来的文气接通。整个写完了放些日子，让思绪陌生化，越是长的作品，越是应该放得更长。有了陌生感再回头检视，理性就会加强。因为创作是激动的时候，那会儿虽然理性和感性都在运作，但感性总是更充分地浇灌它，宠爱它，放纵它。修改是要让理性占上风的。

有一种有意思的现象：会一两门乐器的写作者，其创造力有时候是不可预测的。因为演奏它们往往要两手并用，这就要两个脑半球——逻辑思维和感性思维配合默契，亲密无间。这是一种极重要的训练。而最好的创作，恰恰就像演奏乐器一样，需要这样的高度合作。演奏者根本分不清哪个动作是感性或理性的，而是自然地交融一体。

修改的时候就要冷静判断。这时候的理性要强到什么程度？强到足以不伤害感性才好。

写作的时候，感性可以发挥得过分，可以枝蔓，可以灿烂，可以一泻千里和芜杂。这一切都将留待后来这把理性的剪刀去修剪。忍痛剪掉的部分总是有的。但强大的理性会留出余数，知道蓬勃的感性意味着什么、在全局中的意义。

这样说短篇长篇只是一般而言，当然还会有不同的个案。

夜间写作的人

托尔斯泰说过一句话：出版物中出现了那么多垃圾，一个主要原因就是夜间写作的人太多。老人多有意思，将那么复杂的问题给简单化，只用一句话就敲定了。

虽然事情不会像托尔斯泰说得那么简单——文字垃圾肯定不光是因为夜间写作造成的——但有一点似可考虑，即人在夜间的思绪更少羁绊，可以放开了驰骋，很冲动，冲动的时候写出来的东西难免会有不靠谱的地方。

夜晚人的情绪容易波动，不知道是月亮、太阳还是地球自转等等原因造成的，反正与白天十分不同。夜晚是混沌的，混沌了就没有现实的坐标。什么是坐标？桌子，地板，人，都是坐标。一切看得见的都是坐标。坐标就是限定和参照，是用来比较和固定的东西。白天一切都看得见，思维很容易让日常事物框束，很容易现实化。桌子的线条、边棱，都在无形中限制着影响着人的思考。到了夜间，昏暗的灯光下一片模糊——一切只能依靠遥感。这时候的思绪更加没有限制没有边界，尽可以想象。如果没有光亮，人陷在黑夜里，那就与整个世界连为一体了。

有人过去在夜里写作，是因为白天没有时间。当时写得畅快，写得恣意，到了第二天再看，很可能觉得不着边际，然后就动手删改。因为天亮了，远远近近的事物都出现了，它们把人一下拉回了现实中，帮助人匡正夜间的思路——意识的敏感疯长状态多么可贵，给人出神入化的表达，但天亮以后，现实又要教训它一番。

托尔斯泰是一个理性的探索者，他的理性很强。所以他对夜间写作造成的损失有深刻的感受。托尔斯泰的伟大在于他是脚踏大地的作家，所以无论理性怎么强，都难以从根本上伤害感性。读《复活》，会感觉其理性架构清晰坚实，写一个上层男子怎么伤害了一个女孩，这女孩因而走了歪路，所以今天受审流放，男子要追随而去，以求得良心的救赎。可是阅读中感受的是一种过人的诚恳和真挚，是这些在打动我们。

而写作中另一种易犯的毛病是，或者作品结构不起来，没有清晰的思路，一把散沙，读者不知道作者在写什么；或者走向另一个极端，概念化理念化，唯恐讲理不透彻，结果伤害了阅读的兴味，没有了咀嚼和想象的余地。这两个倾向都是很糟糕的。

点滴藏在心头

托尔斯泰是一个踏足大地的作家，他熟悉大地上的一切奥秘。

可是发展中国家却容易表现出另一种自卑，比如只在城里长大，却对农村生活那样排斥和不屑。他们急于与泥土世界划清界限。写作者最好知道地上的东西多一些，对什么虫子，什么鸟，什么花，什么草，都知道得更多才好。可以叫不出它们的学名，但对触碰它们时的感觉、毛茸茸的记忆，这些应该有。还有对露珠，对冬日晨霜碰在脚上的感觉，对晚秋的气息，对寒冬的恐惧，对春天来临的喜悦等等，都要点滴藏在心头。

没有这些具体的感触，大约是很大的损失。干燥的文字，无论有多少现代色彩和现代理论来支撑，都走不远。

其实这是最简单不过的道理：大地孕育生命。土地上有露珠，有大树有青草；而柏油路水泥路上则不可能。作家如果生在城里，把城里的宝贵知识装在心里，然后赶紧下乡，进入到一个更广大的世界里去。城里奥秘无限，聪明人无限，各种机构都很厉害，可是从高空往下看，只是一小片拥挤的砖泥垒叠，而最广大最好看的还是乡野，是山川，沙漠，大海。

藐视乡野就是藐视世界。对城市不仅不要太自信，而且还要常常地、尽早地走开。身体的荡开会带动思路的荡开，去接受和融入一个更大的世界。

拥有大世界的人才会思考大问题。

养成朴实的骄傲

文学研究当然也会有发展中国家的特征，这种特征会表现在许多方面，而不仅是经济发展和城市建设。一切都会留下文化的胎记。

比如我们这里一般是将通俗写作和雅文学写作、广义的文学和狭义的文学搅在了一起。如果再理性一点严苛一点，狭义的文学里面还要分得更细才好，这样区分才有可能深入探究文学的诗性。

我们没有这样的一个研究体系。真正的文学研究不能是顺从大众的解释，而应该是专业和理性的强调。文学的核心是什么？最晦涩的声音能传达多远？研究者心里要时常装有这一类问号。如果真的有对话大众的雄心，那就得付出极大的辛苦，这并不是容易做的——关于诗的言说往往是最费言辞的。顺从和讨好市场，这一点都算不上对话大众。

如果专事研究通俗文学或广义的文学，当然也是工作的一部分，但这是不同的。我们现在的混同，部分原因是因为市场化的诱惑和牵引，另一个深层的原因只能是专业能力的缺失。完全没有诗学的概念，不谙语言艺术的本质。

许多时候，真正意义上的语言艺术的研究，这种能力，不仅是缺乏的，而且是陌生的。

可是离开了这样的基础，其他也就谈不上了。于是大量的"学术"不能不说是虚妄的工作，大致是做给那些心智未开的人看的——那种好奇与娱乐可以有，但可惜成了主流。现在的情形是浮浅无能和商业主义结成了一体，既追逐时尚又跟从市场，专事解释庸俗的价值观及其合理性。

因为雅俗不分和市场化，使文学专业几乎沦为了娱乐业的一个分支。剩下的一点书斋中的"纯粹"，也基本上转化成白璧德当年所批判的"文献学"——"僵硬的考订做派步步紧逼，人文学科本身不再是人文的了"；"对材料的刻板服从熄灭了人赖以为人的每一个火花"。

我们盼望基本的专业自尊，盼望最后养成这样的一种性格——朴实的骄傲。

一丝丝演进和勒紧

文学比做一个建筑，它只有一扇门。没有天窗没有其他门户，只有一个正面的大门，它就是"语言"。

有人可能说还有其他的门，那些门的名字分别叫"情节""人物""思想"等等。从这里进入不行吗？这不都是通向这座建筑的门径吗？

门就是入口，找到入口才能进入，然后再穿行到其他房间之中。诗性写作，雅文学写作，只有语言这扇唯一的门。

不要幻想从天窗进入，因为它是不存在的。或许出来一些现代莽汉，他们不管什么门不门窗不窗的，只在墙上随便掏个洞，然后钻进去。可惜如今的建筑是用钢筋水泥筑成的，打不开这样的洞。

雅文学，比如小说，它已经把情节大大压缩，却把细节放大了，而细节就在语言的方寸之间调度完成。很局部的细节，词语，一丝丝演进和勒紧，贴近了那个意象。所有的奥秘就在词语的缝隙里，需要仔细掰开它们——思想和情节，还有人物之类，也在这之间吗？当然，一切都在这之间完成了，一切都通过语言的路径抵达了。

而通俗艺术，比如通俗小说就不是这样，它大致是通过情节的路径行进的。情节可以是进入它的门。

雅文学，诗性写作，只有语言这一个门。谁能从情节进入一首诗里？做不到。从思想进入？也不可能。还是要寻找语言之门，从抚摸词语细密的缝隙开始。词汇是基本的建筑石块，它们勾连衔接或镶嵌。如果从这里摸索，找到墙壁，再找到门，然后才能进入。

进入之后就看到了最中间最核心的那一部分，它们璀璨地堆积在那里，可以由人任意拣选了。

只要离开语言这个唯一的门，也就只能在整座建筑之外打转。他们会不停地评说这座建筑的样式，外观是欧式还是美式等等。于是我们看到了那么多与文学和诗没有多少关系的冠冕堂皇之论，那么多高深的思想分析、社会分析。这是空中起步，是无关痛痒的。

狭义文学即雅文学的研究，今天已经非常稀少。研究专业的通俗化社会化竟然如此普遍，本来这里面应该有巨大的代价——研究的通俗化其实是更加艰难的学术，不付出代价是不可能的——于是就走近路，去解释市场，解释各种各样的时尚。这就变成了对文学艺术的践踏，站到了它的对立面。

阅读是文学写作和文学研究的基础。一个好的作者是能够摸到文学之门的，一个好的研究者当然也能。文学的"爱与知"不存在，其他也就谈不上了。有的写作者只在某个瞬间抵达深处，可是世俗物欲的各种要求，读者的呼唤，又很快将他们拽出来了。他们曾经在一瞬间领悟了，但怎样才能将这个宝贵的领悟固定住，不让它偏移，那就太难太难了。

放弃承诺的人

情节、思想、语言和人物，这些小说要素不是哪一个更重要，而是都重要。这是一座文学建筑的材料。问题是当这座建筑完成之后，从哪一个门进入，它从哪里开门，正是这个决定了是不是纯文学（雅文学）。举个例子，武侠小说肯定是从情节这个门进入的，它特别简明。再比如说一些类型化的小说，它可以是从人物进入的。雅文学、诗，肯定是从语言的门进入。如果不懂得区分，那就是大众读者了。专业人士不会是这样。无论什么作品，都找"主题思想"这个门，"情节"这个门，"人物"这个门——可是纯文学作品从来不在这里开门。

越是纯粹的文学写作，越是守住了它唯一的门。其余部分封得紧紧的，就像厚厚的不锈钢板焊得牢牢的，再加上水泥钢筋的围护，很难凿穿和进入。

没有语言即没有一切。当然这里是指诗性写作——雅文学，狭义的文学。作为一个概念，这些表述或许都不准确，但我们总能明白指了什么。有人说：纯文学能纯到哪里去？雅文学又能雅到哪里去？这不是脱离大众吗？他是从字面上去理解的，其实当然不是这个意思——纯文学或雅文学，是指语言艺术作品，是一种分类而已。大众自然有大众的艺术，不过这里仍然要分清——文学艺术的"大众"是时间里积累的"大众"，而不是一会儿围拢一会儿消散的"乌合之众"。

也不要以为"诗"就一定是雅文学。好多"诗"并不是诗，只是长短句子的排列。真正的诗，是诗性写作的组成部分，是语言艺术的核心。而今天的倾向是，走向市场化商业化之后，文学正背离了这个核心，也就是背离了初衷，放弃了诗的承诺。

部分研究者反过来又会对这种背离推波助澜。双方都成为放弃承诺的人，成为通俗化道路上的一对孪生兄弟。

雅文学代表一个民族、一个时期诗性写作的高度，更是精神的高度。对这一部分的解释应该是时代的强音。商业主义时代折损诗性，即尽可能混淆雅俗界限，结果就是整个民族与诗心隔绝——越来越多的人变得粗俗，崇尚实用主义，没有情怀，没有高雅的趣味，更没有追求完美的心志。即便是专业人士，对语言的敏感也将全部丧失。

一条路走到黑的家伙

打开文学史，也许会发现无论是中国还是外国，一些作家一生都在书写一个大的主题。当然某个阶段会有一些旁逸斜出，但大体上还是一直向前的。托尔斯泰\鲁迅或李白杜甫，再比如当代的马尔克斯和索尔·贝娄——他们的人物和故事，故事的背景，已经在相当程度上固定化了。

打开索尔·贝娄的书，发现他永远在写一个犹太知识分子：穷困潦倒，面对诉讼，黑人的逼迫，面临着黑手党和离婚等等这些问题。有时候我们会有些不满足感，会想怎么又来了犹太人？怎么又是这一类故事？但是作家特别自信，也特别有力量。所以他们才敢冒天下之大不韪，一直这样写下去。这个难度很大。

一个画家可以无数次画一朵梅花，画几只虾几匹马，画得再多再重复，不但不被诟病，反而会获得赞美，称他是画梅画虾的大师，画马的大师。唯有作家不行。作家在写作对象以及其他方面的重复，一定会被指摘。所以说从事文学创作，路将越走越窄。这次成功地写出一种人物，下次就得绕开，而且还要绕得很远；写出一种思想，以后离这种思想也得远一点；采用一种结构，以后离这种结构方法也要有点距离——这和画家大不一样，和许多艺术门类大不一样。

但正因为如此，文学对整个文化传承和文化积累才具有最重要的意义，思想和文化艺术的含量也最高。所以说文学是文化的核心部分，是文化结构的核心。

文学之所以具有这种崇高的地位，是因为它具备极端的发现和创造的属性。这种创造形式逼迫创造者不断地走向深处和高处，直到最后的抵达。

可是那些大作家一生诠释的却几乎是同一个主题，表现的是同一个生活领域。因为这些作家有更大的野心，有特别的自信和能力。只有一般的作家才要不停地变换，从主题到人物再到故事。他缺乏持久的探索力和创造力，没有走向纵深的韧性开掘力，所以只能更多地求助于外部色彩的变化。

杰出的作家面临着更大的风险，但是他们挺住了，胜利了。他们的文字让人感觉似曾相识，哪个人物或场景似乎在某些时候闪现过——如果耐心地读下去，又会发现探索的重心已经得到了转移。不同的作品汇合起来，形成了一条巨大的、浩浩荡荡的河流。他不断地拓展这条河流的宽度和深度。

托尔斯泰也许一生都在写"托尔斯泰主义"，所谓的勿以暴抗恶。马尔克斯一辈子在写孤独和魔幻。福克纳总是写那个庄园，白人黑人以及土地的故事。他们一生的主题是贯穿始终的，描述的生活领域也是相对稳定的。可是这非但说明不了他们创造力和想象力的萎缩，反而表明了更加强大和自信的力量。事实上只有他们才能够这样做。

他们不需要那么多外部色彩的装饰，不需要变来变去的机灵。他们走在一条大路上。

当然重复是可怕的，这不仅是情节的重复，还有其他——语言的陈旧、思想的停滞、意境的狭窄。故事倒容易出新，描写领域也容易挪移，但是对于艺术和思想的开掘，对于人性经验的延伸，要往前走一寸都是困难的。

杰出的作家在这些根本的方面是日日精进的，在一些领域一些方面要持续追究，要穷根问底——只有不会阅读的人才会说他们重复，不知道这种"重复"恰恰才是最难的。

学习是一种引诱

求学是一种必要的过程。一个天资聪颖，先天能力很强的个体，最终会从一般的知识中超越出来。前边说过，人的才具就像洞里的"黄狸鼠"，只要它真的藏下了，就有可能被引诱出来——学习就是一种引诱。

不要拒绝各种各样的教育，这些看起来像是最起码的阶段，不经历当然是不行的。这就好比一个人连"的地得"都不会用，语文水平也高不到哪里去。可是"的地得"用得很对，也不一定就能写出一手漂亮的文章。最后总要超越一般的知识，要综合，要大于接受的教育。

好的老师一定会给学生留出思考的空间，不会用简单的方法去限定学生，他会提醒他们：这里教授的各种方法都是取自"平均值"，而一个人成长的希望，就是突破这些"平均值"。

教育当然只能教给这些平均数值，它是最大公约数。如果谈一些个案，也是作为一个标本去谈。接受教育的人，最重要的是不要以为平均数值是最高的，而要追求最后的真理和目标。真正的艺术绝对要突破它，要走向个人的偏僻。

老师还会告诉学生：这里说的不是唯一的真理，而是一些普通的、基本的道理。他总是寻找一切机会去启发你超越，而不是用既成的方法去凝固你。他在想：怎样把黄狸鼠从洞子里引诱出来。

因为它只要存在，总有一天会跳出来的。

第二讲

语言的速度及其他

中国是象形文字，它和拼音文字的最大区别是单独的字符有美感有涵义，而拼音文字拼起来才表达一个意思。当然拼音文字可能也有字形的联想意味，但那会是极个别的、特殊的情形之下才有的。中国字将意、形、音统一起来，一个字符就完成了某个形象的描述，代表了一个生活中实有或想象之物。

写作者可能对文字非常挑剔。比如说一个个象形文字，在他眼里就有美有丑，有好看一点儿的和不那么好看的，有表达上的强烈和淡弱的不同。所以海外有一些人，对大陆使用简体字觉得是一个很大的损失，甚至有点不可容忍。我们觉得简体字省力，繁体字笔画太多书写费力。但他们觉得繁体字更靠近表达的实质，离那种形象更切近，更能生动活画出来。这个我们也理解。有时在写作中，有些字就不太愿意遵行字典的新规定，比如说"倔犟"的"犟"，在汉语词典中跟"强"是一个字，已经把下面的"牛"去掉了。但是当我们写到一个人很倔犟，总想用带"牛"的这个字，编辑有时候把这头牛去掉，我们就觉得把一股牛劲儿去掉了，很是惋惜。牛的那种死死相抵的感觉，很好。再比如说 "剪除"一词，过去的"剪"下面都是两个"习"字，看上去就比那简单一"刀"更严厉些。总之这都是形象引起的联想和感受。类似的例子很多。

还有发音，中国好多字是同音不同字。同音字在语言里出现的时候，就要考虑它的音韵和顺的问题。比如说一句话中，相同的两个音有时候是不太允许并列出现的，有时候却要故意追求叠音的效果。总之我们会注意语言的音韵和调性。

中国的象形文字有图画的性质，它们连缀而成的语言则有声音和节奏的讲究，这就是音乐和图画的叠用。从这个意义上看，写作者对语言的使用会有极高的要求。写作者是使用文字的专家，当然是最敏感的，往往有许多看起来很是过分的讲求。有些字从形象上看不舒服，那就会换掉；从声音上听不入耳，那同样也会调整。进入具体的写作时，常常会有这些讲究。大部分从事语言艺术的，都会有这种挑剔和敏感，算是一种职业特征吧。

一部作品开始了写作，也就进入了叙述，不同的讲述会有不同的速度。一篇文字要有速度的设定，这就像汽车跑上马路一样。其实仔细分析，随着写作的继续，作者给出的不光是速度，还有色彩和角度，有明暗光亮的区别——这一切都需要仔细调整和把握。因为写作者手里唯一的武器就是语言文字，他没有画笔，也没有音符，所以声色光影、速度，所有这一切都靠文字去实现。这种调度非常困难，非得是语言艺术家而不能掌握——美术和音乐家使用的是颜色和音符，它们都是直观的具象的，相对容易把握；而文学所使用的工具是文字，文字是固定的符号系统，这个系统不是直观的，而是抽象的，写作和阅读必须首先克服其抽象性固定性，才能够表情达意。所以作家应用语言不是一件容易的事，从本质上讲，要比画家和音乐家更难。

有人问语言怎么给定速度？他们甚至怀疑字和词的连缀会有这种效果。如果我们回到现实中来，去倾听不同的人在不同的场合说话，马上就听出了语速的不同。于是我们会问：难道记录到纸上，这种速度和区别就完全丧失了？就一定会被忽略掉？显然不可能。至于怎样解决这些问题，怎样显现，只能靠写作者自己去揣摩了，需要我们在无声的文字连缀中实现速度的调整了。

书面语言一定是有速度的，如果是一个敏感的阅读者，在阅读中就不难发现叙述者的语速变化。比如读克鲁亚克的《在路上》，读屠格涅夫的《猎人笔记》，很容易就会发现二者的叙述速度是不一样的。这个速度的不同，当然是作者给予和设定的。速度慢得如同牛车一般，或者快如火箭——都是不同的阅读感受。速度既是个人的主观感知，也是一种客观存在。说时间是一个客观的东西，是指谁也不能突破时间的度量工具，除了那个物理学上"相对论"的概念之外，人和人所拥有的"一小时"在数值上都是相等的。可它又是主观的，因为每个人在不同的情绪和境况下，对这"一小时"的感受是大为不同的，比如焦急等待中，时间可能会成倍地放大，甚至觉得相当于别人的好几个小时。可见时间又是在感觉里存在的，是一个主观的东西。

把时间的客观性和主观性都计算精确，然后使用词语去限定和设定它，这里边该有多大的学问。每当写到一个人物，就必然要涉及人性、他的心理状态等等不同，这时候时间的主观性就出来了。但是同时又有它的客观性——当阅读一个句子时，词汇怎样重叠和连缀，确实会呈现不同的语速。写作者正是充分利用了主观和客观的时间调节，确定了叙述语言的速度。

词汇在时间里的安置，在主客观调节和谐配方面，汉语和外语大概都差不多。翻译成汉语的作品，我们能够清晰地感觉到不同的语速。有时读一些小说，会觉得作者像被火光追逐着一样，有一种焦灼奔跑感，语速语流十分快。这个快必然与作者的设定有关，而绝不仅仅是叙述中的人物心理给阅读造成的影响，里面肯定有叙述技法在起作用。

语言的速度必须通过阅读才能感受。从写作的角度看，作者在这方面会是敏感的，越是优秀的作者，越是具有较强的掌控能力。叙述确是如此：有时候需要十分缓慢，有时候又需要急速推进。一部作品刚刚开始的时候，往往是要给出全部的设定——尽管中间也会有许多变化和调节，但总的语调和速度是一开始就有了的。所以一部作品开篇时面临的任务总是非常重大——不仅是语速，还有语调和色彩等等，都要大致确定下来。

关于语言的速度语调色彩等因素，从语言学的角度也可以探讨。比如汉语可以单独成词成义，一字一音一义，又可以共用一字组成相近词语，可以将两字颠倒产生新义；汉语还有强大的联想功能，这是拼音文字所欠缺的，所以也正是汉语比其他语言在文学写作上造成视觉、声音语调美感的关键优势。语言也包含了思维方式，这使得使用汉字的人与使用拼音文字的人思维方式不同，如汉语的感性含混，拼音文字的客观准确平衡，都会影响到思维的特征。

语言的速度除了跟词语调度有关，跟作者的性格和生理状态更是密不可分，比如性急的人语速一定快，肺活量大的人句子一般都长，还有心率脉搏，都影响语言的速度和节奏。

语言的角度

语言还有角度吗？这里说的角度是物理和几何学意义上的，而不是指叙述内容。

古汉语复合句很少，到了白话文之后，常常由几个分句组成一个复合句。词汇在笔下连缀起来，一个分句的形成就像离地出发——仔细感觉它是有角度的。这是一个需要在实践中感受的晦涩问题，要在阅读和书写中感受。比如说这一个分句是三十度的倾角，下一个分句可能就是五十度，再下一个分句是八十度——如果用一条线来连接标记的话，由于每一个分句的起势不一样，角度不一样，这条线就会是曲曲折折的，它这样起伏跳动着组成了一个复合句——所以我们阅读的感受就是生动活泼，因为它要不停地调换角度，这样形成了上下波动的感觉。

如果每一个分句都使用同样的角度，都是同一个起势，那就太僵直了，感觉会是很呆板的语言。平铺直叙的语调叙述，角度太小；陡然的改变，又觉得角度太大。就在这种陡然和平直之间，有着大量可调节的空间。写作者以及敏锐的读者都能感受到语言角度的变化，而粗粗读过、仅仅读一个故事，往往也就忽略了这些区别。

当然语言角度的变化是具体表达中的需要，是作者语言风格的组成部分，并非是分句之间的角度切换得越频繁越好。比如要表达一个人物的僵化呆板，叙述角度可能会是一成不变的，让分句与分句之间连成一条直线，就是说，每一个分句的起势都是大致相同的。

但是作者采用的叙述语言，却应该是多姿多彩的，也就是说分句之间、复合句之间,要尽可能灵活一些,要有更多的角度的改变。

语言的光色和节奏

语言还有色彩明暗。文字营造的画面和场景,有时给人的感觉是很"亮"的,有时则恰好相反。这个"亮"不仅是对于光线和天色的描述造成的,而是由词汇的交织和使用方法、由语言本身形成的感受。明朗或者幽暗存在于作者的心中,然后这种心情或意绪就影响了他的文字。

有一类词汇阳性强,有一种明亮感,而且相互之间的搭配也会促成这种效果。还有的词汇比较幽暗,呈阴性,在使用中会进一步加强这种感觉。一些词和句子是隐晦的,读了之后感觉内容都缩在里面——语言的幽暗增加了。幽暗有幽暗的美,明亮有明亮的美,这是两种不同的光色。

语言的受光度是不一样的。有时候我们需要很亮的光投射在一个地方,有时候又觉得这里要幽暗一点。这些都靠语言的调度去完成。有人认为这只是描述的问题——比如说到"亮",直接写强烈的阳光,写刺目的光线,不就一切全都解决了?不,这里说的是另外一种情形,是超越了内容描述的意义——仅仅指作者遭使词汇和语言本身所造成的光色变化效果。

总之这里说到的语言亮度,是词语最终所传达出来的那种明暗感。语言的亮度如果比喻成可调节的电脑屏幕,那么它与句子的呈现方式有关,与作者的内在气质有关,与意蕴有关,与作者的"心语"转换过程有关——有的作者传达出的气息是幽暗的,有的则相反。转换得直截了当,亮度就大;

转换得缓慢间接，也就幽暗了一些。

说到语言的气味、角度、速度、节奏等问题，有时会显得晦涩难懂，这几乎完全需要写作者自己的临场把握，需要实践和感受力。这其中的"节奏"和"音乐感"似乎还好理解——比如我们阅读一篇文章，朗读和默读是不一样的，但节奏如何同样会被读者感知。默读是心读，好像不需要讲究什么，其实并非如此。朗读出来的文字就尤其要朗朗上口，对语言的节奏要求也不太一样。文学作品是让人看的，不是放在舞台上让人朗读的，它与话剧的语言，与一些念出来的人物对白，节奏当然是不一样的。朗朗上口的东西，默读起来却不一定舒服。这些区别要靠写作中的慢慢体会，要很细心才能把握。

诗和词语

词语被写作者所迷恋，是完全可以理解的。语言艺术家从迷恋词语开始，去悉心揣摩和研究，知道它们的性质，就像熟悉人与人的不同性格一样。写作从某种意义上讲，就是固定词语的工作——这是个复杂到有点神秘的工作。这种固定的难度，就在于词语这种东西一直在流动不居的变化之中，它们在语言的河流里每时每刻都在移动、滑行、游走和迁徙。我们要一个词语忠实地履行一种职能，就要牢牢地把它固定在一个极为具体的位置上，让它在这个环境中发挥作用。

如果变换一种环境（语境），这个词语就是另外一种功用了，它将不为过去任何一次行为负责。

诗人比较起来是最为迷恋词语的。他们将主要力量投放在词汇的抚摸和调度上，所以能够让其完成一些最具难度的工作。一些难言的意象、灵感闪烁，他们都能驱动词语去表达和再现。诗人极大地依赖词语，完全依靠它们行走。比较起来，他们更能将字和词紧紧地钉住，能不失时机地勒紧语言的最小单位，即字和词。这是诗人的特长和本事，是基本功。拿这个去对比散文和叙事小说，会觉得后者简单粗率了许多。

一个诗人的言说往往比一个小说家更要独到和精确，就是因为他能够迅速地抓住词语，进行极微妙极仔细的掂量和鉴别。

诗人和小说家的写作，其区别还体现在语言的速度把握上。好的作家与一般化的作家，主要区别也体现在这些方面。对于速度的敏感把握是最难的事情。我们从专业的角度阅读文学作品常常有一个感觉：速度是极其危险的。因为一部作品急于完成其写作目标，比如内容的交代、人物的塑造、气氛的营造、思想的表达，诸如此类，需要全力以赴并不失时机地运用全部文字技能。这是可以理解的心态——或者说科技时代进一步强化了这种心态，结果叙述稳不住，一味地追求速度或不知不觉地提速，语言就会凭借惯性往前冲刺，就不能够在细部及时地停住。

细部就是词语。怎么才算"停住"？就是将那些个人生命经验中充分把握了的词语稳稳地安放在应有的位置上。

我们会发现，大量的文字书写是轻浮的或浅浅流过的，词语浮起在上边，像泡沫一样，不仅不能形成水流，反而在遮蔽水流。其原因就是书写者使用的很多词汇并没有在个人的经验世界中把握住，只是凭一种模糊的冲动就把它放到了纸上。它们边界模糊，不能确指。就是这样的词语连缀成一篇文字，所以情感廉价，品质可疑，是不值得阅读的。读者遇到这样的文字只好匆匆掠过，因为它给出的速度是急切的，而内容是闪动和恍惚的。读者想慢下来，根本用不着，如果慢下来的话，会发现每一个词语都在变形，闪动，就像随时都要逃离一样——它们是抓壮丁抓来的。

好的写作，速度伤害不了词语的细节，直到语言的最小单位，即每一个字词，都在经验里得到了充分的把握，然后才会安放在那里——这时每一个字词都很牢靠很熨帖。这样的语言速度会有一种均衡感，再快，都可以随时停顿、停下来。

不成熟的写作是无法掌控速度的。其语言会呈现一种匆匆掠过的、一种恍惚感和漂浮感。速度对他的叙述来说不是一种需要，而是一种惯性，一种空虚的急切。

诗人可以随意调节速度。杰出的诗人永远不会因为速度而伤害语言的细节——当然我们是说真正意义上的诗人，那些很糟糕的诗人是做不到这一点的。

这是诗和词语的关系。

什么是诗

什么是诗？其实我们费去了许多话语，一直想努力接近的就是这个东西。可是世界上很少有什么事物像诗这么费解。用语言解释什么是诗、什么不是诗,这很不容易。

诗仿佛出现在一扇门的开关闭合之间,它是一个瞬间,而不是一个过程。诗是生命里的灵光一闪,是一个光点的出现和消失。可以这样解释诗,还可以从另一个角度去解释:一切不能够用说理、叙事,用这一切形式的文字去表达的那一部分,大半就需要诗了——它会在这个时刻出现。比如说可以用话剧的方式,讲故事的方式,漫议的方式还有说理的方式去呈现的东西,可能都不是诗。如果要表达的一切可以通过讲述来实现,那何必用诗?

诗更接近于音乐,是玄思和冥想的闪念和偶得,但又绝不能等同于它们。

有人可能说,这样讲,跟以前所说的"所有文学的内核都是诗"、"诗性写作"等等,是否矛盾?不,因为它构成了内核,一旦把这个"核"稀释到一篇小说里面,那就是一篇小说了,而不是诗。诗极其凝练,片段化地闪亮,很难用散文化的语言去表述。解释诗是困难的,所以比较起来,诗歌学习班肯定是最难办的,因为对它的理解领会极大地依赖生命个体的感悟力,要心有灵犀。

一个人缺少审美能力,再多的知识也帮不了忙,这是没法弥补的缺憾——心里没有诗,不通诗境,无论怎么跟他讲都不会明白。

我们过去经常重复的一些好的"诗句",觉得那么好,读起来朗朗上口,于凝练深邃中阐明了深刻的哲理,而且越想越觉得有道理。但是有时候也会觉得不太满足:这仅仅是一些格言,一种哲思,算不得那种微妙的、难以概括和表达的、接近灵光一闪的妙悟和捕捉,不是这个。所以严格地讲,它们还不是诗。

那么我们为什么一直认同这一类口口传诵的好句子，认为它们是好诗？因为它们是词语的极致，是精粹和深刻，是机智的表率，已经显示出超越性的表达——它超越了一般的理智，显现出一些诗的光彩和亮度，一种质地。当然，更本质一点讲，更苛刻一点讲，它还不能算诗。它的内核不是诗，它在冷静地讲述一种道理，机智和极致，二者合一，似乎碰撞出诗意的闪光了。仅此而已。

这样缠绕着回答什么是诗，也仅仅是想办法去接近它。

有人说到"禅意""顿悟"——它们或许跟诗有一定的关联，但不同的是短时间的顿悟、明了，这些东西还可以深化，它不再消失；而诗的灵光一闪之后，马上就熄灭了。这是它们的不同之处。类似于这样一种顿悟，还有生命中极致化的快感，比如说幻觉，创造的快感，它们都与诗相通，却仍然不是同一个事物。这些区别很难表述，只有个人去感受它们的不同了。日本的俳句可能接近禅悟。它是诗的一种。

亵渎和媚众

写作者最好的状态就是忘掉读者。有人宣称心里有读者才是最好的写作，这让人大可怀疑。写作是个人化的行为，不能跟读者达成妥协；它不光是个人的，还是个人调动全部生命能量、进入诗性的一刻，是灵光闪耀的时光——这些时光的连绵不绝，也就构成了写作的持续。当然这里讲的是"狭义的文学"，即所谓的"纯文学"。

这种创作行为跟大众通俗文学也就有了内部的区别。当然这个界限不是刀切豆腐那样清楚，但有一点是肯定的：雅文学写作，诗性写作，是充分个人化的。

还有人讲"读者是上帝"，这种说法既媚气十足，又是对上帝的亵渎。上帝是无所不在的一个永恒，是绝对真理的代表和象征——如果它不是一个具象的形，也一定是代表大自然和宇宙间不可逾越的创造和规定，代表着人类未可探知的极致。说"上帝"和"神"这些概念，心里要有敬畏。动不动就说什么是"上帝"，是一种可怕的轻浮，如商人最爱说"顾客是上帝"这样的话，完全失去了敬畏。

写作者从各个方面讲，都万不可把读者当作上帝。读者成了上帝，作者心中的神又在哪里？心中的神性不能泯灭，因为这是作家和诗人赖以生存的基础。取悦读者，以至于媚众，就一定会走向卑微。

这关乎写作者的原则，是最大的事情。

还可以从数字上讲明这个道理。如果心里装着读者，无非是更多地考虑读者的需要——读者太多且各种各样，每个读者的需要都不同，哪怕只满足他们的几十分之一、满足一毫米，由这些组成的"文学一米"又会是什么货色？无非是杂乱的拼凑，不可能是个人完整饱满的生命表达。这绝不会是真正意义上的创作。

"文革"时期要写大一点的作品就要组成"创作组"，所谓的"领导出思想，群众出生活，作家出技巧"。结果如何大家是知道的。现在从表面看，一般是没有这样的创作组了，但如果心里总是装着各种读者，那么心里就一定会有一个隐性的"创作组"。因为要满足不同的读者，也就等于在心里成立了一个"创作组"。这个"创作组"一旦形成，写作也就不可挽救。

畅销书的写作是要在心里成立一个"创作组"的，要知道市民喜欢什么，白领喜欢什么，知识分子喜欢什么，年轻人喜欢什么。要畅销就要组合一些市场元素，这是可以理解的商业行为。

但是广义的文学与狭义的文学不能混淆。到书店去就可以看到，那么多的书，写作真是繁荣。但是这其中的大部分属于商业活动，是纯粹营利性的工作。这是不遗余力追逐读者即买家的活动，读者就那么一块一块分割好了，只想圈定自己的市场份额，尽快销售出去。这些花花绿绿的产品表面看名字不同，内容也不同，但完全是同一些元素的变化组合，内质还是重复的。

诗性写作是不允许重复的。

我们说把作品交给时间，接受时间的检验，无非是说最大限度地保持写作的个人性。时间偶尔也会覆盖杰作，但时间却会把那些重复的文字直接地、尽快地删除掉。

闷死或急死

如果说对读者有什么期待，那也只是希望他们不要把一切文字都当成通俗读物来对待，不要一直走向娱乐。有的文字作品，有许多文字作品，压根就不是用来娱乐的。

目前的大众阅读大致还是很粗率的。研究工作也是如此。表面看学术分得很细，什么儿童文学，军事文学，小说散文和诗……实际上这样做反而造成了误解，让人以为这就是细细区分过的"文学"。广义的文学和狭义的文学如果没有得到区分，其他各种区分非但没有价值，而且还有极大的害处。

对于诗性写作，用通俗文学的视角是进入不了的。用"群众喜闻乐见"的视角，就一定是与诗学隔绝了。不要以为执着的求证就一定是精深的研究，还要看这种求证是否进入了文学的内部——仅仅是社会层面的，如主题思想之类的求证，与文学有什么关系？这是一种貌似的深刻和认真，与文学是没有关系的。

况且他们谈"社会意义"和"主题思想"时也谈得不好，那往往是错误的价值观下的"意义"和"思想"。当然这是另外一个话题了。

有人跟一位做评论的青年讲：你能不能倔犟地、赌气一样地给自己做出一条限制，就是三到五年内只谈文学，不谈意义，不谈思想？当然这是一种激将法，"文学"肯定也包含了"意义"和"思想"并且不可分离。问题是现在太多的研究文字中没有"文学"，而只有"社会意义"和"主题思想"。

他们是以读论文的方式读文学作品的，总要证明"通过什么说明了什么"，要搞通它的"思想意义"——文学作品不是这样或不仅仅是这样的。谁有能力并有耐心循着语言走入它的内部、获得个人的感动之后再说话？这个感动的过程首先是还原创作者在一瞬间的那种状态，它是不能省却的。读者像作者一样，只要具备词语的敏感，就会获得调度词语那一刻的全部快感，从而与作者一起抵达作品的目标——这一切综合力与感觉力全都没有，阅读又怎么开始？

不妨从小的方面入手，做一些"壮夫不为"的事情：理解它的幽默、机智，它的那种顽皮，还有语感、气味、色彩等等。暂时不想更伟大的事物，什么社会和历史的意义、什么思想的内涵与象征——它们太大了，而且它们被无数人不厌其烦地一遍遍重复着。

百分之九十九的人都在做的"大事情"，反而有可能是"小事情"。现在的大志向，或者只是三五年不谈"思想"，不谈"主义"——这会把人闷死还是急死？如果闷死，说明命该如此；如果急死，说明心态还不够平和。

如果不谈作品的"社会意义"和"思想"之类就无话可说，那可能也是一种怪癖，一种这个时期才有的病症。看《文心雕龙》《诗品》，包括金圣叹张竹坡这一类的文学点评，看他们是怎么样对待作品的。打开一部批点，发现他们随时随地与宏巨的思想挂钩、大谈社会意义的地方很少，只抓住局部、细节，语言的寓意和妙处，这些褶缝中的东西——一般读者所不能发现的。他们将隐于内里的东西给挣出、展开，这才是他们工作的意义。

舍弃了文学的细部而专谈其他一些大而无当的话，是颇能唬人的，可惜这与作品往往没有什么关系。从四十年代末开始，讲了多少杜勃罗留波夫，还有别林斯基、车尔尼雪夫斯基？因为他们评论作品常常是高屋建瓴，纵谈俄罗斯的道路，谈社会，谈民粹，谈哲学，谈思想。那确是一些大批评家大思想家，可他们首先是诗心灿烂，当他们能够随意进出一部作品的时候，才有资格谈论那些偌大的事物，才有一副气势如虹的面貌。也就是说，那是非有大才华而不能为的事情。现在的怪相却是，面对一部作品，连最基本的进入力和领悟力都没有，连一点点感悟力感动力都没有，却直接就去高屋建瓴和气势如虹了，这怎么得了？

再加上现代西方学院派对我们的改造，连接上四五十年代养成的大而化之的习气，二症合一，就走到了今天这样不可救药的地步。

厘清

尽管诗人不是完全模仿生活，但诗人的灵光闪动肯定要常常借助于现实生活。这就是为什么个人经历会影响作家一生的写作。有时候一些最基本的问题并没有厘清，却一直被作为"常理"说下去。比如我们经常说的"深入生活"，这话似乎不错，但是有个问题需要提前解决，即什么是"生活"？一个作家到部队去了，到工厂去了，到农村去了，就一定是"深入生活"了？一个人在家里被牙齿折磨了一天，或者两口子吵了一天架，逗弄了一天孩子，就没有"深入生活"吗？

对什么是"生活"没有做出很好的界定。生活是无处不在的，包括睡眠。所以说，"深入生活"只是一个想象和意愿，是对自己的鼓励。生活与创作的关系，本来是一个不必探讨的问题。有人会说：生活虽然到处都有，但这里说的是"生活的第一线"，是"生活的前沿"。这就更不通了，因为每个人的创作兴奋点、更有表现领域的不同，他人的"前线"和"前沿"

却未必是自己的"前线"和"前沿"。如果一个作家要写出被牙痛折磨的巨大懊恼,以及由此连带出的一系列问题,恐怕他苦苦对付牙痛的这段时间,就已经是"深入生活"并且抵达了"生活的第一线"了。

这其实是多么简明的道理。

再比如说"实践是检验真理的标准",已经作为朴素的日常道理说服和帮助了很多人。不过这样说的同时还应该问一下:实践的时间需要多长?十年的时间长不长?有的人可能嫌长了;两年的时间短不短?有的人可能连两年都等不及。一种方法在两年里有效地通行,算不算经过了实践的检验?如果经过了更长的时间,那种方法施行不下去了,算不算没有通过时间的检验?

看来实践有一个时间问题,还有一个空间问题。在一个地方的实践是成功的,到另一个地方又不行了,我们究竟要以哪种"实践"为准?所以在实践的深度和广度没有被规定的前提下,这句"常理"也就有了问题。

更有很多东西在实践当中非常通行,但实际上却不是真理——人们凭常识凭理性就知道它是错误的。生活中的很多常识常理,是人类在几千年的历史中得来的,比如我们的道德律,我们的理性,都是极细极严的尺度,经过它们的度量,如果是坏的东西,却在现实生活中十分通行,我们又依据什么来判断?一些谬误在局部、在短时间内,常常会通过实践得到放行,而在人类的历史长河中,在全局中,却一定是被严厉否定的。

看来仅仅强调"实践",不限定它的前提,就会陷入实用主义。

其实真理往往是先验和超验的,我们讲的是怎样验证——不光实践是检验真理的标准,理性、常识、道德,都是检验真理的标准,它们之间并不是对立的。因为那些理性范畴的东西，是经过了更为漫长的实践才形成的——还有，人的理性当中包含了知性的一部分，这部分是不需要在实践中产生的，也就是说，它是属于生命中固有的能力。

实用主义者强调"实践"，几乎等同于"实用"，所以常常抽掉必要的前提。实用主义者只讲眼前利益，只求目的而不择手段。在一段时间一个范围内大行其道的东西，实际上却是大谬大害的例子太多了。一些大谬误大罪恶总是借助于"实践"的口实，来与理性和常识对立。

行动是重要的，然而思想更加重要。不停地行动，不加思想地行动，只会迎来大面积的混乱和灾难。

写作是运用感性与理性的一个过程，这个过程相当复杂。

对诗耿耿于怀

有一个长期让人困惑的问题……一个从七十年代中期开始发表诗的人，从那时到现在一直没有停止写诗，处于彷徨不前的痛苦期。他正犹豫是否还要写下去、怎样写的问题。后来其主要作品是小说和散文之类，但真正让其放心不下的，还是诗。

英国的哈代一开始想做诗人，可是并不顺利。他改为散文叙事文体，反而很有影响。但是他心里对诗的尊崇与渴望一直没有熄灭，所以到了近六十岁的时候，才重新动手做起来，并一直做到了最后。他是在小说取得了辉煌成就的时候转向诗的，写了很多好诗。

我们这里的读者大部分只认哈代是小说家，极少有人知道他在诗歌方面的巨大成就。其实他是一个大诗人。在英国文学史的篇章里，哈代占有重要分量和地位的不仅是小说，还有诗。

在商业主义时代的文学，最没有功利性的大概是诗。诗既是文学的核心，又是这个时代最纯粹的写作。一个杰出的作者不可能放弃诗的追求和实践。从这个角度去理解，就会明白一些人为何对诗耿耿于怀。

为什么曾经是诗人的小说家，后来的诗越来越差以至于消沉失意犹豫不前？可能有几方面的原因。

一是长期散文化叙事的表达方式，构成了写诗的语言障碍。叙述上的过于连贯性与诗的跳跃性是矛盾着的。心里有，但说不出，急于抓住那个致命的词语，急于去固定它，可是没有这个能力。他已经习惯于用另一种语言形式去表达。长期以来，作为一个小说和散文作者，他一直很奢华地使用词语。可是写诗的时候到了，再也没有大把大把挥洒字词的机会了，这是一种词语的窘迫。虽然仍然能够在一瞬间敏感地捕捉到什么，却无法在一种语流里将最需要的词语固定住。没有这种能力，但十分渴望，因为记忆中曾经拥有过这种能力。

还有一个更大的原因，就是对白话诗（自由诗）深深的失望。这里的诗走入了一个死胡同，从阅读上看，读诗的人没有写诗的人多——这是一个表面现象，问题的实质是今天的诗已经实在不能打动人，不能打动更多的人，不能进入那些高水准的读者的内心。那些高度敏锐的大读者不再关心诗，这才是不祥的。

诗是永远不会死亡的，但是诗的表达方式似乎正在走向死亡。这是个不愿意承认的、十分可怕的现实。这种情况在历史上鲜有出现。至今读中国的古典诗词,仍然能够被深深吸引,并获得巨大的感动。像杜甫的"无边落木萧萧下",像苏东坡的"多情应笑我"……依旧是这些不朽的篇章横亘在前边。现在的诗没有这种冲击力和震荡力,打开一部诗集,一本杂志,上面的长短句子完全是从国外翻译过来的那种调性和意味,令人疑惑它们存在的必要、它们的艺术价值。

我们失去了自己的诗行。从这里看,多少机灵与智慧,都可惜了的,都谈不上什么了。

这显然不是中国诗的道路。它从哪里来,又要到何处去?回头望一下来路,发现似乎总也不能与今天对接。中国古代的诗不光有韵脚,还讲平仄,讲究很多很多——这是它往前走的一路生出的一些自身制约,说不上是什么好现象。形式过度讲究,内容肯定就不能饱满。但这同时也说明中国古诗已经走到了一个极致,完全规范化、模板化了,再往前走就是一条死胡同了。

终于来到了白话诗自由诗的时代,解放了,自由了,大白话了,在形式上突然放弃了原来的一切。可是这样做的合理性有多少?时至今日,我们终于开始怀疑它了。白话诗不仅不讲平仄,不讲节奏,而且还放弃了韵脚,连最后一个字都不追求押韵了。这样读起来不能朗朗上口,音乐性受到了空前的削弱。这还是诗吗?

音乐性包括的含义很多很广,一旦没有了韵脚,其内在节奏就更重要了,不讲韵脚不讲格律,对诗的内在音乐性就提出了更高的要求。这可能与人的内心节奏、生命节奏有关。

自由诗伴随着东方脱亚入欧的风气,演化得肆无忌惮,以至于走到了现在的全盘西化。当代诗成了一个怪胎。这个民族或许还需要自己的诗，需要形式上再来一次变革和新生。这次变异不是发生在今天，就一定是在明天；不是大多数人一起参与，就是个别精英率先发起。我们预感到诗的韵脚还会回来，相对工整的词句——那种形式感还要回来。它或许回不到绝句律诗这个原胚上了，但极有可能和过去来一次大和解大携手，从而与翻译诗拉开距离，有一次大的决裂。

这一天有可能到来。

当然这个决裂也不意味着彻底的抛弃，不意味着文学的世界化和全球化要全部废弃，不意味着西方文学对于东方，特别是对于中国的改造和影响之功全部要灰飞烟灭了。但是这次决裂、变革，是靠近中国传统的一次大寻找大觉悟。如果没有这样的一次"返祖"，也许就看不到中国白话诗的前途。白话诗一定是走在那条路上。

或许正有人正暗暗地积蓄力量，在做这件大事。不要说个人身单力薄，大事都是从个人做起的，然后才有一次集结。

有的老人写格律诗，却不提倡年轻人写，认为它束缚思想且不易学。实际上格律诗早就死亡了。新诗一直在成长，可是却没有长到预期的那么高大。

中国古诗的死亡不是因为形式上的难度——其实这种形式并不难，而是它极大地束缚了内容，与时代的奔放的自由的风气背道而驰。

轻率必有后果

就文学的网络阅读而言，对一些人的损害很大。有人曾经有过很长一段时间的网读，结果很不愉快——看了太多垃圾，得不偿失。还有荧屏电子这些东西与语言文字的距离、它们的不亲和性质，是这些对深入的阅读造成了破坏。

一般地谈谈网络写作和网络文学也未尝不可，但严格地讲并没有什么"网络文学"。

文学就是文学，作品写在纸上，刻在瓦片上，发射到卫星上，都改变不了实际内容。关键是要写得好，不能因为载体的改变就轻易地改掉或废掉了标准。

对新技术新载体过分敏感不是好事。对艺术敏感是好的，对时尚敏感并进而迷恋就往往意味着浅薄。有人觉得"网络文学"自成一家，有它自己的标准，这是虚妄可笑的。怎么会呢，文学只有文学的标准，这个标准几千年来改变很少——我们有时觉得改变很大，其实很少。因为身在当代，受到各种各样的当下干扰比较多，一恍惚就容易失去判断的坐标。从古至今，文学对词汇调度的严谨、对语言艺术的追求、对思想与艺术含量的探索、对形式美感的渴望，这一切都是严格和一贯的。

只因为选择了网络为载体，从而也就获得了某种豁免权或特权，比如可以无限地放肆和松弛，可以推翻固有的文字之美，这不过是白日做梦罢了。网络上发表的作品，一定是与纸张刊发的作品同一的标准。

轻率的写作必有后果。应该时刻谨记：语言艺术是一个自我苛刻而后才得到提升的过程。正因为网络发表的自由带来了最大限度的放纵,所以它对写作者才是格外危险的事情。这种损害是内在的、长久的。

现在似乎普遍面临着古典文学修养的不足……这也多少与发展中国家的自卑有关。我们这儿尽管在大中小学课本里还保留了一部分民族经典,但是人们对它的感情已经越来越稀薄,这就妨碍了领会和亲近。从情感的递减开始,很容易走向流行和时髦,这些因素纠合起来,也就造成了无根的一代。

网络是全球化的利器,无根的一代遇到这种利器,实在一点讲是凶多吉少。

爱读书会

有一个例子:海外一个大城市每年一度的跨区市文学奖,评委要读许多参评作品——这个奖应该是高水准的,因为范围很大,又是从众多稿件筛选到十几篇才到达评委手里的。可是评委们发现这些稿子连基本的语文水准都没有达到。

另一个例子也来自一个大城市:那里有几所院校组成了一个"爱读书会",即由大学里最爱读书的学生自发成立的一个读书组织。一家文学杂志颇为感动,从这个"爱读书会"里选出三十几个代表座谈,这才发现这些"最爱读书"的学生中,只有三个人经常阅读纸质书,其余都是在网上阅读,读那些通俗小说之类;而这三个人当中又只有一个人阅读过一两本经典著作。

大学生本来就应该爱读书，专门成立"爱读书会"就已经有点不正常了，这可能是我们这里独有的一个特色吧。可即便是这样的优中择优，从三十几个当中找出三两个人，也不过如此。这种抽样调查真让人觉得悲哀无望。

现在我们面临的一个最大危机，实际上是整个人文精神的垮塌。

讲到文字表达能力，为数不少的本科生硕士生甚至博士生，作文时连句子都写不通顺。他们花里胡哨地在网上报上学了些花腔，那不仅毫无用处，而且还有害。实际使用起来，不少人连短小的应用文都写不成。

假设有个对比组

也许应该像戒烟一样戒掉一些不良嗜好，比如长时间地盯在网上浏览这种事。这样做，从写作的角度看，非但没有什么良性的帮助，还有很大的坏处。要守住个人对语言和词汇的敏感，就需要清寂的阅读。网上恰恰是破坏这种阅读环境的。

现在年轻一代的写作水准已经出现了严重的危机。不要侈谈文学怎样了，更不要谈诗怎样了，那样离现实太远而且过于苛刻，还是谈谈最基本的文字表达能力吧。过去高中生初中生就可以解决的语文问题，现在许多的研究生都没有解决，谁如果不信，就让他们作一篇短短的应用文来看看。

我们总是说今天的教育如何发达，学校里有了多少大楼，招了多少学生，实际上却面临着历史上罕见的教育危机。实在一点说，我们今天已经毁掉了人们对知识和大学的敬畏。

当代人太浮躁，急于做事却不愿思考，所以就把事情做坏了。文化事业是积累和演化的过程，极为需要耐心和方向感，更需要敬畏。总想让文化在一天早晨就改变过来，而且还要向着自己的利益转变，最后总是弄到不惜使用暴力的地步，结果只能适得其反。比如"文化大革命"运动就是这样，这个运动不仅没有让文化焕然一新，反倒把传统文化中最好的部分践踏在地，搞得一片狼藉，整个文化趋于崩溃，造成的恶果我们直到现在还没有吃完。

教育是全社会全民族的事情，学校只是一个小小的角落。在一个小小的角落里搞大跃进，后果自然不堪设想。一个时期民族群体向往什么，比如物质主义拜金主义的盛行和大面积蔓延，也一定会从小小的角落里看得清清楚楚。

还要讲清楚网络的事情，电视的事情。网络和电视充斥的很大一部分内容，现在已经普遍低于大众的平均文明水准。这是商业主义时代才有的怪胎。我们知道，如果一个载体上每天流动的东西低于社会平均文明水准，那就一定会极大地伤害民众了。人不得不经受日常的耳濡目染，境界怎么会高？趣味怎么会雅？任何一个群体，只要以庸俗为能事，就一定会以嘲弄文明为能事。

不要说初踏生活的年轻人了，即便是一个年过半百的人，如果长期被一些粗俗的视听给包围，也必定会变得庸俗不堪。而阅读和写作，其中一个主要的功用，就是和庸俗做斗争。

单单说语言表达技能的层面，人一旦满脑子装了套路情节套路语言，一些高频率出现的词汇，一种社会性表达习惯，那注定会成为很糟糕的事情。

写作最强调个人性，强调不被重复的独自一己的表达。这方面，只要被惯常的东西影响一点，文章的品格就会下降一点；影响日久，也就全无品格了。有人试过，只要在较长的时间里坚持观看电视剧之类的文化制品，基本上就会在艺术赏识上流于平庸。一直接触那样的格调，倾听那样的语言，收看那样的画面，接近一些相对没有水准的人描着红脸咋咋呼呼，这样日久天长怎么会有好的结果。

所以一定要有健康的阅读习惯，不然就不可能掌握文字，更不要说具备深入思想的能力了。

先掌握文字再谈其他。因为这是最基本的——现在恰恰是这种能力在一些人那里完全丧失了。所以，如果是一个比较聪明的、想在思想与文字方面有所造就的人，就一定会在现代信息接受方面采取断然措施。

假设搞个对比组，让十个孩子分成两组：第一组五个孩子不看电视不上网，而主要是阅读传统的中外经典；另外五个孩子每天到网上或经常收看电视——三年下来，这两组人放到一起做个对比就一清二楚了。他们不仅语言表述能力大相径庭，而且脸上的神采和举止都会大为不同，整个气质差异很大。更有礼貌气质更好、谈吐文雅、文字很好，这会是哪一组？可能不答自明。

从这样的对比组的差异方面，我们也就明白了整个社会教育的方向在哪里，同时也明白了我们的社会走到了一个多么危险的地带，正向着多么危险的方向滑去。很多人已经沉溺其中，不可挽救；只有极少数人能够克制，有耐性有恒心，也有毅力去约束自己——他们是未来的希望。

这里不是对网络和电视之类的一概排斥，不能武断和莽撞到这样的地步，而只是在讲现代人的理性选择，讲我们面临的精神和文化的危机。

也许我们已经没有时间随波逐流：生活方式阅读方式的随波逐流，个人见解和思想的随波逐流——正流向一个未知的危险的明天。

解决心的问题

最近看到一些评论，谈关于文学作品中知识分子的形象塑造，说直到现在一些作品还是在写知识分子的那种无奈，并没有突破——他们没有社会性的建树和强度，没有更大的作为，这标志着当代文学知识分子写作的"终结"。

真是奇怪到了令人费解，难道今天的知识分子突然都"有奈"了？再说知识分子也是各种各样的，大部分在专业岗位上的人能做好自己的工作，关心社会问题，能够清醒，能够批判，已经是很了不起了。让他们长出三头六臂，因此而"有作为""有强度"，这怎么可能？

文学写人性写状态，写一个过程。如果塑造出一个"力拔山兮气盖世"的知识分子形象，那倒很容易，只是无用和虚假。这种不真实的虚荣，丝毫无助于人性的深入和开掘，也无助于认识社会的现实。写出各种各样的人物，把过程写好，并非一定要让书中的人物比赛自己的能耐。消极和积极的人生都是真实，都是存在。如果一个人有勇气在现实生活中穿行，能够沟通,能够忍辱负重,这已经是了不起的生存状态了。在物质主义时代保持精神方面的一种清晰和判断,已经是相当不容易了,已经是莫大的勇气了。

作品中的主人公不必个个都是"英雄"。况且"英雄"也不一定比他人更有价值。这里讲的是文学价值。个别读者只为了痛快淋漓,想看到一个知识分子无所不能,拥有或借助了无上的权力,能够像颁布行政命令一样痛快,或者像机械化部队一样猛烈,一夜之间改变一个地区,这压根就是不现实的。我们应该理解,一般的知识分子专业人员不具有这种强势和强力。

但是无数坚韧的个体也会是有力量的。写出了这些生命过程,他的生成与变化,他的目击与自为,正是一种深刻和意义。所以我们有时候不必过分注重一些外在的东西、表面化的东西,那是很不可靠的。

强人与威权能迅速改变一个地区的面貌,但这种改变却会带来各种各样的负面作用,因为它不能植根于人心,效果常常只是暂时的。还会有一种反作用力,它将把硬性形成的东西给摧毁,使事物走向反面。有时候最强硬的东西恰恰也是最脆弱的,而心的力量,顽强的个人的坚持,反倒是非常坚韧的。印度的甘地有一个了不起的发明,叫"非暴力不合作"。英国人多么强大,有武装部队,有行政权力,但就是生生地让甘地把它熬垮了。多么无力的一个甘地,似乎只会静坐和绝食,最后却唤起了广大的民众,实现了印度独立。

托尔斯泰讲"勿以暴抗恶",也是这种道理。有人会觉得托尔斯泰真是愚蠢,多么无能和无力。但这里面的心劲是绝对强大的。他要求得其实更高，也更为彻底，是这样一个状态。"托尔斯泰主义"是耐人寻味的，那是力量，是耐性，也是未来。

暴力在实现目标的过程中，尽管快速，却会一路散布和传播暴力的病菌。它胜利了，实现了，但也教育和普及了暴力本身——人们以后会以同样的方式来反抗这些目标。暴力是有用的，暴力是现实的，暴力是可以采用的，但是在未来，暴力也要如数地还回来，这叫一报还一报。

从这个角度讲，"勿以暴抗恶"不能简单地否定。它是用仁善和爱心一点一点抵达的，它接近一个目标的速度尽管缓慢，但结果却是牢不可破的，难以逆转的。

社会一旦产生突然的大倒退，大半是曾经使用过暴力的缘故，原来这因果是一开始就种下了的。

所以我们一直在强调一个平实的话题：阅读。因为阅读能够解决心的问题，这就成了一个巨大的族群工程。让越来越多的心发生变化，这个心就是精神，就是生命质地。不论我们生活得多么贫穷，只要心处在一个良好的健康的状态，改变生活也就有希望了。

一些书中的知识分子有压抑感，更有一种仰望感和敬畏感，有呼唤的声音，有一种寻找同志的强烈愿望——这不是真正地鼓舞人心吗？我们还希望他们做什么大智大勇和惊天动地的大事？没有了，那样的故事已经太多了，过时了，老套了，不可能了。

真正的语言

或许可以说，方言才是真正意义上的语言。因为严格讲，所有人都在讲方言。有人可能说自己生下来就是一个普通话的环境，从来不用方言说话。其实这不过是程度不同而已。比方胶东人述说事情，离开了个人的语调和发音，舍弃了一些专门的语汇，离开了这个基础，简直就很难深入地表达、生动地表达。

使用方言也有一个问题，即在别的地方听不懂，那就不得不改成普通话，改变一些语调和用词。但是这一改，想表达的某些东西也就只能舍弃了，于是我们不得不采用语言的"平均数"。这是不得已而为之。

这就像秦始皇的统一度量衡一样，只有那样才能方便交换。统一六国，统一文字，统一度量衡，统一的过程中也是损失了个性的，但却没有更好的办法。语言的"平均数"会造成极大的表达上的损失，而方言才能淋漓尽致地传递出复杂的思绪、意味和情趣。语言的个性越强，就越是生动，越是具备强大的表现力。人的语言离开方言就离开了一部分表述功能，当然是一种很大的损失。

由于写作不仅仅是给一个地方看的，而是给更广大的世界看的——未可限量的读者正在其他地方等待，如果只用方言写作，外地人会不知所以。这个道理是写作者一开始就应该预计在内的。

边缘古语

现在一些"很土"的方言语汇，实际上都来自古汉语。有些地方因为处于商业流通的边缘，语言更新的速度较慢，一些词语也就被搁置在了语言长河的岸边，所以看起来它反而很土很生僻了。

但是追究起来，那是一种很古旧的汉语，是很雅致的。这有点像那首插秧的歌谣："后退原来是向前"，换一副眼光看，最土的也最雅。

在一些不发达地区，比如偏远的农村或小城，我们听到的一些方言就是这样。比如万松浦一带，就有好多古汉语保留下来。在商业流通性很强的地区，由于语言流速很快，那些古汉语很快就被冲走了替换了。所以正因为这里是边缘，这里才有古语滞留下来。

比如说"如何"，当地的老人都说成"何如"；再比如当地人问什么事情能不能做时，对方的回答是"能矣"。问好不好，仍然要说"奚好"，像古代白话小说中的对答一样。在这里，现在大人小孩都这样说。再比如向日葵，这里人叫它"转莲"——向着太阳转动的莲花。咸菜，则一概叫成"瓜齑"，一种很讲究的酱菜盅。

有当地人把方言一一找出，做了现代解释，写了一篇文章登在报上。用心很好，可惜百分之九十九都是错的。因为这要牵涉到古文字学、民俗学、字源学等等，是很深很复杂的一门学问，不是凭感觉猜一下就可以讲解的，没有那么简单。它不仅需要在生活中慢慢领悟，还要借助于丰厚的学识、一些综合的学问去考察和验证，这才能求得原来的面目。这个过程当然很有意义。如果一个人在一个地方耐心地把这些东西收集一下，也是很了不起的事情，对于文学创作肯定是有意义的。

写作者在"翻译"方言的时候，会考虑到许多因素。比如古汉语中本来就存在的，就不用解释了，写上去大半还是能懂。为什么偏在这个地方出现了一个古词，其他地区没有，这个考察起来是很有趣的，这表明了一个地方的文化根脉。

比方说南边的一个老太太，没有牙齿了，戴着一顶黑呢小帽，中间那儿还钉了一块琉璃，她根本不识字，吃凉拌葷菜，夹了放在嘴里嚼一嚼，说一句："甚好。"多么有趣，多么有意思。

大家在阅读的时候，遇到这些方言古词，新奇感将很快转化为古文化的向往，另一种审美的意味就产生了，这是非常好的。文学是语言艺术，关于语言的任何学问都不是多余和累赘。

抗挥发性

一些书中难免有些埋藏。尤其是长篇，会有许多隐秘和贮藏，这需要在时间里一点点释放。有些事物只有明白其所以然，才能进一步从文化的角度去挖掘，会有艺术上的新发现。这些发现是对这个作品价值的再认识，对纠合在一块儿的许多意蕴，有更深和更新的思索与联想。作者在写作之初，也许种种可能的因素都想到了，也许只是模糊而准确的把握。

作者有时候是大于读者的，但广大读者之和是否大于作者，还不得而知。因为作者只是单一的个体，他想出来的问题，一万个读者会有一万种解释，一万个读者要运用一万次个人的生活经验和生命体验跟作品对接，这时产生的会是一种特殊的作品：它既非作者的，也非读者的，而是第三种作品——一种奇异的合成和创造。

但是作者大于读者的情况也是经常的、明显的，作品中无数曲折的埋藏，各种方式的埋藏，肯定是需要慢慢化解的。众多读者之力合起来，才会一点一点接近作者的全部埋藏。

作者埋藏得越多，作品的抗挥发性就越强。

挥发力是不一样的。有时候一个作品面世，那么多人都纷纷接受了，其中的一个原因就是它的抗挥发性很弱。物质正因为其品质的不同，才决定了这些不同。比如说同为石油产品，这儿放一碗汽油，一会儿满屋子里全是它的味道，因为它的挥发性超强，不长时间再看碗里，没有东西了，都挥发了。如果放一块机用黄油在这里，可能停上二十年，它还是留在这里，因为它的抗挥发力特别强。作品也是如此，它们的质地是各有不同的。

究竟怎样的作品才具有更强的抗挥发性，这大概不是一个简单浅直的问题。可能这就是畅销书与常销书、通俗文学与纯文学、非经典与经典之间的区别，是一部作品能否经得起时间检验流传下去的重要因素。一般来说内敛和沉潜的作品抗挥发性强，但也有一些外露和张扬的作品、一些单纯之诗，却仍然能够经久不衰，让一代代人玩味和诠释。可见这个命题是复杂的。也许一部作品要具有抗挥发的性质，就需要在强烈的个人化和个体性的同时，写出永恒的人类生活的普遍法则。还有，作品无论单纯还是复杂，都应该蕴含深邃而独特的生命魅力，显现出人性与社会生活经验的某种扩大和延伸，具有真正的不可重复性。

同时我们从接受和研究的意义上还会想到：如果是一些挥发性本来就很强的文字，也就不需要那么多专业人士去诠释和解释了，因为它本身的气味已经够大了，民众自然能闻到它。相反那些相对内向的作品，纯文学作品，往往才是不可言说的，微妙的抗挥发的，这才需要研究者反复解读——这等于给它加温，在下面点火，增强它的挥发性。

漫长的训练

语言具有各种色彩和面目，它们都可以为写作者采用。一些呆板别扭的语言，有时也是很好的东西。比如祥林嫂总说那几句话，也只有这样说话才对，因为这里含有很不幸的个人原因。一本俄国小说写一个无趣的人，这个人总是在说一些显而易见的道理，什么"你马上就要结婚了，结婚了就不是一个人生活了，就是两个人在一起了"，什么"冬天就要来了，冬天一来天就冷了"。全是一般意义上的正确的常识，但是却被他一再揭示、重复和强调，这个人物就多了一些意思。

相反如果有一个人说话像花旦一样，那样活泼跳跃，其语言角度肯定是变化多端的。读者要随着他的语言不停地跃动，跃动的过程中将有一种被调动的快感。如果语言走入特别的、切合语境的浅直和古板，阅读的时候也会产生另一种意趣。

作者对于语言的敏感，对语言的气味、色彩、结构、速度，都要有充分的把握力。这种敏感是天生的，也是训练中强化的。有人说一个写作者大约要有几百万字的训练，才会具备一点这样的能力——可见这是多么艰辛漫长的学习过程。

的确，掌握比较娴熟的语言艺术技能非常困难，比想象的还要困难不知多少倍。仅仅是一些文字的组合，却要绘制出无限的意蕴、包容万千风景。关于它的学习可能要贯穿人的一生，并且任何时候都不能自信自满，不能存有依赖机智和天资这种侥幸的心理。这里需要近乎笨拙的试验和打磨，需要在日复一日的笔耕中，在所谓青灯黄卷的时光中数到上万个日出日落——只有这时候才会初尝滋味，那也不过是差强人意的、轻轻喘息一口的时刻——用不了多久又要重新打起精神了，因为横亘在前面的就是需要翻越的另一座山脉。

座钟和帽筒

文学中的社会关怀是一个复杂问题，极其重要却不易讲清。比如这种关怀到底是越强烈越好，还是越超然越好，都不可以简单回答。因为作品的价值是多方面的，关怀的方式也是多方面的。

中国古代小说就一定比现代小说更自由更饱满，或更专注于人性和诗意、沉醉于生活趣味吗？也不尽然。像《老残游记》《官场现形记》《二十年目睹之怪现状》等等，就有很强的社会性的鞭挞和隐喻，甚至常常是十分直露的。它们当中有的直接就是社会谴责小说。所以，用小说影射社会，达到劝谕的目的，这其实也是中国话本小说的一个传统，其中作者的思想逻辑框架相当清晰，而且几乎像突出的骨骼一样，触目地支撑着整部小说。

文学的沉潜和含蓄，这个问题在古人那儿解决得并不好。西方解决得好一点，但也不能说完全解决了。直到了鲁迅那一代现代作家，他们对于文学社会功利的追求仍然非常强烈，比如一再提到的"革命文学"和"文学革命"，"大众文学"和"国防文学"等口号，就体现了这种意图。

这里的问题在于，即便像《老残游记》《镜花缘》这些劝谕的影射的、在社会意义上着力很重的作品，依然也还是优秀的作品。鲁迅的小说，社会层面着力这么重，也是优秀的。为什么？虽然主题先行不好，意念赤裸不好，可是强烈的社会责任感、对人的责任，却是所有好作家需要共同具备的——尤其应该注意的是，每个写作者在人性感知方面的饱满度不同，生命趣味的丰富性不同，也就是说他们先天的才华是不同的，这才是有决定意义的因素。

一个人是不是天生具有极大的幽默感和丰富的趣味，是否对人性葆有深深的好奇？比如他牵挂的东西不仅有社会层面的，还有人性层面的，还有美，还有各种很柔软的东西——比如对自然的那种爱，比如看到一条小鱼在水里游动，心里有没有感受？看到一只鸟儿在树上跳动，一条狗跑过来，有没有心动？当望着狗和猫的眼睛，能不能被一种无欺的单纯给打动？一只猫抱在怀里，一种柔情能不能唤起？握一握它的小手，那毛茸茸的柔软会引起什么感觉……是这些情愫和特征、能力和品质的综合差异——能还是不能、有还是没有。

无趣的人，干燥的人，人性狭隘者，就一定包含了才华的缺陷。他或许只有一些社会层面的牵挂，其他的一切也就扔掉了，忽视了，一股脑地直奔那个强烈的目标。这样，整个小说所呈现的东西必然是僵直和概念的。

反过来说，像《老残游记》《镜花缘》这些作品，尽管社会诉求强烈，劝谕目的清楚，但由于作者情感的饱满、性格的有趣，一切情致简直无处不在，所以在阅读时就能获得多方面的审美享受。《镜花缘》写到菊花怎样开，《老残游记》写人物的细节，都让人觉得新异。它保留了原汁原味的生活细节，保留了当时的色彩和韵致，是这些难以言表的局部的组合，掩盖和抵消了裸露的瑕疵，令读者欣赏和快慰。比如像托尔斯泰，有那么强烈的理性诉求，但同时其感性的力量、细节的丰腴又让人叹为观止。后者会抵消或弥补前者，或者说双璧兼收，理性和感性同样发达。

一个社会指向很强烈的写作者，并不能回避和忽视生活中更多的东西，对于大自然，对于人性和爱，都会同样牵挂。只取一端，不顾其他，那就有点呆直了。

四十年代苏联出兵东北，传说有的大兵闯进一些房间，粗鲁而好奇，一进来就抢东西——东北人跟山东人一样，屋子正中的柜子上总有一台雕花镶银的座钟放在那儿，左右一边摆一个帽筒。帽筒是瓷做的装饰物，古代由官人放帽子用的，慢慢演化成家里的装饰品，非常漂亮，许多都称得上珍贵的古董。苏联大兵只看见了那台座钟，冲上去抱起来就走，两边的帽筒虽然紧挨着，他却一点都没有看见。

一些写作者也是如此，只想直取某一件东西，由于过于强烈和急切了，其他的一概视而不见——总要通过作品说明什么抨击什么、表达一个什么思想，这就和那个苏联大兵一样了。文学视野要开阔，要接纳更多的东西，不能光盯着一个座钟直冲过去。

航海者

人是文化的产物，就像土壤上面生发的植物一样。有什么样的土壤就有什么样的植物，它们在适合自己的泥土上可以长得很茂盛。

龙口湾以东这一带曾经有许多港口。今天看除了龙口湾本身，其他岸段都不能算是天然良港，因为有的地方临岸水深不够，有的仅仅算是一处处滩涂。但古代不太一样，这些地方可能是后来慢慢淤塞了。而西边的龙口湾是天然的良港，水很深，很早以前就可以停泊万吨轮。

现在看到的许多古代留下来的船，船底是不一样的，如果船底是尖陡的，就是海船；如果是平的，就是河船。还有在河海里面都能行驶的船，船底就要兼顾两种需要。很早以前出土了一条大船，是隋朝的，后来移到了博物馆里。那条船就是从河道驶往大海的。

在清代万松浦以北这条海岸线是很繁忙的，除了有海军营地，还有一些渔船泊地、一些大大小小的码头。比如紧邻书院的这条港栾河，原来就是波澜壮阔的，上面大小船只你来我往，一片片帆影该有多么好看。有些事情真让人费解，比如水的问题，比如河流——为什么古代的河流总是十分开阔，而今天的总是萎缩，最后差不多成了一条条小水沟？那么多的水到底去了哪里？虽然现在不断地发生水灾，这里淹那里淹，可是南北大地上像样的大河却一条接一条消失了。

这真是让人悲哀的事情，也很令人不解。

现在的古航海专家倾向于这样两种说法：一是说万松浦东边不远的黄水河湾就是徐福他老人家出航的地方，另一种说法认为徐福是龙口湾西边黄山馆一带的人，当年就是从龙口湾出航的。徐福是齐国的一个大方士，是擅长炼丹长生术的那一派。方士们生在海边，经常出海或观看天海一色，渐渐就有了天外有天、有仙人藏在远处的幻想。而且这一带经常有海市蜃楼的发生——当地的老人有不少亲眼看过这样的奇景。可见最大的方士群出现在这一带不是偶然的。秦始皇要长生不老，最后找上了徐福，让他为自己打理这件性命攸关的大事，绝不是偶然的。

徐福带走了秦始皇的大量物器和人才，这就是《史记》上记载的"五谷百工"、三千童男童女，去了日本列岛不再归来的故事。

到底徐福的船队带走了什么，这是今天没法列出清单的。有一点可以肯定，船队中有一大批胆大的探索者，他们要逃避暴秦，是那个时代的流亡者。

怎么学习

学习中外文学大师的写作，首先会注意到他们强大的关怀力，因为这是明明白白的，摆放在那里的，所谓很"直观"的现象。像鲁迅，对社会有多少忧思，多少"怒其不幸哀其不争"，多少悲愤和热爱。托尔斯泰也是如此。这都是伟大的牵挂者、谴责者和目击者，同时也是热泪盈眶的人……

这是伟大写作者的人格底色，是基础，是全部文学发力的立足点。就说，如果他们没有这样的生命质地，或许也就没有其他，没有其他的一切。

于是后来人最能够记住的也就是这些——最重要最突出的方面。这不仅没有错,而且还极其可贵。但如果仅仅记住了、仅仅停留在这样的学习和理解上,又会陷入其他的偏执,或者也可以叫作误解和盲区。

我们在表达中,有时候愤怒实在是足够多了。我们简直能够像大师一样地愤怒。可是我们不能够像大师一样地丰富。这才是全部问题之所在。

我们只有愤怒,而没有丰沛的诗性。所谓的概念化,标语口号式的,图解式的,就这样不由自主地产生了。

创作如此,评论也大致如此。古往今来的大评论家常常高屋建瓴,直讲作品的社会意义、思想脉流,大开大合,纵横捭阖,很有气势。但是一般的文学批评,也许就不宜照搬和模仿这种气势和风采了,因为首先要对作品有个最基本的理解和感受,其次才是评说。深度和高度从来不是口气和风格,而是一个人全部的综合的能力,包括固有的才华与品质。

强烈的社会责任感之类很容易被察觉到,也很容易被学习和模仿;同时我们也知道,这些强烈的情感也是物质主义时代最为缺乏的——但即便如此,我们还是要厘清一些道理,避免另一种伤害、另一种误识。

学习大师,也可以使自己变小;学习可爱的人,弄不好却会令自己变得越发不让人喜欢——看来这里面实在有个怎么学习和怎么理解的问题。

重要的一手

一位大作家的弟弟要学习哥哥写作的窍门——这是可以理解的,因为如果真有这个窍门，那就一定会优先传给自己的亲人。他的哥哥怎么教他？记叙中是这样的：

哥哥让他一同去海里钓鱼。弟弟就跟他上了船。打了好多天的鱼，弟弟最后烦了，说哥哥你不是说要教给我写小说吗，可你一点都没有教。哥哥说：那现在开始教吧，我问你，你钓鱼的时候，什么时候最激动？你钓到一条大鱼总会激动吧？弟弟说：我很激动。

哥哥摇头说：不是，我是问你钓到大鱼的整个过程中，哪一会儿最让你激动？

弟弟仔细回忆着。哥哥启发他，说：你想想，是鱼猛地一咬钩子的时候，还是往上拽、用棍子打它头的时候？还是把它装到网里、它乱跳乱蹦的时候？你想想。

弟弟想着，说：我想起来了，当它咬到钩子的时候，这根线猛地绷紧了——就在绷紧的那条线上，一溜水珠往下掉的时候，我最激动了。

哥哥说：行了，你懂得怎样写作了。你就写最让你激动的那一溜水珠——主要写它，写好写细，就是这样。

这个故事告诉我们，当我们观察事物的时候，记住了整个事物的过程还远远不够，还要记住这个过程中最能够扣动心弦的那一刻。那是激越的高点，抓住它，其余也就好办了。有时候其他的就可以省略了，重点写好那个激越的高点。

弟弟后来回忆说：哥哥教给了我最重要的一手。

可是我们没听说这位弟弟最后成为什么重要的作家。看来文学仍然还不是教出来的，尽管他有那么好的老师，尽管他学到了重要的一手。

呜呜地哭了，绝望了

　　还是谈诗吧，谈诗才好。这里谈诗，最好能超越对诗的一般化的理解。我们有时候说"作品诗性很强"，或什么东西"很有诗意"、"像诗一样"，往往把诗给扭曲了简化了，以为所谓的诗无非就是那些慷慨激昂的句子、漂亮的句子、很唯美很巧妙的表达——这或许也属于诗的一部分，但诗往往不是这个，不止这个，它还有更多的、更本质的一些方面。比如我们可以说，诗是特异的思维所能抵达的一切方面，是一种极致化的表达，是沿着生命的一切方向一切可能的极致化的表达。它除了明丽，还有幽暗、黑暗，这都是诗的表达。它是无所不至的，是最偶然也是最遥远的一次心灵的投掷。

　　从这个意义上讲，年轻人更敏感，有时候灵光一闪就是诗。老年人写出好诗的几率可能就少——但是不要忘了，它既是生命中最遥远的一次爆发和投掷，那么也同样需要更多的生活阅历和生活经验，那样岂不是可以投掷得更远？所以从这个意义上讲，大诗人更应该是年老的人。

　　艾略特年纪很大了还在写很好的诗。哈代晚年才更是一个诗人。

　　大诗人的标志，往往是能让饱满的创造力贯穿一生。那些很有特色的、早熟的灵慧的、呈现非常之态的，都是特异的天才。他们在少年青年时期，就完成了一生的写作。然而最伟大的诗人当中也有大器晚成的，由于他一生都在写作，才有了这样的收获。真正意义上的大师，无论是写小说还是写诗，都是一生的劳动之和，是这个数值的对比。他将饱满地呈现出整个生命的河流。

对于诗的渴求,志向是一回事,能否抵达又是一回事,但是把心放在那个高处就好。

讲一个故事。高尔基是当年苏联文学的泰斗,跨越新旧时代的传奇人物,走到哪儿都是被人拥围。他操办了苏联的作家协会,又是文学创作第一人,威望大得不得了。他主要是写小说,但是深深爱诗。我们可能都没有看到过高尔基的诗,只看过他的一个故事,这与诗有关。原来这个老头子在家里写了好多的诗,只是不好意思拿给人看。有一次忍不住,就交给当年正在诗坛走红的马雅可夫斯基,就是那个写阶梯诗的、很狂妄的诗人,无产阶级诗人。马雅可夫斯基看着看着,就忘了面前是一个多么伟大的人物,竟然气不打一处来,斥责说这个句子怎么能这样写?这写的是什么东西!不行不行!话说得不留余地,批评得毫不留情。

马雅可夫斯基说着,对方一点声音都没有,抬头一看,这才发现高尔基正用大拇指抹着眼泪。老人呜呜地哭了,绝望了。这是羞愧的眼泪,绝望的眼泪,是"命里八尺,难求一丈"的眼泪。

我们觉得高尔基哭得那么可爱,感受到一个大师在文学和艺术面前的那种谦卑,对诗的那种热爱。这样的老人可以不向强权低头,但在诗的面前,在文学面前,却非常谦卑。年轻的马雅可夫斯基也很了不起,他在诗面前可以忘记一切,可以训斥泰斗。而高尔基像小孩子一样呜呜地哭泣,多么可爱。

在越来越走向实用主义物质主义的时世,诗在文学版图上已经不是中心,而是处于了边缘的边缘,这真是一个大不幸。真正的诗人只好忧愤和孤傲。

其实诗才是文学的核心。好诗不多，并不代表诗的地位低下，这不需要诗去负责。好的小说家也不会风行于世，因为他们早就不再满足于编织一个破破烂烂的故事了。从文学的本质上讲，小说是居后的。直到现代小说边界的不断扩大，一切才稍有改观。现代小说的边界是橡皮做成的，不是木头，而且是弹性特别好的天然胶，可以大幅度地往外撑，越撑越大，里面包含了许多许多。但是严格地讲，就其固有的属性来讲，小说在品质上仍然是低于诗的。

打开中国古代文学史，士大夫们，几乎所有像模像样的人物从来不写小说。苏东坡如果写起小说来，皇帝写起小说来，面子上恐怕过不去。但他们一定要写诗。这是中国高雅的纯文学传统。

有人说中国高雅的叙事文学没有源头，这是一个误解。中国纯文学小说要继承，不能光继承一本《红楼梦》，也不能去继承话本，什么《响马传》《封神榜》之类，这当然不行。于是中国现代小说就一头栽到了西方，从结构到气息，全是学了这一套。所以它仍然走不远。因为文学无论如何一定要建立在自己的传统上，要找到一个渊源。

那么中国小说如何继承？当然要从中国的诗和散文，特别是《史记》——"史家之绝唱，无韵之离骚"——这样的瑰丽之中去寻找源头。它们的核心仍然是诗。

文学中医

从文学研究到文学写作,可能会有一个中国化的过程。但这不是通俗化和庸俗化的过程。一下又回到通俗演义章回话本那里去,更是危险,那将脱离纯粹的文学品质——这样说不是完全否定通俗作品的价值,而是在谈文学的分类和方向。

与文学一样处境的是中医。现在中医处于尴尬的局面,在一切求快并且实用主义盛行的时期,谁还愿意理解深奥曲折的中医。即便是操弄中医者,也有不少将中药当成西药来用。中医给搞成了一个怪胎。

好的西医也特别需要,问题是中西医的蹩脚结合,会毁掉许多发展和发现的可能性。有一位老中医在谈自己的治学经验时谈了一番话,让人听了一直难忘。他说自己以前跟上一位名老中医为徒,出徒后一度非常顺利,不知治好了多少疑难杂症。可是后来上级号召"中西医结合",让他又学习了许多年的西医,结果从那时开始,他的中医技能就一落千丈,几乎给人治不好病了。再后来他痛下决心,彻底忘记西医,这才又重新成了一名好中医。

这里是不同的体系不同的思维方法,是走哪条道路的问题。如果走西方的、理性把握的科学体系,也非常好。怕的是二者的混淆裹缠,思维不清以至于彻底糊涂起来,那就麻烦大了。

也许是我们孤陋寡闻,现在几乎没听说谁还用中国的方法做当代文学研究。这种学术方法也必然会影响到文学创作。中国的文化土壤上长出来的作品,居然没有多少理论家用中国的方法去对待它,一张口就是"解构""能指""所指",这怎么得了呢?

传说古代刽子手走到街上,出于职业习惯,总要盯着看人家的脖子。这和某些西式研究者看到一部作品的样子是一样的:要找下刀的地方,因为他已经掌握了一套固定的刀法。可是这一刀下去,作品也就完了。

问题是,不少人在运用西方文艺理论时,其实也只是惟妙惟肖地学来了别人的操作表情,而并没有学来真正的精髓。

我们如果暂时把西方这把宝刀锁起来,束之高阁,改用东方的针灸,或者什么膏丸丹散之类,可能也有必要。在东方出现一批文学西医未必是坏事,但如果全是西医,直接废掉中医,就不祥了。像龙口这个地方还有中医院,文学界怎么就不能有一个中医院?所有的学校都在教西医,有没有一个学校或一个教授开一门传统的中医课?

这可能也是时代的期待,族群的期待。

第三讲

中原失礼

中国流失的很多好东西，在周边一些国家和地区反而有所保留。那里原来处于汉文明的边缘地带，他们抱着学习的态度，漂洋过海到中国学习，所学到的每一点可以说都来之不易。他们因此就格外珍惜一些东西，并且牢牢记住了，记到现在。

同一片大陆上也有这种情形：中原地区丧失的一些好东西，在东夷就可以找到很多，反过来让文明高度发达的中原地区有一种自愧不如的感觉。就像当年孔子说的，"礼失求诸于野"。现在我们失去的"礼"太多了，有的存于边缘，到韩国和日本这些地方待一段时间，常常会有这样的感觉。当然韩日也有各自的问题，我们只是从中原失礼的意义上说一下。

比如我们这边有一个毛毛躁躁的孩子，他的粗野和愣劲儿我们都很容易想象，因为这样的孩子很多。可是他到韩国去留学，不出一两年就变得彬彬有礼了。我们见过不止一个这样的活生生的例子。

讲到地区和民族的文明、文化，讲来讲去反而容易让人糊涂。比如前一段热衷于谈"先进文化"，一打开电视就一定要出现一群老太太描得满脸通红，拿着扇子在扭。当然给"先进文化"配图很难，但也不能总是请出一群扭动的老太太。

还有，谈到一个地区的"现代"和"繁华"，画面上通常就要出现一些刺眼的闪灯、旋转的舞台，特别是要有一群跳舞的人、光着膀子唱歌的女人。总是如此，大同小异。

谈到文化，有什么更生动更具体的事物可以告诉我们？当地的文化人物，他们的劳动，还有书籍与民众生活关系的展示，这些是不是也可以列举一下？

文化是很抽象的，又是很具体的。它的水准和状况究竟如何，莫过于观察日常生活和人群面貌了。它在我们习而不察的细节和角落里表达得清清楚楚。走在大街上，如果跟海外一些较好的地区做比，会感觉"文化"两个字是多么的具体。不同地区的人神情就不一样——比如武咋咋的一群面孔，让人很快就会感觉到文明驯化和教养的程度如何。苛刻一点讲，这里许多人还是一些"生胚子"。

如果仅仅是按比例看，我们这儿一座城市受高等教育的人口已经很多了。但是总也解决不了举手投足间流露的那种粗野气。看来受到了怎样的教育是一个问题，另一个问题是，只要形成了一种氛围、一个群体，其中的个体如果不是足够优秀的话，他表现出的大致还不会是文明教养的差别，而更有可能跟从和化进相对野蛮的当地风习中，有一种向下的趋同性。比较起来，我们这里还是嘈杂了一些，总也安静不下来。何止是声音，刚才讲过，他们脸上的神情就不对劲。

文化素养较高的地区，人的神情会比较自然放松，会安详一点，举止也安稳收敛一点，动作的棱角也不会特别大。

人如果生活在比较野蛮的地方，就必然要生出对这种环境的戒备心，时间长了，他们的神情与举止也就变了。

所以一个地区一个族群的风气，人说话的语气还有脸上的神情，是最能说明社会文明程度的——这里面哪怕只有一点点差异，要改变，可能就要花费上百年甚至更长的时间。文明的汤水要调养一个地区或一个群体，需要的时日将是很漫长的。

举个例子，在公共场所我们常常看到一群等电梯的人——他们百分之九十都会堵在电梯口，根本不考虑应该站在什么位置，不考虑先下后上的问题，也不会自觉排队，不会礼让孕妇和老人儿童。而且他们当中总有几个人在大声喊叫，或者随地吐痰。

这样的一个群体，离现代文明还有相当遥远的距离。可是我们这里有一个可怕的误解，认为只要富裕起来了，只要有了大把的钱，一切也就万事大吉了。其实粗劣的人手中的钱越多，对世界的损害也就越大——当他们贫弱无力的时候，世界倒会更安全一点。

东方的优良美物

托尔斯泰接近老年的时候常常看孔孟和老庄的书。他的故居里至今还摆放着当年读过的这些译文，有画上的笔痕和折叠的书页。托翁跟人说：我如果能更早地读到东方的、中国哲人的思想，该是多么幸福啊！那样我思考的问题、我的整个人生都会大为不同。

作为一个异域人，托尔斯泰看待中国的文明和文化，看待我们这个礼仪之邦，当时有多么惊讶。他心里产生了一种敬畏和好奇，甚至还有一点迷惑不解。

歌德看中国的一本小说《好逑传》，上面写一男一女行走在旅途中，夜里住在一个店里，睡在一张床上，却能相谈甚好而绝无逾礼，天亮后揖别上路。他说这种高度的文明行为，只有在东方才会发生。

当然歌德的一斑窥豹难免把东方理想化了，但有一点是可以肯定的：当时的东方文明中有不少糟粕，但也的确有非常了不起的、极为优雅克制的东西。

我们现在处于一个野蛮的物质主义时代，对自己文明中最好的东西越发陌生了。我们将外来商业文化中最坏的一部分，与我们传统中最坏的一些元素结合起来，也就不得不迎接最坏的结果了。

这是最可悲的境况。西方和东方都有优良的美物，就看我们学习什么向往什么了。

敬畏食物

现在有些学问高深的人，也注意从最基本的传统经典开始学习，并用在教育下一代方面。像一些家训，一些幼年启蒙读物，有的需要扬弃，也有的可以借鉴，不妨拿过来好好用一下。里面有一些行为举止的强调，今天看是过于严格了，但想一想有的是巩固文明的，有的是意旨深远的，都通向了伟大民族的精神源路。比如"一粥一饭当思来之不易，半丝半缕恒念物力维艰",说得何等的好!有了这样的思维,难得不去想象这是怎样的一种文明传统,难得不产生敬畏。

但是现在这种敬畏我们不但没有了,而且相去遥远,连个踪影都看不到了。我们现在是怎样的?单讲吃饭,刚刚有点东西可以挥霍了,有些官商场合就像当年的慈禧太后差不多,奢侈到吓人的程度,又哪里止于"吃一观三"。这很容易让我们想到那段饿死千千万万的人、吃树皮和观音土的历史,它近得就像刚刚转身,还没有来得及走远,这边就如此穷奢极欲起来——这个族群多么可怕,要么动辄饿死成千上万的人,连土都吃;要么就是做饕餮之徒,每一餐饭要扔掉三分之二。

大家可以回想一下那些频频举行的豪宴,那些财大气粗的权与钱的酒席,除了有一种犯罪感,再就是疼和憎,是担心上天的诅咒,恐惧报应的厄运。

一个人能吃多少?不过是那么一点点,可是菜要一道接一道上,桌子比乒乓球台还要大,菜色无数,不得不让专门的服务员把摆在稍远一点的不断地端过来调换,这样最后吃掉的还不到十分之一,绝大部分都要扔掉。

这个情景反衬的回忆,就是同一片土地上残忍地饿死、吃糠咽菜的一群群人。而对食物的敬畏,却曾经是我们民族的传统。

到海外一些地方,时常能感觉到这种敬畏的存在。比如他们通常使用很小的碟子,生怕食物剩掉。如果剩下扔掉,他们觉得不仅是浪费,而直接就是对食物的不敬。在韩国,对方在宴席上常常对客人介绍食物:这是哪里产的,多么好等等,他会这样强调。于是有人嘲笑他们,说无论端来多么简单的食物,都会说:"好东西呀!很贵的!"

是的,食物就应该是很贵的——很宝贵的。

对食物的敬畏就是对生命的敬畏。无论是植物还是动物,它们都要损失掉自己的生命来到人的面前,变成食物,让我们果腹。想一想这是多么重大的事情。它毕竟也是一生!一条黄瓜,一个地瓜,一条鱼一只羊……它们终止了自己的生命,变成了人的食物。

该不该敬畏食物?我们明白了这些,才会理解西方常常出现的场景:吃饭前群体祈祷并感谢上帝赐给食物;还有那些宗教人士,他们宰杀生灵的时候,会轻念一句话,然后再做。这里面表现了多少的无奈和悲哀。我们甚至相信,只要人类不能终止吞食其他的生命,也就不会结束自己的巨大苦难。

模仿和跟随

我们被什么追赶着,总是一路疾跑,扔下了很多好东西。五千年来积存的糟粕与污垢念念不忘,最珍贵的部分却被遗忘,被那些激进无知、以追新求异为能事的人践踏。这其中包含着最大的浅薄和残忍。

到一个地方去,与其看他们探索创造了多少更新的东西,还不如看保守和挽留了多少陈旧的东西——这往往才更需要勇气,也更有意义。

我们常常把创新与速度,跟保守与缓慢相对立。岂不知许多时候缓慢就是快速,创新就是丢弃。有些人以"启蒙"的名义,送来的倒有可能是更大的愚昧。总结漫长的文明史,会发现我们丧失了多少宝贵的智慧。这智慧足够支撑一个民族的生存和发展。但是我们毫不怜惜地丢弃了，于是所谓的"创新"常常变成没有头脑的莽撞，没有理性的急就，是时髦的游戏或浮浅的模仿。

失去了传统就没有了强大的原创力，所以我们从人文到科技诸方面，时不时地就要进入一个自卑的、模仿的怪圈。

对东方来说，长期以来存在一个"体"和"用"的问题。这方面的争论很激烈。以什么为"体"，以什么为"用"，其实这种"体用"之辩恰恰是一个伪命题，也是我们的误区——学西方只学人家的器物，而不肯从价值观上改变，不知道西方的技术和方法跟他们的道德观价值观是一致的、互为因果的。

我们既要倡导理性，又不能陷入"理性主义"。中国进入现代化过程之后，那种对于强势国家的模仿和跟随，其实常常是无根的和盲目的。这时候，我们实在需要个人的觉悟，需要一点点从容感和自信力。

我们的文字、文学，就尤其如此。

个人的语调

打开一本杂志、一本书，多少会注意它的语调。这语调总是非常熟悉，大致都差不多，因为每个时代都有自己的语调，我们一般来说没有能力挣脱。几乎每一个言说者都别无选择地拾起了同一种语调，或者叫"说话方式"。语言就是存在，巨大的集体存在会形成无所不在的强大磁性，所有人都被它吸附过去——于是单个的人再也不会用自己的语调说话了。

这个时代的语调有什么特征？虽然一时难以概括，但是我们都不陌生，因为一听就觉得耳熟。这是所谓现代的开放的语调，物质和纵欲的语调——还有无根的卑微的势利的……它们纠合在一起，散发出刺鼻的气味。

一个时期有一个时期的语调。回头看"文革"之前，上世纪四十年代五十年代初，那时有那时的语调。就是这语调的不同，将一个个时代区别和记录下来。它们真的比内容更显豁。这些语调是怎么形成的？是风尚和权力，是势力和压力，是利益和诱惑，这一切加在一起，让所有人就范并习惯下来。这时候谁再想说自己的话、以自己的方式说话，谁就是异类。

而文学和人，是专门寻找异类的；或者反过来，异类也专门寻找文学和人。

比如这几十年的历史，从公社化公私合营，再到这之前的"一声炮响"传来了马克思主义，苏俄模式，到加入东方集团的喜悦——这一切综合在一起形成了那个时代的语调。翻开那时的纸制印刷品，再到歌声，无一不是这样的语调。

到了"文革"，随便打开一本书，都写满了阶级斗争，是这种乖戾而过敏、冷酷而激烈的气息，语言外向而刚硬，所谓充满了火药味和战斗性。"文革"语调是大家最熟悉的了，它是从上世纪四五十年代延续发展而来的，形成过程在四五十岁的人这儿都不会感到陌生。所以那时候这种语调并不让人有巨大的突兀感，也没有什么不适应性。

每一种时代语调的形成，其中都会有很重要的一些人物起到了关键的作用。以他们为核心，依次扩大到整个社会。民间的语言方式将被深度改造，回过头来再影响核心。这些东西混合一体，形成了那个所谓"时代的语调"。

今天的语调同样复杂，如果分析起来可以写一本书，最好不要简单地草草地概括。它当然来自一个漫长的演变过程：开放之初来自港台地区，比如文学阅读，海外软语让人有新异感。以前淹没的现代作家也出来了。扩而大之，通过港台的中介，西方的风气渐渐飘移过来。商业广告，男女脂粉，又加速了这个趋势。这种影响缓慢而深入，一开始反映到文学作品中，其次是媒体，再其次是公文，就这样一路改造过来。

语调既是言说的形式，又是言说的内容。

中国的语言基本上都是庙堂语言，而民间语言是好的，其力量是有的，但相对来说，在相当长的历史时期里却对庙堂语言影响微弱。到了当下，所谓的民间语言更多变成了网络流行语，对庙堂影响不大，对现代汉语的规范典雅倒是造成了很大的破坏。

从这里谈起文学，可以说如果不能拥有个人的语调，就不可能写出真正杰出的作品——正因为这是不可能的事情，所以真正杰出的作家作品总是凤毛麟角。事实上，一个写作者往往首先在语调上妥协，然后才从其他各方面妥协，从写作立场到形式追求，悉数跟上这个时代——他自己也就一点点取消了。

怎么样保有个人的语调、探寻个人的语调，差不多成了全部问题的结点。如果做文学研究，不妨先从作家的语调入手，这样来辨析他的个性，还有其文学价值。

一个时期的语调总是附加很多累赘，把这些累赘洗去，个人的本质和干练才会显露出来。我们动手把时代的赘物剥离，需要相当的清醒、执拗和顽强。这里需要痛下决心，才能跟整个时代的说话方式稍稍形成一点距离。

有一个外国友人分析我们的写作，从语言谈到生活状态。他说现在的一部分人从模仿精英生活、羡慕精英生活，到充任精英之数，就这样逐步丧失了自己原来的朴素情感。当然，这里的"精英"和发达地区的"精英"档次有别，生活状态大不一样。但是生存的情感是无法假设的，是一个什么人，就会拥有什么语调。所以解决"身在何方"的问题，通常也就解决了个人的语调问题，解决了立场的问题。

有人说要到终南山去。终南山现在有了一拨人，他们继承了中国岩穴之士的传统，是现代隐士。陕西终南山是中国历史上隐士最多的地方，现在有人专门研究那里，开始注目"现代隐士"。围绕隐士有好多说法，比如岩穴之士，与城市隔绝者是一种隐；还有一种"大隐隐于市"——看上去和别人一样，实际上心在别处。另有一些人在朝为官，担当行政职务，是公务员，却能"朝隐"，这更是极少数的。三种隐法：隐于市，隐于朝，隐于野。隐于野当然是决绝的做法；隐于朝和隐于市是变通的做法，实际上难乎其难。我们对后者总是有所怀疑——那需要多大的定力，多大的逻辑性和理性的强迫力约束力，才能使自己在市与朝中隐起来。

隐于野，可以有个人的语调；隐于市隐于朝，怎么采用个人的语调？那不就暴露了？再问一句：拥有个人语调的目的是什么？既要拥有，那为什么还要隐？

所以说说容易，要真正拥有自己的语调，是十分困难的一件事。

乐观和悲观

当代人写文学史也许是非常困难的一件事。尽管这是非常有意义的，但是太难做了。这需要多么深邃的文学眼光、多么巨大的穿透力。如果只是将人和书罗列一下，人云亦云一下倒也没有什么。这种工作的性质与文学创作既有相似的地方，又有极大的不同。比如同样都要具备强大的感悟力，强大的个人性，但史的意识和能力还要兼备。

有一种很奇怪的文学史，就是众人合编的文学史。这种文学史一定要达成广泛的妥协，所以就尤其不可信，也不会有华彩。文学史是个人的，又是时间的。说到底有两个东西限制了文学史：一个是时间，一个是个人性。离开了个人性就是妥协的产物；离开了时间就没有深入持久的鉴别，因为没有经过时间老人给予的帮助。

有的作家可以骄傲地说一句：在相当长的一段时期内，比如说整个的新时期以来，出现了多少作家，他几乎没有判断方面的失误——当看了某一个作家一段时间的作品，就有了深入的感受，觉得这个作家资质如何、能走多远，会在心里给一个鉴定——后来几十年过去了，竟然发现自己没有错过。

这就说明观察与鉴定既具有个人性，具有穿透力，而且还有一点超越时间的能力。这是可能的。

但即便如此，随着时间的再度延长，他如果回头打量，仍然会发现局限性还是很大的，一些结论还嫌太早，总之仍然是比较幼稚的见解。个人的判断是那么样的不可靠，看来无论对谁，无一例外地需要时间的帮助。

因为随着时间的推移，他会发现当年做出判断的论据，还是不够充分的。这是一个致命的问题——充分才能准确。

时间给了一个杰出的判断者更多的依据，他会不停地修正自己，但这绝不是对时间的妥协，而是对时间的尊重。他对一些作家的代表性作品的价值判断发生了变更。这些变更是必然要发生的。作家是一个时间的概念，大作家更是时间的概念，只有时间才能鉴别。

从这个意义上说，对当代写作完全不必要那么悲观。悲观是因为我们离得太近，离得太近就会有十分具体的感受：失落感、惋惜感，甚至厌烦和憎恶。因为耳闻目睹同时代一些嘈杂的声音，孱弱的生命，浅薄的表演，跟风的无聊，那些没有任何自尊的写作，那么粗糙混乱的挟持——越是如此，就越是谄媚，所谓的"越丑越哆"。确实如此，有时候一个写作者可能连话都写不通顺，连基本的文学能力都不具备，却最能够依傍和善解势力。

面对复杂而具体的当代文学，失望是可以理解的。但是我们怎样退远一些以"遥感当代"，却也需要最大的智慧和胸怀。试想我们谈论唐代，谈到李白、杜甫、白居易，谈到唐诗三百首，那是谈论长达几百年间的文学积累。以那种感受来衬托现代，就觉得我们进入了一个文学的渺小时代。如果换一副眼光来看，今天的一切不过是未来几百年里的极小一段而已——而我们习惯上判断事物，大致是以十几年几十年为坐标的居多——看到这十年几十年的满目疮痍，就觉得一切都完了。

其实所有的文化腐殖土都会培植出茁壮的生长。

从这个角度想一下，或者就会对当代文学产生一点信心，会有期待。

另外，就算我们这个时代出现了杰出的作家，我们也不一定认识他，或者说简直就不认识——我们既然没有这种超人的判断力，对当代文学的全部沮丧也就失去了一个前提。

人们最常举的两个例子，一个外国一个中国。外国的就是梵高，现在被公认为西方现代艺术屈指可数的几个人之一，可是当年差不多一幅画都没有卖掉。他贫困潦倒，最后自杀了。他是一个不被当世人所认识的伟大的艺术天才，一个以色彩涂抹的伟大诗人。中国的就是陶渊明了，辞官回家种一点地，非常辛苦，最后是饿死的。他文名寂寞，传播有限，长时间评价非常低。直到很久之后，他才一点一点被发现，被公认为了不起的大诗人，差不多说成了"屈李杜苏——陶"。

当代有没有被埋没的梵高或陶渊明？不好说。十三亿人口，写作者众多，这个假设有点像在太阳系、银河系及其他星系里边寻找有生命的星球一样。在近乎无限的广漠里，对我们来说是一种巨量的、不可遥测的存在。所以那种存在的可能性不是百分之九十九，而是百分之百。

对于十三亿人口这么大的一个群体，当然蕴含着无数的可能性。

百分之百的存在，却不一定是百分之百的筛选、认识和保存。他们被证明的几率并不是百分之百。因为他们可能被网络所覆盖，被各种原因所忽略，最后谁也不知道他们。

这就是我们的乐观和悲观。

不做"闻人"

任何时期,民众对于精英的影响,精英对于民众的启发,都是相互作用的。精英通常做的都是一些什么事情?他们总是追求极度的完美,不遗余力地贯彻理想,深入专业,自我苛刻,然后不断地、百折不挠地宣传常识,纠正平庸。他们很难与大众达成共识。

"精英"这个词长期以来,特别是时下常常被扭曲,有时候差不多被当成了一个时期的聪明白领,当成了依傍有方的致富知识人。这是可笑的。

平庸的共识回过头来也会极大地影响和妨碍精英的看法,这是他们的痛苦之所在。在不同的时代,这种相互作用力也不同。比如在一些思想比较有力量的大时代,精英对于平庸共识的改变能量是巨大的。处于一个物质主义的、精神渺小的时代,一切往往也就反过来了。

物质主义时代,一切以现实和世俗的成功为标准,真是精英难为。这会让他们自觉不自觉地怀疑自己,在相当的痛苦中不断地反思。比如现在有的学府,文学教材中竟然把鲁迅拿掉,换上一些武侠小说。真是不可理喻。生活在现世,目睹了这样荒谬的事情,精英大概已经无言。

一些行时的、漂在面上的人物,旧时候被称为"闻人"。现在,有些很负责任的老先生,看到自己的弟子过于爱好热闹,到处讲演或上电视,就叮嘱一句:别这样了,你们可不能做"闻人"。因为他们知道,一个知识人只要成了"闻人",也就不足道了。一般来讲那是很麻烦的,生命质地连同学问品格也就保不住了——不是不想保,而是保不住了。这就像一位做大研究的老先生说的:"开口神气散"。当然这不是指当老师的不能从事教学，这是两码事。

精英与"闻人"对立，二者从来不是一种动物。

阴郁的空间

从事艺术创作，满足最起码的物质需求是一个前提。吃不上饭，朝不保夕，一般来说很难进行高级的艺术活动。当然这也不是定律，陶渊明一生大半贫穷潦倒，直到最后的时刻还有精致的创作。这一类不凡的生命在艰难的状态下仍然有出色的表现。这是因为生命质地不一样。

各种各样的物质诱惑肯定对人有影响，这是对一般生命而言；对那些杰出的、志向高远的人，就不会发生太大的作用。有个西方智者说过一句话："在月亮上行走过的人，给他个县长还干吗？"也就是在说这个意思。领略过很高的人生境界之后，跟最卓越的灵魂对过话，拥有过那种绚烂的、巅峰时刻的极度体验，物质主义的诱惑也就不算什么了。

面对一个物质主义、商业主义、实用主义盛行的时期，很多人忧虑，忧虑我们的艺术、诗，以及其他。沮丧，张望，无聊，不敢多想未来……但是凡事都有两个方面，有得有失，比如现在，我们处在了极强的"阳性"——感受中物质是属于"阳性"的——物质的强势干预时期，"阴"就会受损害。但是阴阳之间必然要有调节。为了躲避强烈逼人的"阳性"，诗人只好留在了"阴郁"的空间里。

这里用传统哲学中阴与阳的关系，从感性和理性两个方面来试作解释

——如果物质是阳性的，那么精神就是阴性的。物质满足现实的基本需求，其存在是明显和实在的，所以只能是"阳性"。相对于物质的显性来说，精神活动则是隐性的，于是称为"阴性"。一切的精神活动都在无形中进行着，在默默无查的环境里滋生蔓延。它们属于一个阴郁的空间。

在一个物质主义强盛的时期，精神受到了压抑。这种阴阳失调的时期，在中医学说中被称为"阳亢"或"阳狂"。这个阶段所要实施的调节手段，就是"滋阴潜阳"。在这样的现实社会中，阴郁的空间需要一再地延伸和扩展。

这个"阴郁的空间"对于诗人是至关重要的。一个诗人长时间暴露在灿烂的阳光下就会枯死，他需要在有所遮掩之处独自生长。诗就像一种特殊的菌类，强烈的阳光会杀死它，它需要在阴暗的地方慢慢滋生起来。诗是生命里面的一种有益菌，它只有在阴郁处才能繁殖，焕发出自己的美丽和浪漫。这样的空间相对来说是润湿而自由的。

人在光亮下会接受很多的参照，这个过程是不自觉的，个人想象的空间、感受的空间，都被框束了。而诗人需要开阔的浑茫和幽暗。实用主义者完全不能理解诗和诗人，诗人对他们来说也的确不可理喻。诗是生命里的闪光和悟彻，人类用它来对抗死亡和荒谬，当然还有平庸；对抗通常令人疲惫的种种世俗的约束，以及习而不察的惰性。所以诗需要在特殊的角落里受到保护，在一种沉默静寂中孕育。

巨大的阳性社会一定会投下浓重的阴影，那里就成了诗人的立足之地。诗性的孢子可以在这里裂变，可以一而十、十而百……无穷地繁衍。

诗已经不再尝试与这个阳性的时代对话了，也不再对这个时代大声朗诵。今天已经不可能出现一个倾听诗人朗诵的大场面了。

二三十年前曾有过这种阵仗：诗人要来朗诵了，结果礼堂大门都关不住，挤得满满的，每个窗口都挤进了好多脑袋。大家都要倾听诗人。诗人来了，不看观众，从侧门进入，低头走到台子中央，背向观众——猛地转身，泪流满面……

最后是暴风雨般的掌声。这包含了一种表演。诗在这样的夜晚，不经意间暴露在了强烈的光线下——我们担心它被光线杀死。后来，果然——诗很快萎靡了，遥远了，像退远的星光，永远不再返回了。

由此可见，将诗放在强烈的光线下是非常危险的。真正的诗人会不安，会悄悄地心怀恐惧地退到阴暗处。

有一篇纪行文章谈到去苏联时期的一个省份访问，谈了一件趣事：那个地方的长官正在一个集会上兴致勃勃地大讲，正讲着，那边来了一个人，长官一见立刻收敛了，低声下气收场说：各位女士们先生们，我们著名的诗人来了，让我们热烈欢迎，请他讲话……诗人一点客气都没有，几步窜到台一通大讲，最后甚至激动起来跳到了桌子上。这让早就习惯了官本位的中国客人大惊失色。

可见那时，那个地方对文学艺术的推崇，对诗的推崇，到了这样的地步。诗和诗人在聚光灯下，在强烈的光线下——荣耀，显豁，但是也危险。这肯定是十分危险的。

在当世，包括西方、北美，欧洲另说，这种物质主义的阳性社会里，诗和诗人大致已经退回到了自己的角落里，那里是一片舒适的阴影。就在这种没有强光的阴郁的一角，诗人仍旧能够焕发出个人的想象，开始自己时高时低的吟唱。

从这个意义上讲,现在的诗以及所有的诗性写作,也包括极少一部分小说家,算是遇到了一个非常适合他们生存的时代——他们或许可以跟整个阳性的社会脱节、隔离,以至于部分地绝缘,于是这反而成为一个极好的屏障和境遇。如果把他们拉到现世的阳光下照耀以至于暴晒,他们正在阴湿中的烂漫生长不仅马上停止,而且很快就会凋谢和枯死。

诗人只有待在阴郁的空间里,在这里悄悄地、放肆地生长。

经常遇到一些诗人,他们目无旁视地聚拢在一方天地里,激动不安和勇气十足地探讨诗学问题。外面的人把头探进这个空间里看一眼,惊讶、羡慕,同时又大惑不解。这个空间里没有现实的光亮,幽暗,稍稍潮湿,当然也比较温暖。

阳性的一部分

与诗人不同,小说家也许天生就不能过于澄明和纯粹了,因为小说家总要有些烟火气。可惜现在的小说家烟火气太重了,常常发出刺鼻的气味。

问题是一旦进入诗性写作的范畴,小说的边界之内就要驻留诗人——他们一旦出现了,也一定是待在了阴郁的角落里。

在当代,这种真正意义上的诗性写作只嫌太少。我们的学术稍稍探进半个脑袋——探到这个并非充斥强光的幽暗的空间里,就会有另一种感受。当代学术大多数时候和阳性社会、物质主义搅在了一块儿,已经辨不出个体的区别，成了浑然一体，他们本身就成为阳性的一个组成部分。

成见

一些人，一些作家，常被冠以"再发现"三个字。有时的确算是这样，有时却是被夸大，而不是被发现。人性里有喜欢故意反拨的一面，有逞强好胜的一面。但使性子对于学术来说仍然是没有什么意义的。

别林斯基曾经说过：经过了必要的时间之后，人人都将各归其位。一个人虽然经过了时间，但是不是"必要的时间"，还要打个问号。比如说后人出于各种原因附加的情绪，各种各样反拨的冲动，都要在时间里剔除才好。

有的作家在海外名声大得不得了，到台湾到香港，几乎只谈这一个，怎么也离不开这一个。为什么？因为大陆长时期不谈这个作家。这是文学史的偏颇，想不到回头引来的反拨力竟然如此巨大。这是人性的特点。反作用力和作用力是相等的，尽管这也多少有些彼此"使性子"的意味。

做学术是不能有成见的，阅读也不能。无论这成见的理由和基础是如何形成的，都需要放弃。

所谓"阅读之前放空自己"，就是不让心里装上任何成见。成见是做学问、做学术的害物。所以一些时候我们容易被莫名的好恶所左右，使自己得不到一个正常的印象和判断。

先放空自己再去阅读一个作家，那时觉得他有才华，他应该在文学史上占有一席地位，被我们认可和喜欢，这个就没有问题。不然就会不自觉地夸大某一种感受，影响持重的评价。比如某些著述，将曾经被埋没的现代作家给予了极为不同的肯定，认为不仅比鲁迅高，而且高得多了，是那个时期最具有超越意义的天才。怎么可能呢？作家的关怀力，作为人的激情，作品的深刻情感，文学含量，语言魅力，以及最终呈现的人格的力量，强烈的道德感，这些指标怎么能够忽略？这些指标即便退次一等，也并不妨碍成为一个好作家，但不可能是大师级的作家。

好的作家不一定都具备强烈的人道激情，比如他在语言方面给我们的强烈快感，他罗织的精妙的细节。他可以不去关心底层，可以沉浸在自己的趣味里。生活是五光十色的，作家可以表达这一切。

有些作家生前没能得到认可，人们不能认识他，他寂寂无名地离开了之后，才有人渐渐地发现他。比如有人九十年代就开始写性，写生活的荒诞，绝望和游戏，对主流话语的反讽，还有语言的机智，这些作品都好——但冷静想一想，其倾向仍然与时尚、与一个时期的精神潮流是一致的。所以从大的方面看，还是没有个人性的，是多少流于平庸的唱和者。

同样是写性，如果出现在"文革"时期就不得了。因为那个时候不允许描述情爱，戏剧中夫妻都不能同台。《沙家浜》中好不容易有个结了婚的阿庆嫂，男人阿庆还跑单帮去了，并没有登台。那个时期在性爱之类的表达方面，是一种畸形的苛刻和虚伪。如果在那个时候，有一类作家放肆一些——哪怕他是一个地下作家——会让我们多么感佩。这才是一种卓尔不群，一种对于人性经验的大幅度开拓。因为他有勇气反抗潮流，表现出了强大的个体力量。这就是艺术的力量。

可是我们看到的却正好相反：一个时尚风气和潮流的跟从者，看起来很有个性，其实是与时代趋向一致的。他与当时的艺术趣味是非常吻合的——有时候稍微快了半步，也就是快了半步，或者压根就没有快……我们对待泛滥的性爱、解构、嘲讽和玩世不恭这一类二十世纪以来的艺术老套，最好要有一种冷静的态度。

对一些作家作品出现的高评价，还要看来自哪里。是源于诗性的核心，还是趣味相投的意气与策略？是否有商业性的谋划？同一倾向的写作者研究者，对于一个相距遥远的、特别是已经逝去的作家，往往是相当慷慨的。这种种忘情和冲动，其实也是对自己热情肯定的一部分。我们很快就会发现，谈来谈去，不停地歌颂的某类作家和作品，大致上和谈论者自身的思维，还有趣味，是如出一辙的。他们不过是在强调自身的合理性。他们不会是这个时期最清醒的专业人士。

比如说在海内外得到极度推崇的某些观念，最重要最深沉的创作和研究人士，几乎没有盲目跟进的。这同时也说明：最明晰的思维往往是少数的，但是时间恰恰会站在少数一边。

通俗的品质

通俗文学的品质差异也很大。同样是通俗文学，国外那些赫赫有名、发行了千万册的作品，翻译到中国来，很多人看了不禁一愣，说这哪里是通俗文学——语言干净、生动、形象，思想似乎也并不浅直。

他们为什么误解？因为他们习惯了境内的通用标准。这个标准是由受众的文学素质决定的，像我们这些黄色、拙劣、低俗的所谓通俗作品，在另一个文明水准很高的族群里根本不可能大行其道。

可见不是人家的作品不通俗，而是真正的通俗文学就应该那样写，应该达到那样的水准。好的通俗文学也要求语言的简练和干净，要求在语言的平均数里做到最好，有一种明快利落感——像我们平时说的，"那两把刷子要好"。再就是，也要遵从人类的普世价值，不能公然倡导庸俗混世或诲淫诲盗。

在我们这里，不要说通俗文学，就是那些所谓的"纯文学"，语言已经极不讲究，甚至以拖泥带水和粗糙不堪为能事——有人竟然说"泥沙俱下也是伟大"。世界上一些著名的通俗作家，他们的写作态度是极其严谨的，有的作品甚至有宗教感、有神性、有雅文学才有的诗性因素。它们的确在思想、语言及各方面取得了最大公约数和平均值，编织出一个曲折的故事，让读者有一个舒服的结局，总之也是一个套路。这些作品中的人物就像理论家讲的，是类型化的，不具有生活中的无限复杂性——所以它仍然还是通俗文学。

境外的一些好的通俗文学作品，在我们这儿竟然被当作雅文学的代表去推崇，这多少有点讽刺的意味。可见比较之下，一些国家和地区的阅读水准就是高。

"产品"与"作品"

通俗文学需要尽量迁就和响应读者，这是无须质疑的，因为它是一种文化"产品"。我们常常感到不同地区通俗读物质量上的差异，惊叹异域某些同类作品的卓越——这是一个显豁的事实。

其实只要是动用了制造技术的"产品"，无论是物质方面还是文化方面，发展中国家往往就要落后一些。这是因为我们这里的商业市场形成既晚，远不够成熟；更主要的是，我们工业化的历史还嫌短暂。文化产品从本质上讲还是属于制造业，与技术化工业化程度有关。

与通俗文学相比较，也许我们的纯文学写作与世界其他国家的差异没有那么大，从某种意义上讲可能还自有其独特的地位。正因为它偏重于生命的冲动，创造个体不依赖制造的技术，而是一种灵魂之业。所以不同国家和地区尽管工业水准高低不同，也还是有得一比：你有你的痛苦，我有我的痛苦；你有西方的想象，我有东方的想象；你有骑马民族的那种勇猛，我有农耕国家的田园写意。

个体生命的心灵表达，不同的美学传统，许多时候是难以比较高下的。但是搬到了产品制作的流水线上，我们就要努力追赶和学习了。因为我们的文化产业化历史短暂，工艺熟练程度较低。比如说电影业，严格讲就是一种运用了艺术技法的文化"产品"，并不算严格的艺术"作品"——电影是导演、作家、演员、作曲家、摄影及美工师等综合完成的，并非一个人的独创，因而只能是众手合成的文化"产品"。一涉及"产品"，就要讲究制作工艺，讲究生产流程。我们的工艺水准比起西方好莱坞、比起欧洲，仍然是起步较晚的。

看一个国家的工业化程度，衡量其水准，不仅要看造出了多少卫星原子弹等等尖端奇能，不仅要看造出了什么万吨水压机和超级计算机，而主要应该从使用率和普及率更高的、基本的日用工业品来判断——比如签字笔、螺丝刀、抽屉滑轨、马桶软管之类——发达国家的产品经久耐用，可靠放心，可以经受长时间的考验；而发展中国家有可能举全国之力造出了卫星或发射了太空舱，却仍然没有能力让日常工业用品普遍合格。日常工业品的质量最能够体现一个国家的工业化程度。

工业化的评判与文学作品的评判几近相似：要看语言，看细节。

从这个意义上讲，我们的工业化、工艺水准仍然是比较低的。所以到了文化产品制造业，也就显出了自己的局限性。通俗文学如此，电影业也是如此。我们也许拥有比较好的导演——这很重要，因为电影是导演艺术——可是一部电影仍然不是导演独自解决的，这里还有剧本的问题。剧本对思想和人物故事等等有最大的规定性，特别是价值观的确立，这个要素解决不了，再有本事的导演也改变不了一部电影的平庸。

其次还有摄影、演员的问题。只有一拨把脸描得很亮的"明星"不行，他们还要具有真正不同的生命内容，要心中有书。比如演英雄，演大人物，对演员的要求就很高。只牢牢不忘把一个历史人物演成一个"好人"，这怎么行。演员没有学识，没有阅历，想演出一个相当量级的历史人物也不可能，他眼睛的重量就不够。

一个重要的历史人物无论有多少缺点，总有不凡的经历，出生入死，改变了江山的颜色，他的眼睛有重量，那目光如果有一吨重，我们的演员只有四两沉,这当然不可以。

除此之外还有好多其他问题。这些多到数不胜数的因素合在一起,由导演统领,把一个工艺流程走下来,最后的"产品"质量如何,那是很难说的。

而诗性写作全然不是如此,那是个体生命的创造,是独创的艺术"作品",而不是艺术"产品"。它们二者有着本质的不同。

关注和不关注

有人对一些所谓的"文化热点"从不关心。这种不关心不是一种傲慢,而是因为思想和生命品质的不同,是这些造成的忽略。每个人的兴奋点有所不同,而这些不同最能说明人与人的差异。

在时下的数字时代,人人痛感时间和精力非常有限,比如一个知识人,会觉得有那么多急切要读的书供其选择。有时听说有些东西很重要,应该去看一看,但从今天推到明天,再推到后天,结果几年时间过去了,也不曾去看过几眼。

真的是时间问题吗?当然会有关系。但更大的关系,还是因为他对那些所谓的"重要"并不真正看重。凭一种直觉和常识,他知道那些众人关注的大热点大热闹可以暂时忽略,这并不会有什么太大的损失。

举一个例子,讲一讲人与人之间关注事物的不同。有人热衷于读康德,那种老式德语有多少人能读?即便翻译过来也并不好读。但是有人觉得太重要了,康德对于时下的中国太重要了——读康德并引起心灵的震颤,与之稍微地沟通和对话一次，对另一些庸常就更加不感兴趣了。

再比如说读普希金的《上尉的女儿》——普希金是以写诗著称的，但有人直到今天再读这部中篇小说，那种感动还是不能平息。大师就是大师，伟大的天才真的是不可以重复。

有人一谈起文学就是托尔斯泰，就是鲁迅和苏东坡等人——能不能再谈一点让人眼前一亮、耳目一新的其他人？谈一点当代的、偏僻的，或者是古代的外国的，都可以。试一试，"恶习"难改。因为他们是那么大的天才人物，要超越这些人这些作品太难了——他们最有魅力，所以他们才最值得关注。他们对读者来说就是永久的热点。

可见关注什么，实在是非常大的事情。所以网上的一些争论，弄到家喻户晓了，有人还是压根不曾留意，这一点都不让人吃惊。

有人去参加公众场合的一些聚会，常常被最基本的一些"热点"给难住，什么众口相争、赫赫有名，他却基本上谈不出什么，因为从来没有注意过，更谈不上研究了。其他人总是不信，他们认为这是不可能的——他怎么可能不去关心这么重要的大事？其实他们就是不明白，人和人是不一样的，要允许不同的存在——在他看来，那些"热点"是非常不重要的，有的甚至是相当无趣和无聊的。

信息时代的人实在是太忙了，五六十岁的人，大事小事、公事私事，排来排去时间就没有了。处在这样年龄段的人，怎么可能步步紧跟时尚和热闹？如果真的跟上了，那倒是不正常了，有毛病了。

人的兴趣，比如阅读，是很神秘的。有时候人的判断力也是很神秘的，他仅仅是凭感觉冷落的东西，大多数时候也不会有多么重要。

古怪可爱的刺猬

刺猬是一种很奇怪的动物：浑身长满了尖刺，球起来不能碰，凶猛的动物也奈何不得，听说只有"化学武器"才能够对付它——比如黄鼠狼放出的臭气，会让它放弃自卫，束手就擒。

刺猬是那么小，猎豹、狗、浣熊，大量的凶猛动物，见到刺猬都要愁退。因为它团成一球，让它们无法下口。多次看到一只狗去对付刺猬，它用鼻子一拱，嘴一咬，就被扎了，又疼又气，头乱晃，哼哼唧唧跑了。

这里的老人讲，刺猬有一种很神奇的本领——动物不在大小，关键要看有没有奇能。刺猬身上有一种仙气，比如说它和蛇、龟这一类动物，在民间被认为是有灵气的。刺猬到一户人家的柴垛里居住，这家的柴垛就用不完。据说它暗地里不停地帮主人搬运柴草，使柴垛增值。

民间传说的几仙之一，就包括刺猬。

有人在野外小屋里睡觉，总听到窗外有人咳嗽，出去找，却没有人。后来经过了老人指点，这才知道是窗外的柴火垛里有一只刺猬。大家可能以为刺猬不是猫和狗，不通人性。这也不对。有一个看油库的老人，院子里有个柴火垛，他每天出来拍拍手，一个大刺猬就领着三个小刺猬出来了，与他玩得挺好，围着他转，让他抚摸。

还有人养过一只刺猬：把它放在大浴缸里，给它东西吃。别看它个头小，制造屎尿气味的能力却很强，顶得上一头小猪，一天不打扫整个屋子就满是邪味。他不想养它了，正要把它送到野外的时候，发现它死了——侧身躺在那儿，嘴长如猪，舌头伸出来一点……后来才发现它不过是在酣睡，睡姿可爱，似乎听得见鼾声。他动它一下，它扑棱爬起来了。

民间还有个说法：刺猬会土遁。土遁就是在地下遁行，就像《封神演义》里的土行孙一样。有人不信，就把它放在地上，用一个陶盆扣起来，上面再压一块很大的石头。谁想到第二天早晨起来，费力地把石头挪走，把盆子翻开，里边空空的什么都没有了。

刺猬和其他家养动物一样，性格十分鲜明。有一次几个人遇到一只大刺猬，它见了人慌得要命，给它牛奶和红肠都不吃。后来他们躲开，只把东西放在那儿——刺猬出来四下窥测，扬起鼻子嗅了嗅，觉得实在是安全了，才咯吱咯吱吃起红肠，又喝牛奶，享受着美味。还有一次逮住了一只不太大的刺猬，正揪着它的后蹄时，它就嗅到了红肠的香味，竟然挣着往前吃起来。比较起来，一只羞怯拘谨，一只大胆泼辣。它们聪明灵慧，沉默内秀，是非常可爱的一种动物。

万松浦书院的林子里有大量的刺猬，一到晚上它们就四处活动了，偶尔白天也出来。有的刺猬个头很大，团起来像足球，雪白雪白，一丝灰气都没有。

我们和它们

人和动物如果能好好地相处，益处无限。据研究称，一个做艰苦脑力劳动的人，如果有一只猫陪伴，疲累时抚摸它一下，也就是几分钟的时间，放松神经的效果可以抵得上户外体育锻炼两个多小时。这个讲法令人相信。

猫的样子别致，俊美，还有点滑稽。它的鼻子那么精巧，妩媚的脸上竟然还有两撇胡子。狗有英武之气，与人交流的主动性更强。猫与人会意，狗与人响应。

不同生命之间的交流是至关重要的，是其他任何事情都不可取代的。人类在昏头昏脑的追求物质的庸碌中，有时觉得狗无所谓，猫无所谓，鸟无所谓，任何动物都无所谓。结果只剩下了人和人搅成一团的利害关系、争斗关系，常常弄到你死我活血流成河。想一想这种生活是不是有点可悲、有点恐惧？

大自然造物很是神秘。我们好像与狗没有共同语言，与小鸟更谈不出什么。但是要相信它们之间也有语言，与之相处久了以后，还会感觉它们和人类的情感模型是一样的。也就是说，人遇到什么事情会害羞，动物也差不多。它们和人一样，有痛苦，有莫名的烦躁。就连小鸟也会忧郁——现代科学研究发现，小鸟的确会忧郁。

它们和我们是极为不同的生命，就因为和我们置身于同一个星球上，面对了同一个大自然，所以就有了许多相同的情感方式。这是造物的奥秘。这些发现不是我们的一厢情愿，不是一己猜度，而是长期的经验和科学的发现。这些其实用不着列举，因为大家都有体会。

再说徐福

徐福就是替那个"千古一帝"秦始皇采长生不老药的人。由于他干了这样一件神秘的大事，也就出了大名。他这件事没有办好，或者说一开始就没有打谱好好办。史书上说他借这个机会逃到了海外，带走了秦国的好多好东西，从物品到人才，然后到大海深处的某个岛上——一般说是日本列岛——过起了逍遥的帝王生活。

关于这个神奇人物的故事，在民间不知经过了多少诠释。

他和许多历史人物不一样，一方面是中国的信史记载过，比如说《史记》里就有确凿的记述，虽然不是很多很详细。同时民间关于他的传说特别多。这就给研究者留下了很大的空间，也有相当的难度。不过这正是艺术创作的绝好材料。

围绕徐福有过一些作品，海外比国内可能还要多——但总起来看还不够多。涉及徐福和秦始皇的文字就更多了，因为这是个难以绕开的历史公案，也是毫无疑问的一个历史大传奇。

帝王不想死，日夜想着长生不老，想着成仙这种事情。他们只好求助于最不喜欢、最让他们疑虑重重的一些人，这些人就是齐国的方士们。这里的方士就是谈天外有天、炼丹成仙的人，与道家思想体系有渊源，但他们可能更重实践。也就是说，他们把道家的玄思玄想放手实验起来。

徐福这个人物太有意思了。因为这方面的文字写多了，有人会觉得重复——其实这个题材可以一直写下去，只嫌其少不嫌其多。不停地写一方土地，一片森林，一个海域，不但不是重复，而且是更为自信的挖掘和探究，这对于一个写作者十分重要。

在徐福这个人的研究方面，着迷者层出不穷。一般来说，中国和日本，一个是徐福的出生地和起航地，一个是落脚地和生存地。在这两地，对他的深刻迷恋都是相似的。中国时下有二十一个徐福研究协会，日本也有二十一个。由于徐福是由海岛链转道日本的，并且有过多次尝试，所以就在许多地方留下了痕迹，成了难以淹灭的历史，东南亚国家、韩国和香港、台湾等地区都有热衷于徐福研究的一些组织。

徐福作为一个特殊的历史人物，他的身上有一团迷雾。秦始皇是何等人物？聪明狡狯，霸气不用讲了，无论是文治还是武功都达到了令人惊奇的地步。他把中国的疆土往南扩得很大，统一了中华，车同轨书同文，统一度量衡。文化专制达到了极致，杀了无数知识分子，在咸阳坑儒，东巡到了半岛地区，又在琅琊台下杀了许多文化人。

而徐福竟然就是在焚书坑儒和琅琊台事件之后，接受了出海访仙的重任，率领五谷百工和三千童男童女，组成了一个浩浩荡荡的船队。这是多么了不起的一个大工程。能够摆脱秦始皇的残酷统治，挣脱帝王的强大磁性——权力是有磁性有吸附力的——这是何等了不起的一个壮举。

我们仅仅凭借个人经验去判断，就明白那是怎样的一场智慧和心力的较量。对徐福的研究，一度偏重于史料的挖掘，这当然十分重要；但是史料也就这么多，出土文物能够支持徐福研究的，国内不多，日本有一些。

文学写作者对于人性的好奇，与对那段历史的好奇紧密地结合在一起。这是大有可为的。从多年来的研究成果中，可以认为徐福在龙口湾、在万松浦书院这一带久久徘徊过。因为其中最重要的一说，是这里离他的出生地最近，而且离当年的启航港——东边的黄水河湾——只有几华里之遥。无论是龙口湾，还是港栾河口、黄河营一带，都是最好的航船停泊地。

徐福不是一般的方士，而应该是一个胸有丘壑的谋略家。他当然熟悉方士的一切奥秘，懂得炼丹术和航海术，但与这类方士大有不同的是，他内心里还是一个严格正统的儒家代表人物。外方内儒，这才是问题的关键。

也就是说，他或许应该是一个入世很深的、典型的中国传统知识分子。他带领的所谓的"五谷百工""三千童男童女"这一大批人中，到底是些什么面目什么身份？他的船上究竟还装了什么？

在焚书坑儒之后的黑暗大地上，他的这个船队所贮藏的奥秘太大了。

我们可以明白这个船队所载的，表面上看是"实用主义"者所需要的一切，就是说一切都是为了寻找仙人的必需设备；实际上却大有玄机。我们可以设想这些航船装满了被千古一帝所禁锢的思想和精神，装满了当时的各路精英。这才是徐福一行最伟大的意义。

非异人不写

我们阅读的作品，其中描述的人物有的平常，有的怪异。其实严格地讲，文学——所有的诗性写作，所写出的人物都必定是一些"异人"。平时看到的许多作品，大多在写庸常而不是异常。因为要写出"异人"之"常"和"常人"之"异"，是很难的。有时候我们觉得人都差不多，现实中的人即便有差异，也还是大致差不多，说到底都是平常人，都很庸俗也都很雅致，都向往文明也都粗鲁不堪。

我们常常忘记了人是被表面的相似所包裹的，如果深入理解，他们的差别是很大的，几乎每个人身上都有异质异态——文学的功能与力量，就是不断地发掘出"常人"之"异"。

杰出的作品,实际上是"非异人不写"。看一个作家的作品,如果平时平庸的文字看得太多,对那些庸常的描述就会习以为常,这时反而对诗人发掘的"常人"之"异"感到突兀不解。他会忘记人在特殊时刻的一些特殊表达。

把一些极致的、特殊的时刻抓住并逼真地再现,就是最深邃最生动的表达。当一个人拥有了这样的表达力和发现力的时候,那些庸常的评论者就觉得极不理解甚至不可容忍。所以他们就会搬出一套说辞,称之为"脸谱化的描写"。

"脸谱"是一种固定的类型,是夸张,而不是人性极处的生动。

平庸的读者分不清什么是"脸谱化",不知道它与真正的生动传神的描述之间的根本区别。他们没有深入理解"异人"的能力。

熟悉的异人

举几个"异人"的例子。

一个著名大学毕业的朋友,在一个大机关工作。这个人学历较高,长得仪表堂堂,与人初见面时会板着脸,总之和大多数人都差不多。后来日子久了才会发现,这个人的冷静严肃都是努力掩饰而来的,他的内心其实很少有安宁的时候,热情得简直像一条狗——只有狗见了刚刚分别的朋友才那样激动,非要一下子扑上去不可。

这种突如其来的、不加掩饰的激动,一百个人里面连一个都没有。

有一次机关里让他搞一个会议材料,让他在部队的一个招待所里独自工作。他实在受不了,到了半夜还打电话让朋友去玩。有个朋友去了——那也是一个热情的人,两人一见面就高兴得又跳又蹦,从地上跳到了床上,结果把一张床都踏坏了。

如果不知道,还以为这两个人多年没见了,其实也就是两三天没见。不要小看这件事,因为这有些反常——一般的人是不会这样的,只有更单纯更特别的生命,比如狗才会这样。这不是"异人"吗?

有一次这个人跟一位正在走红的作家聊起文学,聊了一夜,觉得文学真是有意思。他是学哲学的,却在这个夜晚决定要转向文学。他跟那个作家谈文学专注极了,激动得两眼通红,头快要碰上对方了。他不让作家睡觉,缠着人家通宵达旦地讲。

那位作家是从东部半岛来的,结果被他特别巨大的热情给点燃了,几天加起来才睡了两三个小时的觉,夜晚基本上是没有睡过的。他们就坐在床上谈,时而在屋里走动,两手比比画画,口沫飞溅。

当然了,那个人后来并没有成为一个作家,因为写作的事情,实在不是一时的热情和一般的坚持就可以做成的。但这个人在开始的时候,在那几天里,是真实的向往和深刻的冲动。

这真是一个热情过人的家伙。他在其他方面非常正常,只是体内有着用不完的热情和激情——见了朋友又按又抱,不停地拍打,直到尽兴了才能稍稍停止下来。

这样的人在大机关里工作显然并不合适,结果大家都提拔了,学历比他低的人、工作时间比他晚的人,一个个都得到了重用。机关对他的评价是:人好,水平也高,就是……下面的评语是含糊的,因为他们对这样一个人既无法命名也无法理解。

他的家里人替他着急,催他进步,可他十分为难,不知道从哪里着手。他说套话很费力,刚说了几句文件上的话就绷不住了,就要露出原形。

不仅提拔不起来,就是继续留在大机关里也成问题,最后给分派到下面一个地方,安排了一个闲职。时间过去了几十年,有人再次见到他的时候,发现他也老多了,胖了。乍一见的时候他又要伸手来抱,可是这手伸出一半又赶紧缩了回去。他板起脸,说了一点平时的套话,但顶多过去五六分钟,那股热情又来了——两脚不停地活动,伸手一下按住了朋友的肩膀,摇晃、捏弄,使劲拍打起来。

这显然是一个"异人",也是现实生活中一个活生生的熟人。

另一个是本地大学七七级的,也是哲学系的。这个人当年学外语,为了学得快,到了晚自习的时候就旁若无人地在教室的黑板上写单词,然后转过脸去嘟嘟哝哝背,背完再回头与黑板上的字母对照——错了就沮丧无比,对了,就像小猫一样伸头在黑板上蹭一下,幸福得眼睛都闭上了——这一切都是在大家的眼皮底下做的,似乎这教室里只有他一个人。

结果每到了夜晚,大家到教室里来,有一半也是为了看这道风景的。可是他自己竟然丝毫没有察觉,一直坚持这样"学习"下去。这又是一个熟悉的"异人"。

可见"异人"是处处存在的,而文学就是发现他们——发现"常人"身上的"异人"之处,或发现"异人"身上的"常人"之处。总之非"异人"

不写，写出真正的"异人"来，才会是杰出的作品。

许多人只是强调写平常的生活，谓之"现实主义"。没有这样的主义，只有平庸的写作。他们不理解生活中的任何"异人"，也不承认正常的人还会呈现"异人"之处。

有一次一个朋友到某个地方去，住了一段时间总结说：这里为什么搞得好？主要是人员构成不凡，一共才十来个人，就有四个"异人"！然后他一一道出这些"异人"的名字，并指出"特异"之处。又说：某某单位为什么搞不好？一百多人啊，连一个"异人"都没有！

文学最终还是要写"异人"，要有识别他们的能力——"异人"是有的，有的表面一看就是，有的却是隐藏的、被世俗生活层层包裹的，暂时还没有暴露出来而已……

并非魔幻

一般人看了当代作品中某些"离奇"的描写，常常就要说一句："魔幻现实主义"。因为这些年书上说得最多的就是这样的主义，所以一定要对号入座才好。

一个人的真实记忆如果太具体太深刻，写出来也许就会出人预料。比如在个人记忆中海边林子南边——离林子大概十几华里有一个小村子叫"西岚子"，那里发生的人和事就永远无法忘记。这个小村一共二十几户，都是从鲁南地区逃荒来的，他们在那儿驻扎下来，生儿育女，渐渐形成了一个小小的村落。

就在这个小村里，生活着一些很怪的人。其中有两个人可以和"魔幻现实主义"对号入座：一个叫金友的男子，他的乳头能喷射出乳汁。他跟人坐在一块儿玩，有时就故意将乳汁准确地射到某人脸上。这个金友还在，去年有人见过他，已经没有牙齿了。

还有一个女人，因为生肝病，被折磨得不想活了，就喝了乐果。乐果是一种剧毒农药。她为了坚决彻底地杀死自己，一口气喝了半瓶乐果。而且为了加剧它的毒性，还掺了一些火柴头——她想火柴一擦就着，药性肯定是暴烈的，就把一盒火柴的火药用指甲一点点刮在半瓶乐果里面喝下去了。结果一会儿药力发作，她一边呕吐一边满地打滚，最后昏死了过去。谁知她醒过来不仅没有死，还一天天好起来，原来的脸很黄很瘦，后来渐渐有了血色，肝病给治好了。

这个人一直活到八十多岁，去年的大年三十才病故。

生活当中有各种奇怪的事情，比想象的还要奇异许多。所以说到"异人"，我们自己看到的已经不少了，而不必满足于道听途说。

仍然是在那个西岚子村边，有一天来了一个推小车卖菜的胖子，叫卖之余突然高兴了，当众把路边一块大石头拿到膝上，手握半拳，大喝一声把它削断了。大家全惊住了，以为只有在小说和电影里才能看到这种奇人。

这个男人的家就在离书院西南方二十华里的一个村子中，那个村子就在河边。有人实在好奇，就打听到了他的家，相熟之后还讨要了一张照片：他正光着膀子砍石头，在石头断裂的那一瞬间留了影。他介绍了自己的经历，说以前有个师父，一直是教他这个，从十几岁教到四十几岁，还是不成。

他差不多绝望了。有一天他上厕所去小解，正往外走的时候，突然感到身上有一种力量在鼓胀，那力量大得能砍断石头。他把腰带紧了紧，随手抓起了厕所旁的一块石头，"啪"一下就砍断了。

从此以后，他就具有了这种能力。

他说师父才是真正了不起的人：无论多高的墙或房子，只要感觉能蹦上去，身子一腾就上去了。他想跟师傅学这个武艺，不太成功——他最后需要借助一根带子，它能甩多高，他就能跳多高，仅此而已。他说自己又不想偷东西，所以那门武艺没什么用处，于是不再练了，现在只砍石头了。

这都是近在眼前的"异人"。

对这些人的记忆是有意义的，会让我们理解人与生活的复杂性，打破我们思维的刻板与概念化。杰出的作品确实是"非异人不写"——它总是写出了"常人"之"异"和"异人"之"常"。现在我们想一下，无论是鲁迅、托尔斯泰还是雨果、陀斯妥耶夫斯基，或者是马尔克斯，他们作品中的人物个个都是"异人"。

他们写了大量的"异人"之"常"，所以有时并不让人觉得很唐突。但是仔细看，会看，就知道它们之所以那么有魅力，能够紧紧地黏住我们的目光，就是因为他一直在写的，全是真正的"异人"。聂赫留朵夫不是异人吗？这是一个异人！常人怎么能跟上一个堕落的女人去流放？这是一个贵族，那么高的身份，那么安逸的生活，却为这个女人痛苦不已，走掉了。但是由于托尔斯泰写出了"异人"之"常"，我们又觉得发生的一切都是可信的。

所以杰出的作品里没有常人，全是异人。他们擅于写"异人"之"常"。

当代文学里的"异人"太少，因为无论是发现"异人"还是描写"异人"，都需要非常的能力，需要笔力，需要对人性非同一般的理解力和洞察力，能够在人性最偏僻的角落里游走……

非异人不读

如果是一个大读者，他可能是"非异人不读"。

一部作品没有写出"异人"，就不会有太大的意思，不会是一部有魅力的作品。那些大诗人自己就是"异人"，他们当然非常理解"异人"。只有他们才能将一种意象在瞬间抓住。所以诗是"瞬间"，小说是"过程"。有人可能问到叙事诗——那不是"过程"吗？

那些呈现"过程"的诗，或者本质上并不是诗，或者是一些片段的连缀。这种连缀给人一种跳跃的"过程"感，严格来讲却不是一般意义上的"过程"。苛刻一点讲并不存在真正的叙事诗。

异人异见，往往像闪电一样划亮。

没有诗眼，就发现不了"异人"。有时候眼前站着一个"异人"，我们却会觉得平平常常，没有什么特别的。"异人"实际上很多，这里，现在，就有几个"异人"，可能我们完全不知道。

关于爱情

可以说，爱情无时不在无处不在，是一种最普遍的生命现象。关于爱情，不仅是文学的专利，而应该是许多事业的焦点和核心。爱情不光指、不完全指那些缠绵的故事，什么分离和团圆的故事，而是指所有的爱心和情意。它不光产生在异性之间，不光产生在人和人之间，还产生在人和植物、人和动物、人和土地、人和风景、人与天籁……之间。

有人说这样讲太空泛了，不具体。实际上只要是爱，使用的感情是一样具体的。心灵的这种细腻和热爱，对待异性的那种爱，在其他时候也是一样。爱是同质的，没有什么区别。那种温柔，拥抱，无比美好的企盼和思念，都是一样的。有时候看到一些令人沉醉的风景，恨不得与它融为一体，那种情感是很有深度的。

在情感特别丰富的人那儿，爱也是最多的。所以天才的人物爱也是最多的。但是这种爱更本质，更深刻，并非要表现为异性之间的欲望。

有人问一个有意思的、执拗的文化老人，问他与另一个文化老人的关系如何？因为他们处于同一个大时代，都是很重要的人物，曾有过许多交往。这个文化老人的回答很直接也很有趣，说：他这个人太有才华了，但是我不喜欢他。问者不太理解，再问，他就解释说：才大欲必大，那人有那么多老婆……我不喜欢。

文化老人的这段话里，其实是将"爱"与"欲"做了区分。这种区分是有必要的。那个被他指责的老人，"爱"不见得多，"欲"却很大。他的欲望是很具体的。

托尔斯泰也不是一个清心寡欲的、没有异性之爱的人。但他更深刻更广大的爱，却在一生的许多方面弥漫开来。他的整个文字传达的，他的行为，都可以体现出来。那是非常饱满和充盈的一场连一场的、不曾间断的大爱情。这个爱表现在异性之间，也表现在其他更多的方面。比如他对灿烂诗境的陶醉沉入——这些在字里行间不停地焕发和生长的东西就是爱。他的一生是对爱理解和实践的一生，是人类最高尚最美好的部分。

所有杰出的人物，都是最能爱的人，诗人就尤其如此。

场态

不同的写作者面临的任务是不一样的，对有的人来说，写长篇小说并不算最沉重的任务，因为在单位时间里，任务最重的可能是写诗。小说的内核虽然是诗，但相对来说散文化的讲叙和描绘还是要放松一些——如果面对极其紧张的、高难度的那个瞬间，还可以把它稀释到绵长的文字里面。

写诗就是另一回事了，那是在长短句子间、在极有限的篇幅中完成的一次次艰难捕捉。那时如履薄冰，稍纵即逝。也可能因为这种紧张，有时会造成一些表达上的障碍。太重视，太爱，对每一个字的珍惜，像走在刀刃上一样，害怕割伤。这是特别的状态。

人在感觉生命最饱满，相对幸福和愉快的时候才写诗。没有各种世俗的烦腻来打扰，才愿意写诗。有人说"愤怒出诗人"，可是对另一些人来说，愤怒生气的时候不光不能写诗，连小说也不能写。这里的"愤怒"当然是指人的情感饱满，而不是指生气。

幸福的时刻写出来的诗，却不一定是令人愉快的。可能幸福的时刻也适合回忆痛苦，描写阴郁，这都有可能。但必须是个人生命状态很饱满的时刻，让写作和抒发化为一次最大的享受——同时又是一次最大的考验。

一些不适合写诗的时段，就退而求其次，比如写小说和散文。但这也是另一种写诗的方法。包括一些文论、一些演讲，都是在写诗。写作者一旦离开了那种氛围——场态——就没法进行这种精神劳作。写作者必须在一种"场态"里。

有的演讲者从来不写讲稿，不要提纲——那会是一种损害，因为它会破坏"场态"。"场态"在时间里生成，时间换掉了，移动了，"场态"也就改变了。

"场态"这个概念不是写作学中使用的，但它包含了什么内容，究竟是什么意思，我们是可以感受和领悟的。

无趣的现代

文学进入工业化社会之后，城市化进程加快了，走得越来越远之后，才产生了所谓的城市作家。这是一些专门描写都市生活的人。这种人在过去是不存在的，因为人人都是田野大地上产生的，生活环境就在那里。所以古今中外的文学，最主要的还是表达人和自然的关系、人在这种生命大背景下的各种故事。

古希腊史诗，中国少数民族的史诗，都大致是这样。其中关于自然风貌的描述、一些惊心动魄的人与自然的场景，构成了最重要的部分。这是伟大的文学传统。

如果说仅仅是描述闹市故事、现代技术下的特异生存，也可以成为成功的、动人篇章的话，那也只是一个很小的支脉、一个很短的阶段。经典的气质不是如此。

整个文学现代主义的过程，跟工业技术现代化的过程是同步的。人越来越摆脱大自然的束缚，最终却发现仍然难以摆脱大自然的掌心。现代主义文学也会有这样的觉悟。人的文学表达越来越向内收缩，写尽了人的变态和心理曲折，基本上没有了大自然的描述，没有了这种物理空间。文学的品质发生了变异。

现代科技在发现的同时也在遮蔽，变得更为狭促和浅薄。人类对于自然，神灵，对头顶上那片星空的敬畏，已经在淡漠。这真是一种大不幸。

在当代，一些杰出的现代主义作家其实是有这样的觉悟的，他们仰望的时刻仍然很多。他们的目光不会一直局限在现世的庸碌中，更不会仅仅停留在冷漠的荧屏上。只有心智未开、初见世面的写作者才会追赶时尚，一头扎到所谓的"现代"里，浑身散发出塑料和化纤的气味。

现代文学给人的整体印象，就是变得小巧而又琐碎。这总的看还是比较无趣的。

文学的火鸡

人类在现代的诸多探索，很像外国人讲的一个笑话：感恩节要吃火鸡，有一户人家提前买来一只肥肥的火鸡。它第一天熟悉了环境，第二天又搞明白了这个家庭的其他一些事情，第三天又有进步，第五六天基本上全搞明白了——可惜不久感恩节到了，它也就给杀掉了。

我们人类在这个星球上很像这只可怜的火鸡。我们一天天探究上帝的奥秘，一天比一天懂得更多。什么数学物理，现代科技，从加速度到相对论，全都搞明白了，还想探索外星——只可惜"感恩节"也逼近了，这个我们没有搞明白。

随着时间的推演，人类搞明白的东西越来越多，可是最为重要的、让人敬畏的、不可超越的大觉悟反而会离我们越来越远。人类对现代科学，对心理，对变异，对精神疗法，对这些奇巧和奥秘确实搞懂了不少，但"感恩节"的问题，即对于那只火鸡来说最致命的大问题，我们还没有搞懂。

文学的方向也是如此，要关心更大和更根本的东西，不要做一只文学的火鸡。要不停地寻问和探究从哪里来到哪里去的终极问题——让这个追问应该统领和弥漫于一切的文字和细节之中。

十九世纪前后的文学家，比起现代作家更接近于那种思索和追寻。他们看起来很固执甚至很笨拙，知道一座楼房无论怎么漂亮，城市无论怎么繁华，毁掉是很容易的，有时只不过是转眼之间。世界不会因为多盖了一座高楼、多了一些酒吧——什么"极地酒吧""黑松林酒馆"这些五花八门的名字，再弄些女人跳舞男人吹萨克斯，就会有了格外的安全感。相反，这样会更不安全。总而言之这还是火鸡的快乐。

人类对于命运的大限，对于自然的敬畏，要在心底，在眼中。信仰就是这样产生的。

这当然不仅仅是一个文学问题。现在说的是文学的舍本逐末，包括那些现实主义作品，罕有作家在探讨人类和宇宙的根本问题：我是谁？我从哪里来？我到哪里去？

作家如果总是陷入日常生活，就会缺少一种"疏离的神情"。

康德的鞋子

康德对于中国现代人或许是最遥远、最陌生的了。不是他的名字我们不熟悉，文化人还是知道康德的。但是他的思维方式，他关心的方向，他的强大理性，他的推演和实证，跟东方的感性思维相去甚远，以至于在这个物质主义时代里，让我们十分生疏和不解。

我们读康德读不懂——有的地方懂一点，有的地方怎么也不懂。但是渐渐会有一个强烈的感受：此刻我们太需要康德了。在一个极其实用主义的社会，一个缺少理性的族群，一个走入物质热病的时代，就特别需要、尤其需要康德。

实用主义的毒素已经侵入到我们的骨髓里了。有人说，这里的人不是没有理性，而是"实用理性"。"实用"跟"理性"结合在一起，想一想都让人迷惑。它们给硬捏到了一块儿，让人生疑。"实用"和"理性"在多大程度上、在怎样的情形上对立，我们不知道。我们太多"实用"了，我们唯独缺少"理性"。

我们特别需要康德，无论读得懂还是读不懂，都应该努力拥有。这是对东方智慧的补充？或许是吧。中国人对康德应该有热情，应该爱他。

这个不足一米六的人，一辈子没有走出那个小城，却在思考最广大最永恒的东西。有人几次请他到大城市去生活，他从来不为所动。康德一定要在边缘之地，思考中心的问题。这个小城现在属于俄国，改名叫加里宁格勒，是离俄国很远的一块飞地。

人的兴趣很不一样。前几天北京搞一个欧洲展，这边有一个人听到消息一定要去。别人问他为什么要放下手里的工作，路途遥遥地赶去？他说这个展览上有康德的一双鞋子——我要看看康德的鞋子，看了就回来。

我们不知怎么对这个人肃然起敬了。他一定是读了康德的好多东西，不然的话不会为一双旧鞋子这样奔波。他相信这双鞋子里装了伟大人物的信息，他一定要亲眼去看一下，感受一下。

他回来以后有人问看到没有？他说看到了，是一双皮靴，大约合三十八码或四十码——因为有玻璃罩着，没法度量。

不足一米六的人，在人高马大的民族里算是矮小了。可是矮小的人却有大能量。这双鞋子对于他来说，已经不算小了。

他回来后心安了，真是不虚此行。他看到了康德的鞋子。

第四讲

诗笔记

读到一些"诗笔记",就是用诗的形式做的日记和笔记——这样有个好处,作者每到一地,只用很少的文字就可以做一些记录,而且这些记录可以超出具体的事物,留下更多的回忆和联想空间——只在一瞬间,那些复杂的感触就被作者捕捉到了,并用诗的形式记录下来。当然这些诗句可能还需要在后来不断地打磨才好。

因为是诗,所以其中更具体的思维指向、一些溢出理性边界的意绪,也许只有作者本人才能知道,可能这也是他无法用更清晰的语言去表达的那些部分吧。很久以后,当他看到这些长长短短的句子时,会通过并超越那个特定的对象和场景,联想起许多许多。而如果是过于具体翔实的纪录反倒没有了这样的效果,那时的记录更确切也更局限了。

"诗笔记"是写作者以一种记录的心态完成的,这与一般情形下的创作心态还是有些区别。一些著名的诗篇其实都可以看成是"诗笔记"——当年的李白杜甫,还有陶渊明的部分诗作,就给人这样的感觉。"诗日记""诗笔记",那么质朴自然真挚,原生性极强,是真正的有感而发、源于内心的冲动。而一般意义上的笔记和日记,则属于散文范畴的文字,那又是另一种效果和功能了。

这些记录中到底有什么，冲动和兴致，感悟和灵慧，更有超越的想象和烂漫，都囊括在这些诗行中了。比如写一次远行、一个经历的事件，用一则短小的札记也可以完成，但是它记叙的边界大致非常清楚，这期间的所见所闻所思尽可能地被写下来，都是通常的做法。而一首诗却是思绪飞扬的，或许还有特别的晦涩和内敛，余下的空间也就更大了。这会让人在将来回忆整个过程的时候，除了记起事件本身之外，还有与之相关的一切气息和色调。诗有一种无限的辐射力，这是超出散文的方面。

比如现在读一首诗，它是记录一次国际会议的——其中写的是会议上的情景，但却写到了与这个会议似乎毫无关系的一只兔子，写到了兔子耳朵上的毛发，有"毛茸茸的会议"之类——这是一种怎样的感受？为什么说一个会议是毛茸茸的？像一个动物吗？又是什么引起了他的这种触摸感？它的温度、色彩，气息，似乎都远远超出了一次严肃的、我们大家都知道的那种会议的程式。关于这次会议，他人无法知道更多的具体事项，但是其他的什么东西，倒好像被作者这首小诗捕捉到了并转达出来。也许对一次会议花上几万字的描述，都不能囊括这首小诗的另一种复杂性，以及话外有话的奇特意绪。

诗笔记的简单与繁复，更在于它的不可重复性和极端个人性。一首诗只有十数行，百余字，记录下的东西却会更多更繁。它甚至包括了很多细节，这些细节都留给了另一个时空里的想象。

诗是瞬间的闪烁。一瞬间出现的意象、领悟，让人当即记录下来。散文化的笔记让人回到具体和现实本身，持笔者更多地让理性陪伴，那将是另一种文字了。上面说到的那首诗中除了"兔子"，还有几处用了"俺"

门厅　田恩华摄

字——它也许是当时涌到作者脑际的另一个意象。在欧洲的那个环境中，眼前的面孔有些陌生，整个的文化土壤给抽掉以后，作者强烈地意识到自己的东方身份。"俺"字是东部方言，在这里身份感也就变得强烈了，它不仅强调自己是一个东方面孔，而且还处于东方的边缘——使人联想到相对于西方文化的边缘……这些当然都不是理性的推演，而只是一瞬间的感性笼罩，它远远地大于理性。

当然，更高的理性并不排斥诗性。感性和理性运作的过程有些神秘，许多时候是不可以拆解也不可以分析的。

一辆精神之车

万松浦书院有许多照片，中国的外国的，当代的和逝去的；泰斗级的人物，或者平凡而亲切的各界朋友。但是整个大院里的人物雕塑只有一个，就是鲁迅先生。大厅里的人物肖像都是中国的贤人君子和学问家，算是主题鲜明。登堂入室以后，就知道这里要继承什么了。肖像中既有学术人物，也有诗人。书院把浪漫的想象和缜密的学术紧密结合，视为一体。

现在的大学过于注重知识的传授，而中国古代就未必了。孔子就是道德和学问的结合，没有这种结合，严格讲就没有学问。但是学问作为一种形式和传递工具，让道德存在下去。道德运行于学问之中，学问又为道德所牵引。这儿有孔子、孟子、荀子等，还有屈原、李白、杜甫。这可以看出书院是怎么看待诗性的浪漫，怎么看待创作和学术的——它们应该结为一体。可能没有一种纯粹的学术不是诗，也没有一种诗不包含着深刻的学术，很高的感性和理性总是相亲和的。

一开始有人说书院只需挂孔孟这一类圣贤，怎么还挂了诗人？这就是我们理解感性和理性的关系，这就是学问的总体。很高的感性笼罩了一切学问，可以无数次地诠释而不显得匮乏；而深邃的理性总是闪烁着诗性之光。

当我们阅读孔孟的时候，觉得这些道德文章情感丰沛，总是被弥漫其中的强大诗性击中。没有诗性的学问是干瘪、枯燥甚至是虚假的。只有让学问在感性的氧气里自由呼吸，学问才是活的，才能够不断生长。

在鲁迅先生的注视之下，人们会想到置身现代社会所需要的挑战性和批判性，会向往一种深沉的理性。书院不是一处文学院，它应该顽强地继承中国古代书院的那些传统。有人讲了过多的"扬弃中的继承"，其实时下只需要多讲继承，继承是第一位的。中国著名的书院有多么好的气息，它们的精神支持了一个民族。它们至今还拥有强大的感召力。说到扬弃，那暂时还不是一般人所能做的，大概得好好想一想再做。

至于继承中的发展，当是做现代书院的必须，不论愿意还是不愿意，肯定都要发展变化，因为此刻立足于当代，必然要面临很多最新的问题，这是古人不曾遇到也不曾解决的。比如说数字时代的来临、全球化，古人没有遇到；一个民族的物质主义和全球金融经济的结合，古人也没有遇到。这些新问题逼迫我们不得不作以回答和应对，这个过程肯定要伴随了新的探索。

但是现代书院还是紧紧拴在中国传统书院的这驾马车上，这是一辆精神之车。一旦断掉了精神之缰，书院很可能就是即兴和冲动的，是极其无聊的场所。现代书院必须是一个稳重的、深沉的、思索的地场，是判断和追索的所在。对于古代圣贤，应该敬畏在先。

谈到书院的成长，缓慢一些不要紧，这不是什么可怕的事。总是追求速度，追求虚荣，必会彻底毁掉我们。书院到现在十年了，似乎没有做过什么惊天动地的事情，它只是在不停地做下去。这里没有好大喜功，没有那些声名显赫的大活动，起码没有轰轰隆隆，动辄天上悬起了气球，露天歌台通宵大唱，烟花爆竹噼啪不断。这里不接待"闻人"，只默默地务实做事。它的耐力和韧性有多长，中气有多足，继承中国传统文化的雄心有多么大，出发点和落脚点有多么纯粹，却是需要时刻注意、需要时间去检验和鉴别的。

默默地做，稳稳地做，深沉地做，守住这种品质，这才是最为重要的。就这样，一点点接近着现代书院之道。

清寂

世上许多的事情，一味追求速度就会做坏。我们的脑力跟速度是相匹配的，时间没有给予那么大的智慧，也就不该有那么大的速度。做事情不能靠几个聪明的头脑，靠一时冲动或豪情大发，靠灵感一闪就成了。大事情需要大时间。我们历史上犯的一些错误，有的就是因为大事情交给了小时间，结果只能做糟。大智慧的形成，绝不是短时间内可以完成的，也不是一个天才的头脑机灵一动就可以解决的——当然也不是众多的头脑简单相加的结果。

说到个体和群体的关系,我们有时候把物理能量和心智能量混为一谈,觉得既然一万个人可以在一天里完成那么大的劳动量,那么一万个人的思想在一天里的积累肯定也是不得了的。但事实上往往相反。因为物理能量的累积和叠加,绝不等同于思想和精神的能量。思想力许多时候靠个人,靠个体,靠他们在寂寞的时间里、灵慧的时刻里去逐步形成。

一个伟大人物的思想力是难以预料的。

书院必须有耐心把自己放到时间里去,在时间里走入冷静和接受孤独。必须孤独,必须清寂。光寂寞还不够,还得清寂。浑浊的寂寞也有,一堆混乱而没有头脑的人凑在一个地方寂寞,那就更糟。没有清寂的时间相加相叠,就没有万松浦书院的现在和未来。有信心守住"清寂",才能做些事情,才能健康地存在,才会有一点价值和意义。

"和蔼"与"安静"

在今天,我们也许不必一味追求和展示尖音、发出尖音。许多尖音是可疑的。尖音有时候会传达远方,而传播得越远也就越是引人注意。但这并不是我们的初衷。所以这里的大门书写了四个字:"和蔼""安静"。为什么要和蔼?和蔼表明我们面对学术论争的那种安定和从容,讨论问题的态度和心绪;安静就是力戒浮躁,保持一种清寂的环境。这既是一种主观的追求，同时也是现实的需要。如果来了一些人和我们讨论问题，动不动就吵架，一切也就无从谈起。如果整个环境搞得很喧哗很浮躁，不得安稳，也很难拆解思绪的纠缠。所以在这个时代里，和蔼和安静并不易做，但它确非常重要。

剧烈的批判和反抗就蕴含在和蔼与安静之中。如果能有这样的蕴含力，力量肯定是很大的。安静与和蔼者也会是更为激烈者。仅仅是尖叫，是表演欲，是闹动静，虚荣的东西就会乘虚而入。个人做学问如此做事业如此，一个单位如一个书院一个机构，也是如此。

这些深沉下来的道理古人很懂，但是当代的欲望社会中，人的屁股都是很热的，结果自己把自己烧坏了。现在必须强调价值观，包括追求的格调、操守、准则。也许这一切在今天的书院里还没有全部清晰严整，但它一定会逐步形成并深入人心。也许这样的环境离我们的要求还差十万八千里，但我们追求的精神却会通过行动、语言文字，默默无察地扩大和感染。有价值的东西必要保留下来。

在隔壁猛烈地敲打

不应该把当代诗歌与整个当代文学对立起来评价，因为文学总是呈现自然而然的一致性。看到不少分析，它们将当代诗歌与叙事文学分割拆解开来判断——一方面多么好，另一方面多么糟。这其实不太可能。当代文学是同一个躯体，它的某个侧肢即便有些不同，也不会有太大的或根本的差异。更何况整个的诗性写作在本质上是一样的，不同的只是侧肢之别。

在纯粹的文学把握之外，将诗当成一个特别的门类独立出来，这不可能。而在纯文学的浑然一体中，将诗看作它的核心，倒是一种更贴切的理解。诗的品质决定了纯文学的品质，如果它的品质是好的，整个纯文学的品质就是好的。反之也是一个道理。

"就诗论诗"地看待中国当代诗歌，也许是专门的诗评家的事情，但这里仍然需要更开阔的视野。一个时期的诗歌风向、内在特质，一定与这个时代的其他方面紧密相关——物质主义时代的一切挑战，还有文学做出的回应，都留在字里行间了，会有磨擦不去的痕迹存留下来。在整个当代文学中，只看诗歌所抵达的高度、它作为一个坚实的内核怎样缓缓地移动，是至关重要的事情。所以我们常常把诗歌和小说之类做统一观，在两者之间穿行，一边比较和把握整个的文学风貌，它的倾向。

由于诗更少一些市场属性，没有那么强的功利性，所以乍一看它比小说要纯粹许多——这只是初步的打量，是表面的特征。它们内在的一致性才是主要的。从表达的形式上看区别当然明显：一个是过程，一个是片段。但是作为雅文学的小说的"过程"，却并不一定是线性的，它仍然是一些片段的连缀——通常将线性埋藏和压缩了，只突出了一些片段。但是诗却完全不需要线性的表达。

有人认为诗作为一种文学形式已经不能囊括现代生活的复杂感知，不足以用来把握现代生活了，所以它的衰落和凋亡也是必然的——现代主义的文学表达必然要走向小说，因为小说的边界经过了无限扩大，诗性已经足够了。除此以外，小说还有好多别的东西，有巨大的包容力，这是诗所不具备的。

对这样的道理，从根本上讲是不能赞同的。因为小说无论怎样具有诗性，其叙事的属性和品质仍然不能取代诗人的吟唱。某些更纯粹的感悟、完全不可以用一般语言形式去言说的境界，以及微妙的思绪，只有诗句才能够完成和抵达。

这个时代如果没有玄思的、极致化的诗，没有诗性写作在前面引领，文字的世界就将是板结的荒漠，会变得庸俗不堪——整个文学之车既走不远又走不快，还要深陷于现世主义的泥淖之中。所以诗的更大意义已经远远超出了诗本身。

由于诗完全隐在了阴郁的空间里，不接受阳性世界的诠释和传导，它自己已经做出了世俗层面的巨大牺牲。从另一个意义上说，没有阳光的投射，它也会丧失某种东西，这种东西可能是光合作用下生成的一些元素和能量——这是一个悖论。诗在做出牺牲，而它牺牲掉的东西有时候也可能是致命的。但正是因为这样，它对于整个文学的发展才起到了酵母的作用，有巨大的催发作用。

现在的文学写作面临的主要问题不是读者的多寡，而是其他。比如诗性的折损，比如缺乏与宇宙对话、向广漠世界叩问的能力。这样久而久之，文学那种潜在的巨大能量就会丧失。

而诗人似乎不可能彻底背离自己的神性，这与叙事文学作者好像是不同的。如果没有当代诗人在那儿强烈地叩问，在隔壁猛烈地敲打，小说家这边肯定还在沉睡。所以从这个意义上讲，小说家应该睁大眼睛，在坐起来倾听之余，感激那些不停地敲打的人。

可惜纯粹的诗人仍然不像想象的那么多,他们当中的模仿者太多,而拥有个人语调的又太少。

民族和个人的语调

现在如果停止了诗的写作,那大半是个人的原因:丧失了诗的表述能力,有了莫名的障碍。另一方面也因为对新诗的怀疑——苦于找不到自己的形式,不愿沿袭翻译诗的语调。这个语调是蛮可怕的,这已经是一个公众语调、集体语调。什么时候才能逃脱集体语调和时代语调,这其实是小说家和诗人面临的共同任务。

一个年轻的天才诗人,曾经把个人的生命经验很好地囊括和容纳进来。但不幸的是他年纪轻轻的时候就结束了——这和兰波还不一样,兰波的民族性非常强,尽管突然中止了写作,也还是极大成功的地域诗人。还有,在他来说,诗的技巧与诗人的生命是合一的,他把整个青春都用来寻找绝对的诗的语言,感官放纵成为他打通诗艺道路的手段。而我们可爱的天才还没有来得及找到个人的语调、民族的语调,而更多地是翻译的投影时,就走掉了。所以这是一个不幸的、走在路上的天才——他没有完成自己,而只是显示出巨大的可能性。

所以这是时代的、整整一代人的悲剧,而不是某一个人的悲剧。悲剧是双重的:一是年轻天才的早夭;再就是寻找个人语调的队伍还没有出发,最优秀者已经离去了,不是脱队,而是彻底消失。天才诗人如果活得更久一点，个人的艺术经验与生活阅历一起增加，就会不自觉地把个人的生命特质更多地融入诗篇之中。他或许会等到大觉悟大创造来临的那一刻。

个体的觉悟很重要，但有时候也极需要几个人形成的"小群体"，这会像尖刀班一样往前冲刺。谦虚的人会觉得自己志向很高能力却很差，那么这样的人最适合加入积极探索的群体。寻找自己的语调，这需要多大的天赋和才分。

有时候看别人写作有那么多缺憾，但是看花容易作花难，每克服一点点障碍都需要耗费一吨的汗水。站在那里说出一句有模有样的话很容易，要自己做出实绩来就难了。比如新诗很可能还有遥远的路要走，比预想的要遥远得多。平时，因为我们的小说烟火气太重，于是就转而赞扬诗，这是建立在一种特别的心情和感受之上的缘故。在物质主义时代，诗的大方向是对的，而小说的大方向可能就不太对，当然这不过是大致的感觉。

其实诗的语调是最难的。一首诗，如果捂住作者的名字，说是外国人写的也完全可以。一会儿是阿赫玛托娃、什么斯基，一会儿是艾略特聂鲁达——更新的现代诗人就更多了。感觉差不多都是这样，互相反射投影，类似的词汇组合，语调的借用——谁聪明一点组合得就好一点，夹杂上多多少少的个人感触；如果再聪明一点，再把个人的生命体验放上一点，那就是一首像模像样的现代诗了。谁认为这样的作品仍然不满意，那就亲手作一下试试看。这真是最难的事。

真正的诗要找到民族的和个人的语调。还要完全从自身的生命体验出发。

好的叙事作品与诗当然只能是同一个道理。不过它们二者当中好像隔了一道墙——那些有影响的小说传播较远,因为它更世俗,它在阳性的世界里如鱼得水,存活,迁就,妥协,然后传播。它们很难听到隔壁的敲击声,墙是很厚的。

发现他的急遽和狂热

看待作家与作品,有两种情况很容易使评价标准受到影响:一种是进入读者视野的作家和作品是新的,带有很新的元素,所以也就格外令人耳目一新,留下很深的印象;再就是更早的时候接受的激动才更难忘怀。比较年轻的生命对一切都有新鲜感,而且看任何事物都会放大——在我们童年的遥远的记忆里,到哪里去玩,看见一棵树、跨过的一道门槛、院墙、楼房,这一切在回忆中都觉得很大——但是以后长大了再去看,那里的一切不过尔尔,远不像记忆中那么大那么高那么雄伟。这是因为一个新鲜的生命,他对客观世界的新奇感,会无形中放大眼中的事物。

每个人都会有这样的感受,过去的记忆更深刻更难忘,而随着阅历的增长,那些深刻的记忆就会不停地被强调和被放大。因为随着年龄的增加,看到的现实事物越来越多,渐渐也就疲沓了烦琐了——这时只有过去的记忆是簇新的,它们会时不时地泛上来,独立突出在一切的当下感知之上。

一部作品如果深深地感动了我们,往往会具有开拓的意义。这个开拓是双重的,一是对当代文学经验的拓宽,再就是对作家本人写作内容的拓宽。读者和研究者会记住这些——作为恒久不变的一些文学指标,可能就是这样逐步形成的。

任何人经常阅读同一个作家，又不能拉开审视的距离，也许就会产生疲惫感。即便这个作家是多么地千变万化，长出了三头六臂，也难以克服某些气息的相似性。因为这毕竟是同一个生命的产物，而且越是杰出的作家越是在"重复"，在主题人物地域空间诸方面，一再地"重复"。这种"重复"如果不进入十分仔细的、诗性的阅读深度，将是很难理解的，也很难获得快感。所以越是阅读一些拥有持久探索力和坚持力的作家，对阅读者的挑战也就越大。实际上如果退远一点，用一种遥视的目光，就会更超脱地去打量这个作家和作品，发现他的急遽和狂热，他作为一个生命的不可停止的燃烧——这其中的变化不是太少，而实在是太大了。

有的作家在经过了长久的跋涉之后，其作品无论就文学和思想含量还是其他许多方面，都达到了自己的最高点，但给读者的触动却不一定更大——因为读者背负着过去的印象和感触太多，昨日的激动会抵消和妨碍今天的接受。作为读者，这就需要换上一副敏锐的"生眼"，重新焕发自己的艺术遥感力。

大劳动者

国外一些作家尽管译过来的东西不是特别多，在本地也不算特别高产的作家，但总量还是出乎我们的预料。长期以来我们受"一本书主义"的影响，认为写一部差不多的作品就足够了。一般三五百万字也就是很高产了，多了既无必要也不可能——人的一生用来折腾的时间远远超出劳动的时间，这是通常的现象。

一个在创作上没有过多间断的作家，有相对连续的表达的作家，在我们这里是不多的。我们的社会变动太大，也还有其他方面的原因，所以一个生命很难留下绵长的完整的记录。这是一片土地的不幸，也是一个写作者的不幸。我们东方，跟那些文学的大劳动者还有一道不可跨越的鸿沟。

大的文学劳动者有点不可思议。比如说某个革命者兼作家，只活了四十一二岁，一生都在流放和暴动中度过，几乎没有多少时间用来写作，可也还是留下了整整一大排著作。还有类似的人物，不过活了五十多一点，写作的数量更是惊人：两千多万字。英国的狄更斯只活了五十八岁，翻译过来的作品折合汉字就达一千多万。

那些杰出的生命所拥有的巨大创造力，不是一般人能够理解的。他们怎样运用时间、焕发和释放出这么大的能量，我们无法知道。

我们这里有一种权威的老生常谈：写得少才能写得精，所谓"厚积薄发"。我们总是不断地听到行家里手的殷殷规劝：少写一些罢，赶紧体验生活，到生活当中去。

好像我们永远缺少的都是"生活"，那就去找吧，可能越找越糟。哪里不是生活？到处都是生活。说到"第一线""前沿"，每个人或每部作品都有不同的"前沿"，它确实是在不断变化中的。

生命个体千差万别，可以少而精，也可以少而坏，可以多而好，也可以多而糟，在选择上实在不必非此即彼。"少而精"尤其不应该成为生命力贫弱和创造力枯竭的借口。

生命的神秘性和诗的神秘性是一致的。那些生命力特别强悍的人，无论长与短，都是一条汹涌澎湃的河流。鲁迅讲从血管里流出来的都是血，水管里流出来的都是水——没有办法，有的作者就意味着创造和生长，意味着吐放不尽的才华，意味着剧烈的燃烧。

写得少才写得好？这是一个神话。天才的身后永远有一团火光在追逐，他怎么会停得下来？

神秘的东西

要遥感一个作家的全部写作，客观地不带成见地排除一切虚幻的印象，面对整个生命信息的包容、技艺和阅历磨损了的激情、某一方面达成的平衡和妥协……有时候平衡是完美的，到了一定年纪，有了思想阅历和见识，可以非常均衡地使用表达力——但这时作品里最神秘的东西也会消失——那种特殊的、一旦触动灵魂就让人念念不忘的某种东西——它是感动力，又不仅仅是。

杰出的作品许多时候是感人的，但又并不完全如此。感动力是重要的指标，但却不是唯一的指标。不让人感动的作品同样可以伟大。有些现代主义作品并不让人感动，却有让人尊敬的疯狂的激情，可以对另一个生命产生奇特的震撼或其他种种效果。作品对于人性、人生经验的某个方面的延伸和扩大，都是重要的指标。还有一些作品吸引我们，让人念念不忘的是里面的一些情愫、一些感慨、一些特殊的情怀，它能唤起生命体验里的美和崇高，留恋和沮丧等种种情绪，让人产生深刻的思悟和喟叹等等。可见杰出的文学作品不单单是用来感动人的。

有的作品感动得让人哭出来，但哭过也就哭过了，哭过以后还要回到复杂的诗性把握上来。文学作品不光是为了赚人眼泪，如果那样也就简单了许多。

真正深入的文学判断不能过分迁就街上的声音，实际上与之稍有妥协，诗学也就取消。真正意义上的文学史一定是个人的，因为对诗的判断一定是个人的，如果有一个编写集体，主导者也必须是一个人，并且要把他强大的个人性贯彻到底。

更凝重的深棕色

谈谈托马斯·曼。这是一个了不起的文学标本。

他二十多岁就写了《布登勃洛克一家》（上下卷），是一部难以逾越的家族小说，成为后来的家族小说写作的必读书。这部小说创造了难忘的华丽和完美。对于一个二十多岁的人来说，上帝太眷顾他了，给了他那么强的感悟力和表达力，对于人生和家世等诸多至为复杂的问题能够把握，整部书写得恢宏大气。

在他中老年以后，人们提到的最多的一部作品，还是这部家族小说，因为这真的是一部杰作。他有"语言魔术师"之称，最成熟的时期写了长篇小说《魔山》。这本书写的是一个人在肺病疗养院的故事，与之前的作品相比较，可能更厚重更完美了。这是一部欧洲的文明全书，饱满、充实、宏富，要了解欧洲文明就看《魔山》。这本书只要看下去，收获肯定会很大。

它比起《布登勃洛克一家》，变化很大。那个时期青春的生气，新鲜与活泼，有着另一种心弦叩击力。那时候的青春华丽浓重，却又不失庄严。但尽管如此它仍然无法取代《魔山》，这后一个时期有了更丰厚的艺术储备和个人修养，再加上漫长的阅历，时间所给予的一切繁复，都在《魔山》里边堆积、融汇，使得它有了另一种颜色——更凝重的深棕色。

我们更喜欢哪一部？很矛盾。我们往往不知道哪一部更好，只知道它们是不同的，对我们来说都是极为重要的杰出创作。

阅读托马斯·曼，特别是对这两部书的比较，可以给我们诸多深刻的启示。德国作家离我们那么遥远，我们可以遥感他，把焦距推得很远。如果读内地当代作家，就不能这么超脱和超越了，我们就难免有成见——成见是最大的判断屏障。

就一个写作者来讲，当技巧、情感、思想、阅历诸多因素达成一种综合的高度时，有可能是最好的时期。如果他写了几十年，几乎每一部作品都呕心沥血，那么就会是相当丰厚的艺术经验的积累。他的个人判断力一般不会错。认真的作家会以全部的心思去写作，绝对不会放松和粗率，不容许自己从以前的高度上衰退下来。他将在每一部书中投入最大限度的劳动，以尽可能饱满的状态去工作。这种情形下产生的作品尽管互有高下，但一定是各有不可取代的方面。

青年时期的锐气与清新，中年的笃定与干净内敛，进入老年的厚积薄发和冷静，这一路都将留下自己的痕迹。

但是作家本人最看重的、认为做出了最擅长的表达的作品，却未必是他人认可的。作家付出了劳动，产生了感情，并且更加清楚一部作品是怎么产生的。作家本人的判断，许多时候是独特而深刻的。

文学蒙昧主义

文学研究和文学写作总是大致同步的。在市场主义的统领下，文学的蒙昧主义必然会大行其道，有时还会让人觉得是一种常态。在市场无所不在的强大的说服力面前，再倔犟的专业人士也没有了申辩之功。他们一般是羞羞答答地跟随，合作十分默契，关系十分良好。

但多少也有例外的时候，比如有时为了表达自己的倔犟气，以及为了证明自己的专业恪守，说不定也要暂时离开"主潮流"和"主语调"一会儿，改而坚持一下，冒出一些看似古怪的想法。但是如果仔细辨别，他们坚持的不过是一个时期的"副潮流"和"副语调"。这其实与跟随市场主义的意义相差不了多少。

"副语调"总是"主语调"的陪衬，就像音乐演奏中的和弦。对于市场主义这个"主潮流"，"副潮流"常常是"精英主义"和"专业白领"的混合物——这里的"精英"是被混淆和歪曲的一个概念，准确点说它只是浮浅和平庸的代名词，是最经不起推敲的实用型的半通的知识分子。这个阶层与独立性和创造精神基本上无关，与思想与艺术的深沉探索更是无关。可奇怪的是，这部分人却总能成为这个时期的"精英"，仿佛他们才最能够与市场主义对立——起码看上去是如此。其实这不过是表面化的一点打闹和怄气，真实的情况是，再也没有比这些文化白领更适合陪伴市场主义的了，它们的确是十分和谐的一对孪生兄弟，深层利益紧密地交合在一起。

另一个"副潮流"和"副语调"就是时代的嬉皮士——这是任何时候都不会缺席的混迹于时髦中的"文化纨绔"。这在鲁迅的年代被他老人家深为厌恶的"二丑"，在时下往往是大行其道的。他们的"了不起的意义"，更有天生就存在的"艺术气质"，总是被一再地倡扬和夸大，而他们的浅薄气和无所不在的破坏力却总是被隐藏下来。

"文化纨绔"永远是时代的另类"主旋律"，他们是野蛮传统的嫡生子，而不是一般的时代顽童。所以对这一类的迎合与奉承总是安全的，最终也是获利丰厚的。

我们的好心人偶尔也会有不同程度的混淆和迁就，没有办法分隔得更细，这是因为理性还不够强大。表面上看各色人物总是一群一群的，所谓的物以类聚人以群分，但往深里想一想，思想与艺术，诗性劳作，只能是充分和严格的个人化——也就是说要永远坚持独立的探索，发出质朴的个人的声音。这不会是和声，因为这种声音在任何群体里都不可能一直被包容，但却是真理的坚持者们最可贵的特质。

没有强大的理性，就不能始终贯彻对诗性的维护和把握。我们不能跟随街上的声音，哪怕这声音是来自所谓的"高尚街区"。毫不犹豫地丢弃自己的基本判断，这肯定是危险的和可卑的。我们对于"和声"的附和以及解释，非但不是启蒙，而是送出了更多的蒙昧——对于大众来说，文学蒙昧主义实际上是最有力量的，而文学启蒙者却一定是孤独的——任何时候真正的启蒙者都是生不逢时的，而混迹于蒙昧主义的一群，却常常会汇流成一个时代的最强音。

相当明显的保守倾向

情色文学不是诗学范畴的话题。古今中外围绕它的哲学和美学诠释太多了，但究竟有多少意义还值得怀疑，这或许真的是无趣的。爱情作为一种伟大的力量，无论如何还是要跟淫乱划清界限。这与传统中一再歌颂和肯定的家庭的神圣感不应该是完全对立的。诗人应该传递爱的力量，而且有这样的权力和能力。有一部分人把淫乱、赤裸的性爱和另一种伟大的力量混淆了。有人说爱情不仅是一种伟大的力量，而且是革命的力量。"革命的力量"包含了什么意思？就是说它有一种彻底改变和摧毁某种大格局的威力。这种力量跟西方的基督教、东西方对家庭神圣感的歌颂，当然不能完全对立起来——它们之间虽然也有不同的方面，但是不能对立。

色情用佛教或基督教的观点来看，都是魔力所为。纯粹的诗性写作有相当明显的保守倾向，他们不愿承认那类作品具有某些传颂者所标榜的哲学深度和美学价值，更不可能承认它的什么伟大意义。他们有自己的领受方式和理解方式，不愿意逾越和僭越。否则他们会视为一种堕落的行为。

情色写作虽然不必当成洪水猛兽，但作为专业研究者，也不需要从所谓的"认识价值"上为之张目，那样就等于再次犯昏。个别故作高深的人会以市场主义的一些原则来套用诗学的原则,这是完全的文不对题。他们认为一部作品既然经受住了市场的检验,也就可以跟上理直气壮了,殊不知这种检验一钱不值。

理性和常识的检验,公理的检验——保持一份平常心的判断,也许这才是更为重要的。

重新拣回沉重的理性

不同的年龄段欣赏的东西肯定不一样,兴奋点也不一样。但这里仍然有一个问题:我们如何运用理性来判断现世的价值?这就是平常说的"回归理性"。如果这样,现实的许多问题都会得到较好的判断。可见这并不完全是年龄段和兴奋点的问题,而是理性与否的问题。

人云亦云,迁就,混淆和忽略,盲目地跟从大家的声音,不动脑,庸俗荒谬的思想潮流就是这样形成的。如果运用理性,就会发现现代社会里很多的价值判断是有很大问题的。因为人们不停地被世俗生活、各种各样的欲望力量、利益集团——它们合在一起千百次地强调,整个社会就会形成一种通行四方的、很难改变的固定的价值观。

比如体育活动,以及这种活动中涌现的人物,通常叫"体育明星"——这些人在资本社会商业社会里是具有超强价值的。因为这是与商业利益连在一起的,也就是平常说的"吸金"能力。物质主义社会最高和唯一的价值标准就是"金钱",这是对人类生存意义的最大异化。以前我们只谈其他的异化，却很少谈金钱的改造魔力，其实它可以无所不在，可以彻底摧毁一个族群经过千辛万苦确立的价值观，让一切都淹死在欲望的浑水里。

在商业社会，一个体育明星比一个著作等身的思想家、一位对人类做出巨大贡献的科学家，不仅知名度要高许多倍，收入高许多倍，即便是受到的社会推崇也要高上许多倍。这就头脚颠倒了，整个社会转晕了。

人类在这种价值体系中生存，其本质仍然是寄身于一种野蛮和蒙昧的环境中。一个海外华人如果打出一手好球——他个人倒没觉得有什么特殊，那只是专长和喜爱——立刻搞得两岸三地都兴奋不已，大小报纸拿出无数版面报道，各种照片连篇累牍，像迎接一个挽救万民于倒悬或及时制止了地球毁灭的超级英雄凯旋一般——世上的事物还有比这个更荒唐更可笑的吗？可奇怪的是没有人觉得这有什么不正常，甚至觉得一切就该如此。

这一切是怎么来的？仍然是金钱至上的价值观造成的。体育竞技活动有极大的通俗性和娱乐性，它可以吸引目光，招揽各种广告，和巨额收入联系在一起，和电视转播收视率联系在一起。它对于人类生存的意义有怎样的价值，在这些根本问题的思考上，倒没有多少人在意。实际上现代体育在许多时候不仅无助于人类生活的进步，反倒是严重地摧毁了现代文明。因为它在很大程度上已经是人类所追求的力与美的敌人。

体育的本质是什么？它对于人类的生存意味着什么？它的起源和演变过程是怎样的？这些最基本的询问不能没有。对任何事物都应该如此，不然就会走偏。在人类科技欠发达，工具很原始的时期，一切要靠体力，靠生理优势去争取生存的权利。那时候不仅要战胜动物，还要战胜疾病适应自然，强化生理机能真是生死攸关的事情。人的奔跑速度，强大的臂力，蹿跳能力，几乎决定了一切的机会。随着人类科技文明的发展，人的生存质量越来越依靠思想，所谓的"靠思想站立"，体育对于生活的意义就有所转变——增强了鼓励锻炼，强化体质，磨炼意志的成分，也增大了娱乐功能。体育精神里面有人性中的"优美感"和"崇高感"，会引发人类对于人格风度和个人英雄主义的向往。体育活动给人的美感，给人的身心带来的快感，是无法忽略的。所以人们通常将文娱和体育连在一起，常常讲的就是"文体明星"，强调了这二者的内在一致性，指出了娱乐的功用。

娱乐是必要的，但娱乐总归是娱乐。如果竞技性体育活动与商业主义结合，就会从精神上妨害社会。比如它会走向自己的反面，与健康为敌——残酷的竞技体育一定是毁坏身体的，是以破坏人的身心健康为巨大代价的。除此之外，它还会不择手段地攫取奖励，刺激人的贪欲心，追逐名利。商业运作者会千方百计参与整个竞技活动，并且从内部操纵这些活动，将单纯的体育赛事搞出令人生畏的黑幕。更可怕的是，因为这种畸形的竞技所投入的巨大人力物力，已经造成了超出想象的浪费和挥霍，严重损害了民众的基本利益。不要说在一个发展中国家了，就是在高度发达地区，这种资费投入也是既不合情又不合理的。

现代社会给予体育竞技中的优异者以极大的赞美，感谢他们在这个过程中展示的力量和美，这是完全正常和可以理解的。不能理解、让人匪夷所思的只是其他——在这种现实的反衬之下，思想反而变得愈加没有价值，并且总是被排斥和被垄断；维持健康所必需的最基本的体育活动也被忽视或排挤，以至于大多数群众连最起码的体育活动场所都找不到。

体育和艺术可以是通俗的，也可以是高雅的。但是一味的通俗化就必然会导致低俗化，会败坏一个族群的素质。时下的体育在很大程度上是走向了低俗的娱乐——不顾一切地谋求商业效果和名利本位主义，其精神内质是低劣的。

与清晰的理性思路相对立的，一定是少数利益集团的谋划，所以他们也一定是残酷的竞技体育的强力推手。他们会以狭隘的民族主义和肤浅的爱国主义遮罩理性，以有害无益的虚荣心刺激他人，让人昏头昏脑地接受和容忍这个过程中的攫取和剥夺。

现在的专业体育与竞技体育起到的基本是坏的榜样。因为他们既不是健康的表率也不是精神的表率，损伤身体并且与物质欲望紧密结合，所以越是在世界范围内取得越（优）异的竞技成就，也越是要在其他许多方面付出沉重的代价。

与现代竞技体育差不多的还有文艺娱乐，比如那些歌星之类，其中大量名利双收者恰恰不是雅艺术的追求者，而是最通俗甚至最低俗的一路。而今世界上最为通行市场的艺人，一场场盛大的演出都少不了强调性、欲望和放纵，总之离不开这样的主题。而社会回报他们这些恶劣行径的是什么？不是大面积的抵制，不是谴责，而是滚滚而去的金钱和震耳欲聋的掌声。

有时候这些欲望的表达跟生命的激昂爆发变形地糅合在一起，让人们面对复杂的艺术现象一时难以识别——但是他们推广的价值观，他们的形体动作，更不要说荒谬之极拙劣之极的歌词，直接就是与普世价值，与几千年来所形成的基本的伦理道德相悖，而这些要鉴别一点都不需要什么高深的知识，只凭起码的常识就可以判断。他们的嚎叫令社会不安，令人堕落——一些歌星的大型演唱会上，许多舞台动作直接就是猥亵和下流的。一些性话语被抽象和简化，提炼为一种有毒的"艺术语言"。这一切不仅没有经过现代理性的检视和抗斥，反而受到了商业主义不怀好意的推助。一些所谓的"摇滚巨星"，风行世界的娱乐偶像，其中相当大的一部分都曾经有过、或主要是从事低俗纵欲的表演。

艺术表演是这样，文字阅读领域也不例外：高雅纯洁的语言艺术相对冷寂，而那些浮浅芜杂拙劣低俗，甚至是色情的教唆、暴力和性，总是风行于市并被专业人士鼓噪一时。

反衬之下，我们可以看到那些严整的思维、深刻的思想、艰辛的劳作、卓越的艺术，是怎样被污损、淹没和践踏。

社会的健康发展，人的有尊严的生活，首先是从现代价值的重新打量开始的。没有这样的一场重新开始，一切都谈不上。在物质主义商业主义热病中昏睡的族群，必须先回到冷静，然后才有可能重新拣回沉重的理性。

文学和未来

阅读正是如此，不同年龄段会有不同的爱好，但他们应该在真正的杰作面前更多地达成一致。有时候年轻人特别喜欢的东西——由于年幼无知的原因，等到年纪稍大就会反悔——那时候回头再看会觉得自己原来那么可笑。如果是一个早熟者，就会更早地超越这个阶段。

过去我们一些作家总是机智地宣告：我要为青年而写作，抓住了青年就是抓住了未来。

这些话乍一听好像是对的,至少没什么大错,因为青年人拥有更多的时间,于是他们就比老年人更能代表"未来"。但是再一想又不对了——每一个青少年都要长大,他们只要一长大就不再为幼稚时期的东西所吸引了——这样岂不是失去了"未来"?

可见即便按照那些过于聪明的逻辑来计算,为青少年写作仍然还不够"未来",而应该将服务对象大大提前一些,干脆让我们为牙牙学语的小童去写吧,这样不是拥有更大的"未来"吗?不过我们都知道这种想法是多么可笑,因为要满足这样的稚童,大多数作品简直是没法下笔的。

现在看也许冷静一下更好,因为说到底,文学写作虽然有个"未来"的问题,但也不是个机械的年龄问题——因为所有人都会长大。单纯以年龄来计算,为青年写作还不如为老年写作更划算、更拥有"未来"——当一个个青年成长为中老年时,他们也就真的迎来了自己的"未来"。而且这时候他们的判断力更强也更稳定,鉴赏水准也更靠得住。

看来努力写好,更少一些功利性的盘算和谋划,写出真正能够经得住时间检验的作品,也就是为"未来"写作了。只想满足和讨好那些年轻人、幼稚冲动的人,赚得一时的口彩,这毕竟不是为文之道。

任何一个人都有心智成熟的过程,都有阅历增长的阶段,所以在阅读方面,还是要鼓励多看经典。经典就是能够超越年龄阶段的作品,其文学含量不会因时间的延续而过多地耗损。当然也有一些文学史中必然要提到的作品,读起来没有多大意思,那大半是因为它出现在一个必要的时期,在当时是一个具有代表性的符号。也就是说,它是作为现象被提到的。但是经得起反复阅读的真正的杰作，一般而言总是较少受时间局限的。

显然，真正的"未来"其实不是相对的，而是恒定的，是指能够超越时间和空间之上的具有人类普遍性的那一部分。

知道得太多

一般来说，一个人的好奇心越重，生命力也就越强。等到一个人什么都不想知道，什么都不爱好了，这个人肯定是走向了衰弱。年轻人精力充沛，所以对各种事情才格外好奇，对外部世界有极大的新奇感，这都是自然的。许多人越是年轻就越是迷恋网络之类，多少也是这个道理。还有许多人担心自己被时代抛在后面，没法与大家对话，总想知道更多的事情。因为平时的确是如此，知道的事情越多越可以与人讨论，可以有更多的参考，用以推导眼前的事情，感知这个世界。不要封闭自己，这是我们被一再告诫的。

但是从另一个方面讲，又常常听人说"太阳底下没新事"——人世间总是由一些差不多的事情在改头换面、不停地循环下去。从文学表达上也可以明白一些道理：最杰出的小说家为什么不再一味地专注于写故事？因为组成故事的元素也就是那么多，什么谁爱上谁了，谁死了谁活了，谁搅入了什么阴谋之中——这些元素可以不停地组合，各种奇怪的故事也就出来了。不过世上的故事讲来讲去也就是那么多，可见真正的新意不在故事上。怎样把这个世界最大的隐秘揭示出来，依靠的还是"细节"与"超细节"——这才是诗性的极致。

从阅读上讲，将无所不在的好奇心与探索经典的极致之美结合起来，这或许是最重要的。

于是我们发现了自己的窘境：现在常常忧虑的不是知道得太少，而是知道得太多。各种信息太多了，什么网络小报广播电视杂志书籍——连风里都是各种各样的声音。我们的视听已经被严重堵塞，五官负担大大超载。这一切已经影响到我们的思考和判断，因为既没有时间也反应不及，各种参照实在太多了。

所以一度跟什么隔绝，把窗户关上不但不是坏事，而且成为必须要做的事。如果想做一个葆有巨大创造力和思悟力的人，还是需要想想这两个字：清寂。由此我们可以理解美国那个梭罗跑到湖边林子里封闭自己的奥妙，他种地写作，想些事情，清心寡欲。这果然使他聪明了许多，比别人特殊了一些。他知道的事情都是城里人闹市中人所不知道的，而那些人知道的，大致都是一些重复了无数遍的东西，所有那一切都登在报上印在书上，知不知道、早一点知道晚一点知道都无大碍。

他在林子里，读报纸不方便了，口耳相传的声音没了，心思容易集中。更要紧的是，他开始考虑一些更大更遥远的问题了。也就是说，他的心里装上了大事。

心里要装大事，就要回避小事。

再比如美国的女诗人狄金森，一辈子没怎么走出她的房子多远。她死后，人们从她的抽屉找出了一叠叠的诗稿，这才发现了一个伟大的女诗人。她的思维所抵达的角落，是当年好多辉煌一时的人物所不能够抵达的。她穿越的思维空间，是那些双脚印满了欧亚大陆的人也难以想象的。她靠了什么？不过是与世隔绝，不过是封闭自己，不过是两个字：清寂。

但是这样说，只是道出了一个方面的道理，并不一定是要人人都走这样的极端。因为从另一方面看，一些激烈参与社会生活、推动社会波澜的人，也有高屋建瓴的气魄，有力挽狂澜的力量。像雨果，常在国会演讲，参与党派斗争，被流放等等，结果也是一个精神和文学的巨人。他到了晚年过生日的时候，总理探望，民众在阳台下彻夜不眠地游行。他去世的时候，棺木停放在凯旋门那儿，供民众瞻仰。怎么看雨果都是个伟大的人，巨人。这样的人常常处在社会剧烈变动的旋涡里，是个看得见的显著的推动者，大参与者，一个了不起的人。

于是今天我们判断一个诗人的成长，会陷入一个悖论：知道得更多好，还是稍稍闭塞更好？是尽可能地回避，还是要勇敢地投入？不知道。不过我们大致可以明白，雨果等人并没有亲临一个数字时代，如果他走进了这个时代，也一定会为信息轰炸而恐惧的——说不定他要逃得更快。

事实上，雨果如果整天在议会里演讲，整天参加革命，整天反对小拿破仑，没有被流放到那个岛上，也不会有时间写作。字要一个一个填在格子里，饭要一口一口吃，一切都不是空穴来风。可见即便是雨果这样的伟人，一生也有过大回避。大清寂和大热闹肯定是相辅相成的。

这里的意思是说，一个人要根据个人的承受力与其他条件，以个人的创作规律和思想规律来调节生活节奏。不能盲目或简单地模仿他人。不能简单地说一定要封闭窗口，一定要回到个人的空间里去寂寞才好。但有一点是肯定的，对于我们当代人，百分之九十以上是知道太多，热闹太多，个人时间太少，回到过去太少，阅读经典太少——挨近各种垃圾太多，时时有被这些掩埋的危险。

比如出版物，每天一车一车运进运出的文字垃圾到哪里去了？它们从印刷厂出来，可不是为了直接回到造纸车间去循环的，而大多还是被那些粗劣不论、不挑食的好胃口给吞下去了。想一想，长了这样的好胃口有多么可怕。如果吞下这类东西更少一点，我们不仅可以节省大量的精力、时间和热情，还可以保护大片的森林。

现在印刷技术极为发达，两个星期就可以把一本书推到社会上，半月之期就可以迅速地制造一岭文字垃圾——但是就像候鸟一样，它们一会儿飞来，一会儿又消失——它们无法长久地停留在原地。

档案

写作者渴望有更多的机会利用历史资料。比如说从八十年代初就开始了解密档案，各地档案馆都有了利用档案的制度，民众可以查阅许多档案。但是我们知道，到档案馆去利用档案资料的人很少，比图书馆的人少多了。

我们这里的人还没有利用档案的习惯。而在另一些地区就不是了，那里任何一个档案馆都像图书馆一样，许多人都在那里阅读。因为许多时候读档案比读一般的图书更有意义。

查阅档案才容易了解事情的真相，而且有一些档案不光是内容特别，其他的一切也都令人动容：纸张、笔迹，甚至是气息。有的还带着一些当年的痕迹。整理战争档案的人偶尔会看到极特别的印迹。还有人从档案中发现战地邮局发行的邮票，油印的或石印的，这些都非常宝贵。

本地一些馆藏丰富之极，有的不是一般的档案馆，如孔府档案，这是独一无二的。接触历史档案就像进入了无尽的宝藏，每天从档案库房出来，全身都是历史的尘埃，这里的尘土都是几十年前的，因为有的案卷不知多少年没有打开过，一捆捆放着。

关于参与编纂几十卷历史档案资料的经历，对一个写作者来说十分重要。看过的历史档案资料不下一两千万字。粗粗看过的就不是千万字的问题了。那些档案的形成是各种各样的，有些文字记录者没有文化，水平很低，文件的题目都不通，字迹错漏很多；但有的文辞古旧，内容艰辛，是老学究写出来的。有时候在档案库房中看半天许久以前的文字，感受着那些奇特的世界，再次从里面走出来，有一种恍惚离奇的感觉——就像在时光隧道里穿行过一样。

海量的资料，岁月积存的隐秘，这些文字不可能不影响一个人的认识，不可能不影响他对事物的判断。有些内容记得，有些只存个印象——哪怕是浮光掠影，仍然和没看过不一样。

贵人多忘事

人是一架神秘的记忆机器，感受力非常奇特。比如有时候看一部作品，某些部分因为是很长的自然景物描写，也就略过去不看了——它们与情节无关，与人物塑造也没有多少关系，所以一般读者觉得读不读皆可。但是即便没有仔细看下来，在阅读感受方面也绝不是空白。作家为什么要写这些自然景物而且许多时候不厌其详？当然自有缘故。海明威说过这样的意思：如果一个作者知道这个东西，书里即便不写读者也仍然能够感觉得到；如果他心里没有这个东西，那书中就会有一个"窟窿"。

他的这个说法对于理解写作的奥秘很有帮助。海明威说得有点神秘，但一个有长期写作实践的人不会觉得过于玄妙。我们可以理解他的意思。就是说如果写作者对所要描述的一切都烂熟于心，都安放在心里的一个大局中，那么他在落实到文字上的那一刻，省略的部分就一定会留下与其他部分相衔接的丝缕，或者是暗榫之类——这一切都看不见，也不必经过详尽的提示，但是阅读时会感受到它们的存在，所以也就不会觉得有什么空缺或遗漏，也就是海明威说的，不会在作品中留下一个"窟窿"。

写作者不可能对一切的省略部分一一交代和提醒，那样就破坏了文字节率，破坏了行文张力及其他。懂得省略并学会省略，是写作的窍门，是最必要的功夫之一。许多作品叙述上存在的问题，都是详略不当造成的，是基本功的缺失。

阅读与写作也是一样的：有些文字只用眼睛粗粗扫描过去即可，或者干脆就缓缓地翻过而已。但奇怪的是这与没扫描没翻过仍然大为不同。脑海里有了一些记忆——而这记忆与仔细阅读的部分又有不同——它隐在脑海深处，模糊不清，只在需要补充的时刻一下跳出来，浮现上来，使整个的艺术感受变得完整和丰富。

现在将这种记忆功能与电脑做个比较，可能会有助于理解。我们脑子里有好多个空间，就像电脑里有工作区和不同的保存区一样，当我们不停地通过声音和眼睛以及嗅觉的输入,形成了无数的"文件"之后,先要放到"工作区"里,而"工作区"的储存是暂时的,不一定全部转移到长期保存的区域里——一旦转移之后,那就要长期存放了,只有需要时才能从其中检索调阅出来,而平时是隐藏的。

同样的道理,由于不停地形成一些"文件",人脑的"工作区"里不知有多少碎片,这大量的碎片肯定会影响大脑的运转,而我们人类对此却无可奈何——因为我们不能将自己的脑子"格式化"。所以及时地遗忘一些不太重要的东西,就成了人的一个了不起的能力。头脑的清晰,大约很大程度上不光是来自记忆力,而且更是来自那种及时的遗忘力。所以那些特别了不起的人有一个特征,就是能够迅速地忘掉没有记忆价值的事物——我们有一句老话叫"贵人多忘事"——为什么是"贵人"?就因为他能及时地把碎片驱逐出去,不放在大脑的"工作区"里。

这样的能力我们一般人是不具备的,不是不想拥有这样的能力,而是我们的强大判断力没有养成,不知道事物的轻重,看过一个东西,尽管并未有意记住,但仍会形成一个很大的碎片存放在脑海里。上了年纪的人总说脑力退化,其实也未必,因为科学测试得知,一个老人的脑容量足够工作所用,其退化原因当别有他解。这就是脑海中的碎片太多了,它们积攒了一生,又没法"格式化",所以只好让它在那里阻碍我们。

从这个意义上讲,又带来学习和阅读上的一个悖论:是不是读书越少越好?我们每天不停地阅读,再加上听来的知道的其他事情,综合起来不知是多么庞大的文件量,长此以往,即便我们有再大的"工作区",再大的储存区,大脑的运转也肯定要慢下来。所以说我们还是要注意少输入一点信息，让我们头脑的运算能力工作效率得到提高。可是这不等于提倡懒惰，因为学习就等于输入，那些最有效的知识学问缺失了，一切也就谈不到了。看来关键问题是怎样少看、看准，就是说要看最好的、输入最重要的知识。

由此我们也可以明白，古人为什么钻研学问那样深入，那样有见解，其中的一个原因就是他们读书相对地少。古人看起来读了很多书，但那些书是大字宣纸印刷的，满屋子的书还不如我们现在一个架子放的多。他们脑子里碎片少，读到的书都是极其精准的，只盯住这几本书读，读透读深，思维与见解紧紧围绕着手边的学问。我们当代人比起他们，虽然广博了，可是无用而有害的碎片也太多了。

我们知道得实在是太多了，而这其中的一大部分无聊且害处极大。

这就是学习和阅读的一个悖论。一直说的"读万卷书"，古人的"万卷书"和今天的已经大为不同。从这里来看，我们真的要考虑怎样才能少读一些书、精读一些书。我们不得不把更多的时间花到经典里去。

从古装的大字宣纸书，到采用现代技术印刷的书，已经经过了大大的压缩；然后又到了光盘和芯片时代，这时的储存已经是海量的扩展了。如果我们的眼睛热衷于数字阅读，这种输入扫描的量将是更加可怕的，我们的头脑根本无法承受。由此可以知道，当代人为什么越来越不具有思索力和研究力？为什么越来越缺少个人见解？很大程度上是数字时代的输入变得空前容易，头脑中的碎片变得空前巨大——一个孩子，年纪轻轻脑子就被碎片塞满了，思考力也就被破坏了，他的一生又怎么办？所以现在的一些人，到了二三十岁了，应该是思考重要人生问题的时候了，跟他们接触，常常会觉得其思想非常简单和片面。

历史上的骆宾王、李白那样的天才，法国的兰波，十九岁就写出了一辈子杰作的天才，还有早熟的莱蒙托夫——就讲这三十年吧，回头看国内新时期文学史，在三十岁之前写出相当重要作品的人也不在少数。而到了现在的数字时代，三十岁了还是孩子一样简单。他们已经被那些无聊的碎片堵塞了。

所以，阅读的问题比过去变得复杂了。怎样读少读精，更多地回到经典，是全部问题的症结。一般来说满足于网上冲浪，吸取海量信息，对创造力的损坏将是不可逆转的。

所谓的小说做法

开始一部作品的创作，由头可以有许多。比如说有一个好故事要讲出来，有一个感动人的形象要塑造出来，有某种很特别的思想要传达出去，或者说有一种难以言说的意境要描述……但是仍然有一些创作的由头是讲不清的、稀里糊涂的。这种情况下有时也能产生好作品。比如说对于气味的记忆，对于某种情绪的记忆，都可以诱发写作一篇小说。

一个作者随着对文学写作的深入理解，对于诗性写作的把握力会变得强大，在表达上就会进一步压缩故事，膨胀细节，依赖语言。因为文学就是一门语言的艺术，离开语言什么都没有——语言里面包含了细节，包含了思想，包含了故事。

作者一路追求的东西会越来越多，那种在不自觉的文学教育中形成的"小说做法"之类，会退得越来越远——真正的小说做法会成为个人的，而不是普遍的教育中所获得的通用之物。

鲁迅讲，不要相信那些所谓的"小说做法"，这是有道理的。因为小说做法既然可以传授，它就是纯粹工艺层面的，而真正意义上的文学创作却是心灵之业，只从技法方面去理解，会离文学的深意越来越远。文学写作是个人生命深处的感动和冲决，是不能重复的行为，所以那些百试不爽的、可以传授的东西，能够与无数人沟通交换的法门，严格讲是难以回到个人的。

但是作为一个文学研究者和教育者，对一些最基本的方法、一些常理和通则，仍然需要了解并用来施教。不过在实际使用中，坏就坏在把这些常识性的东西给夸大了，当成了文学的本质，这就错位了。

文学与化学

接触一个做文化工作的"通人"，他谈文学的词汇比很多专业人士一点都不少。文学和艺术在许多时候的确可以用来夸夸其谈。不过我们听来听去，还是那些老词和套话，什么群众喜闻乐见，什么到生活当中去，什么高于生活源于生活，生活是创作的源泉，人民是创作者的母亲，这些话一般说说，是说不完的。

只停留在这些泛泛的理解上，等于什么也没有说 —— 不，比没有说更坏，因为这是对艺术本质的误解和覆盖，离开了具体性和个人性，离开了理性的分析，把极复杂的问题简单化和表面化。事实上一切都要复杂得多。

文学艺术中的"生活"两个字，包含了深邃晦涩的内容，不是一般人可以轻言的，这是涉及专业性极强的诗学问题。动辄就谈艺术与生活的关系者，对"生活"两个字其实一无所知。他们嘴里的"生活"是奇怪之物，是实际中根本不存在的东西，是十分古怪的概念。他们让文学艺术创作者深入的"生活"，不知道该怎样命名才好。真正的生活像浑然漫流的河水，像无所不在的空气，是任何生命都不可以摆脱的不可以疏离的存在。一个生命只能在生活之中。

艺术之与生活，不是"源于"和"高于"的关系，而是截然不同的两种事物。"生活"变为"艺术"，不是经过了凝聚和压缩的结果，不是发生了这样的物理变化，而是发生了化学变化。无论将"生活"怎样集中和概括，都不会成为艺术。艺术需要酿造，艺术是酒。不经发酵的粮食是变不成酒的。

文学并没有高于生活，因为文学压根就不是生活。

一个写作者必须有酿造的能力。然而非文学和伪艺术是不需要这种酿造的。我们许多一直被当成标本肯定的所谓的"艺术"，其实只是一些概念化表面化的、经过了"集中"的"生活"，并不是什么真正的艺术品。

写作者跟上人云亦云，并付诸实践，只有一个非常粗率的理解，把"生活"提炼了加工了，力求做到"高于生活"，让它变得"更强烈"了，这也仍然不是文学。

通俗艺术也许可以类型化，它们可以概括"生活"，但是诗性写作是不可以的。

文化馆气

在艺术价值方面，我们惯常说的一句话就是："越是民族的，越是世界的"；有人再压缩一下："越是地方的，越是民族的"。这个说法可能是成立的。这里的意思是说，一个作家，地方色彩越浓、地方性越强就越好，但另一个方面，个人的文化视野、艺术视野越大越好，这两个方面合在一起才能形成一种张力。

作家在表述上保持的"泥土"感是非常重要的，他强烈地带有那个地方所给予的气味、色彩，没有这些就没有了个性，它依赖于一块土地的支持，抽掉了这个基础就没有了个人独立的可能。

但是这并不意味着作家一定是孤陋寡闻的，相反应该对这个世界的思想和艺术有一个总揽，有个纵横交织、对接应变的处理能力。

但事实上二者总是难以兼备，或者是无根的，或者是狭窄的。过分满足于一种地域色彩，保守内向，并且发展到排斥一切外来的和新颖的事物，这就是新的地方主义的特征。这种特征于大的艺术格局或许无害，但对于坚守地方主义的创作个体却有极大的害处。那些津津乐道于自己的地方色彩和地方趣味的人，有时个人的文学开角很窄。

我们感觉不到李白和杜甫、苏东坡这一类的大艺术家，总是津津乐道于他出生地上的一切、受制于这一切。苏东坡写眉山的东西不多，因为四川的眉山对于苏东坡不是全部，他的文化和艺术的视野是非常宏阔的。他可以从自己的地方性走入一个更加辽远的大世界里边去。

作家从家乡这个路径进去以后，往前的路途还很遥远。如果境界纠缠在原地不前，艺术的那种魔术般的百变能力也不会具备。评论家会说，这是一个地方作家。这其实是贬义的。这个贬义是指写作者器局太小。他鲜明而强烈的地方色彩并没有升华到一个更高的高度，没有上升再上升，突破阴晦的云气，上升到一个澄明的平流层。

作家立足于故土，气度却不能自限，不能萎缩。

所谓的基层作者，接触泥土，知道很多民间奥秘，这是一个多么了不起的资源。但是当这一切不能够放在一个更大的格局里，不能被时代的思想光芒所照亮，也就会或多或少地散发出一些"文化馆气"。这是一种很难言喻的气息，如沾沾自喜和简单排拒，浓郁的地方色彩加强烈的地方封闭性，总之很不好界定。

泛爱主义

一部书中写到的一个革命人物，他的爱每次都很投入，都很真挚，都很宝贵，都很神圣——新的爱情因为离得太近，刺激性太强，他也就再一次献出了全部心身。但是这并不意味着对过去的爱有什么背叛。这是他的逻辑。

书中想表明：爱情是一种伟大的力量，它因为葆有其纯粹性才伟大。这跟那种淫乱的原欲是有区别的。如果不能做一个区别，那就有了问题。爱情是人性和生命中的一种最高的存在，这种力量是无所不在的。爱情不光是表现在对异性方面，也表现在好多方面，书中的人物试图让我们理解：一个具有强大生命力的人，一定是一个泛爱主义者。这类人物不能在一般的法律意义上去审判，也不能用一般的道德去判断。爱在他来说是过于复杂又过于简单了，既是最真最纯的所在，又是交织无限痛苦的深渊。在他的爱情里面出现了最宝贵的东西，同时又蕴含了最危险的东西。当他的爱情观作为一个普遍的社会伦理准则的时候，也就会即刻崩溃。

诗的尺度

诗的这把尺度过于细腻和独特。在这里，任何人都没有权利否定那种淳朴真挚的向往，贬低这种伟大的力量，因为这等于违背了诗性，更违背了人性。诗中所歌颂的许多东西，与社会生活里的惯常的标准是大为不同的。古今中外，到底歌颂了多少"荡妇"和"第三者"，已经无法统计。然而这里援引的两个词已经打上了引号，就是说它作为通常法律和社会道德意义上被贬低和被斥责的对象，却蕴藏着真纯强大的生命力量，而且是不容置疑的美。

发现和辨析这种力量大概是非常困难的，不能用凡心，而需要用纯粹的诗心。但是尽管如此，却也绝对不能构成淫乱和纵欲的理由。真正意义上的爱情永远是神圣的，是道德的。真正的爱情被置于遥不可及的崇高地位上，在最美的地位上，被人们欣赏和歌颂。

如果怀着这样的虔诚之心对待爱情，就会原谅生活中那一个又一个所谓的"失足者"。诗人愿意一万次去歌颂那些真实深入的性情，而绝不去肯定一个冷酷然而却在性关系上白璧无瑕的君子。所以每当诗人呼唤真爱的时候，也就是向世俗无情的面孔做出了一次反叛和攻击。

这种包含了风险的挑战，其实是向着人类最完美的目标进发，可是道路阴晦而曲折。在诗的全部神秘和隐晦里面，有一种和谐一致的美丽在生长。它不是诉诸阳性和世俗的世界，它仍然要回到那个浪漫的阴郁的世界。这两个世界，在诗人那里是不能互相交织和沟通的。这是一个非常复杂的诗学问题。

现实主义者会把这些看成一个敏感话题，而一个真正的诗人却不会当成一个问题。对于后者，一切都是自然而然的。他的立场和观念非常分明。他就是这样的一个人，一个诗人。

生活中，那些二百五诗人常常是一个荒诞不经的家伙，是实行多种尝试的家伙。这种诗人反倒是可疑的。因为他既然如此自如地回返世俗的阳性世界，轻易地拆除了两个世界的壁垒，也就需要我们警惕了。

蹚过绝望

说到人性之恶，还有绝望的话题，都不是几句话能够讲明白的。每个人的具体情况不一样，承受力不一样，面对生活的方式也不一样。不可能有一个现成的方法放在那里，让人人受用。不管怎么说，人也只有坚忍地生活。

人们同意这样的说法：一个正常的人如果到了四十岁还不曾感受绝望，那也是不可能的。体验绝望并不困难，困难的是绝望之后怎样选择。有的人绝望了就做痞子，向下沉沦；有的人绝望了还是"自知不可为而为之"，这之间差异太大了。总之能够积极地生活，能够多少帮助这个世界，好好地劳动，就已经是很了不起的人了。所以感悟到绝望并不是什么深刻，绝望之后的顽韧，才是真正的深刻。

"绝望之为虚妄，正与希望相同"，这是鲁迅说的。让我们蹚过绝望，走进顽强吧。

第五讲

阴柔

人类历史经历了较长的母系社会,余下的时间就由男性主宰生活,他们在这几千年里更多地介入社会改造和其他一些活动。所以长时间里都以做一个所谓的"男子汉"感到光荣,认为男人的地位很高。也正因为如此,到了现代就有人不断地强化女性主义、女权主义,男权社会的时间长得让人有点不耐烦了。

其实这样的社会对男人有利也有弊,比如男人承受的人生压力特别大,他们会有另一种懊恼,所以在大多数地区,男性的平均寿命都低于女性。他们负担的责任太重、义务太大,接受的磨损就更多。这也造成了他们的一些特殊性,比较女性,男人把握世界的方式就不太一样。

说到"阳性的世界"和"阴柔的世界",男性主宰的社会生活可能更多地呈现阳性,而女性面对的却大致是另一种生活;她们的人生视角,还有感受力都和男性区别很大,因而有更多的机会进入到阴柔的空间。

所以女性拥有的思维方式,更为贴近诗意的理解。无论西方还是东方,女性往往更容易进入诗境,她们如果有条件,甚至会操办一些诗人和艺术家的定期聚会。所谓的"贵妇人沙龙"就是这样的,这里曾经孕育了欧洲的文学,在法国和俄国,一度等于或代替了当时的文坛。当时没有作家协会，她们就是作家协会；没有文学讨论会和讲习班，她们就是文学讨论会和讲习班。

陀思妥耶夫斯基第一部长篇小说面世时影响很大，最早接纳他的除了个别评论家，较公开的场合就是贵妇人的文学沙龙。他那儿朗读自己的作品，由当时最著名的女性把他介绍给彼得堡的文坛。

不过他也在那里遭遇了自己最大的不幸：一些人出于嫉妒等原因，在沙龙上斥责和污辱了他。陀思妥耶夫斯基因此受到刺激，癫痫病发作，倒在了地上。这疾病不幸地伴随了他的一生。也就是那一次，他发誓不再跟文坛人士打交道，躲开一切的文人聚会。这给了他一个非常惨痛的教训，它甚至塑造和影响了陀思妥耶夫斯基的人格。

诗人里尔克也是一个很著名的例子，他和贵妇人交往密切，一生的写作活动都和她们紧密相连。贵妇人特别爱诗，给他提供了优越的物质条件，让他享受安静和自由的生活。思想者卢梭也有这方面的经历。

当然贵夫人背后还有她们的丈夫，他们胸怀宽广，令人敬重。这也是由全社会的文明水准所决定的——当时普遍有一种推崇独立思想和艺术创造的风尚。

一个男性作家或许兼有女性的心理特性。有的作家甚至会有同性恋倾向，兼备女性的阴柔和男性的阳刚。这样，他在打量这个世界时视角就变得多重化和复杂化，可以把两性对待生活的对立与矛盾协调起来，全部囊括。

这是一种生命体悟方式。如果是单纯的男性视角，就会过分地局限在阳性的世界里——这种生活更多地带有世俗生活的规范性和条理性，多少影响着诗人的恣意和浪漫。

有人可能讲，如果女性从事文学岂不是更好？当然，从某种意义上讲，文学的事业、诗人的事业应该更多地属于女性。诗应该在一种阴柔的空间里自由烂漫地生长。但问题是诗性的生长仍然需要很高的理性介入和把握，有时候还难免经受强烈的阳光辐射，要能够在阳性的世界里穿行和走远。这两种力量有时候是对立的，有时候是携手并行的。

所以一个好的女性作家往往有一点男性因素存在。法国女作家尤瑟纳尔是一个同性恋者，是法兰西学院唯一的女院士。还有美国的作家斯泰因，也是同性恋者。男性作家和诗人中的同性恋者就更多了。这好像不是一个偶然现象，它或许由生命的内在神秘性所决定。

我们想深入和了解诗学问题，就不能满足于使用现世通行的法则去推理和演绎，而是要面对一些复杂，一些幽深、神秘，甚至是晦涩和灰暗。它绝不是我们早就被告知的那些平均化、表面化、概念化的日常教育范式所能囊括的。

文化泡沫

文化泡沫和其他泡沫一样，形成之后总要破碎。它们从开始到溃败，有一个很长的积累过程。经济泡沫的破碎，现在从欧洲和北美可以看到，关于金融危机等方面的著作这段时间出了很多。文化泡沫比金融泡沫大概来得要复杂得多。

文化泡沫的形成，追究起来也许很费力，需要更专业更具备目光穿透力的人才能破解这些问题。它不像金融泡沫那样，积累的时间也许更加漫长——往前追究，可能需要从白话文运动或更遥远的什么地方开始。当然还包括了冷战时期，东西方两个集团的碰撞及融合，以及近期的社会和文化潮流等等。

尽管文学处于一个民族文化传承和文化结构的核心部分，但也只是文化的一部分，不是全部。在研究整个文化演进的历史和流变的时候，不得不把文学作为一个比较特殊的事物拎出来考察。这样就要谈到苏联，世界上第一个社会主义国家所形成的文学对中国的影响、中国"文革"时期的文学、改革开放之后的文学，最后是伴随着西方经济强势，让我们逐步接受的西方现代主义——所有这一切文学资源的综合与沉淀的后果，都需要结合起来考察。这是一个十分复杂难解的过程。

商业主义物质主义，开放半开放的市场经济，深入引进的西方资本的游戏规则——这些都形成了一种对文化和文学的牵制。另一方面同样重要的是，还要把数字时代的中国考虑进去。这样才能稍稍接近一点真相，看到文化泡沫是如何形成的——怎样生成和怎样破碎，最终还要迎来一次彻底的崩溃。

这种种分析和追溯是非常麻烦的工作，要梳理它远非一己之力所能完成。在这么短的时间内，大概很难把它全都讲个清楚。我们不过是谈一点感性认识，并尽可能地进入理性把握的层面。

有些现象谁也不能忽视。比如网络传播，一些蜂拥的文字，它们铺天盖地而来，各种信息、讨论，包括文学写作，都出现在上面。什么博客，微博，伴着新技术一波又一波浪头掀起来。这是文字和语言的堆积，也是观念和思想的堆积。重要的门户网站在一些突出的热点问题的讨论上，发帖量和点击率像潮汐一样起伏涌动。这本来会是一次强有力的公民表达，但事实上却并无可能。就文化和艺术创造的意义上来说，它们非但没有因此而变得繁荣起来，反而更加呈现出碎片化和表面化，造成了空前的喧嚣和覆盖。而且，这一切总是越来越给人无聊和疲惫感。

大量的文学传播品质极其低劣，最终是垃圾成堆，仅有的一点闪光的东西也被湮没了。纸质读物、网络媒体以及各种单行本的出版都搅在了一块儿，起到了进一步推波助澜和互相淹没的作用。比如过去在重要的文学期刊上发表作品，那是相当庄重的一件事，也与这种劳动的性质相符。可是现在一切都不是那么回事了，影响大小且不论，可怕的是这简直成为一种多此一举的事情。

在轮番的信息轰击中人们已经疲惫和厌恶，不再愿意倾听和注视，也不再愿意接受任何新的刺激。因为人的承受力毕竟是有限的，消化力也是有限的。关于主义、思想、见解等种种解释，各种新的或半新的、创造的或抄袭的，全都搅在了一起。人们已经懒得去弄清它们的真伪，也不想探究，因为在文化方面受骗上当的经历太多了，最后的觉悟就是尽可能地关闭自己的视听。这是一个民族对待文化的最可怕的冷漠态度。

当代人除了纠缠于物质和欲望，还能相信什么？人们从很早的思想与文化的资源上也得不到支援，因为一切都被挑战，到处都被质疑，精神和思想领域没有了任何权威，没有了任何神圣，没有任何可以依赖的东西。一度喧哗过和热闹过的，很快也就过去了。泡沫不停地形成，又不停地破裂。

在重要的价值观方面达成一致的可能性在减少。什么公信力，千百年来形成的标准，都在丧失。文化上曾经形成的那种强大的影响力，由此而来的巨大的记忆和传导功能，正在消失。我们借助于网络和出版印刷所形成的文化的繁荣，已经走向了反面。一切越来越难以寄托希望，既不寄托创造的希望，也不寄托记录的希望。传导力很差。一切不过是阵发式的，快速形成又快速破灭，最终留不下什么深刻的印迹。一个漫长的时期，或许还要连累上一个时期，在积累和记忆上接近于虚无和空白。

　　彻底的冷漠，无信，这就是所说的泡沫的最后崩溃。

　　这种崩溃的可怕，在于一个民族的精神走向了四处漂散，没法整理和收拾，没法集中精力去做任何事情。这是比经济泡沫的破碎更可怕的一种结局。所以有勇气面对这种危机并设法战胜它，可能是当代社会最大的难题。

　　为什么至少要梳理到白话文以来这样一个遥远的过程？因为从那个时候，对于中国传统文化的质疑就开始了。我们的语言方式改变了，思维方式也改变了。全盘西化的努力中，传统中贪婪的物质主义被我们拿来了，最好的东西却被我们遗弃了。野蛮的破坏力到处留下了痕迹，满目疮痍。对传统的梳理是最慎重最艰巨的任务，是极精密的工作，可是至少在上百年的时间里给粗暴简单地处理了。对远近传统的失望、不知所终，羞愧和耻辱，带着这些复杂的感受对接了数字时代，也就突然发现自己站在了"白茫茫一片大地真干净"这样一种可怕的境地里。

　　我们将经历相当长的孤寂和清冷。文化泡沫的破碎，将让人失去安定自己灵魂的东西。但愿我们能够振作起来。

向上穿过平流层

"所有的文学写作都是和自己对话",这个说法尽管接近于事实,但是大多数人却不能直言。因为这样表达个人的写作状态是费解的。一个写作者会问自己为什么写作?这竟然成为最简单也是最复杂的问题。

如果在过去就很好回答,现在不行了。他既然忠实于自己的感受和实践,就会仔细地辨析和回忆,找出个人的兴奋点,寻觅作品形成过程中的一切细节。他渐渐发现有另一个"我"出现了——他会在更高和更远处注视着自己。

现实中的"我"是一个在阳性世界里忙碌的人,而另一个"我"则滑向了阴郁的空间,在那里孕育出双翅,然后起飞,一直向上穿过平流层,飞向更远更高处。那是一个神奇飘逸的、充分理想化的诗性的"我"。

诗性写作不存在与他人达成共识的问题,而只需开通那个遥远的对话。但可悲的是我们总要笼罩在现实的烟火气中,总要左右窥测——在这片滞重的气氛里,一旦离开了共同的趣味甚至共同的语调,就没法往前推进一寸。

地心引力太大了,没有另一个"我"的强大双翅,就没法起飞,不能向上穿过平流层。

少数人的历史

从语言、语调、对话方式，再扩大到文学的性质，就会发现，真正的诗性写作是属于少数人的，这些人才能够辨析、记忆与保存，让其留下来——也就是说这是一部少数人的历史。但是我们总是有意无意地把这个显赫的事实忽略掉。

艺术常常属于那些任性者，他们在偏僻处探索，是对一切世俗的合理性不断质疑和批判的极其倔犟的生命；同时还属于那些在文体方面，在诗意中顽强掘进的个体。他们不能成为与众人达成共识的多数派。

有人举出一些个案，比如说法国的雨果和巴尔扎克，他们在当年的雅俗共赏：不仅被高层和核心认可，还拥有大量普通的读者——他们起码在文学史的意义上是不朽的，成为了文学的恒星。这个现象，其实与当时法国的文化风气与民族素质有关，也许很难用来做普遍的类比。

于是可以就此心怀梦想：假如不能做一个少数派的话，做一个另类的多数派不是最好最划算的吗？是的，很多人都愿意这样，可是谁能真正做到？这不仅是屈指可数寥若晨星，而真的是可望而不可即。

其实只要是雅俗共赏，就一定是自觉不自觉地做出了妥协。这并非没有代价。今天阅读雨果和巴尔扎克，对其中的一些过分通俗化、令读者心头闪现的那一丝不快和遗憾，很可能就是当年妥协的代价。当时究竟为什么、在怎样的情形下，写作者给自己的杰出篇章注入了凡俗和平庸？这会是十分耐人寻味的。幸亏这些还不足以毁掉整部文字的光辉。同时，我们还要问所谓的"高层"与"核心"——它们究竟是怎样的？这个诘问是绝对不能省略的。一个时期的"文化核心"是由可以影响人类历史的精英构成，还是由一些奴颜媚骨的投机者拼凑，这当然不可不辨。文运对雨果、巴尔扎克等人格外地慷慨，他们毕竟处于一个特殊的时代。

说到文运，还要看他们诞生在一个什么样的族群里。如果他们生活在一个素质低下、犬儒主义盛行、庸俗和纵欲的群体中，那也就没有这么幸运了。

不在话下

拥有理性一点的头脑，这对我们十分重要。因为中国的文化本来就是感性比较发达，理性比较欠缺的，我们平时即便公允和冷静地谈论问题，也总是强调"情理之中"，但实际上总是"情"多"理"少。分析事物很容易简单化和表面化，只偏重自己的感觉。

比如现在写作者动不动就说到的"民间"和"体制"，不少人以为不在公家的某个单位上班就是"民间"，就是"体制外"了。事实上哪有这样简单，所有人都在时下的一种体制和格局里，只是具体的生存方式有所不同而已。

其实是否"民间"或"体制"一点都不重要，只有不求甚解的人、因为某种原因变得十分急躁和敏感的人，才会特别最重视表面的"身份"。生命力的强弱、生命的性质、才华和质地，最终是这些决定了一个人的道路、立场和方向。如果是一个生命力强悍的人，给他一份工资一个差事，就能够改变他的精神品质？反过来，一个卑微的人，因为贫困和倒霉就会变得崇高起来？这怎么可能？

　　一些伪命题常常要被不停地讨论。比如一个人是不是辞职了，是专业作者还是业余作者，是不是在协会里兼职或在大学里当了教授，竟然都成了至关重要的问题——这真是很无聊的讨论。在这种伪命题面前，一个人最重要的生命劳作反而会被忽略，一些鸡毛蒜皮却被抬到了需要认真探讨的地步，这只能流于滑稽和混淆视听。

　　只有极不自信的人才会一路纠缠这些。一个人有了公职，更不要说加入专业协会了，就一定会不同程度地失去创作好作品的资格，这种认识不仅荒唐而且近乎一个笑话。如果仅仅是进入所谓的"民间"就可以写出杰作、仅仅是愤然辞职就可以不朽，那大家还等什么？

　　问题当然绝非那么简单。文学，深刻的诗意，这一切的追寻可能要复杂一千倍。可见说到归总，是否"民间"并不重要，重要的是写出了什么。是否辞职和退会也不要紧，关键还是要看作品写得如何。至于人格和人品之类，在职或在会也不一定就是"双重人格"——一个人拥有两个国籍，那叫"双重国籍"，"人格"通常还不这样叫。

　　还是那句老话，即应该尊重个人的选择，尊重其劳动方式的选择。我们不能强迫他人一定要失去工作或离开专业协会，因为这一切还得看他本人愿意不愿意。按说一个真正的"民间"人士当更懂得尊重别人的选择、更加具备自由精神的，既然如此，那就更不要在这些方面强迫他人了。凡事一定要整齐划一，这不是平等和自由的心态。再说，即便进入"民间"的举动真的是创作伟大作品的不二法门，他人也仍然没有权力在这方面代为做出硬性的规定。

一般来说,一个人失去了强大的创造力,也就乐于拿别人的"身份"之类说事了。

通常,一个人无论怎样自信,都不能强调自己的选择为唯一的正确和伟大,因为每个人的具体情况不同——一种生活方式对一个人是好的,对另一个人却未必。一个人作了专业作家是好的,另一个人可能从事业余写作更好。仅仅站在自己的立场上指责他人,或堂而皇之地说一些不着边际的话,不仅毫无意义,而且还极为有害。刚刚脱离了一种环境,然后就发出吓人的尖音,那倒有可能是胆小鬼的行径。

一个写作者加入或不加入专业协会,本来没什么好说的。可是在有些人眼里,加入或者退出,竟然比勤奋写作、比写出好作品更加光荣和重要。由此看来也不能过于天真了,如果今天再读鲁迅先生《致榴花艺社》的信,当会有更深的体味。那些拍打胸脯者,那些不停地怂恿别人冲锋陷阵者,倒极有可能是另有心术;而那些群声附和者,则不过是"红眼睛阿义"们而已。

宋朝的苏东坡身在朝廷,还能清醒地表达个人忧患,写出了那么多不朽的诗章。到后来他一路被贬,差点被杀,该变得完全沮丧和绝望了,可他却能同样欢歌,沉醉于语言的狂欢,生命的多趣与深邃得到了饱满的呈现。一个人若有这种能力,这种生命的强悍,那还有什么障碍会阻止他?我们现在基本上不问,也压根忽略了苏东坡是不是"民间"这个问题。

给一份工资就能斩断一个人的深刻忧患,加入一个协会就不会歌唱、不会寻找、不会浪漫和幻想了,这还有什么好说的。这其实是不在话下的。

我们谈论的是诗，是那种炫目的绚丽和致命的追求，是搭上了一生的向往，何必耿耿于怀是否"民间"这种事？

不停地发起这一类话题的人，大半并不是为诗的前途而痛苦，也不是为他人的"双重人格"而耿耿难眠，倒极有可能是为自己孱弱的生命而绝望，于是就要不停地絮叨——以指责和炫耀的口气。

真正的"体制外"是不会指责的，更不会炫耀，因为他们在做自己的事情，他们没有时间。

探究心和好奇心

作家的两颗心是重要的，一是诗心，二是童心。杰出的作家，这两颗心是永远怦怦跳动的，不会因为年龄的增长而失去，不会因为世俗生活的压力而丢弃。好的作家有一种极其淳朴的保存力，这决定了他与其他生命的不同。在踏入坎坷的人生之路的过程中，有时不得不向各种东西妥协，而妥协的过程就是忍受污染和腐蚀，渐渐地，童心丢失了，接着诗心又给毁掉了。一个人保持好奇心，保持对崭新世界的那种鲜亮的感觉，是非常困难的。但是真的会有一部分人把这些东西保存下来——他一生的挣扎和奋斗，很大程度上就是为了保留这两颗心。

前边说过的苏东坡——他的大半生处在穷困潦倒的境地，有时处在朝不保夕的生活里，却能保留那么多儿童的趣味。他研究菜肴、丹丸，保存有好多的药方；他跟和尚道士们在一块玩耍，吟诗弄文；晚上月亮好，他会带一壶酒驾船出游——最有名的前后赤壁赋就是这样留下来的。他对大自然，对小鸟，对人间的一切趣事都保有探究心和好奇心。可如果是一般人处在他的境地，早就绝望了，忧伤而死了，但是他还抱着那么大的情趣生活着。一方面可以说他的生命力十分强盛，另一方面也说明他被童心和诗心给挽救了。

那是既淳朴又简单的一颗心，一颗干干净净的心。

优异的生命往往如此：当思考起一些复杂的社会问题时，他会拥有特别的缜密和专注，考虑其全部的综合因素，这时候他是沉重和谨慎的；但从那个思维领域里出来，看到一朵花、一个孩子、一只动物，又立即会焕发出一种天真单纯的气质。这看起来绝然不同的两个方面会统一在同一个人身上。李白如此，杜甫也如此。屈原诗中一再写到那个周身披满了鲜花的男人，是多么可爱。他把君王比喻成"美人"，不停地倾诉和吟唱。屈原也是一个特异的、单纯的生命。

李白有一首诗很能打动我们："李白乘舟将欲行，忽闻岸上踏歌声。桃花潭水深千尺，不及汪伦送我情。""踏歌"就是高抬两腿踏出节奏，边踏边唱。李白和汪伦的年龄都不小了，却是这样对待朋友，这样告别。

今天如果有个朋友用此方式为我们送行，那他不是一个精神病也是一个半傻——不是真的人家傻，而是我们远离了童心的纯洁和质朴，已经难以有那种即兴的焕发了。可是一个诗人应该有，所以当一些杰出的诗人做出一些常人看来不可理解的、突兀的举动，其实是很真实朴素、很自然的表现。

人性的共同点

孔子说得对，人性真的是十分相近的：无论相距多么遥远，无论时空变化如何，无论是古代和今天、西方和东方，人性都是十分相似的。

一个中国人在彼得堡生活了几十年，他对初来乍到的人谈起自己的生活感受，说刚来时在这里满眼看到的都是浪漫的异地风光：俄罗斯的建筑，高鼻梁蓝眼睛的人。这种外在的形式跟我们差异明显，让人产生新奇，要好好习惯一段时间才行。但是在这里生活时间长了，就感觉跟在中国生活是一样的，人的处事方式，思考问题的方式，也大致是一样的。当然习气不同，文化水准也不同，这些方面有许多区别——时间长了以后会发现，大的方面、更内在的方面，却是基本相同的。人性中的优点和毛病也大体一样，只是表现程度不同而已。

不同族群的交流存在一些问题，除了语言的障碍，其他往往都是被夸大了的。在人性的深层，比如喜怒哀乐这些，都是一样的。面临的一点现实的区别，比起人性的共同点来还是要少得多。无论在美洲还是在欧洲，都会有这样的感受。二者在沟通时，只要进入人性永恒不变的本质部分，就会发觉障碍立刻消除了。

实用主义的文学叙述

诗与小说比较起来不是一个"过程"，而是一些"瞬间"。真正意义上的诗性写作比如小说，则是这些"瞬间"的连缀，是由这些连缀和镶嵌而形成的一个"过程"。这与通俗文学的区别，就在于雅文学中的叙事部分不是一种线性思维，而是一种互嵌的、并置的思维。所以当用线性思维去解读诗性写作中的叙述，就会不得要领，就会难以进入。

叙事文学与论述文在表达思想时，区别在于前者不光没有一个结论，而且一切都是通过局部的语言细节中实现的，它们一直渗透和保存在这些局部中。它并没有在其中凝结成某个结论，而且也不能从这其中分离出来。

诗意在阴郁的空间里繁衍和生长，诗性写作中的叙事文学也是如此，但不同的是叙事作品能够抵抗更强的紫外线辐射力，可以长时间在阳性世界里穿行而不致枯萎。但现在的要害问题是，当代小说过多地暴露在强烈的光线下，以至于发生了变异，根本不想或难以返回阴郁的空间里。

所以叙事文学有了更多的世俗化，而很少看到陌生化。它们由连缀的"瞬间"、由跳跃方式变成了线性的滑行方式。于是也就渐渐蜕化成另一种写作，即通俗写作。物质时代和商业社会里的写作活动，很容易走向这样的蜕变。实用主义的文学叙述，它的基本特征就是强化故事，压缩细节。而诗性写作一定是相反，它要进入和强化那个"瞬间"，不断地膨胀和扩大细节。这个"细节"不仅是一般意义上的情节之下的叙事单元，而是具体到语言的细部——细节——词语。

如果没有进入这样的细节，几乎也就不存在诗性叙事了，它所要完成的故事则没有什么文学价值。现在即便是所谓的"纯文学写作"中，也有相当一部分叙事作品并没有进入语言的细节，所以还应该算做"准通俗文学"。

分析那些诗性写作的叙事文本，就会明白这一点。它们一再把故事破碎，把情节压缩，极力避免线性的滑行方式。它们虽然仍旧保持了一个"过程"，但它们的本质仍然是细节，是片段，是那些偶然和"瞬间"的闪现。

形式

也许世间没有离开形式的内容，所以仍然还要谈谈形式的重要性。这不是"形式主义"，而只是内容的另一个方面。比如宗教活动，最明显可见的就是它隆重的仪式，它的一些禁忌等等。这时候我们已经分不清哪些是内容，哪些又是形式了。

实用主义者以直取内容为借口，首先会从摧毁形式入手，接着再破坏和改变事物的本质。所以有时候为了捍卫内容，就不得不一再地强调和恪守形式——非要坚持这样烦琐的步骤不可，非要遵行这样复杂的规范不可，它虽然刻板然而非常有效。

当内容坏死的形式被一遍遍重复时，所有人都会心照不宣，明白自己在做多么无聊的事情。比如语言的苍白无物，套话和谎话堆积的环境，就表明了它宣达的内容正在坏死。这时候的形式无论怎么频繁地循环重复都是无济于事的，因为它本身就一直在闹剧气氛中，从开始到收场都是这样。

最坚固的形式往往也是信仰的一部分。没有信仰是真正的不幸。没有敬畏，鄙视真理，比朝不保夕的生活还要悲惨。动物的主要时间都用来寻找吃物，而现代人类已经沦落到差不多的地步。群体中的相当一大部分只相信两个东西：一个是权力，一个是金钱。二者说到底都是利益，都可以迅速地兑换成吃物。如果是毫无利益可图的权力，那也是没人留恋的。

　　一个族群如果跌落到这个境地，再谈论其他则没有多少意义了。礼义廉耻不存，忠孝节义被弃，剩下的又会是什么？有人会说这些全都是口号和招牌，是形式，可就是忘记了它所具备的具体内容。究竟是害怕形式的制约，还是直接厌恶内容本身？随着时间的推移，一切都会变得越来越清晰了。

　　不相信真理，不相信这种追求的意义，只把眼下和未来都交给实用主义，世上再也没有比这个更危险的事情了。

　　关于"主义"

　　"理想"和"理想主义"还是有区别的，这里不可不加以辨析。理想是理性推动下的美好设想，是没有舍弃感性的理性。一个人对于生活，对于事物形成的美好渴念，是理性思维和感性思维交织的结果。他一定会从理性及愿望出发，不断地回到客观现实；他会在生活实践中充实和鼓励自己，贯彻理性，去顽强地对抗世俗社会里各种各样的荒谬。一个人和一个民族，没有理想会是可悲的。

　　但"理想"加上"主义"就有些问题。它一开始也是借助于理性的推导，形成了各种对于生活的美好想象和设计，但不同的是它夸大了这种设计和想象的永恒性和不变性，把它凝固成一种概念并给予迷信和崇拜。其实任何理想都会面对具体的生存现实，每个人的生存又各有不同——所有的美好设想都像逆水行舟一样，需要奋力向前，需要继续探索。

将那些一成不变的设想和计划、一种内容相当凝固的理念放在不同的时空里，并且认为这是百战百胜的、永远的和唯一的正确与依赖，就变成了一种"主义"。理想并不能解决一切问题。理想是一种理性设计和美好向往，但它更是一种精神探究的力量——这种力量是重要的、不可取代的，但却并非唯一。

精神往往会变得越来越遥远，渐渐就会被抽象化，脱离了实际内容，会被架空，然后变成一个符号，变成简单的冲动之源。回过头来，这种冲动一定会跟最初赖以形成的那种理性思维形成对立。

盲目的热情和冲动在生活中有太多的例子。这种热情和冲动一旦替代了理性，一旦脱离了具体现实，变为僵死的教条，变为偶像般的意义，也就具有了极大的毁坏性和覆盖性。所以用理想来替代一切、抵抗一切的绝对化的精神力量，就是通常说的"理想主义"，它常常会变成理性和科学的敌人。

人类历史上的灾难与"理想主义"的关系，也许需要我们正视。事实上，人们很容易为了自己那个所谓的"理想"而排斥异端，消灭不同意见，从而导致了思想专制。这就是"理想主义"的后果之一。

理想因人而异，每个人的理想的具体内容都不尽一样，从绝对的意义上讲，他人不能走入，而只能接近。人将美好的想象与具体的经验紧密结合，并且要依赖强大的理性。随着阅历的丰富，生活的变迁，一个最初形成的理性推导也需要不断地修正和改变，所以任何人的理想内容都不可能永远一成不变。

有时候我们很容易把"理想"和"理想主义"混淆，就像把"技术"和"技术主义"混淆了一样。技术是好的，没有技术，很多操作就是低效能的。但技术只是一门专业，一门科技，如果把它当作抵挡一切的良方，当成万能的法宝，一切都靠技术，从生产到治国，到生活的方方面面，那肯定要出大麻烦。超出技术能力范畴的使用和寄托，就成了"技术主义"。

总之使用"主义"这两个字时，可能还需要慎重。

"父亲"的缺席

人们发现许多作品中缺少"父亲"，并想象这是不是一种有意为之——其实作家大约不会从理性上约束自己，刻意地多写"母亲"而不写"父亲"，一般不会是这样。这大概是一个潜意识中的问题。

文学作品都歌颂母亲。这在写作者来说是一种本能。歌颂母亲就是歌颂生长和创造，歌颂生命，就像人类感激大地一样。

诗人一度、或者不自觉地要逃离具有强大约束力的阳性世界，回到自由的阴幽的空间。这样一种取向是具有反抗意义的。"父亲"代表阳性的主宰，代表秩序、规范和责任，代表物质和现实；而"母亲"是包容的，是可以依偎和寄托的，是属于幻想和浪漫的。"父亲"和"母亲"分别是这样一种不同的象征。

有一些作家一再写到"父亲"，这时"父亲"或者是作为反抗的对象去描述，或者是当作现成秩序的颂扬和肯定。对后一种情形我们都不陌生，许多作品就是把"父亲"放在那样的一个位置上的。

但是那些能够代表一个时期精神和艺术高度的写作，尤其在诗性写作中，"父亲"常常只处于两种状态：一是缺席，二是被置于怀疑和反抗，甚至是被审判的地位上。

当然这不是一个约定俗成，也不会是一种很清醒的行为。这是诗学范畴里的问题，而不是一个现实的写作学的问题。

有的作品中"父亲"的形象不是一般意义上的存在，不是特别显性的，而是隐性的。比如当写到"父亲"这个形象时，常常只是在思念当中，在怀疑当中，在批判当中，在辨析当中——即便最后走向对"父亲"的肯定时，也是辨析、质疑、再度审视之后的结果。而这一过程中的"父亲"一般是隐身的，所以基本上可以作为一个缺席的角色去理解。相反，当写到"母亲"时，情感总是相当地饱满、自由和敞开。所以对比之下，"父亲"在作品里仍然是处于一个很尴尬的位置上。

"父亲"所代表的世界，通常不是一个被极力肯定的世界。跟"父亲"连在一起的所有生活，都会被追溯和质疑。而怀念，则属于站在童年的位置上去遥望。潜意识里跟"父亲"遥远而生疏，有疏离和剥离感，这是没法改变的。大概所有的生命跟"父亲"的情感与跟母亲的情感都有明显的区别。对待"母亲"可以无话不说，可以充分信赖；一个人愿意为"母亲"付出的一切，却未必愿意为"父亲"付出。这是什么原因？无论是一个男孩还是一个女孩，回忆一下对父母的情感，都不难发现这种区别。这种区别来自哪里，我们还不太知道。

"父亲"代表的显然是一个更现实的世界，他跟这个世界紧紧地扭合在一起，不可分离。无论"父亲"怎样想逃脱这个世界，也还是这个世界里的一分子。"父亲""男人"，他们更多地介入生活和创造生活，肩负了不可推卸的责任，迎来了个人的荣耀和死亡——荣耀属于他们，死亡也属于他们。所以到了战场上，首先要保护的还是妇女和儿童，冲锋和牺牲的首先要是男人。就是在和平年代里，男人的寿命也远远低于女性——因为他们生活在第一线，而女性在第二线，是负责养育的，是整个家庭和温情的象征。

离开了"母亲"，哪里有诗和文学。诗是一种生长，是连接母体的一种延伸和回归、一种小心翼翼又大胆泼辣的探索过程。诗人总是泪水涟涟地歌颂"母亲"，擦干眼泪再去打量"父亲"。

上帝赋予了男性绝望、悲凉、牺牲等等品质，在悲剧里面，男人总是占据核心位置。无论是西方的史诗还是东方的抒写，都表露了所谓的大丈夫气概。大丈夫气概就是男人的承担，承担悲凉和毁灭；而女性就跟温柔、抚摸、温情、生长、哺育这一类词汇连在一起。

男人这种命定的角色是很神秘的。我们这里不太说"上帝"，但可以称为大自然和宇宙间那种不可逾越和无所不在的强大规定性——这种规定性铸就了男女角色的区别。悲剧更多地在男性这里，于是崇高也更多地在男性这里。而美丽属于女性。当然，如果美丽的气质中表现出崇高，那就更加撼动人心了。

一切都是回忆

　　严格地讲，一切写作都是回忆。或者写了很遥远的事情，或者是比较贴近的事情，但肯定都是回忆。有人只说自己写了眼前正在发生的事情——那是准文学，是报道，不是严格意义上的文学。

　　所有的文学都是回忆，每一个写作者都很容易得出结论：自己的文学是从回忆之路上走过来的。比如说开始的文字，肯定是从记忆的某一刻开始，然后才有后来的一切。

　　有人出生后最初的记忆就是一片荒原，那时候还看不到远处的海——后来可以到海边去，记忆里便有了海。还有河流、丛林等等，是这样的一个世界。这个世界给予的一切，是作家最早的感知和记忆，对其一生的创作都是最重要的。对于所有从事写作的人，最初的记忆肯定都是极重要的。其重要性并不意味着他会一再地描写这些具体的生活环境，而是这些环境对他作品气质的规定力。

　　有一部分人可以不停地写最初的记忆，不停地写丛林海滩动物河流等等。有一部分人不写，他的出生地明明是另一个地方，并在那个地方生活了一段时间；可是他作品的主要内容，却是后来的一些经历。这是不是跟刚才的推导有了矛盾？没有。因为仔细看，他对生活的判断，对于人和人之间关系的判断，很大程度上还是以记忆之初的那些事物作为尺度。作家最初的记忆，总是最重要的参照物，他要以此和后来对比、映衬，阐发生活理想，抵达美学追求。

　　童年的经历具有无可比拟的规定性。比如说童年经历了嘈杂的生活，到后来对嘈杂就没有那么大的排斥力；如果童年经历的生活是非常安静的，后来一旦进入了嘈杂就会厌烦，痛恨，恨不得立刻逃离。童年接触人多，长大后对熙熙攘攘的所谓"人气"会持一种肯定的态度；如果小时候是在缺少人烟的环境里生活，他跟这个热闹的世界就会设法保持一个距离。

一个作家的风格与气息都来自童年。严格地讲，人的一生都在写自己的少年，再写一点青年和中年。到了老年，往往全部换成了更早的回忆。一个人无论怎样树立表现当代的决心，实际上写出的，仍然是不能摆脱的少年情怀。很难看到一个好作家离开了少年情怀。少年情怀可以解释一切，推导一切，拥抱一切，包容一切，对比一切。

一位作家或许在很晚的时候"返璞归真"了，用大量的笔墨写起了童年生活，而且写起来很愉快，速度也很快，个人也比较满意。其实这一点都不突兀。因为几十年的写作中，他的很多时候都在那种气息和气氛里工作，虽然写的不一定是童年的内容。作家可以写激烈的斗争，可以写城里的生活，可以写流浪，可以写一个人的挣扎，婚姻，但是童年那种气氛要一直给他力量，给他支持。

作家在写作的时候要不停地回到过去的记忆，把现在要写的所有生活，都拿到那个地方去浸泡一下，就像把食物放到嘴里咀嚼一番，再到胃肠里转换成自己所需要的营养一样。有北方人到韩国或南方某些地方，吃东西不习惯，因为那里什么东西都是红的，辣得要命——他们就在桌前放一大碗白水，取了任何菜都先放到碗里摆一摆洗一洗，然后再吃。作家的这一大碗水就是童年，现代的所有生活作为写作的材料，都要放进这里洗一洗。

文学有一颗种子，那是童年植入的。

同性恋

现代医学研究中的结论是,同性恋是一个基因的问题,不是可以用来追求的事情。在所谓的"新时期文学"初期,本地一位作家曾经痛心疾首地说:咱们这里不会出现什么大作家,看看吧,这么多写作的人,连一个蹲监的、一个同性恋者都没有,真是太平庸了!

他说得很认真,不是开玩笑。这是从某一个意义和角度说到了生命性质,以及人与社会的复杂关系。作家要露出本真的面目,更本质化地显示生命的个性。这段话的意思是,如果能够自然地显示和呈现,为什么这么多人都不约而同地循规蹈矩,那么平常而平凡地过下来?

一个群体没有被激活,一个生命没有被激活,是这样的忧虑。

但是生命的状态并不完全是表面化的,这仍然不仅是形式的问题。这里面真的十分复杂。无论多么着急,还是要等待机遇,等待发酵,生命的激活有一个过程,更有一个环境。如果不是因为基因的特别,也不一定发生同性之恋,这需要是自然而然的事情。

有的作家等了好几年也没等来这个生命状态,竟然不惜自己实践和尝试起来。结果效果并不十分理想——甚至让自己厌恶起来。就因为他没有那样的基因,不能适应这种事情。

由此可见大多数人还是需要一种平凡的正常的生活,在爱情方面也就是男女相爱。

这里说的是,不要急切地去追求外在形式上的模仿,不必急于跟最新的东西求同。如果不是一个同性恋者,但是具有那种包容力和理解力,并且愿意站在另一性的生命体验中去感受事物，也是很好的，也会有双重的收获。男性或女性只从自己的角度去感受事物，会遮蔽许多东西。从这个意义上讲，同性恋作家会有杰出的表达，也不是不可以理解的。但是通常情况下，这样的人也要忍受很多偏见的排挤。

杰出的文学人物中同性恋很多，洛尔迦、兰波、魏尔伦，这串名字还可以更长。任何事物总是有得有失，像英国的王尔德因为同性恋坐了监狱，但他确有过人的才华。他的打扮很怪异，人也狂妄，性倾向在当年得不到宽容，如果是今天就有了先锋性了。那个时代不像现在，但也不能简单地用时代进步来概括这个现象，而是要多方面地去理解：一方面是同性恋的群体在扩大，他们不停地争取自己的权益；另一方面，科学的发展也为这部分人提供了坚实的根据。基因就是那样，还有什么话说？所以尽管神秘，大家还是容易理解和包容他们了。

作为一个写作者，不是仅仅做到从异性的视角去观察和理解问题就可以了，而是要真正回到生命的内部、本质，去理解社会生活和人性，这样就会进入更大的丰富性。

引我们飞升

歌德有一句诗："永恒的女性，引我们飞升。"这里面包含的意义一直让人深思，但并不能确定他在说什么。她们是美好的指代，是精神的象征还是其他，只能让人想象。"我们"指大众，普通人，还是男性？如果是前者，那么女性就被排除在大众和普通人之外了，所以这里的"我们"还应该是男性。

男性作家把一切生长的希望、完美的想象都寄托在女性身上。女性对于他们，是一种永远的神秘。异性作为一个大的界别，构成了世界的另一半。作为抽象出来的女性，却是美的综合与极致。

男性诗人写出的诗句，女性诗人也有可能写出。但我们不太肯定她们会觉得男性会引她们飞升。那不可能。歌德的这一妙句简直囊括了人类世界最大的奥秘。

上天规定和造就了男性和女性，二者也就没法互换。这是永恒的角色。至于现代科技条件下的变性手术，给人的第一个感觉是大惑不解，再就是我们人类实在是闹过了头——我们已经不满足于向人类挑战了，而是向上天，向无所不能的伟大的自然本身，向一种无可逾越的神秘力量挑战。

还有克隆人的想法，也让我们恐惧。有一些界线如果逾越了，会有意想不到的灾难性后果。幸亏变性人还不多，克隆人也还没有成为事实。

有些东西想一下都是犯忌，更不能去做。那种稳定的神秘感一旦被打破了，魔鬼也就撒向了人间。

因为我们不能放弃最后的也是唯一的希望，不能毁掉引我们飞升的那种飘逸而伟大的力量。

创造的张力

古代讲"万恶淫为首",认为任何的恶都不如淫乱更大,并且是万恶的开始。这是一种透着虚伪的意气和夸张,还是严格的思维和推论,到了现代也许能够看得更清一些。

"现代"是一路解放、解构过来的,是一个单向的过程。几乎所有的叛逆和自由都离不开性的解放,离不开这样的话题。因为这是最通俗又最具有撩拨性的,是付出最小收获最大的一桩关于思潮的买卖。一些浅薄的伪女权主义者竟然走向了自己的反面,公然将自身性的解放视为一种真正的权利。

黄色和暴露的程度,往往被视为一个地区开放与自由的层级,甚至当成繁荣的标志。也正因为物质欲望的确与性欲望联系在一起,所以那些在性关系上放肆的地区,还真的有些畸形的繁荣。在这种有效的简单的实践引导之下,社会就一味向着性的方向解放,并将其作为整个社会敞开的一个最重要的窗口和出口。

时下中国人总结古代社会的发展,常常要提到齐国和管仲。异口同声的看法是,在管仲这个"千古良相"的治理之下,齐国才走上了开放和发展的康庄大道,他们采取的是一种"海洋文化""商业文化",这比秦国的农耕文化不知要好多少倍。一个较为统一的看法就是:如果当年齐国统一了中国,我们今天就完全是另一副样子了。

历史一经这样的假设,可说的话就多得不得了。管仲治下的齐国经济的确繁荣,但也最为糜烂。它的都城设立了世界上最早的官家妓院,比雅典还要早得多。与此同时存在的还有伟大的艺术——孔子听了韶乐"三月不知肉味",就发生在齐国首都临淄。为了繁荣齐国的经济,只要是大商人来到城里,规定中是要有女人陪住的。

齐国当年搞的那一切我们觉得非常眼熟。所以今天许多人认为管仲真是伟大,是一个完美的现代宰相。

物质主义时代对应的是阶级斗争时代——那时候我们最崇拜的人物是商鞅,因为商鞅是搞阶级斗争的好手,杀人如麻,渭河都染红了。现在需要另一个榜样,他就是那个制造了糜烂和繁荣的管仲。今天批判和挑剔管仲是没有市场的,因为他是开放搞活的代表人物。

可见性的解放从来不是孤立存在的事物,而是和整个社会精神以及政经法度联系在一起的。性也不仅仅是局限在男女界限之内,而是一个时期的人性持守程度,是人性的取向。人性败坏了,一切都将毁坏不存。

上天设定的生命的产生是无比庄严和神圣的——人的情感、神秘的向往,这一切中间所蕴藏的巨大的创造力,就是一种道德力。失去了这种道德力,创造的张力也就丧失了。

一个人对于最美好事物的向往,最极端的象征就是两性之爱。这是难以言说的爱,永远不能忘怀的爱。这种爱的力量可以引伸到一切方向的创造,它美好的触角无所不达。一旦这个方向之源力量之源被破坏了,整个社会秩序也就溃败了,价值体系也就被摧毁了。全社会绷紧的严整思维,创造的涵养之力,全部给释放和撕破了。

健康的社会一定是精气神饱满的。不停地打哈欠,满脸倦容,一边说话一边搓眼睛,脸色灰暗——这样的群体面貌还会有什么希望?

人有正直和刚毅，才会有力量。

人心与物质国力

有人认为只有伴随恶的释放，创造力才会得到释放。人类似乎就是这样不幸，在这个可怕的过程中使物质变得"极大地丰富"了。但是这里面有一个致命的问题，就是怎么才能掌握恶的释放和创造力之间的均衡。第一这很难把握，第二在经验中、在榜样中，我们已知的那些国家和地区是否算得上最可依赖的证据。

由于实践的深度和广度所决定，人类对于先验和超验的真理不可能轻易地全部证明。也就是说，关于社会实践的真正依据和判断仍然处在艰苦的探索之中，不能过于武断地下一个结论。还是回到战国时期的齐国为例，如果单纯以那二三百年的齐国的兴衰起伏为鉴，许多人，特别是自身处于历史变动中的那些人，一定会为管仲时期的繁荣叫好，并认为这才是一条富民强国的正途。

可是纵观更长的历史就不是了。因为他们会发现更大的因果关系，发现过分地倡扬物欲所带来的巨大破坏力，发现这种局部的、短时期的所谓繁荣的可怕后果是什么。这样一种物质主义终于将齐国导向了毁灭。

管仲时期的齐国富得不得了，最后却被相对落后的农耕国家秦国给消灭了。齐国物质极大地丰富，科技极大地发达，如史书上记载：齐国的人民是那样地富裕，临淄城的一般市民都遛狗养鸟踢球，趾高气扬，穿绫罗绸缎。士兵又是怎样？他们的装备好得不能再好，但是后来遇到一拨拼命的秦兵，扔下武器就跑掉了——在那个冷兵器时代，不怕死和意志力才是第一位的，科技装备之类还起不到决定性的作用。齐国已经在物质主义的侵蚀下走向了大面积的腐败，人心涣散了，财富作为一种单纯的物质国力，已经没有什么用处，甚至成了累赘。

可见，靠不择手段毁灭正义道德换取所谓的物质国力，无异于为煮鸡蛋而烧毁了房子。

当然，对一味地强调"精神力量"，对所谓的"理想主义"，也需要有足够的警醒——它有时候也是相当粗暴的，简单的乌托邦主义也会造成遮蔽和幻觉。我们不能从否定一种线性思维，跌入另一种线性思维。我们只有更理性地面对这个复杂的世界，强化和重视个体经验，保守一点，珍惜五千年来获得的全部经验和思想成果，在现代社会生活中加以综合——也许只有这样，才能获得起码的冷静。

今天的一些尖叫者，他们手里的武器非常简陋，不过是从这种线性思维蹦到那种线性思维，是一会儿东一会儿西，是搬弄现成的概念，完全没有个人的独到见解，也看不到个体经验的烙印，甚至没有个人的口气和语调。这就太廉价也太简单了。

不需要质疑

有一些问题从局部看、阶段性地看或许有一些道理，一旦将其扩而大之，从更大的方面着眼，或许也就不再那么简单。比如对"纯文学"这个概念的使用，就极不理想。纯文学，严肃文学，雅文学，诗性写作，这些说法一再被人们引用，也全都不那么令人满意。大家都可以修正它，都可以换一个词来说。但是无论怎么换都不一定准确，不过好在都知道它意味着什么——中国外国大致都是如此吧，认为它是和通俗娱乐文字相对应的一种文学。

有时做文学批评的人也在质疑纯文学，说哪有那么多"纯文学"，能"纯"到哪里去等等——这倒是另一个话题了，因为这些是不需要质疑的，这只是个称谓问题。无论西方还是东方，文学艺术都有雅俗之分。对雅俗之界的严格与苛刻，既是一种普世标准，更是在一个商业主义时期对学术品质的必要鉴别。如果连这些最基本的东西都拎不清，学术大概也是无法进行的。

怎样给雅文学定义？大家的理解不可能完全一样，但大致还是能够趋同。它不是一个存在不存在的问题，而是怎样去理解的问题。纯文学和通俗文学也不是一刀切开那样清楚，有时候雅文学也有俗文学的一些元素，俗文学也吸收雅文学的方法。比如国外的某些侦探小说，甚至表现出真挚而质朴的神性，有强烈的宗教倾向。当然这只是一些个案。

一般来说武侠小说、言情小说、谴责小说等都是通俗文学，但这方面的题材一旦经过了诗性写作的处理，又会是极好的雅文学作品。所以人们常常强调，说"怎么写"更重要——其实"写什么"也同样重要，因为通俗文学总有些相对集中和热门的题材。对有些领域，许多作家一辈子都不曾染指。让一个雅文学作家拿出大量篇幅颂扬一个权势者，窥视官场里的一些曲折事情，一般来说是比较困难的。再比如写企业家如何成长，大概也很困难。

当然这些都不是绝对的，而只是一般的情形。

心怀厌恶的恪守

雅文学是充分葆有个人性的，因为它必须脱离时代语调，没有这个前提，不会是诗性写作。现在大部分涌流的文学艺术方面的信息堆积都是极度碎片化、世俗化的。它以极其琐碎和放纵的形式，把世俗化的生活无限量地呈现在读者面前，所谓的阅读，就是被那些始料不及的千奇百怪的现实参照所阉割和牵引，让心情深受影响。这种视听环境与诗性写作所需要的起码条件形成了巨大的不可调和的矛盾，就像敌我矛盾一样。

如果说一个诗性小说家还可以在这个现实的世界里穿行，并按时返回到个人的空间里去休养生息的话，那么他却毫无可能在琐碎而平庸的堆积中稍稍驻足，因为这会彻底让他紊乱，折损最后的一点诗性。没有办法，他只好封闭一个畸形世界的入口，绝不在那里做片刻停留，因为他害怕再也不能返回到个人的空间里了。

所以目前不仅是经历单薄的年轻人，也包括中老年人，有可能不得不像戒掉毒品一样戒除相当一大部分视听制品。这是心怀厌恶的恪守，并渐渐会成为现实生活中的一种斋戒仪式。没有其他办法，就是要有这种仪式，就像我们要遵守一种宗教所必要依赖的那些仪式一样。

这是万不得已的，也算是时代逼迫之下的一种仪式。

"副语调"与"副潮流"

西方现代主义文学土壤比我们丰厚,历史比我们漫长。它在二十世纪初就开始出现了,到二次世界大战后达到了鼎盛时期。那时从绘画到文学出现了一大批大艺术家。我们这里直到八九十年代才算窗口打开,接触到所谓的现代艺术。那种新鲜感刺激性非常大,一场时髦的学习也就开始了。这不仅形成了一个思想的"副潮流",还构成了一个时期的"副语调"。那时候最为时髦的人才会走进这种潮流和语调里。

"主潮流"和"主语调"还是批判现实主义的传统。但作为一个"副语调",在一个方面已经是相当强劲了。虽然跟上了"副"也未必是好事,但是对于整个文学格局来讲,它仍然起到了一个激活的作用。这个作用到了综合者手中,最终还是会有好结果和大收获。

但可惜的是,人们沿着时代的"副语调""副潮流"还没有走得多远,就来了市场经济,出版界就来了版税制。"副语调"和"副潮流"太晦涩,也就没有了市场。这时候唯一的"主潮流""主语调"就是市场,一切都要服从于这个硬道理。赚钱,出名,销路和读者,是这些合在一起的诱惑。"副潮流"也就放弃了,转而回到了比一般的"批判现实主义"还要通俗的境地。看起来二者相距甚远,实际上万变不离其宗:追逐时代的潮流和语调。

为什么要一再强调逃离集体的语调?因为这是诗性写作的前提和内质。

如果在如此依赖读者和市场的文学态势下,哪一个写作者又突然重回八十年代中期,回到现代主义的晦涩式的呓语,保持那种单纯的现代主义的模仿与探索,人们仍然会心存钦佩的。这时候的坚持不仅是一种执着,而且是一种纯洁。

这就好像在"文化大革命"的时期,那时候的戏剧演出夫妻都不能同台,是彻底的禁欲时期,这个时段如果有人放肆地写"性",那就是另一种意义了——敢于离开"主潮流"和"主语调"。

诗性写作是个人的,是反抗的和批判的,只有逃离"主语调"才能焕发出强烈的个人力量。现在,商业主义物质主义时代,"现代主义"的晦涩必然式微,于是当年的"副语调"也就销声匿迹,"副潮流"荡然无存——起码在叙事文学中是这样——在不具有市场属性的其他文学样式方面,有可能是另一种情形。那些地方,当年的"副语调"和"副潮流"早就成为"主潮流"和"主语调"了。这又成了同样令人生疑的东西。

也许有人注意到,现代主义的探索从来没有终止过,所有真正意义上的纯文学写作都在进行这种探索。但这已经不是形式上的简单模仿,而是本土上的一次强旺生长。这样的写作既是本土的又是现代的,既是过去的又是未来的。最有现代意识的探索,真的从来都没有停止过。但他们从来没有进入过"副语调"和"副潮流"。所以越是在市场化的形势之下,他们越是能够坚持。

我们可以在阅读中寻找那些个人的语调,他们是一直脱离时代的"主潮流"和"副潮流"的一部分,所以他们不太可能被冠以"先锋"的字样。

只要加入了"副潮流"和"副语调",也就只能消除了个人性,这是一种代价。

那些真正意义上的先锋,一如既往地贯彻到今天的写作,正好与一拨文学色盲交相辉映。他们不会加入任何潮流。

他乡的流行作家

作为一个他乡的畅销书作家，竟然新鲜地被大陆当成了一个现代小说家，一个雅文学作家。不，他仍然是一个通俗的流行作家，在他的国家里是，在这里也是。

这并不是说这样的写作没有一点价值，更不是说一无是处，只是需要稍稍地界定一下而已。如果把同一位作家所有译过来的作品都读过，会发现一些什么特质。没有出人意料的难度，没有相应的诗性。流行元素汇集一体。玩世不恭——当然，这是很长一段时间里所有通行和流行作品的胎记，几乎此地与他乡概无例外。

当然也有值得称道的方面——在没有诗性难度的写作里，在通俗的叙述中，它仍然写出了一些现代人的无奈、绝望和苍凉。这也许是雅文学才能抵达的境界。

但是它的主体叙述和格调仍然是追逐市场的。它在当今商业主义的潮流之中。

灾难性力量

文学并非与"痞子"水火不容。玩世不恭与戏谑嘲弄只是一种语调，其朝向和才华才最终决定了价值。但问题的复杂性在于，一个作家缺乏深刻的思维与理性时，往往总是少不了、总是求助于这种气息。在一些低级趣味和不求甚解的嬉戏者那里，顽皮与嘲讽常常是时髦而有趣的。所以大多数时候，只要有了痞子气味也就再也走不远。在与时代的对应关系上，这往往是相对廉价和不负责任的。他们是这样的一种人：似乎一度起到了解构的作用，起到了挑战主流社会话语的作用；但是还有更为恶劣的一种作用，这后一方面却常常为人所忽略——他们同时消解掉的还有更多更好、更重要的东西。

当年的"痞子运动"在推动社会前进的时候，早已被证明是一种灾难性的力量——无论古今中外，流氓无产者们无不起到这种作用。而对于艺术比如文学，一部分人或许曾经得益于这种气息——而正常情形之下，一旦沾染了这种气息，也就等于患上了一种不治之症。流氓无产者从来和诗与思对立。

他们会迎合和满足一部分人的苟且、游戏、妥协和无奈这一类心情。还有人会把这种顽劣的表现当成最深刻的表达。这真是太大的误解。

当研究者面对复杂的文学现象与社会情态陷入恍惚，缺乏强大的理性穿透力的时候，一度也会滑向简单的嘲讽和玩世不恭。失去了更理性和更健康的情感支撑，往往就会退而求其次。因为他们极不情愿退到所谓的主流话语那儿，于是就退到了另一边——嬉与痞的一边。其实这是五十步笑百步，甚至在许多时候等于站到了具有更大破坏性的一边。无论这种痞与嬉对主流话语表现出多大的挑战性，骨子里仍然是一致的，它们是一种异曲同工的关系。

它常常是作为所谓主流语调的另一个"副语调"而存在的，但是许多人并不能清晰二者之间的关系，不知道这只是主流语调的一个支脉和变相。

痞与嬉的文学往往标榜其个人性。但真正的个人性必有深刻的情感，有挚爱和悲悯。对人的关怀才是关怀社会，关怀历史和未来。

人类五千年间形成的普世价值都在痞与嬉的消解范围之内。这种消解从来都是黑暗力量最求之不得的效果。什么社会和历史，哲学、宗教，真理，理性，都是嘲弄的对象。鲁迅先生所厌恶的"二丑"，就指了这种痞与嬉。所谓"二丑"是戏台上的一种特别人物：他们一会儿媚主，一会儿又忙里偷闲对台下扮个鬼脸，嘲弄一下主人。

痞与嬉的艺术，对于心智未开的人是颇有迷惑力的。

羞愧

随着年龄的增长，人应该越来越有可能站到别人的立场上考虑问题，即宽容一点。我们个人无论有多么深厚的经验，毕竟是有局限性的。有时候，一个人在专业上无论走多么远，却总是有个人的盲角。

一个人出版了许多作品之后，产生一些遗憾和悔疚是正常的。那是很漫长的一个创作阶段，一个年轻人从头走下来，要有足够的耐心。尽管这是不同寻常的心血的消耗，但仍然会有它的局限性，会是一个局部的、阶段性的完成。几十年过去之后，有多少想法在改变？有多少体会在加深？时间帮助他的东西，远不是才华和智慧所能给予的。

人的弱点是急切和迁就。急于表达，急于让文字面世，这必然会造成许多问题。浮躁既不可原谅又不可避免。一个人回视这一切的时候，当有一些新的觉悟。有觉悟就好，只可惜总是来得太晚了。

除了惋惜，也可能有些羡慕，对青春年少的羡慕。

作家年轻时看问题会比较偏激，片面然而也会十分珍贵——因为相对来说那是十分饱满的。可是这毕竟不是成熟的阶段。这时候的言论会有些问题，虚构作品则会好一些。但是那种年轻人的勇气，许多时候也是蛮让人痛快的。托尔斯泰说得好，"墨写的文字斧头都砍不去"，而这砍不去，往往也留在那儿让人羞愧。

卑微的策略

随着写作生涯的延长，觉悟者会对文学策略，对于名利等东西越来越远越来越淡。除了认真求实的劳动本身，不再为博得口彩而作。

广泛的阅读和深入的思索，靠近那些大心灵，必然会有进步，会变得比过去更宽容和更善良一点。对于一个人而言，写作应该使他比昨天变得更好。这也是写作的许多益处之一。再就是这些劳动成果对世界的良性作用。写作对生活有益，同时又帮助了个人提升而不是沉沦，这就是最大的成功。

作家远离文学策略是最重要的。尽管名利、投机心、策略心不能百分之百地根除，但基本还应该回到朴素的劳动那里。让劳动成为人生的最大安慰，让追求真理成为人生的最大渴望，这实在是最好的事情。

一个人凭智力经营自己，运用策略和机心，不再服从个人的真实体验和感动，就会偏离朴素的劳动，就一定要给名声所毁，策略所毁，无论取得了多么堂皇的成就，也顶多只是二三流的人物。这其实是卑微的。真实的人物才是一流的，他们都是非常朴素的，不讲策略和机心的。

　　写作者看到什么不平就要说出来，感动了就要用笔去倾吐。他对文体同时具有极大的敏感，一生都在做出刻苦的努力。如果一生如此，自然会有不可替代的价值。

第六讲

写作课

在国外一些有名的大学，写作课是很重要的课。我们这里重视程度差一些，可能只有一两所大学有写作硕士点。这或许是因为写作没什么"学问"，还因为写作既很难教，又需要跟实践紧密结合的缘故吧。总之这门课不利于操作，有些麻烦。

其实国外不仅是著名大学，即便是很普通的大学，也要开设"创造性写作课"（或译"创意写作课"——这是中国的"硬译"，其实应该译成"创作课"才对。这已经不是普通的"写作课"了。承担这些课程的教师大多都是有写作实践的作家和诗人们，不然就很难教了。这个课大约包括了所有的文学类写作，如小说诗歌散文剧本等。他们上课时非常活泼，课堂上主要是围绕一些具体作品的讨论交流，而不能照本宣科拿一本"写作理论"满堂灌——注重的是学生的实践能力，并且要以作品为范例。

实际上写作教育正因为困难和重要，才要从小做起。初中开始有作文课，接上是高中，到了大学继续深入和提高，应该是很自然的一个过程。我们这里虽然没有中断写作课程，但通常采用的是错误的方法，所以导致了大学生的写作能力越来越差，本科生硕士生甚至博士生都有这方面的严重问题。这是有目共睹的。写作能力一旦下降，阅读和其他能力也会一起落下来。我们不相信写作能力特别差的学生,可以在其他领域有什么杰出的成就。因为这是一个综合能力的体现。

我们在表面上似乎很重视写作,常常要开必修课,其实这种做法也很功利——关心最多的只是公务员和研究生考试要用到的东西。老师往往是以集体主义的思维方式来进行教学,这就泯灭了写作中最需要的个体化思维,从内容、思路、到语言态势,再到用词、腔调,全都模板化了。这里已经没有了任何个人的特征。有时我们也许会盼望从学生作业中看到哪怕一句傻话、天真的话、笨拙荒唐的话,总之是只有他自己才能说出来的话——没有,全都像机器人做的,一个程式和调式。即便有人一遍遍地告诉他们写作要"自由",可以"越轨",可惜全都没用,因为他们从小就生活在那些"模板"里。

这是社会集体化思维渗透到每一个角落里的缘故。无法容忍"个体"与差异,也就扼杀了创造。还有一个深层的社会原因:模板是安全的,创造是冒险的。

有人认为现在写作水平的提高就是那么回事,不必设立正规的课程,这种学习已经很方便了——网络时代可以随便地上网,从发表文字到查阅资料都很容易,网络上的信息和知识丰富得很。但事实上恰恰相反,越是上网频繁、不停地利用和依赖它的人,文字能力也就越是低下。

而以前的创作,从阅读到发表都很困难,比如七八十年代,一个几千万人口的大省可能只有一份文学刊物,再就是一两份报纸的副刊。书籍太少,没有多少像样的书看。现在的文学刊物和报纸多得不得了,图书馆盖得很大,除了海量的网络传播,书店里的书成山成岭。网上可以购书,一切似乎都很方便。但是拥有了这么好的条件，写作能力却是普遍下降，远远不能和七八十年代相比。

这是因为我们的社会教育和传授已经出现了严重问题——我们无时无刻不在强调物质主义商业主义，无法停止灌输低俗的、劣质的文化内容，它们充斥于网络小报和电视之中。正因为这样的价值观、这样的东西无孔不入，它们造成的社会伤害也就无可估量。

现在传播的语言方式也有问题，这是网络时代和商业时代形成的，是一种最虚浮不实的语言范式。许多文字都是华而不实的小报副刊的口吻，或者是夸张的广告语态。这些花拳绣腿的句子绕来绕去，却无法传达准确的内容。离开了这样的语言成式，许多人连一篇短文都不会写。

事实上就是这样，如果追随着时代的通用语调往前走，还可以多少说出几句话；可是一旦回到了个人，回到了自己的语言，也就寸步难移了。常见的是这样的情形：有人写起花花草草的文字或许还露不出马脚，但是让他写一篇简短的、有一说一有二说二的小文，反而要一筹莫展了。因为他这时无法套用一个时期的语言成式了。

他往那儿一坐

人文教育让人忧心，但这已经不是大学教育所能解决的，因为这是社会性的，是大环境才能决定的。虽然有时某个小环境也很重要，比如遇到一个好的老师，就会好得多。去哪儿找这样的老师？他不光要具备丰富的知识，有好的方法，还要是一个优秀的个体，具备强大的带动力，有示范作用，有人格的魅力——后者才是最重要的。

自古以来，人生最幸福的事情就是遇到一位好的导师。为什么一个有志向的青年总是梦想到某一个院校去求学？因为那里有他心目中的一位大师。大师的不同，在于他不仅是掌握了深邃的学问，还具有人格的力量。他往那儿一坐，就有一种非同凡响的气质将人吸引。或许只是跟他过往很短的一段时间，他整个生命放射出来的无形能量就会作用于你，让你久久不能忘怀。

有许多人讲过类似的经历——比如一个很瘦的小老头，他在海内外很有影响，演讲的时候坐在那儿，只一会儿的工夫，一种难以言喻的气氛就笼罩了整个厅堂。他开始讲话了，语速不快，道理似乎也不费解，但就是有笼罩力，有穿透力，让听众深深地沉浸其间。

现在不光大学里难寻这样的人物，就是更高一级的学术场合也很难遇到。相反我们总是看到风头很劲的"百事通"，他们通常边讲边议地掉书袋，说一些很时髦的聪明话，极尽势利和乖巧，浪得虚名。这些人习惯于背诵时代的台词，注重的是现场表演效果，听者跟上热闹了一场，事后越想越觉得不值。

我们把掌声送给了这一类人，心里会感到亏欠。因为究其实质，他们那点学识和见解大多都是书本中、时尚中的投影和反射。最主要的是，我们从中感觉不到人格的力量。

也许我们对教育环境要求太高，但仔细想想这不过是基本的要求。大学么，总得存有一些杰出的人物。可是众所周知，因为各种原因，几十年来我们不停地折腾,折损大师,葬送学问,已经造成了不可挽回的恶果。有的大学已经没有威信,校园吵吵闹闹,再也不是一个让人敬畏的场所。那里一切都平平淡淡,上上下下只对物质利益趋之若鹜。还有一些人经常发出吓人的尖音,不做学问,无法让人尊重。

说到大师,他们即便仍然活着,在这样的环境里生活也会有很大的问题。现在的许多大学越来越集约化、企业化、量化标准化、行政化和衙门化——当然他们会称自己为"现代化",还喜欢说"跟国际接轨"——真是荒唐之至。现在已经走入了最肤浅的模仿,掌握的是一种"科学饲养法",竟然在人才教育领域形成了"出品加工一条龙"。

我们的孩子经过了刻苦奋斗,最后却送到了这一类地方,这怎么了得?

他们离开了

我们没有躬逢其盛,没能亲眼目睹那些场景,算是错失了大师。但总有些记录文字、有些口耳相传中保存下来的故事,让人感动不已。一本书里记载了一件事,后来又有一位文化老人亲口讲述了他的这个经历:许久以前,那是三四十年代的事情了,有一天他正好路过某个大学的一条走廊,听到有人在旁边的屋子里用很重的地方口音在那儿大声宣讲,慷慨激昂。声音之激越,让他一时驻足,很想进去一睹风采。他估计那个大屋子里一定是爆满的,那情形就像一场礼堂里的报告会。他太好奇,忍不住轻轻推门进去,看到的场景却令其大吃一惊——只是一间不大的教室,台上是一边走动一边大声言说的先生，而台下呢，只有三个学生在听。

慷慨激昂的宣讲者是谁？就是著名的大学者熊十力。

那么大的学问家，只为三个学生倾力宣讲。告诉这个亲身经历的老人说，当时他实在是震惊了。

这似乎是很小的一个细节，但却是真实无误，发人深思。今天的哪所大学里、哪个人身上还会发生这样的事？我们不敢想象。

说实在的，现在的某些大学怎么看怎么不像大学。一些曾经是名头很大的学府，不知从什么时候开始，已经从面貌上彻底地转型了——看上去跟商业大街毫无区别，到处店铺林立，叫卖声四起。原来那种肃穆和隆重，还有翁郁林木下走动的一些文化老人，全都不见了踪影。没有什么让人景仰的东西，空气里传递的都是物欲的气息。

老牌大学如此，刚建的大学更要命，没有大树，簇新的大楼倒盖了不少。有人意识到了这个问题，就不惜重金从四处移栽大树，一棵树几十万，还在树上挂吊瓶点滴营养液让大树活下来。他们只想以老树增加这个学校的肃穆感和历史感，但即便辛辛苦苦搞成了也无济于事——不久还会有更多的商贩在这里安营扎寨，有许多饭店旅馆之类，各种车辆会响着高音喇叭挤成一团。

再说有了大楼和大树，有了林荫大道，让屋子爬满青藤，就让人景仰了？不要说做到这些很难，就是千方百计做到了，也不过是一些形式主义的东西，最重要的还是要看内容是怎样的。这里仍然缺少熊十力那一类人物。没有他们，其他的一概帮不了大忙，不解决根本问题。如果有了这一类人物，哪怕他不说话，不教学，只偶尔在校园里走上一趟，整个学校也

学者楼西侧　田恩华摄

大不一样了。

大学如此，其他地方也是如此，性质都差不多。真正让人敬重的人物都先后离开了我们，接续他们的一茬或者大大不如，或者直接就是另一类人了。

那些人物什么时候返回、什么时候再次出现？好像遥遥无期。这里太吵了，那一类人物通常是不到吵吵闹闹的地方来的。

现在有人爱讲这样的话：我们的大学至今已有多少年的历史——这种话让人听了哭笑不得，让人无言以对。因为原大学的传统并没有延续下来，此地剩下的只有那些建筑物之类，而这些器具物件并不是大学的主体和代表，它的主体只能是文化精神。从文化精神上讲，此大学已经完全不是彼大学了，这二者之间几乎没有什么关系。

君子潜伏

有人谈到一个深刻的感受，就是他参加文化集会的观察，一些所见所闻。

有些重要的大会在一个城市一般要五到六年才能举办一次，那往往是各路文化人物的一次大聚会。这样的场合还不能说是完全无聊的，因为许多不常见到的人物都要现身，而平时他们是不太出门的，所以也并不是常常能见到的。通常是大家在会议开幕前一起合影，然后再入场。

那是一个林木葱郁的园林式宾馆，合影要在门前广场上。会前人们陆陆续续都来了，大家三三两两站在台阶上说话，互致问候等。很多文化界的老人，比如著名的杂文家、诗人、教授——这些老先生是从民国时期过来的，到现在仍然还在勤奋工作，成就卓著。他们十分注意仪表，大多系了领带，头发梳得一丝不苟。有的已经腿脚不便，用书上的话说就是"不良于行"，要拄一根拐杖。这些人在人群中，整个给人的感觉就不一样。他们的个子并非特别高大，也不是多么英俊，只是看上去真的有些特别，可以说有所不同。

有他们参加的活动，也就有了分量和内容——让人觉得这个聚会很重要很值得，能够来参加是很荣幸的。因为这里就有所谓的"鲁殿灵光"。

人的气质由常年的修养、劳动和历练而来，它会从面部、从举手投足间体现出来。一个群体当中有没有这样的人，将是大不一样的。

讲述者告诉：时间飞快一滑来到了当下，一届届会议接下来，虽然还是那样的名称，还是那同一个地点，还是大家合影，也还是会议之前在台阶上站着交谈——就像歌里唱的，"山也还是那座山，梁也还是那道梁"，只不过最重要的部分变了——物是人非，台阶上再也不见了他们的身影。他们一个个先后离开了我们。新的这一拨人也系着领带，头发也梳得很好，但怎么看都不对劲。打扮相去不远，气质相差又何止万里。甚至在人群里还有几个委委琐琐的人，用一句话当地俗语说，就是一些"猫头狗耳"——这等于书上说的"獐头鼠目"。他们也来了。

这样的风景就不太好了。概括一点讲，这里再也感受不到文化的尊严了。的确，在这样的场合中，总会发现有几个神气异常的人，他们抖抖瑟瑟，一见领导来了，马上慌慌地凑过去握手，一边握一边躬腰，眼睛湿润着——现在见了官员就忍不住要哭的人，已经是越来越多了。

这种情景不要说很早以前了，就是二十年前都很难见到。可见世风变化很快。像这样的情形，其实不光是文化聚会，其他各种聚会都不难见到。由此就可以看出社会风气演变之快，其程度和速度都是我们大家始料不及的。

这与大环境的教育力影响力是分不开的。坏的榜样具有极大的感染力，一般的专业教育是难以扭转的。以前之所以能培养出那么多让人景仰的人物，就是因为社会风气不同，大环境不同，再加上有大师的身影——人们都敬畏他们，羡慕他们，模仿和学习他们。他们不仅有丰厚的知识，还有知识给予的那种气度和魅力，有风骨，是这些合在一起感召着我们。

现在是物欲统领了一切，人为了所谓的成功会不择手段，在这种情势之下也就不得不出现"君子潜伏，小人横行"的局面了。一个环境中，当君子不得不潜伏起来，小人也就通行四方了。于是许多地方早就不是事业的竞赛，而直接就是"小人竞赛"。卑鄙的人一而再再而三地获取了最大的利益，君子先是愤怒，然后是无言，到最后也只好潜伏起来了。

君子潜伏是为了保存自己。潜伏有时候也是一种"存在"；"缺席"有时候更是一种必须。

野蛮者趾高气扬地走在大街上，这算什么生活。如果总是如此，教育者，师长们，无论怎样设法让自己的学生向往文明，远离野蛮，说到口干舌燥也难以奏效。因为现实才是最好的教育，他们已经无法再相信美好的言词了。

讲到这里，我们心里未免有些过于沉重。

但是我们的道理归结到哪里才好？仍然还是要讲"知其不可为而为之"——这正是人类的韧性，我们一代一代都依靠这韧性生存和奋斗着。因为说到底也没有更好的办法。

沾了污迹的纸

不断听到这样的议论：人们痛感当代文学包括艺术，从研究到创作的很大一部分，已经失去了最基本的操守。这种指责和忧虑或许并不过分，因为这真的是一个很特殊的时期，人们所见的野蛮和粗鲁的发泄已经太多了。这与我们崇尚的一些普世标准、文明教养和美好传统已经大有不同，有人认为那样做才是追求成功的正确门径，至少是一条重要的门径。信口雌黄并不为羞，还可以作为相当骄傲的事业去做。所以这些现象许多时候不但得不到批评，反而被或明或暗地推崇着，羡慕着，让多人将其奉为楷模。这样时间久了，全社会也就见怪不怪，以至于成为大的文化环境的一个组成部分。

有些很堂皇的教育场所也好不到哪里去，同样没有鉴别力，他们推荐和引导的常常是更加糟糕的东西。面对年纪不大的购买群体，有人向他们灌输和诱导的就是那些显而易见的文字垃圾。有的家长先是怀疑，最后痛心疾首，可就是没有办法。因为他们的孩子是要受大环境影响的，比如孩子到同学家里玩，同学家里有什么书，他也要买回来——一方面不甘落后，另一方面也为了到一起时有共同的话题。

孩子动手总是很快，结果满屋子的垃圾就这样搬回来了。家长恨不得把它们统统扔到外面去，然后再赶紧洗一下手——可是这样激烈的对抗并不能解决问题，因为这是没完没了的事。最后家长只好仰天长叹，听天由命地等待下去，等待孩子有一天自己明白和觉悟起来——这段时间可能要无比漫长。但是当家长的一时也找不到更好的办法。

现在学生面临这么一个奇奇怪怪的阅读环境，整个社会又会怎样？从小学到中学再到大学，实在有不少令人焦虑的教育难题。那么多大学毕业生找不到工作，因为上大学的太多了，现在常常是按一比一多一点的比例招生。即便到了大学也不一定学到过硬的本领，坏的榜样倒是不难遇到。即使有一两个好的榜样，也会像一把盐撒到了江河里，没有什么效果。

优秀毕业生很多，但糟糕的毕业生更不在少数，他们对于用人单位来说直接就是一个包袱、一个累赘。可怕的是这些年轻人既没有知识没有阅历，更没有基本的是非观念。他们当中有一部分人正在推崇一些奇奇怪怪的东西，用老话说就是"不学好"。但是越是这样的青年越是焦急，恨不得一步踏入尽情享受的生活。谁如果对这样的年轻人讲点责任和道德，讲点劳动和义务，那不光是对牛弹琴，而且还要受到嘲讽和顶撞。

现在不知是怎么了，有些青年已经二十五六岁了，可是交谈起来觉得他们仍然像个孩子。这大半是因为他们把很多时间耗在一些不值得的东西上，比如整天对着电脑网络。所以他们已经不是一张白纸——那样倒好一些。他们像是一张被揉搓坏了的、沾了许多难以洗去的污迹的纸。

现在的局部教育受制于社会大教育、全球化的教育——关于"全球化"，学来的又仅仅是表面的操作形式。这是一个很大的问题。作为个体，一个有阅历有责任感的人，会意识到现在是多么积重难返。不过无论这个任务多么沉重，痛心之余也还是要多做，不知疲倦地做下去。这样工作一生，也是完成自己的一种方式，算是一种人生的修行吧。

流水线

在大学里工作看上去让人羡慕，有许多人都想进入校园。当有人表达了类似的想法时，一个熟悉的大学老师马上说：幸亏你没来！朋友问为什么？他说咱这里大的方面先不讲，只讲一些"小事"——光是各种各样的表格就够你填一阵子的了，你受得了吗？要做项目就要填没完没了的表格，要考察教学也要填，这还是其中的一些小事情……学校用一种非常机械的办法来管理，各种各样的指标都要落在可衡度、可测试、可计量的基础上。所有的工作都要化为数字，以便让电脑部件管理起来。

我们这个积弱多年的农业国，今天终于赶上了数字时代，用上了电脑。

这种种管理方法也许来自外国，来自全球化的现代企业管理，起码是从那里搬来的。大家听了一阵沉默，无言以对。

说到学习，就我们所知道的一些国外名府，那里并不如此，还是很人性化很宽松也很尊重个性创造的。那里所谓的"教授治校"，就是以教授为主体和中心：一个教授的职位是很稀缺很重要的，每去世或调离一个教授，其他人才会有机会接续，这已经成为非常严格的制度。教授有了这样的地位，当然就是另一回事了，作用与尊严与我们这儿全然不同。如果一个校园里到处都是"教授"，连一些懵懂和半傻也成了"教授"，要建立起职位和学问的崇高声誉怎么可能。

熟悉大哲学家康德生平的人会知道，那样一个大学问家，为了等到一个教授职位却花掉了许多宝贵时光。从那时到现在多少年过去了，世界上一些重要大学的传统和体制，也并没有发生多少变化。也就是说，大致还是康德在世时的情形。

这些教授们上课的时间也许不多，他们为学校作贡献的方式也不尽是待在讲台上。但他们是大学的中心，是知识和方法的守护者，也是学府尊严和水准的象征。他们身上具备的巨大能量会烤热整个校园。

我们这里真正意义上的好大学并不多，倒有不少"大杂院"，哪个"大杂院"里都不缺满口脏话和臭名昭著的一些人。要找"教授"吗？那是绝不缺乏的，到处都是，因为这不过是个名称而已。如果有人想好好做学问、当个学富五车的人，那也没用，这里根本不需要他们。所以也就只好平均化、沙漠化、野蛮化。

一所大学若沦落到最糟的地步，就是成为生产低端产品的流水线——一批批学生毕业了，质量水准到底怎样是另一回事，教师不过是这条流水线上的组件，是工具，是守在流水线旁边的人，只需要按照基本动作做下来就可以。工具和零件协配，于是一切"正常"，是这样一种状态。如果有人觉得这种机械的工作痛苦、无奈和滑稽，那只是他自己的事，作为个体，他发出再多的抱怨也没有用。

教育机构如果这样一步步退化，沦为工具化，流水线化，在搞成批生产，出来的产品也就一定是简单化和模式化，不仅粗糙，还带着致命的残缺。假如一个还算不错的坯子塞到了这个流水线上，转了一圈下来一定会是少皮无毛了。

所以有人一直说，时下最大的问题是教育。但这千万不能狭义地理解为学校教育，而是更大环境施予的"大教育"。学校只是大环境中的一种小气候而已。

下贱和腐败

我们平时说：一个人讲什么很重要，做什么就更加重要。因为如果只有漂亮话，做的事情却让人鄙视，那就更糟糕了。有了权力却没有一点理想，只想不劳而获，那就等于选择了一种最下贱的职业。

人在相应的位置上，总得有一点点公益心和事业心，就是说做些对社会和民众有利的事情。如果风气被彻底败坏，那么一个人从很小的时候起，就会被普及和灌输一种信念：赚钱或做官。结果只能是无数人在这条小路上挤成了一团，急于奔向官本位社会中的这个"本位"。就社会价值观而言、社会风尚而言，再也没有比这个更可怕的了。其实做社会管理，这在现代社会也只是许多工作中的一种而已，并不是高人一等的。做任何事业都可以有成就，但做官不等于成就，而只是一种职业。

有人如果具有行政能力，擅长治理和服务，并且最终取得了成就，那也是非常值得肯定的事。但仅仅是因为在这样的职位上有很多方便，其中的一些人也就要找机会占尽便宜。他们发现这个工作不错——既不是繁重的脑力劳动，更不是繁重的体力劳动，吃得好穿得好，还常常被人簇拥着，甚至还可以耍一点威风。这当然很好，很合好吃懒做者的胃口，所以他们个个拼了命也要走这条道路。

于是不知不觉中就做了最下贱的职业。

纵观历史上的堕落时期，在正常道德标准已经废掉的社会里，笑贫不笑娼就成为普遍现象，许多人并没有耻辱感，他们理所当然地把最下贱的职业当成最荣耀的职业。整个社会没有道德感，没有荣辱感，没有是非感，正直的人就会陷入最大的痛苦。一个人无论运用多么卑劣的手段，只要获取了世俗利益，就将得到众人的承认——这究竟有多么可怕，只有生活在其中的人才会知道。

在昏热的物质欲望中，一个族群的道德感如果丧失到如此地步，人的幸福指数甚至还要低于战乱时期。因为战乱是外部施予的残酷和不幸，而丧失了基本是非标准与日常伦理之后，却会造成自内向外的绝望，是心的绝望。

在战争时期，人的礼义廉耻还是有的，不仅有是非，还有热血和勇气。这些年代往往会产生一些大榜样，他们成为一个时期最能鼓舞人心的道德指标。那时传统观念中最美好的东西，还会在民间强盛地存活着，人的荣辱观还没有被彻底地颠覆和消灭，大多数人还能够自律，知道什么是可耻的、什么是光荣的。这就是希望之所在。

疯狂的物质欲望却可以从内部摧毁一个群体，破坏他们的伦理准则和道德秩序，让整个大环境发生恶性改变，小到一个村庄，大到一个城市，渐渐集聚起一群利益动物，这个过程也就是通常说的"腐败"。对最下贱的东西没人谴责，反而还羡慕，这就一起走向了腐败。腐败不只是某个权势人物身上才能发生的，而是每一个人都有可能发生的。腐败在不同的人那里，会以不同的面目出现。腐败不一定是贪污和非法攫取，而是道德感耻辱感的彻底丧失，是作为一个人的道德品质的恶化。说到底，群体也可以一起腐败，集体也可以犯下大错。

极浪漫的梦想

如果大学把老师工具化，把整个教育过程流水线化，产生出一些注满了物质欲望的"容器（产品）"，再分批投放到社会上，这个社会就将发展到危险的境地。

在群体追逐物欲的场合，如果有谁还在谈论人格的力量，那简直就是一种反讽了。过多地讲人格，会被疑为呆子傻子或不怀好意的、谋财害命的人。

自古以来，大学、学院这些地方就是用来做教育的，这种教育放在第一位的就是明心性，其次才是求学问。而实用主义的教育基本上是无心无性的，即便谈到一点也常常是有口无心，他们自己都不相信这一套。更可怕的是，还要以不同的方式将人引向邪恶的欲望。这种情况下学到的一点点知识和技能，也只能成为实现欲望的工具。

作为一种社会的组成部分，没有比这个再糟糕的了，它的恶果将会越来越明显。以管理企业的方式来管理学校已经是非常荒唐了，但是还有比这个更卑劣更等而下之的一些主意正在产生出来。

一旦抽掉人文与道德，整个教育的大厦也就毁掉了。而且它所企求的

"专业工具"本身，也一定不会实现的。任何时代，没有基本的人文素质者，要成为杰出的科学家和文字专家是不可能的。

教育的精气神散掉了，满足于实用主义和庸俗化，这种地方不但无助于社会，反而是极其有害的公共设置了。我们一直讲的大学应该是"自由精神之堡垒"，现在看那是不可能的，那不过是一种极浪漫的梦想。

怎样持守

作家从传统意义上讲，一般应该追求人的尊严和思想。这正是他们的价值之所在。谈到作家，以前并没有多少人会简单地当成一种职业去看待——心灵之业当然要超越一般的专业和行当意义去理解。现在却刚好相反，不要说读者，就是写作者当中的一大部分也是极愿意将其作为一种职业的——职业性越强越好，因为缩在职业的螺壳里是相当安逸的，这不过是一种生活方式罢了，尽可能衣食无忧才好。

商业主义将一切统一到市场的准绳上，在市场的最低的道德基线面前，难免就要鱼龙混杂——许多时候这一点都没有什么别扭和刺眼，一切都是自然而然的。

以前所迷信的各种专业协会，已经完全不可能有多么纯粹，它必然要包含芜杂、庸俗和无聊。这些地方并不是净土，有卓越者就有聊以混世者，这并没有什么奇怪。

可是有人在大学里工作，却千方百计要调到文学机构里去。问他为什么要离开大学？他说自己才三十多岁，什么时候才能在这种地方混到头，于是一定要离开。他说自己忍受不了那种平庸——他认为文学机构将会是另一番面貌，起码那里的人能笑能叫，更有个性也更有意思一些吧。

他去了以后或许会有不同的看法。因为实际上到处都一样，各有各的困境，关键还是自己怎样做事立身，怎样持守——人的一生需要坚持的时候很多，而且还不能绝望和气馁。因为说到底我们也没有别的更好的办法。

再说文学的根本性质是业余的，这意义就和体育差不多。职业化会毁掉绝大部分的文学，虽然不会是全部。所以一个人在协会之外，有可能是极好的文学状态。

往前跑

书院这种事业要做下去，往往给人很大的压力。有时候夜里睡不着，就想这可能是一种人生的错误——参与建设一座书院。因为逆风而上之难，这种感受如何，非要置身其中的人才能明白。凡是潮流总是非常强大的。有意义的工作总是相当晦涩的，无论这个事物多么明朗地摆在面前，也不可能让众多的人全都理解。

当然这些也并不重要。重要的是感受了那种痛苦：确立了那样一个崇高和遥远的目标，却没有与完成这个目标相匹配的个人素质，比如坚定的品格，学术的能力，这些要求都是相当高的。还必须有一拨志同道合者在一起，这些人有知识、有学养、有人格的力量，并且有始终坚持下去的毅力。

到哪里去找这样一拨人？尽管无比需要，无比重要。"山长"本人就不合格——过去不叫"院长"，叫"山长"——他尚且如此，又怎么能使一座现代书院屹立并且一直存在下去？想一想都是让人畏惧的事情。这才是最大的困难和挑战。

书院这种事业要一个人付出多少，大概比想象的还要多出十倍。它到今天已经接近十周年了，围绕它的生存和发展，旁观者不可能知道有多少付出。如果有过一百次让它毁灭，我们就有过一百次的奋斗，一百次的挽救和捍卫。每一寸土，每一盆花，每一棵树，都有我们的心血和汗水。不要认为这是语言的夸张，一点都没有。如果有人伴随万松浦书院走到今天，一定会同意这种说法。

一个人笔耕几十年，一个一个字落实到格子里，需要付出多少劳动和时间。而书院更是需要付出劳动和时间的地方。这里面有快乐，有承受，也有坚守和希望。

书院像一匹马，一旦在大路上疾驰，马背上的人想跳下来都很困难。于是只能贴紧了，与它一起往前跑。

大不易

做事业不求求轰轰烈烈，只想怎样扎实、少出一些偏差。书院一开始就警惕了虚荣这种东西，不愿意太喧哗。也就是默默地做些事情，有意义的事情。比如说能够把有别于社会大教育的那些声音发出一点点，也就很有价值。没有书院,谁来做这个事情?有人可能想,到大学里演讲也会起到这样的作用。但那还是有许多不同。书院的立场,书院的话题,书院的精神,是这一切总和的力量。

书院常搞一些小范围的、极具个性的学术活动。这些项目都是经过严格挑剔的,因为方向非常重要。我们常说的一句话就是:只要方向对,做事不怕慢。一味求快,也就快出大问题了。

书院的最大弱项,让人痛苦的一个方面,就是我们还没有更多的人手——完成的目标越大越高远,相匹配的这些人就越是需要强壮。要有强大的个体,这是我们所缺乏的。但是到目前为止,我们还是尽自己所能坚持下来了,一边坚持一边提升,能够比过去有所进步,这就有了希望。

它的未来只有到时候再说,现在还无法预知。总之它存在一天,就要好好做一天。万一它没有了,但是曾经做过的事情,形成的精神,还会存在,还要影响别人,这样也是很好的。

它刚刚开坛的时候我们说:书院的创办经历了很多困难,但这些还算容易,上百年后书院仍然存在,那才是大不易。重要的是一种精神和传统,如果仅仅把一个壳子保存下来,那或许还会有害。

如果假书院之名推行庸俗和可恶的东西,那将是一大害物。比如现在有一些历史上的名校还在,地址和名称一样没变,可就是传统和内容已经改变了,于是也就十分有害。这才是非常悲惨的事情。所以关键是要不厌其烦地确立、探索和巩固一开始就追求的书院精神。这些东西巩固了确立了,那些未来的混子利用书院做坏事就难了,也会有所忌惮。

现在谈到的某些名校名府,那些堂皇之地,当年都是有训示的,可是那些历史人物说的话今天完全是不兑现的。所以我们就有理由去厌恶。总之，凡是只把一个外壳保存下去的，都没有多少意义。

很多人为书院忧虑的只是它外壳的存废。但是比外壳更重要的，是以我们现在的努力，形成它确定无疑的卓越的精神内容——它在什么样的逆境下做出了一些什么事情，产生了什么意义，这很重要。让更多的人参与，这是书院寻找自己的一个过程。

不是文学院

有人很推崇古代的书院制度。大约在清代末期，有人就书院的题目给朝廷上了帖子，建议废除书院，改成学堂。当时有一部分人坚决反对，说改成学堂书院还同样是办教育，真是多此一举。但是尽管反对，清政府还是下了一道命令，结果全国的书院都改成了学堂。

这样改变名称有没有道理？从某些方面看是有道理的，因为那个时期全国到处都是书院，书院已经被庸俗化了，大多有名无实。一些县里搞的考八股文的地方，甚至大一点的私塾，都叫成书院——因为这个名字堂皇、有气派，很像我们今天所有的师专和学院纷纷改称"大学"一样，求名不求实。

后来把"书院"改成"学堂"，也是求名不求实，因为"学堂"两个字在清朝末期很洋气，派头更大。

真正意义上的书院靠思想、精神、学术来建立和传承。这里面要靠精

书院的树　田恩华摄

神的文化的个性的支撑，主持人是第一重要的。失去了这些根本的要求，也就遍地都是"书院"了。我们从哪里找那么多杰出的个体？哪里会有那么多思想者治学者？现在不仅是足以彪炳辉映一个时代的大人物没有了，就是学问夯实人品端正的人物也并不好找。所以到处都叫"书院"，那还了得。

书院被庸俗化了，书院的精神不在，思维力不在，那也就到了完结的时候了。有人写文章说，万松浦作为一个现代书院，标志着中国传统书院的复兴，这样说既是极大的肯定，又包含了不好承受的过誉，甚至还有些误解。因为在中国目前的社会大教育环境中，传统的复兴谈何容易；再就是，仅仅是复兴也还不够，现代书院一定要有精神上的开拓力，要有发展。

首先是缺少那样的人物。这里是一个极不合格的人在主持，勉为其难。曾经到处延揽高端，可惜至今没有结果。这里没有忘记张载那几句名言："为天地立心，为生民立命，为往圣继绝学"，由此可见要找一个安于寂寞之地，在海边这没有一户人家的林子里做这个事情，真是难极了。

但是我们仍然在寻找，也仍然在做。

从来不想把书院办成文学院，因为它要继承中国古代书院的传统，按照那个流脉下来，一定不能偏向某一方面。至于更高的精神归宿，时代的探求力，立场和思想，这更需要一步步确立和巩固下来。文学是一种综合，一种载体，它的专业属性很弱，是大包容——尽管这样，书院仍旧还不是文学院。

个体的力量

书院应该强调个体的力量,而不是集体的力量。因为一人之力是重要的,培植一个人也是重要的。

现在的大学教育过分地强调了普及和程式的观念,比如在思想方法和倾向上,在实行人海战术、集约化和体系化的同时,已经完全不能充分地恰如实际地肯定个体。这多少就表明了对个体的不信任,表明了不相信个体的创造力。

在思想的意义上,众人有时候也可以是弱小的代名词。人一旦扎成了堆,在思想上就变得软弱无力。两三个人可以商量事情,四五个人也勉强,到了几十个人上百个人,就无法商量和研究深入的思想了。世界上所有大思想的发生,足以改变一段历史一个世界的思想,都是来自个体。这些例子多到不胜枚举。这些个体的力量才是强大的。

历史上,谁能发现由群众创造了一种了不起的思想体系?大概没有。

有人可能将这种说法作为简单的"英雄史观"而给予批驳。他们会指出那些了不起的个体,他们的全部思想与智慧都来自人民群众,要从群众的实践里汲取和总结等等——既然承认是个体的总结和汲取,那么最终还得承认个体的力量。

不要说伟大的思想体系了,就是一部艺术作品,由某一个组织和某一个创作班子来做,都是不能实现的。

书院推崇个体、强调个体,就因为个体的力量无限强大。

孔子、孟子,多么有力量。当年的白鹿洞书院多么有力量,影响了那么多人。还有岳麓书院，力量仍然来源于卓越的个体。

可是我们多年来越来越不重视个体，只笼统地强调"民众"。因为推崇大多数人，这永远不会有错，既好听又安全。个别时候要利用群体，就会无限地矮化个体。这样的语言贿赂是不费一分钱的，其实说白了不过是一种愚民政策。要愚民必先崇民。

真正推崇民众，就要从肯定和尊重个体开始。这才是基础，离开了这个基础，一切也就走向了虚伪。群众并不是一个抽象的概念，集体是由一个一个的活生生的个体组成的。否认了个体，哪来集体和群体？再就是，思想和物质的力量是以不同的方式表现的，比如一个群体，必然有强大的物质力量，而思想的力量，却并不是以群体的特征呈现出来的。将物理学的统计方式运用到精神和思想方面，是十分粗陋和错误的。

所以我们对于长期以来批判的"英雄史观"之类，还要有具体的分析和打量，有新的包容。包容就是尊重各种看问题的角度，追求理性。

书院寻找和培育的，就是个体的力量。

一台机车

在现代化城市化浪潮里，在这么一片楼群里要保存这样一个书院，难度可想而知，一切不言而喻。书院的地理位置和目前所处的状态，正是时代潮流的一个缩影。看过这里一个航拍的资料图片，那上面的书院是那么孤独，又是那么醒目和独立，简直是个性毕露。这也逼真地描述了书院的性格和存在。

　　无论什么样的事业，开头运作都要有更大的顽强性。就像一台机车，一台巨大的机车，它准备走远路，发动机燃料储备应该是强韧和充足的。它已经预计要一路翻山越岭，走向遥远。而后来的接力也应该是这样。如果动力及燃料不足，遇到一点点困难就会拐弯，就会妥协和改变。

　　好在书院现在处于第一阶段，做事的全是第一拨人，是发起者，对各种各样的困难经历得比较多。也许它的危险在于以后，考验留给了未来。这里的人一旦麻痹了，疲惫了，各种危机就会乘虚而入——或者我们自己开始变质，不像刚刚上路时那样清醒，那样要求严格。不知不觉的变质是很可怕的。

　　就像院长本身就不合格一样，我们并不把这里看得有多么高。现在面临的最大问题不是外部环境，而是自己的知识储备、意志力等各个方面的欠缺。如果这些弱项解决了，那么对任何不良环境的抵抗就会加强，书院的力量就会更大。当我们历数种种弊端和险境时，与之对应的这一方则需要十分强大。作为书院有这样的力量吗？

美男子

　　书院东南方向大概十五华里曾经有一片果园，那是龙口园艺场。果园深处有一个联合中学，那里很有意思，除了当地几个自然村的学生，还有煤矿和园艺场的子弟。

校长是个美男子，曾经犯过小错，就到这个偏远的学校当了校长。他爱好文学，心地柔软，在混乱时期竟然办了一份油印刊物《山花》。他亲自刻蜡版，做插图做封面，一丝不苟。他追求完美。他让教师和同学都在上面发表作品。

我们当年都是踊跃的投稿者。记得很清楚，教室门口有一颗苹果树，课间我们就数树上有多少颗苹果。隔几天再数，少了。有可能是被风吹掉了，也可能是被人摘掉了。于是就做了一篇文章，题目是《从一颗苹果树看我们的责任心》。校长非常赞赏，就把它登在刊物上。

这是很给人鼓励的，第一次领受了写作的自豪和光荣，这种力量可以推动一个人继续往前。所以说寻找个人事业的方向，初中这个阶段很重要，比高中和大学更重要。

校长让人难忘。后来他得了精神病，年纪也大了……美好的事物常常就是这样的结局，多么悲惨。

第一次见他是不会忘记的。那天听说学校来了新校长，都去看：三十多岁，穿着中式衣服，藏青色，围着银灰围脖，皮鞋锃亮，发型也好，是"五四"时期知识分子的那种打扮。他风度翩翩，极其优雅，二胡和手风琴都拉得好，毛笔字也写得好。他似乎没有不懂的事情，写诗作文都很内行。

总之那是难忘的一个人，他对大家影响很大。

热情

　　人人都有难忘的少年和青年时代——一个文学少年曾经怎样寻找文学的知音，这往往是最动人的故事。他会到处打听写作者和读书人，哪里有这样的人，就立刻赶过去，会翻山越岭。

　　热情是人生最最珍贵的东西。所以我们说，如果一个人可以像狗一样热情和激动，这就是一个"异人"。我们深深地知道，所有的成功者都心怀一个最了不起的东西，那就是巨大的热情。

　　我们在生活中发现，很多人并不缺少才华，缺的是热情。我们有时候就常常问起自己：你童年少年、青年时期的热情哪里去了？因为我们明显地感到，随着年龄的增长，被冗长的时间日复一日地磨损下来，往昔的热情已经所剩无几了。

　　一个写作者是否有这样的记忆——即便是半夜里写出了满意的稿子，也要想办法敲开朋友的门，只为了一次美好的朗读。如果对方很远，还要跨过一条河，翻过一道道沙岗，穿越一片片丛林，也从来不会犹豫。下雨下雪，踏过荆棘，脚踝划破，这一切全不在乎。

　　这种热情是从哪里来的？

　　一个少年身负背囊，在整个半岛地区翻山越岭，去寻找一个个文学伙伴，忍饥挨饿在所不惜。不知走了多远，不知见过了多少人。遇到过各种各样的怪人，遭遇了无数的奇迹——这是因为心中有着神秘的贮藏物，它的名字叫"热情"。

　　当年一些阅读和写作的人分布四方，他们是各种各样的，在平原、林间、山里，藏在各处。这些人闭塞，缺书少纸。他们不一定什么时候就凑在了一起。他们相互帮助，在精神方面彼此支撑。他们一般来说比文学界的那些人，比编辑和专业作者的热情更大。那真是热情烤人，是巨大的热情。

无论是政经人物还是学术艺术人物，都需要巨大的热情。热情与未来的成就一定是相匹配的。

我们很难遇到一个人懒洋洋的，可做可不做的，却取得了极大的成就。才华在许多时候表现为热情，虽然它们并不完全是一回事。可能学养好，知识好，什么都好，可就是没有热情。这样的人走不远。如果才能是二三流的，生活阅历是第一流的，热情也是第一流的，那么这个人大概就不得了。

人在年轻时候热情高，随着年龄的增长，经过了各种各样的消磨，会有所降低。每个人的热情都会降低——区别是衰减的程度不同，有的人会将它藏在心底，需要时就会焕发出来。现在我们接触不同行业的人，最大的一个不满足，就是与之沟通的时候，觉得对方的热情是不对等的，他们有些淡漠，总也提不起精神，不足以共事。

东部有一位写作者，二胡拉得特别好，拉《二泉映月》能把人给听哭了。有一份地区小报一度被他占领，一版一版登他的散文。在他大约六十多岁的时候，有一天晚上回老家——那是初冬少有的一次大阴天，狂风大作——他突然想起了小时候的那片海，涌起了看一下狂暴海浪的念头。天阴得伸手不见五指，到处乌黑乌黑，这个六十多岁的人骑着自行车，迎着阵阵风沙往海边上赶。

从他的住处到北海有十几里远，他在沙路上骑一段走一段，跌了不知多少跤，不止一次摔到荆棘里。最后一段风沙大得根本没法挪动，他用一只手臂挡住流血的脸往前拱。就这样挨近了大海。白色的浪花带着磷光扑过来，大浪卷起丈把高。他蹲在那个地方，让风沙劈头盖脸打过来，一直蹲在那里。

就为了一个记忆、一个念头，他不辞辛苦地闯进风沙里，脸上留下了许多擦伤。

这只是小小的一个情节，却没有人多少人能够亲历。六十多岁的人还有这样的冲动，也不容易。生命力的衰减是可怕的事情。有时的确会感到生命的活力正离我们而去，青春正离我们而去，这是非常遗憾和无奈的。

人和人相比，最重要的是比热情——看它如何降临又如何消失。我们观察一条狗，会发现这种生命真是了不起，它们有取之不竭的激情——狗和猫普遍来说比人有活力，有激情。

它们小的时候一刻也不愿停止，不停地蹿跳和翻滚，这不由得让人想到自己的童稚时期。它们再大一些就会安稳下来，人更是如此。所以有时候我们看到一个活跃的老人，看他写出那么饱满的诗句，那么好的文字，就非常惊讶和感动。

需要指出的是，这完全是非功利的热情。所以也就愈加令人敬重。

雨果在晚年还有青春少年的冲动，歌德也是如此。他们的生命力不断地卷土重来。而平时最常见的是未老先衰，五六十岁就开始哼哼呀呀，思想比身体还要僵化。个体之间差异很大，好的榜样可以唤起我们的激情，帮助我们回忆童年。那些奔波的人生是有魅力的。无论现在多么富有或多么贫穷，要紧的是留住生命的华彩。热情是多少金钱都买不来的。

文学的旋律

当年离这里不远的地方有一个怪人，或者说直接就是一个"异人"。这个人写了很多东西，就因为痴迷于写作，生活搞得不太好。他当时已经是个中年人，刚刚结婚。老婆是外地人，当地人把口音不同的外地人叫"鲅鲅"。这是一种毒鱼，就是河豚。一直不明白为什么要把外地人叫作"鲅鲅"，当地人也答不上来。有一次一个人解释说："鲅鲅"有毒嘛，见了就得赶紧扔掉。这才让人明白了一点。

当地人骄傲，觉得自己这里最富裕最开化最文明，所以就瞧不起外地人。如果谁说话带上外地腔，他们先是在心里看不起，接上就厌恶起来。

那个"异人"有四十多岁，外地老婆刚到二十岁，身个很小，刘海齐眉——在当地留这种发型的不多。男人与远来的朋友正谈着文学，她在门框那儿探头：长得非常好看，圆脸，像孩子一样直盯盯地看着生人。男人立刻说一声"滚去"，她就抽回了身子。原来他年纪很大了才从外县娶来一个"鲅鲅"，因为在当地娶不到老婆。

远来的朋友是一个少年，他在这里遇到一个素不相识的人，却能够立刻成为朋友，并受到真诚的招待——这有点像书上讲的，凭着一首歌的旋律，一个人在世界上任何一个角落都可以找到同类和朋友。文学的旋律也是这样，也有相同的功能，凭着它起码可以走遍半岛。

那是个缺少书籍的年代。可是那时候爱文学的人真多，他们散布在一个又一个地方，默默地写着读着，等待着另一个与他相似的人——两人一见面，说不上几句就明白了，就像对上了暗号一样。

文学少年千里迢迢赶来，想不到这里有一个"异人"，这人具有这样巨大的能量，创造了如此的奇迹……"异人"一直读着稿子，累了就弄点吃的东西给客人，然后又翻箱倒柜找出更多的稿子。少年给惊呆了。

半岛上的人家都有炕头柜，就是火炕头上有一个矮矮的柜子，柜子上面可以撂放被褥，里面还可以装一些杂物，比如点心一类。"异人"读到兴奋处又把被子掀掉，从箱子里拿出一包包稿子。原来他为了节省纸，让一页页挤满了蚂蚁般的小字。再看纸，那是各种各样的：糊壁纸，黑纸，包装纸——那一摞摞纸上大概写下了几百万字之多。

"异人"不停地读下去，不吃饭也不睡觉，读了一天一夜，读到东方既白。他的身体那么好，一直声音响亮，慷慨激昂，脸色通红。

这期间鲅鲅老婆还有过几次探头探脑，他已经无心去管了。不知什么时候，他和远道来的文学少年一块儿睡在了文学的大炕上，盖了一床沉重的蓝色大被，用手弹一下被面，会听到金属似的铮铮声……

不知睡了多久，醒来后长了娃娃脸的鲅鲅老婆端上了吃的东西。刚刚吃过又要读稿子——他已经读完了一大摞，转身扒拉被子，又从另一边抱过一个大木箱，打开一看，里面还是一包包稿子……这是一个执迷不悟的"异人"。

"异人"当时给文学少年看执笔处的茧花——在中指下端有个不规则的棱子——他说这个老茧太大的时候也就不能握笔了，于是就得拿铅笔刀削它一下，跟削萝卜皮似的。

这个人一直写到现在，但一个字都没有发表过。

因为他的作品都是用方言写成的，并固执地认为：离开了方言就没有语言，也没有文学。他用的都是当地最古老的语言，外地人根本看不懂。有人建议他做些变通，他嘴里立刻发出不屑的一声：嗤。

线性思维

对时间的观念会起变化。比如我们现在的思维方式，往往局促于现成的框架里——这是一个线性时间观的框架。

这种思维模式左右着我们。无论是科学给出的答案，还是宗教给出的解释，或是个人习惯的理解，时间都是有始有终的——就像太阳每天出来到落山一样，是一条线性发展的轨迹。

这也许是我们作为单薄的个体非常局限的认识。我们可以怀疑线性的时间观念，尝试理解时间没有开始也没有结束——即没有起点和终点的存在。如果把时间的线性思维打破之后，思考许多问题的前提也就全都改变了。

如果时间有开始有结束，并且事物是由此发展和进化的，那么明天就比今天要好，一切都会进步，哪怕这进步是缓慢的。我们会觉得认识是在向前递进的，甚至会觉得人性和社会也像达尔文的进化论一样，随着时间的推进，适者生存，存优汰劣，慢慢地走向最后的完美。所以这就引出了乌托邦的概念——总觉得未来有一个乌托邦式的东西在吸引和等待我们，我们正沿着一条线性的时间曲曲折折地抵达那里。

仔细想一想，这个乌托邦是否存在非常可疑。时间的真实状态可能是浑茫无界的，它并没有一条清晰的线索。福克纳写《喧哗与骚动》时，里面的人物把一个表给打碎了，因为他觉得钟表正在制造时间的假象。他怀疑时间可以这样表述。

生命和宇宙的关系到底是怎样的，我们并不知道。我们不自觉地把达尔文的进化论搬到了社会的发展上，从原始社会到封建社会，再到其他社会。也许真实的情况不会这样简单明了。这其中更可能包含了无尽的变化和循环往复。

鲁迅曾经讲过：我过去总觉得年轻人会好于我们这一代，因为社会在进化，人性在进步；但是后来发现有些年轻人比我们这一代还坏，就不再相信进化论了。鲁迅以残酷的现实为例，推翻了个人天真的幻觉。

人性、社会、人类进步这一类事情，在可见和可记忆的历史中并不是如此，不是简单地顺着线性时间观往前发展的，起码没有那么机械和简明。它有无数的偶然性，有各种各样的复杂交织和摩擦，有远远超出人类理解力的一些异数。这或许正是常态。

文学和艺术基本上是遵循了线性思维的方法论，在表达社会义愤、社会批判的时候，仍然还是过于简单。他们会从一条线性蹦到另一条线性，本质上的思维方式并没有丝毫改变。用东方批判西方，或者反过来再做一遍，道理相差无几。非此即彼是不对的，因为事物的本质可能完全不是如此。

我们生活在一个人类尚未知晓的、混沌无界的世界里。回到这样一种无穷的推测里面，打破线性思维，是为了回到更大的真实和积极之中，走向进一步的深刻。

现在我们经常会发现，那些尖音，那些大喊大叫的"勇者"，他们手里的武器其实非常单薄脆弱。他们不过是用一种乌托邦对抗另一种乌托邦，而从来不去设问它是否存在。

巨大的虚拟

人类在认识方面既得益于、又局限于现实的参照。我们不可能离开实有物质的坐标，因为这是我们认识论的基础。可是如果真的像现代人大胆揣测的那样，我们生活在一个巨大的虚拟之中又怎么办？如果是这样的话，那么一切都需要重新解释和从头打量了。

有人甚至推测——也只能是推测——我们所面临的所有客观事物甚至也包括我们的情感，全都是用数字组成的，就好比一台硕大无朋的电脑中的虚拟之物。如果错了一个阿拉伯数码，那么整个就要全部改变，也就是说全要乱套了，全都不存在了。

如果事实真的残酷到如此地步，作为个体又会怎样？有的人说，谁死掉了或出生了，谁爱上了谁，爱得死去活来——这难道也是虚拟的？对，一切都可以虚拟。数字虚拟的力量是无比的、无远弗届的，比如现在还可以打印出一些机械上的精密部件呢，这是虚拟之下的实在。数字是如此精密：连最最细微的部分都规定得一丝不差，无限的一切都可以存在于虚拟之中。

当然这是现代人进入数字时代的一个假设，可以用它来反观——换一个角度理解人类生存的荒谬性、人类的自作多情。假设我们的整个世界都是虚拟的，那么我们人类也就更加无可选择地一意孤行了，做出最决绝、最无畏的打算，也就是说可以变得更勇敢了。

所以现在的文学艺术和过去最大的不一样，就是思维进一步地复杂化和多元化了，更多了一些质疑的力量。这种力量的获得，将使我们不再从一种线性思维跌到另一种线性思维之中，不再把自己当成真理的终结者，不再那么概念化地理解生存，而是尝试从极为复杂的奥秘入手，去探求和表达人的世界。

旁逸斜出

我们生活在一个很现实、很物质化的世界里，它是一个巨大的阳性世界，同时也产生了巨大的倒影，形成了比以往更大的阴郁的空间。

写作者通常往返于这两种空间里，一方面目力所及听觉所及，都成现实参照物在那里约束我们——无论愿意还是不愿意，都要接受这些参照的影响。它的力量来自线性思维，是这种思维的结果。通常作品中社会层面的关怀与诉求，都是阳性世界给予的。这是任何人都不能挣脱的一种现实规定力。

从现代主义开始，荒诞性出现了。毕加索他们的画作，包括起源于欧洲的"自动写作"之类，各种不可理喻的表达方法，都在与这种阳性世界无所不在的强大力量做抵抗。它是晦涩的，是最无力也是最有效的。在阳性的物质社会中，它的知音很少，因为几乎无人进入那个境界——只有极少数特别敏感者才能抓住这种艺术的本质意义。现实主义作家跟这种艺术没法对话。

一个基本上沿袭十九世纪以来批判现实主义道路的当代作家，也会与前一拨现实主义在很大程度上是不同的。这其中既有理性的社会的诉求，有大量现实生活的描绘，又含有大量的旁逸斜出——后者常常是无法理喻的，是作为个人生命自得其乐的、莫名其妙的、在阴郁空间里的自然生长。

这种自由而强盛的生长，与阳性的物质空间是对立的。就好比一个人进入不了四维空间一样，有些部分只能在梦中抵达。这就从根本上打破了线性时间观，是一种现代深度，是不自觉的一次抵达。它也许属于一个生命先天就有的感悟力，是进入具体创造环境里的一次闪耀和爆发。

杰出的作家才有这样的旁逸斜出，这和理性主义的诉求相距遥远以至于无关。这种游离，也许是最为宝贵的神思。

伤感

偶然性是一种自然性。作家描述的偶然性，实际上是周密思维的一部分，是老谋深算的结果。他完全能够掌控这个偶然性，而不是相反。

假设描写偶然的能力来自亲身经历的无数经验，那么他一定在充分地运用这些经验，把它们磨碎、糅合、融汇到一起。作品何止是一些偶然性的汇合，还有连在一起的恐惧、忧伤、悲痛、欢乐，这所有情愫的集结。

我们可以分析一下艺术经常涉及的一种情绪——伤感。古今中外的作品都不可能回避它，尽管许多时候它是相当廉价的。

面对着生活最真实的底色，即残酷的现实，其实是难以在伤感这儿停留的。不过伤感的确是人性里的一个原色，是通向人性的一个不小的入口。《红楼梦》里就有大量的伤感，一会儿黛玉哭了，一会儿宝玉哭了，相互擦着眼泪；一会儿又是误解，是儿女情长——但是在《红楼梦》这样一部杰作中，伤感仅仅是一个入口，由此进入之后，扩大的却是苦难和血泪。那是真正的悲伤、悲痛、悲剧，而绝不止于伤感。

一般来说写作不会遗漏和忽略伤感，因为它是常见的朴素的，但是却不能长时间停留在这个层面上。现在的一些副刊散文，情爱小说，包括很多电视剧，都在写伤感。用平淡无奇的文字来表达泛滥的、笼统而缺乏细节的、看似美好的情感，是对于多愁善感的过度放纵，是浮浅和廉价的。

年轻人与媒体

我们对媒体这个行当充满了警觉。它受制于很多，很难表达个体的立场。它应该是一个公器。

但媒体仍然是由个体支撑的，个人仍然有发挥的余地。个人的好恶与价值判断，必然会化为文字，它们在字里行间无法藏匿。比如说娱乐小报这一类，一切只为自己的利益最大化，为了发行量和吸引阅读。这其中的一些个体无法推卸责任。有些媒体大半是没有阅历的人在做，它很依赖心智未开的人。

一个人不知道生活的艰辛,就不知道生活对于民众意味着什么,不知道大教育对整个社会意味着什么。一个演员掉了一颗牙、怀孕了,都可以登上一大版。这种浮浅的嬉戏其实包含了真正的冷漠和无知,是相当残酷的无心。

推波助澜,推拥最无聊的东西,瞄向的是那些追逐时髦的、年轻肤浅的冲动,是喜欢围观的乌合之众。作为一个媒体,就在这种商业兜售中成为黑暗的组成部分。无非是乞求一点物质利益,像培根说的:为了煮熟一个鸡蛋,不惜把别人的一座房子点燃。

何止是房子,我们现在整个社会的精神道德状况,或许正处于一种燃眉之急。

说到媒体和个体,特别是阅历的重要性,有人极而言之,认为一个人不到四十五六岁,是不宜做媒体的。这样说也太苛刻了,似乎有些荒唐。

一个人没有足够的阅历,对生活的真实与严厉就不会有足够的判断,年轻人的冲动与好奇会误大事,其浮浅的观察和趣味必然会误导社会——这个虽然大有道理,但也未必过于偏执和生硬粗暴了。不过实情是,现在的媒体从业人员普遍太年轻了,他们缺乏真的阅历。

年轻人主要是处在学习的过程中,而不是将自己的鉴别和判断告诉别人的时期。所以有些国家的法律规定,无论一个公民有多高的能力和作为,不到一定的年纪是不能竞选总统的,大概也就是出于类似的考虑。

年轻人会说,这是社会排斥我们,不信任我们。是的,因为要传播信息,这一切事关重大。把一份必须时刻做出选择和判断的权力轻许给不适当的人,实在是一种冒险。海外著名的媒体往往是上年纪的人在做,连主持人都是半老头儿，这是明智的。因为这里不是表演，脸蛋如何毕竟是次要的。

媒体界不该有年轻人？当然要有。但有人认为他们应该从事技术性的工作，而不是直接到表达和判断的第一线——而我们这里正好是本末倒置，所以除了其他，就是将无知和幼稚不停地散播到社会上——使社会走入童稚化、浅薄化。

媒体人缺乏学养、经验、立场，缺乏人格的力量，缺乏沉着的思索能力，将是全社会的不幸。

这里强调的是个体的持守，是个体的作用和空间。在目前的情形下，个体推卸责任是容易的，但在实际运作中那并不是实情——我们常常惊讶地发现，在相同的空间里，有人会更加起劲地推销声色犬马。人们对于强势的欺辱是敏感的，而对于恶少的胡为是迁就的。其实这不过是制造苦难的合力。在物质利益的诱惑下，在欲望和人类劣根性的牵引下，一些不义和丑恶的繁殖，使生活变得大面积庸俗化和劣质化，让我们更加消受不起。

年轻人自有优势，能跑，敏感，热情。但是热情用在哪里才是一个大问题，用到了赚钱，用到了煽动庸俗的方向，我们的麻烦也就大了。以前说的"君子潜伏，小人横行"的局面，多少也一定是与这些有关的。

这里讲的看似细枝末节，未谈根本——中国媒体的根本问题绝不是从业人员的年龄问题，而是其他——是的，但是我们这里谈的是个体的持守，即个体的素质与品质。

危险

现在的生活有些危险。前不久一个很小很太平的公园，却接连发生了几次恶性事件。类似的事情太多。几天前，就是附近的一个大学女生，她出去应聘做家教，结果被锁在一个租来的公寓里，戴了两副手铐。除了恶化的治安情况，还有大量的假药、有毒食品等等。

要正视生活的环境。只看女人光着膀子在电视上"欢歌"仍然是不够的，还要有冷静深沉的思索，有其他的足够的警醒。

生活中的危难与人文败坏分不开。现在有那么多人怀念、追想那些了不起的人物……那个时期出现了一批真正的学者、思想者。这才是一种时代的标志。我们现在有没有这样的人物、有多少，我们不太知道。伟大的、独立的思想者和学术人物，他们才是时代和民族的真正的珍宝。

伟大的时代指标，不能只说生产总值如何，讲这个，清代占了整个世界的三分之一或更大的比例。而清代却是延误的代名词。有一种"傻子算账法"：对人文环境和自然环境的破坏不管不顾，只谈赚到了多少利润。

有人指出，酒店里大批贫寒少女都来自农村，她们不得不做最低贱的工作。单说这种笑贫不笑娼的风气，需要多长时间、多少扎扎实实的教育才能够改变？如果用今天习惯的说法"时间就是金钱"，那么这样漫长的时间又该折算成多少金钱？

所以即便从物质利益上换算，时下好像也乐观不起来。

说到这里，也许我们没法回避自己的"民族基因"。谈到破坏和建设，不由得想起了鲁迅的话，他说："中国公共的东西，实在不容易保存。如果当局者是外行,他便把东西糟完,倘是内行,他便把东西偷完。"

被物质主义腐蚀的社会,人往往是糊涂的;将实用主义当成真理,人就会更加糊涂。所以我们提出了一个缓慢而又笨拙的办法,就是强调阅读。它尽管缓慢,但是有效。强调阅读,就是寄希望于一点一点地改变人的素质。

有人主张以"阅读"来抵抗由现代科技造成的世界日益单调和平均主义的倾向。人文主义或人文精神在不同时期的内涵是不同的,在近现代,主要是反对科技主义和实用主义的侵蚀,捍卫人文学科在教育中的作用,反对单纯技术性和专业化的培养,强调人的全面发展,对人类完整而具体的经验世界的鲜活的理解。

但无论如何,这同样是更久远的目标。除了阅读,我们当下还能做些什么?这正是我们的问题。

第七讲

朋友的纸袋

写作习惯人人不同。曾有一个朋友备有一些大纸袋子，平时有了好的想法就随手写在纸片上，然后就塞到里面。等这纸袋子鼓胀起来时，一部书大概也就可以动手写了。朋友的纸袋，其实相当于古代大诗人李贺的"诗囊"——都知道李贺骑马，走到哪里只要有了好的想法，就要记下来投到这个囊中。

关于作品最初的冲动、写作的计划，可能萌动在很早以前。比如艾略特在哈佛上学时写下的某些诗句或片断，似乎无处可用，一直被束之高阁，许多年后却被写进《荒原》等作品里去了。再比如拉美的马尔克斯，他的《异乡客》里的许多短篇竟是几十年前的构思，只苦于不成熟才一直没有成篇。这是他在书的后记中透露的，有人看了就想是不是有些夸张了——这么大的作家，区区一部短篇还要如此煞费苦心、大动干戈？其实有较长写作经历的人都会觉得马尔克斯说得非常实在，因为作品无论长短，只要写得好，都少不了有一番苦心经营。

一部短篇尚且是这样，一部长篇就更是可想而知了。所以朋友的那个大纸袋子只嫌其小，不嫌其大。前不久看过一个同学写的有关大学时期文学社的文章，让人看了心里一动。文章记录了大学里的一些文学活动，满怀深情地追忆了一帮热心文学的同学怎样聚在一起操办一份油印文学杂志的情景。他发现当年一位二十多岁的文学青年，在油印刊物上发表的作品，竟然在几十年后的今天找到了痕迹——当时幼稚的文笔记下的某个虚构人物，和对方今天出版的重要作品的主人公就是同一个名字。这看似简单的发现真是令人深味。这说明一个人的创作思维可以在很长的一段时间内连续下来，它的源路会是多么遥远，多么坚韧。

那个时候是上世纪七八十年代，作者心中就已经有了那样的形象，可见这是一个很神秘很深沉的构想，它一直都在暗中丰富和成长，就像一颗种子，早就播下了，说不定什么时候就会出土长大。由于文学构思源于心灵的冲动，所以它的持久性怎么估计都不过分。

刚才说的那个朋友的大纸袋子已经积攒了很多，放在那儿有一尺高。相信这些袋子直到最后也不见得全部化为作品，但随着时间的推移，想法越来越多时，袋子也就会越来越多。这些袋子只要厚达两公分的，积累的时间大致可能都要在十年以上吧。

而时下书市上给人单薄感的一些作品，有的就是仅凭一时的冲动写成的。冲动是宝贵的，但它们本身还需要存放，需要引起连绵不绝的"继续冲动"。有的纸袋子是无形的，但这并不等于它们没有，更不意味着还没达到一定厚度时就可以冒冒失失地动手。想到一点就写，这是写作中最常见也最易犯的毛病。

有人担心那样的纸袋子多了，一些想法就容易装混装错——那时脑子就乱套了。这种担心很有意思。其实不必害怕，因为人的思维力是十分特异的，它不会轻易跑错了地方钻错了袋子。当一些想法不停地往一两个袋子里跑的时候，这一两个袋子也就快要变成作品了。

一下蹦入脑海的崭新的构思，尽管一时让人激动，也还是不能写。有人才思敏捷，又年轻，可以一口气构思大约二十多个短篇，结果有可能是一个都没有写好。因为这是一些崭新的冲动，是感动中的毛头小伙子。再就是人在交错的冲动中心力不能聚焦——心力是一种奇怪的力，它不同于体力，因而还不是生理意义上的健康与否。身体好是写作的重要保证，但不是最重要的前提——有的人生命已经处于很孱弱的状态，却写下了不朽的作品，因为这时他的心力还能够聚焦。

越是短小的虚构作品，越是需要强大的心的聚焦力，尽管它花费的劳动量不一定是最大的。仅从劳动量上来讲，再也没有比写长篇更累的工作了。这是一个漫长的过程，需要长期的牵挂——不断地否定自己，不断地探索，不断地寻找新的支点和新的平衡。

文气

书店里可以看到大量的长篇。一部作品写到十五六万字、二十来万字，就是一部长篇了——不，不一定是。严格讲，长篇除了字数问题，还有更重要的条件要满足。比如结构、密度和容量，都是重要的条件。我们平时看到的许多所谓的长篇小说，基本上算是中篇小说。真正的长篇小说没有那么多，当然这是从严格的学术意义上来判断的。

长篇的要素有哪些，恐怕要花费许多语言也讲不清楚。学者会给出好多条件，比如字数，比如结构等等。但在写作者这儿还有一个条件，却是一般的研究者鲜有提及的，这就是中国文学理论中常常使用的一个字：气。

"气"这个概念，孟子和王充都提及过，而最早提到"文气说"的大概是曹丕，它这儿指作品的体貌，也指作家的气质和才性禀赋。《文心雕龙》沿用了这个概念并有所发展，特别强调从艺术技巧角度来理解"气"，指出"气"与语言形式的关系，指出作品应有清峻刚健和旺盛的气貌。后来唐代韩愈又强调作家要有充实强盛健康的精神气息，要有正气，指出作家的道德修养对文章气势气韵的影响。到了清代桐城派那儿又提出"神气"说，认为个性气质是影响文章的本质因素。总之"文气"已成为传统写作学及文学理论中最重要的论述，也实在是触及到了文学的核心。

作家构思一部作品，从开始到成熟，渐渐就让"文气"充盈起来。"无气不行"，一些思维材料，比如一些情节、人物的行动、对生活的感受等等，都需要"气"的推动。这些可以看成医学里的"血液细胞"，从中医学上来讲，要有"气"作为动力。血无气不行，气无血则虚。

人们感叹：有的作家写得很扎实，所谓的生活功力深厚，经历复杂，各种思维材料占有很多，因为他看到和听到的事情很多，只是写起来滞重不灵，给人很呆板很笨重的感觉。作者可以讲的故事很多，创作冲动也不缺，可以说造血功能很强——血液很多，但是气不足，按中医学说就需要"补气"了。

各种比喻都是蹩脚的，只是借助它来说明一下而已。一部作品就是一个生命体，孕在腹中，出生后会有"胎气"。这里的意思是说，它刚萌发的时候是带着"气"而来的，构思渐渐形成了，要进入创作阶段了，这个作品的"气"还要一点点补足。"气"的长短，才最终决定了这个作品的篇幅，它是长篇短篇还是中篇。

"气"跟意境、情感之类有关，是最终形成在文字间的一种"势"，是可以推动文章全部元素组合与运行的一种力量。这种力量是无形的，尽管很难比喻，却可以悟想和意会。我们的传统诗学只用一个字代表这种力量："气"。事实上，作品的长度主要不是靠事件的拥挤、陈列和堆积的程度，不是靠烦琐的故事情节去延续和维持，而是靠"气"的长短。

这事说起来也许有些玄虚，但一个经过了漫长写作实践的作家常常会有这样的感受。比如他们在写作之前，有时候会把一叠空白稿纸预先标上页码，比如说，要二十万字或三十万字，提前标好那个厚度——这就是作者给予这部书的"气"的长度。结果是怎样的？往往作品一写到这些页码处就没有多少话要说了，因为作者设定和给予的"气"已经用完了。

这个"气"在他心里聚存和蓄积，一般来说不会是一个很短的时间。"气"往前推动文章的发展，其固有的长度和力量散布在无数的细节中，经过了那么多的推敲，那么多的反复，镶嵌和插入，竟然一直保持着，这种能量不多也不少，其总和一定会达到那个设定值，然后也就终止了。这是真正意义上的诗性写作才有的特征，是它的规律。

而通俗作品一般并不靠"气"来统领，它的长度大致是靠事件即故事的体量来决定的，"有话则长无话则短"，这时的"话"不同于"气"，"话"是指故事内容。而诗性写作全部依赖"气"，有了"气"则有了一切。

越来越走向诗境

诗性写作者往往经历这样一个过程：越来越靠近纯粹的诗的写作。当然这不一定非要选择诗歌这种形式不可，而是指其作品的内质。

有的小说家如英国的哈代，到了五六十岁专门改写诗歌了。这就是一个最好的例子，也是一个极端的例子。其实如果仍然不放弃小说写作，也并不会改变他向诗更加靠近的性质。俄国的屠格涅夫晚年主要写散文诗，也是这个道理。

越是接近创作的后半期，杰出的作家越是将精力集中和收拢在诗境上。这几乎是没有什么例外的。因为他一生的跋涉只向着诗境进发，最后也只能是愈加走向文学的内核。诗的吟唱离世俗功利更加遥远，诗人可以尽情游走在阴郁的、浪漫的个人空间里。

有人会对此担心：这样的一条写作演变路径，会不会导致一个作家的创作越来越走向贫瘠？就是说由于世俗性和烟火气的降低和减少，作品再也不能恣意和丰富，更没有相应的斑驳陆离——创作力在越来越单纯洁净的同时也走向了枯萎？

这种担心看起来蛮有道理，实际上却是对诗的误解。因为诗不仅不是贫瘠和干瘪的，而是更大的丰富和包容，是面向一切的极致的表达，是无限的饱满。诗会辐射一切的方向，而不是单一的方向。

那些走向虚飘浅近，并在数量与深度上同时递减的写作现象，并不是因为纯粹诗性的增强而受到了损害，而是丧失了诗性的结果，是创作力的干枯。

一个真正的诗人最能够更长久地保持生命的活力，因为他本身就是一眼喷吐不休的旺泉。

文化理性

谈论新文学演变的路径就要谈新文化运动，因为一切都是一步一步走过来的，都是有迹可循的，而不是突兀地出现了这样一个格局。实际上"五四"比我们惯常了解的，可能具有更丰富的内容。现在一讲"五四"就是反帝反封建、是白话文运动、新文化运动，这样说虽然不错，但也许不能全部囊括它的实际。比如说不同界别的人对"五四"解释的重点、理解的重点就会有所不同。

凡事一旦时过境迁，离开了语境也离开了细节，对事物的还原和理解就变得困难了。两岸三地的老人对"五四"拥有不同的个人记忆。比如整理国故也是"五四"的内容之一，可见"五四"时期，一部分文化人的主张并不完全是破除传统，它还包括了理性地对待传统。当时的"打倒孔家店"这句口号，也不等于打倒孔子。因为"店"只是个名头和牌子，店里究竟摆了什么物品还要好好分析。实际上各朝各代的统治阶层，都在不同程度地歪曲孔子，利用孔子，以巩固自己的专制地位。

评价一种新的文化思潮，从来都会是非常复杂的话题。一场大的文化运动，常常跟新兴阶层的出现是有关系的。新的阶层总要推进文化革新，因为他们需要寻找文化的依托和基础，使自己的生活方式合理化。文化革新总是要服从新兴阶层的利益。就这点来说,"五四"新文化运动与西方的文艺复兴运动也有相似的地方。

文化人物会自觉不自觉地依附在不同的阶层上,找到个人的阶级归宿。

随着时间的推移,对"五四"的解释重点落在了"反帝反封建"上。"五四"之后简单而不求甚解的"皮毛西化"开始严重,后来即便是窗口大开,所谓的改革开放之后,也仍然有这样的倾向。当年最直观的是建筑上大举废除古迹,北京城就是很典型的例子——一方面喜欢模仿西式建筑,另一方面喜欢"破旧立新"。其实西方传统也是很讲究保护历史建筑的。上世纪五十年代北京老建筑要拆除的时候,有的建筑专家难过得哭了。他们为自己的手无缚鸡之力而痛哭。北京的古迹和中国文化传统结合在一起,当然不仅是砖石的意义。有人最了解古迹美在哪里,意味着什么,那种美只有真正的专家才能认识。可惜上边根本不在乎眼泪,最有趣也是最噎人的一问就是:拆几道老墙几座旧房子你们哭了,当年国家沦丧到那个地步,你们哭过吗?

从文化上讲,西化的道路是一直往前推进的,文学也伴随着这个节奏往前。后来那些有代表性的工农兵艺术,照理说应该有更多的底层性和本土性,有中国的气韵中国风格了,因为这毕竟离传统土壤更近了——可结果却正好相反,它既远离了自己的传统,又未能接近西方精髓,最后弄成了一些"艺术怪胎"。

建筑上,那些很丑陋的、火柴盒似的楼房,都是西化的。只可惜学不到根本,这些建筑并没有根柢,更单薄也更简陋而已。"西学为用,中学为体",严格讲只是一厢情愿的想法,压根是行不通的,因为一切的形式都会有内在的文化精神，哪有抽离了内在精神的空壳存在？结果只能是西学皮毛，东存劣质，与传统中固有的劣根性混合起来，使用到我们的"新生活"之中，弄得非驴非马，苦不堪言。

从五十年代初，我们西化的触角是从欧亚大陆的结合部往西延伸，到达欧洲，然后再到北美。我们现在的一部分人对北美有着深层的迷恋，但学习起来却还是"体"和"用"的那种思维，根本不得要领。

一个族群的希望在于有理性，有自信，不自卑。仅靠一场又一场运动解决自己的文化问题，不会是最有效的方法。

文化"熵值"

文学格局包含在文化格局中。今天中西文化的碰撞、不协调，更加导致了格局的混乱。其实这种文化还是相对封闭的。看起来目前对世界是敞开的，对古代也是敞开的，没有人不让我们继承古代的传统，也没有人不让我们打开世界的窗口。我们可以广泛地吸纳东方西方的各种营养。但实际上长时间以来只是一味地走向实用主义和物质主义——正是这种单向思维将我们引进了一个畸形的、相对封闭的精神空间内。

近年来各种各样稀奇古怪的文化学术概念盛行，就文学来说，像"文本""能指""所指""除魅"，都是西化的产物。这些拗口的汉字组合还在继续繁殖。在这样的情势之下，有人就尝试引进物理术语来分析文化和文学，比如"熵"。

一般人没听说过"熵"这个东西，作家也会闻"熵"而逃。它是物理学的一个概念，一般用来指一个空间里有序和无序的度量，用一个公式来表示。比如说在一个完全封闭的空间里，它有一个定理：越是紊乱熵值就越大。比如说我们这个井然有序的会场，熵值就是很低的——如果很乱，熵值就会增高——越乱熵值越高。

如果用这个物理学的概念来谈中国文学，眼下可能是熵值最高的时候，因为实在是太混乱了。猫头狗耳杂陈，几乎什么都有。然而这又是一个封闭的空间，封闭在物质欲望的空间里，它在这个封闭的空间里腾跃纵横——没有真正向传统敞开，也没有真正向理性敞开，更没有个体的独立突破精神撞开这个封闭的外壳。

东方的文学，从日本到韩国，都是如此，大致处于一个物质欲望的封闭空间里。俄罗斯作家拉斯普京有个真实的观察，他说这许多年来，物质主义文化有一个东进的路径，从日本到南韩，再到中国……这是个相当清醒的认识。他非常悲观地认识到，近期主要是物质主义和欲望主义的全面侵蚀。

物理学的"熵"理论认为：在一个封闭的体系里面，如果没有外力的介入，熵值只会提高而不会减少。这就是说封闭空间里的一切只会越来越乱，它不会自己走向规整和条理，不会自己变得井然有序，不会向着这个方向发展——随着时光的延续，这个空间里的一切都会进一步剥蚀、退化，变得更加无序。这种变化无论怎么缓慢，熵值也只会向着增高的方向发展。也就是说，乱象还会加剧。

所以从这个角度讲，文化与文学如果仍然是处在这样一个封闭的物质主义消费主义体系里，没有什么与之抗衡，没有打开通向永恒的探索，那就只能会越来越乱——熵值现在很高，未来还会更高。

熵值高，这不是一个好事情。在这里，是一种自我摧毁的趋向。

文化文学的秩序需要突破这种封闭性，需要一种或多种强大力量的介入。这种力量要像楔子一样打入和进入，由这些外力来整理，以降低熵值。比如文学，这个时期一个重要的改变途径，就是跟优秀文化传统的对接，与西方理性和信仰精神的对接。我们的传统中也有各种各样的东西，比如物欲主义犬儒主义并不缺少——它在这个时期与重商主义结合起来，已成为燎原之势。强化文化理性，在艺术方面不再唯市场是从，反对娱乐主义，将是一条极为重要的途径。

他们引进物理学概念，说到"熵值"，那倒让我们不仅从物理学的角度思考问题了，而且还会从汉字的象形性去加以想象：它是一个"火"加一个"商"，那就是熊熊燃烧的商业之火。这会让我们越发恐惧于这种物质主义和欲望主义的价值观，恐惧于当代人类封闭在这样可怕的一种文化空间里，有一种自焚的危险。

爱力

一首爱情诗源自怎样的心境，作者本人可能很难具体地回想——琐细的感怀和思绪难以追忆，因为太遥远了。不过我们阅读的时候却又对一切簇簇如新，还是获得了阵阵感动。这就是永远不会陌生化的"爱力"——

生命中专门用来爱的那种力量，因爱而产生的那种力量。爱力是一种最常见的、最特殊的力量。

一个人有了爱力，爱力强大，就可以做出许多伟大的事业。一些强力人物、专业界的杰出人物，无不是爱力强大的人。这种力量并非专门用于两性之间，而是一种仁善柔和的力量，是生命与生命之间贴近、沟通和理解的强烈欲望，它更多地属于青春的新奇和冲动，是巨大的活力之源。

这真是一种伟大的力量。即便说到它最容易产生的、直接产生的爱情，就可以成为推动生活的最有力的部分。爱欲深藏在人的躯体之中，它分解为强烈的情感发散出来，最仁善的那一部分会使生活变得更加美好。爱欲的各种结果及其评判，是摆在现代伦理学面前的一个大问题。比如爱情和原欲，泛爱与专一，这些关系虽然不能说成水火不容，但二者之间肯定存在着某种壁垒。

那种纯粹的情感一直被歌颂，因为这是爱力对生命的最大笼罩。它可以缩小成一小部分，变为某个侧面、某种具体，比如爱一个人，或者带着残缺的那种拥有、留恋、厮守、矛盾和痛苦等等综合交织的情感。而一种无所不在的巨大的爱力，却会超越更多。人的爱力越强，拥抱的事物也就越广泛，也越是朴素和深沉。

有一句话给人印象很深，就是"情满青山"。一个有强大爱力的人，看山则情满青山。山上有树有水还有鸟，只要是山上有的，都披挂了他的爱，溢满了他的情。这就好比世界上有具体的少女、少年和老年，有许多人，他爱这个世界，也就爱了所有的人。

有人常去一个大学校园散步，总是会碰到一棵女贞树。女贞树冬天不落叶子，长得好，分杈的样子，浓绿饱满，那么丰盛。他每走到那儿都要看很久，抚摸几下。有一次他忍不住告诉别人：这是最漂亮的一棵树。但后来这儿要在旁边搞雕塑，结果就把这棵树修剪了一下——它从此发展得再也不好，就像一个很漂亮的少女被剪坏了一头长发一样，让人痛心。每次经过，他都很惋惜地看一眼，然后走开。

朋友对那棵女贞树是爱的，而不仅止于喜欢。这种爱和感慨是深刻的，不是肤浅的。这与他广泛的人生经验结合在一起。

可见人对树，对动物，对土地，都有一种"情满青山"之爱，这需要最大最广泛的爱力。用这种爱力来面对整个世界，才是最健康最强大的。从这个意义上讲，它和我们所说的那种肉欲情欲就有了区别。比如说人在小时候，更年轻的时候亲吻过小鸟，因为他觉得小鸟特别可爱，真是越看越动心，就和它接吻。猫、狗、鸽子、小鸟，无一例外地都吻过。那个时候他没有性别的意识，就是一种存在心上却又说不出的、滚烫烫的爱力，是受这种力的驱使才那样做。这种力量广泛而强大，看到猫狗小鸟之类，看到它们的鼻子和眼睛，就忍不住要亲吻。这就是爱力的发散。

后来我们长大了，广泛的爱力就会收缩。有哪个成人看见一个动物会喜欢得不可遏止，甚至浑身发抖，忍不住拥住它亲吻起来？会有，但一般不太多了。除了鲜有这种冲动，还会担心别人笑话。人的爱力的确会随着年龄的增长一点点消退。成年人很难像儿童那样喜爱动物，成年人当中只有一小部分人能够一直葆有这种能力。

爱力可以摧毁一切阻碍，向所爱的事物接近和靠拢。

我们往往被告知：无论怎么喜爱那个动物，最好不要直接亲吻它，因为动物口腔里的细菌群落和人是不一样的，无论它有怎样洁白的牙齿和可爱的舌头，看上去多么洁净，亲吻会都容易让喉咙疼痛。但是即便听了专家一再这样讲，也还是忍不住要与它们接吻。这是因为心里的爱力太强大了，大到无法抗拒。

有的人实在喜欢它们，可是又害怕不同的口腔细菌群落，就想了个折中的办法：用手做成一个筒，套准它们的嘴巴亲吻一下，算是间接地完成了，以此来发散心里的爱力。

爱力是所有人、更是诗人最可宝贵的拥有。谁的爱力强盛，谁就是一个强大的人，谁的创造力就巨大。爱力的缺乏，无论有多少知识，懂得多么高深的哲学，受过多么好的教育，也还是一个没有理解力和创造力的平庸者。那一切学问的附加对他无济于事——就像盲人带多少副眼镜都解决不了问题一样。缺乏爱力是一种绝症。

有的人可能说，缺乏爱力不能从事艺术创作之类，那么从事艺术研究行不行？也不行。好的研究者一定是一个大读者，一个大感动者，如果缺少爱力，怎么会捕捉情愫和美？所以我们有时候看到的对作品的荒唐解释，可悲的冷漠与麻木，总有一种无可奈何的感觉。没有办法，无法对话，难以交流——对方是一个缺乏爱力的人。

过度的解释

说到"过度的解释"，这里有一个典型的例子。有一部中篇小说，写的是一对在苦难中生活的姐弟,弟弟即将去他乡谋生,两人即将分手。这一夜他们睡得很晚,因为天一亮弟弟就要身负背囊走向远方了。姐弟俩说了一夜的话。他们谈论父亲、母亲的一生,回忆过去……姐姐叮嘱弟弟上路之后要注意的事情,还谈到他性格的弱点、他要提防些什么,就是此类。

这部作品不难解读。可是有一篇评论却让人大开眼界,让人于惊讶中不知所措。这真是一篇奇妙而荒诞的评论。作者说这部中篇实际上在写"乱伦的恐惧"——整个交谈的过程,就像行走在刀刃上一样小心翼翼——整个作品的巨大的"美"和"张力",就来自这种乱伦的恐惧。

照例是语不惊人死不休。这种解释真是令人惊讶到无言。那种真挚朴素的语言以及故事,在这样的评论面前也就完全变形变质,变成了一场噩梦。姐弟俩谈到东方既白,这有什么可怕的?这个评论者的恐惧肯定是来自严重的病态,比如是带了好几个加号的弗洛伊德强迫症的患者,再加上西方现代主义的深度遗传病。这究竟是自说自话寻找个人的快感,还是畸形想象力的一次发挥、一次最拙劣的卖弄?

有人总是痴迷于炫耀,只要是可以引人注目的事,无论冒多少风险多么荒唐,都会去尝试一下。哪怕是做一个邪恶的天才也是光荣的。他们最怕平庸,要远远地逃离一切平凡的事情。他们要训练自己的另一种能力,就是怎样迅速地引人注意,哪怕进入迷乱和谵妄也在所不惜。他们已经不再相信朴实的劳动,更不相信学术品格之类,只认为这是一个五花八门的、只有在尖音和怪叫中才能胜出的特殊时代。

这种谵妄和迷狂,走火入魔,只是现代批评方法之一种。有人说这无非是使性子,要显示自己的"先锋"性。可是这一切的做法至少应该与作品发生一点点关系才好——没有一点关系，连百分之一的关系都没有，连指鹿为马都算不上，那简直就是疯魔了。

类似的例子还有——一本写童年林中玩耍的书，不过是讲了少年与看林老人的一些故事，写了自然风光和林中动物的一些趣事，却被评论者尽情可意地诠释了一番。评论说，这是一部描写"庐山会议"的书，是一部写尽了风云诡谲、雷鸣电闪之作。在这场惊心动魄的斗智斗勇之中，历史的巨笔留下了深刻的痕迹，让人唏嘘不已……总之这是活画了当年那场你死我活的政治角力。

这同样让人看得目瞪口呆。形象大于思想，故事也大于思想，但谁能想得到一些故事和形象可以这样无边地诠释？这种诠释获得了无限的自由，简直是想怎么说就怎么说，而且说得越是离谱就越是有趣——天底下还有比这种文学批评再容易再过瘾再口若悬河胡扯八道的吗？

有人可能说一部优秀的作品，其魅力就在于拥有多种解释的可能性，它再度诠释的空间越大，就越是具有概括性，越是生动和深奥。由此一来，所有过度解释的责任不在批评者那儿，而是在作者那儿——作者写得太好了，太深刻了，太有琢磨的余地了，所以也就遭遇了这样的报应。

除了如上的荒唐之外，另一种过度解释的后果更为可怕。比如为了满足个人的需要，这些年来一直不断地对鲁迅做出的种种解释——鲁迅这个研究客体其实已经完全沦为某些人表达主观意志的工具，他们可以不断将其神化或妖魔化。"鲁迅是谁？"这成了人们心中的一个问题。鲁迅鲜活的文字一再被解剖，每个句子、每个词语、每个标点都要进行细胞学检测，使得正常阅读完全废止。可以说那些过度解释鲁迅的人，正是鲁迅的敌人。

红学研究也大同小异。这是真正的学术腐败。

甚至有人认为文学批评也可以是一种创作性的工作，任何作品不过是供他人再创作的一个标本而已。最高明的批评者也许已经不屑于正眼去看具体的作品了，而是有意无意地瞥上一眼即可天马行空，笔墨纵横。在一些真正的"天才"那里，任何作品都是不争气的窝窝囊囊的约束，而只有自己的臆语和想象才是淋漓痛快的挥洒。一篇具体的作品怎么可以框束一个现代狂徒？

但是既然如此，这样的批评者为什么不去创作自己的作品？为什么先要披戴锁链然后又解下锁链？干脆从一开始就毫无拘束地虚构和幻想多好？在一部具体的作品面前进行各种稀奇古怪的解读，这无论如何还是一种十分痛苦的事。

这真是只有当下才能出现的一种梦魇。

写作期间的阅读

常常听到这样的意见：写作的时候不能阅读，不然就会干扰自己的语言，自己的叙述方法——顶多看一些与手下正写的情节、体裁和题材毫无关联的东西才好。但是如果听从这样的建议，那么在长达几年时间里——这种情况是常有的——的创作过程中，也就只能忍受不读文学书籍的寂寞了。因为我们所知道的小说中的故事，生老病死爱恨情仇之类也就那么一些，怎么才能完全避开它们？

有人听从了这样的意见,写小说的时候就读人物传记,比如英国人莫尔的《托尔斯泰传》,是徐迟老先生译的。那书真是太好了,平装的是上下本,精装的是一大本,像现代汉语词典那么厚。关于托尔斯泰的传记、回忆录,在中国不能说汗牛充栋也差不多。从左翼时期到现在有许多关于托尔斯泰的文章和书籍,但这一本有可能是最客观、最全面、最诚恳、最持重的一本。

还看了《钓客清话》,因为原作是古英语本子,所以译者采用了个别半文言句式,好极了。这本写钓鱼的老书情趣最多,也最能了解一些英国老派人物的生活。

这些书离虚构作品有些远,可是气质非凡。它们对一部正创作的小说有没有影响?如果有,大概也是正面的。如果这个时候读了那些低级趣味的东西,烟火气过重的东西,就一定不会有好的结果。

正在孕育的作品要有好的"胎教",远离邪书当然一点坏处都没有。

有人在写作的同时,间隙里还读一些古诗。像陶渊明李白杜甫等诗章,该有何等大的滋养。它们高古的气韵一定会隐隐地帮助写作者。

有时候虚构故事的作者在空余时间沉浸在一本科学家的文字里,会获得另一种快感,像游记,地质地理学家写的笔记,都是最可爱的读物。一个科学家在游历和工作过程中对自然万物的命名,完全是专家的角度,视野里面的沟渠、树木、动物,跟生活中一般人的命名方式当然是大不一样。那当然是极为准确细致的,不容含糊。这种命名的过程对长于虚构的作者是一个教育和补充。科学家教给作家朴实和翔实,并启发他去掌握另一种简洁的风格。

写作者如果在旅行中不间断写作，就等于边写边读——不过是更大的一场阅读。这不是一味地关在屋子里面，更不是一味地看网络之类。总是看二三手的资料，也就丧失了亲自命名的机会。因为一切的事物都被别人命名过了，自己已经没有了机会——这个"命名"当然不光是叫什么名字，它是广义的，包括认识和描述，包括产生情感的方式，与之对话的过程，还有很多，都是在生活中不断命名的过程。对情感的命名，对情节的命名，对一些过程的命名，这些决定了一个写作者原创能力的强弱。

这个不断"命名"的过程，就把人的思维不断地引向个人化，引向自己的生命体验。这个体验很具体。比如说一路从山区走到海边，这一路上要过好几道河，翻过好几座岭，经过一些松林、庄稼地、沟渠，遇到很多人，谁也不可能对这一切事物视而不见。无论一路上停留得或长或短，打量得或多或少，心里都会有独自的印象，这所有的印象都来自个人的亲历——经过了一系列"命名"的过程。

关在书斋里的写作氧气少，常常处于"缺氧"的状态。这种"缺氧"当然主要不是指化学分子式标明的那种"氧"，而是更广大世界里给予的那些清新和生长的条件——总是不停地看网络、看书，从这里获得经验和情感，必然会渐渐孱弱。

荧屏上的东西比较之下总是虚幻和间接的。那"命名"方式一定会深深地影响一个写作者，无论他愿意还是不愿意。为了增加说服力，通常它会配上音乐和灯光，并借化妆师的帮助，让人产生恍惚感。结果荧屏前边的人在不情愿的情形下就被感染了，甚至在稍稍的厌恶之下一点一点认同了它。这个说服的过程是不知不觉的，就像一种快乐死——什么死去了？

个人的经验和见解死去了。

写作时期的阅读对象看来不仅是书籍，不仅是最美好的那些书籍，而且还有山川大地。要到有充足氧气的地方去大口呼吸。

鲁迅和胡适

在时下，当然已经是很长时间的事了，对鲁迅和胡适的阅读极度不同，可以说有些失衡。他们是两个不同向度的大师，对我们的历史来说都是最为难得的人。他们都是难得的觉醒者和宝贵的提醒者。后来的人慢慢地寻到了胡适，就像慢慢地寻到了民国时期被遮蔽的其他思想和学术人物一样。现在是一个冷静的结果，有可能稍稍公允地谈论那个时期的学术和一些人物，这自然是了不起的进步。

就大多数人而言，对鲁迅更熟悉，这也与几十年来单边书写的思想史文化史有关。我们过去不可能更多地接触胡适，没有机会。人们开始接触胡适，这才发现胡适和鲁迅是互补的：一个偏重批判，一个偏重建设；一个充满质疑，一个清晰肯定。作为一个批判者，如果说鲁迅有时候很是偏激，那么胡适也有很多经不起推敲的性情之语。看他的文集，会发现他常常说一些很容易被人抓到把柄、受到抨击的话，这或许不像一个四平八稳的君子那样严密。但是我们看到，他的诗性令我们得到了满足，他的单纯和质朴有着表面上的严谨者所不具备的深刻性。从一个局部看很可能是偏颇和偏激的，但是综合整个学术，从全局看又是立论公允的。所以说胡适是一个了不起的人，他对中国文化和西方文化的理解都很深刻，身上体现着一心向往的自由、民主和宽容。鲁迅则是一个偏激的绝望者，对诸多事物只说出自己实在的感知，特别理性，留有余地，不像胡适那么肯定地指出一条通路。但鲁迅与胡适也有许多内在的相通之处。

不是讲他们个人的关系，而是说他们学术方面的内在的隧道，是能够相互交通的。就像一些发达地区的岛国，看起来这些岛一个个很独立，但地下通道把它们相联一起了，成为一个交流衔接的世界。鲁迅和胡适绝对不是完全绝缘的，更不是势不两立的敌人。他们从不同的方向进入中国的当代问题和历史问题。

胡适对鲁迅也是很喜欢的。鲁迅去世以后，有人对于纪念鲁迅之隆重，对于那么多人推崇鲁迅，愤愤不平，写了一封措辞刻薄甚至恶毒的信给胡适。当年的胡适一言九鼎，怎么说很重要。他在给那个人的回信中说："凡论一人，总须持平。爱而知其恶，恶而知其美，方是持平。"胡适的胸怀、客观性，充分表现了一个大学者的高水准和大气度，在这一方面真是让人尊重。

一个人能让人尊重，必有原因，这就是人格的力量。任何一个学者的学术成就所抵达的高度，总也没法和人格剥离，它们肯定是一致的。

所谓的"邪恶的天才"是不多的，即便有，也常常被我们夸大了。天才中总体上还是贤人君子居多。这里有西方贺拉斯的一段话，这话说得真好："我静静地走在一片树林里，想着那些贤人君子们能做些什么事情。"我们每个人都有"静静地走在树林里"的那种经历，但我们也曾像贺拉斯那样，在想那些"贤人君子们"能做些什么事情吗？人与人就是这样地不同。

我们古语讲"见贤思齐",也就是这样的意思。

这里说到胡适和鲁迅这两位精神文化的巨人,再一次深刻地阅读他们的时候到了,靠近他们的时候到了。这个时代尤其需要这样。

书院里只有鲁迅的塑像,因为我们对鲁迅更有情感、更为熟悉和离得更近——我们觉得现在对国民性的批判,对绝望感的重新理解,那种勇气,那种理性,那种力度,鲁迅也就更适合书院。如果再塑一个现代思想者,那大概就应该是胡适。但总的感觉来说,鲁迅的批判和绝望这种苍凉的人生,与胡适的丰富达观谅解的人生相比较,或许更具有悲剧意味。

有些海外声音不停地传达另一些现代作家,把现代文学史忽略的一个又一个人物挖掘出来,指出单边话语造成的缺失和荒谬。自然要倾听这些声音,但是要冷静地听——既不能使性子,又不能物极必反和矫枉过正。忽略了另一些作家是肚量狭小或心存偏见;但是说他们几乎个个超过了鲁迅,似乎也不必听信。

这里面有做学问最忌讳的东西,就是成见和使性。一个好的学术人物首先是一个大读者,否则其他的就谈不上了。而且写作者也应该首先是一个大读者,而后才有可能是一个好的创作者。

儒和道

梁漱溟当年有一句话说得很好,让人感动。他大致是这样说的:我这个人国学不好,西学也不好,不过是有感情。这位老人说得多么质朴和实在。

他的一生真的很能牵挂事情，对这个世界有感情。

感情很重要，感情是气，是决定力和推动力。人有学问当然很好，因为这样用来做事情的工具就强大了。可是如果没有感情，就没有做事的动力，工具也就多半闲置起来了。人有了一副热辣辣的心肠，有了激情，才能做些事情，有些作为。有些人似乎很深刻，懂的事情多极了，看透的事情也多极了，但就是没有感情，结果最终还是一事无成，对世界没有什么用处。他们不做事情，还嘲笑做事情的人浅薄，在他们看来，冷漠就是最大的价值和深刻了——这其实是无足轻重的、不足取的人生。

比较孔孟和老庄，我们喜欢的同时总要带点偏重。许多人还是格外偏爱孔孟。老子是了不起的东方智慧；庄子那种智慧达到极致之后，让人产生一种多多少少的恐慌感。事事那样想得开那样机智和通透，几乎可以通向宇宙笼罩四极，那种极度的出世，也真的有些可怕。我们感觉不到庄子的感情——也许它是更内在的、变形的？但儒家的感情和入世的温度却是很容易就感觉得到的。

现在一般总是说"老庄"，但是老子和庄子似乎应该分开来谈。他们之间仍然有极大的不同。当然这是另一个话题了。

有时候我们很容易与现实世界达成妥协和谅解，歪曲和不得当地使用一些超然的智慧、利用这种智慧，结果也会让庸俗社会学盛行起来。

孔孟儒学那样的入世和清醒，知其不可为而为之的担当勇气，现在似乎更为需要。书院门厅的墙上挂了孔子和孟子的像，没挂老子和庄子的像。但这不是说老子和庄子不伟大不深刻。这里强调的是学问和思想的另一种严整性，是入世的精神和情怀。

老子作为一种哲学，深刻性彻底性都是很难超越的。庄子则更加增多了一些圆通妥协的智慧——不过在我们这样一个族群里，通透和超越洒脱的智慧总是更容易被人接受，久而久之也就让人担心了，担心这样的思想会使做学问、包括做人走向精明的畸形，会使品格发生问题。老子比孔孟更深奥也更晦涩一点，它会在这种令人难以接近中进一步被误解和误用。当谈到庄子的一些倾向并有所忌惮的时候，有人会遗憾地长叹，认为还是没有读懂——是的，一种通透圆融的大学问，怎么使用怎么理解都可以，已经走到了极致，也就近乎无用或可怕了。

太深奥了往往就不实用。民众很难理解的事物，影响却又很大，这就更容易形成一种庸常的误解。民众对佛教的误解也很厉害，但是它所讲的仁慈向善，不杀生不妄念，却是很通俗的指向。道教就远不是这样直观通俗了，好像要曲折复杂得多。民众对佛教的曲解，顶多认为它是有神论，甚至发展到抬着猪头进庙上香，这跟佛教精神肯定是格格不入的。但是民众误解道教就更严重了，他们只认为它是得道成仙的奇方，有许多奇怪的法术，其他则很少知道。

情感的发源

有的书的扉页上写有"献给某某"的字样。这是写书人的一种寄托。献给了具体的人，非但不是为了阻止别人看，而是为了让别人更好地看。这种寄托是力量之源，会推动写作者把书写下去。生活当中也许实有其人，而献给他的这本书却往往是虚构的故事——这多么有意思。这是写作者的一种情怀，甚至是一种美学方向。

其实大多数书都没有扉页上的那一句献词，但却不能说作者心里就没有寄托。比如近来有不少人倡导要"为底层写作"，就是这样的一种寄托。底层一般听不到针对他们的呼喊，有时想听也听不懂，基本上无法进行深入的交流。但对于创作的意义就在于这种寄托本身，在于为底层写作的强烈情感诉求。

有的艺术品在诞生之初，是诉求明显的，这就与一个对象紧密联系起来了。但无论怎么紧密，从另一个角度讲作品仍然还是独立的。就是说，它虽然要在一种心愿里完成自己，但一旦出世了，就成为一个独自的存在。诉求只是促进它成长的重要因素。

大多数作品在写作期间或开始之前都有过寄托，这寄托往往是现实的、对应清晰的。这或许很重要。这是情感的发源。如果没有这种情感的发源，势必就会以某些文学范本为发源——现在这种写作是最常见的。这后一种虽然不能说一概不会产生好的作品，但总是比较困难一些。

而我们的研究者由于大多是不考察情感发源的，只是专注于文本发源，所以他们就会把主要的精力投放在文本与文本之间的关系上。这其实是比较文学专业才做的事情。

比如有一段时间中国时兴魔幻现实主义，大多数作品也就与它扯上了关系——因为这个时期的确有许多作品接受了它的影响。但是这样一来，写作者们生气勃勃的原创性却因此而被忽略了。其实这些作品更为重要的，倒是它的情感发源。没有从这个发源上寻起，一切言说也就文不对题了。

在强大的情感发源面前,作家一定会丢开风靡一时的拉美范本,极力摆脱其影响,回到个人的记忆和感动里去。这些努力非常具体。比如说作者会一再地怀念和追忆过去,与儿时伙伴朝夕相处,耳鬓厮磨。这种深深的沉浸影响了他的每一行文字,又岂能是一句"魔幻现实主义"可以了断的?

没有情感发源的写作是没有力量的,最终只会是没有生命的单薄纸页。

一些读者某个时期读拉美的东西多了,就会把什么东西都往拉美的套路上套。因为不这样套住,就没有了自己的思路。其实每个人都应该有自己的语汇,自己的解读工具。许多诠释者和阅读者真的会牢牢记住最近的、印象最深的一些文学标本,久而久之,或许会在心里将其据为己有——这时候抬眼再看当代作品,越看越觉得它们是从那些标本中来的。这就像古代那个"偷斧子"的寓言故事:丢斧子的人总觉得是邻居偷了他的斧子,越看越像;后来斧子找到了,再去看邻居,也就越看越不像了。

小手掏鸟

一本儿童书用很大的篇幅写到了掏鸟——其实这里面学问颇大。孩子们在林子里做这种事,就像从事很隆重的事业。他们常常分成几拨,各有各的计划。那么多大树,发现树上的一个鸟洞就要做上记号,那也是有些讲究的:不能做太直观的标记,因为那样也就暴露了。要先找到参照物和坐标。比如说在树洞的两个方向取直角各做一个标记,这两条直线的交点就是那棵树了。再由于林子里不止几处发现了鸟洞,所以他们还要用一个小本子画上草图,这算是账本。

每一拨孩子都有领头的,那是指挥者。他到了关键时候要一一分派给大家任务,谁要盯住哪棵树,都分工清楚。一定要经常瞭望,如果大鸟往洞里叼鸡毛和小草,就说明快要生蛋了。再过多少天大鸟开始叼虫子,那就是小鸟孵出来了。这样计算下来,小鸟何时离窝也就大致明白了——要在离窝前将它们掏出来,这是最佳时机。领到了任务的人必须随时报告,将情况一一告诉领头的。

但事情并不总是一帆风顺——有时鸟洞被另一拨孩子发现了,那就少不得争斗。还有时候鸟洞太小,掏鸟时手伸不进去——这种事情时有发生,这才是最让人丧气的时刻。所以长了一双小手的孩子就成了林中一宝。

有一个男孩叫欢业,一双手又小又软,也就成了好几拨孩子笼络团结的对象。那时为了掏鸟常要发生一些惊险:因为树洞很小,根本伸不进手,瞪着眼没有办法;有时候好不容易把手塞进去,却怎么也抽不出来了,越急越是抽不出,只好哭着呼救。

欢业长得非常奇怪——他没有外国血统,但不知是什么变异的缘故,长得很像"毛子"(俄国人)——脑瓜鼓鼓的,有浅蓝色的眸子和褐色的头发,鼻子尖翘精巧,下巴往前探着。那样子让人想起诗人普希金的画像。

在圣彼得堡普希金纪念馆里,有普希金去世前剪下的一束头发,就在玻璃柜里,这束头发真的像欢业的一样,也是褐色,看上去也很柔软。

欢业长得像普希金,却不会作诗,只同样豪情万丈。他常常与人辩论或宣讲,一边讲一边打着手势,越讲越有劲,不知从哪儿来的激情,可以一连讲上两个小时。

他的命运也有点像普希金,长大后娶了一个非常美貌的老婆,不同的只是没有与人发生过决斗。他不热心上班,也守不住老婆,后来老婆就跑掉了。他不停地宣讲的时候,就频频地打着有力的手势——那双手仍然很小。

煎熬和放声嚎唱

写作者总是谈到自己的困惑与痛苦,认为自己来到了一个最困难的时期,处于无法摆脱的困境之中。他们谈得同样多的就是以往那些文学和诗的黄金时期——那当然是属于别人的时代,属于永远不再回返的过去。

这样的认识也许是普遍的,但是却令人怀疑它的正确性。因为我们没有在逝去的时代里生活过,也就不知道那些具体的痛苦和欢乐。我们注意的只是留下来的关于文学和诗意的美好记录,是诗人们的荣耀。这些动人的故事更容易被我们记住,念念不忘。那个时代类似于今天的痛苦有多少,多深,却不常被谈到。

其实我们只有一个"时代",这是不可以选择的,也就是当下这个"时代"。

困境总是因人因时而不同。现在物质主义盛行造成了巨大的压抑感,可是"文革"时期又有另一种窒息,记忆中那是多么可怕。现在印刷垃圾几欲将人淹没,可是过去要找一本可读的书都十分困难——文学青年到处找书，有时翻山越岭只为这一本书、一个可以谈几句文学的知音。那时的书籍真是匮乏之物。

可见每个时期都有自己的难处。任何时候文学都会面临着自己的困境、尴尬，甚至是绝望的时刻。但文学是生命里固有的元素，对诗的追求和表达的欲望是伴随生命始终的。这种欲望虽然时常被覆盖，但一有机缘就会被呼唤出来，所以文学一直伴随着人类。

如果来得及的话，人类会将文明带到另一颗星球去，所以文学可能比人类想象得更为长久。

人不能过于畏惧时下，不能畏惧某些具体的环境。对待文学的坚持，对待未来的创造和目标的达成，有必要看得更远才好。西方一个大诗人说过：一个人在月亮上行走过，给他个县长也就不干了。一次又一次靠近大心灵，接近那些极致的美，就等于一次次在月亮上行走。生活会一次又一次地用"县长"去发出诱惑，但诗人大半是不会接受的。

去"月亮"上行走一次，这是人生的最大幸福和快慰。

不少人看到了当代思想者的磨难，看到网络上和市场上的庸俗阅读，熙熙攘攘的商业主义物质主义对人的扼杀，但是即便这样也仍然不妨达观些。我们不能忘记的是，任何时代都有难以忽略的痛苦。那些过往的思想者一定在当时度过了万般辛苦，克服了常人难以理解的困难。如果不是如此，我们后人也就看不到他们的身影。他们之所以那么稀少而弥足珍贵，有点高不可攀，就是因为他们顽强地处理了属于他个人的当代问题。如果忽略了这个客观事实，我们就没法成长，就会只顾喋喋不休地谈论当下的苦恼和困境。实际上李白自有苦恼，杜甫也曾痛不欲生；浪漫的法兰西在近二百年前就有人质疑诗歌已经死亡——那时当然既没有网络也没有电视，更没有成山堆岭的印刷垃圾。

诗人所在的时代，就是他的"黄金时代"。他天生注定了要在此时此地煎熬和放声嚎唱。

沙尘暴

网络传播是个不可回避的巨大现实，我们这里的文化人在任何场合都要谈到网络衍生的诸多问题。可是在国外比如在欧洲，这个问题就不像我们这里显赫。这是有点奇怪的事情。

我们与他们相逢，几乎无一例外都要谈到网络传播对青年的伤害，谈到了对低质海量传播的恐惧。大家用了一个词语："沙尘暴"——文字信息的巨量翻涌，无测的呈弥漫式席卷而来，这种比喻再贴切不过，它来自一种实际感受。

奇怪的是外国学者对我们的强烈反应都感到不解，甚至有点木木的。后来才知道，他们那儿基本不存在这样的恐慌。因为他们那里虽然也在网络上发表东西，但相比我们这里既少得多也认真得多。他们主要利用网络发发邮件和购物缴费等，如果发表作品，也当成纸上印刷品一样——怎么会不一样？网络只是园地和载体的一次改变，作品该怎样写还要怎样写。当然他们主要还是在纸质媒体上发表作品。为了便捷，有的很成熟的外国作家偶尔也在网络上首发创作，但文字上讲究的程度是不会变的。

这就使人想到，同样是一个现代科技工具，在不同文化素质的族群里发挥的功能是大相径庭的。一个成熟的工业国家，不可能到了上世纪七十年代还对一台手扶拖拉机感到好奇。一些人还记得，那时候村子里如果来了一台手扶拖拉机，全村的人都要跑出去观看，连老太太都出门了。到了今天，可能在村子里摆上一辆坦克都没有这个效果。可见对现代科技工具，还有一个习惯的过程。我们是一个科技特别不发达的地方，越是这样的地方，就越是容易产生技术崇拜。

事实上无论网络的传播效率多么高，都不能改变个人艺术创作的品质。其品质不论发表在哪里都是一样，印在草纸上、金箔上，都是一样的。它不会因为载体而改变自己。

所以严格讲，没有"网络文学"，只有文学。也没有分类细致的各种各样的文学，只有文学。载体从古到今不知改变了多少次，变化之大几乎是翻天覆地，但是文学的标准并没有发生什么本质的变化。

网络和各种小报及传媒上传播的低劣文字等等呈现海量的趋势，形成了"文字沙尘暴"。但是人们发现书院并不拒绝，也有自己的门户网站。其实这一点都不矛盾。对高效率的工具，一味地排斥还不如利用。如果网络搬运的文字信息干净而讲究，那不是一件极大的幸事吗？一件威力强大的武器掌握在谁的手里、怎样使用，这才是关键。

总而言之，越是了不起的科学发明，越是需要和它相匹配的更高的道德伦理素质，不然灾难就会发生。

报告文学也能写狗

有些报告文学好一些，而另一些严格讲既不是什么文学，也不是报告。报告文学当然应该是文学，像欧文·斯通和莫洛亚，他们的文字感动了一代又一代人。

前几年有个记者采访一位小说家，问你写过报告文学吗？作家回答说正在写，写了一半。记者问是写什么的？作家答是写一条狗的，那是他从小依恋的一条狗——它的诞生、友谊，有哪些事迹，怎么死亡，等等。记者大惊，说这也算吗？报告文学怎么能写狗？

作家也不解，回问：你以为报告文学能写什么？

记者毫不犹豫地说：报告文学应该写企业家，写领导。

作家无言。停了一会儿作家说：我认为报告文学也能写狗。

记者虽然不解，但还是在采访本上记下了这句话：报告文学也能写狗。后来记者的这篇采访文章发表出来了，竟然引起了许多人的不解和责备。这说明什么？说明了我们的报告文学总是写企业家和领导，以至于被大家误解为一种专用的文体了。这是很不应该的。

其实报告文学什么都能写，它的题材十分广泛。比如说有的报告文学名篇写了植物，写了动物，还有一部著名的长篇报告文学是写一条河的，名字就叫《大河传》。我们只要站在文学的立场上，人的立场上，就没有不能写的题材，哪里需要一直局限在企业家们那里。

报告文学一旦有了自由的发展，其他文字也会得到提升。因为把文学庸俗化、世俗化，把文学卖掉，首先就是从报告文学开始的。从这里开始，那就从这里结束好了。

我们的报告文学也可以试着写写河流、动物和植物,写写无权无势的平凡人、写一幢房子,总之是一些得不到物质回报的对象……我们讲了,怎么写固然重要,但写什么有时也非常重要。

可怕的绝症

他们都是非常令人喜欢的作家。一个因为行动不便,没有来过书院。另一位来过两次——建成前来过一次,建成后又来过一次。他们的文字几乎从不使人失望。这多么可贵。做一个令人信任的、大半时间不让人失望的写作者,这在今天尤其有意义。

刚刚又读过一篇他们的文章。在当代,有多少作家的文字是逢见必读的?可能已经不多了。有的曾经好,后来不太好了。有的曾经非常好,后来也变得势利了——作家不是别的什么工作,这种工作只要稍稍变得势利眼,一切也就谈不上了。作家可以犯各种错误,但就是不能势利眼,这是可怕的绝症。

任何作家都渴望获得阅读信任,尽管这在网络时代是很难的事情了。作家自己并不太知道读者的看法,有的是只鳞片爪,不是完整的看法。其实一个作家不须这样担心,他要担心的只有一样,就是一定不让自己成为这个时代的势利眼。

势利眼就是丢开自尊的追随者,是物与利的信徒,是机灵四顾的投机者，是文化强势及其他强势的攀附者，是毫无原则可守的"聪明人"。

历史上和现实中，都有一些残酷的例子。一些好作家得不到上帝的眷顾，他们面临着身体或其他方面的大困难，几次靠近死亡，跟死神擦肩而过。他们困于绝望的边缘是经常的事。这样特殊的生存方式，使他们或有一些冥思和感悟，有更深刻的体验。这是一般的作家所没有的。因为他们具有这样的生命境遇，具有这样一种思考的立场，其作品和人的存在，对文学的意义就很重大了。

现在作为一个优秀的写作者，他具有的意义不是小了，而是更大了。其他这一类作家置身在另一个族群里，没有在精神上形成如此巨大的反差，也就形不成巨大的冲撞力——他们的存在跟普遍的精神水准没有这么巨大的差异。而在这里一切全都不同了。极度的世俗化娱乐化，极度的商业主义物质欲望主义，恨不得一把将钱从读者手中抢走的写作人——在一群无情无义的文学动物面前，最优秀的作家其实显示出了一种宗教的意义。这种意义将是无法淹没的。

从这个意义上讲，我们永远推崇他们。但这并不意味着我们对其全部创作全部文字的无条件推崇。这正是我们表达尊重的一种方式。

文学与影视

文学作品不能急于改编成影视。这是不现实的。诗性写作转化成画面叙述是最困难的事情，这几乎是完全不同的两种艺术。

这种转化需要消化的时间很长，耗上几十年甚至上百年都很正常。诗性写作抗挥发的时间极长，影视人要闻到它的气息，要慢慢地领会许久。雅文学把情节一再地压缩之后，再把细节放大开，所以小说中的线性故事往往是隐而不彰的。这就需要编导将压缩的情节重新放大。这个放大的过程是很费力的。要还原文字作品的诗性，再现其强度和深度都是非常困难的，转化者必须是一个同等品级的诗人才行。

由文学作品改编的影视，虽然从人物名字、情节等等看都大致未变，但实际上跟原来的作品仍然是极为不同的。语言艺术不见了，默读的艺术不见了，语言留出的几乎是无限的想象空间不见了。

影视作品由于原作给它的许多助力，比如人物性格、景物描写，更有其中对思想和意境的表达，可以加固和提升自身的品质。但是雅文学，诗性很强的作品，影视最终仍旧是无法传达其艺术本质的。无论多么感人的文学名著改编的影视作品，如果认真读过了原著，一定会觉得比原著差了许多，二者绝不可以同日而语。真正的语言艺术是不可取代的。相对来说，影视是一种大众艺术，是普及和娱乐的艺术。

对于诗性写作而言，影视失去了更多的主动性和创作空间，所以影视只能比原作差一些——它可以无限地接近原作，却永远不可能比原作更好。相反，一些二三流的文学作品，即诗性较差的故事性作品，改编成影视之后，从形象到语言却存在着上升空间，所以倒有可能比原著更好了。

鲁迅曾拒绝将《阿Q正传》改编成电影，担心那样只剩下了滑稽。艾略特的诗剧在电视上播出后，他发现电视作为一种媒介是有缺陷的，于是写信给报纸，反对"电视癖"，并坚决拒绝了将其诗剧改编成电影的打算。

影视是运用艺术手段制作的工业产品。产品不再是个人的创作。而文学是源于个人的，是真正意义上的、狭义的艺术。

巨人

巨人是精神和思想意义上的——在文明世界里当然也只能如此。鲁迅的身躯并不高大，巴尔扎克也是如此，据说只有一米六左右。而大哲学家康德还不到一米六，这在欧洲算是很矮小的人了。但他们都具有伟大的、不可思议的创造力。

人们理解的巴尔扎克，主要受罗丹塑像的影响。当年罗丹要塑巴尔扎克，但是没有见过，怎么办？只好找个像他的人。有人说：那个街角杀猪卖肉的人就像巴尔扎克。罗丹就专门去看那个人，照着他的样子塑造了巴尔扎克，结果显得那么雄武。人们看这尊塑像，又看他的雄文数卷，总觉得这是一个地地道道的巨人。九十九卷的《人间喜剧》放在那儿，作品体量大，人的体量当然也会大。

罗丹塑出的是一头雄狮。可谁又知道那是照一个屠夫塑出来的——认识巴尔扎克的人都说，罗丹塑出的人太像巴尔扎克了，从神气到其他，没有比这更像的了。

可见巴尔扎克身上一定有屠夫的生猛，但他实在是一个艺术的精神的巨人。

我们不由得要思考这样一个问题：巨人不一定个个高大，许多时候还可能是矮小的。这样一想，也就更加认同了人是靠思想站立的。现实生活中改变世界的巨人，有的高大，但矮小的似乎也很多，我们不必一一列举了。鲁迅，拿破仑，康德，伏尔泰，毕加索，还有刚才说的巴尔扎克，已经是最好的说明了。

个人的"小"是永远跟随的一个事实。而全部生命的能量却能更好地说明自己。让思想冲破牢笼，发生裂变，那就如同核能量一样不可预测。这就回答了巨人何以成为巨人。

可能也有人要举出相反的例子，说出另一些大个子的历史人物。这是很自然的。但是真实的历史人物，其中的一些高个子，也有一些并不像我们感觉得那么高大。因为留下来的是照片影像，摄影者给他们的往往是仰视镜头；他们和大家在一起的时候，通常总是走在前边——这样拍出来就显得比别人高大了许多。

人的力量大到了一定的程度——不管是什么类型的力量——气场就会很强，比如权力和才华，都会赋予一个人很大很强的气场。有一个人说过自己的亲历，说他当年正站在一个地方，完全不知道一个大人物要从身旁走过——只觉得一种特异的感觉一下逼近了、笼罩了……事后才知道是谁从这儿刚刚走过。他一直对这个经历记忆清楚，说这种感受与其说是主观的，不如说是客观的。

原来我们可以从许多方面理解巨人啊。

二〇一二年五月十二日—二〇一二年五月十七日

图书在版编目（CIP）数据

穿行于夜色的松林/张炜著.—济南：山东教育出版社，2016
（张炜文存）
ISBN 978-7-5328-9252-5

Ⅰ.①穿… Ⅱ.①张… Ⅲ.①散文集—中国—当代 Ⅳ.①I267

中国版本图书馆CIP数据核字（2015）第315087号

总 策 划： 刘东杰
出版统筹： 祝　丽
特邀编辑： 马　兵
责任编辑： 王　慧　陈艳丽
装帧设计： 王承利　宋晓军
手稿摄影： 曹清雅

张炜文存
穿行于夜色的松林

张炜著

主　管：山东出版传媒股份有限公司
出版者：山东教育出版社
（济南市纬一路321号 邮编：250001）
电　话：（0531）82092664　传真：（0531）82092625
网　址：sjs.com.cn
发行者：山东教育出版社
印　刷：济南精致印务有限公司
版　次：2016年3月第1版　2016年3月第1次印刷
规　格：720mm×1092mm　16开本
印　张：41.25印张
字　数：478千字
书　号：ISBN 978-7-5328-9252-5
定　价：80.00元

（如印装质量有问题，请与印刷厂联系调换）印厂电话：0531—88783898